W0201633

CE QUE L'ON SAIT
DE MAX TOPPARD

NICOLAS D'ESTIENNE D'ORVES

CE QUE L'ON SAIT DE MAX TOPPARD

roman

ALBIN MICHEL

© Éditions Albin Michel, 2021

Pour Victor, qui aime les films sur grand écran.

« Ceux qui aperçoivent la lumière avant les autres sont condamnés à la poursuivre en dépit des autres. »

Christophe Colomb

Avertissement de l'auteur

La vie de Max Toppard reste une des énigmes les plus étranges de l'histoire du cinéma mondial. Aucun artiste n'a laissé dans son sillage autant de questions sans réponses.

Comment un cinéaste français aurait-il été le mentor des plus grands, alors qu'il ne reste rien de lui ? Son existence se confond, sur près d'un demi-siècle, avec celle du 7e art. Pourtant, pas un film, pas une interview, pas même une photographie.

Comme Homère ou Shakespeare, certains pensent que Max Toppard n'a jamais existé. Mon livre se propose de démontrer le contraire.

J'ai d'abord pensé écrire une véritable biographie. Las, la plupart des archives ont été dispersées, d'autres perdues, certaines détruites, peut-être à dessein. Il m'a fallu un travail de fourmi pour tenter de rassembler un puzzle sans doute morcelé par Max Toppard lui-même. En six mois de recherches, je n'ai retrouvé que quelques entrefilets de presse, de rares mentions dans des travaux universitaires (essentiellement américains et canadiens), mais pas un seul témoignage direct : en 2019, les derniers témoins qui prétendaient l'avoir croisé sont morts depuis longtemps.

J'ai alors décidé de suivre ma pente naturelle : le roman. C'est donc sous l'angle de la fiction que j'ai attaqué « le cas Toppard ». J'ai ainsi pu m'autoriser de vraies libertés avec la chronologie, la vie et l'œuvre de ce fantôme.

Les admirateurs de Max Toppard ne m'en tiendront, je l'espère, pas rigueur. C'était le moindre des hommages envers un être qui n'a cessé d'imaginer sa vie.

N.E.O.

I

MOTEUR

« Conduisez-vous comme des enfants de lumière. »

Saint Paul, *Épître aux Éphésiens*

Naissance

Paris, 12 août 1939

« Il y eut un temps où les êtres humains avaient pour les réunir, comme symbole de leurs rêves, les temples grecs, les cathédrales, les chansons épiques. Il y eut un temps où les religions s'incarnaient en aventures héroïques, en spéculations de l'esprit. Et puis il y eut un temps où la religion des hommes fut le cinéma. »

Cette phrase lumineuse, lue dans une récente histoire du cinématographe, ne saurait mieux résumer ma vie.

Toujours j'ai vu plus loin, compris plus vite. L'avenir lèche le présent comme la vague se jette sur la grève avant d'être aspirée par le ressac. Ce qui reste sur le sable – des marques, des traces –, je sais le lire. Car le sable, c'est moi.

Je m'appelle Maurice Taupard et suis né à Arras, voilà bientôt quarante ans, le 9 septembre 1899. Longtemps mes parents avaient craint de rester sans enfant et je suis arrivé comme un cadeau.

– Le ciel nous fait signe, Raymond, disait maman, ressentant les premières manifestations de la grossesse.

Durant l'été qui précéda ma naissance, elle paradait dans les rues d'Arras, fière d'exhiber un ventre rond comme le monde.

– Jacqueline, prends garde à la chaleur !

– Mon amour, je n'ai plus rien à craindre. J'ai en moi un ange qui me protège.

Le petit ange n'avait hélas pas ce pouvoir.

J'étais attendu début octobre, mais maman perdit les eaux le 6 septembre. Et lorsqu'au terme d'une lutte effrénée, le médecin brandit mon corps en clamant « C'est un garçon ! », ma mère eut juste le temps de sourire une dernière fois.

Trois jours plus tard, dans un corbillard tiré par deux chevaux de trait, maman quittait la cathédrale Saint-Vaast pour rallier le cimetière communal. La cérémonie fut discrète, car mon père entendait vivre son deuil en solitaire. Le surlendemain, dans la même cathédrale, j'étais baptisé. J'eus pour parrain mon oncle Jules, cousin germain de papa. Ma marraine fut Madeleine, la vieille gouvernante de mon père, qui ne cessa de sangloter durant la cérémonie.

Elle pleurait moins la disparition de Jacqueline que le départ de Raymond, qu'elle avait en partie élevé. Mon père avait décidé de quitter cette ville où il avait vécu pendant trente-cinq ans.

– Raymond, attends un peu, l'avait-elle supplié. Maurice est trop petit. Tu ne peux pas partir aussi vite…

Mon père était resté inflexible.

– Il y a eu trop de souffrance, Madeleine. Trop de souvenirs. Je dois m'en aller.

– En ce cas, emmène-moi. Je saurai m'occuper de ton fils. Je serai comme une mère pour lui.

– Là où nous partons, il n'y a pas de femmes. Il n'y en a jamais eu…

Bretagne

Nous arrivâmes à Poulven aux premiers jours d'octobre. Malgré les mises en garde de Madeleine, du médecin, de son cousin Jules et de ses amis à Arras, mon père n'avait pas fléchi :

– Je me suis engagé auprès des habitants de ce port breton. Ils comptent sur moi.

– Tout comme Jacqueline comptait sur toi pour élever votre fils dans des conditions normales, avait objecté Madeleine. Je ne connais pas d'enfant qui ait grandi dans un…

– Je pars !

Alors que les chalutiers vidaient leurs cageots sur le granit, les pêcheurs virent apparaître un singulier attelage. Était-ce l'une de ces automobiles dont s'enorgueillissaient les citadins nantis de Rennes ou Guingamp ? Jamais ils n'avaient vu un tel engin. Tandis que son conducteur commençait à décharger les paquets de la plate-forme arrière, le patron du Café du port sortit, sans même lâcher le verre qu'il essuyait avec un torchon.

– Vous êtes monsieur Taupard ?

– C'est moi.

Le cafetier, colosse rubicond aux bras couverts de tatouages maritimes, s'illumina et ameuta les passants :

– Les gars ! C'est M. Taupard ! L'ingénieur pour la Goulaouenn.

Alors que le cafetier se présentait – Félix Guerdavid, maire de Poulven –, les portes s'ouvrirent et des silhouettes apparurent aux fenêtres. Une brassée d'enfants accoururent vers le véhicule, dont ils flattèrent la carrosserie avec respect. Un curé en soutane s'avança enfin devant mon père et lui tendit une poigne énergique.

– Monsieur Taupard, vous êtes attendu comme le Messie.

La remarque provoqua l'hilarité générale. Seule une très vieille femme, ensevelie sous une coiffe de dentelle, fit la grimace et se signa en regardant le clocher de l'église de pierre, en contre-haut du port.

– Allez, les gars, cria Guerdavid, on se remue et on aide M. Taupard à décharger ! La marée va remonter, il doit être installé avant.

À ces mots, le village s'affaira à transporter les caisses de vêtements, de vaisselle, mais aussi des câbles métalliques, des circuits électriques, des outils, des plans, et des livres, des livres par centaines.

– J'espère que tout va tenir, dit mon père, alors que l'étrange caravane s'éloignait.

Chacun portait à bout de bras qui un sac, qui un vase, s'acheminant vers la plage, disparaissant bientôt derrière une dune couverte de lichens.

– Ne vous inquiétez pas, monsieur Taupard, le rassura le curé, qui ne participait pas à l'effort mais distribuait les tâches. À la Goulaouenn, ce n'est pas l'espace qui manque. Il en faut plus pour tenir tête à la mer…

– Et au ciel, ajouta la vieillarde, qui se signa à nouveau.

Après un instant d'hésitation, comme si elle craignait de porter malheur, elle demanda à mon père s'il ne redoutait pas la solitude.

– Je ne serai jamais seul, répondit papa en ouvrant la portière avant de son auto.

Stupeur générale.

– Mais…, balbutia le cafetier, le ministère ne nous avait pas prévenus que…

– Je vous présente Maurice, mon fils. Il aura un mois dimanche.

Tandis que je poussais un cri qui effraya jusqu'aux mouettes, tous se tournèrent avec inquiétude vers la Goulaouenn.

La mer était encore loin, mais la marée aurait bientôt encerclé l'îlot. Du haut de ses cent trois mètres, le phare n'attendait plus que nous.

Le phare

Raymond Taupard était un homme de génie, le parfait représentant de son temps : celui de la fée électricité. Il avait dans le progrès une confiance aveugle, persuadé que le savoir sauverait l'homme. La science n'avait hélas pas sauvé ma mère, mais plutôt que de lui tourner le dos, papa choisit de la prendre à bras-le-corps.

À Arras, il avait une réputation d'inventeur fantasque, et la ville lui devait beaucoup. Après qu'il eut électrifié plusieurs bâtiments officiels, son nom avait commencé de circuler. Des scientifiques parisiens étaient même venus à sa rencontre. Théâtres, ministères, gares, l'électricité allait s'installer partout et des profils comme mon père étaient ce que réclamait l'Administration. Mais papa n'avait pas l'âme aventureuse. Il aimait sa vie tranquille et la douceur de ma mère.

Ma naissance changea le cours des choses.

Quelques jours avant l'accouchement, mon père avait reçu une proposition de la préfecture de Saint-Brieuc, pour venir électrifier un phare au large du petit port de Poulven. Il n'y avait prêté aucune attention, mais n'avait pas pris le temps de décliner cette offre. Le matin même de l'enterrement, il télégraphia à la préfecture des Côtes-du-Nord : le phare de la Goulaouenn avait trouvé son magicien.

Elle avait une aura sorcière, cette construction jaillie de l'océan. La Goulaouenn ressemblait moins à un artifice qu'à une concrétion naturelle.

– Toute la base, sur près de trente mètres de hauteur, est faite de roche, dit Félix Guerdavid en nous accompagnant à notre nouveau logis.

Tandis que mon père mettait ses mains en visière pour admirer la tour de pierre, le maire lui expliqua que la région avait toujours connu cette stalagmite cyclopéenne. Les légendes l'avaient surnommée la Goulaouenn, ce qui signifie « phare » en breton, bien avant que c'en fût un. On dit que certaines nuits, une lumière en provenait, qui trompait les bateaux et les précipitait sur les récifs de la baie. Il se disait aussi que ces roches étaient habitées par des ondines qui attiraient les marins, comme les sirènes de l'*Odyssée*. C'était là racontars de bonne femme, mais le fond des eaux était jonché d'épaves. Lorsque fut décidée la construction d'un véritable phare, on constata que la Goulaouenn était creuse, comme si on en avait rogné l'intérieur. Découverte d'autant plus étrange que ses parois semblaient couvertes de griffures. C'est d'ailleurs cela qui convainquit les ingénieurs de s'attaquer au projet, car la moitié du travail était faite. Il fallut améliorer cette colonne centrale, creuser des portes et des fenêtres, penser le haut du phare. Les travaux durèrent près de quinze ans et tuèrent vingt-huit villageois.

– Des accidents ? demanda papa.

– N'allez pas croire qu'ils sont tombés de l'échafaudage ou qu'ils ont glissé sur les rochers, répondit Guerdavid, tandis que nous parvenions au pied du phare, après avoir traversé une étendue de sable pour gravir les premiers rochers de l'îlot.

Papa me serrait dans ses bras, près de m'étouffer.

Le maire désigna alors une bande brune à l'horizon.

– Ici, votre ennemie sera toujours la marée. C'est elle qui a tué pendant la construction du phare, et tue encore souvent… Prenez-y garde, monsieur Taupard.

Mon père lut sur le visage du cafetier une frayeur respectueuse. L'homme craignait l'océan autant qu'il l'aimait.

– Nous avons à Poulven les plus fortes marées de la région. La mer se retire très loin, mais elle revient sans crier gare. Elle va rythmer votre vie et celle de votre petit garçon.

Sans quitter des yeux les moutons d'écume qui valsaient au gré des récifs, le maire ajouta d'une voix funèbre :

– Il faudra toujours vous souvenir d'elle, car la marée, elle, ne vous oubliera pas.

*

L'électrification de la Goulaouenn demanda deux ans. Si mon père avait accepté l'aide d'une équipe, les travaux eussent été plus rapides. Mais l'ingénieur Taupard entendait travailler seul. Au lieu d'être agacés, les villageois en conçurent du respect pour un homme si dévoué à sa tâche.

– Vous êtes comme un marin, monsieur Taupard, lui disait Guerdavid, lorsque papa venait au village chercher ses provisions et boire une fine. Vous vivez en tête à tête avec la mer.

– Je ne suis jamais seul, Félix, rappelait papa en me désignant. Maurice me tient compagnie, il est même toute ma vie.

À cette remarque, Guerdavid concédait qu'il avait vu d'un mauvais œil l'installation d'un si jeune enfant dans un lieu aussi dangereux.

– Mais votre petit Maurice porte la joie sur son visage, disait-il, et il caressait mes joues roses de santé.

Aux dires de mon père, j'étais devenu un objet de fascination. Qu'un bébé grandît au phare inspirait le respect. On me surnommait « le lutin », « le korrigan ». À chaque venue au village, j'avais droit à un cadeau. Les vieilles me cousaient des bonnets, les marins me taillaient des os de poisson, les enfants m'offraient leur sifflet. Ma petite personne appelait une forme de dévotion, comme si j'incarnais ces ondines habitant la roche ; me faire des offrandes devançait la colère des éléments. Depuis notre installation au phare, les marées semblaient d'ailleurs apaisées.

– Je crois que vous nous portez chance, monsieur Taupard, avait dit le curé, un jour que nous sortions de la messe.

Par nostalgie de sa vie bourgeoise, mon père aimait assister à l'office dominical, lorsque la marée le permettait. L'excursion était souvent suivie d'un déjeuner au presbytère, avec le prêtre et sa mère, cette vieille femme revêche à coiffe bretonne que nous avions rencontrée le premier jour.

– C'est vous qui parlez de chance, monsieur le curé ? s'étonna papa, qui aimait titiller le prêtre – on était au cœur des querelles opposant laïcards et calotins.

– Je suis né ici, Raymond. J'ai grandi entre la croix et les fées. Mon enfance fut baignée par la parole des Évangiles et les rires de l'Ankou.

– Mais vous avez la foi ?

– Je crois en l'invisible. En ce qui est caché. En ce que l'on n'a pas le droit de voir.

– N'est-ce pas un peu païen ? ironisait mon père, tandis que la mère du curé débarrassait la table en silence, avant de me prendre sur ses genoux, près de la cheminée.

– Le christianisme n'est qu'une étape, monsieur Taupard. Les saints ont remplacé les elfes. Mais qui sait ce qui viendra ensuite ? Ne dites-vous pas que l'électricité est une fée ? Votre dieu s'appelle le Progrès, non ? N'est-ce pas la science qui donnera naissance à la magie de l'avenir ? Et si les prochains dieux jaillissaient de vos ampoules ? Vous êtes ici pour nous apporter la lumière, Raymond.

– Celui qui porte la lumière se nomme Lucifer…, grommela la vieille femme sans me quitter des yeux.

– Eh bien ? fit le curé d'une voix songeuse, avant de m'observer.

Mon père, qui m'a souvent raconté cette scène, avait été frappé par le regard du prêtre. Le curé semblait fasciné par la clarté de mes traits.

– Avant sa chute, Lucifer était le prince des anges.

*

Le dimanche 23 août 1901, l'inauguration de « la machine » fut une vraie fête. De tout le département, on vint à Poulven. Une délégation arriva en grande pompe de Saint-Brieuc et un attaché du ministère des Travaux publics fit le déplacement depuis Paris ; il était chargé de lettres officielles portant les signatures de Waldeck-Rousseau et du président Loubet.

Le village entier s'en vint pieusement découvrir les documents affichés dans la salle du Café du port.

Cet honneur républicain n'était qu'un avant-goût. Depuis le matin, les rues étaient décorées de lampions. Les villageois avaient mis leurs habits du dimanche et, malgré les orages de la fin août, il régnait une insouciance printanière.

Toute la journée mon père fut célébré. Il me brandissait comme un trophée, clamant que, sans moi, il n'aurait rien pu faire.

– Ne nous dites pas qu'un enfant de deux ans vous a aidé à électrifier un phare, monsieur Taupard, plaisanta le préfet de Saint-Brieuc.

Mon père laissa planer un doute et dit sur un ton de conspirateur qu'on n'imagine pas ce dont un ange est capable…

– Un ange…, répéta le préfet, songeur.

Tout à coup, cri général :

– Ça va commencer !

Déjà on courait vers la plage, rendue si vaste par la marée.

La Goulaouenn se découpait sur un ciel mauve, tandis qu'une tache de feu était avalée par l'horizon.

– La nuit arrive ! se réjouissait-on.

Papa marchait en direction du phare, ventre noué. Ce crépuscule était aussi le sien. Sa mission remplie, il lui faudrait regagner le monde réel, après deux ans loin de ses fantômes. Il m'avait juché sur ses épaules et nous laissions des traces dans le sable.

La foule s'écarta pour le laisser monter vers le phare. Plus un son, sinon le bruit des vagues et, au loin, les cris de deux goélands luttant pour un poisson.

À l'horizon, le soleil avait disparu. Une bande de lumière pourpre irisait encore la mer et les étoiles faisaient leur apparition. Bientôt, ce serait la nuit.

Papa s'engouffra dans le bâtiment et commença de gravir les

marches. Il y en avait exactement 247. Les premières semaines, il devait attendre que son cœur se calmât. Mais il s'était fait à cette ascension et il lui arrivait de chronométrer ses montées. Ce jour-là, il ne se pressa pas. M'ayant gardé sur ses épaules, il se courba pour que mon crâne ne cognât pas le plafond du boyau.

Quand nous débouchâmes sur la plate-forme, un cri éclata :

– La ma-chine ! La ma-chine !

Avec la nuit, mon père ne distinguait plus les villageois au pied de la tour.

Alors ce fut l'embrasement.

La foule en resta bouche bée. Elle suivit avec une frayeur sacrée ce canon de lumière qui déchirait la nuit. Chaque fois qu'il passait sur notre tête, papa posait la main sur mes yeux, tandis que la lumière frôlait mes cheveux.

Lorsque nous redescendîmes, les villageois n'avaient pas bougé. Ils s'étaient mués en récifs. Tous fixaient le ciel, à mesure que la lampe tournait sur elle-même. Songeant à ceux que le phare aurait protégés du trépas, certains pleuraient. Mais leur chagrin se mêlait à une joie profonde : après des siècles d'obscurité, Poulven entrait dans la lumière.

Alors que la troupe allait rebrousser chemin devant la marée, le maire s'approcha de papa, embarrassé.

– Raymond, j'ai un aveu à vous faire…

– Un aveu ?

– Je n'ai pas voulu vous le dire plus tôt, pour ne pas gâcher la fête, mais je sais la nouvelle depuis hier.

Ce ton peiné inquiéta mon père.

Le maire s'expliqua : il avait reçu une lettre du technicien censé s'installer au phare pour le faire fonctionner et l'entretenir. Ce benjamin d'une famille de marins venait de voir mourir son frère, laissant une veuve et quatre enfants. Il avait donc décidé de rester avec eux.

– Mais alors… qui va s'occuper de « la machine » ?

Le maire haussa les épaules, navré. Ce jeune homme était

parfait. Et ils n'en trouveraient sûrement pas un autre avant plusieurs mois...

Le pied de Guerdavid jouait nerveusement avec un coquillage dans le sable.

– Raymond, pensez-vous pouvoir rester, le temps de...

– Évidemment ! coupa mon père.

– Ça n'est sans doute qu'une question de mois, peut-être de semaines.

– Aussi longtemps qu'il le faudra.

Nous restâmes dix ans.

1

Paris, 13 novembre 1965

– Une enquête sur le Belphégor ? Le cinéma des Halles ? Tu es prête à tout accepter de ces fumistes !

– Ils ont des défauts, mais ce ne sont pas des imposteurs.

– Tu parles ! Des petits-bourgeois qui jouent aux journalistes et qui vivent aux crochets d'une ancienne collabo.

Caroline ne relève pas. Depuis l'enfance, elle est habituée à la mauvaise foi de Vincent. Petit garçon, il s'enflammait et arpentait le mâchefer de la cour de récréation avec une hargne d'imprécateur. Une mauvaise note, l'injustice d'un pion, des travaux dans sa rue, le prix des carottes, la tristesse d'un clochard, une bille rayée, la pluie d'automne, tout le révoltait. Les années ont passé mais Vincent reste le même : indigné et sincère. Adossée contre un réverbère, Caroline le regarde avec tendresse.

– Ça t'amuse, en plus !

– Pas du tout, dit-elle en claquant un baiser sur sa joue. Je pense que sans toi le monde serait bien gris.

Vincent Bellegarde se recule, rétif aux démonstrations d'affection.

– Bon, grommelle-t-il, on attaque ?

Vincent désigne la sacoche que Caroline a posée au pied du réverbère.

– J'arrive…

Coinçant ses cheveux dans le col de son trench-coat, la journaliste dégage sa caméra super 8 et entame ses réglages. De son côté, Vincent sort un calepin dont la couverture est siglée de ce code étrange : « Atget 65 ». Puis il scrute les alentours : des façades aveugles, des fenêtres murées, des toits affaissés, des escaliers anarchiques…

– C'est bon, on est bien rue Vilin. On va commencer par le café là-haut. Puis on descendra l'escalier et on fera un focus sur chaque magasin abandonné. C'est bon pour toi ?

– Moteur ! dit-elle joyeusement.

Voilà des années qu'ils ont ce projet : un film sauvage, bricolé à quatre mains, qui immortaliserait le Paris en sursis. Soixante-dix ans plus tôt, Eugène Atget arpentait la capitale pour saisir l'impalpable. Ses photographies sont une plongée dans la psyché d'une ville. Depuis, l'image s'est animée et Paris s'est abîmé. Restent encore, çà et là, les stigmates d'une cité médiévale, d'une ville bâtarde et vorace, ce que recherchent Caroline Ménardier et Vincent Bellegarde.

Lorsque leurs amis filent écouter les Beatles à l'Olympia, ils sillonnent le chantier du périphérique, sur les dernières traces de la Zone. Est-ce parce qu'ils ont grandi au pied du Père-Lachaise, voisins de maisonnettes dans la villa Godin, une impasse à flanc de cimetière ? Sans doute. Caroline et Vincent ont besoin d'être rétifs aux modes. Malgré leurs vingt-cinq ans, ils ont le sentiment d'être nés trop tard. À l'heure de *Goldfinger*, ils s'enchantent des vieux Méliès, Claude François n'est rien à côté de Ray Ventura, Dumas et Leroux ont plus de sève que Robbe-Grillet et Butor. Ce parti pris d'« inactualité » les a toujours fait passer pour des francs-tireurs, même aux yeux de leurs proches.

– Qu'est-ce que vous avez contre votre époque ? se désole leur amie Janique, qui persiste à les entraîner dans des boîtes de nuit, des bars.

– Le présent nous ennuie, répond Caroline

– Il ne nous inspire pas, nuance Vincent. Ce qu'on aime, c'est l'agrégat de passés successifs.

– Vieilles rues, vieux tableaux, vieux films, vieilles chansons, tout est vieux chez vous… Vous avez les cheveux pleins de poussière, alors que vous êtes jeunes et beaux.

La saillie les fait toujours glousser.

Jeunes ? À vingt-cinq ans, on l'est encore. Beaux ? Caroline est une femme d'un mètre cinquante-cinq, taillée comme une libellule, avec un œil tranchant et une agilité de pipistrelle. Petite, elle se fait un point d'honneur à ne pas porter de talons, pour fixer les gens sans jouer les échassières. À l'inverse, Vincent est un échalas blond aux iris rêveurs et sa voix douce contraste avec la dureté de ses goûts.

– Le plus étrange, c'est que vous êtes un vieux couple, alors que vous n'êtes même pas ensemble !

– Nous sommes amis, Janique.

– Amis ? Laissez-moi rigoler…

À quoi bon expliquer ? Janique ne comprendrait pas.

Caroline presse la caméra contre son œil droit et avance lentement vers le mur.

– Tu me préviens avant que je rate une marche ?

– Tais-toi !

– Vincent, il n'y a pas de son sur cette caméra.

– Les rues sont comme des animaux sauvages : si on fait trop de bruit, elles s'effarouchent.

Caroline sourit. Qui d'autre ferait une si jolie réponse ?

– Je t'adore.

– Tais-toi, je te dis.

Pendant une heure ils arpentent les escaliers de la rue Vilin, cette jolie venelle abandonnée des flancs de Belleville. Caroline filme et Vincent griffonne, consulte ses notes, indique un angle, un point de vue, sans jamais empiéter sur le regard de son amie.

Puis, tandis qu'ils finissent par remballer leur matériel, plutôt satisfaits, Vincent lui demande si elle va vraiment faire cette enquête sur le Belphégor.

Caroline prend la mouche : en quoi cela le dérange-t-il ? Voilà un an que l'équipe des *Études cinématographiques* la bizute en ne lui proposant que des nécrologies. Rédiger l'histoire d'un cinéma aussi mystérieux que le Belphégor, c'est l'occasion de montrer ce qu'elle a dans le ventre, non ? Et puis cette année « Belphégor » est un mot qui parle aux gens. Le succès de ce feuilleton de l'ORTF au printemps dernier a été immense. Dix millions de téléspectateurs se sont passionnés pour cette histoire de fantôme dans le Louvre, plus d'un Français sur cinq !

– Des statistiques…, s'énerve son ami, comme s'il cherchait des arguments à ce qui n'est qu'instinctif. Tu es une artiste, Caroline ! Laisse tomber le journalisme. Ton destin est de faire des films. Rappelle-toi la phrase de Shaw : « Celui qui peut agit, celui qui ne peut pas enseigne. »

– Et qui te dit que je *peux* ?

– Ça ! dit Vincent en pointant la caméra que Caroline tient serrée contre elle.

La jeune femme éclate d'un rire triste. Ça ? Un film bricolé entre amis ? Un rêve de collégiens ?

Vincent est blessé par le dédain de Caroline.

– C'est précisément ce qui faisait la force d'Atget, objecte-t-il. Son humilité.

– Mais c'était avant, Vincent ! Réveille-toi ! Nous pouvons encore nous payer le luxe de vivre dans le passé, mais ça ne durera pas. Ma mère ne pourra pas éternellement me loger et toi tu…

Elle s'arrête à mi-phrase, craignant d'aller trop loin.

Vincent se renfrogne et fait trois pas en arrière.

– Vas-y, continue…

Caroline contemple les cheminées biscornues. Elle suit la tache blanche d'une tourterelle, qui disparaît derrière une gouttière.

– On est pareils, toi et moi. On se débrouille, on bricole. J'écris des articles de commande pour les *Études* tout comme tu… *rédiges* tes chapitres.

Les traits de Vincent se figent. Voilà bientôt deux ans que le jeune homme a intégré l'équipe littéraire d'Athanase Gautrand-Bernard : quatre « nègres » qui unissent leurs plumes et pondent un roman d'espionnage par saison, pour le compte d'un écrivain mondain qui corrige trois virgules et signe le livre.

Baissant la tête, Vincent resserre sa cravate, tandis qu'une bourrasque s'engouffre dans la rue.

– Je suis comme toi, Caroline. Je compose avec mon époque.

– C'est bien pour ça que je vais faire cette enquête, grommelle-t-elle en dévalant les escaliers de la rue Vilin.

S'arrêtant à mi-parcours, elle se retourne et ajoute qu'elle passe devant le Belphégor depuis des années, sans oser y entrer. Comme si cet endroit lui faisait peur.

– Et j'ai toujours aimé avoir peur.

2

Certains lieux nous épient. Ce peut être un jardin, une clairière, un talus, une fenêtre, un puits. De deux, ils passent à trois dimensions. Ce n'est plus nous qui les regardons, mais eux qui nous voient. Nous ne sommes plus visiteurs, mais visités.

Comme les sirènes, songe Caroline en contemplant l'immeuble.

La façade est peinte en noir, mais l'encadrement des fenêtres est doré. Il y a ces éclaboussures de sang, comme si l'hémoglobine cascadait du toit. Et que dire de ces trompe-l'œil ? Un vampire qui sort d'un cercueil, une sorcière qui saute nue au-dessus d'un feu, un ogre gigantesque étiré sur trois étages, des hordes de diablotins. Enfin, ces lettres gothiques :

« Belphégor ». Comment un tel lieu peut-il exister à l'ombre de l'église Saint-Eustache, à trente mètres des Halles ?

– Vous désirez ?

Tassée sur son tabouret, de l'autre côté de la vitre, la caissière reste vissée au dernier numéro d'*Ici Paris*, qui rapporte les frasques de Michèle Mercier pendant le tournage du prochain *Angélique*.

– Un ticket, s'il vous plaît.

La punaise pose son magazine et regarde Caroline avec surprise.

– Balcon, corbeille ou orchestre ?

Malgré le fond de teint et l'abondance de rouge à lèvres, Caroline devine une beauté fanée. L'âge de cette femme ? Elle-même ne doit plus savoir. Avec sa fourrure pelée et ses mitaines, la caissière ressemble à une vagabonde.

– Décidez-vous. Le film va commencer.

Au hasard, Caroline répond « Corbeille ».

– Ça m'aurait étonnée. Un franc cinquante, mademoiselle.

– Quel est le film, d'ailleurs ?

Autant parler à un mur. La caissière s'est déjà replongée dans sa lecture. Décidément, le Belphégor ne fait rien pour qu'on y entre ! Contournant un faune, Caroline pousse une porte capitonnée et pénètre dans la salle.

Comment ai-je pu ne jamais venir ici ? s'étonne-t-elle.

La façade du Belphégor n'était qu'un avant-goût. Sur le mur de droite, Caroline identifie un pastiche du *Jardin des délices*, dont les personnages ont tous des têtes de porc. De l'autre côté, c'est un grand sabbat obscène, où des femmes se caressent et s'accouplent. Le plafond lui-même a été décoré : il s'agit d'un énorme banquet, comme une Cène de la Renaissance. Les mets posés dans des plats d'étain sont de jeunes enfants, bébés, nourrissons, rôtis à la broche, les cheveux calcinés, la peau laquée, les orbites vides…

– Qu'est-ce que c'est que cet endroit ? se demande Caroline

d'une voix si forte qu'un spectateur assis au deuxième rang se retourne et fait « Chut ! ».

– Pardon, s'excuse-t-elle aussitôt.

Pourquoi se taire, d'ailleurs ? Le film n'est pas commencé et ils ne sont que deux.

Une trentaine de rangées de fauteuils grenat remontent depuis le rideau rouge qui couvre l'écran jusqu'à la petite entrée. Il n'y a ici ni orchestre, ni corbeille, mais une salle de plain-pied. Cette caissière est une farceuse !

La jeune femme finit par s'asseoir, s'enfonçant dans un fauteuil qui crache un nuage de poussière.

Une minute se passe, puis deux, puis trois, puis dix.

Le spectateur du deuxième rang s'est endormi, tête en arrière et bouche ouverte : un poisson mort.

Caroline attend encore un moment puis, irritée, commence à rassembler ses affaires.

Elle perçoit alors un froissement de vêtements dans son dos et voit apparaître une silhouette qui se glisse dans sa rangée.

À sa grande surprise, ce petit homme tiré à quatre épingles, en costume noir et chapeau melon, s'assoit sur le siège à côté d'elle.

Malgré ses allures de croque-mort, il se montre courtois et incline la tête, sans ôter son chapeau. Au même instant, la lumière s'estompe et, dans un bruit de vieille mécanique, le rideau s'écarte sur un écran que les années ont jauni.

– Ah ! jubile le voisin à mi-voix.

Caroline ne partage guère cet enthousiasme. Lorsque le titre s'affiche, elle déchante même aussitôt : *Dialectique du corps*, un film écrit et réalisé par Finzi Trabucco. Hugues Rocher et ses confrères des *Études cinématographiques* se sont bien moqués d'elle en l'envoyant ici. Encore un bizutage…

Il n'est pas étonnant que cette salle soit vide. Tout le monde sait que les films de Trabucco sont des navets. Par curiosité, Caroline était allée en voir un avec Vincent, l'an dernier. Les deux amis sont sortis de la projection affligés et écœurés. Elle s'était pourtant renseignée sur ce réalisateur, dont les déclarations dégoulinent d'autosatisfaction.

Drapé dans un esthétisme grotesque, Trabucco entend retrouver la « pureté du corps avant la faute ». Projet bien prétentieux, qui se résume à des ébats en clair-obscur sur des musiques hypnotiques.

« J'ai rarement vu quelque chose d'aussi mauvais ! » avait pesté Vincent.

Et ce n'est guère mieux aujourd'hui, songe Caroline.

Avec *Dialectique du corps*, Finzi Trabucco va encore plus loin dans l'imposture. Il ne s'embarrasse même plus d'un scénario. Ce qu'il montre ? Un couple dans un salon, avec un chien. Après un interminable prologue, la femme caresse l'animal avant que son mari ne la pelote. Lorsqu'une sensualité naît entre les trois « personnages », les contours se distordent, l'image devient floue. S'ensuit un épuisant corps à corps, au son d'une partition qui macédoine musique indienne et électroacoustique. Çà et là, le cinéaste s'ingénie à laisser entrevoir un membre, une muqueuse. S'il faut concéder un talent à Finzi Trabucco, il est dans sa manière de contourner l'obscénité tout en la suggérant de façon nauséeuse.

C'est cela qui est dérangeant : ce « corps sans fard », revendiqué par le cinéaste, n'est jamais représenté. Il s'agit de métaphores visuelles qui forcent le spectateur à décoder les images, donc à participer au rébus. Ainsi le public devient complice de Trabucco, chacun adoptant une interprétation différente, en fonction de ses propres fantasmes. Caroline n'en est que plus mal à l'aise, car ce qu'elle voit – ou croit voir – la dérange intimement…

Devant une scène particulièrement désagréable, elle tourne les yeux vers son voisin. Toujours couvert de son chapeau, l'homme semble happé par l'écran. Lorsque la comédienne hurle de plaisir, il sourit à Caroline avec complicité. Puis, sans même s'excuser, il enjambe la journaliste et quitte la salle.

Un instant, Caroline songe à faire pareil. À quoi bon s'infliger cela ? « Quand c'est mauvais, c'est mauvais, lui répète Vincent, qui peut jeter un livre après dix pages.

– Et si le texte devient génial à la moitié ?

– C'est que l'éditeur n'a pas fait son boulot ! Si j'ai appris quelque chose à jouer les nègres, c'est à happer mon lecteur et à ne plus le lâcher. Ensuite, tout dépend des moyens employés et du lectorat visé. On peut fasciner avec du génie comme avec de la merde ; l'essentiel est d'être aspiré par le texte. Idem pour un film : on ne va pas dans une salle pour se réveiller à mi-parcours. Même les cinéastes les plus contemplatifs, comme Ozu, savent faire cela. Chez eux, il ne se passe rien, mais on y croit. Alors qu'un tâcheron aura beau inventer les coups de théâtre les plus extravagants, ce seront des coups d'épée dans l'eau. Un navet reste un navet. »

Dialectique du corps est-il un navet ? En un sens, ce film repousse les limites du mauvais goût vers un certain raffinement. Le grand mystère est de savoir comment Finzi Trabucco trouve des producteurs, car il est un cinéaste sans public. Il n'est qu'à voir cette salle vide, lorsque la lumière revient après le générique de fin.

Le spectateur du premier rang n'a pas bougé. L'éclairage l'arrache au sommeil et il s'étire, en vieux chat.

Caroline reste perplexe. Tout dans ce film lui a déplu, mais elle ne parvient pas à le détester. Comme si Trabucco avait semé une graine sournoise, qui altérerait son jugement.

Non sans effort, elle s'extirpe de son siège et titube jusqu'à la sortie.

L'air de la rue Pirouette lui donne un haut-le-cœur. Elle croit émerger d'une apnée et sent ses jambes la trahir.

– C'est la première fois, n'est-ce pas ?

À la lumière du jour, il paraît plus grand. Plus jeune, aussi.

Comment cette crinière noire pouvait-elle tenir sous un si

petit chapeau ? Il garde d'ailleurs son melon sous le bras, tel un heaume.

– Vous m'attendiez ?

– En un sens, oui.

3

– Je viens ici depuis près de six ans et ce n'est pas souvent que nous avons des nouveaux venus au Belphégor.

L'homme observe Caroline avec une persistance agressive.

– Vous êtes journaliste, n'est-ce pas ?

– Euh… je…

L'inconnu éclate de rire.

– Ne faites pas cette tête-là. Je suis physionomiste et je vais souvent au cinéma. Vous faites partie de l'équipe des *Études cinématographiques…*

Embarrassée d'être si vite démasquée, Caroline baisse les yeux. Une rigole de sang caillé serpente sur les pavés depuis une boucherie de la rue voisine. Vingt mètres plus loin, les Halles vrombissent, mais nul n'emprunte la rue Pirouette. Comme si on l'évitait.

– C'est un excellent journal. Sans doute le meilleur actuellement. Moins dogmatique que les *Cahiers* ou *Positif*. Et puis vous avez un ton, à la fois narquois et perçant, qui ne ressemble pas aux autres canards.

Flattée par ce « vous », Caroline relève la tête. C'est la première fois qu'elle est assimilée à la bande des *Études*.

– Qui êtes-vous ?

L'inconnu se raidit.

– Et vous ?

Caroline est si surprise qu'elle balbutie :

– Je m'appelle Caroline Ménardier. Je…

– Je sais, j'ai lu vos nécrologies. Mais je me moque de votre identité, c'est votre rôle qui m'intéresse.

– Mon rôle ?

– Ingénue ? Jeune première ? Coquette ? Sans emploi ? rétorque-t-il, singeant la voix de Jouvet.

Caroline ne comprend pas mais l'intensité la met mal à l'aise.

– Jouons-nous seulement dans le même film ?

Elle recule d'un pas et le petit homme reste narquois.

– Je vous inquiète, n'est-ce pas ? ricane-t-il en observant le mur de Saint-Eustache, car une rixe s'est engagée entre deux forts des Halles.

– Je devrais m'inquiéter ?

– Au contraire, je suis votre allié. Maintenant que vous êtes entrée au Belphégor, il va vous en falloir…

Ce jeu de cache-cache ne l'amuse plus.

– De quoi parlez-vous ?

– Tout est affaire de perception, vous comprenez ? De *regard.* Le Belphégor apprend à voir *autrement.*

Caroline tire de sa poche carnet et stylo.

– Puisque vous me semblez savoir des choses, je peux vous poser quelques questions ?

– Rappelez-vous que c'est en vous, *et en vous seule*, que se trouveront les réponses.

Caroline demande à qui appartient le Belphégor.

L'homme regarde à nouveau les Halles. Des gendarmes ont interpellé les individus et les entraînent, menottés, vers la rue du Louvre.

– Le Belphégor n'appartient qu'à lui-même. Il est une projection spontanée de l'âme de ce quartier.

Encore une dérobade. Sait-il au moins qui est responsable de la programmation ?

– Les films du Belphégor font partie des lieux, mademoiselle. D'ailleurs, on ne les voit qu'ici.

– Il faut bien que quelqu'un les choisisse, les commande ?

– Ce qui se passe dans le Belphégor reste au Belphégor. Les spectateurs sont simplement autorisés à y venir.

Ce type se fait mousser : il ne sait rien mais s'amuse à jouer les sphinx. Caroline demande s'il vient souvent ici.

Comme une évidence, il répond :

– Chaque jour, ou presque.

– Vous avez tant de temps à perdre ?

La réplique est sortie de façon instinctive et le petit homme semble vexé.

– Vous avez donc eu le sentiment de perdre votre temps devant le dernier film de Trabucco ?

Les images de *Dialectique du corps* remontent à sa mémoire. Leur hideur s'est estompée, remplacée par un sentiment de bien-être et de cohérence. Oui, c'est le mot : les remugles de ce film lui semblent désormais *cohérents*.

L'inconnu observe Caroline avec satisfaction.

– Vous commencez à comprendre. Je vous l'ai dit : nul ne vient au Belphégor par hasard.

– Mais, vous aimez ces films ?

– Il ne s'agit pas de les aimer, mais de savoir ce qu'ils cachent.

– Vous ne voulez toujours pas me dire qui vous êtes ?

Devant le désarroi agacé de la journaliste, l'homme cesse ses charades.

– Je suis nostalgique, voilà tout. Je viens humer ici l'odeur du passé.

S'apercevant que la caissière est sortie de sa cahute, il ajoute :

– Si vous voulez en savoir plus sur le Belphégor, demandez donc à Sylvania.

Entendant son nom, la vieille femme s'approche.

Elle reconnaît le petit homme, lui sourit. Mais lorsqu'elle avise Caroline, elle blêmit, saisit l'inconnu par l'avant-bras et le pousse de l'autre côté de la rue.

Caroline est désemparée. Ces deux-là sont-ils fous ?

Pendant un long moment, elle les voit palabrer. La caissière fait de grands gestes des mains, tandis que le petit homme affecte de la calmer. Butée, elle se carapate et s'engouffre dans le cinéma.

– Quel succès ! ironise Caroline.

Le petit homme ne semble pas surpris.

– Cela prendra un peu de temps, mais elle parlera. Ces gloires du muet sont très bavardes…

– Pardon ?

Il lui désigne une grande affiche dans le hall du Belphégor. Moulée dans une combinaison noire, une silhouette de femme brandit un couteau ensanglanté. Bien qu'elle ait vu beaucoup de films de Louis Feuillade, Caroline ne connaissait pas *La Femme panthère*. Mais ce qui l'attire, c'est le nom de l'héroïne…

– Sylvania.

– L'arrivée du parlant a laissé beaucoup de comédiens sur le carreau, mais Sylvania a connu la gloire, à l'époque du muet.

Au même moment, la caissière regagne sa cahute, non sans leur jeter un œil mauvais.

– Elle travaille ici depuis longtemps ?

Pas de réponse. Caroline se retourne : elle est seule dans la rue.

Enfance

J'eus la plus belle des enfances. Je vivais dans un monde de légendes et de fées. Le phare était un château, mon père, son seigneur, et moi, le petit prince. Encore un surnom affectueux dont m'affublaient les gens du village, lorsque j'arrivais à l'école communale, dans la classe unique de Mme Labarre.

– Bonjour, petit prince !

– Petit prince a bien dormi ?

– Petit prince a les souliers mouillés.

À cette remarque, je désignais la mer, par la fenêtre, dont les vagues encerclaient déjà l'îlot de la Goulaouenn.

– L'écume a failli m'attraper…

Notre vie était une constante lutte contre la marée. Le maire nous avait prévenus et l'on s'organisait en conséquence.

Bien souvent, au petit jour, il m'arrivait de partir trois heures avant l'ouverture de l'école. En hiver, lorsque j'entrais dans les rues sombres, il était toujours une bonne âme – généralement une vieille du village, qui ne dormait plus – pour m'ouvrir sa porte.

– Entre te réchauffer, petit prince. Je vais te préparer une crêpe bien épaisse et un bon verre de lait chaud.

Puis j'allais m'asseoir devant l'âtre où je révisais mes leçons.

Ma saison préférée restait l'été. Déclinant toute invitation, j'attendais seul, perché sur une borne, contre la maisonnette qui tenait lieu d'école. Alors je rêvais en contemplant la lueur qui embrasait les centaines de récifs de la baie de Poulven.

Spectacle admirable ! Avez-vous jamais pris le temps de contempler l'aube ? Je ne parle pas d'un simple lever de soleil, mais de cet instant fugace, insaisissable, où la nuit se fait jour. Je suivais le vol des mouettes. Je dégustais les jeux de la lumière, les reflets, les irisations, une palette qu'aucun peintre ne saurait reproduire, car – comme la mer – la nature ne se dompte pas. Souvent je pestais en silence, avec le sentiment que la lumière ne cessait de m'échapper. Depuis ma borne de granit, ma tête happait le moindre éclat de soleil, comme si ma vie en dépendait. Et lorsque arrivaient mes camarades, ils lançaient :

– Que fais-tu, petit prince ?

– Je mange la lumière.

À cette réponse, ils ne disaient rien, habitués à mes mots étranges.

Malgré cette vie singulière, j'avais beaucoup d'amis. Je jouissais même d'une position à part, car j'étais le fils d'un bienfaiteur. En acceptant de s'installer au phare, mon père avait sauvé des vies et il était respecté comme un mage.

Mes vrais moments de bonheur étaient toutefois ces jours où la marée montait dès minuit, m'empêchant de me rendre à l'école.

Mon père prenait le relais de Mme Labarre et nous passions la journée dans notre salon circulaire, entourés de nos meubles en demi-lune qui épousaient les parois du phare. Papa m'installait un bureau contre la fenêtre et s'asseyait à mes côtés.

– Et maintenant, petit ange, travaillons…

Un travail ? Plutôt un jeu, un vaste rébus mitonné par Raymond Taupard pour offrir à son fils une autre vision du monde. Cette lumière que je contemplais le matin en dévorant l'aurore, mon père m'apprit à la dompter. Tandis que Mme Labarre nous enseignait les départements, les préfectures, papa m'initiait à l'électricité.

Chaque jour était pour moi une nouvelle découverte, une nouvelle expérience. Mon intuition sidérait papa et il lui arrivait d'être inquiet, craignant de ne bientôt plus être à la hauteur.

– Aurais-tu l'œil absolu ? me demanda-t-il un soir, alors que j'étais parvenu à reconstituer un engin dont je ne savais pourtant rien.

L'œil absolu. Cette expression devait me marquer.

Était-ce l'œil absolu qui nous avait inspiré ces grandes fresques dont nous avions couvert les parois de l'escalier montant au sommet du phare ? Ce n'étaient que dragons, lutins, fées, monstres marins, ondines, nornes.

– Vous pourrez tout effacer lorsque nous partirons, plaisantait papa devant l'effarement du maire.

– Mon Dieu, non, rétorquait Guerdavid, nous les conserverons. Car nous voulons vous conserver tous les deux ! Vous êtes nos anges gardiens…

Puis il y eut le bal du 14 Juillet 1906.

Comme chaque année, Poulven était au centre de l'attention. Ses habitants avaient la réputation de bien festoyer. Des marchands forains installaient pour l'occasion leurs étals sur le port. On dévorait des beignets, le cidre coulait à flots et un orchestre jouait sur une estrade, faisant danser tout le village. Il y avait aussi des attractions, des stands de tir, un manège de chevaux de bois, parfois un cirque, des chiens savants, des dresseurs de puces, un ours, un dromadaire. Cette fameuse année 1906, il y eut même une femme à barbe qui lisait l'avenir dans le marc de café. Sur mon insistance, papa et moi entrâmes dans sa cahute, où elle recevait sur un lit de coussins et ceinturée de chats.

Ne buvant jamais de café, je manquai tout recracher sur les tapis persans. Papa avala sa tasse d'une traite.

– Et maintenant, dites-nous tout…

Caressant sa barbe à rebrousse-poil, la voyante prit les deux tasses, les posa sur un guéridon et s'y plongea longuement.

– Il faut que vous partiez d'ici.

Papa et moi sentîmes un frisson nous parcourir l'échine. Je

saisis la main de mon père qui, comme moi, avait vu la voyante perdre ses couleurs.

– Partir de la foire ?

– De ce village. De cette région. Sinon, elle vous tuera.

Papa me serra contre lui. Il en avait assez entendu.

– Viens, mon ange. Ce sont tous des charlatans.

Mais je voulais en savoir plus.

– De qui parlez-vous ? insistai-je, alors que mon père me tirait vers la sortie. Qui nous tuera ? La mer ?

– Maurice ! On y va !

– Non, répondit la voyante dans un souffle avec une expression de profonde tristesse. La lumière.

Mais déjà papa me poussait hors de la tente pour rejoindre la foule joyeuse des villageois.

Jamais il ne voulut reparler de ce moment, qui allait s'estomper de nos mémoires au profit d'une rencontre autrement importante.

Face à la tente de la femme à barbe se tenait une baraque foraine close par des pans de toile noire.

– Allons plutôt voir ça, grommela mon père, décidé à se changer les idées.

Un moustachu était assis à la caisse et vantait les charmes de son attraction en désignant une affiche bizarre, sur laquelle une lune à traits humains avait l'œil droit percé par un obus.

– *Le Voyage dans la Lune*, déchiffrai-je. Qu'est-ce que c'est ?

Le forain tapota ma tête et dit d'une voix gaillarde, prenant les passants à témoin :

– Tu ne connais pas le cinématographe, bonhomme ? Demande à ton papa de te payer un billet, ta vie en sera changée…

Le cinématographe

Certains individus trouvent la foi au détour d'un chemin. L'homme n'avait pas menti, mon existence fut bouleversée. Mieux, elle se révéla, comme par magie.

Était-ce de la magie que ces êtres aux gestes saccadés, qui montaient dans des fusées de carton-pâte pour rallier une lune à face de hibou ? Non, et c'est bien cela qui me fascina. Derrière ces tours de passe-passe, il y avait des hommes, des accessoires, mais surtout une technique, dont je voulus tout comprendre.

– Le cinématographe est quelque chose de très compliqué, Maurice ! objecta mon père. Et ce M. Méliès a sans doute travaillé des années avant d'arriver à cela…

– Justement, dis-je en désignant le phare, nous *avons* des années.

Un mois plus tard, trois grosses caisses étaient livrées au Café du port.

Mon père connaissait le cinématographe. Il était également au fait des travaux de Thomas Edison, des frères Lumière et de leurs épigones, lesquels se passionnaient – et rivalisaient ! – pour l'exploration de la photographie animée. Il avait enfin entendu le nom de ce M. Méliès, ancien prestidigitateur devenu, presque par hasard, le père de la fantaisie cinématographique. Je m'étonnai donc qu'il ne m'en eût jamais parlé.

– Tu es si jeune, Maurice.

– Et alors ?

– Tu approches les sept ans et nous vivons dans ce phare depuis tes premiers mois. En sept années, il s'est passé tant de choses. Lorsque j'ai quitté Arras, le cinématographe était une curiosité scientifique. Il semblerait désormais que ce soit un art.

Un art pour lequel je me passionnai.

Papa avait commandé plusieurs engins afin de s'improviser cinéaste amateur : une caméra, un projecteur, des pellicules et même un drap de toile raide et blanche.

Sans doute s'attendait-il à ce que je fusse désorienté par ce matériel, mais lorsqu'il me vit manipuler ces objets, il comprit que j'étais dans mon jardin.

– L'œil absolu, répétait-il en me regardant régler la lumière, les objectifs, avec une précision d'artificier.

Papa m'observait ensuite, alors que je développais les pellicules avec soin, à l'âge où l'on joue à cache-tampon. Il découvrait les images nées d'« expériences », dont il acceptait de jouer les cobayes. Ainsi était-il mon comédien principal, mon héros, mon personnage. Lorsque, pour les besoins de mes historiettes, il me fallait passer devant la caméra, mon père la faisait fonctionner avec une méticulosité inquiète, redoutant une fausse manœuvre tant ces engins étaient fragiles. Mais Raymond Taupard était un homme appliqué. Surtout, il avait pour moi une dévotion fanatique, convaincu chaque jour davantage que son fils était une personnalité hors du commun.

Mon orgueil vous semblera démesuré, mais les enfants ont le sentiment de leur valeur. Avec l'âge de raison, puis d'homme, le narcissisme se drape de courtoisie, alors qu'à sept ans, je savais que le cinéma et moi étions faits l'un pour l'autre.

Nous en eûmes la preuve dès que je projetai ce que j'appelais mon premier film. Durant des semaines, après mon retour de l'école ou lorsque la marée nous bloquait au phare, mon père m'avait obéi avec docilité.

– Qu'as-tu dans la tête, mon ange ? s'étonnait-il, sans pour autant regimber si je lui demandais de se mettre debout sur la margelle de la terrasse.

– Tu verras, papa…

Quand il découvrit *Au phare*, il fut sidéré.

Les œuvres de Méliès lui semblèrent des pochades. J'avais su capter une vérité, une profondeur, qui rendait avec une troublante perfection notre réalité quotidienne.

– La lumière, me dit papa, béat d'admiration, mais inquiet devant un talent si précoce. Tu as vraiment *mangé* la lumière…

Au phare n'avait pas d'intrigue véritable : on y voyait un homme – mon père – mener une vie solitaire, entretenir l'immense lanterne, regarder la mer. Mais l'atmosphère qui s'en dégageait était palpable. Comme si le drap tendu sur le mur de notre salon n'était pas un écran, mais une fenêtre.

C'est en projetant le film dans la salle du Café du port, un soir de l'hiver 1906, que nous en eûmes confirmation. Une partie du village s'y était donné rendez-vous, intriguée. Depuis des mois on me voyait partir si vite après l'école.

« Petit prince, tu t'en vas ?

– J'ai du *travail*… »

Guerdavid m'arrêtait parfois en chemin.

« Maurice, dis à ton père qu'il y a de nouveaux colis Pathé et Eastman Kodak.

– Tant mieux ! C'est pour moi ! »

Il s'agissait des pellicules commandées chaque semaine, tant j'en consommais.

Mais cette consommation n'avait rien de vain. Pour parvenir à l'épure, il fallait beaucoup élaguer. *Au phare* n'était pas un bricolage. Mon père était d'une patience héroïque, car je lui imposais cent fois le même geste, la même attitude.

Le village fut médusé.

Pas un murmure durant les six minutes de la projection. J'aurais pu demander au vieux Le Fol de se mettre au piano du café, mais le va-et-vient de la mer, par les fenêtres, était la juste musique.

À l'apparition du mot Fin sur l'écran – dans une calligraphie ouvragée qui m'avait réclamé de nombreux brouillons –, il n'y eut guère plus de bruit. Le silence persista lorsque papa et moi commençâmes de démonter notre matériel. Parents, enfants, vieillards restaient figés dans une douce torpeur. Et quand ils sortirent les uns après les autres, regagnant leur logis dans un mutisme recueilli, le curé s'approcha de papa et dit d'une voix inquiète :

– Vous me faites concurrence, Raymond. On croirait qu'ils ont vu la Vierge.

– Je n'y suis pour rien, répondit mon père en me serrant contre lui. C'est Maurice qui a fait ça…

Devant ces villageois qui marchaient comme des somnambules sur le port, le curé s'agenouilla et posa une main sur ma joue.

– Qui es-tu donc, Maurice ?

Le lendemain, lorsque j'arrivai en classe, mes camarades affectèrent une attitude nouvelle. Leur amitié n'avait pas fléchi, mais elle se teintait de respect et d'inquiétude, comme si eux aussi se demandaient qui j'étais.

– Tout le monde a parlé de ton machin, petit prince, finit par me dire Erick, un gaillard parmi les plus âgés, souvent absent car il aidait son père à la pêche, les jours de beau temps.

– Surtout, enchaîna Lenaïd, lumineuse, on en veut encore…

Rien ne pouvait me faire plus plaisir.

Goûtant trop les surprises, je ne voulus pas leur avouer que j'avais en tête mille autres aventures.

À dater de l'hiver 1906, les « films du petit prince » devinrent l'attraction principale de ce coin perdu de la Bretagne. De port en village, de chalutier en voilier, on se passait le mot.

Tous les deux mois, les habitants de Poulven découvraient un nouveau petit film avec la même sidération. *Au phare* était un premier essai, pataud et trop contemplatif. Enhardi par mon succès, je m'autorisai plus de fantaisie et d'humour. Mon père devenait Satan aux enfers, Louis XIV au combat, Vercingétorix ! Mes spectateurs n'accordaient qu'une attention relative aux intrigues. Ce qu'ils recherchaient, ce qu'ils *désiraient*, c'était la sensation pure que mes images leur procuraient. Elles les nourrissaient, les apaisaient. Elles les conduisaient ailleurs, à mille lieues de cette salle de café, que Guerdavid avait modifiée tant les projections devenaient régulières.

Lorsque papa et moi remballions notre matériel, les spectateurs conservaient un air absent et nostalgique, comme s'ils regrettaient ce retour au réel après un instant d'éternité.

– Petit prince, explique-nous ! entendais-je chaque jour, lorsque je retrouvais mes amis dans la classe de Mme Labarre.

Je restais inflexible : Robert Houdin donnait-il la recette de ses tours ?

Évidemment mes amis étaient déçus, mais je sentais qu'une partie d'eux-mêmes se réjouissait de ce refus. Ainsi pouvaient-ils conserver le mystère de ces projections, qui frôlaient la magie. La Goulaouenn restait un athanor où les alchimistes Taupard poursuivaient leur quête du « grand-œuvre ».

Lorsque arrivaient le 14 Juillet et son lot d'attractions, les villageois faisaient désormais la fine bouche. Les derniers Méliès tout comme *L'Histoire d'un crime* de Zecca ou *Le Vol du grand rapide* de Porter les décevaient.

– Il n'y a pas de magie là-dedans, me dit Loïc. Alors que chez toi, c'est rien que de la lumière.

Les rêves

Les premiers rêves apparurent au bout de trois ans. Ce furent d'abord des silhouettes, des ombres fugitives.

Un matin que j'arrivai à l'école, au lendemain d'une projection particulièrement réussie – j'avais montré *Ys*, une fantaisie sur la légendaire ville engloutie au large de la Bretagne –, Denise, la jolie fille du maire, me dit d'une voix inquiète :

– Petit prince, tu sais que j'ai rêvé de tes images, cette nuit ?

– Ah oui ?

Elle m'expliqua avoir revécu la disparition de la cité mythique, comme si une gigantesque vague s'était abattue sur sa chambre, dans son sommeil.

Entendant cela, Olivier, un autre écolier, s'approcha, interloqué.

– Toi aussi ? J'ai fait exactement le même rêve !

Et ce furent bientôt douze écoliers qui constataient la même chose.

Je ne trouvai rien à leur répondre mais fus troublé. Il n'y avait aucun lien entre mes images et ce rêve si étrangement partagé, mais tous me considérèrent avec une circonspection nouvelle, comme si je leur avais joué un vilain tour.

L'affaire fut vite oubliée, car le ressac efface les mauvais souvenirs, mais à la projection suivante, deux mois plus tard, le phénomène se reproduisit.

Il sembla même décuplé, car l'ensemble des spectateurs fut l'objet d'un rêve commun.

Papa et moi avions inventé notre propre vision de la légende d'Orphée en nous aidant des fresques de l'escalier du phare. Les villageois passèrent une nuit terrible, tourmentés par mille démons. Dans leur sommeil, le film s'était prolongé : non comme s'ils continuaient à le voir, mais comme s'ils en *faisaient partie*.

À l'école, personne ne voulut m'adresser la parole.

Lorsqu'elle me vit entrer, Lucie, la benjamine de notre classe, se jeta même dans les jambes de la maîtresse. Il fallut une bonne demi-heure pour la calmer.

– Maurice, à quoi joues-tu ? me reprocha le maire avec agressivité.

Mais à nouveau, la marée remplit son rôle et la tension se dissipa. Il semble d'ailleurs que les films suivants n'exercèrent pas le même pouvoir. Papa et moi nous y étions-nous moins impliqués ? Le public s'en méfiait-il davantage ? Je pense que nous prîmes plus de distance par rapport à notre travail, comme si nous avions peur de son pouvoir. Quant au public, nous le sentions méfiant et de plus en plus clairsemé.

Toujours est-il que nous regagnâmes la confiance des villageois. Pendant une nouvelle année, nos projections reprirent avec régularité et les habitants de Poulven revinrent au rendez-vous de notre imaginaire sans que nos films hantent leur sommeil.

Survint l'été 1910.

Agacé de devoir adoucir ma créativité, je proposai à mon père une aventure horrifique inspirée d'Edgar Poe et d'Horace Walpole. Le phare devenait un château gothique, lieu de toutes les cruautés. Papa fut étonné que je fusse au fait de tant de perversité, alors qu'il connaissait – et pilotait – mes lectures.

– Crois-tu vraiment que nous puissions présenter cela aux villageois ? me demanda-t-il, inquiet de leurs réactions.

– Ils sont mûrs, papa. Tout comme je le suis : j'ai bientôt onze ans.

– Onze ans..., répéta-t-il, songeur, devant cet âge moins vénérable que dérisoire.

Fidèles à notre discrétion, nous concoctâmes cette nouvelle œuvre avec un soin d'orfèvre. Nous mîmes plus de temps que d'habitude, à tel point que les villageois s'en étonnèrent.

– Finies les projections ? demanda le maire, après six mois.

– Je croyais que vous aviez peur de nos films ?

Devant cette provocation, le maire prit la mouche :

– Pour qui nous prends-tu, Maurice ?

Désignant une mer déchaînée, il objecta que leur seule menace était là-bas. Ce n'étaient pas mes pauvres petites images qui allaient les empêcher de dormir.

– Très bien..., dis-je d'un ton mystérieux. En ce cas, rendez-vous samedi prochain, dans la salle de votre café.

Le maire me regarda partir avec inquiétude, comme s'il craignait d'avoir joué les matamores.

Le samedi suivant, tout le village était au rendez-vous. Le maire avait battu le rappel : cette soirée devait être la preuve que les Poulvenois n'étaient pas des mauviettes.

Dès les premières images, ils furent tétanisés.

C'était un œil. Un simple œil, vu de très près. De sa pupille sortait bientôt un insecte, dont on ne savait s'il était cancrelat ou ver de sable. Puis la bête gagnait les joues et commençait de les dévorer. La vision était d'autant plus déplaisante qu'elle n'était que jeu d'ombres… et que ce visage était le mien.

Plusieurs spectateurs s'évanouirent. Ceux qui ne criaient pas sortirent de la salle. Les autres – la majorité – campèrent sur leur siège de bois, immobiles, aspirés par l'écran.

Lorsque la projection s'acheva, le silence était funèbre. La dévotion habituelle s'était muée en nausée. Regagnant le monde réel comme on s'arrache à la poix d'un sommeil médical, certains demandèrent une bassine pour y vomir. D'autres n'eurent pas ce réflexe et souillèrent les dalles du café. Le cafetier lui-même rangea compulsivement son comptoir et déguerpit en nous disant d'une voix atone :

– Remportez vos affaires et fermez la porte derrière vous.

Puis nous nous retrouvâmes seuls.

Une fois rentrés au phare, papa et moi passâmes une nuit intense. Je m'endormis avec un mélange de satisfaction et d'appréhension. Jamais je n'étais allé aussi loin dans la logique de mes images. Ce que j'avais frôlé ici touchait à un ailleurs. La réaction des villageois en était la preuve ; si le public du port n'était pas mûr pour ce spectacle, j'étais prêt à l'approfondir. Toutefois, une crainte sourde me tenaillait les tripes. Un nœud me serrait la gorge et me faisait haleter sur mon oreiller, dans ma petite chambre en demi-lune.

Le lendemain matin, je compris pourquoi.

À l'école, tous me virent arriver avec horreur, se détournant de moi de telle sorte que je dus m'asseoir au fond de la classe, à la seule table vide.

L'explication vint au moment de la récréation. Non sans réticence, Lenaïd finit par s'approcher.

– Tu ne sais vraiment pas ce qui s'est passé, cette nuit ?

– Mais non !

Alors elle m'expliqua.

La vieille Gwenola avait été retrouvée morte le matin dans son lit. Sa porte était fermée à double tour de l'intérieur et il avait fallu la forcer. Ses draps étaient déchirés, comme lacérés par des griffes, et son visage défiguré par la marque d'un effroi profond…

– Comme si elle avait été violée par le diable.

Cela rappelait une scène du film projeté la veille, dans lequel un homme est visité dans son sommeil par un démon.

Mais ce n'était pas le plus inquiétant.

– On l'a tous vue, Maurice.

– De quoi parles-tu ?

– La mort de Gwenola : tout le village s'est réveillé en sachant ce qui s'était passé, car nous l'avions tous vécu.

– C'est-à-dire ?

– Tout le monde, même les jeunes enfants, même les bébés, a fait le même rêve.

L'exil intérieur

La réaction fut immédiate : de prodige, je devins paria.

Par un courrier très sec glissé sous notre porte et signé du maire, il nous fut signifié que je n'étais plus admis à l'école du village et que toute projection était interdite ; désormais, nos provisions seraient livrées chaque quinzaine à la porte du phare, par marée basse ; enfin, le conseil municipal avait demandé à la préfecture le remplacement de Raymond Taupard.

Après quelques jours de stupeur, mon père et moi nous avouâmes soulagés. J'avais le sentiment de perdre mon temps chez Mme Labarre : papa était un bien meilleur professeur. Enfin, nous pouvions nous livrer à nos expériences sans souci d'effrayer nos spectateurs.

– C'est formidable, mon ange ! s'enthousiasma papa. Tu vas pouvoir laisser libre cours à ton inspiration.

Il s'agenouilla devant moi.

– Tu es un être d'exception, Maurice. Et jamais je n'entraverai ce destin, comprends-tu ?

L'année que nous passâmes en tête à tête dans le phare de la Goulaouenn reste la plus belle de ma vie. Papa et moi n'avions de comptes à rendre à personne et vivions comme deux amoureux : amoureux de cette lumière qui était notre but ultime.

– C'est la lumière qui te nourrit, Maurice. Elle seule donne sens à tes illusions ; elle est leur sève, leur sang. N'oublie jamais cela !

À mesure que les semaines passaient, nous perdions la notion du temps. Provisions et matériel nous étaient livrés à la porte de l'édifice, au pied de l'îlot, et nous avions rompu tout contact avec le village. Régulièrement, mon père s'inquiétait que son remplaçant n'eût pas été annoncé. Il craignait surtout de le voir arriver un matin, sans avoir eu le temps de préparer son départ. Mais il comprit bien vite que les postulants devaient être difficiles à trouver, étant donné la complexité de la Goulaouenn.

Et puis il y eut ce courrier, au mois de juin 1912.

Avec la même neutralité, le maire annonçait que le nouveau gardien du phare arriverait aux premiers jours de l'automne.

– Un été, mon fils. Il nous reste un été pour réaliser ce qui sera notre chef-d'œuvre. Je veux dire *ton* chef-d'œuvre, Maurice. Après, nous l'emporterons à Paris et nous irons le montrer à MM. Gaumont ou Pathé, qui sauront le faire connaître à travers le monde…

Ce dernier été fut frénétique. Avec le recul, je n'ai pas souvenir d'avoir dormi. Pris par le temps, nous ne cessions de consulter l'horloge du salon, comme une menace. Le phare était devenu un studio de cinématographe ; pas une pièce, pas une marche de l'escalier, qui ne fût encombrée de boîtes, de bobines, de câbles, d'éclairages.

Le film sur lequel nous travaillions devait être notre apothéose. Notre objectif était de nous passer de personnages et d'atteindre à l'épure en ne reproduisant que les mystères de la lumière.

Son titre nous sembla évident : *L'Illusion absolue.*

Aurore, crépuscule, tempête, nuages, écume, vagues, tout était prétexte à un miroitement visuel, une symphonie optique visant cette illusion qui plongerait le spectateur dans une réalité seconde.

À la fin août, nous avions toutes les images.

– Il nous reste dix jours pour monter l'ensemble, m'avertit mon père.

Jamais je ne dormis si peu. Comme deux marins au cœur de l'océan, papa et moi prenions le relais, nous parlant à peine. À quoi bon échanger des mots, puisque nous pensions à l'unisson ? J'ai toujours été persuadé que la parole est un luxe superflu : l'œil – cet œil absolu – est le sens suprême. En s'adjoignant la parole, le cinématographe a abdiqué sa magie, alors que *L'Illusion absolue*, dans son ambition démesurée, voulait poser la grammaire d'une langue nouvelle, qui parlerait à tous.

*

C'est la chaleur qui me réveilla.

Nous étions aux premiers jours de septembre et l'automne avait commencé de rafraîchir l'océan. Le matin, lorsque je m'éveillais, les murs du phare étaient désormais glacés.

Mais là, il faisait chaud. Une chaleur étouffante.

Croyant que le brouillard s'était glissé dans ma chambre, je compris que c'était de la fumée.

Alors que j'étais pris d'une quinte de toux, j'entendis un cri. Plutôt un gémissement. La plainte d'un animal frappé au cœur.

– PAPA ! hurlai-je en me précipitant vers la porte.

– N'ouvre pas ! cria-t-il. Mais c'était déjà trop tard…

J'avais laissé ma fenêtre ouverte et l'appel d'air fut immédiat. Les flammes du couloir se projetèrent dans la pièce, me faisant reculer jusqu'au mur du fond.

L'odeur de celluloïd brûlé m'assaillit. J'avais l'impression d'être prisonnier d'une cheminée. La bouche des enfers s'était ouverte devant moi et s'avançait, inexorable.

Alors, je compris.

La veille au soir, papa m'avait dit d'aller me coucher. Il voulait vérifier quelques points de montage. Mais la « machine » avait subi une petite avanie l'avant-veille, et l'électricité restait en panne.

« Ce n'est pas grave, j'ai des bougies.

– Tu m'as toujours dit d'éloigner les flammes des bobines, papa.

– Rassure-toi, Maurice. Pour toi comme pour moi, la lumière sera toujours une amie… »

Et cette lumière venait d'entrer dans la pièce, frémissante, raide malgré les flammes, avec une puissance d'automate.

Ses mains tenaient encore la bobine, mais elle avait fondu sur ses doigts. Il ne faisait plus qu'un avec le film. Sa bouche était un trou d'ombre au cœur du brasier. Et ses yeux, les doux yeux de mon père, avaient explosé dans leurs orbites.

Tout se passa très vite, car mes gestes devancèrent ma pensée. J'aurais pu me dire : la fenêtre, la marée haute, sauter le plus loin possible, retenir mon souffle…, mais je n'en eus pas le temps.

L'océan et la nuit m'engloutirent au même instant.

Et lorsque j'émergeai des flots, je vis la silhouette en flamme qui me scrutait depuis la fenêtre, dans un dernier adieu.

4

« Time after time / You refuse to even listen / I wouldn't mind / If I knew what I was missing… »

Quel péché a pu commettre la musique ? Ces mélodies si pauvres, ces paroles ineptes. Et puis ce besoin de tout amplifier. Le disque est diffusé trop fort !

– Toi, je sais ce que tu penses, glousse Bibi, qui traverse la foule pour rejoindre Caroline.

– Je fais un effort pour être ici, tu sais ?

L'éclat de rire de Bibi électrise trois messieurs, qui la déshabillent du regard.

La ravissante jeune femme leur décoche un clin d'œil, qui les échauffe aussitôt, sans qu'ils osent toutefois avancer.

– À croire que je t'impose une torture, reprend Bibi en enserrant Caroline par la taille pour la forcer à danser sur *You Won't See Me.*

Voyant cela, les garçons n'en sont que plus émoustillés. Bibi leur fait un nouveau clin d'œil et pose un baiser sur la joue de Caroline, tout près des lèvres.

– Tu ne peux pas comprendre, fait la journaliste en reculant brusquement.

Les voyeurs font un « Ooh ! » amusé mais déçu.

Bibi cesse de danser.

– Pas comprendre quoi ? Que tu nous prends tous pour des « gommeux », comme dit ton ami Vincent ?

– C'est aussi ton ami.
– Avec Vincent, j'ai toujours peur de dire une connerie.
– Tu exagères…
– Au contraire, Caroline. C'est à toi qu'il fait cet effet. Et je déteste te voir à ce point… sous influence.
Caroline tressaille.
– Sous influence ?
– Lorsque vous êtes ensemble, j'ai l'impression que tu calcules tous tes mots, que tu t'interdis de dire certaines choses, d'avouer certains goûts…
– Mais non…
– Tu lui as dit que tu venais ici ce soir ?
– On n'est pas mariés !
– Surtout une soirée avec cette « cruche de Bibi », à écouter de la « sous-musique », au Golf Drouot…
Caroline a toujours eu du mal avec la jalousie de Bibi. Tous trois se sont connus dans le quartier. Vincent était son voisin de la villa Godin, Bibi sa meilleure amie au collège de la place Gambetta. À cette époque, Bibi n'était encore que Janique Marly, charmante demoiselle blonde tout juste arrivée d'Algérie où ses parents vivaient toujours. L'adolescence changea tout, révélant une nature voluptueuse, des cheveux en cascade, des lèvres gloutonnes et une poitrine affolante. Des *Petites Filles modèles*, elle ralliait *Et Dieu créa la femme*. Vincent fut d'ailleurs le premier à la comparer à Bardot : « Après la BB du cinéma, la Bibi de Ménilmontant. »
Le surnom lui est resté, qu'elle porte à merveille. Il n'est qu'à voir ce nouveau groupe de jeunes gens qui s'approche d'elle en se léchant les babines.
– Tiens, mais c'est Bibi !
– Oh, mais ce sont mes lapins-chasseurs !
Les cinq garçons tombent dans les bras de Janique, qui les embrasse avec une affection bonhomme.
Des clones, songe Caroline. Elle s'en veut de passer pour la

mijaurée de service, mais le mimétisme de sa génération la navre : ces mêmes costumes cintrés, ces mêmes cravates, ces mêmes coiffures à frange, cette même fougue de chiot. Bibi en prend deux aux épaules et s'approche de son amie.

– Vous ne vous connaissez pas ?

Caroline fait non de la tête, s'efforçant de rester aimable, tandis qu'ils la scrutent de la tête aux pieds.

Au même instant, un « Aaaaah ! » général traverse la petite salle au plafond bas. De l'autre côté, sur la scène, un homme à lunettes noires, costume blanc et cheveux gominés s'empare d'une guitare électrique.

– Quelles sont celles d'entre vuu qui se sentent seûles ce soâr ?

Un concert de voix féminines répond un « Moiii ! » larmoyant, qui horripile Caroline. Tant pis : elle s'en va !

Caroline Ménardier ne sera jamais de son temps. Régulièrement, elle sacrifie aux lois de l'amitié et accepte d'accompagner Bibi dans ses virées nocturnes pour des concerts rock, mais son verdict reste le même. Ce n'est pas faute d'avoir essayé : Johnny Hallyday ou Les Chaussettes noires au Golf Drouot, ces insipides Beatles à l'Olympia en juin dernier, et même cette fameuse nuit de *Salut les Copains*, il y a trois ans, place de la Nation. Un cauchemar ! Une cohue monstrueuse ! Caroline s'est retrouvée le cœur sur les lèvres, saoulée de bruit, jamais de musique.

« Parce que cette musique n'existe pas, lui répète Vincent comme une évidence. Tout ce que recherchent ces gens, c'est une brève fusion qui donne l'illusion d'exister. Le retour au néant n'en est que plus violent. Regarde ces tronches quand ils reviennent de boîte de nuit : des morts-vivants ! Désolé pour Bibi, mais il y a plus de musique dans la moindre rengaine de Charles Trenet que dans ce que *vous autres* appelez "le rock". »

Devant ces diatribes, Caroline reste souvent muette. Muette d'être possiblement incluse dans ce « vous autres ». Muette parce qu'elle n'ose pas répliquer, de peur de déplaire à Vincent, de ne plus être à la hauteur de leur amitié.

En cela Bibi dit vrai : Vincent exerce sur Caroline une manière d'emprise, mais une emprise positive, constructive. Une emprise sans laquelle elle ne se serait pas lancée dans *Atget 65*, une emprise qui lui a fait découvrir des centaines de livres et de films, parcourir les musées de Paris, se passionner pour tout ce qui est étonnant et méconnu.

L'intégrité de Vincent Bellegarde – certains diront son intégrisme – ne s'embarrasse pas de compassion. Ses partis pris esthétiques sont une arme de combat. Mais il reste un révolutionnaire de salon.

« En temps de guerre, aurais-tu pris les armes pour résister ? » lui avait un jour demandé Bibi, agacée par ce perpétuel ton belliqueux.

Vincent avait eu l'honnêteté de répondre qu'il n'en savait rien.

Bibi l'avait toisé ; rien ne l'horripile tant que l'engagement sans danger. Malgré ses folles soirées, elle est une infirmière dévouée à ses patients. Quant à sa famille, les Marly, ils ont payé cher le prix de cette époque que Vincent brocarde sans risque : son frère est mort voilà cinq ans, égorgé dans les Aurès, et son père en a conçu une telle rage qu'il s'est engagé à corps perdu dans l'OAS. Il purge une peine de prison dont il devrait sortir dans sept ans, en 1972.

« Je sais ce que c'est que l'engagement, moi, Vincent. Alors, tes leçons de vie… »

Paradoxe de cette amitié : la plus délurée est la plus politisée, quand les deux « intellos » prônent un désengagement de principe. Cette année, Bibi n'a-t-elle pas passé des nuits entières à coller des affiches pour Tixier-Vignancour, le candidat de la droite dure à la prochaine présidentielle, qui aura lieu mi-décembre ? « Je fais tout pour abattre le grand con », dit-elle avec rage en désignant l'homme qui a détruit sa famille : de Gaulle.

Le trottoir de la rue Drouot est un éden.

Caroline retrouve l'impression de l'après-midi, après la projection du Belphégor : elle croit remonter d'une apnée. Songeant alors aux images de Trabucco, elle sent poindre une sensation de confort. En quoi ces images ridicules sont-elles confortables ? Caroline ne saurait l'expliquer, mais le sentiment est là…

– Tu es incorrigible, Caroline…

Bibi l'a rejointe devant la vitre du Café d'Angleterre.

– Je ne respire pas, là-dedans.

– Parce que tu respires quelque part ?

Caroline est lasse de toujours se justifier. Bibi lui caresse la joue et murmure qu'un de ses lapins-chasseurs la trouve à son goût.

– Moi ? souffle Caroline sans conviction.

Devant cette expression butée, Bibi considère son amie comme une mère sa fille.

– Il s'appelle Gérard et il est adorable. Viens t'amuser !

Caroline voudrait lui faire plaisir, mais c'est plus fort qu'elle. Bibi sait bien que son amie ne s'amuse pas des mêmes choses qu'elle. Pour les garçons de son âge, elle est une vieille pie déguisée en jeune femme : passé un quart d'heure, ils bâillent.

– Eh bien, ne parlez pas, dansez, embrassez-vous, faites l'amour.

– Rien que ça !

Bibi croise les bras comme une examinatrice.

– Si je ne te connaissais pas, je croirais que tu es vierge, ou que tu as peur des hommes.

– Crois ce que tu veux…

– En tous les cas, tu es vierge d'amour, de passion. Ne va pas me dire que ces quelques types mariés de quarante ans, que tu retrouves dans des hôtels, l'après-midi, te font rêver.

Une fois de plus, Caroline esquisse une moue impuissante.

– Mes rêves sont différents, Bibi. Ces types, c'est comme du sport, deux heures de piscine.

– Non mais tu t'entends ?!

Oui, Caroline s'entend et n'en éprouve nulle honte. Sa morale est ailleurs : dans son rapport à l'art, à la beauté. Pour elle, le sexe est une activité comme une autre, dénuée de toute attache sentimentale.

« Tu es un homme, Caroline, lui disent ses amants de passage.

– Je garde mon cœur pour les sujets importants. »

Que voudraient-ils, tous ces hommes lâches et mornes, qui rentrent chez bobonne manger leur blanquette devant *La caméra explore le temps* ? Qu'elle s'amourache ? Qu'elle les somme de quitter leur femme ? Surtout pas ! Habitués aux demoiselles plus sentimentales, ils perdent pied devant ce caractère trempé. Combien d'amants Caroline a-t-elle abandonnés, sans donner signe de vie ? Un beau jour, plus de nouvelles. Disparue, envolée. Aucun ne connaît son nom de famille, son adresse. Et lorsqu'il lui arrive d'en croiser un, au hasard des rues de Paris, l'homme est toujours au bras de sa femme, rougissant et terrorisé.

– C'est si triste…, se désole Bibi.

– Tu es une romantique, Janique. Une passionnée. Une exaltée. Moi, je suis une classique, froide et cynique. Voilà tout.

– Je ne te crois pas une seule seconde. Je sais bien que tu caches un cœur aux abois, une âme hypersensible, qui se protège de tout depuis des années.

Devant cette psychologie de bazar, Caroline ne répond rien et change de sujet.

Mais ce soir-là, Bibi ne cherche même plus à la convaincre. Il lui semble pourtant lire en Caroline quelque chose de nouveau.

– Dis donc, ma chérie, tu n'aurais pas rencontré quelqu'un, justement ?

À cette question, Caroline répond par un air énigmatique, qui attise la curiosité de Janique.

– Je t'ai rarement vu ce regard…

– Ah oui ?

Étonnée, Caroline se contemple dans la vitre du Café d'Angleterre.

Bibi dit vrai : dans ses yeux, une lumière a changé.

5

– Tu ne connais pas Sylvania, toi qui sais par cœur l'histoire du cinéma ?

– Non, maman…, répond Caroline, irritée.

Sa mère aime la prendre en défaut. Non par méchanceté, mais par nostalgie de l'ascendant qu'elle a longtemps eu sur sa fille.

Trottinant jusqu'au réchaud, Pauline tourne une cuiller dans la casserole et hume le cassoulet – « Je n'ai plus que ça », a-t-elle dit à Caroline, lorsqu'elle est arrivée, un quart d'heure plus tôt, exhibant la boîte William Saurin.

À cette vision, Caroline sent monter l'attendrissement. Combien de fois a-t-elle vécu cette scène ? Cette silhouette longiligne et délicate. Cette tenue hors du temps, élégante mais usée. Ces cheveux de danseuse relevés en chignon, passés du brun au gris. Et puis cet air fané, qui a troqué la rage juvénile pour un renoncement serein. Ressemblerai-je à ça dans trente ans ? se demande Caroline.

– Sylvania a été une grande vedette de cinéma des années 10-20. Si tu fouilles par là, tu risques de trouver des affiches.

Pauline Ménardier désigne la pile de rouleaux de l'autre côté de la pièce, non loin des étagères de métal où sont stockées les bobines de film.

Caroline n'a jamais compris comment sa mère pouvait supporter la réserve du Palais d'Avron. Tant d'heures dans cette pièce aveugle, au parquet défoncé, aux affiches élimées : *Pépé le Moko*, *La Bête humaine*, *Scarface*, le sourire chevalin de Fernandel dans *Les Cinq Sous de Lavarède*. Depuis vingt ans que Pauline Ménardier travaille ici, le décor reste identique. C'est comme ça que Caroline a découvert le cinéma.

– C'est prêt.

Sur la table de bridge, les assiettes débordent de cassoulet.

Une fois par semaine, Caroline vient déjeuner avec sa mère dans ce cinéma de quartier, à un jet de pierre de la Nation. Sa façade Art déco fait l'angle des rues d'Avron et Buzenval et l'immeuble accède directement au métro.

Caroline a passé ici une partie de son enfance. Mère célibataire sans famille, Pauline ne trouvait personne pour garder sa fille. La petite n'en était que plus heureuse. Elle adorait monter sur les genoux du projectionniste quand il changeait les bobines, ou se cacher entre les jambes de sa mère, lorsqu'elle vendait des tickets.

Pauline est issue d'une famille de notaires de l'Ouest parisien, qui renièrent leur fille lorsqu'elle s'amouracha du beau Jean Ménardier, séducteur irrésistible mais sans le sou. Prisonnier en 1940, alors que Pauline était encore enceinte, Jean était revenu à Paris en 1945, avec une maîtresse bavaroise et un petit garçon. Pauline en fut dévastée, et la seule réaction de ses parents fut un « On te l'avait bien dit » qui scella à jamais leur brouille. En 1965, Caroline n'a jamais rencontré ses grands-parents et sa mère est sa seule famille.

Est-ce pour cela qu'elle a ressenti une empathie instinctive à l'égard de Sylvania, qui fait le même métier que Pauline ? Sans doute, songe-t-elle en se brûlant la langue avec les flageolets.

– Fais attention, c'est chaud, murmure Pauline.

Puis, versant un fond de muscat dans des verres à moutarde, elle explique d'un ton docte que Sylvania fut l'une des grandes concurrentes de Musidora, la vraie star française de l'époque. C'était le temps où Louis Feuillade tournait ses films en cascade, inspirés des romans-feuilletons en vogue comme *Fantômas* ou *Judex*…

– … ou *Belphégor*, coupe Caroline, qui n'a pas encore expliqué à sa mère la raison de ses recherches.

– Ces femmes étaient les Brigitte Bardot des années 10, vois-tu ? Avec une esthétique bien différente de celle d'aujourd'hui.

Caroline se rappelle l'affiche vue au Belphégor et s'étonne que seule Musidora soit restée dans les mémoires.

Ôtant la casserole du feu, Pauline ajoute qu'à une époque, Sylvania s'est montrée moins prudente.

– C'est-à-dire ?

Comme si elle hésitait à colporter des ragots, elle répond que son attitude pendant l'Occupation n'a pas été très élégante.

– Élégante ?

– Sylvania ne tournait plus depuis déjà longtemps, mais elle tenait un cabaret très populaire, près des Champs-Élysées. Entre 40 et 44, elle ne fut pas regardante sur les clients.

– Une collabo, quoi.

Pauline se cabre.

– Tu sais bien que je n'aime pas ce mot.

– Tu en connais un autre ?

– Mettons que Sylvania ne s'est pas réveillée à temps.

L'euphémisme irrite Caroline. Bien souvent, elle s'est disputée avec Pauline sur le cas d'un Clouzot, d'un Fresnay… « Tu n'as pas le droit de juger, Caroline. À cette époque, on avançait à vue. Il est si facile de faire les procès après coup. »

– Pourquoi me parles-tu de Sylvania, d'ailleurs ? Elle est morte ?

Un instant, Caroline hésite, mais déclare qu'elle est malade et qu'Hugues Rocher, le rédacteur en chef, lui a demandé sa nécrologie.

Pauline peine à retenir sa déception :

– Encore ta « viande froide ». Et c'est toujours l'ineffable Jenny Chaumette qui finance le journal ?

– Toujours, maman…

Pauline s'échauffe : en voilà une collabo, une vraie ! Quand elle était actrice, ta patronne a fait le voyage à Berlin avec Delair, Préjean, Darrieux et les autres. Elle était à tu et à toi avec les Greven et compagnie. On dit même qu'elle aurait eu une aventure avec Goebbels…

Caroline souffle, agacée.

– Tu crois à ces conneries ?

Sa mère reste sombre et se ressert un verre de muscat, qu'elle vide d'une traite.

– Mais elle a été plus finaude que les autres : à la Libération, elle a épousé un milliardaire du béton qui l'a lavée de tout soupçon.

Caroline s'attend à ce que sa mère poursuive sa diatribe sur Maurice de la Solvette, baron du BTP qui a construit le mur de l'Atlantique pour mieux rebâtir les villes françaises, sans être jamais inquiété, mais Pauline s'arrête là.

– À propos de *richesse*, tu as vu ton père ?

Caroline tressaille. Décidément, sa mère la cherche.

– J'ai déjeuné avec lui en septembre.

– Je sais. Et tu as encore refusé qu'il t'aide…

– Je me débrouille très bien sans lui.

Pauline se lève et débarrasse la table, qu'elle replie sans se soucier que Caroline reçoive une volée de miettes.

– Ta fierté te perdra, ma chérie. Je sais qui est ton père, je connais sa lâcheté, mais prends ce qu'il te donne.

– Pour solde de tout compte ? grince la jeune femme, toujours surprise que sa mère tienne ce discours, elle dont la vie fut brisée par la trahison de Jean Ménardier.

Pauline se rassied devant sa fille, essuyant une assiette avec un torchon.

– Les années ont passé, Caroline, je ne suis plus si jeune.

– Je ne te demande jamais d'argent, maman.

Pauline secoue la tête. Il ne s'agit pas de ça. Elle croit juste qu'il est temps de passer l'éponge. Caroline n'en revient pas !

– Cela peut te surprendre, mais je ne veux pas qu'un jour tu me reproches de t'avoir détournée d'un père qui espérait renouer avec toi.

La jeune femme ne trouve rien à répondre. Accepter de l'argent de cet homme ? Jamais ! Elle préfère enterrer des gloires oubliées et camper dans sa mansarde de la villa Godin. Mais tout débat est inutile et elle veut éviter de faire de la peine à sa mère. Elles se ressemblent tellement : ce mélange d'orgueil et d'empathie.

Après un silence, Pauline propose à sa fille de l'accompagner au théâtre, la semaine prochaine.

– Maman, tu sais bien que je n'aime pas le théâtre…

– Ça peut être très amusant. C'est la nouvelle pièce d'Obaldia, *Du vent dans les branches de sassafras*. Avec Michel Simon !

Caroline a vu des affiches sur les colonnes Morris. En réalité, elle serait bien curieuse de voir Simon en vrai. Mais elle est trop en colère.

– Quelle tête de mule ! Et si je te donne mes deux places, tu veux y aller avec Vincent ?

Sa mère est sincère, mais elle enchaîne maladroitement :

– Ou bien emmène quelqu'un d'autre ? Tu as un amoureux en ce moment ? Tu ne me dis jamais rien. J'aimerais les connaître, parfois…

C'est la remarque de trop. Caroline ne supporte pas que sa mère l'interroge sur sa vie sentimentale. Moins par pudeur que par embarras. Cela ferait trop de peine à Pauline.

Caroline s'est levée pour enfiler son trench-coat.

– Linette, pardonne-moi, mais tu comprends que je m'inquiète ?

Figée, Caroline rétorque qu'elle va très bien.

– Mais… et le théâtre, alors ? Tu ne veux vraiment pas… ?

Sans même se retourner, Caroline ouvre la porte et s'en veut déjà de répondre :

– Invite papa, puisqu'il te manque tant que ça.

6

– Je n'ai rien à vous dire, mademoiselle !

L'ouvreuse a reconnu la journaliste.

– J'ai vraiment besoin de vous parler, mademoiselle Sylvania.

Entendant son nom, la vieille femme ne peut retenir une expression de nostalgie et de rancœur.

– Aussi surprenant que cela vous paraisse, insiste la journaliste, j'ai vu *Le Château de la mort lente*, *La Justicière* et même *L'Étrangleuse*.

Caroline se mord l'intérieur des joues, craignant d'avoir mélangé les titres. Mais elle a vu juste. Sylvania ne cherche plus à dissimuler sa fierté.

– Vous avez de la culture, au moins…

Consciente de marcher sur des œufs, Caroline précise qu'elle est passionnée depuis toujours par le cinéma muet.

– Lorsque je découvre les films de cette époque, je vois une liberté, une folie, une beauté qui se sont perdues par la suite.

Sylvania approuve et s'adoucit :

– Vous avez raison, le parlant a dévoyé le cinéma. La poésie visuelle est devenue bavardage. Les films permettaient un vrai dialogue entre les pays, les cultures. J'ai participé à des tournages où les comédiens étaient russes, anglais, bulgares, argentins, autrichiens, portugais et même lettons. Un geste dit tellement plus qu'une longue tirade…

Sylvania a parlé d'un seul souffle, avec tant de vigueur qu'elle en rougit.

– C'est moi qui deviens bavarde, s'excuse-t-elle, avant de se renfrogner. Vous agitez trop de souvenirs. Ce n'est pas charitable.

– Ce que je ne comprends pas – ce qui m'a toujours semblé injuste –, c'est que vous soyez à ce point oubliée, alors que Musidora…

À ce nom, Sylvania tressaille.

– Musidora…

Caroline n'aurait pas dû aborder le sujet. Les mains de la caissière tremblent tant qu'elle fait tomber le rouleau de tickets. Mais ses souvenirs s'ouvrent comme un livre :

– Puisque vous êtes là, autant clarifier deux ou trois choses. Cela fait si longtemps que j'ai relégué tout ça au fond de ma mémoire…

Caroline n'ose rien répondre et laisse parler Sylvania :

– Musi et moi étions comme deux sœurs, vous savez ? Nous nous sommes connues à dix-huit ans, sur les tournages des derniers Méliès. On s'est tout de suite bien entendues, car nous avions des caractères complémentaires : j'étais joyeuse et un peu séductrice, elle était renfermée mais très intense. Au gré des tournages et des spectacles de théâtre ou de music-hall que nous avons faits ensemble, c'est moi qui lui ai appris à s'habiller, à souligner ses yeux de khôl…

« Tu me comprends mieux que moi-même, ma Sylvette », me disait-elle parfois. C'est d'ailleurs elle qui a trouvé mon nom de scène à partir de mon prénom, tout comme j'ai forgé le sien, inspiré d'un livre de Théophile Gautier…

Caroline est captivée. Cette vieille chouette ressuscite pour elle les premiers feux du cinéma !

– Tout s'est brisé lorsque nous sommes passés chez Gaumont. À l'époque, le « gros Léon », comme on l'appelait, était l'un des maîtres du cinéma français. Son seul concurrent était Charles Pathé. À eux deux, ils avaient le monopole. Mais ce qu'on a plus tard baptisé le 7e art était alors une activité artisanale, qui s'inventait au jour le jour. C'est donc chez Gaumont, dans ses studios des Buttes-Chaumont, que nous avons rencontré Louis Feuillade…

Encore un nom mythique qui fait rêver Caroline.

– C'était l'époque des *serials*, comme les appelaient les Américains, reprend Sylvania. Ces films à épisodes, qui ont passionné le public des années 10. À l'heure de la guerre, de la boucherie, les gens avaient besoin de s'évader… Coups de théâtre, intrigues folles, bandits, fantômes, silhouettes mystérieuses, femmes envoûtantes : pendant de longues heures, les soldats en permission oubliaient les tranchées et les femmes esseulées remisaient leurs angoisses. Nous vendions du rêve…

La caissière marque une pause, comme si elle hésitait à en dire plus.

– Et ensuite ?

– Ensuite ? Je me suis fait avoir, tout bêtement…

– Avoir ?

Sylvania confirme d'un hochement du menton. Feuillade avait écrit pour elle un personnage de femme fatale dans un nouveau *serial* qu'il préparait depuis longtemps, *Les Vampires…*

Sylvania guette la réaction de Caroline. Malgré sa rancœur, elle est satisfaite de son effet. Incrédule, la journaliste demande si la caissière devait jouer la fameuse Irma Vep.

La vieille femme acquiesce tristement. Le rôle lui était destiné. C'est même elle qui a trouvé le nom du personnage, qui est une anagramme de vampire.

Caroline n'en revient pas. Le personnage le plus célèbre du cinéma muet français !

– Mais… que s'est-il passé ?

Nouvelle moue résignée.

– Musidora suçait.

Caroline sursaute si vivement que la vieille éclate d'un rire sinistre.

– Ne jouez pas les oies blanches. Cela a toujours fonctionné ainsi. Musi a trouvé le scénario, dans ma chambre. Elle l'a lu, l'air de rien. Après, sans me le dire, elle est allée voir Gaumont et Feuillade. Son talent a fait le reste.

Caroline répète le mot « talent », perplexe.

– Je suis née dans un milieu plutôt bourgeois, mais Musi a commencé dans une maison de rendez-vous, près de la porte de

Bagnolet. Elle y a appris des secrets contre lesquels un homme ne peut lutter…

La journaliste peine à croire cette histoire. Sylvania n'est-elle pas victime d'une jalousie dévorante ?

– Croyez ce que vous voulez, ma petite. À de rares exceptions près, toutes les grandes vedettes de l'écran sont passées par là. Dietrich suçait Sternberg, Hayworth suçait Welles, Martine Carole suçait Christian-Jaque, Bardot suçait Vadim, Marylin suçait tout ce qui bougeait… Il n'y a que Garbo qui se suçait elle-même. Le cinéma est un monde où l'on suce, que voulez-vous ? Et moi je n'ai jamais aimé ça : j'ai peur des aphtes. Voilà à quoi se joue une carrière… Au moins ai-je ma conscience pour moi, et mon honneur. Feuillade et Gaumont m'avaient fait des avances que j'ai toujours refusées.

Et Musidora est devenue Irma Vep, complète Caroline en elle-même. La muse de Breton et d'Aragon, la plus grande star du cinéma muet…

La vieille femme semble traversée d'une lassitude désespérée.

– Sans doute aurais-je dû changer de voie, passer à autre chose. Mais une actrice n'est rien sans son orgueil. Aussi je me suis accrochée, ce fut là mon erreur. Je n'ai pas cessé de tourner, et ce jusqu'au crépuscule du muet, mais dans des productions toujours plus médiocres, toujours plus confidentielles. Les trois films que vous avez cités tout à l'heure sont trois accidents merveilleux des années 20. Pour le reste, je suis passée de l'étoile à l'utilité, récupérant parfois des rôles que Musidora avait refusés…

– Et… vous l'avez revue ?

– Musi ? Oui, des années plus tard.

Curieusement, la haine s'est envolée de Sylvania.

– En 1935, j'ai ouvert un cabaret, rue de Ponthieu. Ça s'appelait Le Chouwa's. C'est peut-être là que j'ai connu mon plus grand succès. Il aura fallu que je me détourne des studios pour rencontrer les vraies vedettes... Tout le cinéma français est venu chez moi, je peux vous dire ! Et même des stars étrangères. Ils dînaient au Fouquet's puis passaient la nuit dans mon cabaret. Le paradoxe, c'est que la plupart de ces acteurs, producteurs, scénaristes venaient au Chouwa's sans savoir qui j'avais été. Ils étaient juste étonnés que je connaisse si bien l'histoire de leur métier... « Mais vous savez tout, mame Sylvania », me disait souvent Gabin en sirotant un verre de beaujolais, adossé à mon comptoir. Devant ses beaux yeux bleus, je n'allais pas jouer les pleureuses et sangloter sur mon passé. Et la seule qui m'ait reconnue, un soir de 1938, c'est...

– Musidora...

Sylvania cligne des yeux.

– Elle est arrivée au bras d'un vieux monsieur. Vous les auriez vus : un notaire de province et bobonne, des personnages à la Dubout. Ah, elle n'avait pas de beaux restes, Irma Vep ! Musi avait une cinquantaine d'années mais en paraissait vingt de plus. Dès qu'elle est entrée dans la salle, elle m'a vue. Nos regards se sont croisés et elle a blêmi. J'ai surtout vu ses lèvres qui mimaient les trois syllabes de mon nom... Dans ses yeux sont passés une succession de sentiments contraires : de la gêne, de la compassion, de la gratitude, de la culpabilité. Et du chagrin. Un chagrin intime, comme si elle comprenait que nous en étions au même point : la taulière et la rombière, voilà tout l'héritage du cinéma muet. Voilà ce qu'il restait de Feuillade, de Gaumont. À ce prix-là, à quoi bon sucer ?

– Qu'avez-vous fait ?

– Qu'est-ce que j'aurais bien pu faire ? La foutre dehors, ç'aurait été vulgaire et déloyal. Exiger des explications : trop tard. Non, je l'ai juste laissée s'asseoir avec son rond-de-cuir de l'autre côté de la salle, près d'une scène où chantait une jeune femme tout en noir qu'on appelait depuis peu la môme Piaf. Puis, après une demi-heure passée à boire sans parler, le couple est parti. J'ai juste entendu le monsieur dire d'une voix pointue :

« Tout va bien ? Tu n'as pas l'air en forme, ma chérie. » Et nous ne nous sommes jamais revues…

Sylvania se tait.

Caroline connaît la suite. Musidora est morte en 1957, après avoir aidé Henri Langlois à établir une partie du catalogue de la Cinémathèque. Et Sylvania a eu maille à partir avec la République en 1944…

La caissière secoue la tête, comme si elle venait de retoucher terre.

– Doux Jésus, je ne pensais pas réveiller tant de fantômes aujourd'hui…

Consciente qu'elle ne doit pas perdre le fil de cette complicité, Caroline lui demande depuis combien de temps elle travaille au Belphégor.

Un instant, la comédienne hésite, puis affecte un air résigné.

– Dès sa réouverture, en 1959.

– Et depuis six ans, la salle est toujours aussi…

– … calme ? complète Sylvania, sans ironie. Honnêtement, qui aujourd'hui s'intéresse aux films que nous projetons ?

Ce disant, elle désigne un tableau noir, de l'autre côté du hall, où est écrite la programmation des semaines à venir : *« Le Fantastique chez Guillaume Radot », « Festival André Hugon », « Rétrospective Pierre de Hérain », « Le Cinéma colonial », « Blondine et Baleydier : deux films oubliés ».*

Devant la perplexité de Caroline, Sylvania ricane :

– Ça ne vous dit rien, n'est-ce pas ?

– Je connais les noms et certains films, avoue la jeune femme, mais…

– Mais il ne vous viendrait pas à l'idée de passer un après-midi à regarder un mélodrame sur les amours d'un spahi ?

Caroline ne veut pas paraître méprisante et enchaîne :

– Mais qui vient ici ?

Moue évasive de la vieille femme, qui répond que les clients du Belphégor sont des nostalgiques, des vétérans, quelques passants. Mais pour la plupart des séances, la salle est vide.

Caroline est surprise par l'honnêteté de la caissière.

– Cela doit pourtant coûter de l'argent ?

La méfiance de Sylvania remonte aussitôt.

– Qui vous dit que le Belphégor en a besoin ?

– On en a tous besoin…

La caissière prend une mine de conspirateur.

– Si vous voulez tout savoir, le Belphégor n'appartient pas à une société d'exploitation de cinéma, il est la… la danseuse d'un très riche propriétaire… Chaque premier lundi du mois, le Belphégor reçoit un colis avec des bobines et la liste des projections pour les quatre semaines à venir.

– Comment s'appelle cet homme ?

– Qui vous dit que c'est un homme ?

Caroline ne comprend plus.

– Vous ne l'avez jamais rencontré ?

– J'aimerais vous faire une réponse claire, mademoiselle, mais ça m'est impossible. Ça peut aussi bien être le boucher que vous voyez là-bas, le tripier de la rue de la Grande-Truanderie, le chef de salle du Pharamond, ou alors Henri Langlois, ou Jean Renoir, ou Louis de Funès, ou Brigitte Bardot, ou Georges Pompidou, ou de Gaulle, ou vous, mademoiselle ! On ne sait pas. *Je* ne sais pas…

– Vous devez bien avoir une idée ?

Sylvania perd son aménité. Le projectionniste sort au même instant de la salle pour sa pause-déjeuner.

– Je te prends quelque chose, Sylvette ?

– Tu es gentil, Robert, j'ai ma gamelle…

Passant devant Caroline, ce petit homme à tête de fouine effleure la visière de sa casquette avec son pouce, pour un salut désinvolte.

– Moiselle…

Puis il disparaît dans les ruelles des Halles.

– Robert aussi est arrivé en 1959.

– Il est également un…

Caroline ne sait quel mot utiliser.

– Un oublié ? complète Sylvania, acide.

– C'est votre mot.

– Comme ce cinéma, comme ces films, comme cette rue, le Belphégor est un carnaval de fantômes. N'allez pas vous étonner si le propriétaire lui-même est un spectre.

Caroline est décidée à ne pas baisser les armes.

– Mais ce cinéma a bien une histoire ?

Sylvania se renfonce dans sa cahute en disant que l'histoire du Belphégor est rapide à raconter. La salle a été ouverte par le fameux producteur Bernard Natan, en 1927, à l'époque où les cinéromans faisaient encore recette. Arthur Bernède avait publié un feuilleton à succès, aussitôt porté à l'écran, et qui se nommait *Belphégor*. Le même feuilleton littéraire qui a été réadapté pour la télévision au printemps dernier.

– Justement ! Le triomphe de ce feuilleton ne vous a pas attiré de nouveaux spectateurs ?

Sylvania hausse les épaules. Quelques curieux, tout au plus. Mais quand ils ont compris ce qui était programmé, leur curiosité a fait long feu…

– À l'époque de Bernard Natan, la salle était populaire ?

Sylvania n'en sait rien. Il y a peu de documents et Natan était un type discret et un peu louche. On ne sait quasiment rien sur ce qui s'est passé ici. Il n'y a ni articles ni témoignages.

– Ça ne vous paraît pas étrange ?

La caissière grogne qu'elle n'est plus à une surprise près. Tout ce qu'elle peut dire, c'est que Natan a fait une banqueroute spectaculaire au milieu des années 30 et que ses biens ont été confisqués, dont le Belphégor. Le cinéma a alors vivoté jusqu'à l'Occupation, puis il a été fermé entre 1942 et 1959.

– Que s'est-il passé en 1942 ?

Sylvania perd ses couleurs.

– Je ne veux pas savoir. C'était la guerre.

Époussetant sa caisse enregistreuse, la vieille femme ajoute, fuyante, qu'elle ne pense pas lui avoir fait un cadeau en lui racontant tout ça. Il est des secrets qu'il ne vaut mieux pas creuser…

L'agacement de Sylvania a fait place à une angoisse sourde.

– N'essayez pas d'en savoir davantage.

Après un moment d'hésitation, elle précise qu'elle tient à son travail. Il n'y a pas de retraite dans leurs professions.

– Sans le Belphégor, la plupart d'entre nous seraient déjà morts…

Arras

La mort de mon père fit de moi un nomade. Moi qui n'étais jamais allé au-delà de la baie de Poulven, qui n'avais voyagé que sur les flots de mon imaginaire, je dus partir à la conquête du monde.

Soulagés d'arracher leur phare aux griffes d'une lignée maudite, les villageois pensèrent à l'orphelinat.

– Tu n'as plus de mère, plus de père, c'est la solution la plus juste, Maurice, me dit Guerdavid, non sans gêne.

Personne n'avait compris ce qui s'était vraiment passé, et nul ne voulait savoir. Le phare fumait encore, les appartements étaient dévastés, mais la « machine » avait survécu à l'incendie. La préfecture hâtait l'envoi d'un remplaçant et la Goulaouenn allait reprendre sa vie. L'essentiel était que le nom de Taupard fût oublié.

C'est pourtant un Taupard qui avait signé cette lettre reçue au village, cinq jours après le drame. Oncle Jules, mon parrain, avait appris la mort tragique de son cousin Raymond et proposait de m'accueillir chez lui, à Arras.

Il vint même, sans attendre la réponse du maire, lequel me laissa partir, trop heureux d'une solution si commode.

Alors que nous allions monter dans l'automobile, Guerdavid s'approcha d'oncle Jules. Sans se soucier de ma présence, il mit en garde mon bienfaiteur :

– Je ne peux que louer votre sens de la famille, monsieur

Taupard, mais méfiez-vous, cet enfant, comme son père, a le diable dans la peau.

Oncle Jules éclata de rire et tapa dans le dos de Guerdavid. Puis il me souleva comme un bébé.

– Il est temps que tu regagnes la civilisation, Maurice. Un peu plus et il te poussait des cornes.

Les premières semaines furent difficiles. Aux images qui hantaient mes nuits s'ajoutait la violence du déracinement. Lorsque je parvenais enfin à m'endormir dans cette chambre cossue du centre d'Arras, je me réveillais en larmes, cherchant la fraîcheur du granit, le bruit de l'océan et la présence de mon père.

Papa… Pendant douze ans il avait été toute ma vie. Nous avions vécu l'un pour l'autre, l'un par l'autre, au point de ne faire qu'un. Tout ce que j'étais, c'est à lui que je le devais. Il ne restait pourtant que de la fumée. Nos films et nos rêves avaient disparu. Pas même une poussière d'ossements à inhumer. Papa était devenu un fantôme : la lumière l'avait emporté.

Oncle Jules et tante Gilberte m'accueillirent avec une profonde générosité. N'ayant pas eu d'enfants, ils adoptèrent ce neveu orphelin, qui avait vu mourir son père dans de si terribles conditions. Jamais ils ne me posaient de questions, ne se montraient indélicats, mais ils me voyaient effrayé lorsque Gilberte allumait une bougie ou que Jules attisait l'âtre.

Bien souvent ma tante devait accourir dans ma chambre au beau milieu de la nuit, lorsque mon propre cri m'arrachait à un cauchemar :

– Le feu !

– Tout va bien, Maurice, me rassurait-elle en épongeant mon front avec un linge. Tu ne crains rien, ici. C'est fini…

Il fallut m'adapter à la vie urbaine et à ses rites bourgeois : repas à heures fixes, règles sociales, regard des autres.

– Nous faisons partie de la bonne société, m'expliquait

tante Gilberte en ajustant ma cravate quand je partais à l'école le matin. Il faut être digne de notre rang.

Autant dire un autre monde !

Les collégiens n'avaient pas tant de prévenance, qui m'avaient vu arriver avec circonspection.

– C'est toi, le grand brûlé ? m'avait-on demandé, faisant mine de me renifler.

Et lorsque j'obtins les meilleurs résultats, contredisant parfois mes maîtres sur des sujets arithmétiques ou des points de physique, je passai pour arrogant.

– Nous avons encore reçu un mot du proviseur, Maurice. Il paraît que tu as ridiculisé un professeur devant tous les élèves…

– Mais je connais mieux la matière qu'il enseigne que lui ! Et j'ai les meilleures notes de la classe.

Cette assurance irritait mon oncle Jules, qui affectait en toute chose mesure et retenue.

– Ce n'est pas une raison : ce que tu sais, tu le tais.

– Son père était pareil, ajouta tante Gilberte, non sans tendresse. Il ne faut pas lui en vouloir…

– Vois où ça l'a mené, grommela son mari, et il désigna la cheminée, dans laquelle il venait de jeter un journal, qui s'enflamma.

À cette vision, les larmes me montèrent aux yeux.

– Jules ! s'offusqua tante Gilberte en me voyant courir vers ma chambre pour cacher mes pleurs.

Je l'entendis répondre :

– Il faut qu'il s'habitue. Les vacances sont finies…

Au vrai, ce couple était avec moi d'une patience d'ange. Prévenants, ils finissaient toujours par prendre mon parti ; et je ne devais la patience du collège qu'à la position des Taupard dans la société arrageoise.

Notre premier désaccord eut lieu au bout d'un an.

En douze mois, je m'étais fait à ma nouvelle vie. Je ne rechignais plus à chausser des souliers vernis, à saluer les notables à la sortie de la messe, à faire profil bas devant des maîtres qui ne l'étaient pas.

– Tu as fait d'importants efforts, Maurice, et nous en sommes très fiers, me félicitèrent-ils en m'offrant une belle édition reliée des plus grands succès de Jules Verne.

Quelques jours plus tard, alors que je marchais jusqu'à l'école, je fus attiré par un chantier, sur le boulevard.

Ce qui était jusqu'alors un théâtre à l'italienne voyait sa façade couverte d'une bâche. Intrigué, je m'en approchai. Un ouvrier surgit sur le trottoir.

– Tu cherches quelque chose, gamin ?

– Vous refaites le théâtre ?

– Mieux ! Ses propriétaires ont compris que l'avenir est ailleurs. Dans deux semaines s'ouvre le premier cinématographe de la ville…

Depuis un an, j'avais enfoui les souvenirs de notre vie au phare. Je rejetais jusqu'à nos films, qui semblaient indissociables de mon père.

Mais apprendre l'ouverture d'une salle de cinéma, à trois rues de mon nouveau logis, voilà qui changeait tout !

Au collège, mes camarades ne partagèrent pas mon enthousiasme.

– Le cinématographe ? J'y suis allé une fois, avec mes parents, et nous avons trouvé cela bien ennuyeux.

Oncle Jules fut encore plus catégorique :

– C'est hors de question ! Le cinématographe a tué ton père et il a failli te noyer. Oublie-le.

La colère de mon oncle était mâtinée de tendresse. Je sentais aussi une pointe de jalousie, comme si le cinéma était le dernier lien avec mon père, alors que mon parrain entendait désormais incarner cette autorité.

– Jules, tu es dur, plaida tante Gilberte.

– Tant que cet enfant vivra sous notre toit, jamais il ne mettra les pieds dans une salle de ce cinématographe.

On s'en doute, la prophétie fut sans effet.

Quelques jours après l'ouverture du Arras-Palace, un dimanche après-midi, je prétextai une invitation chez un ami du collège pour m'introduire par l'entrée de service.

Chaque matin, j'étais allé bavarder avec Paulo, l'ouvrier rencontré le premier jour, qui s'avéra le futur projectionniste. Lorsqu'il m'avait entendu prononcer les noms de Méliès, Zecca, Feuillade, de *L'Assassinat du duc de Guise*, il avait compris que nous parlions la même langue. J'étais même allé jusqu'à lui confier dans quelle situation épineuse je me trouvais.

– Qu'importe, pour moi t'es déjà un frère. Je te ferai entrer par-derrière, une fois les lumières éteintes. Comme ça ce sera gratoche, et personne ne te reconnaîtra.

Brave Paulo ! Grâce à lui, des mois durant, je rattrapai mon « retard cinématographique ». Cet art avait tant évolué, en quelques années ! Les films provenaient maintenant d'Italie, d'Angleterre, de Scandinavie, bien entendu des États-Unis. Je découvris ainsi les premiers westerns avec Bronco Billy, Tom Mix et le magnifique *Déserteur* de Thomas Ince. Je ris aux aventures de Bout de Zan et de Rigadin. Je frémis devant le naufrage du paquebot *Atlantis*, inspiré de la récente tragédie du *Titanic*...

À la fin de chaque projection, tandis que je m'éclipsais dans l'obscurité, je songeais non sans fierté que nul n'était encore parvenu aux audaces visuelles découvertes avec mon père.

Une autre source de soulagement fut l'effet que me faisaient les films : je craignais que les souvenirs de la dernière nuit au phare ne remontent trop violemment, mais non ! Au contraire, l'âme de mon père coulait désormais dans mes veines et je me sentais empli d'une mission, comme s'il était de mon devoir d'achever seul ce que papa et moi avions commencé.

Et les idées affluaient dans ma tête ! Découvrant les premiers films de Gance, de Feuillade, je songeais : Moi, je n'aurais pas fait ainsi. J'aurais coupé le cadre de ce côté-là. J'aurais placé la caméra autrement. J'aurais mieux utilisé la lumière...

Quand j'en faisais état à Paulo, il restait bouche bée.

– Tu n'as rien à faire à l'école, Maurice. Il faut que tu plantes tout pour aller à Paris et t'engager chez Pathé ou Gaumont. Des types comme toi, c'est de l'or en barre.

Compliment touchant mais bien irréel…

Au seul mot de cinématographe, mon oncle Jules hennissait et je ne me sentais pas le courage de lever le camp.

Le hasard s'en chargea à l'automne 1913.

Je voulais assister à une projection de *Quo vadis ?* d'Enrico Guazzoni. J'avais encore dû mentir à ma famille d'adoption, inventant une partie d'échecs chez mon ami Valentin Amiard, qui vivait aux portes de la ville.

– Je dois justement visiter une ferme à Bavincourt et je passe devant la maison des Amiard, dit oncle Jules. Je te dépose ?

Impossible de refuser. Pour ne pas arriver en retard au cinéma – j'allais devoir retraverser toute la ville –, je précisai que la partie commençait très tôt. Jules en rosit de contentement.

– Tant mieux ! Allons-y !

Durant le trajet, mon oncle me félicita pour mes notes et mon comportement.

– Tu t'es admirablement bien acclimaté à notre vie, Maurice. Les folies du passé sont loin. En parallèle de tes cours, je compte t'envoyer quelques heures par semaine chez mon ami maître Bucard, le notaire de la rue Carnot. Voilà un métier honorable…

« Métier honorable », me répétai-je avec effroi en courant dans l'autre sens, une fois que Jules m'eut déposé à l'entrée d'un joli mail de marronniers.

– Bah alors, s'étonna Paulo, t'es en retard.

– Je t'expliquerai…

– File te mettre au troisième rang. Je t'ai bloqué un siège. Moi je dois vite lancer le film. Tu verras, c'est magnifique.

Une fois assis, je respirai enfin. Que de simagrées pour passer deux heures dans une salle de cinéma !

Paulo avait raison, le film était magnifique.

J'eus pourtant de la peine à me concentrer, tant mes voisins étaient bruyants. Je compris bientôt que le film les intéressait peu et qu'ils préféraient s'embrasser, allant jusqu'à se tripoter comme deux adolescents dans une grange.

Lorsque la lumière revint, je sus que cette projection serait ma dernière au Arras-Palace.

Effaré, oncle Jules me dévisageait. Sa voisine, une petite demoiselle aux formes rebondies, ne comprenait pas sa surprise.

– Bah mon Julot, t'as vu la Vierge ?

Sans lui répondre, il se redressa, enfonça son chapeau et quitta la salle.

– Tu parles de galanterie !

Le soir même, le dîner fut sinistre. Oncle Jules affectait d'être perdu dans ses pensées, mais il lui était impossible de croiser mon regard. Lui et moi dansions sur une ligne de crête entre nos non-dits, et la pauvre tante Gilberte ne comprenait rien.

– Que vous arrive-t-il, tous les deux ?

Le hasard de cette rencontre fut une nouvelle caresse du destin. À dater de ce jour, oncle Jules me ficha une paix royale. Jamais je ne le recroisai au cinéma, mais il lui arrivait de m'apercevoir, tandis que je m'échappais de la maison avec de moins en moins de discrétion. Furieux mais navré, il tournait la tête.

Je ne me gênais plus pour passer des heures entières avec Paulo, qui partageait la même passion que moi pour le cinéma. À ses yeux, il fallait absolument que je gagne Paris.

– Mais je suis trop jeune !

– Qui te parle d'âge ? Tu as déjà vécu cent vies, Maurice. Et la prochaine, la nouvelle, se passera derrière une caméra.

Lorsque je lui proposai de venir avec moi, il déclina tristement :

– Je ne suis qu'un projectionniste, Maurice. Le génie, c'est toi. Mais le jour où je mettrai la bobine du premier film de Maurice Taupard dans ma machine, alors je peux te dire que je serai fier. De toi comme de moi !

Sans Paulo, aurais-je eu le courage de prendre ma vie à bras-le-corps ? Disons qu'il me redonna confiance comme nul n'avait jamais su le faire. Et puis il y avait ce petit carnet, qu'il avait glissé dans ma poche, un soir, tandis qu'il fumait une cigarette dans la ruelle derrière le cinéma.

– Il y a tout là-dedans.

– Tout quoi ?

– Les noms, les adresses, tout.

– Mais de qui ?

– Ceux que j'ai pu trouver : Georges Méliès, Charles Pathé, Léon Gaumont, Louis Feuillade, et puis des gens moins connus. Et comme tu n'es jamais allé à Paname, j'ai ajouté un plan de la ville.

Paulo était mon ange gardien.

Il sortit alors de sa poche un petit carton blanc : un billet de train pour Paris !

– Demain matin, à six heures quarante-sept…

Je ne dormis pas de la nuit.

Lorsque le jour filtra par les persiennes, j'étais assis sur mon lit, habillé depuis une heure, mon baluchon à mes pieds. J'avais laissé une lettre sur la table de ma chambre, destinée à tante Gilberte et oncle Jules. Je les y remerciais pour tout et leur demandais de ne pas m'en vouloir.

Quand ma pendule indiqua six heures, je quittai la pièce.

Alors que j'ouvrais la porte de l'entrée, je tombai nez à nez sur mon parrain. Il était assis sur les marches du perron, les yeux dans le lointain.

– Alors, ça y est ?
– Oui.
– C'est normal. Et je pense que c'est bien.
Devant ma surprise, il passa la main à l'intérieur de son veston et en tira une épaisse enveloppe.
– Prends ça, tu vas en avoir besoin.
C'était une grosse somme d'argent. J'étais interloqué et oncle Jules n'en sourit que davantage.
– Ça fait des semaines que je la garde sur moi et que je t'attends ici, chaque matin. Mais rappelle-toi, mon fils : ce que tu sais, tu le tais. Et maintenant, file…
J'allai répondre mais il s'assombrit.
– File, avant que je change d'avis !
Le train de six heures quarante-sept était à l'heure.
Moi aussi.

Paris

Paris ! Imaginez l'effet de la capitale sur un jeune homme de quatorze ans, qui n'avait jamais connu plus vaste que les pourtours d'Arras. J'aurais pu avoir peur, mais j'étais si grisé par ma liberté que je débouchai sur le parvis de la gare du Nord avec une assurance désinvolte. Que de bruit, pourtant ! Ces gens qui allaient en tous sens, ces automobiles, ces chevaux, ces porteurs de bagages, ces messieurs en haut-de-forme, ces ouvriers beuglards, ces femmes qui trottinaient sur la chaussée, et puis ces boutiques, ces échoppes, ces enseignes. Un autre que moi eut ressenti le vertige, mais je n'avais qu'une idée en tête : ne pas me disperser.
Le plan donné par Paulo était abîmé et sans doute périmé.
Me voyant égaré, une jolie femme s'approcha. Elle avisa ma tenue élégante – je m'étais enfui avec mes habits du dimanche, pensant que tous les Parisiens étaient vêtus ainsi – et me sourit.

– Tu as l'air perdu, mon petit.

Ce « mon petit » me fit bondir.

– J'ai dix-sept ans, madame !

Mon mensonge remplit son office, car son visage changea. C'est elle qui rougit et détourna les yeux.

– En ce cas, je vous prie de m'excuser, jeune homme, mais vous semblez chercher votre chemin.

– J'ai un rendez-vous très important à Montreuil.

– Montreuil ? Ce n'est pas la porte à côté.

Puis, se penchant sur mon plan, elle m'indiqua la route à suivre. Son parfum me chatouilla et je me retins de la regarder avec trop d'insistance.

– J'espère que je vais trouver, finis-je par dire.

Avait-elle compris que je jouais un rôle ? La belle inconnue reprit une figure autoritaire et glissa une carte dans ma poche : « Madame Zoya, 12, rue Caumartin. »

– Paris est une grande ville, mon petit. Si tu es perdu, viens me voir.

Puis elle disparut dans la cohue.

J'aurais pu prendre un autobus, ou bien m'enfoncer dans ce chemin de fer métropolitain dont mon père m'avait parlé avec tant d'enthousiasme, mais je décidai de faire le trajet à pied, car j'avais le temps. Est-il meilleure façon de découvrir une ville ?

Après moult détours et culs-de-sac, j'arrivai à Montreuil.

L'adresse donnée par Paulo était précise et je vis un plan de la ville affiché sur une place.

Dix minutes plus tard, j'étais devant une jolie maison un rien délabrée, dont le jardin était encombré de planches de bois, éléments de décors, toiles peintes, débris de costumes, couronnes de papier, oiseaux en carton…

Je sonnai. On m'ouvrit presque aussitôt.

Une face pointue. Des yeux luisants mais fatigués. Des moustaches frisottées.

– Monsieur Méliès ?

Georges Méliès ressemblait à ses films, mais il en portait le deuil. Sa maison était un extraordinaire bric-à-brac, un rébus de sa carrière. Il semblait errer d'une pièce à l'autre tel un fantôme venu visiter sa gloire enfuie. *Le Voyage dans la Lune, Le Royaume des fées, Le Locataire diabolique*, tout était derrière lui.

– Depuis la mort de maman, au printemps, papa n'est plus le même, me confia Georgette, sa fille de vingt-cinq ans, que j'aidais à préparer le thé dans la cuisine. Il n'a plus goût à rien. Ses idées se répètent.

– Vous êtes venu trop tard, jeune homme, me dit Méliès, malgré un accueil très chaleureux. Je suis passé de mode. Le cinématographe devient une industrie.

Lorsque je lui expliquai mon enfance, la révélation qu'il avait constituée pour moi, les expériences tentées avec mon père, il fut fasciné.

– C'est qu'il me donnerait presque envie de remonter sur le ring ! fit Méliès à sa fille, laquelle suivait notre échange non sans inquiétude.

Mais aussitôt le soufflé retomba : il n'avait plus la force ni les moyens. Il était englué dans les procès et les banqueroutes. Les droits de ses films lui échappaient.

– Surtout, je n'ai plus de jus, conclut-il en se frappant le front. C'est tout vide là-dedans. Quatre mille films, ça vous tue un homme, vous savez ? Mais lorsque je rencontre des jeunes gens comme vous, je me dis que tout n'est pas perdu, que la relève est assurée. Quel âge avez-vous ?

Je mentis à nouveau et répondis dix-sept ans.

– En ce cas, l'avenir est à vous.

À ces mots, il demanda à sa fille papier et stylographe, et griffonna une longue lettre.

– Sans doute est-ce vous jeter dans la gueule du loup, mais je ne vois désormais pas d'autre manière de percer dans l'univers du cinématographe. Il est mon meilleur ennemi, celui qui a peu à peu tout dévoré, mais il pourra tirer de vous le meilleur. Allez le voir de ma part, il me doit bien ça...

– Tu es sûr, papa ? s'étonna Georgette. Tu as toujours dit que Pathé était un forban.

Méliès retrouva son œil piquant.

– Un homme qui a commencé dans la saucisse ne peut pas être foncièrement mauvais.

*

Charles Pathé me reçut sans attendre. Derrière son bureau d'acajou, enfoncé dans un énorme fauteuil de cuir, il m'observait en lissant ses moustaches.

– Georges Méliès ne tarit pas d'éloges sur vous, jeune homme !

J'étais enfin intimidé. Mon assurance fondait et cette grande pièce aux murs couverts d'affiches m'impressionnait : *La Vie et la Passion de Jésus-Christ* de Zecca, *Les Misérables* de Capellani, les films de Deed, de Linder... Le plus surprenant restait cette réclame très artisanale pour la boucherie-charcuterie Pathé, à Vincennes.

Devant ma stupéfaction, le magnat du cinéma gloussa :

– Il faut toujours se souvenir d'où l'on vient. Je ne serais rien sans mes parents, et surtout sans mes échecs. Et vous, jeune homme, d'où venez-vous ?

À nouveau, je racontai mon histoire, les films faits avec mon père, les expériences de notre vie au phare.

Au milieu de mon récit, il leva un sourcil.

– Mais oui ! Je me rappelle avoir expédié des pellicules dans ce coin perdu de la côte bretonne. C'était pour vous ? Mais alors ces films, où sont-ils ?

Apprenant le désastre de l'incendie, Pathé retrouva un air méfiant.

– Beaucoup de gens viennent me faire leur boniment, vous

savez ? Sans la lettre de Méliès, je ne vous aurais pas reçu. Mais je n'ai pas sa naïveté : qui me dit que vous n'êtes pas un imposteur ? Notre industrie attire les faisans comme les mouches qui se jettent sur l'époisses, croyez-moi. Quel âge avez-vous ?

– Dix-sept ans.

– Je vous ai dit qu'on ne me la fait pas.

– Quatorze, avouai-je, penaud, en baissant les yeux.

Pathé sembla s'en réjouir.

– Bien, un peu d'honnêteté, enfin…

Désignant la réclame pour la boutique de ses parents, il ajouta qu'il avait lui-même quitté l'école à quatorze ans pour devenir apprenti chez un boucher, rue de Charenton.

– Un métier, cela s'apprend tôt. Et vous avez le bon âge, monsieur Taupard.

J'aimai aussitôt ce ton. J'aimai le regard perçant du producteur, comme un sculpteur tourne autour d'une pièce de marbre, sans savoir la forme qu'il va lui donner.

– Maintenant, il s'agit de voir ce que je peux faire de vous…

– Vous m'engagez ?

Pathé éclata d'un rire d'ogre.

– N'allez pas croire que je vais vous donner une caméra et des comédiens. Il faut faire ses classes. Si au moins vous aviez conservé vos films, mais tout a disparu dans l'incendie. Il faut donc tout reprendre au début. À la base…

« Mais alors quoi ? » me retins-je de dire, tandis que le producteur consultait une à une les affiches de ses films, comme s'il y cherchait une piste.

On frappa à la porte.

– Monsieur Pathé, votre rendez-vous est là ?

– Un rendez-vous ? J'avais oublié. Mais avec qui ?

La secrétaire fut bousculée par un tourbillon.

– Comment ça, avec qui ? On oublie sa vedette, maintenant ?

L'homme était apparu comme un magicien. D'ailleurs, il

ressemblait à un illusionniste, avec son frac et ce haut-de-forme dont il jouait comme d'un cerceau.

Sans même me saluer, il se pencha sur le bureau du producteur et partit dans une logorrhée :

– Charles, depuis l'accident de Lubin, tout est plus compliqué. Je n'y arrive pas tout seul. Écrire les histoires, les réaliser, les jouer, les journées n'ont que vingt-quatre heures. Et je te rappelle que je pars lundi prochain en tournée en Espagne, puis en Allemagne, puis en Russie ! Comment veux-tu que je sois à la hauteur de ma réputation, si je n'ai personne pour…

– Max…, l'interrompit Pathé d'une voix douce.

Mais l'autre restait intarissable :

– Et puis il y a tout ce courrier que je reçois. Tu sais bien que je réponds toujours aux lettres, même les plus folles. C'est ainsi qu'on reste une vedette : en étant à l'écoute de son public. Sans compter que…

– Max !

L'homme tressaillit.

– Oui ?

– Retourne-toi.

Il me vit.

– Qui est-ce ?

– Ton nouveau secrétaire.

Je me dressai aussitôt et lui tendis la main. Dès son entrée, je l'avais reconnu.

– Bonjour, monsieur Linder. Je m'appelle Taupard. Maurice Taupard.

*

Max Linder fut la première vraie vedette de l'histoire du cinéma mondial. Jusqu'alors, aucune personnalité n'avait à ce point marqué le public par son élégance, son humour, sa séduction et la fantaisie presque tragique qui émanait de ses films.

Employé de Charles Pathé depuis bientôt dix ans, ce fils de vignerons bordelais, qui avait raté maintes fois le Conservatoire, était devenu le comédien favori des Français, avant de conquérir le reste du monde. C'était là l'immense qualité du muet : le rire était un espéranto. Un gag simple et efficace provoquait l'hilarité à Paris, Boston, Sidney ou Moscou. Et les gags de Max faisaient glousser la planète entière.

Comme souvent les comiques, Max Linder était un grand anxieux. Doutant perpétuellement de son humour, de ses idées, il avait toujours besoin d'être rassuré. Il existait un fossé entre sa désinvolture à l'écran, son élégance charmeuse et la réalité d'un artiste rongé par un sentiment d'illégitimité. Étaient-ce ses échecs au Conservatoire ? ou bien cette carrière arrivée presque par hasard, sur un malentendu ? Max avait l'impression d'occuper une place qui ne lui était pas due.

– Je suis un imposteur, Maurice. Le public ne l'a pas encore compris, mais un jour il découvrira le pot aux roses. Alors je n'aurai plus qu'à mourir.

– Max, vous exagérez…

– Tu es jeune, Maurice. Je te souhaite mon succès, ma gloire, mais je te souhaite surtout de savoir le supporter. Tu n'imagines pas combien l'anonymat est une bénédiction. Car la célébrité est une prison sans barreaux.

Cette confidence, recueillie dans un train de nuit qui nous conduisait à Nice, devait longtemps m'intriguer. L'une des plus grandes vedettes du cinéma voyait ainsi son succès ? Était-ce de la coquetterie, du snobisme, ou une lucidité abrasive ? Les trois sans doute, car Max Linder était à l'image de son haut-de-forme : à double fond.

Le comédien avait tout de suite accepté de me prendre à ses côtés. Charles Pathé nous avait vus repartir ensemble, narquois, sans savoir auquel des deux il faisait la plus grande farce. Mais le producteur ne s'était pas trompé : Max et moi étions faits pour nous entendre. Je dépassai rapidement l'admiration béate pour mon nouvel employeur. Avec lui, pas le temps pour la contemplation, tout devait aller aussi vite qu'il tournait ses films ! Il m'installa chez lui, dans une soupente de sa maison parisienne, et je devais être au rapport tous les matins, dès six heures.

– Tu vas avoir une existence militaire, Maurice. Mais c'est la plus belle école. J'ai grandi au milieu des vignes, en Gironde. Crois-moi, l'aube est notre meilleure alliée.

Nos journées étaient millimétrées et rien ne devait déroger à ce rythme frénétique : il arrivait que Max ait une idée la veille, qu'elle infuse la nuit, qu'il l'écrive le matin, la tourne la journée et la monte le lendemain. En deux jours, une nouvelle aventure de « Max » – l'homme, qui s'appelait Gabriel Leuvielle, se confondait avec son personnage – était en boîte. Un nouveau film pouvait alors être affronté. Ajoutez à cela une vie mondaine, des maîtresses qui tambourinaient à la porte au milieu de la nuit, un courrier auquel j'étais chargé de répondre, et mille petites avanies quotidiennes qu'il me fallait adoucir, pour que les journées du grand artiste fussent d'une absolue fluidité.

– Tu dois être mon ombre, Maurice. Lubin, qui occupait ton poste jusqu'au mois dernier, était parvenu à cet effacement.

– Vous voulez que je sois un fantôme ?

– Oui, mais un fantôme lumineux.

Cette réponse me fit tressaillir, car elle aurait pu sortir de la bouche de mon père. J'en conçus une réelle affection pour cet être épuisant qui aspirait mon énergie, mais dont la capacité de travail me sidérait.

Comment autant d'individus pouvaient-ils habiter un même corps ? Il était d'un courage physique surprenant, n'hésitant pas à prendre des risques pour l'efficacité d'une scène, d'un gag. Dans *Max toréador*, il avait affronté de véritables bovins ; plus tard, il s'était ouvert le ventre après un saut en patins à roulettes. Cette blessure continuait d'ailleurs de le faire souffrir et il devait désormais prendre garde lorsqu'il faisait des acrobaties.

À chaque nouveau film, Charles Pathé applaudissait des deux mains.

– Max, tu es ma poule aux œufs d'or !

– C'est toi qui as fait de moi un millionnaire, Charles.

– Nous marchons main dans la main, comme l'aveugle et le paralytique, gloussait le producteur.

Le contrat de Max stipulait qu'il devait rendre un film bouclé par semaine, moyennant un salaire colossal, lequel faisait grincer des dents chez Pathé. « Le patron passe tout à *son* Max, entendais-je sur les plateaux de tournage, lorsque Linder était allé se reposer dans sa loge. Il n'est pourtant pas le seul à avoir du talent. À croire que c'est devenu Pathé-Linder ! »

Ce mauvais esprit ne devait surtout pas arriver jusqu'à Max, car il prenait chaque reproche pour une attaque personnelle. J'étais son bouclier. Je lui servais aussi d'usine à idées. À force de vivre à cent à l'heure, Linder s'épuisait et il comptait sur moi pour « regonfler » son inspiration, disait-il.

– Je suis un ballon, Maurice. Un pneu. Et tu es ma pompe…

Étrange métaphore, mais qui cachait une réalité toute simple : il arrivait que Linder fût à sec. Avec une telle vie, on l'eût été à moins, mais je compris bientôt que le fameux Lubin avait lui aussi été un pourvoyeur d'intrigues. C'est pour cela que Max voulait que j'habite chez lui, que je partage presque tout (notre intimité s'arrêtait à la porte de sa chambre, mais les murs de la maison étaient fins et les cris de ses invitées laissaient entendre que sa virtuosité ne se limitait pas à la caméra).

Charles Pathé l'avait d'ailleurs bien compris. Entendant mon récit d'enfance, le producteur avait été frappé par l'originalité de mes idées. À ses yeux, je serais un excellent stimulant pour Max Linder. Et le producteur avait vu juste, car Max et moi eûmes bientôt mille trouvailles. Voulant protéger son orgueil, je m'arrangeais toujours pour qu'il crût en être l'auteur. *Les Vacances de Max, Max et le rendez-vous, Les Escarpins de Max, Max dans les airs, Max décoré, Max illusionniste, Max et le mari jaloux, Max pédicure* : les films – très courts, bien entendu, rarement plus de quinze minutes – s'enchaînaient à un rythme industriel, sans que le public s'en lasse.

– Ne voudriez-vous pas vous lancer dans un projet plus long ? lui demandai-je au bout d'une dizaine de mois.

Max affecta un air navré.

– J'en rêve, Maurice. Mais Charles Pathé me tient : je lui dois un film par semaine. Et c'est ce que le public réclame.

– Une prison sans barreaux, répétai-je, conscient que le talent de Max ne se déploierait que s'il s'autorisait des œuvres plus ambitieuses.

Je griffonnai alors une idée de scénario parodique imité de Dumas, dans laquelle Max serait le d'Artagnan d'un *Trois Mousquetaires* comique.

Lorsque je soumis le script à Max, il eut une réaction inattendue. Tout en admettant qu'il y avait là de bonnes idées, il semblait offusqué que je me fusse permis cette liberté.

– Je t'ai demandé d'être mon ombre, Maurice. Ici, l'artiste, c'est moi.

Puis, sous mes yeux, il jeta dans la cheminée ces pages sur lesquelles j'avais passé de nombreuses nuits, ne songeant qu'au triomphe de Max.

Entre Linder et moi, quelque chose venait de se casser. Il me voyait désormais comme une menace, je n'étais plus un docile copiste, mais un rival potentiel. Ce soupçon était d'autant plus aberrant que j'avais à peine quinze ans. Je découvrais pour ma part que son orgueil était encore plus grand que son talent.

À dater de ce jour, Max Linder conserva une courtoisie de principe, mais tout s'arrêtait là. C'était bien plus douloureux qu'un renvoi. Nos journées étaient les mêmes, notre intimité de vie n'avait pas changé, mais Max ne me faisait plus de confidences, ne me demandait plus conseil, me traitait comme un domestique.

– C'est la disgrâce du page, me dit Gaby Morlay, alors que Max venait de me gourmander devant toute l'équipe, pour une de ses erreurs qu'il m'attribuait injustement.

– Rassure-toi, Maurice, ajouta la comédienne, très amicale, c'était pareil avec Lubin. Voilà pourquoi il est parti, et il a eu bien raison !

Charles Pathé m'avait joué un tour pendable. Cherchait-il à me mettre à l'épreuve ou à me dégoûter ?

– Les deux, m'avoua-t-il, jovial, lorsque je vins le voir dans son bureau, après une humiliation de trop.

À mesure que les semaines passaient, Linder devenait invivable, d'autant qu'il comptait toujours sur moi pour le rassurer, pour lui rappeler qu'il avait du talent, que les gens l'aimaient, l'admiraient.

– Prenez votre mal en patience, jeune homme. Votre calvaire chez Max va bientôt prendre fin. Je n'ai hélas en ce moment personne qui puisse vous remplacer, mais j'ai pour vous de bien plus grands projets.

Était-ce de la poudre aux yeux ? un os que Pathé me donnait à ronger ?

Je pense surtout que la situation aurait pu s'éterniser si l'Histoire ne s'en était mêlée.

En plein milieu du tournage de *Max sauveteur*, au cœur d'un été caniculaire, un technicien bondit sur le plateau, alors que les caméras tournaient.

– Mais Jules ! cria Linder. Tu es fou ?

– Tombe le haut-de-forme, Max. C'est la guerre, la vraie.

*

Pour beaucoup d'historiens, 1914 sonna le glas du cinéma français. Non point de son génie, mais de son empire.

Jusqu'alors, Pathé régnait sur le monde, possédant un monopole effarant. Bobines, plateaux, matériel, techniciens, artistes, studios, distribution, théâtres, il pilotait tout. Il avait coutume de répéter que les frères Lumière avaient inventé le cinéma, mais que lui en avait fait une industrie. En comparaison, les États-Unis restaient de joyeux branquignols, pour qui le cinéma était encore une attraction foraine.

La Première Guerre mondiale changea la donne…

Tous mobilisés, les hommes désertèrent les studios d'une profession essentiellement masculine. Face à la Grande Muette, pas de quartier : il fallait enfiler l'uniforme.

Max fut mobilisé presque aussitôt. Il partit d'ailleurs au combat avec un vrai panache. La vedette aurait pu arguer de sa blessure au ventre, mais il n'en dit rien. Il aurait également pu tirer des ficelles auprès de ses relations parmi les puissants de la capitale : non plus.

– Je reste un fils de vignerons, Maurice. Et les paysans partent à la guerre, me dit-il, après que j'eus osé lui en faire la remarque, m'attendant à un coup de griffes.

Mais Max retrouva son amabilité des premiers mois et concéda avec regret :

– C'est un juste retour des choses. Le succès m'a rendu odieux et j'en suis bien conscient. Tu es jeune, Maurice. Tu peux encore échapper à la mobilisation. Alors, profite de cette chance pour donner le meilleur de toi-même. Je ne devrais pas te le dire, mais j'ai une profonde confiance en toi.

– En moi ? m'étonnai-je, surpris de cet aveu.

– En toi, en ton talent, en tout ce qui fourmille dans ta petite tête. Surtout, ne te laisse pas décourager par les médiocres. Aie confiance en toi, toujours. Je sais trop combien le doute peut s'avérer abrasif. Ne doute pas, Maurice. Et fonce, la lumière est au bout qui t'attend…

Le lendemain, Max Linder partait faire ses classes à Versailles. Deux mois plus tard, il rejoignait le front.

Ce viatique m'avait frappé au cœur. Max Linder disait vrai : je ne devais pas perdre une minute ! C'était le moment ou jamais de me montrer indispensable.

Charles Pathé en était bien conscient, qui me convoqua aussitôt.

– L'heure est grave, Taupard ! Vous voilà libéré des griffes de Linder, mais je vais avoir besoin de vous. Rappelez-moi votre âge.

– Quinze ans, monsieur Pathé.

– Tant mieux ! Vous échappez encore à l'uniforme. Tout comme moi, qui suis trop vieux. Vous allez m'être très précieux.

Le producteur se courba vers un coffre-fort encastré dans le mur derrière son bureau, une boîte énorme, comme on en voyait dans les westerns et les films de gangsters.

– Certains de mes employés les plus proches ont été appelés sous les drapeaux. Il me reste des techniciens illettrés et des comédiens ignares…

Je ne comprenais toujours pas où il voulait en venir.

Tapant de l'index sur un dossier, il se pencha vers moi et perdit toute aménité.

– Il y a là-dedans des documents essentiels. Des documents qui vont permettre à mes films de poursuivre leur carrière, et grâce auxquels de nouveaux seront tournés. Ailleurs.

– Ailleurs ?

– Le cinéma français va traverser une période difficile, Maurice. Le temps que la bataille s'apaise, il faut se déporter. Mais je ne peux pas quitter le navire au cœur de la tempête, aussi ai-je pensé à vous pour jouer les messagers… Vous qui avez grandi dans un phare, vous devez aimer la mer ?

– Oui…

– Le *France* fait demain son dernier voyage avec des civils. Je vous y ai réservé une cabine, modeste mais confortable. Pour des raisons de sécurité, je vous ai vieilli de quelques années, cela ne vous dérange pas ?

Je fis non de la tête, inquiet et fébrile.

– En ce cas, filez faire vos bagages. Le train de seize heures quinze vous conduira au Havre ce soir, et le paquebot partira demain matin à l'aube.

Tandis que je rangeais le précieux document dans ma serviette, Charles Pathé prit un air rêveur.

– Vous allez faire un beau voyage, jeune homme. À votre âge, c'est une chance infinie. Il paraît que la lumière est extraordinaire, là-bas. J'ai toujours rêvé d'y aller. Et puis ce nom étrange, le bois de houx.

– Le bois de houx ? répétai-je, croyant avoir mal compris.

– Oui, *Hollywood*. En anglais, ça veut dire « bois de houx »...

7

Bibi est furieuse.

– Caroline, tu es impossible ! On devait se prendre un café entre filles…

À la table voisine, un chercheur lève un œil courroucé.

– Voilà tout ce que j'ai pu trouver, mademoiselle, chuchote un bibliothécaire en posant une pile de livres sur la tablette.

Un toupet de poussière s'en échappe, qui fait tousser Bibi.

– Non mais franchement, Caroline !

La journaliste est découragée par la masse de documents.

Au garde-à-vous, l'archiviste époussette son gilet de velours côtelé, puis tire ses manches de chemise, comme s'il passait à l'inspection.

– J'ai essayé de vous dénicher tout ce qui pouvait concerner le producteur Bernard Natan.

– Et sur le Belphégor ?

Mine penaude du petit homme.

– Presque rien, dit-il en désignant une enveloppe rose.

Caroline s'efforce d'être avenante :

– Au moins, on est ensemble, non ?

Bibi se renfrogne, irritée.

Caroline sait bien que l'hôpital lui laisse peu de liberté. Elle pouvait remettre ses recherches de quelques heures ! Elles ne se voient pas si souvent que ça…

– Tu connais le Belphégor ? commence Caroline à voix basse.

– Je n'ai vu que le premier épisode. Les trois autres, j'étais de garde.

– Pas le feuilleton, le cinéma.

Alors Caroline s'efforce de tout résumer. Janique passe bientôt d'un ennui de principe à une sincère curiosité. Un cinéma fantôme, un propriétaire mystérieux, des films inconnus.

– C'est Fantômas, ton histoire !

– Précisément. Et j'ai besoin de ton œil de lynx…

Les deux amies se plongent sans tarder dans l'épaisse documentation apportée par l'archiviste.

Comme Caroline s'en doutait, Bibi se prend au jeu. Elle finit même par perdre toute notion du temps.

– C'est plutôt amusant, en fait, avoue l'infirmière, presque groggy, en notant des dates, des chiffres, des noms, sur un cahier.

À la fin de l'après-midi, les deux amies peuvent dresser un premier bilan. Elles en savent bien plus sur Bernard Natan que sur le Belphégor. Cet homme a d'ailleurs connu un destin aussi lumineux que tragique.

Né en Roumanie au cœur l'été 1886, Natan Tannenzaft débarque en France à l'aube du XXe siècle. Ses débuts parisiens sont assez mystérieux – il aurait été projectionniste, avant de créer sa propre société de production –, mais on sait qu'il est volontaire, dès le 2 août 1914, pour partir défendre les couleurs du pays qui l'a si généreusement accueilli.

N'étant pas français, Tannenzaft est incorporé comme volontaire dans la Légion étrangère. Gazé, médaillé, il fait une guerre courageuse qui lui vaudra d'être naturalisé français. L'héroïsme militaire n'empêche hélas pas les préjugés. La France est le pays de Bergson mais aussi de Drumont. Autant changer de nom : en 1919, Natan Tannenzaft devient Bernard Natan.

Cette nouvelle identité marque le début d'une fulgurante ascension. Conscient que le cinéma est une industrie à la fois créatrice et lucrative, il fonde Rapid Film, qui produit surtout des documentaires d'actualité, mais collabore également à la Paramount Pictures. Il est l'un des premiers à se lancer dans la publicité au cinéma, puis construit ses propres studios pour tourner des longs métrages, rue Francœur, à Montmartre. Natan comprend surtout que le muet arrive à son crépuscule et que le cinéma parlant ne peut que le supplanter. Voilà pourquoi il rachète la société Pathé en 1929, devenant bientôt le premier producteur français.

Pathé-Natan est un empire ! Certains de ses films sont des succès colossaux : *Le Bonheur* de L'Herbier, *Justin de Marseille* de Tourneur, et puis la plus grosse production de l'avant-guerre, *Les Misérables* de Raymond Bernard, avec Harry Baur. Mais Pathé-Natan, ce sont aussi des salles dans toute la France, les actualités cinématographiques, de la radio et même les prémices de la télévision !

L'empire finit hélas par se dévorer lui-même. Depuis 1929, malgré son succès, Natan doit jongler avec les dettes ; il fait surtout de la cavalerie, investissant bien plus qu'il ne gagne. Si bien que celui que tous croyaient milliardaire doit s'avouer ruiné au mitan des années 30. On découvre alors que le producteur était aussi un affairiste sinon malhonnête, du moins maladroit : sociétés fictives, gestion hasardeuse, impayés de toutes sortes, Natan est cloué au pilori. À ces accusations s'ajoute un antisémitisme bien de son époque. Bernard Natan redevient Natan Tannenzaft, et nul ne semble disposé à lui passer la moindre ambiguïté. On l'accuse de tout et n'importe quoi, y compris d'avoir produit des films pornographiques, dans lesquels il aurait joué.

La faillite est prononcée en février 1936 et il est condamné en 1939 à quatre ans de prison.

Le malheureux choisit mal son moment pour croupir au cachot… Alors que ses coreligionnaires les plus lucides fuient la France, c'est derrière les barreaux qu'il assiste à l'effondrement de 1940. Avoir « au frais » un si bel exemple d'une race qu'on dit responsable de tous les malheurs est une aubaine pour le nouveau pouvoir. En 1941, Bernard Natan fait l'objet d'un second procès, qui sera filmé et dont les images serviront d'illustration visuelle à la fameuse exposition *Le Juif et la France*.

Terrible ironie du sort : la justice libère Bernard Natan en mars 1942, mais l'homme se voit déchu de la nationalité française. Un apatride ne pouvant bénéficier de la protection de l'État, il est arrêté par la police française, livré à l'occupant, puis envoyé au camp de Drancy.

Le 23 septembre 1942, Bernard Natan fait partie du convoi n°37 qui le conduit en Pologne. Dans le train, les Allemands ont pris soin d'indiquer qui il était. L'empereur du cinéma français meurt à Auschwitz peu de temps après son arrivée.

– On ne connaît pas la date précise de sa mort, dit Caroline. Et le pire, c'est qu'il subit un troisième procès en 1944 et qu'il se verra condamné à deux ans de prison… en 1949 !

L'infirmière rougit et balbutie :

– C'est terrible, ce destin…

Détail surprenant : le Belphégor n'apparaît jamais. Tout juste est-il fait mention de son ouverture en 1927, au moment où Natan rachète la Société des Cinéromans fondée par Gaston Leroux et Arthur Bernède pour produire des adaptations cinématographiques de leurs propres romans-feuilletons.

– Bernède, c'est l'auteur du livre *Belphégor*, n'est-ce pas ?

– Oui. Mais on n'a rien de plus. Qui l'a pensé ? Qui l'a décoré ? Qui l'a fait fonctionner ? Impossible de le savoir.

– Et si c'était Natan lui-même ?

– Un type avec un tel pouvoir avait autre chose à faire que de diriger un petit cinéma de quartier. Il en possédait soixante et en gérait cent cinquante !

– J'ai peur que tu te perdes dans un labyrinthe, ma chérie, conclut Bibi.

Elle s'apprête à ranger ses affaires, car la pendule indique six heures du soir, quand Caroline tire une feuille extraite du dossier rose, qui avait échappé à son attention.

– Ah, dis donc, il y a ça, quand même !

Puis elle le lit à voix haute :

Incendie mystérieux aux Halles

Personne n'ira déplorer l'incendie qui a ravagé jeudi dernier la cave du hideux cinéma Belphégor, cis rue Pirouette, venelle parmi les plus puantes des Halles.

On déplorera en revanche que les flammes aient épargné la salle et la façade de ce cinéma, dont la laideur n'a toujours eu d'égale que la bêtise de la programmation.

Si le décor s'est vu protégé, l'ensemble des archives, bobines, affiches, aurait brûlé. On dit même que, par un macabre jeu de courant d'air, un nourrisson dans un appartement voisin serait mort asphyxié.

Un cinéma qui brûle, un petit Français qui meurt : serait-ce un nouveau coup du producteur youpin Tannenzaft dit Natan, qui a ouvert cette salle ridicule en 1927, espérant s'y remplir un petit peu plus les poches ?

Le monde du cinéma reste d'ailleurs sans nouvelles de cet escroc chafouin, dont on dit qu'il aurait déjà pris la route des États-Unis pour retrouver ses frères de race à New York la Juive.

F.V.

Bibi est frappée par la virulence du ton.

– On écrivait des articles pareils ?

– En juillet 42, oui, répond Caroline.

Pointant une ligne manuscrite, en bas de l'article, elle ajoute :

– Surtout dans ce torchon…

– *J.S.P.*, ça veut dire quoi ?

– *Je suis partout*. L'hebdomadaire le plus virulent de l'Occupation.

Bibi avoue d'un air gêné que son père en a toute une collection dans son bureau, à la maison.

– Je ne les ai jamais ouverts... Depuis qu'il est en prison, maman interdit qu'on touche à ses affaires.

– Tu devrais y jeter un œil, c'est assez instructif pour savoir ce que des Français ont été capables d'écrire à cette époque.

– Mais ils sont devenus quoi, ces journalistes ?

L'occasion est trop belle pour que Caroline la laisse échapper :

– Ils ont combattu dans l'OAS, comme ton père ; ils veulent Tixier à l'Élysée, comme toi...

Bibi se fige, mais Caroline n'entend pas entrer dans un débat bien inutile. Elle vient – enfin ! – de trouver une piste.

– F.V., murmure-t-elle, et elle plie discrètement l'article pour le glisser dans son sac à main.

8

– Rencontrer François Vinneuil ? Mais pourquoi ?

Hugues Rocher est surpris par la demande de Caroline. Elle vient de débarquer rue Murillo, alors qu'il s'apprêtait à quitter la mansarde du journal pour rejoindre Jenny, deux étages plus bas. La rédaction occupe les combles de l'hôtel particulier de Jenny Chaumette, sur le parc Monceau.

– Tu aurais pu téléphoner..., fait le jeune homme au crâne prématurément dégarni.

– Je suis venue directement de la BN. Je sais que tu ne décroches jamais.

Hugues se renfrogne. Il fait nuit et des bourrasques de pluie crépitent sur la vitre.

– Je ne vois pas le rapport avec ton enquête sur le Belphégor. Ça avance ?

– Si j'approche Vinneuil, ça peut avancer.

Caroline lui résume le cheminement qui l'a conduite du Belphégor à *Je suis partout*.

Hugues s'avoue intrigué par ce qui devient un vrai jeu de piste.

– Vinneuil est le seul à avoir mentionné le Belphégor dans un article.

– Publié il y a vingt-trois ans...

– Justement ! Ce type navigue dans le milieu du cinéma depuis le début des années 30. Il doit sûrement avoir des anecdotes, des souvenirs. Ce serait idiot d'en faire l'économie, tu ne penses pas ?

Hugues semble mal à l'aise. Il consulte sa montre : presque huit heures du soir. Il devrait déjà être en bas. Sa compagne est à cheval sur la ponctualité.

Depuis la porte ouvrant sur le grand escalier, on entend s'affairer une armée de domestique : ce soir, Jenny donne l'un de ses fameux dîners où se presse le Tout-Paris. Et Hugues va encore jouer les petits pages...

Quel drôle de couple..., songe Caroline. Arrivant ici, elle a manqué faire tomber un maître d'hôtel qui portait un plateau couvert de coupes de champagne. Elle a également entendu Jenny pépier d'un ton rêche : « Vous n'oubliez pas les cigares, surtout ? – Oui, Madame la baronne. – Et des infusions de verveine fraîche au salon, devant la cheminée, après le dîner ? – Tout est prêt, Madame la baronne. »

Singulière bonbonnière où Hugues Rocher vit comme un coq en pâte, libre et entretenu, à la merci d'un coup de langue ou de griffes.

– Choupi ? Tu es prêt ?

Hugues lève les yeux au ciel, moins par agacement que par habitude. Devant ses confrères des *Études*, il affecte une irritation de principe, mais tous savent qu'il adore ça. En vivant avec Jenny Chaumette, il réalise un fantasme de cinéphile et un rêve d'adolescent. Partager sa vie avec une ancienne maîtresse de Gabin, Préjean, Wilms, Berry, Brasseur, Vanel, Clouzot et tant d'autres a un prix, celui d'une certaine liberté.

– Choupi ? Les invités arrivent dans un quart d'heure.

– Je descends, crie Hugues.

– Alors, Vinneuil ? insiste Caroline.

Mais Hugues renâcle, il n'aime vraiment pas ce type.

– Tu lui as déjà parlé, en projection de presse ?

– J'évite. Généralement, il est tout seul, dans un coin, au fond de la salle. D'ailleurs, si on lui adresse la parole, on est… repéré…

– Par qui ?

– Toute la profession le connaît, c'est Lucien Rebatet, un collabo notoire.

– Oui, merci, je sais !

– Ce type a écrit des horreurs impardonnables. Des horreurs assassines. En 1942, il a sorti un bouquin appelé *Les Décombres*, qui vomit sur tout. Un an plus tôt, il publiait *Les Tribus du cinéma et du théâtre*, un pamphlet dans lequel il dénonce les juifs qui travaillaient dans les milieux du spectacle, avant guerre.

C'est bien pour ça que Caroline veut le rencontrer : Rebatet a forcément croisé Natan.

– Hugues ! S'il te plaît !

Rocher vérifie la pendule accrochée au mur, entre une affiche des *Rapaces* et un portrait de Buster Keaton. Comprenant que la jeune femme ne partira pas sans un rendez-vous, le rédacteur en chef ouvre un grand cahier.

– Bon… je vais t'emmener à une projo où il risque de se trouver… Laisse-moi voir… *Viva Maria*, c'est déjà passé… *Les Tribulations d'un Chinois en Chine*, aussi… *Fantômas se déchaîne,* je doute qu'il aille voir ça… Pareil pour *Don Camillo en Russie*… *Les Fêtes galantes*, *Masculin féminin*, *Au hasard Balthazar*, tout ça c'est plus tard… Ah tiens, voilà !

– Quel film ?

– *La Vie de château.* D'un certain Rappeneau. Un premier film qui vient d'avoir le prix Louis-Delluc. C'est projeté dans cette nouvelle salle près de l'Odéon, Le Racine. Après-demain matin, à dix heures. Tu m'y retrouves ?

– Vinneuil y sera ?

– Tout porte à le croire, ça se passe pendant l'Occupation…

Alors que Jenny vient encore de crier, Hugues ajoute d'un ton ambigu que ces collabos sont d'indécrottables nostalgiques…

9

– Ils sont tous là…

Hugues Rocher prononce ces mots d'un ton inquiet, comme s'il s'en voulait d'arriver au bras d'une inconnue. La salle du Racine est une suite de silhouettes qui cancanent sans prêter attention aux retardataires.

Hugues inspecte l'ensemble des fauteuils. Un instant, il hésite, puis il désigne une place au troisième rang, près de quatre messieurs en col roulé qui fument avec des gestes théâtraux.

– Je vais m'asseoir là-bas.

– Et moi ? dit Caroline.

Hugues indique une rangée presque vide, au fond de la salle. Entouré de sacs de commissions, un vieux couple y mange des bonbons.

– Toi, tu vas là…

– Là ?

– Oui, c'est la France occupée. Rebatet, c'est le petit vieux…

Avant qu'elle ne puisse répliquer, Hugues se faufile vers ses confrères, qui l'accueillent en maugréant, avec cette amabilité circonspecte des critiques entre eux.

Assez intimidée, Caroline se glisse jusqu'au vieux couple et bute contre un sac de toile.

– Attention ! glapit la femme, pomponnée comme pour une communion. Il y a des œufs, là-dedans !

La voilà déjà qui se contorsionne pour rapatrier les victuailles sous son propre siège. Son mouvement est si brusque qu'un poulet enrobé dans du papier journal s'échappe du sac.

– Je vous remercie, mademoiselle ! grogne-t-elle avec l'accent d'Elvire Popesco.

Caroline est très embarrassée.

– Je suis désolée..., s'excuse-t-elle en se mettant à genoux pour aider sa voisine à rattraper le poulet.

Jusqu'alors caché derrière un exemplaire de *Valeurs Actuelles*, le mari baisse son magazine avec lassitude.

– Véronique... je t'avais dit de faire les courses *après* le film...

– Après le film, on nous l'aurait déjà pris ! rétorque-t-elle.

Sa main gauche aux ongles grenat brandit victorieusement le poulet sous le nez du vieil homme, qui recule, dégoûté.

Toujours aussi gênée, Caroline tend à sa voisine le papier journal, dans lequel Véronique enveloppe la volaille.

– Il faut excuser ma femme, fait le vieil homme avec un rictus aux dents noirâtres. Elle a l'obsession des provisions, comme si nous allions être rationnés.

– Loucien ! Tou dis des bêtises !

Elle considère Caroline avec une moue attendrie.

– Sorti de ses livres et de ses articles, mon mari ne sait rien faire. Vous êtes une femme, vous. Vous me comprenez, n'est-ce pas ?

Caroline est perdue. Comment associer la réputation sulfureuse de Lucien Rebatet avec ces personnages de bande dessinée, qui la prennent à témoin de leurs chamailleries ?

C'est pourtant bien lui..., confirme bientôt Caroline en l'entendant dresser pour sa femme l'inventaire de la salle.

Sa main aux doigts jaunis de tabac pointe une silhouette cinq rangs devant eux.

– Le séminariste maigrichon, là-bas, c'est Rivette.

– Il ne fait pas des films, lui, maintenant ?

– Si, hélas, et il a bien tort. Le jour où on comprendra que la critique est un métier et l'art un autre. Mais toutes ces truffes des *Cahiers* se prennent pour des artistes, c'est le drame. Le petit Truffaut n'était pas sans talent, quand on allait ensemble au cinéma. Je pense même qu'il aurait pu faire de belles choses. *Les Quatre Cents Coups*, c'était pas mal. Mais il a vite versé dans cette guimauve qu'il reproche à ses aînés. *La Peau douce* ? Quel lavement ! Il fait du Christian-Jaque, maintenant. En même temps, il a épousé la youpine Morgenstern, ça ne pouvait que l'affadir…

Caroline se crispe dans son fauteuil, tandis que Véronique chuchote à son mari :

– Loucien, parle moins fort. Et qui est le vieux, à côté ?

Rebatet se retient de cracher sur la moquette.

– C'est cette ordure de Sadoul. Un coco de la pire espèce. Il a dû lécher les couilles d'Aragon pendant l'Occupation. Avant de réclamer notre tête à tous, en 45. Son *Histoire du cinéma* est un désastre. Quand tu penses que le magnifique boulot de Robert et Maurice est passé à la trappe pour être remplacé par cet étron.

– Loucien, tu sais bien que je n'aime pas ce mot !

– Je n'en vois pas d'autre. Et puis, parlant de rectum, tu vois cet ibis poudré, en bas ?

– Oui.

– C'est cette tapette de Bory. D'ailleurs, il est assis à côté du petit Daney. M'étonnerait pas qu'il lui mette un doigt dans le cul pendant la projection, tiens. Ces gens-là ne résistent pas à l'obscurité…

Véronique glousse d'un air faussement choqué et se penche sur Caroline, comme si elle voulait excuser les propos de son mari.

– Loucien peut être très grivois !

– Mais ils *en* sont tous, maintenant ! enchaîne Rebatet, sans ironie. Ce n'est plus du cinéma, c'est une pissotière. Bientôt ils vendront des croûtons de pain avec les Esquimaux !

Nouvel éclat de rire de Véronique, qui saisit Caroline par le bras, comme dans un dîner mondain.

– Loucien n'aime pas beaucoup les zomosessuels. Il faut le comprendre, il a été élevé chez les courés.

Caroline va devoir prendre sur elle.

– Il n'y a pas que les pédales, il y a aussi les gigolos. Le gamin chauve, en bas, c'est Hugues Rocher, le mignon de cette maquerelle de Jenny Chaumette. Encore une qui a toujours su écarter les cuisses. Maintenant qu'elle est veuve, milliardaire et blanchie de sa francisque, elle peut bouffer de la viande fraîche… Mais à l'époque, elle branlait Laval.

Caroline se demande si elle ne va pas changer de place.

– Reste que les papiers des *Études* sont peut-être les meilleurs actuellement. Ils ne sont ni coco, ni gaullistes. Ils aiment les films.

– Comme toi, quoi.

– Moi ça ne m'intéresse plus vraiment, tu sais. Mais il faut bien payer tes poulets.

Véronique alpague une dernière fois Caroline :

– Loucien est trop modeste. C'est un grand critique de cinéma, vous savez ?

L'occasion est trop belle pour ne pas en profiter :

– Justement, je…

Mais la lumière baisse d'un coup.

Caroline s'avoue soulagée.

Reculer pour mieux sauter, songe-t-elle, alors que Véronique épluche une mandarine, qu'elle tend, quartier par quartier, à son mari.

La musique de Michel Legrand retentit bientôt dans la salle, tandis que le générique commence.

– Je sens qu'on va s'emmerder, glisse Rebatet à l'oreille de sa femme.

– Loucien, répond-elle à voix haute, né sois pas si déceptif !

Véronique Rebatet a parlé si fort que, quelques rangs plus bas, une voix tonne d'un ton rigolard :

– Ta gueule, Eva Braun ! suivi d'un éclat de rire général.

Offusquée, elle se renfonce dans son siège et jette les épluchures devant elle, au hasard, avec mépris.

10

La Vie de château est un film charmant, d'une légèreté très française. Caroline a passé un délicieux moment.

Bizarrement, tandis que s'achève le générique de fin, la jeune femme sent son plaisir s'effilocher, comme s'estompe la texture d'une barbe à papa. L'ensemble de sa perception devient flou, ses souvenirs immédiats perdent leurs contours. Sensation d'autant plus surprenante qu'elle possède une mémoire photographique. Alors qu'elle ne les a pas convoquées, remontent les images du film de Trabucco. Celles-ci n'en paraissent que plus vivaces, presque corrosives. Comme les rémanences d'un plat dégusté l'avant-veille, qui affadirait toute autre saveur.

Caroline secoue la tête, espérant que l'impression va se dissiper. D'autant qu'elle a vraiment goûté cette fantaisie comique au cœur de la France occupée. Deneuve exquise, Noiret merveilleux, Brasseur roboratif, Mary Marquet impériale, et puis Henri Garcin, toujours parfait. Ce Rappeneau, qu'elle ne connaissait pas – c'est son premier film –, a du talent. La journaliste est même parvenue à faire abstraction des grognements de Lucien Rebatet, à qui le film semblait déplaire, et de la soufflerie de son épouse, qui s'est assoupie au bout d'un quart d'heure.

Le couple rassemble maintenant ses affaires, tandis que les derniers critiques quittent la salle.

Hugues Rocher passe devant Caroline sans s'arrêter. Elle songe à cette réplique de western : « *Now, you're on your own !* »

– Laissez-moi vous aider, dit-elle en prêtant main-forte à Véronique Rebatet, qui peine avec ses sacs de courses.

– Vous êtes gentille, mademoiselle. Loucien ne peut presque rien porter, il a de l'arthrite partout.

– Souvenir de taule…, ajoute-t-il en s'arrachant à son fauteuil.

Tous trois sortent de la salle, hérissés de sacs, comme une famille de réfugiés. Caroline doit penser vite et bien : il s'agit de ne pas les laisser s'envoler.

Mais Rebatet lui mâche le travail :

– Véronique, j'ai faim…

– Ah non, Loucien ! s'empourpre la rombière. Tu sais ce qu'a dit le médecin. Pas de grignotage en dehors des repas ! On rentre déjeuner à la maison, allez hop !

Avec des airs de chien battu, il affecte un ton suppliant et désigne une pâtisserie viennoise, tout près du cinéma.

Il faut dire que l'échoppe dégage une odeur des plus appétissantes et qu'un crachin se met à tomber.

Attendrie, Véronique ne parvient pas à masquer sa gourmandise en voyant la montagne de *Linzer*, de *Sachertorte* et autres gâteaux au pavot.

– Bon, concède-t-elle. Mais alors, juste un.

– Oui, mon amour.

– Que l'on partage toi et moi.

– Oui, mon amour.

– Vous avez faim ? demande-t-elle à Caroline, comme si sa question était un ordre.

Caroline répond « Très », heureuse de sa bonne fortune.

Assis au fond du salon de thé, le vieux Rebatet semble revivre. On vient de lui apporter un *Linzer* à la mûre et un chocolat chaud fumant couvert de crème fouettée.

– *Schlagsahne* ! Ces Teutons ont toujours su vivre ! dit-il en attaquant son gâteau, sous l'œil sévère de son épouse.

– Ne mange pas trop vite, la table n'est pas louée.

Le voilà déjà qui s'empiffre en murmurant, les lèvres couvertes de miettes :

– *« Ertrinken… versinken… unbewusst… höchste Lust ! »*

Une minute plus tard, le gâteau est englouti.

– Loucien, tou es incorrigible !

– Tu te rappelles cette petite pâtisserie qui avait ouvert, rue Lesueur, fin 42 ?

– Oh oui, les meilleurs croissants de ma vie.

– C'était un couple de Carinthie. Des gens délicieux. Leur fils était affecté à Paris, à l'Abwehr, et ils l'avaient suivi.

– Oui. Les Schmückle. Hermann et Heidi…

– Le père portait toujours une culotte de peau, comme dans *L'Auberge du Cheval blanc*. Un vrai personnage d'opérette.

– Charmants. Ils étaient charmants.

Bientôt ils se taisent, perdus dans leurs souvenirs. Jusqu'à présent, Caroline n'a pas dit un mot, de plus en plus dérangée par ce qu'elle voit. Ces gens vivent dans une autre époque.

Brutalement, les traits de Rebatet s'alourdissent et il devient agressif :

– Ce film était idiot. Cette façon de traiter la guerre comme une pantalonnade, nom de Dieu ! C'est si facile. On voit bien que tous ces jeunes gens ne l'ont pas vraiment connue… Et cette Deneuve est d'un banal… Une bonniche ! Son père était si sympathique, pourtant, il faisait d'excellents reportages pour Radio-Paris.

– Pour qui vas-tu écrire l'article ?

– Je ne sais pas encore. *Rivarol* ou *Valeurs actuelles*. Peut-être les deux, on verra. Ça me rince tellement… Surtout au moment des élections… Il y a des combats plus importants !

– Quels sont les films qui vous ont vraiment plu, ces derniers mois ? demande alors Caroline.

Le vieil homme devient évasif :

– Voilà bien longtemps que je n'ai pas éprouvé le grand frisson, mademoiselle. Vous savez, quand on a découvert à leur sortie les films de Gance, de L'Herbier, de Clair, tout paraît bien fade. Heureusement qu'il reste les Italiens, surtout Fellini. Il est peut-être le dernier grand, le seul à faire vraiment encore du cinématographe. Les autres sont des doctrinaires ou des tâcherons.

– Et Pasolini ? hasarde Caroline, qui a été fascinée par *L'Évangile selon saint Mathieu*, l'an dernier.

Rebatet tourne au rouge vif.

– Ah non, mademoiselle ! Restez polie ! Ce Pasolini, quelle farce ! Une petite frappe marxiste et pédérastique qui est allée en Palestine retrouver la trace de Jésus !

Caroline est stupéfaite par ce ton. Rebatet est haletant et Véronique lui prend la main.

– Calme-toi, mon chou, dit-elle, désolée pour la journaliste.

– Il faut me pardonner, mademoiselle. Je suis un très vieil homme et il y a des sujets qui me déclenchent des fureurs immodérées.

Cette expression amuse Caroline malgré elle. Rebatet prend cela pour une connivence et ajoute d'un ton mauvais :

– On vit une époque désolante, voilà tout. L'art importe moins que les opinions ou la couleur de la peau. Voyez le triomphe que l'on a fait à Marian Anderson l'an dernier, à la Sainte-Chapelle.

– Marian Anderson ? répète Caroline. Je ne connais pas.

Rebatet fronce les sourcils.

– Une cantatrice américaine. Une Négresse.

Caroline garde son calme et Véronique approuve son mari.

– J'ai vu son récital d'adieu à la tévé, reprend le vieil homme. C'était édifiant. Elle n'a jamais été belle, mais avec l'âge elle est devenue une effrayante petite guenon, et l'on éprouve un vrai malaise à entendre cet horrible animal émettre des sons humains. La voix a presque entièrement disparu. Mais surtout, cette héroïne de la négrolâtrie, présentée comme une sainte de l'art, trahit invraisemblablement le folklore noir. Les amateurs de *spirituals* devraient avoir cloué au pilori cette vieille singesse pour son blanchissement, son européanisation des chants noirs. Et quand elle chantait les romantiques allemands, il lui était impossible de ne pas les négrifier.

Caroline sent maintenant poindre la nausée.

Un long silence se coule dans ce coin de salon de thé. Aux autres tables, des étudiants pérorent joyeusement. Tous ont posé leurs serviettes, leurs cartables, au pied de leurs chaises de bois, et dévorent des pâtisseries en riant de leur jeunesse. La serveuse jongle entre les clients avec une agilité d'écuyère. Dans la rue, la pluie a redoublé et un groupe vient de s'engouffrer dans la pâtisserie, trempé mais heureux d'être au sec.

– Mais vous, mademoiselle, à quoi travaillez-vous ?

Non sans effort, Caroline parvient à répondre d'un air dégagé qu'elle enquête sur un cinéma parisien.

L'idée amuse le vieil écrivain.

– Ah oui ? Lequel ?

– Le Belphégor.

Aucune réaction. Véronique ne semble pas connaître et Rebatet demande, évasif, s'il s'agit de cette salle des Halles qui projette des films d'épouvante.

– C'est ça.

Faisant signe à la serveuse de lui apporter un autre chocolat (à l'exaspération de sa femme, qui grogne « Loucien ! »), il fronce les sourcils et creuse ses souvenirs :

– J'ai dû y aller, à l'époque. C'est Bernard Natan qui avait ouvert la salle, n'est-ce pas ?

Caroline est soulagée.

– Oui, en 1927. Pour projeter des cinéromans.

– Encore un tour de passe-passe de ces fumistes, crache Rebatet. Natan était le prince des faisans. De la même espèce humaine que les calicots des Champs-Élysées, issu du « Lipscani » de Bucarest ou des bazars de Salonique et de Smyrne. Sa famille venait de quelque ghetto du « *vagina Judeorum* ».

– Vous l'avez connu ?

– Natan ? Dans les années 30, impossible de ne pas tomber sur lui. Heureusement, ses montages lui ont pété à la gueule. Et il a fini par retrouver les siens.

Caroline réplique d'un ton cinglant qu'il a en effet été déporté puis gazé en Pologne.

Rebatet donne un coup de coude à son épouse.

– Tu as vu comme cette légende prend bien chez les jeunes, ma chérie ?

Pour Caroline, la scène devient pénible, elle essaye cependant une dernière fois :

– Tout porte à croire que ce cinéma a brûlé pendant l'Occupation.

– Oui, se rappelle le vieil homme en trempant ses lèvres dans son chocolat.

Il a bientôt la bouche barbouillée de crème et Véronique l'essuie avec son mouchoir, comme un nourrisson.

– Il y a eu un incendie, je m'en souviens très bien. J'en ai même fait une brève dans *Je suis partout*..., mais c'est une période où l'on brûlait beaucoup.

À cette remarque, la Roumaine explose d'un rire grasseyant, tandis que son mari part dans une lourde quinte de toux, façon à lui de s'esclaffer.

Aux tables voisines, les gens se retournent vers ce vieux couple qui se gondole d'un rire mauvais, comme les sorcières de *Macbeth*.

Une serveuse finit par s'approcher et demande si tout va bien.

– Tout n'ira plus jamais bien, répond Rebatet d'une voix haletante. Mais il nous reste nos souvenirs...

Surprise par cette réponse, la serveuse prend un air affairé et s'éloigne vers une autre table.

– Plus sérieusement, reprend Rebatet, je me souviens que le Belphégor était moins lié à Bernard Natan qu'à l'étrange Max Toppard.

– Qui ça ?

Rebatet est sincèrement surpris.

– Vous plaisantez, mademoiselle ? Vous n'avez jamais entendu parler de Max Toppard ?

Caroline se sent presque penaude. Mais Véronique vient à son secours :

– Moi non plus, tu sais ?

Rebatet est désemparé.

– Alors, c'est vraiment la fin d'une époque… Je me sens comme un dinosaure, tout à coup. Un monde où le nom de Max Toppard a disparu des mémoires…

– Qui était-ce ? insiste Caroline.

Rebatet affecte une moue.

– Toppard était le genre de type comme on en voyait dans les années 30 : un touche-à-tout, sans doute un faiseur. Il grenouillait dans les milieux du cinéma et paraissait indispensable, alors qu'on n'a jamais su ni ce qu'il faisait, ni qui il était. On le disait cinéaste, scénariste, producteur, mais il n'a, semble-t-il, jamais rien signé de son nom. Un vrai fantôme.

– Quel rapport avec le Belphégor ?

– Il y passait son temps. C'était son quartier général. Il en faisait la programmation, dans mon souvenir. Il me semble même qu'il serait arrivé des choses pas très catholiques, à cette époque, au Belphégor.

– Max Toppard…, répète Caroline en sortant son calepin. Vous écrivez ça comment ?

II

ÇA TOURNE

« Quand les mystères sont très malins,
ils se cachent dans la lumière. »

Jean Giono, *Ennemonde*

L'Amérique

La traversée fut un cauchemar. De la mer je ne connaissais que les petits chalutiers qui croisaient au large de Poulven. Et je m'étais retrouvé en plein océan, parmi une foule d'inconnus qui pour beaucoup fuyaient l'Europe en guerre. Les coursives du paquebot bruissaient de doutes et de terreur : Où va cette guerre ? L'état-major est-il conscient de ce qui se passe ? Est-il vrai que les Allemands sont arrivés jusqu'à Senlis ? On murmure que leurs sous-marins torpillent les navires civils… Quand sera-t-on en sûreté ?

Parmi les deux mille passagers du navire, la peur était le sentiment le mieux partagé.

Je me souviens d'un petit garçon qui passait son temps à crier « Maman, un iceberg ! » au grand effroi de tout le pont. Puis il éclatait de rire et courait se cacher dans sa chambre.

La tragédie du *Titanic*, deux ans auparavant, avait frappé les esprits. Cela avait été un coup dur pour les compagnies maritimes et il fallait des circonstances aussi exceptionnelles pour que les passagers acceptassent de s'aventurer sur les eaux de l'Atlantique Nord.

Pour ma part, j'étais moins affecté par la peur des glaces que par les effets de la houle. Le *France* était ballotté par les vagues du grand large et mon estomac ne le supportait pas. Aussi passai-je la majeure partie du voyage recroquevillé dans ma cabine, le nez au hublot giflé par l'écume, sans apaiser cette nausée sournoise. Ce n'était pas un franc mal au cœur, mais une douleur sourde, comme une mauvaise conscience. Y repensant aujourd'hui, je me demande si ce n'était pas un réflexe pour passer inaperçu. Sinon, j'aurais sûrement arpenté les ponts du bateau, fier d'exhiber ma jeunesse et la confiance de Charles Pathé, qui m'avait pourtant recommandé d'être discret. Mon âge et l'importance des documents en ma possession devaient rester un secret. Pathé pouvait dormir tranquille : ses contrats étaient glissés sous mon matelas et je ne quittais pas ma cabine.

Huit jours plus tard, alors que nous apercevions les côtes du Nouveau Monde, j'avais perdu plusieurs kilos et mes traits s'étaient creusés.

– Bienvenue dans l'âge d'homme, murmurai-je collé à mon hublot en longeant la statue de la Liberté.

New York ! Passées les formalités d'immigration sur Ellis Island – que l'entregent de Charles Pathé avait réduites à trente minutes –, je ne disposais hélas que d'une douzaine d'heures avant de sauter dans le rapide pour Los Angeles, mais, une fois sur la terre ferme, malgré un baluchon qui me sciait l'épaule, je parcourus avec fascination le sud de Manhattan.

Les quartiers qui séparaient le débarcadère de la toute nouvelle gare de Grand Central, inaugurée l'année précédente, m'en donnèrent un aperçu aussi grandiose que frustrant.

Une telle ville était donc possible ! Ainsi des hommes avaient osé bâtir des tours aussi hautes ! N'était-ce pas le signe d'une arrogance prométhéenne que de se lancer ainsi à la conquête du ciel ? Du haut de la Goulaouenn, je me croyais sur le toit du monde. Ici, les rues étaient barrées par ces édifices gigantesques, qui jaillissaient du sol comme des arbres préhistoriques. Ce n'était pas une ville, mais un chantier. Le fracas était partout : fracas des tramways qui manquaient vous écraser à chaque carrefour, fracas des chevaux qui tiraient encore des fiacres ou des charrettes de commerçants, fracas des métros aériens qui couvraient en hauteur des avenues rectilignes, infinies, fracas des automobiles qui s'élançaient sur d'immenses ponts hérissés de câbles, suspendus au-dessus de l'eau, des rues, avec une morgue bonhomme. Fracas de cette population éclectique, bigarrée, où les langues, les teints, les races s'entrechoquaient avec cette violence propre aux jeunes nations. Irlandais, Italiens, Chinois, Allemands, Juifs, Nègres se bousculaient, se saluaient, se crachaient au visage. On sentait partout un esprit de clan, méfiant et agressif, malgré un extraordinaire sentiment d'harmonie. Si Paris était la ville des hauts-de-forme, New York était celle des canotiers. Les rues grouillaient de silhouettes élégantes ou misérables, flamboyantes ou patibulaires, comme si chaque *block* était un début de roman.

Les New-Yorkais semblaient conscients d'habiter la cité de l'avenir : une ville ultime. Et puis, il fallait voir passer ces grands bourgeois dégueulant de richesse, héritiers de vieilles familles anglaises ou irlandaises, dans leurs automobiles pilotées par quelque moricaud en uniforme blanc.

J'aurais aimé y rester plus longtemps, mais déjà mon train m'attendait. Et c'est un Maurice écumant, épuisé par sa marche, mais si heureux d'avoir retrouvé la terre ferme, qui s'écroula sur sa couchette, après douze heures d'un festin d'asphalte.

Le voyage en chemin de fer ne fut guère plus reposant. Les cahotements de la ligne et la longueur du trajet produisirent sur mes tripes l'effet de la pleine mer. La première partie du voyage, qui nous menait à Chicago, fut d'une monotonie très maritime : quelle différence entre ces immenses plaines ponctuées çà et là de granges, de châteaux d'eau, et la surface des flots ? Une fois de plus je restai confiné, me forçant à picorer de temps à autre quelques fruits secs, un bol de riz, sans parvenir à absorber davantage.

Fort heureusement, la seconde moitié du périple me permit de me concentrer sur la beauté des Rocheuses, puis sur les paysages arides de la côte Ouest. Je parvins même à me traîner jusqu'à la voiture restaurant, où l'on me fit un accueil très affable.

– *Misteu Taupa'*, me dit un Nègre en veste blanche, *this is your table.*

La plupart de passagers m'épiaient avec méfiance.

– *Is he French ?*

– *How old can he be ?*

– *He looks like a kid…*

De l'anglais je ne possédais que des rudiments, enseignés par mon père les dernières années de notre vie au phare, mais j'apprenais vite. J'avais apporté dans mes bagages une méthode d'apprentissage rapide, qui fut ma seule lecture du périple. Et c'est dans un anglais intelligible que, sitôt descendu du train à la gare de Los Angeles, je demandai un ticket de tramway pour Hollywood.

La lumière. Voilà le premier mot qui me vint à l'esprit, une fois sur le sol californien. Cette lumière qui nous obsédait tant, papa et moi, depuis le parapet du phare. Cette lumière dont Méliès jouait en mage. Cette lumière que Linder et Pathé tentaient de dompter, de rendre naturelle, pour ces films que nous tournions à Vincennes. Cette lumière que les premiers cinéastes anglais, sur les collines de Brighton, s'efforçaient de capturer avec une précision de photographe. Une lumière qui, ici, de l'autre côté de la planète, devant le plus grand océan du monde, ne m'avait jamais paru plus évidente.

On disait que la balbutiante industrie cinématographique américaine avait fui la côte Est pour échapper aux avocats de Thomas Edison, lesquels poursuivaient tous les forbans plagiant sans vergogne son matériel, mais il n'en était rien. C'est la lumière qu'ils étaient venus chercher.

Quel contraste entre les brumes de New York et le soleil du Pacifique ! Ici, l'astre brillait toute l'année, les intempéries étaient rares, assurant aux tournages une sérénité impensable de l'autre côté de ce pays-continent.

Ma propre sérénité, hélas, fut de courte durée.

Habitué aux fastes des studios de Charles Pathé, je déchantai dès ma descente du tramway. C'était donc ça, cet Hollywood dont les techniciens, acteurs, producteurs et autres scénaristes parlaient comme d'un eldorado ?

« C'est à Hollywood que tout va se passer maintenant », me disait parfois Max Linder, qui avait d'ailleurs maints projets américains, brutalement stoppés par la guerre.

Beaucoup d'aspirants cinéastes qui s'étaient retrouvés devant les portes closes de Pathé ou Gaumont étaient venus tenter leur chance ici, comme s'il s'était agi d'une ruée vers l'or.

Je ne vois qu'une seule pépite, c'est lui, songeai-je en laissant le soleil réchauffer mon front.

Pour le reste, Hollywood avait tout de ces bourgades récentes poussées comme des chardons aux alentours des grandes villes. Un village de province, avec son barbier, ses quelques restaurants, un ou deux hôtels... On sentait pourtant dans ces rues si neuves, ces maisonnettes si modestes, ces échoppes anarchiques, une énergie et une volonté féroces. J'avais éprouvé la même chose dans les rues de New York, la semaine précédente. J'allais vite comprendre quelle était l'essence même de l'âme américaine : un mélange d'idéalisme et de pragmatisme, de sens moral et de roublardise. Ils étaient nombreux à avoir traversé le pays, parfois la planète, pour s'établir ici. Aussi n'avaient-ils plus un instant à perdre. Voilà pourquoi la vie s'y déroulait en accéléré, à l'image de ces films comiques que les studios du cru commençaient à produire à la chaîne. Plus qu'une ville, une course-poursuite.

Grisé par cet air enivrant, je m'assis sur un banc du tout jeune Hollywood Boulevard. Il me fallait maintenant trouver mon chemin dans cette petite ville nichée entre l'Océan et une colline de verdure. Où allais-je habiter ? Pendant combien de temps ? dans quelles conditions ?

« Ne vous occupez pas de ça, Maurice, m'avait rassuré Pathé, le jour de mon départ. Ces Américains sont des champions de l'organisation. Ils auront tout préparé pour votre arrivée et vous serez accueilli comme un prince, croyez-moi. Surtout avec la mine d'or que vous leur apportez... »

Tout le voyage je m'étais retenu d'ouvrir le dossier confié par le producteur français. Un mélange de respect et de superstition. Mais j'étais maintenant à Hollywood.

Posant ma valise sur mes genoux, je l'ouvris avec circonspection, comme si j'avais craint qu'un passant, un vagabond, s'approchât de trop près.

Le dossier était dans un des soufflets intérieurs.

Soudain, tout s'effondra. Un voile blanc zébra mes yeux et je me sentis perdre l'équilibre.

– *Are you okay* ? me demanda un policier, qui me vit glisser sur le sol, tandis que le contenu de ma valise s'étalait à même la chaussée.

– *Yes, I'm fine...*, balbutiai-je avec mon gros accent français.

Il m'aida à rassembler mes affaires, presque attendri.

– *Did you just arrive in Hollywood* ?

– *Yes*, dis-je, en fouillant compulsivement dans mes affaires.

– *Do you know anyone in town* ?

À cette question, je me redressai, les larmes aux yeux.

Le dossier, les contrats, les lettres de recommandation, les contacts, tout mon argent : plus rien. Oublié dans le bateau ? volé dans le train ? Peu m'importait, désormais. J'étais aussi nu qu'Adam au premier matin.

– *Welcome to Hollywood, kid !*

Hollywood

Livré à moi-même, j'avais deux solutions : joindre Charles Pathé et lui avouer ma mésaventure, avec le risque qu'il s'en montre furieux et me dise de me débrouiller tout seul. Ou bien jouir de cette liberté nouvelle, qui me voyait arriver vierge au pays de tous les possibles. Je choisis la seconde option.

Débarquer à Hollywood avec l'aura du benêt était un mauvais calcul. Ici importaient l'orgueil, la confiance en soi ; tout était affaire de volonté et j'en avais à revendre.

J'étais hélas sans argent, sans adresse, sans même une porte où frapper. Je ne connaissais pas le nom du correspondant de Pathé à Hollywood, lequel devait sans doute guetter mon arrivée. Raison de plus pour ne pas me dévoiler.

Je ressentis au fond de moi une excitation comme je n'en avais jamais connu. Un nœud doux, presque onctueux, m'enserra le ventre. Ce n'était pas douloureux, au contraire, cela s'apparentait à une poussée de sève.

Je n'avais que quinze ans et les joies du corps m'étaient encore étrangères. Mon enfance bretonne avait été peu propice à la bagatelle et mon passage chez Linder ne m'avait laissé aucune liberté. Le soir, je m'écroulais sur mon lit après des journées épuisantes. Tout juste l'une des maîtresses éconduites de Max vint-elle un soir frapper à ma porte, me quémandant un brin de tendresse. Elle finit par se glisser dans mon lit, mais je dus la bercer une partie de la nuit pour la rassurer. Au réveil, comme si elle s'était sentie en dette, elle crut normal de se frotter à moi, qui avais gardé ma chemise de nuit. Ma timidité eut raison de toute sensualité et, rouge d'embarras, je demandai courtoisement à la jeune femme de se rhabiller. Elle n'en prit pas ombrage et posa un baiser sur mes lèvres en chuchotant :

« Tu es encore jeune, Maurice. Mais si tu as besoin de leçons, tu sais où me trouver. »

Jamais je ne la rappelai, enfouissant cette scène dans ma mémoire. Je n'étais pas encore prêt.

Mais maintenant que je me retrouvais seul au bout de monde, montait en moi un sentiment de puissance qui s'apparentait à de l'ambition et du désir. J'avais envie de cette ville, de ces gens. Envie de les posséder, comme on possède une âme et un corps.

Hollywood serait ma première maîtresse.

Aussi puissants que fussent mes rêves, il me fallait affronter une réalité immédiate : j'étais seul, sans le sou, et j'avais faim. Je décidai donc d'explorer la ville, prêt à accepter le moindre travail.

Et me voilà traînant devant les commerces, entrant dans les restaurants pour demander s'ils avaient besoin d'un serveur, ou dans les cinémas d'un ouvreur.

À chaque fois on me répondit un «*no*» poli mais ferme. Mon accent, mon allure juvénile, cette valise trop lourde que je ne pouvais me résoudre à abandonner, tout indiquait que je serais une source de complications.

Au bout de quatre heures j'étais épuisé, mes souliers commençaient à me faire mal et mon ventre devenait douloureux. Ma bonne volonté du matin s'était vite émoussée ! Je me retrouvais sur la place même de la gare, me demandant s'il ne valait pas mieux sauter dans un train pour New York. Mais avec quoi payer le billet ? Et puis, comment rallier la France ?

– Une prison sans barreaux, murmurai-je, désemparé, en m'asseyant sur ma propre valise.

Au même instant, un gros homme s'approcha de moi avec une mine joviale, me lançant un providentiel :

– *Hi kid ! Do you need a job ?*

Dans mon anglais hasardeux, je répondis que j'étais prêt à accepter n'importe quel travail, pour peu que je puisse manger un morceau.

En éclatant de rire, il m'accompagna devant une buvette et me paya un drôle de sandwich à la saucisse, que je dévorai.

– *Take your time !* gloussa-t-il, tandis que j'essuyais ma bouche barbouillée d'une moutarde douce et jaune.

Sans avouer que j'étais envoyé par Charles Pathé, j'inventai un départ d'Europe pour fuir la mobilisation. L'homme restait circonspect, me trouvant bien jeune pour un tel voyage. Mais mon récit semblait l'amuser. Puis, retrouvant son sérieux, il me demanda si j'aimais le cinéma.

Mon cœur se mit à battre très fort.

– *Of course !*

– *Good for you !*

Il sortit des papiers à l'en-tête de l'Epoch Producing Corporation en m'expliquant qu'un gros tournage avait lieu dans les environs de la ville et qu'on avait besoin de figurants. Ce ne serait pas très bien payé, mais cela durerait plusieurs semaines et je serais logé sur place.

Décidément, la chance était de mon côté !

– *I need your name and signature*, dit-il en me tendant un stylo.

Prenant appui sur ma valise, je m'apprêtais à parapher, mais je m'arrêtai, la plume en l'air.

L'homme fronça les sourcils.

– *Is there any problem ?*

Songeant à ces anciens bagnards qui changent d'identité pour s'engager dans la Légion, je trouvai romanesque de me forger un nouveau nom. N'étais-je pas en train d'inventer ma vie ? Pendant tout le voyage, j'avais remarqué comment les Américains prononçaient Taupard, et combien ils peinaient à articuler Maurice. Et puis je pensai à Linder, qui avait lui aussi choisi un pseudonyme.

Alors je signai.

– *Max Toppard ?* lut le gros homme, apparemment satisfait, avant de me tendre la main, comme si nous pouvions enfin nous saluer.

– *Hi Max, I'm Chuck.*

Puis il me fit signe de le suivre en m'annonçant que je quittais une guerre pour en connaître une autre.

La guerre de Sécession

Je ne savais rien de l'histoire américaine. Cette guerre civile qui avait embrasé le pays un demi-siècle plus tôt m'était inconnue. Elle était pourtant le thème de ce film colossal tourné dans les environs d'Hollywood.

Plus qu'un tournage, c'était une ville ! Des tentes, des baraques de fortune, des éléments de décor, des façades factices, des camions qui allaient et venaient chargés d'objets hétéroclites, de meubles, de piles de costumes. Et puis une fourmilière de gens qui vaquaient en tous sens.

On me fit poser mes affaires dans un hangar, où étaient dépliés une centaine de lits de camp. Le mien était au fond, près d'une fenêtre. Je déchantai devant cette organisation militaire, mais n'étais-je pas ici en « zone de guerre » ? Et puis la bonhomie générale n'avait rien de belliqueux. Régnait ici une joyeuse cohue, vibrante, presque artistique. Comme si tous les participants à cette folie étaient conscients que le chaos accoucherait d'un chef-d'œuvre.

Sans aucune explication, Chuck me conduisit sous une longue tente où officiaient coiffeurs et costumiers.

Je n'eus pas le temps de regimber que j'avais déjà les cheveux coupés à ras, une défroque de vagabond assez puante sur le dos et la figure couverte d'une épaisse pommade brune.

– *You're a real Nigger* ! rit Chuck en passant voir comment j'allais.

Je me vis alors dans un miroir : j'avais bel et bien l'air d'un Nègre. Comme les autres figurants assis sur les tabourets voisins. Tous se dévisageaient avec effroi, comme s'ils n'osaient plus se reconnaître.

– *Now you're gonna meet the master.*

Nous fûmes une cinquantaine à être conduits sur une vaste plaine qui surplombait les lieux.

Devant des techniciens affairés autour d'un grand nombre de caméras, je sentis grimper mon excitation. Tous portaient des visières, des vestons, et sautillaient d'un objectif à l'autre, se passant de main en main l'épais dossier du scénario.

Un siège surélevé, rappelant celui d'un arbitre de tennis, dominait l'assemblée. Il était vide, mais les techniciens le montraient souvent du doigt, comme on désigne un objet sacré.

– *OK !* dit tout à coup un des assistants en tapant dans ses mains.

Le silence avait pourtant du mal à se faire, car la foule était dense et dissipée, jusqu'à ce qu'une silhouette entreprenne de gravir les échelons du fauteuil. Je sentis passer dans l'assemblée une terreur muette, comme si tout était possible.

Très élégant avec sa cravate et ses cheveux gominés, David Wark Griffith considéra la foule à ses pieds d'un grand regard circulaire. Il semblait impassible et serein. Puis il saisit un porte-voix de métal et commença de donner des ordres.

Son accent du Kentucky, le son déformé par le cône de métal et les murmures qui accompagnaient ses instructions me le rendirent incompréhensible. Je décidai donc de suivre mes « camarades de couleur », de faire les mêmes gestes qu'eux.

La scène était violente et complexe à réaliser. Des Nègres fuyards et maladroits étaient poursuivis par des chevaliers en aube blanche masqués par des heaumes de toile immaculée. Je ne connaissais pas le Ku Klux Klan ni le racisme fondamental de l'histoire américaine, mais je fis comme les autres figurants : je courus me cacher derrière une palissade, avant qu'un membre du Klan n'y mît le feu et nous réduisît en cendre.

Impassible, son œil de faucon vissé sur nous, Griffith nous fit répéter la scène au moins dix fois. Comédiens et figurants commençaient à se plaindre, car le soleil était encore haut.

– David, il fait une chaleur accablante ! se lamenta Lilian Gish, l'héroïne du film, en s'épongeant le front.

– C'est précisément ce que je recherche, rétorqua Griffith, qui ne semblait pas souffrir de la touffeur malgré son costume trois-pièces de tweed et sa cravate qui lui serrait le cou.

Puis il consentit à tourner la scène.

Une prise, puis deux, six, quinze.

Nous nous arrêtâmes une fois le soleil couché, surpris que Griffith ait continué à tourner malgré la lumière déclinante.

– Alors ? me demanda Chuck, qui vint me voir dans l'immense dortoir, après qu'on nous eut nourris d'un grand banquet de pilons de poulet frits.

Je ne sus quoi lui répondre. Tout allait si vite ! J'étais heureux, terrifié, fasciné, inquiet. J'étais surtout épuisé : le matin même j'arrivais à Hollywood, et le soir je m'endormais à peine démaquillé, après avoir joué un esclave nègre brûlé vif par des pénitents blancs !

Chuck éclata de son bon rire communicatif et me dit que je n'étais pas au bout de mes surprises.

*

Naissance d'une nation est l'un des premiers chefs-d'œuvre du cinématographe. Il fut aussi l'un de ses premiers succès internationaux. Une œuvre de cette ambition, de cette durée, de cette puissance était jusqu'alors impensable. Qu'elles semblaient loin les saynètes potaches de Max Linder, à Vincennes !

Au gré des scènes que nous tournions jour après jour, je devenais un citadin de Washington, un domestique de Lincoln, un passant, un planteur, un paroissien. Je dus même m'habiller en membre du Klan et participer, juché sur une jument, à une cérémonie rituelle. Pour moi qui n'étais jamais monté à cheval, la chose fut une épreuve, mais nul ne le remarqua. Mon rôle le plus fréquent restait toutefois celui du négrillon, car ma petite taille et mes traits encore juvéniles étaient aisés à exploiter. Le plus excitant fut le jour où, à cause du manque de femmes, on me grima en jeune Négresse, avec perruque et tablier, pour jouer une camériste !

Si je ne connaissais pas la geste du Nouveau Monde, j'en eus vite un bel aperçu. Car c'est toute l'épopée d'un pays qui défilait sous l'objectif génial de D.W. Griffith. De lui, je n'avais encore rien vu. Certains de ses films étaient déjà fameux, mais ils n'étaient jamais arrivés jusqu'à moi.

Conscient qu'il ne fallait surtout pas me cantonner à mon rôle de figurant, je tentai par tous les moyens de l'approcher. La chose était d'autant plus difficile que Griffith était un homme distant, toujours entouré d'un bouclier d'assistants plus dévoués que des chiens de chasse.

C'est finalement le hasard qui nous rassembla.

Nous marquions une pause au milieu d'une grosse journée de travail. Fatigué de devoir bavarder avec des collègues figurants pour qui le cinéma n'était qu'un moyen de subsistance, il m'arrivait de m'isoler en marge du campement. J'avais trouvé une jolie petite butte, d'où la vue était magnifique. Aussi allais-je souvent m'y réfugier pour contempler l'admirable lumière de Californie sur le Pacifique.

Cela faisait un bon quart d'heure que j'étais assis sur le talus, dévorant un gros sandwich aux cornichons, quand j'entendis des bruits dans les fourrés. Je vis alors surgir des feuilles, hirsute, la silhouette de Griffith.

– Qu'est-ce que vous foutez là ? me demanda-t-il, furieux.

– Je travaille pour vous, *mister* Griffith.

– Il y a ici cinq cents personnes qui travaillent pour moi.

Puis il admira le panorama et finit par s'amadouer.

– Belle vue, n'est-ce pas ?

Lorsque, après un moment d'hésitation, comme si je n'en avais pas vraiment le droit, je commençai de lui décrire la lumière, il se prit à sourire. Il vint même s'asseoir à côté de moi et me demanda qui j'étais.

– Je vous l'ai dit, un de vos figurants…

– Non, gamin. Qui es-tu vraiment ?

Aurais-je dû me taire ? Je ne m'en sentis pas le droit. Depuis trois semaines que j'étais sur ce tournage, quelqu'un s'intéressait enfin à moi. Alors je lui racontai tout, sans rien omettre, avec mon anglais bâtard mais efficace. Griffith écouta sans dire un mot. Tout juste aux noms de Méliès, Pathé, Linder, sembla-t-il surpris. Mais ce qui le fascina le plus fut le récit de ma prime enfance : la vie au phare avec papa, nos bricolages secrets, et surtout nos recherches sur la lumière.

– La lumière est la clé de tout, gamin, finit-il par dire.

Alors, sortant de sa poche une flasque de whisky qu'il me tendit, D. W. Griffith se lança dans un long discours sur la lumière, ses magies, ses pièges, ses emplois, ses dangers… À chacun de ses arguments, je trouvais à répondre, à contrer, ce qui ne l'en rendait que plus jovial. Il ponctuait ses propos de goulées de whisky, qui stimulaient son enthousiasme. J'avais le sentiment que le cinéaste ouvrait les vannes, qu'il se livrait sans fard. Il oubliait presque ma présence, car j'étais un prétexte à des théories qui ne trouvaient d'écho nulle part ici. Pour la première fois, au détour d'un buisson de garrigue, il rencontrait enfin quelqu'un qui comprenait ce qui l'animait, ce qui constituait l'essence même de son art. Et lorsqu'il m'entendit comparer son usage de la lumière à ces clairs-obscurs propres à la peinture flamande, ses yeux s'emplirent de larmes. Aucune ne consentit à couler, mais il prit ma main avec chaleur. Puis nous nous tournâmes tous deux vers la mer, comme s'il n'y avait rien à ajouter.

Un cri brisa notre contemplation :

– *Mister Griffith ?*

Résigné, le cinéaste me fit un clin d'œil et répondit.

Lorsque Chuck déboula devant nous, épuisé par la montée,

le front inondé de sueur, ce qu'il vit l'offusqua. Oubliant qu'il était en présence de son patron, il se rua sur moi et me mit debout de force.

– Max ! Comment oses-tu déranger Mr Griffith ?

Le cinéaste restait impassible. Sans cesser d'admirer le panorama, il demanda :

– Quel est son nom ?

– Il s'appelle Max, *sir*. Max Toppard.

– Ce n'est pas à vous que je parle ! aboya Griffith.

– Il s'appelle Chuck, répondis-je, tandis que l'assistant me lâchait et se mettait au garde-à-vous.

– Eh bien, Chuck, je compte sur vous pour que Max ne soit jamais loin de moi, compris ?

La colère et l'incompréhension passèrent dans le regard de l'assistant, mais il grommela « *Yes sir !* » en fixant la colline.

*

Mes journées changèrent du tout au tout.

Plus question de figuration. Griffith exigea même que je fusse toujours dans son orbite, quelle que fût la scène abordée. Non qu'il me demandât conseil – ce génie restait un loup solitaire –, mais souvent son regard interrogatif croisait le mien, lorsqu'il doutait d'un plan, d'un cadrage. S'il lisait en moi de la sérénité, il enchaînait. Si je lui semblais perplexe, il replongeait dans son script, ses découpages.

Rapidement, son équipe me considéra d'un œil nouveau : quel était cet intrus qui ne disait mot, mais que le « master » consultait comme on se rassure en sacrifiant à un dieu lare ?

Mon premier allié devint mon plus ardent détracteur : Chuck conçut dès lors envers moi une jalousie féroce.

– Qui crois-tu être, petit con ? me dit-il un jour en me coinçant derrière les baraquements des toilettes. Je t'ai sorti de la merde et voilà comment tu me remercies ?

Je ne trouvai rien à lui répondre, car tout argument aurait été vu comme une offense. Mais jamais sa haine ne fut plus violente que lorsqu'il fut pris en flagrant délit avec une figurante et que j'intercédai en sa faveur auprès de Griffith.

Le cinéaste se contenta d'un sermon moralisateur et lui précisa que, sans mon insistance, il aurait été viré sur-le-champ. L'amertume de Chuck n'en fut que plus intense.

– Ne crois pas que nous sommes quittes, merdeux ! Au contraire…

Je n'avais pas grande crainte de ses menaces, car si Chuck m'était hostile, l'ensemble des collaborateurs de Griffith avaient fini par s'habituer à ma présence. Ils avaient surtout compris que je pouvais leur être utile, à tout point de vue. Non content d'avoir la confiance du maître, j'étais souvent de bon conseil pour mille petits points techniques, que j'éclaircissais devant leur air ébahi.

« Mais comment sais-tu ça ? » me disait, sidéré, Billy Bitzer, le chef opérateur, lorsque je lui conseillais un angle de prise de vue. Je dois avouer que j'étais incapable de répondre : pour moi, c'était évident.

Par respect pour mes camarades du tournage, je n'avais pas voulu quitter le dortoir, alors que Griffith m'avait proposé une chambre dans la grande villa qu'il venait de se faire construire, près de la mer. En revanche, je ne rechignais pas à me joindre à lui, le soir, lorsqu'il allait dîner avec ses confrères pionniers du cinéma, dans les nouveaux restaurants d'Hollywood. Combien de fois rentrai-je au milieu de la nuit passablement éméché, pour m'effondrer sur mon matelas après avoir trébuché contre la moitié des lits de camp ? Il ne faut pas oublier que je n'étais encore qu'un adolescent, à peine sorti de l'enfance.

– Quel âge as-tu vraiment, Max ? me demanda Mack Sennett, un soir que Griffith m'avait invité à l'accompagner boire de la tequila dans les studios voisins.

Sennett avait commencé chez David. Il avait joué dans nombre de ses premiers films, avant de réaliser lui-même de courtes comédies, produites par mon bienfaiteur. Trois ans auparavant, en 1912, il avait créé ses propres studios, Keystone, qui s'étaient spécialisés dans des courts-métrages comiques extravagants et hilarants, concoctés par une véritable équipe de *gagmen*. On y voyait généralement des courses-poursuites entre des policiers obèses entassés dans des voitures trop petites et de joyeux brigands qui les tournaient en ridicule. Culbutes, accidents, tartes à la crème : le public se gondolait devant ce burlesque aimable, aux antipodes du lyrisme de Griffith.

Le contraste entre les deux hommes était d'autant plus surprenant qu'ils s'adoraient. Mack avait un respect profond pour l'artiste qu'était David, mais ce dernier était sidéré par le rythme et le sens du montage de Sennett. Ils partageaient surtout un net penchant pour la bouteille, et je ne comptais plus les soirées que nous passions tous les trois, dans le bureau de Mack, assis par terre, à chanter à tue-tête de vieux cantiques épiscopaliens.

– Ce petit sera le meilleur d'entre nous ! bramait Griffith, lorsqu'il ne tenait plus sur ses jambes et que je le soutenais pour l'escorter jusque chez lui. Nous sommes des tâcherons, des besogneux. Lui, le cinéma lui coule dans les veines. Il est sa *nature*…

Ces discours enflammés laissaient Sennett dubitatif.

– Si Max a tant de talent, pourquoi ne lui confies-tu pas une caméra ?

À cette question légitime, Griffith fronça les sourcils.

– Il n'est pas prêt. Max a trop de talent pour se permettre un faux pas.

Surpris par mon silence, Sennett me demanda :

– Qu'en penses-tu, toi ?

Je devais admettre que David avait raison. Je ne me sentais pas mûr pour affronter moi-même la réalisation d'un film, je voulais encore apprendre.

Cette réponse était-elle sincère ? Avec le recul, je pense qu'elle comportait une bonne part de timidité et d'humilité. Mais je savais que mon heure viendrait et qu'il était trop tôt.

– David, tu te sers de lui ! s'offusqua un jour Charlie, l'un des anciens lieutenants de Sennett. Il te souffle ses idées et tu lui voles sa lumière.

Voilà deux heures que nous étions tous les quatre, comme souvent assis sur le parquet du bureau de Sennett. Griffith parlait de son projet suivant, *Intolérance*, et je lui avais suggéré de visionner *Cabiria*, cette gigantesque fresque italienne dont certaines images pourraient l'inspirer.

– Tu es toujours de bon conseil, Max, avait dit Griffith, provoquant aussitôt la réaction du quatrième compère, Charlie.

Celui-ci me donna une bourrade dans l'épaule et me tendit la bouteille que nous partagions.

– Laisse David à ses pensums, Max. Viens plutôt travailler avec moi. Il faut que tu découvres d'autres univers...

Griffith restait silencieux, mais écoutait avec une désinvolture amusée. Je fus carrément surpris lorsqu'il me dit d'un ton affectueux :

– Charles a raison, Max. Il est peut-être temps que tu sortes de mes costumes, de mon carton-pâte. Va donc apprendre d'autres techniques, d'autres idées. J'ai bien compris que tu n'appartiendrais jamais à personne, et c'est pour cela que je t'admire...

Depuis la fin du montage de *Naissance d'une nation*, j'avais en effet le sentiment de tourner en rond. Le projet d'*Intolérance* m'amusait moins et j'avais besoin de découvrir d'autres territoires de l'image.

David me donnant sa bénédiction, comment refuser ?

En Amérique, tout va si vite ! Dès le lendemain, j'étais le nouveau collaborateur de Charlie Chaplin.

Chaplin

Si Griffith était un grand seigneur hautain aux allures de clergyman, Chaplin était un ludion féroce et juvénile. Il n'avait encore que vingt-cinq ans, mais paraissait avoir vécu dix vies. Son enfance dans les faubourgs de Londres semblait plus tragique que du Dickens et il était prêt à prendre sa revanche en dévorant le monde avec une ambition cannibale.

– J'ai connu le pire, Max. Le plus dur, le plus noir. Maintenant, je veux le meilleur. Et le meilleur, cela coûte cher…

Très sûr de lui, il venait de réussir à négocier avec les studios des sommes astronomiques tout en conservant une indépendance unique.

Ayant quitté la Keystone de Sennett quelques semaines plus tôt, il travaillait désormais dans les studios Essanay, à qui il imposa ma présence.

– C'est un cousin, justifia-t-il, alors que personne n'était dupe de ce gamin au fort accent français.

Il parvint même à m'obtenir un petit pécule.

– Tu n'iras pas très loin avec ça, mais je vais te loger chez moi, et ce sera ton argent de poche.

J'étais touché par la générosité de cet homme qu'on disait âpre au gain ; les plus moqueurs racontaient même qu'il préférait conserver ses chèques comme de véritables billets, au lieu de les déposer à la banque !

– Nous n'avons qu'une décennie de différence, Max. Pour moi, tu es plus qu'un cousin : un petit frère. Je me revois, il y a dix ans. Ton enfance, comme la mienne, a été marquée par des tragédies. Et puis tu as une intuition extraordinaire, qui a fasciné Griffith. Ne crois pas que c'est par seule philanthropie que je te garde auprès de moi, petit Français…

Après un moment d'hésitation, il finit par avouer :

– Tu possèdes un trésor que je veux comprendre, ce sens de la lumière.

– Et me le voler ? répondis-je sur un ton désinvolte, sans pour autant masquer ma surprise.

Chaplin ne pensait pas qu'on puisse me dérober quoi que ce fût. Ou alors il aurait fallu m'enlever mon âme et Charlie n'avait rien d'un exorciste. Mais il savait que je pourrais l'aider à donner le meilleur de lui-même, comme si j'étais un porte-bonheur.

– Et puis j'ai plaisir à passer du temps avec toi, surtout, finit-il par plaisanter.

Nous étions assis sur la plage, où nous avions assisté au coucher du soleil. Il avait voulu que nous y allions tous les deux pour que je lui « explique la lumière ». Griffith lui avait parlé des mots si bien choisis – malgré un anglais hasardeux – que j'employais pour décrire les miroitements, les irisations, comme si je comprenais la lumière, comme si je la devançais.

La journée avait été particulièrement lourde, car Charlie devait boucler *The Champion* – qui sortirait en France sous le nom de *Charlot boxeur* – d'ici la fin de la semaine. Il s'était hélas disputé avec sa comédienne principale, Edna Purviance, laquelle était amoureuse de lui.

– Les femmes sont une merveille et un poison, Max. Ne te laisse jamais prendre à leur jeu.

– Parce que tu ne joues pas, toi ?

Chaplin éclata de rire.

– Moi, c'est différent, je suis acteur. J'ai fait profession d'imposture. Et je compte bien devenir le plus grand menteur de tous les temps.

Les quelques mois que je passai auprès de Chaplin furent épuisants et exaltants. Alors que Griffith rechignait à me demander mon avis, mais se rassurait comme on caresse un chat, Charlie ne pouvait rester une heure sans m'appeler auprès de lui, pour me faire vérifier un cadrage, un mouvement, l'oblique d'un chapeau. Ses collaborateurs trouvaient parfois suspect que nous passions de longs moments dans sa loge, en tête à tête. Les plus malveillants susurraient que nous partagions plus qu'une amitié, Chaplin étant déjà célèbre pour son goût des très jeunes femmes. Ils auraient été bien déçus de nous voir plongés dans des scénarios, des découpages de scène.

Je me souviens de ce jour de 1915, où Charlie douta tout à coup de son propre personnage.

– Il lui manque quelque chose, non ?

Cela faisait un moment que je me posais la même question, le trouvant trop rustre, trop ouvertement burlesque.

– Ce qu'il lui faudrait, c'est peut-être un peu plus d'élégance, non ?

– De l'élégance ?

Me rappelant les films de Max Linder, je conseillai à Charlie de rendre son vagabond plus chic, plus humain.

– Coupe-moi d'abord cette moustache tombante. Et plutôt qu'un haut-de-forme, prends un melon. Et pourquoi pas une canne ? C'est élégant, une canne. Et c'est un accessoire amusant.

Dont acte. Dès le lendemain, il testait son personnage devant les techniciens du plateau, qui applaudirent à deux mains.

– Bravo, Charlie ! Tu as toujours de bonnes idées !

À cet instant précis, ses yeux croisèrent les miens, mais ne s'y arrêtèrent pas. Lumineux, il salua comme un acteur en scène, puis frappa dans ses mains :

– Au boulot les gars !

Avec Charlie, la générosité s'arrêtait au seuil du narcissisme. S'il me couvrait de bienfaits matériels, jamais il n'admettait qu'une idée était venue d'un autre que lui. J'étais son éveilleur, pas son mentor. Je le compris bien vite et, conscient de ma chance de pouvoir œuvrer près de lui, je m'arrangeai pour qu'il eût l'illusion d'être à l'origine de mes suggestions. C'était d'ailleurs un non-dit tacite sur tout le plateau. Mes camarades d'Essanay n'étaient pas dupes, mais adoraient travailler avec Charlie. Aussi tout le monde participait-il à ce pieux mensonge, qui n'était qu'une affaire d'ego. J'étais trop jeune pour m'offusquer de ce comportement : Chaplin était un génie, et les génies ont leurs défauts. J'ai tendance à penser qu'une idée n'est que ce qu'on en fait. C'était aussi une vraie preuve d'intelligence de sa part que d'écouter les autres, de suivre leurs conseils. Que ces innovations lui aient été soufflées ou non n'importait pas, seuls comptaient ses films, qui étaient de mieux en mieux.

La fécondité de Chaplin était sidérante ! Essanay lui imposant des cadences infernales, il enquillait les tournages et les audaces. Pas moins de treize films pour la seule année 1915, parmi lesquels *Charlot veut se marier, Charlot marin* ou *Charlot joue Carmen*. S'ils duraient rarement plus d'une demi-heure, ils comportaient plus de drôlerie et de sincérité que la plupart des films tournés à la même époque. Le public ne s'y trompait pas, qui fit de Charlie une vedette incontestée. Son personnage fit le tour du monde, vite baptisé « Charlot » en France, ce qui le faisait rire.

– « Charlot » ! Est-ce que c'est un nom, ça ?

– En tous les cas, tu donnes du plaisir aux soldats en permission, c'est la seule chose qui compte.

Depuis la douceur californienne, comme elle nous paraissait loin cette Europe ravagée par la guerre. Je dois avouer que, plongé dans ma nouvelle vie, je pensais rarement aux soldats enterrés dans les boues de l'Est.

Certains journalistes s'étonnaient que Chaplin, en tant que citoyen britannique, n'eût pas été appelé sous les drapeaux. À chaque fois, il bottait en touche, déclarant que si sa mobilisation arrivait, il remplirait son devoir, lequel était jusqu'à présent de faire rire un monde en larmes.

Entendant cela, je me mordais l'intérieur des joues, car

Charlie avait – secrètement – fait des pieds et des mains pour éviter d'être mobilisé. Il avait même versé des sommes considérables afin d'être réformé.

« Je suis plus utile ici que dans les tranchées, non ? » m'avait-il lancé, alors que j'avais été témoin d'une conversation peu glorieuse au téléphone. Jamais je ne l'avais vu aussi terrorisé, il semblait prêt à se mettre à genoux dans son salon, implorant son interlocuteur de lui sauver la mise.

« C'est mon côté mime, avait-il plaisanté, gêné de me découvrir dans la pièce. Et cela a marché… »

En un sens, je ne pouvais que l'approuver : qu'aurait été l'histoire du cinéma si Charlie Chaplin était mort dans les tranchées de Verdun, en 1916 ? Car c'est précisément à ce moment-là que commença d'éclore son génie.

Après un an chez Essanay, où il ne s'estimait pas rétribué à sa juste valeur, il obtint un contrat mirobolant chez Mutual. On lui offrit une indépendance unique : il possédait son propre studio et pouvait désormais passer plus de temps à peaufiner ses films. S'il devait se soumettre à la demande du public, Chaplin était d'un perfectionnisme maniaque qui n'était pas de tout repos pour ses collaborateurs. Son caractère devenait de plus en plus orageux, et il pouvait piquer des colères pour une table qui n'était pas centrée ou un objet qu'on avait déplacé.

– Vous ne comprenez pas que tout cela est un ballet ?! hurlait-il. Je suis un danseur : tout doit être aérien ! Au moindre faux pas, je tombe, et vous aussi !

L'équipe fixait ses pieds, attendant que l'orage passe. Je n'échappais pas à ses diatribes, car il lui fallait toujours un bouc émissaire.

– Et toi, Max ! Tu aurais pu me prévenir, non ? Parfois, je me demande pourquoi je te paye si cher !

Reproche bien injuste, car je ne pouvais pas devancer ses gestes, et puis j'étais payé par Mutual, et non par Chaplin !

D'une manière générale, alors que les mois avançaient, Charlie se montrait de plus en plus distant. Il avait troqué l'affection du grand frère pour une neutralité hostile. S'il continuait à me demander conseil, il me semblait méfiant, comme si je ne lui soufflais plus des idées, mais les lui volais avant qu'il ne les formule.

En un sens, je me doutais que cette situation allait arriver. Un caractère aussi fort que le sien ne pouvait tolérer trop longtemps une collaboration de cet ordre. À mesure que le temps passait, le fossé entre Charlot – héritier du petit immigré anglais – et Chaplin était de plus en plus visible. Fort heureusement, cela ne se voyait pas à l'écran, comme si la force et l'empathie du cinéaste n'en étaient que plus puissantes. Comme si sa réalité intérieure était désormais sur la pellicule, alors que son personnage réel n'était qu'un pantin désarticulé, attendant avec douleur le tournage du lendemain.

Ayant été le témoin de cette bascule, je ne pouvais que m'effacer. Bien entendu, Charlie ne m'en dit rien. Je ne suis même pas sûr qu'il ait été en mesure de se l'avouer, mais son génie était trop instinctif pour ne pas comprendre que les premiers témoins de sa métamorphose devaient se taire ou disparaître.

Notre séparation fut triste et piteuse. Elle n'est surtout pas à l'honneur de Chaplin, à qui jamais je n'avais manqué de respect, à qui j'avais été si précieux, si loyal. Mais sa peur était plus grande que sa gratitude et, presque sans s'émouvoir, il me donna le coup de grâce.

Je pensais avoir été oublié par mon pays d'origine. Mon départ l'été 1914 et la disparition de tous mes papiers auraient dû faire de moi un apatride. Hélas…

Sans que je sache comment, je reçus un matin un courrier de l'ambassade de France aux États-Unis, adressé à « Maurice Taupard ».

La France me rappelait que je n'étais plus un enfant et qu'elle avait besoin de mon sang pour irriguer les tranchées. Si je ne rentrais pas de moi-même, ils m'enverraient chercher.

J'étais désemparé.

Comment m'avaient-ils retrouvé ? Comment connaissaient-ils mon vrai nom, mon adresse ? Ce n'était pas Charles Pathé, tout de même ?

– Non, c'est moi…

Charlie ne chercha même pas à mentir. Celui à qui je m'étais confié avec tant d'honnêteté dès nos premières rencontres n'avait rien oublié. Il avait même tout noté, constituant un dossier ressorti à dessein.

Je le revois encore, debout dans l'entrée de cette maison superbe, où il m'hébergeait depuis maintenant deux ans.

– Il faut me comprendre, Max.

– Comprendre quoi ?

– Pour éviter ma propre mobilisation, j'ai dû… donner le change.

– Tu veux dire que tu m'as vendu ?

– Ne fais pas l'enfant, Max, rétorqua-t-il, agacé. Tu n'en es plus un. Justement, tu es en âge de te battre, de défendre ton pays.

J'étais sidéré par sa mauvaise foi.

– Et ne me dis pas que j'aurais dû faire pareil, reprit-il. Toi-même tu as reconnu que j'étais plus utile ici, pour rendre le monde heureux…

J'étais si abasourdi que je ne trouvai rien à répondre. L'attitude de Chaplin me coupait les jambes et la voix.

Je me forçai pourtant à affronter son regard, sans un mot. Je n'y vis qu'un monde glacé, sans pitié, pas une ombre de plaisir mais un profond soulagement.

Une semaine plus tard, alors que Charlie attaquait le tournage de *L'Émigrant*, je quittai Hollywood par le train de sept heures quarante-huit.

11

– Qui vous a parlé de Max Toppard ?

La caissière du Belphégor a blêmi et Caroline ne veut pas citer Rebatet.

– Personne, ment-elle, j'ai fait des recherches à la BN au sujet de Bernard Natan et je suis tombée sur de vieux articles concernant le Belphégor. L'un d'entre eux mentionnait ce Toppard, sans préciser qui il était…

Sylvania dévisage la jeune femme.

– Je ne vous crois pas. Toppard n'est jamais cité. Nulle part ! C'était même là son orgueil : être invisible.

– Qu'en savez-vous ?

La caissière se dresse sur son tabouret.

– Vous mentez, et c'est à moi de me justifier ?

– Madame Sylvania, je fais juste une enquête sur l'histoire de ce cinéma.

L'agacement de la vieille actrice fait place à de la crainte.

– Pardonnez-moi de m'emporter, mais il est des noms qu'il ne vaut mieux pas prononcer.

Sylvania semble si sincère que Caroline est gagnée par un sentiment poisseux. Peut-elle au moins lui dire qui était ce Toppard ? quel a été son rôle ? pourquoi il a disparu des mémoires ?

Sylvania referme sa caisse.

– Intéressez-vous à un autre cinéma, mademoiselle. Les

Ursulines, le Gaumont-Palace, le Rex… Le Belphégor doit garder ses fantômes pour lui.

Cette injonction est dite avec tant d'intensité que Caroline sent la peau de ses bras se hérisser sous son chemisier.

Comme si elle hésitait, Sylvania finit par ajouter :

– Je dis cela pour vous, pas pour moi.

Puis, sa caisse sous le bras, elle quitte sa cahute et disparaît dans le cinéma.

Caroline reste longtemps pensive, tandis que la pluie ruisselle de son chapeau jusqu'aux épaules de son trench-coat. Les douze coups de midi, au clocher de Saint-Eustache, la tirent de sa rêverie.

– Encore vous, mademoiselle ?

Le petit homme affecte la même bienveillance que le premier jour. Après avoir ôté son chapeau melon, il lui prend la main et, cérémonieux, lui fait un baisemain.

– Comment va ma petite reporter ?

– Je vous avoue que je suis perdue…

Il grimace avec fatalité.

– On en passe tous par là.

– Que voulez-vous dire ?

Il se décale de trois pas et pose sa main droite sur la façade du cinéma. Ses doigts suivent les contours d'une sorcière, dont les dents sont plongées dans la cuisse d'un bouc hurlant de plaisir.

– Certains endroits ont tant de significations, mademoiselle, tant de *sens*, qu'ils provoquent des réactions imprévisibles. Comme ces zones géographiques qui affolent les boussoles, vous savez ? Le triangle des Bermudes, par exemple.

– Nous parlons d'un cinéma…

– Si le Belphégor n'était qu'un cinéma, votre enquête serait finie depuis longtemps, non ?

Caroline soupire car ce jeu l'amuse de moins en moins.

– Qui est Max Toppard ?

L'inconnu prend une expression doucereuse.

– Moi qui craignais que vous jetiez l'éponge. Ça m'apprendra à être pessimiste.

Avant même qu'elle ne réagisse, il lui saisit la main droite et la serre.

– Vous êtes sur la voie. C'est parfait !

– Mais quelle voie ?

Sans la quitter des yeux, le petit homme recule vers la rue et enfonce son chapeau melon. La pluie redouble.

– Ce n'est que le début, Caroline…

Il relève le col de sa redingote et disparaît derrière un rideau de pluie avec une souplesse de patineur.

12

Des miroirs de tous côtés, des plafonds laqués à reflets orangés, des banquettes couleur vieux tabac, des lampes tamisées, et puis ce monde ! Les quatre jeunes gens ont dû piaffer une demi-heure sur le trottoir du boulevard Saint-Germain avant d'obtenir une table.

– Drôle d'idée de se retrouver ici, s'étonne Caroline.

– C'est Athanase qui nous a donné rendez-vous, dit Vincent Bellegarde. On est juste derrière chez Grasset.

Caroline s'en serait bien passée. Elle connaît le Drugstore des Champs-Élysées et celui-ci n'apporte rien de plus.

– Les gens viennent voir l'endroit où Ben Barka a été enlevé il y a trois semaines. C'était à côté…

Voilà qui laisse Caroline de marbre. L'actualité l'ennuie tellement !

Elle prend régulièrement des cafés avec Vincent et ses confrères Laurent et Jean-Pierre. Aujourd'hui, elle aurait préféré le voir seul. Mais cela lui évitera de raconter ses aventures : elle a besoin de souffler.

Comme souvent, Jean-Pierre et Laurent observent les deux amis avec un mélange d'amusement et de perplexité.

– Vous êtes quand même bizarres, vous deux, finit par dire Laurent.

– Bizarres ?

– Je n'ai toujours pas compris qui vous étiez…

Vincent Bellegarde fronce les sourcils.

– Je vois ce qu'il veut dire, enchaîne Jean-Pierre, votre lien a quelque chose de si spécial qu'il en devient… fabriqué.

– Fabriqué ? répète Caroline.

– Ce n'est pas le mot juste. Je veux dire que votre relation est artificielle, mais dans un sens artistique, créatif. Comme si votre amitié était une œuvre en soi.

Vincent et Caroline sont tout aussi surpris. L'analyse n'est pourtant pas sans vérité. Leur lien est si subtil qu'il va au-delà du naturel ; une sorte d'art brut.

Le silence tombe sur la table comme si chacun disséquait ce qui vient d'être dit. Mais un typhon de couleur brise le malaise.

– Caroline ? Vincent ? Vous ici ? fait Bibi dans un éclat de rire. Mais je vous dérange, peut-être ?

– Pas du tout, balbutie Vincent. Tu veux t'asseoir ?

– Deux minutes, alors. J'allais partir, je suis de garde dans une heure.

Elle s'assied et sourit à Laurent et Jean-Pierre.

– Caroline, tu me présentes ?

La journaliste s'ébroue.

– Excuse-moi. Voici Laurent Mony et Jean-Pierre Pageol, qui travaillent avec Vincent dans l'atelier de monsieur A.G.B.

Bibi s'esclaffe :

– Ah, c'est vous les nègres ?

Laurent et Jean-Pierre froncent les sourcils. Irrité, Vincent corrige qu'ils sont *documentalistes*. Ils font les recherches, ils préparent le travail.

Janique ricane, pas dupe.

– Très bien. Chez moi, on dit « nègres ».

Les trois messieurs se resserrent, comme s'il fallait faire front.

L'infirmière a toujours adoré asticoter Vincent sur ses complexes littéraires. Et il y a de quoi ! Ce garçon qui a une si haute idée de la littérature pisse au kilomètre des bluettes d'espionnage. N'est-ce pas là brader son talent ? Souvent, ils ont eu ce débat. Vincent botte invariablement en touche, invoquant le besoin de vivre, de prendre ses marques. Bibi sait que cette réponse est un leurre. Bellegarde se ment à lui-même : il n'a pas de réel besoin d'argent et pourrait se consacrer à un projet solitaire. Seulement, il a peur. Peur de ce qu'il pourrait découvrir. C'est d'ailleurs moins la peur de ne pas y arriver que celle de ne plus avoir envie, la crainte de comprendre qu'il s'est inventé un rêve, qu'il n'a jamais voulu faire cela, qu'il est prisonnier d'un personnage construit dès la petite école : l'imprécateur de la cour de récréation a grandi, mais ses postures lui collent à la peau. Son orgueil est trop profond pour qu'il ose changer. Elle est bien sécurisante, cette panoplie du fort en thème méprisant. Dans une autre réalité, peut-être aurait-il repris la florissante entreprise familiale de marbres funéraires ? Vincent Bellegarde s'interdit de penser au conditionnel et il a trop de fierté pour remettre en question ses choix. Aussi cet admirateur de Proust et de Cervantès préfère-t-il rédiger à la diable des scènes érotiques pour les voyageurs du Paris-Montargis.

– Et tu en es où de tes fantômes ? demande Bibi à Caroline.

– Ils sont de plus en plus opaques.

– Tu sais qu'elle m'a fait passer la journée à la Bibliothèque nationale ? dit-elle à Vincent, qui reste contrit.

Laurent s'éclaire alors d'une lueur vive, qui mêle crainte et soulagement.

– Le voilà !

En un instant, les trois messieurs se composent une figure si soumise que Caroline en est gênée.

– J'adore quand mes petits soldats sont au rapport, susurre le colosse.

Toute la salle a suivi son entrée. L'homme frôle les deux mètres et toise l'assemblée, comme la buse survole la prairie.

– C'est Athanase Gautrand-Bernard, chuchote une femme dans leur dos.

Sans se retourner, l'écrivain rosit de plaisir et ses cils battent comme un papillon.

– L'auteur des AGB ? les romans d'espionnage ?

– J'en lis au moins trois par an.

À nouveau, le colosse bombe le torse.

– Tu lis ces merdes, toi ?

Caroline ne peut retenir un gloussement et l'écrivain, l'air pincé, plie sa cape d'un geste souple, dévoilant un costume trois-pièces à motif écossais.

– C'est mardi gras ! fait une voix nasillarde de l'autre côté de la salle.

Sans relever, Gautrand-Bernard s'assied sur la banquette, contre Laurent, qu'il écrase sans vergogne.

Il remarque alors Caroline, qui peine à masquer son hilarité.

– Seigneur ! La vestale !

A.G.B. a déjà croisé l'amie de Vincent, la gratifiant chaque fois de sobriquets misogynes.

– Doux Jésus ! Nous en avons même deux aujourd'hui ! ajoute-t-il en découvrant Bibi. Quel poulailler !

Affligée, Janique souhaite bon courage à Caroline et se faufile vers la sortie.

– Une pintade en moins, quelle tristesse, reprend A.G.B., qui se penche maintenant sur la table et dévore ses disciples des yeux. Mes petits soldats, Grasset est enchanté de nos ventes. Ils nous demandent d'accélérer la cadence.

Vincent, Laurent et Jean-Pierre verdissent.

– Il va falloir donner un coup de collier d'ici la fin de l'année, mais la maison d'édition a accepté de vous accorder une rallonge financière.

Ce disant, il ouvre un calepin sur lequel est écrite une liste de titres, les premiers étant barrés, comme des semaines de prisonnier.

– *AGB à Istanbul*, c'est fait… *AGB contre CIA*, aussi… *Opération Apocalypse*, également… *Samba pour AGB* vient de sortir… Il ne nous reste plus qu'à finir *AGB au Pérou* puis *Le Mystère AGB*, et nous aurons bouclé l'année 1965. Nous sommes d'accord ?

Aucun n'ose commenter, mais ils affectent la même moue servile.

Caroline est déconcertée par le silence de Vincent. Aime-t-il être à ce point humilié par ce faisan des lettres ? Voilà une question que Vincent élude toujours.

– Et sur quoi planche notre vestale ces temps-ci ?

Caroline n'a guère envie d'engager la conversation, mais Vincent répond qu'elle fait une enquête sur le cinéma Belphégor.

Caroline l'aurait giflé ! Le plus inattendu est toutefois la réaction d'A.G.B., qui devient nostalgique :

– Le Belphégor… J'y suis souvent allé à la fin des années 30. On s'y retrouvait avec Cocteau, Maurice Sachs, Marco Dupin, et même le petit Marais. Et puis Carné, aussi. Marcel adorait nos séances là-bas. J'étais tout jeune, à l'époque. À peine seize ans. J'étais comme vous, mes oiseaux, je faisais la petite main.

Non sans hésiter, Caroline demande si le nom de Max Toppard lui dit quelque chose.

– Je crois, oui. Mais je ne me rappelle pas l'avoir rencontré…

Le cœur de Caroline commence à battre.

– Qui était-ce ?

L'écrivain remonte sa mèche de cheveux gris et vérifie sa mise dans l'un des grands miroirs.

– C'est un nom que mes amis du cinéma prononçaient parfois. Ils en parlaient comme d'une sorte d'usine à idées, de couteau suisse. Lorsque l'un d'eux peinait, il faisait appel à ce Toppard… Mais c'est quelqu'un dont on parlait toujours à demi-mot, comme si c'était un homme dangereux, comme s'il ne fallait pas faire trop appel à lui…

– Pourquoi cela ?

L'écrivain ne sait plus, c'est si loin. Il croit que ses services coûtaient très cher. Et il ne parle pas d'argent…

Retrouvant son ambiguïté, il ajoute d'un ton pointu que Caroline devrait aller voir Carné : il adore évoquer sa jeunesse.

– Marcel Carné ?

A.G.B. acquiesce : le vieux cinéaste aura sûrement des détails sur ce Toppard…

– Jamais il ne me recevra.

Vincent suit l'échange avec une crainte sourde.

A.G.B. se penche maintenant vers la jeune femme et demande avec une grâce de boa :

– Vous voulez que je vous organise ça ?

13

Caroline est muette de timidité. Non, elle ne rêve pas ! Elle est bien dans l'appartement de Marcel Carné. Le réalisateur du *Jour se lève*, des *Visiteurs du soir*, des *Enfants du paradis*. Elle n'ose y croire.

Enrobé dans un peignoir de satin, le cinéaste bombe le torse et resserre la cordelette à pompons qui lui tient lieu de ceinture. Caroline peine à croire à ces horribles babouches, dans lesquelles sont engoncés des petits pieds grassouillets. Relevées comme des crêtes de caïman, les extrémités sont garnies d'un grelot qui tinte dès que le cinéaste fait un mouvement.

– Elle n'est pas bavarde, ta protégée, lance-t-il à A.G.B., qui semble ici chez lui.

– À toi de la faire causer…

– Vous avez le droit de retirer votre manteau, mademoiselle…, dit-il, sans pour autant lui indiquer où le mettre.

– M… merci, murmure-t-elle.

Elle roule son imperméable en boule et le pose au pied d'un guéridon.

Même l'équipe des *Études* n'a jamais été autorisée à rencontrer cet homme réputé acariâtre. « Ses chefs-d'œuvre sont derrière lui, rappelle souvent Hugues Rocher. Dès qu'il se lance dans un nouveau projet, il sait que ce sera moins bien que ses premiers films, ne serait-ce que parce que le public fera la comparaison. Il est trop intelligent pour ne pas le savoir, et il en souffre… »

– Allons donc nous réchauffer au coin du feu, dit le cinéaste en leur faisant signe de le suivre.

Les voilà dans un petit salon surchargé et charmant, où trônent deux canapés envahis de coussins aux tons fauves. Caroline voudrait admirer les tableaux qui couvrent les murs, ainsi que les nombreuses photos encadrées qui occupent des consoles, de l'autre côté de la pièce. Elle y aperçoit Jouvet, Arletty, Reggiani, Le Vigan, Gabin, Morgan et tant d'autres.

– Vous êtes venue espionner le vieil ours, c'est ça ? grommelle Carné, qui prend un soufflet et s'agenouille devant la cheminée pour raviver le feu assoupi.

En un instant, une flamme grimpe le long de la plaque de fonte et le cinéaste s'installe en tailleur, à même le parquet, dos au foyer.

– J'adore m'asseoir comme ça, dit-il, sans s'inquiéter que son peignoir bâille sur une complète nudité.

Embarrassée, Caroline détourne les yeux.

– Ta protégée a peur de ce qui dépasse ? glousse Carné.

A.G.B. se laisse tomber dans une forêt de coussins et s'y étale, en pacha.

– Cette génération n'a plus de gourmandise.

Le cinéaste affecte un air coquin.

– Où en es-tu, d'ailleurs ?

– Tu veux parler de mes livres ?

– On s'en fout de tes livres. Toi le premier. Je veux savoir ce que tu picores, ces temps-ci…

A.G.B. avoue avec désarroi :

– Tu me connais, Marcel, j'aime les agneaux, pas les moutons.

Carné éclate de rire devant la formule et rétorque fielleusement qu'A.G.B. est comme Mauriac : au premier poil, c'est fini.

Cette comparaison offusque A.G.B., qui fronce les sourcils.

– De grâce, pas lui ! Mauriac a l'étendard en berne : à son âge, on ne le suce plus, on le mâche.

Nouvel éclat de rire du cinéaste, tandis qu'il remet une bûche dans sa cheminée.

Caroline est effarée par la désinvolture avec laquelle badinent les deux compères. Gautrand et Carné semblent l'avoir oubliée et se lancent dans un concours de souvenirs, dont certains lui mettent le cœur au bord des lèvres. Elle aurait dû s'en douter : la générosité d'A.G.B. était un leurre et la voilà prise en otage de ces confidences.

Pendant un bon quart d'heure, la jeune femme se retient du moindre mouvement, puis, n'en pouvant plus, elle finit par se lever.

– Vous partez ? s'étonne Carné.

– Je vous laisse entre copines.

A.G.B. ronronne de satisfaction, mais il retrouve vite son sérieux et précise que Caroline travaille aux *Études cinématographiques*.

Aussitôt, Marcel Carné frémit et referme son peignoir.

– Une journaliste ? Ici ?

Il se met debout, inquiet.

– J'aurais dû me méfier, Athanase. Tu fais toujours des coups tordus.

– Calme-toi, Marcel. Je suis un farceur, pas un traître.

– Tu parles ! Tout le monde en prend pour son grade dans tes livres.

A.G.B. s'est fait une spécialité de révéler les turpitudes de ses contemporains. Et cela sous couvert de romans d'espionnage, dont le double sens parle aux initiés. L'archevêque de Paris, le ministre des Armées, plusieurs ambassadeurs et même le pape se sont vus souillés au gré des aventures de l'espion AGB, double acronymique de son auteur, qui joue de cette gémellité avec une ambiguïté rigolarde.

– J'aide cette jeune femme dans une enquête qui ne te concerne pas directement.

Carné balance entre soulagement et blessure d'orgueil.

– En ce cas, que faites-vous chez moi ?

A.G.B. tend le bras vers Caroline, qui a suivi l'échange avec circonspection.

– C'est votre tour, chère amie…

Dans sa tête, tout se bouscule. Sans réfléchir, elle lâche simplement :

– Max Toppard.

Aussitôt, Carné s'assombrit.

– Oh, Max…

Il s'avance vers un fauteuil et s'y assied, soudain perdu.

– Tant d'années que je n'avais pas entendu ce nom…

– Vous l'avez connu ?

Carné sourit de façon désarmante, comme s'il ne pouvait plus lutter.

– Max Toppard n'est pas quelqu'un que l'on *connaît*. Personne ne pourrait dire cela de lui.

– Mais vous l'avez vu ?

Le cinéaste se balance d'avant en arrière, sans cligner des yeux.

– Lorsqu'on avait besoin de lui, Toppard venait, à la nuit tombée, une fois les caméras rangées, les comédiens rentrés chez eux. Prévert, Trauner et moi travaillions au découpage du lendemain et on frappait à la porte, c'était Max, courtois mais toujours distant, venu proposer des solutions à ce qui nous avait turlupinés pendant la journée. Avec lui, tout relevait de l'évidence. Chacune de ses idées était aussi simple que limpide.

– Par exemple ? demande Caroline.

Carné feint de ne plus se souvenir de détails précis. Est-ce là une coquetterie d'artiste ? La journaliste ne se sent pas le droit d'insister. En revanche, elle demande pourquoi il est à ce point oublié.

– Parce qu'il a tout fait pour, mademoiselle. Avec Toppard, tout était à sens unique : il donnait son temps, ses idées, mais il ne prenait rien en échange. Il refusait toute attache personnelle. Nul ne sait à quoi il occupait ses journées, comment il gagnait sa vie, car il ne réclamait jamais d'argent, il était même agacé qu'on le remercie, comme si son rôle d'aide secrète était une fatalité, une croix.

Après une pause, Carné ajoute d'une voix sourde :

– Comme si ses « services » devaient un jour ou l'autre être payés…

– Mais par qui ?

Carné avoue son ignorance.

– Je vous l'ai dit, ce type était un mystère en soi, mais nous avions compris qu'il ne fallait pas poser de questions. Sa vie privée ne nous regardait pas.

– Il a aidé comme cela beaucoup de monde ?

Carné se redresse et marche vers la fenêtre, qu'il ouvre en grand. L'appel d'air attise le feu dans la cheminée, qui se met à danser sur les braises. Le cinéaste pense que tout le monde, à cette époque, a une fois ou l'autre eu affaire à Max Toppard. Parfois sans le savoir, d'ailleurs. Certains doutaient même de son existence.

– Duvivier, Clair, Renoir, Chenal, Decoin, Tourneur, même Feyder vous auraient dit la même chose. Toppard était un fantôme génial, un *deus ex machina*. Mais personne ne pourra vous en dire plus sur sa vie réelle... Sans compter que la guerre est arrivée.

– Il a été tué ?

Le cinéaste se penche à nouveau sur sa cheminée et tente de ranimer le feu ; les braises rougissent sans parvenir à s'enflammer.

– J'ai tout entendu, à l'époque : il serait parti en Amérique, il aurait été déporté, il aurait changé d'identité, il aurait même changé de sexe ! Tout était possible avec ce type.

– Quel âge avait-il, à l'époque ? À quoi ressemblait-il ?

Après un temps de pause, où il avise les nombreuses photos sur la console, Carné ajoute avec embarras que malgré des nuits entières à ses côtés, il serait incapable de décrire Max Toppard.

– La seule image qui me reste de lui, c'est celle d'un rayon de lumière...

– De lumière ?

– Comme lorsqu'on vous éblouit avec une lampe torche et que vous ne pouvez distinguer celui qui la tient...

Caroline ne sait plus quoi penser. Comment un homme aussi important, aussi secrètement connu, aurait-il pu disparaitre des mémoires ?

– Savez-vous quels étaient ses liens avec le cinéma Belphégor ?

Visiblement embarrassé par la question, Carné grogne :

– Le cinéma des Halles ? Aucune idée !

Caroline est décontenancée. Et si Rebatet avait confondu ? Mais la personnalité de Toppard l'intrigue désormais trop pour ne pas creuser.

– Savez-vous qui d'autre pourrait me parler de lui ?

Carné se redresse et marche jusqu'aux photographies. Il laisse glisser ses doigts sur les cadres. Puis sa main s'arrête sur un cliché de *Drôle de drame* la fameuse scène où Jouvet et Simon dînent en tête à tête.

– « Bizarre, bizarre », fait A.G.B.

Carné tend la photo à Caroline.

– Michel, sans doute.

– Michel Simon ?

– Max et lui étaient des compagnons de bamboche. On raconte qu'ils partaient tous les deux la nuit, dans les bouges les plus infâmes de Paris. Et lorsque, le lendemain, je demandais à Michel ce qu'ils avaient fait, il me répondait avec son accent genevois : « Vous ne voudriez pas savoir ça, Marcel. Il y a des choses qui se passent de mots… »

– Michel Simon…, répète la jeune femme.

Alors qu'un timide rayon de soleil traverse la vitre, Caroline se dit qu'elle va aller au théâtre avec sa mère.

La guerre

Je ne pensais pas me retrouver pris à mon propre piège. J'avais falsifié ma date de naissance pour travailler chez Pathé, quatre ans plus tôt. Ce tour de passe-passe m'expédiait au front.

– Taupard Maurice, vous êtes né en 1897…, me dit un officier derrière un bureau, lorsqu'au terme d'un voyage saumâtre, j'arrivai au fort de Vincennes.

– Mais puisque je vous dis que j'ai menti ! Je suis né en 1899 !

– Vous croyez que j'ai du temps à perdre ? C'est écrit là !

L'homme me foudroyait depuis son lorgnon, ses galons vibrants de colère. Dans la queue derrière moi, on ricanait. Tous m'entendaient plaider ma jeunesse depuis quelques jours.

« Te fatigue pas, Maurice, me disait-on. Même si t'es trop jeune, ils ont besoin de toi, comme de nous tous. Les tranchées manquent de sang, à ce qu'il paraît… »

Comment pouvais-je être à ce point ligoté ? De quel mauvais sort étais-je l'objet ? Quelques semaines plus tôt, j'étais sur le tournage de *Charlot policeman*, je mangeais des hot-dogs avec D. W. Griffith, je trinquais au schnaps avec Erich von Stroheim, et voilà que je faisais la queue en caleçon, avec des paysans de la Beauce, des mégissiers du Perche, des menuisiers du Bourbonnais, lesquels m'épiaient avec une lucidité tragique et rigolarde.

– Rassure-toi, bonhomme, tu ne seras pas seul. On crèvera tous ensemble.

– TAISEZ-VOUS ! aboya le médecin, qui nous examinait l'un après l'autre pour noter notre taille, notre poids, notre pointure.

Certains essayaient de jouer les impotents, mais le médecin-chef les repérait aussitôt.

– Foutez-moi ça au trou pour une quinzaine. S'il veut jouer les malades, autant qu'il chope une pneumonie. Ensuite, on l'enverra au front : la toux permet aux autres de rester éveillés, et les Boches frappent la nuit…

Un silence glacial suivit cette saillie, que le médecin avait dite sans humour, continuant d'écrire ses chiffres sur un cahier.

N'ayant bien entendu aucune expérience de la vie militaire, je restai faire mes classes à Vincennes.

On m'y apprit le maniement du fusil et une docilité d'esclave.

– Vous n'êtes pas là pour penser, mais pour obéir, aboyait notre instructeur, avant de désigner son propre képi. L'esprit, il est ici. Vous, vous êtes le corps, les muscles…

– … et les victimes…, murmura un de mes compagnons d'infortune entre ses dents.

L'instructeur n'entendit pas, mais personne n'avait le cœur à rire, car nous savions ce qui nous attendait. La presse avait beau être muselée, qui chantait la geste du poilu, j'avais vu des mutilés, des balafrés, permissionnaires ou rapatriés, dans le train qui m'avait conduit du Havre à Paris. L'un d'eux avait même commencé à arpenter les couloirs des voitures en hurlant « Au secours ! », comme s'il était sous une pluie d'obus. On avait dû arrêter le train en rase campagne pour l'évacuer en ambulance. Par les fenêtres des compartiments, nous l'avions tous vu se débattre, ligoté à une civière, tandis qu'il était emmené par des militaires en blouse blanche.

Quelques jours avant d'être envoyé au front, la chance tourna à mon avantage. Alors que nous nous rendions au réfectoire, je fus frappé par une vision.

Près du petit perron de pierre montant à l'aile des officiers, deux silhouettes s'affairaient. Lorsque je vis l'un d'eux déplier un trépied pour y jucher une caméra, mon cœur s'accéléra.

– Hé, Maurice, tu viens ?

– Commencez sans moi, je vous rejoins.

– Mais tu vas être envoyé au trou !

Peu m'importait. J'étais aimanté par cette scène pourtant banale : l'équipe faisait un documentaire de propagande sur la vie au fort de Vincennes.

Les deux techniciens me virent approcher avec circonspection.

– Qu'est-ce qu'il veut celui-là ? dit le premier.

Sans même leur répondre, sous leurs yeux interloqués, je descendis la caméra de trente centimètres, la tournai de cinquante degrés sur la gauche et, jaugeant le soleil, modifiai l'objectif.

– Mais il se prend pour qui ? s'offusqua le second, aussitôt mouché par son compagnon.

– Laisse-le faire…

Celui-ci avait compris. Lorsqu'il se pencha vers le viseur, avant de considérer l'ensemble de la cour avec une satisfaction admirative, il me demanda qui j'étais.

Je claquai des talons.

– Seconde classe Taupard Maurice, mon lieutenant !

Puis, comme si je ne pouvais m'en empêcher, je quittai le garde-à-vous et lui tendis la main.

– Mais appelez-moi Max Toppard, je préfère.

*

La Section cinématographique et photographique de l'armée venait juste d'être créée. Désormais, les images fixes et animées avançaient main dans la main, chaque équipe étant composée d'un cadreur et d'un photographe.

Jusqu'à sa mobilisation, le lieutenant Philippe Garnier travaillait pour le *Pathé-Journal*, qui proposait de brefs documentaires d'informations filmés partout sur la planète. Ce journal en images ouvrait les séances et permettait aux spectateurs de manger une glace en découvrant l'actualité du moment.

– C'est ce qui m'a évité d'être envoyé dans les tranchées, m'expliqua-t-il le soir même, tandis qu'il m'avait invité à bavarder avec lui.

Il leva un bras et j'entendis un bruit métallique. Retroussant sa manche gauche, il exhiba une tige de métal qui s'achevait par une main de bois glissée dans un gant.

– Même derrière une caméra, on n'est pas à l'abri des obus… Cela s'est passé il y a déjà deux ans. Je m'y suis habitué.

Je m'étonnai qu'avec un tel handicap il n'eût pas été réformé.

– Ils me l'ont proposé, j'ai refusé.

Presque penaud, il m'avoua qu'il était patriote. Son grand-père avait été tué par les Prussiens en 70 et la moitié de sa famille vivait depuis sous la botte allemande, en Alsace.

– Alors, qu'est-ce que c'est qu'un pauvre bras, à côté de ça ?

Je conçus aussitôt une vive admiration pour cet homme de quarante ans, qui avait tout abandonné pour la défense de sa patrie.

– Je ne suis pas marié, je n'ai pas d'enfants, et j'aime mon pays, c'est aussi simple que ça…

Il parcourait depuis bientôt trois ans les zones les plus dangereuses du front.

– Tu imagines bien que la censure veille. Il m'arrive de détruire moi-même certaines images, tant elles sont insoutenables. Les Français n'ont pas à savoir ça…

– Mais c'est la vérité, voyons !

Garnier luttait contre l'agacement. Quelle vérité ? Celle qui pousse les soldats à se mutiner, les civils à vomir l'armée ? Ou celle qui rassemble, qui entretient l'espoir… ?

Désignant la caméra qu'il gardait toujours avec lui dans un

sac de cuir, il déclara qu'il avait une mission. Le cinématographe était une révolution des mentalités et du regard. Jusqu'à présent, on ne connaissait le réel que par les mots. À présent, le récit était visuel, l'image était reine, ce qui en faisait à la fois la vérité la plus crue et le plus beau des mensonges.

– De quel côté entends-tu aller, soldat Toppard ?

À cette question, je ne sus que répondre. J'allais vite le découvrir : Philippe Garnier aimait parler par énigmes. Mais les mots sortirent de ma bouche presque malgré moi :

– Je me moque des côtés, je veux aller vers la lumière…

Le lieutenant semblait satisfait.

– Bonne réponse, Max. Dorénavant, tu travailles avec moi.

*

J'aurais pu dire au lieutenant Garnier qui j'étais, quel avait été mon parcours, le nom de mes mentors. Nous aurions pu nous croiser dans les bureaux de Pathé avant guerre, lorsque j'étais le factotum de Linder. Mais je préférais rester discret. Cela eût peut-être bridé ses conseils, atténué la vigueur de son enseignement, car il avait une véritable dévotion pour ceux qu'il appelait « les artistes de l'image ».

– Moi, je ne suis qu'un artisan, Max. À peine un journaliste. Je me contente de filmer le présent.

Voilà pourquoi je chérissais les conseils de Philippe Garnier : il capturait l'instant, le dilatait. Nous étions aux antipodes de la réflexion de Griffith, de la poésie de Chaplin, qui n'avançaient jamais un pion sans stratégie.

À la guerre, le pire ennemi est le temps, et Philippe Garnier était un génie de l'immédiat. Jamais je n'avais vu quelqu'un qui sût aussi vite placer sa caméra, régler l'objectif, tourner la manivelle au bon rythme, alors que les obus pleuvaient. « Sors ton parapluie, Max ! » parvenait-il à plaisanter, sans lâcher sa caméra ni perdre sa concentration.

Alors que je mourais d'envie d'aller me réfugier derrière un talus, Philippe restait droit comme un i, devant les soldats effarés qui criaient :

– À croire qu'il veut se faire tuer…

– Ils n'ont pas tort, concédait Garnier, le soir, tandis que nous partagions la pitance des poilus dans quelque boyau, terrés comme des mulots. Je ne cherche pas à mourir, mais je voudrais voir la camarde au plus près.

C'était l'obsession du lieutenant : filmer l'instant où la mort vous fauche. Non point l'obus qui s'abat, c'est encore trop tôt, ni le corps qui se disloque, c'est déjà trop tard. Mais ce moment hors du temps, comme le rayon vert, qui scintille un quart de seconde.

– Voilà trois ans que je la guette, et à chaque fois elle m'échappe.

– Vous vous prenez pour Moby Dick, mon lieutenant ?

– Plutôt pour Achab, concéda Garnier, surpris d'entendre le cantinier Boulard citer Melville.

Il secoua son bras articulé et avoua être comme le célèbre capitaine : un estropié en quête d'absolu.

– Et je pense que la seule manière serait d'affronter la baleine en tête à tête, finit-il par dire.

Je compris et frissonnai : c'est-à-dire filmer sa propre mort ? être tué, caméra en main ?

Garnier hocha la tête et retrouva une forme de sérénité.

– Mourir sur scène, comme Molière. Et je compte sur toi pour sauver la pellicule et te rappeler mon nom…

*

Était-ce de la prescience ? La scène appelée et redoutée par le lieutenant Garnier eut bientôt lieu.

Cela faisait six mois que nous œuvrions ensemble, arpentant chaque ligne du front, caméra en bandoulière, prêts à dégainer nos images aussi vite que les ennemis s'entrechoquaient. Les avions fondaient sur nous, les gaz rôdaient, les tranchées étaient de plus en plus saumâtres, les soldats de plus en plus égarés. L'horreur était quotidienne : corps éventrés, membres arrachés, yeux crevés, dans de grandes flaques de sang, de boue et de merde. Et puis la terreur permanente, l'immense incompréhension, le scandale devant l'absurdité d'une guerre dont personne n'aurait su dire pourquoi elle avait commencé. À quoi bon, d'ailleurs ? On n'avait pas le temps de réfléchir, il fallait survivre. Jamais je n'avais vécu avec cette intensité. Chaque seconde comptait. Il n'existait pas de temps morts.

D'aucuns pensaient que nous portions malheur. Ils connaissaient les propos de Philippe sur sa quête de l'instant ultime et nous rabrouaient :

– Allez ailleurs, vous autres ! Nous ne sommes pas au cinéma, ici !

Si la remarque était désagréable – nous étions à la merci des mêmes dangers, des mêmes obus –, elle possédait un fond de vérité. Malgré notre présence au cœur des combats, dans la grise pluie de l'Est, il me semblait danser en funambule. Y repensant aujourd'hui, je crois que j'avais le sentiment de survoler la guerre, comme si je n'y participais pas vraiment. Comme si la caméra était une armure. Filmer la guerre me rendait invincible.

Sentiment bien illusoire, dont j'eus la confirmation au début de l'été 1918.

Le conflit était à un tournant et nous le savions. Depuis l'entrée en guerre des États-Unis – je guettais en vain la silhouette de quelque ami d'Hollywood –, le moral des troupes était meilleur. Mais il y avait aussi l'immense fatigue, la lassitude abyssale de ces soldats enterrés depuis bientôt quatre ans.

Le lieutenant Garnier sentait que tout pouvait s'achever et s'en montrait presque inquiet :

– L'armistice est pour bientôt, Max.

– On dirait que cela vous chagrine…

– Je ne veux pas qu'elle m'échappe encore une fois, finit-il par avouer en exhibant son bras factice. J'ai déjà perdu beaucoup à ce combat, aussi je voudrais que la mort me fasse au moins ce petit cadeau : me regarder dans les yeux.

Cette remarque me glaça. Je détournai le visage, car celui du lieutenant Garnier luisait. Nous étions en pleine nuit, les combats avaient cessé pour quelques heures et il régnait dans les tranchées une atmosphère estivale. Nous étions au cœur de juillet, et pour la première fois depuis des mois, il me sembla humer des fragrances de nature, de sous-bois, et même ce parfum âcre des cerfs ou des renards. Au-dessus de nous, les étoiles étaient singulièrement brillantes. L'absence de lune les rendait d'autant plus visibles. Alors un enivrant spectacle commença. Ce fut d'abord une, puis deux, puis trois, puis dix étoiles filantes.

– C'est la nuit absolue, chuchota Philippe.

Je voulus prendre ma caméra, mais il retint mon geste.

– Inutile. Tu sais bien que ça ne rendra rien. Et puis certaines choses ne doivent pas être filmées, rappelle-toi. Tout comme l'horreur, il faut que le sublime reste secret, ne l'oublie jamais. Le secret doit exister, ce n'est pas un vide que l'on cache…

Cette phrase résonna dans ma tête, alors que je me laissais retomber sur le sol plus doux qu'un tapis de bruyère.

La féerie dura longtemps. D'autres soldats s'étaient réveillés, qui tous gardaient le silence, secouant parfois leurs compagnons tout en posant l'index sur leurs lèvres, avant de désigner le ciel. Ce furent bientôt des dizaines de poilus allongés sous les étoiles, qui contemplaient le plus beau des ballets. Malgré la pénombre, je vis des dos tressauter, des mains se sécher les yeux, des bras tapoter des épaules en signe de fraternité. Tout à coup, la guerre n'existait plus. La trêve de la nuit était une pause globale, comme si tout le monde, jusqu'à la nature elle-même, communiait dans cette contemplation nocturne, qui réduisait nos tristes petits conflits humains à l'état de microbes. Qu'étaient nos tranchées, nos obus, nos forts perdus, pris et repris, nos offensives et contre-offensives, nos palinodies, nos espoirs et nos terreurs, à côté de ce ballet cosmique ?

– Et dire que cela s'est sans doute passé il y a des centaines d'années..., murmura le lieutenant Garnier. Dire que ces étoiles sont mortes bien avant la naissance de nos plus lointains ancêtres...

Il prit ma main avec affection.

– Tu vois qu'on peut voir la mort en face, Max. Il suffit parfois de lever le nez.

Une étoile nouvelle apparut.

– Regardez, les gars, celle-là est encore plus grosse !

Lorsque tout le monde comprit, il était déjà trop tard.

La contemplation nous avait fait oublier la guerre. Mais certains ennemis ne dorment pas.

Les Boches frappent la nuit, me rappelai-je en me jetant de l'autre côté de la tranchée, avant de me recroqueviller derrière des cantines de métal.

Le sifflement, l'étoile qui grandit, la terre qui gronde.

– Lieutenant !!! hurlai-je.

Mais Philippe ne bougeait pas. Son visage rayonnait d'apaisement. Un instant, il tendit la main vers sa caméra, mais c'était déjà trop tard.

– La lumière, Max. Je vois la lumière...

Chair à canon

La mort du lieutenant Garnier aurait dû me plonger dans le désarroi, mais j'y trouvai une sorte d'apaisement. L'extase qui avait précédé l'explosion, la lucidité de son regard avant que l'obus ne le pulvérise : Philippe était heureux. L'instant espéré et redouté était arrivé tout à trac, telle une gifle poétique au cœur de la mitraille. Malgré mon chagrin, j'étais heureux moi aussi. Si quelque chose devait rester du lieutenant Philippe Garnier, c'était l'enseignement qu'il m'avait prodigué durant ces six mois. Avec Linder, Griffith, Chaplin, j'avais exploré la technique, ses miracles, ses chausse-trapes. Garnier m'avait poussé plus loin : sa caméra creusait les individus comme les obus creusent la terre. Les images qui en ressortaient n'avaient pas de valeur artistique, mais elles parlaient à l'âme. Elles étaient le prétexte à une exploration, une introspection. Et cela, seul mon père me l'avait suggéré durant nos expériences au phare. Avec Philippe, j'avais passé un cap : il avait fait de moi un adulte, me laissant en héritage des formules, des axiomes, une mémoire vibrante et terrible, comme un humus nouveau duquel ne pourrait naître que le meilleur.

Ce sont là des réflexions a posteriori. Sur le moment, je n'avais pas ce recul. J'étais abasourdi par la violence de l'instant, mais serein de savoir mon mentor apaisé.

– Qu'est-ce qu'on va faire de vous ? me dit le commandant de la zone, le lendemain matin, constatant que tout le matériel était détruit.

Faire envoyer une nouvelle caméra prendrait du temps et, à ce tournant de la guerre, l'armée avait besoin d'hommes plus que d'images.

– Il est peut-être temps que vous preniez part aux combats, soldat Taupard…, finit-il par dire avec un fatalisme las.

Je crois que je m'y attendais. J'aurais pu arguer qu'il fallait me renvoyer en arrière, que je dépendais du SCPA. Mais je pensai au lieutenant Garnier, à son patriotisme chevillé au corps, à sa passion de la liberté : de ton, de propos, d'images. Reculer aurait été nier ce qu'il m'avait enseigné : une témérité qui vous fait aller au-delà de la peur, car la quête de l'image parfaite est une drogue. Bien sûr, la caméra n'était plus là, mais Philippe m'avait appris à considérer ma propre vision comme un objectif :

« La caméra est un prétexte, un truchement. Toi, Max, tu peux t'en passer. Je le vois à ton expression. Filme avec tes yeux, ta mémoire est une pellicule. Emmagasine des images, conserve-les, digère-les, régurgite-les. Ce qui en ressortira, dans dix jours ou dix ans, sera au plus proche de ce que tu es. Et tu es quelqu'un, Max. Je l'ai su tout de suite… »

Ce « quelqu'un » restait toutefois un soldat de deuxième classe. Autant dire de la chair à canon.

Le colonel disait vrai : j'allais enfin connaître la guerre.

*

Quelques jours plus tard, je fus affecté au 415e régiment de la 163e division d'infanterie. J'avoue que je me perdais dans ces chiffres, cette hiérarchie. Une fois sous la mitraille, il n'est que des hommes et des bombes. Aussi me laissai-je porter, obéissant aveuglément aux ordres, ne cherchant surtout pas à comprendre ce qui se passait. Au cœur de la guerre, inutile d'espérer une quelconque logique. Je l'ai dit, tout est affaire d'instant. Et je vivais chaque seconde comme si c'était la dernière.

Les semaines qui suivirent, ma mémoire, nimbée de brouillard, ne retint que la poussière suffocante qui ne quittait jamais l'air. Respirant de la cendre, nous étions tous ballottés d'une zone à une autre, sans jamais savoir ce qu'il allait advenir. Les ordres nous semblaient erratiques, contradictoires, et nous ne cherchions ni à les remettre en question, ni à en saisir la signification. Il fallait juste survivre.

Était-ce donc cela, être patriote ? Les beaux rêves du lieutenant Garnier étaient-ils réduits à faire de nous des lombrics envasés dans cette glèbe qui nous aspirait jusqu'à mi-cuisses. Je me souviens de ce réveil boueux, un matin de la mi-octobre. On nous avait déplacés sur les rives de la Meuse, et nous passions la nuit dans un champ marécageux. Au petit matin, je crus qu'on m'avait planté dans le sol. J'étais enlisé jusqu'à la ceinture et il fallut l'aide de trois camarades pour m'arracher à la boue.

– Je ne pensais pas qu'on pouvait déraciner un homme, dit le premier.

Le second s'étonna que je fusse aussi jeune :

– C'est un enfant…

– Comme nous, objecta le troisième. Cette guerre fait de nous des enfants. Nous sommes nés de ces tranchées, comme Adam est né de la terre primitive.

– Non, Adam est là, reprit le premier en me pointant du doigt.

Alors tous trois se turent, comme s'ils contemplaient une naissance. Comme si la charge symbolique de cette scène les éblouissait.

Un cri brisa leur contemplation :

– Les gars, venez bouffer !

Un soldat jovial s'avançait vers nous.

– On arrive, Augustin…

Mais ledit Augustin me pointa du doigt, hilare.

– Eh ben mon gars, tu fais un bain de boue, comme les hippos ?

Puis il éclata d'un rire irrésistible, qui nous contamina l'un après l'autre. Voilà des semaines, sans doute des mois, que je n'avais pas ri. Le plus inattendu était de partager cette hilarité avec de parfaits inconnus.

Dix minutes plus tard, nous étions encore à nous tenir les côtes.

– Allez, viens là, toi, dit Augustin en me tirant.

Les autres me regardèrent avec la même bienveillance.

– Il a plutôt bonne mine, l'enterré. Tu t'appelles comment ? dit l'un d'eux.

– C'est Taupard, non ? se souvint Augustin.

– Toppard, corrigeai-je. Max Toppard.

La dernière bataille

La camaraderie est le meilleur rempart contre la bêtise. Dès cet instant, nous devînmes inséparables. Igor, Benoît, William, Augustin et moi tentions toujours de rester ensemble, comme si nous faisions corps face à l'absurdité. Tout le monde murmurait que la France était en train de gagner, que l'armistice était imminent, que ce n'était plus qu'une question de jours. Mais nos commandants ne l'entendaient pas ainsi. Alors que nous voulions tempérer les attaques, limiter des pertes qui n'auraient bientôt plus de sens, les officiers prétendaient rester des militaires pour qui la guerre est la guerre, dût-elle s'arrêter demain.

– C'est parce que demain, beaucoup redeviendront des civils, grommelait Augustin. T'as des officiers qui sont domestiques et se retrouvent à commander l'aristo qui les employait. Ils n'ont pas envie de retourner cirer des bottes que leurs patrons avaient appris à lécher. Je les comprends…

Augustin taillait un petit personnage dans un morceau de bois, à l'aide du canif qui ne quittait jamais sa vareuse.

– Mais toi, Augustin, tu fais quoi dans le civil ? demanda Benoît.

Augustin prit une mine évasive. Lui ? Il traficotait, il se débrouillait. Il passait entre les gouttes.

– Jusqu'à maintenant, ça ne m'a pas trop mal réussi, et puis la guerre est arrivée.

– Mais tout le monde dit qu'elle peut finir d'un instant à l'autre, s'insurgea William en se recroquevillant sous une couverture, car le vent glacé des Ardennes nous giflait. C'est d'une absurdité complète. À quoi bon risquer de nouvelles victimes ?

– Parce que tu ne penses pas en militaire, William, rit encore Augustin.

Au même instant, on rassembla l'ensemble des troupes.

Il fallait nous voir : épuisés, découragés, nos uniformes couverts de boue et de sang – souvent celui des autres. Une armée en déroute, des damnés revenus des enfers.

Froid et sévère, le colonel de Menditte nous toisait de ses yeux insensibles et claironna qu'en dépit de toutes les fausses rumeurs la guerre était loin d'être gagnée.

– Je sais combien les défaitistes aiment saper le moral des troupes. Mais vous comme moi ne sommes pas faits de ce bois-là.

Sur ces mots, il se cogna le torse de la paume droite, faisant sauter un bouton de son uniforme.

– La baderne se dégonfle, chuchota Augustin, provoquant l'hilarité de notre petit groupe.

Comme s'il n'avait pas entendu, le colonel nous expliqua la marche à suivre. Il était essentiel de franchir la Meuse afin de conquérir une tête de pont. Pour cela, nous devions nous déporter à Dom-le-Mesnil, où il nous faudrait traverser la rivière.

– Départ dans un quart d'heure !

Ces derniers jours furent un cauchemar. Il nous parut vraiment que la guerre avait perdu toute signification. Nous avancions dans une réalité abstraite, en quête d'un sens qui n'existait plus. Le colonel lui-même était un fantôme, qui criait des ordres, changeait d'avis sans cesse. Lorsque je découvrirai plus tard ce que nous appellerons des « dessins animés », j'y retrouverai la vacuité comique de nos équipées.

Mais notre rire s'engorgeait et toute joie tournait court pour sombrer dans un désarroi absolu, car nous étions conscients de l'inutilité de notre tâche.

– Avancez, nom de Dieu ! hurlait Menditte, lorsqu'il nous sentait flancher.

Le village de Dom-le-Mesnil était à une vingtaine de kilomètres, mais il fallait pour cela traverser des zones marécageuses infestées d'ennemis, où les Allemands nous tiraient comme des lapins.

Igor, Benoît, William, Augustin et moi ne nous quittions plus. Lorsqu'on nous assignait des trajets séparés, nous nous débrouillions pour rester groupés. À tel point que nos commandants comprirent qu'il valait mieux nous laisser ensemble.

– J'ai toujours eu peur de mourir seul, dit Igor. Au moins arriverons-nous chez saint Pierre à plusieurs.

– Tu crois à ces conneries ? s'étonna Augustin.

– Je ne crois plus à rien, répondit Igor en désignant un sinistre panneau devant nous, défoncé et criblé de balles : Dom-le-Mesnil.

Ayant toujours été rétif aux aventures guerrières, à la stratégie, aux épopées militaires – dans les films de Griffith, voilà bien la partie qui m'assommait : cette obsession des combats, des corps entrechoqués –, je serais incapable de résumer, voire de décrire, cette ultime offensive. Je me rappelle juste l'inquiétude du colonel de Menditte, qui ne cessait de vérifier sa montre, comme si le temps jouait contre nous ; je me souviens de l'effroi général, lorsqu'il nous désigna cette rivière, que nous pensions traverser à gué, mais dont les dernières pluies avaient fait monter le niveau ; me revient enfin la masse ennemie, sur la rive opposée, qui n'était qu'un corps informe, aussi las que nous.

Étrange sentiment de charger un miroir, comme si nous ne combattions plus que nous-mêmes.

– En avant !

La boucherie commença. Après un moment de stupeur, comme si les Allemands ne pouvaient croire qu'on se jette sur eux quand la guerre était au crépuscule, l'ennemi riposta.

Les balles sifflaient, les grenades explosaient de tous côtés, certaines étaient chargées d'un gaz jaunâtre qui nous brûlait jusqu'au tympan. Et puis il y avait cet immense bruit de succion qui semblait aspirer tout sur son passage, tout dévorer : rivière, terre, herbe, pierres. Les Ardennes étaient une antichambre des enfers, un de ces puits béants, comme un cratère jusqu'alors caché, qui se dévoilait pour nous laisser tomber en une chute infinie. La scène était si folle, si apocalyptique, qu'elle ne semblait pas devoir s'achever. Une boucle éternelle de souffrance et d'effroi.

Heureusement, nous étions tous les cinq. Ces camarades que je ne connaissais que depuis quelques semaines m'étaient désormais plus essentiels que l'air ou l'eau.

– On va s'en sortir, les gars ! hurlait Augustin, décidé à nous communiquer un courage absurde.

« On ne peut pas crever dans la trouille, nous avait-il dit la veille, alors que nous nous savions aux portes du carnage. Ne serait-ce que par respect pour nous cinq, il faut qu'on meure en souriant. OK, les gars ? »

C'est pourquoi, à l'effarement de nos compagnons d'armes, nous foncions vent debout, l'eau glacée jusqu'au thorax, la baïonnette immergée, le corps lacéré de douleurs si fortes qu'elles s'annulaient, et avec une joie frénétique.

– Mais ils sont mabouls !

– Non, ils ont compris. Même s'ils meurent, ils savent qu'ils sont sauvés.

Pourtant, nous ne réfléchissions à rien. Nous étions ensemble, nous faisions corps.

Une balle frôla ma tempe. Je l'entendis siffler si proche, si vite, que je me crus touché. Mais non ! Mes camarades eurent la même sensation, comme si elle ricochait de l'un à l'autre, prête à nous faucher d'un même élan.

Nous étions sidérés de notre bonne fortune, comme si nous étions passés de l'autre côté de la mort. D'ailleurs, nos godillots se posèrent au même instant sur la terre ferme.

– Les gars ! hurla Benoît d'une voix désespérée.

Nous nous retournâmes.

Augustin était encore debout. Comme un bouchon dans un ruisseau, le haut de son corps flottait. Il fixait le ciel avec surprise. Au milieu de son front, la balle avait fait un léger trou, d'où s'écoulait une petite rigole qui glissait sur le nez avant de s'étaler sur son sourire.

Alors que nous rebroussions chemin pour aller vers lui, le clairon nous fit tous sursauter.

De part et d'autre de la rivière, tous les coups de feu cessèrent.

– Armistice !! cria une voix avec un gros accent allemand.

Avec douceur, le corps d'Augustin fut avalé par l'eau.

L'hôpital

Pourquoi une victoire serait-elle joyeuse ? En quoi le triomphe d'un corps sur un autre est-il source d'apaisement ? Pour nous, l'armistice avait l'amertume du sang caillé. Pire, l'affreuse saveur du vide, car nous comprîmes que personne n'était sorti vivant de cet assaut. Du 415ᵉ régiment de la 163ᵉ division d'infanterie ne restaient que cinq rescapés : Igor, William, Benoît et moi. Et le cinquième ? Un individu replet, couturé de médailles, qui vint nous rendre visite dans la chambre d'hôpital où l'on nous avait – Dieu soit loué ! – installés ensemble.

– Repos, dit-il en entrant dans la pièce, alors qu'aucun de nous n'avait esquissé le moindre geste de respect. Je suis venu vous témoigner ma satisfaction.

Ce mot nous écœura.

Fouillant dans la poche intérieure de son uniforme, il en tira un petit sachet dont il vida le contenu dans son gant. Le cliquetis métallique nous navra, car nous avions compris.

Dans un silence morbide, il se pencha sur chacun de nous et accrocha une ridicule petite médaille au revers de nos chemises de nuit. Il nous donna même une accolade maladroite, grimaçant tant il devait se pencher.

Nous aurions pu le gifler, l'insulter, profiter de l'avoir à notre merci pour répondre à sa « gratitude officielle ». Mais nous étions si abasourdis par sa raideur, sa complète absence d'empathie – pas un mot personnel, pas une question sur notre santé, notre moral, nos projets –, que nous restâmes sans voix.

– Soldats Hodwin, Alvarez, Taupard et Tcherniak, la France est fière de vous.

Puis il recula de trois pas, nous souhaita bon retour à la vie civile et disparut comme un spectre.

*

Pour beaucoup de soldats, le séjour à l'hôpital fut une zone de transit avant le retour au réel. On y réapprivoisait le quotidien, avant de retrouver la famille, les amis, la banalité de la vie, les soucis prosaïques, l'abandon de la peur. C'était cela, surtout : la plupart des témoignages que je pus recueillir dans les mois qui suivirent évoquaient l'absence surprenante, presque scandaleuse, de l'angoisse. Pour beaucoup, le silence quiet du lit conjugal, la douceur d'un réveil moelleux étaient une insulte à tout ce en quoi ils avaient cru. Pendant quatre ans, ils avaient appris à vivre au jour le jour, à abdiquer tout espoir, à dompter la terreur pour s'en faire une amie. Et voilà qu'on leur imposait une épouse qui avait vieilli, des enfants qui avaient grandi, des patrons qui ne les reconnaissaient plus, un monde nouveau et familier en lequel ils n'arrivaient plus à croire. Où pouvaient se trouver la foi, la confiance, l'espoir, après quatre années de désarroi ? L'esprit humain n'est pas un ressort. La boue des tranchées avait modifié nos esprits, les corps eux-mêmes étaient plus ravinés que la Moselle : il n'était qu'à voir les monstres qui hantaient désormais nos trottoirs.

Voilà pourquoi la convalescence permettait de préparer ce terrible instant. Mais je parle ici du soldat moyen, du malheureux petit Français qu'on avait arraché à sa terre, à sa famille, à ses rues, à son métier.

Pour nous, les choses furent différentes. Ces quelques semaines dans cet hôpital militaire de Charleville-Mézières constituèrent l'un des moments les plus importants de notre existence.

Nous n'avions jusqu'alors jamais évoqué nos vies civiles. La tension des combats était telle qu'il nous semblait dangereux d'aborder un sujet qui ne concernait pas notre survie immédiate. Nous avions même peur de parler de « l'autre monde », comme si la nostalgie et l'espoir pouvaient nous faire baisser la garde. Si bien que nous savions peu de chose les uns des autres. Les affinités instantanées qui nous avaient rassemblés avaient pourtant œuvré à couvert : ce ne pouvait pas être par hasard si le destin nous avait si bien assortis, fût-ce au cœur du carnage.

Ce sont là paroles grandiloquentes, mais nous eûmes bientôt la conscience aiguë de notre communauté d'esprit. Il avait fallu toute cette souffrance, ces vies labourées, pour que nous fussions illuminés par cette révélation : nous étions un même corps et une même âme. Surtout, nous avions un même *regard*. L'iris serein du voyant, qui sait ce qu'il y a au-delà.

Benoît Alvarez avait la vision de l'avenir, il imaginait les habitats des villes du futur avec une prescience parfois grandiose et inquiétante. La guerre l'avait arraché à ses études d'architecture. C'est au Conservatoire de musique que les combats étaient venus chercher William Hodwin, dont la tête bouillonnait d'idées, de mélodies, qui toutes s'associaient à des couleurs, des images, car ce compositeur surdoué *voyait* les sons. La musique était aussi l'affaire d'Igor Tcherniak, notre aîné, mais celle des mots. Il ambitionnait d'écrire une œuvre littéraire qui allât au plus profond du langage pour mieux le déconstruire, et pour transformer en formes, en organismes vivants, ces cathédrales de phrases souvent inertes qu'étaient les romans pompeux de l'époque.

Et puis moi, Maurice Taupard, ce nom que je m'étais échiné à gommer et que l'armée m'avait renvoyé comme un crachat. Moi, Max Toppard, le mangeur de lumière.

Tout se fit naturellement. Forclos dans cette chambre où les médecins passaient surveiller notre état, nous avions enfin le temps de nous découvrir dans un bavardage incessant qui étonnait les infirmières. Une bonne partie d'entre elles – les plus jeunes, surtout – s'avouaient surprises de nous voir aussi sérieux et habités. Alors que, de chambre en chambre, elles étaient courtisées par des figures informes, effleurées par des mains tremblantes, ou bien affairées auprès de malades atteints de la grippe espagnole qui tombaient comme des mouches, elles ne provoquaient chez nous qu'une courtoisie de principe, qui les irritait comme une blessure d'orgueil.

– À croire que nous n'existons pas pour vous ! s'offusqua Charlotte, une jolie infirmière de dix-huit ans. Dans les autres chambres, les messieurs se recoiffent, font les coqs. Ici, j'ai l'impression d'être transparente.

– Au contraire, Charlotte, lui dit Igor, vous êtes notre lumière quotidienne.

– Je croyais que vous étiez écrivain, monsieur Tcherniak. Vous pourriez trouver mieux !

– Parce que vous ne comprenez pas ce qu'est la lumière, dis-je devant ses traits ravissants, qu'enserraient un voile blanc et une cornette.

– Eh bien, je vous laisse à votre « lumière », fit-elle, vexée.

Elle ne croyait pas si bien dire : la lumière devint notre pain quotidien. Nous avions passé des mois, des années dans l'obscurité absolue, celle des tranchées et de la bêtise. De cette absurdité devait fatalement naître une cohérence, sinon à quoi bon vivre ? À la lumière du cauchemar que nous avions traversé, nous décidâmes qu'il était temps de réformer le « regard esthétique ». Alors que les fats se donnent pour mission de conquérir le monde, nous voulions conquérir la beauté.

« L'humanité est arrivée à un point de non-retour, estimait Igor. Il faut être contre l'intelligence et pour la sensibilité, la sensualité, le corps… »

Ces rêveries de convalescents vous sembleront grandiloquentes, mais nous étions ivres de nos rêves. Nous avions la conscience aiguë de notre mission, au point que les journées passaient à une telle rapidité qu'il nous semblait impossible de distinguer la nuit du jour.

– Bah, vous n'avez rien mangé ? s'étonnait Charlotte, qui venait chercher nos plateaux le soir.

En effet, les assiettes d'un brouet infect étaient restées intactes, nous les avions oubliées, trop passionnés par nos échanges.

– Si vous ne vous nourrissez pas, vous allez dépérir, les amis…

Pauvre Charlotte ! Elle ne pouvait comprendre que nous étions gavés de nos mots, de nos idées, de ces images que nous lancions tout à trac, l'un après l'autre, sans savoir où nous nous dirigions. Tout était question de mouvement, d'énergie. L'énergie qui pousse à s'arracher à la terre, comme mes amis m'avaient tiré du sol. Et si un art pouvait, plus que tout autre, incarner nos ambitions, c'était le cinéma.

*

– À tout mouvement, il faut un nom, remarqua bientôt William.

Depuis nos lits respectifs, nous nous consultâmes. Tout nous semblait encore trop flou pour avoir une dénomination précise.

– Justement, ajouta le musicien, trouver un mot commun à

nos idées, nos envies, nous permettra de les canaliser, de les unifier.

Nous nous regardâmes avec moins de circonspection.

– William a raison, dit Igor en tirant une feuille de papier et un crayon.

Son lit grinça et il gémit lui-même, car son torse était encore en partie bandé.

– On fait une liste ?

Au même instant, Charlotte entra dans la pièce.

– Les amis, j'ai une lettre pour vous.

– Pour lequel ? demanda Benoît.

– Pour vous quatre...

Nous ne comprenions pas.

– Ben si, dit Charlotte en nous tendant l'enveloppe.

Nos quatre noms y étaient écrits, dans une calligraphie appliquée et maladroite.

– Donne, fit Benoît.

– Non, objectai-je, puisqu'elle nous est destinée à tous les quatre, veux-tu bien nous la lire, Charlotte ?

– Bonne idée !

Intimidée, l'infirmière s'empourpra.

Chers amis,

Je me permets de vous appeler ainsi, même si nous ne nous sommes jamais rencontrés. Pourtant, presque chaque jour, j'ai lu vos noms. Il m'a bientôt semblé que vous faisiez partie de mon quotidien. Je me levais en pensant à vous, chaque matin le facteur me donnait de vos nouvelles, ma journée se passait à vous souhaiter du courage, et je me couchais en vous disant bonne nuit. Il n'est pas facile pour une mère d'accepter que son fils s'est trouvé une nouvelle famille. On croit être le centre de sa vie, de ses souvenirs. Mais, à lire ses lettres quotidiennes qu'il a toujours pris le temps de m'écrire, j'ai compris que vous quatre, Igor, Benoît, Max et William, étiez devenus les frères de mon Augustin.

Voilà pourquoi je voulais vous remercier. Je sais que jamais vous ne l'avez abandonné. Je sais qu'il a toujours pu compter sur vous. Je sais que vous êtes restés avec lui jusqu'au bout.

La fatalité me l'a hélas arraché, alors que vous avez survécu, mais jamais je ne vous en ferai le reproche. J'espère toutefois qu'en l'honneur de son sacrifice, en hommage à cette amitié qui lui était si essentielle, la paix ne vous séparera pas. La vie est hasardeuse et je sais combien il est facile de tout renvoyer au passé. La mémoire s'estompe et la guerre va devenir un cauchemar lointain. Aussi je vous le demande : pour moi, pour vous, pour cracher sur l'absurdité de cette guerre, continuez. Continuez à vous voir, à bavarder, à rire, à vous soutenir, comme vous avez soutenu mon Augustin. Dans ses lettres il n'avait pas de mots assez affectueux pour décrire cette amitié qui fut son dernier soleil.

Je doute que nous soyons un jour amenés à nous rencontrer. D'ailleurs, je ne le souhaite pas, car vous découvririez une vieille femme en pleurs, qui ne pourrait dire un seul mot et qui vous étreindrait comme si vous étiez ses propres enfants. Et je ne veux pas cela. Je veux que vous gardiez d'Augustin l'image du jeune homme lumineux, inondé de joie, qui est mort en souriant au ciel, comme j'aime à me l'imaginer.

Je vous souhaite une vie aussi belle que fut celle, trop courte, si fugitive, de mon petit garçon.

Vous avez connu sa lumière et je sais qu'elle ne vous quittera pas.

Germaine Trébuchon, mère du soldat
Augustin Trébuchon, mort le 11 novembre 1918,
à 10 h 50 du matin.

Nous n'osions plus parler.

Rouge d'émotion, Charlotte replia la lettre dans l'enveloppe et la rangea dans sa blouse, sans même penser à nous la donner.

Pendant un long moment, le cher Augustin occupa nos esprits. Son bon rire, son énergie si douce. Et puis cette fraternité de chaque instant, ses mots qu'il avait toujours pour nous soutenir, nous rassurer.

Nous n'avions jamais entendu son patronyme. Alors que les soldats s'appellent par leur nom de famille, nous existions par nos prénoms.

Cette femme disait vrai : s'il est un homme qui avait été le liant, le ciment de notre amitié, c'était bien lui, Augustin Trébuchon.

Dans la cour de l'hôpital, le crachin de décembre tournait à la neige fondue et des traînées blanches se posaient çà et là sur les tuiles des toits.

– Vous savez ce qu'est un trébuchet ? demanda Benoît, qui s'assit sur son lit, ses pieds nus effleurant le dallage glacé de la chambre.

– C'est une balance, non ? répondit Igor.

– Entre autres. C'est aussi une machine de guerre, comme une catapulte, précisa Igor.

– Il me semble que prendre quelqu'un au trébuchet, ajouta William, signifie le manipuler afin qu'il fasse quelque chose de désavantageux pour lui.

Tous se tournèrent vers moi.

– Et toi, Max, tu ne dis rien ?

Je me taisais, mais mon esprit s'échauffait. Ce mot correspondait à tout ce que nous voulions développer. Un engin de précision et de mort. Un créateur d'équilibre et de chaos. Le raffinement de la technique et la manipulation des âmes. Voilà bien le combat esthétique, sensuel, que nous comptions lancer.

Nous sentions monter en nous une joie gourmande. Benoît restait penché sur un carnet de croquis, qu'il griffonnait compulsivement.

– Voilà, finit-il par dire. Il y a ici la balance, dont j'ai remplacé les contrepoids, la base et le faîte par quatre yeux : nos quatre regards. Et l'ensemble est ceint d'un cercle pour former un visage : les cinq sens, *nos* cinq sens.

Il nous tendit la feuille.

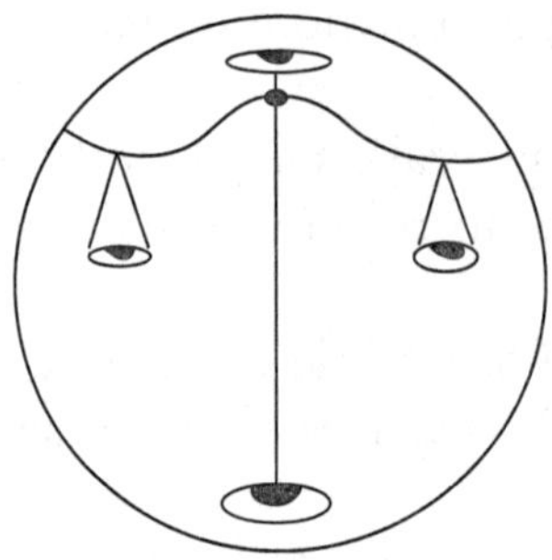

14

Pauline Ménardier est heureuse que sa fille la rappelle.

– Finalement, tu veux bien venir au théâtre ?

– Pour voir Michel Simon, oui, maman.

Hélas, Mme Ménardier doit annuler le matin même, car le Palais d'Avron a besoin d'elle.

– Je te donne les billets. Propose donc à Vincent.

C'est en définitive Bibi qui profite de cette place, pour la pièce la plus courue du moment, *Du vent dans les branches de sassafras.*

– Dis donc, il y a un monde ! s'étonne Janique Marly en rejoignant Caroline sous une pluie battante, sur le trottoir du Théâtre Gramont.

La foule déborde sur la chaussée, provoquant un petit embouteillage à l'angle du boulevard des Italiens.

Assaillis par le temps de novembre, les spectateurs s'engouffrent par les portes vitrées, ôtant leurs imperméables trempés, leurs chapeaux déformés.

Le hall du théâtre sent le chien mouillé. Les ouvreuses crient « Programme ! » d'une voix de trompette. Les gens font la queue au vestiaire ou vont voir les photographies du spectacle, exposées de part et d'autre du guichet de contrôle.

– La pièce a été créée à Bruxelles il y a quelques mois, mais elle vient de commencer à Paris, dit Caroline.

Bibi se penche vers les photos du vieux lion hirsute et demande quel âge a Michel Simon.

– Soixante-dix ans, je crois. Et il n'a plus fait de théâtre depuis des années.

– Et c'est qui cet Obadia ?

– Oba*l*dia. Un nouveau dramaturge, apparemment. Tu sais que je n'y connais rien.

– C'est bien ce qui m'a étonnée, quand tu m'as invitée ! En tous les cas si on s'emmerde, il n'y a qu'à traverser le boulevard pour aller au Golf Drouot.

– Entre la peste et le choléra…, rit Caroline.

La journaliste n'aime pas le théâtre. Elle n'y voit qu'une prise d'otages. Rien ne lui est plus douloureux qu'un spectacle qui menotte et s'étire. Lorsqu'un film est raté, on se lève et on s'en va. Et puis un film est une œuvre en soi, un produit fini, immuable. Vincent et elle ont pourtant essayé, à maintes reprises : les grandes pièces montées par Vilar ou Wilson à Chaillot, les incontournables de la Comédie-Française, mais toujours ils se sont sentis gênés. Gênés pour ces gens qui font mine d'être quelqu'un d'autre en restant eux-mêmes. Gênés par ces voix qui sonnent creux ou faux ou laid. Ils voudraient que le réel s'y immisce : surprendre un trou, une erreur. Comme l'aficionado guette le coup de corne, comme on voudrait que la trapéziste ait les mains moites.

« Au théâtre, je n'aime que les faux pas, répète souvent Vincent. Puisque le théâtre est vivant, il faut de la surprise, de l'inattendu. Sinon, quel intérêt ? »

La sonnerie retentit.

– Allez, on va s'asseoir.

Tandis qu'elles gagnent l'entrée du balcon, elles entendent un couple de spectateurs s'inquiéter :

– Il paraît que Michel Simon a des trous de mémoire.

– Tu plaisantes ?

– Il aurait trois souffleurs en coulisse.

– Il est gâteux ?

– Non, c'est à cause d'une teinture pour les cheveux faite par la firme LuX. Des produits chimiques auraient attaqué son cerveau.

– Ça promet…

Alors que les deux jeunes femmes prennent place au premier rang du balcon, Janique semble préoccupée.

– Ça ne va pas ?

Embarrassée, Bibi se penche à l'oreille de son amie.

– J'arrive de Fresnes…

Caroline comprend mieux. Ce front soucieux, ces dents serrées : Bibi est allée voir son père.

– Comment va-t-il ?

L'infirmière soupire.

– Il est si maigre, le pauvre. Imposer cela à un homme de soixante-dix ans…

Au fond de Caroline, une voix maugrée : « Et parmi les victimes de l'OAS, il n'y avait pas des hommes de cet âge ? », mais elle n'a pas le droit de juger l'attitude de Roger Marly. Elle n'a pas grandi en Algérie, elle n'a pas vu sa vie bradée et sacrifiée sur l'autel de l'Histoire, elle n'a pas tout perdu avec ce suffocant sentiment d'injustice, elle n'a pas eu un fils égorgé dans les Aurès. Tout ce qui reste à Roger Marly, c'est cette fille qui vient le voir souvent et qui, par amour pour son père, poursuit ses combats.

« Ne te mêle pas de politique, ma chérie, supplie-t-il à chaque visite. Vois où cela m'a conduit… »

Mais Bibi n'en démord pas. « Il faut avoir grandi sous les orangers pour me comprendre, dit-elle parfois à Caroline. C'est la nostalgie qui me fait avancer. Jusqu'à 1952, j'ai vécu là-bas. Ensuite, mes parents m'ont envoyée à Paris, mais j'ai connu l'âge d'or. »

Caroline s'étonne toujours que cette jeune femme aussi amoureuse de son époque, de sa musique, de son esprit, soit si attachée au passé.

« C'est peut-être pour ça qu'on s'entend si bien, ma chérie. Au fond, nous recherchons la même chose : une lumière disparue. »

Et jamais Bibi n'est plus nostalgique que lorsqu'elle revient du parloir de Fresnes, après deux heures avec son père.

– Son moral est comment ?

La question irrite Bibi.

– Celui d'un taulard qui a fait appel de sa condamnation et attend le verdict dans dix jours.

– Dix jours ?!

– Le 3 décembre. À quelques jours des élections…

– Vous avez bon espoir ?

– On n'ose plus rien espérer, mais je sais que papa n'en dort plus…

Après un temps d'hésitation, Caroline demande ce qu'il adviendra si l'appel est rejeté.

– Alors, il faudra que Tixier soit élu, il a promis de gracier beaucoup de prisonniers de l'OAS. En revanche, si le grand con repasse…

Sur le siège voisin, un homme se retourne, car Janique a parlé assez fort.

– Vous parlez du Général, mademoiselle ?

– À ma connaissance, il n'est que colonel…

L'homme rougit de colère.

– À votre âge, sortir des bêtises pareilles ! Retournez à Sylvie Vartan et laissez la politique à ceux qui y comprennent quelque chose…

Un instant, Janique a envie de gifler ce quinquagénaire. Les insultes s'engouffrent dans sa gorge, mais elle se penche vers l'épouse de l'importun, qui n'avait rien suivi, plongée dans son programme.

– Chère madame, pouvez-vous dire à votre mari que ma cuisse n'est pas une peluche ?

Aussitôt, le voisin se décompose.

– Mais, ma chérie, jamais je…

Elle lui donne une gifle sonnante qui réjouit le rang derrière.

– La pièce avant la pièce ! rit une voix juvénile.

Au même instant, la lumière s'atténue.

Bibi se penche à l'oreille de Caroline et dit d'une voix inquiète :

– Tu voudras bien être avec moi, le 3 décembre, pour le verdict ?

Sans répondre, Caroline passe son bras sous celui de son amie et se serre contre elle.

Les trois coups retentissent derrière la scène.

Puis le rideau se lève.

15

Michel Simon est admirable. Il rugit, chouine, cajole, gronde, halète, émeut. Tout cela avec le naturel confondant d'une authentique bête de scène. Il est impérial et pourtant si simple, si nu. La pièce d'Obaldia est suffisamment forte pour qu'il ne la dévore pas d'un coup de dents. Face à lui, les autres comédiens existent. Mais c'est Simon que le public est venu voir, à la fois intrigué et inquiet : sera-t-il aussi vrai qu'à l'écran ? aussi juste ? Le père Jules de *L'Atalante*, Cabrissade de *La Fin du jour*, monsieur Hire de *Panique*, Lemel des *Disparus de Saint-Agil*, le mari de *La Poison*, le Méphisto de *La Beauté du diable*, l'époux de *La Chienne*, les jumeaux de *La Vie d'un honnête homme*… Et puis Boudu, le prodigieux, le grandiose Boudu : libre, fantasque, odieux et poétique. C'est quarante ans de cinéma que le public parisien est venu admirer sur la scène du Théâtre Gramont.

Cette idée frappe Caroline avec tant de force qu'elle en a les larmes aux yeux. Ce vieillard hirsute, la gueule en biais, qui ne cesse de se diriger vers la coulisse pour qu'on lui souffle ses répliques, résume en lui seul tout ce qu'elle aime dans le cinéma français : la démesure et la rigueur, la folie et le raffinement. Et puis il est drôle, si drôle. Forcément cabot, Simon ne peut se retenir de prendre le public à témoin de ses meilleures saillies, comme s'il avait besoin d'être rassuré. Comme s'il fallait que les spectateurs lui prennent la main : Mais oui, Michel, nous vous aimons toujours autant. Et ce besoin d'amour l'enveloppe d'une aura magique, qui contamine ses partenaires et ses spectateurs.

Aux saluts, le public est debout.

Caroline éprouve une ferveur religieuse à acclamer Michel Simon. Le voilà si humble, les lèvres gonflées de bonheur, plié jusqu'à terre pour remercier les spectateurs de leur bienveillance.

Bibi est enchantée. Elle crie des bravos suraigus. Elle parvient même à capter l'attention de Simon, qui lève les yeux dans sa direction. Lorsqu'il la découvre, Bibi voit luire une canine de prédateur. Un faune a surgi, verge en pogne. Une métamorphose si subite que l'infirmière se rassied maladroitement. L'impression reste fugace, car personne n'a rien vu. Les acclamations durent encore vingt bonnes minutes.

Une fois le rideau tombé, Bibi enfile son manteau et propose de prendre un verre.

Caroline doit s'inventer un rendez-vous.

– Un *rendez-vous* ? répète Janique avec un rire complice, tandis qu'elles se dirigent vers la sortie.

Autant jouer les ambiguës : Caroline laisse planer le doute et répond qu'elle doit retrouver *un ami*.

– Encore un de tes hommes mariés ?

– Justement pas. J'ai décidé de changer un peu…

Bibi en rosit de contentement. Alors qu'elles descendent l'escalier au beau milieu d'une foule encore sous le charme de la pièce, elle serre Caroline contre elle et murmure :

– Je suis contente pour toi, ma chérie. J'espère que ça va bien se passer…

Moi aussi, songe Caroline, qui cherche des yeux le panneau « Sortie des artistes ».

Une fois devant le théâtre, Bibi serre à nouveau son amie dans ses bras.

– Tu ne fais pas de bêtises, quand même ?

– Tu me connais.

Éclat de rire de l'infirmière.

– Justement !

Au moment de partir, Janique demande une dernière fois si elle peut compter sur Caroline, le 3 décembre, pour le verdict de la cour d'appel.

– J'aurai vraiment besoin qu'on me tienne la main, ce jour-là…

Caroline promet, puis vérifie que Bibi se dirige bien vers le Golf Drouot.

Un nœud grisant lui crispe le ventre : dans un instant, elle va rencontrer Boudu.

*

Ils sont au moins cinquante à piaffer devant l'entrée des artistes. Le crachin vient de reprendre, provoquant l'ouverture des parapluies.

– Ah ! fait l'assemblée d'une seule voix, lorsque Michel Simon arrive sur le trottoir, faussement intimidé.

– Tu vois, dit-il à Caroline Cellier, dont il effleure le dos d'un geste coquin, ils sont venus voir le vieil éléphant.

La comédienne éclate de rire et Simon lui pince les fesses. Elle n'en rit que davantage et s'échappe comme une gazelle en direction du métro.

Michel Simon contemple alors la foule des admirateurs en chevrotant :

– Vous êtes bien gentils, bien gentils…

Comme les malades venus aux écrouelles, les spectateurs passent un à un, programme en main. À chacun Michel Simon accorde une phrase courtoise, remercie pour les compliments. L'acteur grivois tombe le masque et se montre d'une douce amabilité. Il est d'ailleurs bien plus patient que Caroline, laquelle sent les fourmis gagner ses jambes.

– C'est long, n'est-ce pas ? fait une voix traînante derrière elle.

Un gros homme chauve et fripé la regarde avec des yeux rieurs. Il est caparaçonné dans un loden et abrité sous un gigantesque parapluie de golf.

– *Très* long, répond-elle, tandis que la pluie redouble de puissance.

– Venez là-dessous, dit-il.

Caroline hésite un instant puis vient s'abriter sous le parapluie de ce vieil homme qui dégage un agréable parfum de vétiver.

– Le talent de Michel ne mérite pas qu'on s'enrhume.

– Vous le connaissez bien ?

– Personne ne connaît les acteurs, surtout après cinquante ans de carrière. Michel ne sait sans doute plus qui il est.

Au même instant, le dernier admirateur s'éloigne sur le trottoir.

Lorsque le comédien reconnaît l'homme au parapluie, les rides disparaissent et il devient juvénile.

– Vous êtes venu…

L'autre éclate de rire. Bien sûr qu'il est venu ! Il n'allait pas rater le plus grand acteur français dans un western !

Comme si ce geste était naturel, l'inconnu confie son parapluie à Caroline et s'avance vers Michel Simon. Un instant, ils se fixent, comme deux amoureux. Puis, sans un mot, ils se prennent dans les bras.

Caroline devrait être gênée, mais cette étreinte est d'une telle douceur. Vissée sous le parapluie, elle attend, comme si toute vie s'était arrêtée. Dans leurs dos, les néons du théâtre s'éteignent un à un, les derniers techniciens courent attraper un métro, les rares passants contournent ces hommes enlacés.

Lorsque le grand chauve se dégage et lance un jovial : « Michel, vous étiez é-pa-tant ! », Caroline le reconnaît... Ce timbre, cette diction, cette gouaille !

– Octave, murmure-t-elle.

Deux jours plus tôt, elle prenait le petit déjeuner chez Marcel Carné. Ce soir, elle assiste aux retrouvailles de Michel Simon et Jean Renoir !

– Ça m'amusait de vous faire cette surprise, Michel. D'autant que nous avons rendez-vous devant les caméras du petit Rivette dans quelques mois, non ?

– Oui, il veut nous filmer à table. Il faudra bien se tenir !

– Ça, je n'ai jamais su faire, réplique Renoir. J'ai toujours mangé comme un gros ours.

Simon ne répond pas. Un long moment, ils se taisent. La pluie ruisselle sur leurs joues. Les rares passants ne prêtent pas attention à ces vieillards qui sourient à la lune.

Fatiguée de tenir la pause, Caroline finit par replier le grand parapluie. L'objet émet un crissement qui tire Michel Simon de sa contemplation. Le comédien fronce les sourcils, mécontent.

– Vous ne pouvez pas nous laisser tranquilles ?

Caroline s'excuse d'une voix timide, mais Simon s'avance vers elle de façon menaçante. Lorsqu'il découvre le joli minois, il s'amadoue. Caroline retrouve le prédateur.

– Bonsoir, mademoiselle. Vous vouliez un autographe ?

– Pas seulement..., fait-elle, consciente aussitôt de l'ambiguïté de sa réponse.

Les yeux de Michel Simon roulent dans leurs orbites et Jean Renoir glousse :

– Votre appétit m'a toujours impressionné, Michel.

– Un Genevois ne résiste jamais à une fondue.

Simon s'avance vers Caroline, qui se plaque au mur du théâtre.

– Vous êtes venue caresser le vieux chien ? ricane-t-il en lissant sa moustache graisseuse.

– Pas du tout. Je suis venue interroger vos souvenirs. Vos souvenirs à tous les deux, d'ailleurs…

Michel Simon est frappé par l'aplomb de la jeune femme. Il fait un pas en arrière et bute contre Renoir.

– Nos souvenirs… Vous avez des souvenirs, vous, Jean ?

Renoir déclare qu'il a horreur des souvenirs : ce sont toujours des regrets. Au contraire, il est pour le devoir d'amnésie !

À cette saillie, Michel Simon éclate d'un rire d'ogre, qui résonne dans la rue endormie.

Puis, reprenant sa respiration, il tamponne son visage avec un mouchoir et retrouve son sérieux.

– Je vous écoute, mademoiselle.

Lorsque Caroline prononce le nom de Max Toppard, les deux hommes perdent leur assurance.

– Max Toppard…, répète le cinéaste, voilà bien un nom du passé.

– Un nom d'entre les morts, ajoute Michel Simon. Un gâchis, un immense gâchis.

Caroline est aux aguets. L'émotion semble gagner le comédien.

– Vous l'avez bien connu ?

– Connu, je ne sais pas. Mais vu, oui, beaucoup…

– Où l'avez-vous rencontré ?

– Je ne sais plus, au juste. Mais ce qui est certain, c'est qu'il a participé à *Boudu*. N'est-ce pas, Jean ?

– Je crois, oui, répond Renoir, évasif.

– Et puis il était sur le tournage de *L'Atalante*, aussi…

– En tant qu'assistant ?

Moue imprécise de Simon. Ces souvenirs sont si lointains ! Toppard n'avait jamais de rôle défini, il n'était même pas toujours sur le plateau. Mais son « esprit » était là, presque tout le temps. Il donnait des conseils à Vigo, lui indiquait des cadrages, des lumières, modifiait parfois le dialogue. Le vieux comédien s'immerge dans le passé.

– Toppard avait un extraordinaire sens de la lumière. Avec lui, elle devenait concrète. Vous avez vu *L'Atalante*, mademoiselle ?

– Bien sûr, répond Caroline, qui a vu plusieurs fois avec Vincent ce merveilleux poème visuel, où Michel Simon est génial dans son rôle de marinier fantasque.

– Revoyez-le en songeant que les scènes les plus oniriques, les plus belles, ont été pensées par Toppard.

Caroline peine à le croire. Si la chose est vraie, comment se fait-il que Toppard soit à ce point oublié ?

– Max aimait être dans l'ombre, ajoute Renoir. Moi aussi, j'ai eu affaire à lui. Pour *Boudu*, un peu. Et puis ensuite…

– Ne me dites pas qu'il a tourné *La Règle du jeu*, quand même !

Caroline est surprise par sa propre assurance. Sans prendre la mouche, le cinéaste explique qu'un tournage est un moment très particulier. Les idées y flottent comme des poissons dans un bocal. Il est parfois difficile de savoir d'où elles viennent, qui les pêche en premier, qui les sort de l'eau. Une fois développées, on s'en moque.

– Quels étaient vos liens avec Toppard ?

– Moins… *intimes* que Michel, mais il m'a laissé un souvenir très puissant.

– Puissant ?

– Celui d'une force profonde, d'une énergie absolue. Surtout, il avait le sens des associations. Et une audace incroyable. C'est lui qui a conseillé à Stroheim de venir en France après ses derniers échecs à Hollywood, où il l'avait connu. C'est surtout lui qui me l'a présenté, lorsque je faisais le casting de *La Grande Illusion*. J'avais une admiration folle pour les films de Stroheim, mais jamais je n'aurais osé lui proposer de travailler pour moi. Toppard m'en a convaincu. Tout comme il m'a convaincu de prendre Fresnay plutôt que Jouvet pour le rôle de Boieldieu…

Caroline est stupéfaite par ces confidences dites avec tant de naturel.

– Quel genre d'homme était-ce ? Auriez-vous des photos de lui ?

– Je serais bien incapable de vous le décrire, fait Renoir.

Il réfléchit avant d'admettre qu'il a oublié à quoi ressemblait Max Toppard. Tout ce dont il se souvient, c'est une silhouette. Un halo.

– Mais vous, Michel, vous avez passé bien plus de temps avec lui.

Simon se montre tout aussi imprécis. Comme Renoir, lorsqu'il songe à Toppard, il voit un corps lumineux découpé dans le noir.

Retrouvant un air obscène, il ajoute que Toppard et lui ont souvent pratiqué le clair-obscur.

– C'est-à-dire ?

Le comédien semble rechigner à exhumer certains souvenirs.

– Ce type avait le vice dans la peau. Je n'ai jamais vu quelqu'un qui fût à ce point dénué de sens moral. Il ne vivait qu'au rythme de ses pulsions…

Renoir rappelle à ce propos que Toppard aurait même réalisé des films cochons.

Simon retrouve sa flamme :

– Il y mettait une énergie extraordinaire !

Après un moment d'hésitation, Simon confie que Toppard lui avait proposé d'y participer.

Renoir est surpris par cet aveu.

– Et… vous avez accepté ? demande Caroline.

Le comédien se ferme d'un bloc.

– Peu importe, rétorque-t-il d'un ton rogue. Tout a disparu. Max Toppard n'est qu'un nom du passé. Il ne reste rien de lui.

– Ah si, Michel. Il y a tout de même le Belphégor…

Enfin !

– Vous parlez bien du cinéma ?

– Bien sûr, répond Renoir. Surtout le jeudi soir.

Le cinéaste gagne en couleurs, mais Simon se renfrogne, comme si la conversation devenait marécageuse.

– Le jeudi soir ?

– Jean, il est tard, élude le comédien, mal à l'aise, et il prend le bras de son ami.

Mais le cinéaste continue sur sa lancée :

– Un jeudi par mois, vous trouvez un carton le matin sur votre paillasson. Jamais vous ne pouvez savoir quel jeudi ce sera.

Malgré sa gêne, Michel Simon précise qu'on n'est pas invité à chaque fois. Tout à coup soupçonneux, il s'étonne de n'y avoir jamais croisé Renoir.

– J'imagine qu'ils font exprès de ne pas nous convier le même jour. Et je suis beaucoup en Amérique, moi…

Simon opine du chef. Et Caroline se sent de plus en plus perdue.

– Mais de quoi parlez-vous ?

– Des « Jeudis du Belphégor », répond Renoir.

– Jean, est-ce bien la peine de parler de tout ça ?

Mais le cinéaste, toujours enthousiaste, explique qu'il s'agit d'un ciné-club.

– Un ciné-club ? répète Caroline.

– Le ciné-club le plus rare de France ! Des projections totalement privées, au cours desquelles on ne découvre que des films oubliés, interdits ou perdus…

– D'où viennent les bobines ?

Renoir aimerait bien le savoir ! C'est encore un mystère de l'endroit. Il semble que le Belphégor emploie un factotum qui parcourt le globe, de studio en salle de vente publique, pour amasser toutes ces merveilles.

Intriguée, la journaliste remarque l'embarras croissant du comédien, qui voudrait calmer son vieux compagnon :

– Jean, vous savez bien que…

– Ce n'est pas un secret, Michel. Ce ne sont que des films.

Renoir est maintenant extatique. Il pose les mains sur les épaules de Caroline et s'enflamme : elle n'imagine pas les trésors qu'il a pu découvrir là-bas ! Des chutes du *Napoléon* de Gance. *L'An 40* de Rivers, que Vichy avait fait détruire. Les rushes montés de *La Fleur de l'âge* de Carné et Prévert. Une copie de *London After Midnight* de Browning. La version originale de *La Splendeur des Amberson* de Welles…

– Ou encore, puisque nous parlions de lui, la version intégrale des *Rapaces* de Stroheim ! Sept heures, vous imaginez ? Tout le monde pensait que Thalberg et la RKO l'avaient détruite, mais non ! Je l'ai découverte il y a deux ans, dans cette salle au cœur des Halles. Si Erich avait su ça !…

Avec une tristesse larvée, il ajoute qu'ils ont également retrouvé la bobine manquante de sa *Nuit du carrefour*. Une bobine qu'il a cherchée pendant des années.

– J'ai enfin vu le montage définitif de mon propre film, fait par des inconnus, mieux que je ne l'aurais fait moi-même…

Caroline peine à y croire.

– Et vous avez pu en récupérer la copie ?

Il aurait bien voulu, mais ces bobines ne lui appartiennent plus.

– C'est votre film, non ?

Renoir affecte une moue impuissante. Les bobines sont la propriété du Belphégor. Toutes. Et il ne se lancera jamais dans une bataille juridique contre ce cinéma.

– Pourquoi donc ? Cela vous revient de droit !

Comme s'il rechignait à faire cette réponse, il finit par avouer qu'il risquerait de ne plus être invité aux Jeudis.

– Dans la balance, mon film pèse peu, croyez-moi…

Michel Simon prend le bras de son ami.

– Jean, il est tard…

– Oui, c'est vrai.

Caroline ne peut les laisser partir. Elle se plante devant eux et demande, tout à trac, qui organise ces soirées, qui est le propriétaire de ces bobines, qui sont les invités, comment faire partie de ce ciné-club…

La journaliste sent que Jean Renoir est prêt à lui répondre, mais Michel Simon s'interpose, glacial :

– Jean, je viens de passer trois heures en scène…

Le cinéaste devient fuyant.

– Et moi qui vous coince sur un trottoir, en pleine nuit, sous la pluie.

Sentant sa chance tourner, Caroline insiste pour connaître le lien entre ces Jeudis et Max Toppard.

Tandis que Renoir referme son manteau dont il a relevé le col, Michel Simon s'avance vers Caroline.

– Oubliez tout cela, mademoiselle. Nous sommes très vieux, vous savez ?

– Il a raison, complète Renoir, ce sont des souvenirs d'un autre temps.

Puis ils sautent dans un même taxi.

16

– C'est donc vrai…

Hugues Rocher est happé par le récit de Caroline. Ses yeux se perdent sur les affiches des Champs-Élysées : *Les Grandes Gueules, Le Gendarme à New York, Juliette des esprits, Le tigre se parfume à la dynamite, Compartiments tueurs, Viva Maria…*

Emmitouflée dans un manteau de fourrure et vissée au bras de son amant, Jenny Chaumette se montre plus circonspecte :

– Ces Jeudis sont comme le loup blanc dont tout le monde parle sans l'avoir jamais vu.

– Parce que vous connaissiez l'existence de ce ciné-club ? s'étonne Caroline.

Embarrassé, Hugues finit par concéder que les Jeudis du Belphégor, c'est le monstre du Loch Ness du cinéma français.

– Je n'en avais jamais entendu parler…, avoue Caroline.

Jenny lui prend la main, amicale. Ses grands iris verts brillent sous ses cheveux platine. À quarante-huit ans, elle est aussi belle qu'à l'époque de sa gloire, quand elle tournait avec Feyder, Tourneur, Clouzot, Decoin…

– Vous êtes trop jeune, Caroline. C'est une chose dont on parlait beaucoup voici dix ans. Un sujet de conversation pour dîners en ville, une rumeur. Il n'y avait pas une première, pas un cocktail, où quelqu'un ne disait : « Serez-vous invité au prochain Jeudi » ? » Celui qui répondait oui refusait toujours de décrire ce qui s'y passait. Et on a fini par comprendre que c'était une sorte de snobisme : ces Jeudis n'existent pas, mais chacun aime à faire croire qu'il en est, pour irriter les autres. D'autant qu'on ne serait invité que le jour même, éventuellement la veille. Un grand mensonge qui enfume les esprits crédules.

– Mais puisque ce ciné-club existe ? objecte Caroline.

– Qu'en savez-vous ? s'agace Jenny.

– Jean Renoir et Michel Simon ne m'auraient pas menti !

La comédienne éclate de rire de façon très théâtrale. Des passants se tournent et la montrent du doigt. Ne serait-ce pas Jenny Chaumette ?

– Ils vous ont joué le même tour que d'autres ont pu me faire dans les années 50. Ils ont excité votre curiosité et se sont fait mousser, voilà tout…

– Comment peux-tu en être aussi sûre ? demande Hugues, surpris par le ton catégorique de sa maîtresse.

– Parce que sinon j'y serais allée !

Cette réponse les laisse songeurs. Jenny bafouille alors :

– Voilà trente ans que… enfin, que je vis dans ce milieu… vous imaginez bien que… comment dire…

Ni Hugues ni Caroline ne lui viennent en aide, alors qu'elle s'enlise dans ses justifications. Le jeune homme connaît sa maîtresse : du haut de sa fortune et de son pouvoir, la superbe femme souffre de n'être que le vestige d'une gloire envolée. À peine si les cinéphiles se souviennent d'elle. Elle rêverait d'être encore une icône, mais elle n'est plus qu'une grande bourgeoise dont le tas d'or tient lieu de filmographie.

– Et Max Toppard ? insiste Caroline.

Un instant, elle voit Jenny hésiter devant un autre mensonge de coquetterie. Mais à quoi bon ? La « baronne de la Solvette » finit par relever le col de son manteau et contemple la haute façade du Marignan, où se déhanche Brigitte Bardot.

– Pour le coup, ce nom ne me dit rien…, murmure-t-elle en fixant l'affiche avec jalousie.

Depuis dix ans, Bardot est sa bête noire. Tout comme Martine Carole a été sa tumeur. Toutes ces femmes qu'elle surnomme des « punaises lochées » la renvoient à ses propres souvenirs, lorsqu'elle s'étalait, triomphale, sur les façades des Champs-Élysées. Sa seule consolation est de voir que l'une a dévoré l'autre.

– Si tes yeux pouvaient lancer du feu…, ricane Hugues.

Un peu gênée, Jenny concède que le temps passe trop vite.

Tous trois marchent un long moment, en silence.

Caroline n'ose plus parler. Elle a rejoint Hugues et Jenny a la sortie du Fouquet's, où ils déjeunent tous les mercredis. La rencontre de la veille, au Théâtre Gramont, l'a empêchée de dormir. Voilà pourquoi elle a souhaité tout leur raconter. Mais leur réaction en clair-obscur ne la laisse que plus circonspecte. Comme s'ils étaient agacés du tour que prend l'enquête.

– Bon, que voulez-vous que je fasse maintenant ? finit-elle par demander, alors qu'ils longent la vitrine d'une librairie.

Un vieux monsieur y installe des piles d'un petit volume vert intitulé *Les Choses*, barré d'un bandeau rouge : Prix Renaudot.

Jenny retrouve son ton cassant :

– Hugues vous a demandé l'histoire d'une salle de cinéma, pas le portrait d'un cinéaste fantôme ni d'un ciné-club imaginaire.

Hugues est surpris qu'elle soit si expéditive.

– N'est-ce pas justement ça qui est amusant ?

– Ce ne sont que des ragots ! s'énerve Jenny. Je ne dépense pas des fortunes pour publier *Ici Paris* !

Hugues se renfrogne et Caroline se retient de faire la moindre remarque. Ce n'est pas la première fois que le couple se dispute devant elle. Parfois, aux réunions de rédaction, la mécène s'immisce dans la discussion par pur besoin de contrôle.

– Vrai ou faux, il faut en savoir plus, décrète Hugues. La seule solution est de te faire inviter à un de ces Jeudis.

Caroline se cabre.

– Mais comment ? Je ne sais même pas quand aura lieu la prochaine séance…

– C'est toi la journaliste, non ?

Jenny sort un calepin relié en cuir rouge.

– Nous sommes aujourd'hui mercredi. Qui vous dit que ce n'est pas demain soir ?

Le retour

Pour beaucoup de soldats, le retour chez eux fut une torture. Passé le bonheur de revoir les siens, le poilu devenait un objet de curiosité qui devait répondre à mille questions. Il eût voulu être banal, mais sa survie le condamnait à l'héroïsme.

Il fallait les voir, ces vétérans qui portaient encore leur vareuse comme un bouclier. Le costume « civil » les effrayait, car il leur ôtait toute raison d'être. Mais certains n'avaient pas besoin de l'uniforme : leur figure était un stigmate de la barbarie.

Pour mes amis et moi, la situation fut tout autre : au combat nous étions arrivés seuls, mais nous repartions quatre. Je me sentais plein d'une fougue de mousquetaire, ivre de cette amitié lumineuse qui regorgeait d'ambition.

– Le Trébuchet est notre nouvelle identité, mes amis ! jubila William Hodwin, quand notre train quitta enfin Charleville-Mézières pour rallier Paris. Nous comptons désormais les uns sur les autres. Rien n'est plus précieux !

– Le vrai combat commence maintenant, tonna Igor Tcherniak. Le Trébuchet existe dans toutes ses acceptions : nous avons atteint l'équilibre des âmes et nous allons lancer nos premières bombes.

– Taïaut ! Taïaut ! exulta Benoît Alvarez, qui applaudissait comme un enfant.

Ainsi fusaient les idées, à mesure que les tristes paysages de l'Est défilaient par la fenêtre du compartiment.

Lors de ces effusions, j'étais le moins bavard. Mon enthousiasme était au diapason, mais je me sentais plus à l'aise avec l'image. Et c'est bien en cela que mes compagnons comptaient sur moi.

– Nous sommes écrivain, musicien, architecte, mais c'est sur toi que tout va reposer, Max…, dit Benoît, tandis que notre train venait de s'arrêter sans raison en rase campagne et que nous étions descendus fumer une cigarette. Le cinéma sera l'arme de combat du Trébuchet…

Frigorifiés, nous croisions les bras et nous nous serrions les uns contre les autres, comme une famille de manchots sur la banquise. Je ne fumais pas, mais des toupets de vapeur sortaient de ma bouche.

– Il ne faut pas nous disperser, mais produire, réaliser, une œuvre qui les contiendra toutes. Si nous y parvenons, alors nous serons comme l'alchimiste qui atteint le Grand Œuvre. Nous devons traverser l'écran, donc le miroir. Il faut aller au-delà de l'illusion des choses, pour accéder à l'illusion absolue, c'est-à-dire la beauté sans fard.

– L'illusion absolue, répétâmes-nous d'une même voix, tout excités.

Dieu qu'ils étaient forts, ces instants où tout semblait possible ! Nous étions ces marins de la Renaissance partis au hasard des océans, qui apercevaient enfin la *terra incognita*. Et cette terre nouvelle prendrait la forme d'un film qui serait bien plus que cela : une vision seconde, qui planterait sa caméra à l'intérieur même de l'âme.

Lors de nos palabres, Igor prenait toujours des notes sur des carnets. « Ce sont les extensions de ma mémoire. » Brandissant l'un d'eux, alors que le conducteur hurlait qu'il fallait remonter dans les voitures, l'écrivain déclara qu'un mouvement, ne fût-il qu'esthétique, ne saurait aller sans quelques axiomes. Devant notre incompréhension, il développa son idée :

– Un manifeste, quoi ! Un texte qui résumerait nos idées, nos projets. Qui les mettrait à plat, les rendrait intelligibles.

L'idée nous sembla bonne.

– Les grandes révolutions ont toutes commencé dans les livres, insista Igor. La théorie est indissociable de la conquête. On ne commence pas une guerre sans un plan de bataille.

Étions-nous en guerre ? En un sens, oui. En guerre contre le passé, contre l'horreur, contre les images terribles qui hantaient notre mémoire. Puisque la réalité était intolérable, notre combat serait celui de l'illusion. De l'illusion absolue.

*

Malgré ces beaux projets, il fallait réorganiser nos vies. Nous étions en février 1919 et Paris était pour moi un monde à conquérir. J'avais à peine vingt ans, je n'avais plus de famille, les économies constituées aux États-Unis étaient restées là-bas… et je ne savais même pas où j'allais dormir !

– Je n'ai même pas de quoi louer une chambre meublée, avouai-je, alors que nous nous séparions sur l'esplanade de la gare de l'Est.

Voilà dix minutes que chacun expliquait ce qu'il allait faire. William avait gardé une chambre au Conservatoire, Benoît en possédait une dans le Quartier latin, quant à Igor, il occupait tout un étage d'un hôtel particulier près de la tour Eiffel, que ses parents habitaient depuis 1905.

– Mais Max, pourquoi ne nous avoir rien dit ?

– Vous ne m'avez rien demandé…

– Il faut dire les choses, parfois.

– Vous connaissez tout de ma vie, mon enfance au phare, ma fuite d'Arras, mes errances. Vous pouviez en conclure que je suis nomade.

– Plus maintenant, dit Igor d'un ton théâtral.

Pour lui, cela relevait de l'évidence : l'hôtel particulier familial disposait d'un grand nombre de chambres d'amis. Je pourrais choisir la plus belle et rester aussi longtemps que je le voudrais.

N'osant pas trop y croire, j'objectai qu'il lui faudrait tout de même demander à ses parents.

– Tu ne connais pas mes parents, rétorqua Igor, ils donneraient tout pour l'art. Et tu es un artiste, Max. Sans doute le plus artiste de nous quatre.

*

M. et Mme Tcherniak étaient des gens exquis. Après avoir pleuré d'émotion en retrouvant leur fils, ils m'accueillirent comme un membre de leur famille.

– C'est l'hospitalité slave, que veux-tu…, dit Igor, tandis que sa mère nous forçait à nous asseoir à la gigantesque table de la salle à manger, dont les murs étaient couverts, du sol au plafond, de toiles de maîtres.

– Il faut excuser désorrrdrre, clama-t-elle avec un accent qui était encore plus prononcé chez son époux, lequel me versa un grand verre de vodka en bramant :

– Vous : ami d'Igorrrr… Vous : famille !

Puis ce fut un festival de pâtés chauds, de koulibiaks, de foie haché et de toutes ces nourritures juives d'Europe centrale.

– Arrière-grand-père à moi fourreur… Ils habitaient shtetl… Puis lui venir à Saint-Pétersbourg… grosses affaires avec tsar… bonnes affaires !… fourrures, bijoux, objets… et puis tableaux… beaucoup tableaux…

Ce disant, M. Tcherniak me désignait les tableaux sur les murs : les premiers Monet, des Picasso des périodes rose et bleue, des Gauguin, des Matisse

– Mais pourquoi avez-vous quitté la Russie ?

– Vous vu ce qui arrive maintenant ? Depuis deux ans, Lénine, Révolution, tout ça ?

Comme tout le monde, j'avais suivi – mais de loin : d'Hollywood puis des tranchées – l'immense vent de révolte qui avait renversé les valeurs de la Russie éternelle.

– Oui, mais vous êtes arrivés à Paris en 1905, n'est-ce pas ?

– Lev a un gros nez, fit la maîtresse de maison, avant de rougir.

Je ne pus me retenir d'éclater de rire. Déjà elle s'excusait et corrigeait :

– Lev sent les choses. Il sait avant les autres.

Joignant le geste à la parole, M. Tcherniak pressa les doigts sur son nez.

– J'ai flair. Gros flair ! Flair pour affaires, flair pour histoire.

– Histoire ?

Le père Tcherniak avait perdu son humour et contemplait ses tableaux avec nostalgie.

– Nina dit que je sais avant les autres, vrai ! Je *sens* avant les autres. Et j'ai senti : la mort. La mort partout.

– Dès 1905 ?

Lev Tcherniak répondit par une phrase en russe et s'excusa de ne pouvoir la dire autrement.

– « La mort n'obéit pas aux lois du temps, elle passe à travers », traduisit Igor. Avant même que cela commence, papa a compris ce qui allait se passer.

Comme si c'était une étape nécessaire à la découverte de son prodigieux appartement, Nina Tcherniak me prit la main et m'entraîna vers un côté de la pièce, devant une petite porte, qu'elle ouvrit.

Dans le réduit se trouvaient trois valises, posées l'une à côté de l'autre et renforcées par des ceintures. Elles semblaient pleines à craquer.

Je ne comprenais pas.

Nina, qui n'avait pas lâché ma main, la serra davantage. Je lus en elle une peur instinctive.

– Même ici, en France, tout peut arriver.

*

Je pense que je n'avais jusqu'alors jamais compris le sens du mot « famille ». Même les souvenirs de ma vie au phare, avec ce père si aimant, ne pouvaient se comparer à l'atmosphère douce et affectueuse qui m'enveloppait dès que je passais la porte du 11, avenue Charles-Floquet. Aussitôt Nina trottinait vers moi, joyeuse, et m'embrassait avec une merveilleuse absence de cérémonie. Puis elle prenait mon manteau, l'accrochait dans la penderie et m'entraînait jusqu'au salon, où j'étais poussé dans un fauteuil et gavé de pâtisseries et de sirop. Bientôt arrivait Lev, débraillé, un livre d'art à la main, qui venait picorer dans mon assiette.

– Lev ! Laisse petit manger ! Il a fait guerre ! Il a faim ! Et toi tu as cœur malade !

Le père Tcherniak prenait une belle part de tarte, qu'il engloutissait en fixant sa femme dans les yeux, laquelle feignait le désespoir.

– Lev ! Tu veux mort ? Tu veux laisser moi seule ici ?

– Toi plus seule, disait le vieil homme, serein, en croisant les mains sur son ventre énorme.

Le plus étonnant est que ce couple disposait d'une armée de domestiques, qui semblaient engagés pour faire de la figuration. Nina ne laissait à personne le soin de faire la cuisine, la vaisselle et même les chambres.

– Les Français ne savent pas faire lits, me disait-elle sans ironie, lorsque je la découvrais dans ma chambre, alors que je travaillais assis au bureau, de l'autre côté de la pièce.

Je me retournais et apercevais cette silhouette si gracile – elle avait été danseuse au Mariinsky – qui se battait avec les édredons, les draps, comme saint Georges contre le dragon.

– Mes parents vivent dans le luxe, mais ils ne supportent pas qu'on s'occupe d'eux, m'expliquait Igor. C'est comme les valises : ils savent qu'ils ne peuvent faire confiance à personne. Surtout pas aux domestiques. On n'est jamais mieux trahi que par ses femmes de chambre ou son concierge.

– Mais alors moi, d'où vient cette confiance si…

– … généreuse ? Parce que tu es comme nous, Max Toppard. Tu ne viens peut-être pas du shtetl, tu es peut-être issu de la petite-bourgeoisie du Nord, mais tu es un nomade et ta patrie s'appelle le savoir, la beauté.

Après un silence, comme s'il hésitait, il ajouta :

– Et puis, comme nous, tu seras toujours poursuivi, toujours en fuite.

Le manifeste

Le Trébuchet se rassemblait trois fois par semaine, à l'heure du déjeuner. Au départ, nous nous réunîmes dans des lieux publics, des restaurants, les grandes brasseries de Montparnasse, mais toujours nous étions dérangés. Malgré leur jeune âge – nous n'avions que vingt ans ! –, Igor et surtout William croisaient des amis, des relations. Par ses parents, Tcherniak connaissait depuis l'enfance le Tout-Paris artistique ; quant à William, son statut de jeune prodige du piano l'avait fait aimer de nombreux musiciens, qui l'avaient poussé à entrer au Conservatoire bien avant l'âge officiel. Seul Benoît était comme moi : un provincial. Ce fils d'immigrés espagnols avait grandi à Toulouse, dont il conservait une pointe d'accent, surtout lorsqu'il avait bu. Pour se moquer (gentiment) de lui, Igor l'avait d'ailleurs surnommé « l'enfant de la ville *rase* ».

C'est donc par souci de discrétion que nous décidâmes de nous retrouver avenue Charles-Floquet.

Le grand salon des Tcherniak était parfait pour nos palabres, et les parents d'Igor nous laissaient l'appartement en murmurant :

– Nous rentrer tard. Vous travail. Bonne journée.

Benoît et William arrivaient en fin de matinée, carillonnant à la porte. À chaque fois mon cœur battait, car ces séances étaient passionnantes.

Les idées fusaient en tous sens, les concepts rebondissaient, les impasses étaient pointées, les références biffées ou célébrées, chacun apportant sa pierre à l'édifice. Carnet en main, Igor se faisait le greffier de nos réunions. Pour lui, la journée n'était que le prélude à de longues soirées de travail. Sitôt nos amis partis, il filait dans sa chambre retranscrire nos propos, leur donner de la cohérence… « …et du style ! » ajoutait-il, soucieux que notre pensée fût claire mais élégante.

Parfois, au terme d'une soirée d'écriture, il venait frapper à ma porte. Son ton était souvent penaud :

– Max, je peux te le lire ?

Si je dormais, je marmonnais un « Entre » encore ensommeillé et le laissais s'asseoir sur le coin de mon lit. Nous étions comme deux pensionnaires après l'extinction des feux.

Alors Igor lisait, et je retrouvais dans ses mots, ses phrases sinueuses, d'une complexité raffinée, le cheminement rhétorique qui avait été le nôtre quelques heures plus tôt.

Mon ami n'était pas sans se laisser séduire par sa propre virtuosité et certains paragraphes devenaient hermétiques.

– Nous n'écrivons pas de la poésie, Igor. Tu l'as dit toi-même, c'est un manifeste. Il faut rester clair.

Igor n'en prenait pas ombrage, mais soutenait qu'un traité d'esthétique ne saurait être laid.

– Il ne s'agit pas de laideur, mais de clarté. Je te rappelle que nous écrivons sur la lumière…

Devant cet argument, Igor biffait des adjectifs, des adverbes, des subordonnées trop abondantes. Comme toute sa génération, il avait été nourri par la grande phrase barrésienne et découvrait désormais les tourbillons serpentins de Marcel Proust. Il était à l'âge où l'on imite. Aussi devait-il lutter contre ses admirations.

– Ton Proust est admirable en ce qu'il est Proust, devais-je lui dire, n'ayant pourtant pas la culture littéraire de mon ami. Mais il ne s'agit pas de faire comme lui.

– Et s'il était la voie ?

– Lorsque nous attaquerons la seconde phase de notre projet, c'est-à-dire les films, allons-nous faire du sous-Griffith ? du sous-Chaplin ? Non. Nous allons les dépasser.

Igor était alors pris de doute : est-ce que cela serait mieux ?

– Il ne s'agit pas d'être meilleur, il s'agit d'être *différent.*

Igor était souvent écrasé par ses modèles. Lorsqu'on vit parmi tant de beauté, nourri par tant de savoir, on en devient timide. Parfois l'orgueil est plus important que la culture, laquelle ligote. Et Igor, comme nous tous, devait s'affranchir de ses maîtres.

Ayant découvert le cinéma en franc-tireur, j'étais moins victime de ce travers naturel. Mais, dans mon cas, tout cela restait encore très abstrait : je n'avais pas touché une caméra depuis le front et n'avais pas été sur un tournage depuis Hollywood, alors qu'Igor affrontait l'écriture tous les soirs. Et je dois dire qu'il faisait un travail remarquable.

– C'est tout à fait cela, disait Benoît.

– Ta précision t'honore, Igor, confirmait William, toujours enthousiaste.

– Je suis le scribe, mes amis. C'est un texte à huit mains.

– Un quatuor, spécifiait William, mimant un violoncelle invisible.

– Mais un quatuor, cela porte un titre, n'est-ce pas ?

Benoît disait vrai. Inconsciemment, nous appelions notre livre *Le Manifeste* ou même *Le Trébuchet.*

Lui trouver un nom fut un nouveau sujet de joute verbale, qui nous tint tard dans la nuit. Benoît et William voulaient appeler notre livre *Le Cinéma du futur*, mais eux-mêmes semblaient dubitatifs devant cette formule trop ronflante. Igor était partisan d'un simple mot : *Image* ou bien *Cinéma*, mais cela nous paraissait bien elliptique. Quant à moi, je chérissais l'expression « illusion absolue », mais elle leur semblait fumeuse.

À minuit, nous étions encore à palabrer sur le canapé du salon, quand deux ombres apparurent de l'autre côté de la pièce.

– Vous pas dormir ?

M. et Mme Tcherniak nous regardaient avec un mélange d'affection et de sévérité. Ils auraient voulu aller se coucher, mais leur hospitalité les forçait à s'occuper de quiconque était sous leur toit, fût-ce au milieu de la nuit.

Nina sortit aussitôt un grand plateau de liqueurs, qu'elle apporta sur la table basse.

– Maman, ce n'est pas la peine…

– Igor ! Poli ! Tes amis : invités !

Quant à Lev, il tenait sous le bras un imposant paquet enrobé de papier et de ficelle, qu'il déballa devant nous.

– Pablo promettre ça à moi depuis longtemps.

C'était un portrait. Malgré les traits cubistes, nous reconnûmes Lev, son œil de buse et son crâne déplumé. Difficile de savoir si Picasso le tournait en ridicule, mais la vision était frappante.

– Je : narcissique. Tableau aller ici ! s'écria-t-il, en tirant une chaise pour décrocher une vue de la cathédrale de Rouen, qu'il avait achetée à Monet alors qu'ils vivaient encore en Russie.

– Tu as de la chance, papa, c'est la même taille…, dit Igor, guère convaincu.

– Mais ce n'est pas le même effet…, ajoutai-je, mi-figue mi-raisin.

– Lev ! Enlève-moi cochonnerie ! J'aime église Monet. Là, on dirait Dracula…

Lev Tcherniak éclata d'un rire d'ogre et, après s'être admiré sur la cheminée, reprit d'une voix joviale :

– Moi : moche. Tableau : moche. Logique, non ?

Nous éclatâmes tous de rire. Même Nina baissa la garde et posa un baiser affectueux sur la joue de son mari.

– Bon, vous avoir quel problème ? demanda Lev.

Après un moment d'hésitation, Igor expliqua à ses parents que le texte était presque fini, mais que nous ne savions comment l'appeler.

Voilà des semaines que les Tcherniak nous observaient, sans un mot. Ils savaient à peine sur quoi nous travaillions et ils se montraient d'une discrétion absolue. Entrer dans la confidence les combla de joie. Comme si leur fils – un fils qu'ils admiraient, chérissaient, mais dont ils ne comprenaient pas tout – leur accordait un surcroît de confiance.

Le couple réfléchit longtemps. Puis, sous nos yeux, ils chuchotèrent en russe. Enfin, ils s'assirent devant nous, intimidés.

– Nous parler mauvais français, commença Nina. Mais Lev se rappeler vieille histoire de son enfance…

Le père confirma, perdu dans ses souvenirs.

– C'est histoire de grand-grand-grand-père moi. Dans shtetl. Il y a longtemps.

Avec son parler rugueux et ses mots si sommaires, Lev Tcherniak évoqua son ancêtre, Baruch, rabbin dans un petit village de la région de Kiev, au XVIe siècle. Passionné de théologie, fin connaisseur de la Kabbale, Baruch était également féru d'alchimie et se disait descendant de Marie la Juive, une alchimiste légendaire qui avait vécu trois siècles avant notre ère.

– Elle inventer « bain-marie », énonça Lev, sans plaisanter.

– Depuis, la mystique alchimique a traîné dans la famille, précisa Igor. S'il ne s'agit plus aujourd'hui de transformer le plomb en or, il s'agit de muer l'inerte en matière vivante.

– Comme Picasso faire bouger visage moi sur tableau : regardez !

En effet, par ce jeu des perspectives perverties, il semblait que Lev était à la fois de dos et face à nous.

– C'est pareil avec cinéma, vous créez mouvement, vous créez vie. Vous créez monde plus vrai. Comme alchimie…

Lev laissa passer un ange et proposa d'une voix hésitante :
– Pourquoi pas appeler *Al-cinéma* ?

Le livre

Sept éditeurs parisiens refusèrent notre manuscrit. À chaque fois nous recevions la même réponse, courtoise mais définitive. Toutes pointaient la difficulté de vendre un livre sans auteur. Nous désirions en effet nous dissimuler derrière le seul nom de « Trébuchet ». Cet anonymat devint bientôt un sujet de débat, voire de dispute.

– Pourquoi ne pas apparaître sous nos noms, après tout ?

Igor était catégorique :

– Le Trébuchet est une entité en soi.

À cette objection, William grimaça.

– Je sais que tu travailles aussi sur ton propre roman, Igor. Tu ne veux pas être assimilé au Trébuchet, surtout si nous échouons…

– Et si c'était le cas ? rétorqua Igor, dédaigneux. C'est vrai qu'Igor Tcherniak doit se dissocier du Trébuchet. En revanche, je t'interdis de parler d'échec. Cela veut dire que tu ne crois plus en nous ?

Déjà William perdait ses moyens, car le ton d'Igor pouvait être très violent.

– Pas du tout, mais ces refus deviennent décourageants, tu ne trouves pas ?

– Ayez confiance, dit Igor d'un ton énigmatique. Ayez confiance.

Cette confiance fut payante : une semaine plus tard, nous arrivait une lettre de la maison Grasset.

*

Bernard Grasset nous reçut dans son bureau de la rue des Saints-Pères. Les yeux cernés, il nous laissa entrer en tirant sur une cigarette.

– Asseyez-vous…

Surpris, nous regardâmes alentour : hormis des piles de livres et de dossiers qui tous menaçaient de choir, il n'y avait aucun siège. Grasset lui-même semblait coincé entre son bureau et la cheminée, comme s'il ne pouvait s'extirper de son fauteuil.

– Asseyez-vous, je vous dis, insista-t-il en désignant le parquet poussiéreux.

Intimidés, nous ne savions comment réagir. Puis Igor se mit en tailleur, à même le sol. Un éclair de plaisir traversa Bernard Grasset. Il avait l'air d'un chef scout missionnant sa sizaine.

– Je vais être très honnête, je n'ai rien compris à votre livre…

Nous nous offusquâmes. Nous avoir fait venir chez lui, nous asseoir à même le plancher, pour ça ?!

Aussitôt il s'amadoua :

– Mais qui suis-je pour juger ? Un marchand de livres, un commerçant. Si je ne publiais que ce qui est à mon goût, ma maison aurait une tout autre allure.

Mes camarades et moi ne comprenions pas ce qu'il voulait dire.

– Il arrive que je méjuge des textes. Je me suis fait avoir en lâchant Proust, qui avait publié ici son premier pensum à compte d'auteur. Passé à la N.R.F., il vient d'avoir le prix Goncourt. On ne devrait jamais se faire confiance, vous ne pensez pas ?

Je sentais Igor de plus en plus agacé. Ses mains se crispaient et ses ongles griffaient le parquet.

– Où voulez-vous en venir ? Vous nous publiez ?

– Bien entendu, répondit Grasset, comme une évidence.

– Même si vous ne comprenez pas ?

– *Parce que* je ne comprends pas. Il y a dans votre texte un hermétisme profondément poétique. Et puis, je sais que le cinéma est l'art de l'avenir. Alors, si j'ai laissé filer le grand écrivain du siècle, je ne veux pas rater les futurs Proust de la caméra…

Cette comparaison nous laissa sans voix. Impossible de savoir si Grasset se moquait de nous. Il allumait cigarette sur cigarette, puis finit par nous tendre un contrat.

– Il me faudra juste une signature. Qui s'y colle ?

– Moi, répondit Igor d'une voix agressive.

*

L'Al-cinéma sortit dans la plus complète indifférence, au printemps 1920. Voilà plus d'un an que la guerre était finie, et la vie culturelle avait repris avec une formidable vigueur. Commençaient les fameuses « Années folles ». On ne comptait plus les nouveaux livres, nouveaux films, nouvelles musiques, nouveaux chefs-d'œuvre picturaux, qui fleurissaient presque chaque semaine. Les fabuleux tricotages mondains de Proust avaient en effet eu la faveur des jurés littéraires, que *Les Croix de bois* de Dorgelès avaient épuisés : au diable la guerre ! Les lecteurs se passionnaient pour l'exotisme enjôleur de Pierre Benoît et son *Atlantide*, et André Gide publiait *La Symphonie pastorale*. Dans les salles de cinéma, qui pullulaient désormais sur les boulevards, remplaçant souvent d'anciens théâtres ruinés par la guerre, je découvris *Le Lys brisé* de mon cher Griffith, les nouvelles merveilles du traître Chaplin, les premiers films de Lubitsch, de L'Herbier, de Gance. Tout le Trébuchet subit même le choc devant les premières réalisations soviétiques, dont les décors et l'emploi de la lumière nous rendirent jaloux et inquiets.

– Il ne faut pas nous laisser dépasser ! tonnait Igor en voyant combien le cinéma était un art en constante métamorphose. Voyez ce qui se passe en Russie : Lénine vient d'ouvrir la première école de cinéma au monde. Cela veut dire que cet art entre dans sa maturité, ce n'est pas le moment de rater le coche. Il faut vraiment que notre livre trouve un écho, sinon, nos beaux rêves d'*illusion absolue* vont tomber à l'eau.

Tous les deux jours, nous passions rue des Saints-Pères pour nous enquérir des articles de presse, des chiffres de vente. À chaque fois nous étions accueillis par des mines embarrassées.

– Repassez demain, nous attendons un article de Lefebvre dans *Le Figaro*.

– Revenez la semaine prochaine, Louis Delluc a promis d'écrire un compte rendu dans *Cinéa*.

Mais le lendemain, la semaine suivante, rien du tout.

Nous refusions de nous avouer vaincus et persistions à faire le siège de la maison Grasset, comme s'ils étaient responsables de cette déroute.

– Puisqu'on vous dit de revenir, messieurs..., soyez un peu patients ?

L'éditeur finit par nous faire remonter dans son bureau.

– Je suis désolé pour vous, mes amis, mais c'est un désastre...

Il avait perdu toute ironie et je le sentis peiné. Il semblait surtout nerveux de ce qu'il devait nous annoncer.

– Je dois vous avouer que votre refus d'apparaître n'a pas aidé à la promotion de votre ouvrage. Toutes ces belles idées sur un art cinématographique nouveau, inspiré de l'alchimie, auraient eu de la force si elles avaient été défendues par une personne réelle.

Grasset ajouta que si les livres étaient écrits par des fantômes, cela se saurait. Mais là, notre anonymat de principe avait conduit à une impasse. Et comme nous lui avions interdit, par contrat, de mentionner notre identité, fût-ce dans un cadre privé, il s'y était tenu...

– Et voilà le résultat, conclut-il en nous tendant une feuille couverte de chiffres, qui nous fit défaillir.

– Trente-sept exemplaires ? glapis-je.

– Et je pense qu'une bonne quinzaine d'entre eux ont été utilisés au service de presse.

Nous étions atterrés. Mais Bernard Grasset nous réservait le coup de grâce :

– Je suis éditeur, je ne fais pas la charité. Je manque surtout d'espace pour stocker les livres. C'est pourquoi je…

Igor s'avança aussitôt vers lui dans un geste menaçant.

– Ne me dites pas que vous allez pilonner nos livres ?

Inquiet, Grasset vérifia que la porte était entrouverte.

– C'est déjà fait.

– PARDON ? hurla William, avant que Benoît ne marche à son tour vers lui en bramant que Grasset avait détruit nos livres.

– Des livres sans lecteurs, objecta l'éditeur, devenu tout pâle et dont les mains tremblantes s'agrippaient au bureau. Inutile de me menacer, messieurs. J'ai pris cette décision pour le bien de ma maison. Tout cela est de ma faute, en somme. J'ai parié sur vous, j'ai perdu. Et, puis, soyez honnêtes, cette affaire ne vous a pas coûté un centime…

J'étais sans voix. Alors que mes amis étaient maintenant à vociférer devant le bureau de Bernard Grasset en levant les poings au ciel, je recevais la nouvelle comme une balle, et en silence. Igor était écrivain, Benoît architecte, William musicien. S'ils s'étaient investis dans ce livre, ils n'y avaient pas exprimé le cœur secret de leur inspiration. Tous mes beaux rêves partaient en fumée. Il me semblait que le phare brûlait une seconde fois.

*

Cet ultime rendez-vous avec Bernard Grasset sonna le glas du Trébuchet. Le pilonnage de *L'Al-cinéma* marqua l'immolation symbolique de notre amitié. Ainsi, tant de projets, d'ambition, avaient disparu en fumée ? S'il était une leçon à tirer de ce désastre, c'était bien la vanité des choses, leur impermanence.

Le matin même nous étions une famille, et voilà que nous nous quittions en étrangers.

Le plus triste est qu'il n'y eut ni brouille ni colère. Juste une résignation lasse, comme des bagnards regagnent leur cellule.

Je nous revois, au carrefour de la Croix-Rouge, prenant des routes différentes sans vraiment nous dire adieu, bien que ce fût implicite.

Surpris de me voir lui emboîter le pas, Igor me demanda ce que je comptais faire.

– Je ne sais pas encore, balbutiai-je, étonné par sa froideur.

– Tu comprends bien que mes parents ne peuvent pas t'héberger éternellement.

Cette phrase avait été dite d'un ton administratif. Je me sentis défaillir, mais pour rien au monde je ne l'aurais montré. Igor me congédiait… J'aurais pu implorer, arguer que je n'avais nulle part où aller, que j'avais fini par me croire chez moi dans cette jolie chambre au pied de la tour Eiffel. Mais j'avais trop d'orgueil pour cela. Je n'avais pas demandé à venir chez lui, je n'allais pas supplier d'y rester. C'était la fin de mon séjour. Je songeai avec amertume à ces valises, si artistiquement rangées, dans le placard : coquetterie de nantis !

Le nomade, aujourd'hui, c'était moi.

– Vous pas quitter nous ?! s'offusqua Mme Tcherniak, qui n'avait aucune envie de me voir partir.

– Cela fait plus d'un an que je vis chez vous, Nina. Je n'ai que trop abusé…

– Non ! brama son mari en saisissant le petit sac où j'avais rassemblé mes maigres possessions. Vous : famille ! Vous : rester !

Pour lutter contre leur insistance, je dus me montrer presque discourtois.

– C'est décidé, je pars !

– Nous tristes, finit par dire Nina, avant de se laisser retomber sur son canapé.

Lev se contenta de tourner les talons pour aller s'enfermer dans son bureau, sans m'accorder un dernier regard.

Durant toute la scène, Igor était resté muet. Il avait guetté l'instant où je flancherais, où j'avouerais que c'était leur fils qui me renvoyait, mais je m'y refusais. Pour lui comme pour moi. J'avais trop de fierté, et encore trop de respect pour notre amitié, fût-elle détruite par de si mornes adieux.

Igor me raccompagna jusqu'au perron de l'avenue Charles-Floquet. Alors que nous arrivions sur la chaussée, un crachin commença de tomber et je relevai le col de mon manteau. Cette vision mit Igor mal à l'aise, comme si elle le réveillait. Je vis sa lèvre trembler.

– Attends, dit-il en se ruant dans l'immeuble.

Un instant plus tard, il revenait avec un parapluie et une pomme, qu'il glissa dans mon sac.

La pluie redoubla et j'ouvris le parapluie. Igor vint même s'y abriter et nous restâmes un long moment en silence, alors que quelques automobiles roulaient dans les flaques, aspergeant les rares passants.

– Ils étaient beaux, nos rêves, murmura-t-il.

– Crois-tu qu'ils soient finis ?

Ma question le surprit.

– Je ne pense pas, mais nous avons besoin de prendre l'air. Toi, moi, William, Benoît. C'est même nécessaire.

L'assurance d'Igor semblait inflexible. Je retrouvais dans ses yeux verts la détermination de celui qui avait été mon ami, mon bienfaiteur.

– Nous avons passé trop de temps ensemble.

Avec une tristesse affectueuse, il posa ses mains sur mes épaules.

– Rassure-toi, Max, le Trébuchet n'est pas mort. Il a juste besoin de respirer… différemment.

Durant le long silence qui suivit, je sentis Igor en proie à une ultime hésitation. Sur mes épaules, ses doigts se firent moins durs, plus amicaux. Mais à nouveau je ne voulais pas le forcer. Même si tout en moi criait l'affection profonde que j'avais pour lui, pour ses parents, pour notre groupe, pour nos rêves communs, je restai muet.

Avec maladresse, il me serra contre lui.

Puis, il grimpa les marches du perron et s'engouffra dans son immeuble.

La pluie venait de redoubler.

J'étais de nouveau orphelin.

17

Sept heures du soir au clocher de Saint-Eustache. La nuit est tombée.

– Vous avez perdu quelqu'un, mademoiselle ?

Caroline est tirée de ses pensées par un jeune poissonnier, qui ploie sous le poids d'un panier d'ormeaux.

– On cherche tous quelque chose, non ?

À cette réponse, le poissonnier recule.

– Ah, vous êtes ce genre de fille ? Moi je pose des questions simples. Je ne fais pas de *phisolophie.*

Déçu, il s'éloigne en chancelant, avant qu'une matrone aux manches retroussées lui arrache le panier et le porte à l'intérieur de son échoppe.

Voilà trois heures que Caroline est ici. Si ce jeudi est le bon, qui sait à quelle heure commence la projection ? Depuis qu'elle rôde autour de la rue Pirouette, personne ne s'est approché. Le cinéma semble fermé. Sylvania n'est pas dans sa cahute, il n'y a plus d'affiches sur la façade.

Poursuit-elle une chimère ?

Lorsque Saint-Eustache sonne les huit coups, Caroline s'avoue épuisée par cette vaine attente. Elle resserre la ceinture de son manteau et songe qu'il est temps de rentrer chez elle.

Au même instant, une silhouette s'arrête devant l'édifice. Une simple forme grise, qui épie de part et d'autre, puis s'engouffre dans le hall.

Intriguée, Caroline s'avance, tandis qu'apparaît une deuxième ombre. Comme la précédente, elle s'arrête sur le pas du Belphégor, vérifie qu'elle est seule, entre.

La jeune femme en compte bientôt quatre, six, douze. Chaque fois, les silhouettes arrivent seules, sanglées dans des manteaux au col relevé, avant de pénétrer dans le cinéma.

Pas un son, comme si ces inconnus survolaient le pavé humide.

Caroline voudrait s'approcher mais n'ose pas.

Après une vingtième silhouette avalée par le cinéma, elle marche jusqu'à l'entrée.

Le hall du Belphégor est plongé dans l'obscurité. Même la porte donnant sur la salle est invisible. Caroline guette un son, un murmure, mais le silence est complet.

La journaliste hésite. A-t-elle le droit d'entrer ? Ce n'est qu'un cinéma et la voilà comme une fillette perdue dans la forêt.

Bâillonnant ses angoisses, elle inspire à fond et gagne le hall.

Un cri la fait tressaillir :

– Pas vous !

Deux mains se posent contre son torse et la poussent en arrière. Caroline ne pensait pas que Sylvania avait autant de force.

– Vous ne pouvez pas être là, reprend l'ouvreuse, gênée par la violence de son geste.

La vieille actrice est pomponnée, couverte de fond de teint, les lèvres écarlates et les yeux soulignés de khôl.

– Que se passe-t-il, ce soir ?

– Allez-vous-en, je vous dis !

– C'est aujourd'hui qu'a lieu le Jeudi du Belphégor ?

Sylvania se décompose.

– Je savais bien qu'il ne fallait pas…

L'ouvreuse surjoue et s'appuie contre le mur du cinéma. Elle ajoute même à mi-voix qu'elle leur avait pourtant bien dit… mais n'ose finir sa phrase.

– De qui parlez-vous ?

Sylvania agrippe Caroline.

– Partez tout de suite !

Caroline frissonne malgré elle : Sylvania rappelle les bas-reliefs qui couvrent le Belphégor.

– Il ne faut pas en vouloir à Sylvania, dit alors l'homme au chapeau melon en s'avançant vers elles. Elle adore jouer les tragédiennes…

– Vous ? aboie l'ouvreuse.

– C'est bien que vous soyez venue ce soir, ajoute-t-il, et il prend Caroline par le bras. Cela veut dire que tout prend forme.

La sérénité de l'un est aussi troublante que l'effroi de l'autre.

– De quoi parlez-vous ?

L'homme s'apprête à répondre, mais Sylvania devient menaçante.

– Ça ne devait pas se passer comme ça !

– Qu'en savez-vous ?

La scène est d'autant plus singulière que le petit homme n'a pas lâché le bras de Caroline, la conduisant maintenant vers l'entrée de la salle. Il tire alors une enveloppe de sa poche intérieure.

Sylvania voudrait dire non, mais ses lèvres ne laissent échapper aucun son.

C'est pourtant Caroline la plus surprise. Sur l'enveloppe chiffonnée, son nom est calligraphié de façon ouvragée. Pas d'adresse, pas de timbre, pas d'autre mention. Juste *Caroline Ménardier* . Et puis ce sceau mystérieux, au dos, pour clore l'enveloppe avec de la cire :

– De quoi s'agit-il ?

– Ouvrez…

Le chapeau melon a perdu sa légèreté. Il épie la journaliste.

Lorsque Caroline tire le carton de l'enveloppe, Sylvania émet une petite plainte. Ce n'est donc ni un canular ni une rumeur.

Le Belphégor a le plaisir d'inviter
Mademoiselle Caroline Ménardier
à une projection surprise,
le jeudi 24 novembre 1965

– Qui vous a remis ça ?

– Entrez, dit le petit homme, vous allez rater le début.

– Vous ne venez pas ?

Embarrassé, le chapeau melon ne répond pas.

Le plus singulier reste l'attitude de Sylvania, qui dit d'une voix résignée :

– Il a raison, Caroline. Allez-y vite, ça va commencer…

18

Quel contraste avec sa première visite ! Ils sont bien trois cents spectateurs, enfoncés dans les sièges de cuir. Et ce silence ! Le public s'interdit de parler, avec un mélange de ferveur et de méfiance.

Caroline repère bientôt un siège vide, près de l'écran. Alors qu'elle commence à descendre, plusieurs têtes se retournent. Il y a ici des hommes et des femmes de tous âges. Chacun affecte une même expression de crainte.

Qui sont les invités du Belphégor ? Caroline croit les connaître, mais ne peut en identifier un seul.

Elle s'engage dans une rangée pour atteindre la place vide, enjambant des genoux, des sacs à main.

– Pardon… excusez-moi… je suis désolée…

Les spectateurs restent immobiles.

Caroline est-elle la seule personne réelle ? Elle s'assied à côté d'un homme d'une soixante d'années en costume gris, qui garde les yeux vissés sur l'écran.

Après un moment de silence, il chuchote qu'il est si heureux d'être là ce soir. Voilà deux ans qu'il n'avait pas été invité.

– Lorsque j'ai reçu le carton ce matin, j'ai annulé mes rendez-vous et sauté dans un avion.

– Vous arrivez de loin ?

– Francfort.

Caroline reste perplexe devant le silence général.

– Pourquoi personne ne parle ?

L'homme explique qu'une séance ici est une aventure intérieure. En venant au Belphégor, on va au-dedans de ses goûts, de ses souvenirs visuels. Ce sont des choses qui ne se partagent pas.

– Pourtant vous me parlez…

Après un silence, l'homme devient ambigu. Pourquoi croit-elle que la seule place libre se soit trouvée à côté de lui ?

– Vous voulez dire que…

– À chaque nouvelle recrue, il faut un parrain.

Caroline examine à nouveau la salle.

– Inutile. Ils ne vous voient pas…

En effet, c'est à peine s'ils clignent des yeux.

– On dirait des somnambules.

– Chacun a cependant l'illusion de parler à son voisin. Certains pensent même que la projection a commencé. D'ailleurs, c'est peut-être le cas, non ?

Devant tant d'incongruités, Caroline pourrait sentir monter le malaise, pourtant elle se sent bien.

– Vous commencez à comprendre, n'est-ce pas ? Vous avez l'impression d'être chez vous.

La journaliste admet qu'il dit vrai… et découvre qu'une heure est déjà passée.

– Mais…

– Oubliez le temps, Caroline. Laissez-vous porter. Ce soir, le film, c'est vous.

Malgré ces remarques absurdes, Caroline éprouve à nouveau un sentiment de familiarité.

– Et quel est le film au programme ?

Moue imprécise de son voisin.

– On ne sait jamais. C'est toujours la surprise. Forcément une rareté.

– Un film de Max Toppard ?

À cette question, l'homme pâlit. Il saisit la main de Caroline, qui frémit : ses doigts sont glacés. Sa voix devient lointaine :

– Vous ne savez pas qu'il est des noms interdits ?

– Mais pourquoi ?

Mutique, l'homme ôte sa main et se recale dans son fauteuil. Il se tourne vers l'écran et son visage perd toute expression.

– Monsieur ?

L'homme ne répond plus. Cela fait-il partie de l'initiation ?

Caroline consulte encore sa montre : une nouvelle heure vient de s'écouler !

La journaliste contemple alors la salle et tressaille : comme si sa conscience l'y autorisait, elle les reconnaît. Deux rangs derrière elle, Julien Duvivier est assis à côté de Paul Meurisse. À leur droite, Alain Delon et Jean-Pierre Melville encadrent Jeanne Moreau. Un peu plus loin, elle aperçoit Bourvil et Gérard Oury. Au fond, elle distingue ce vieux renard de Jean Renoir, assis contre Henri Langlois. De l'autre côté, Brigitte Bardot chuchote à l'oreille de Jean-Luc Godard et de François Truffaut. Caroline croit même identifier Charlie Chaplin et Buster Keaton sous la cabine du projecteur !

La sensation est d'autant plus vertigineuse que la journaliste sait que ce ne sont pas eux. Juste des silhouettes blanches sur lesquelles elle projette une image mentale.

Alors qu'elle identifie Lino Ventura et Catherine Deneuve, la lumière perd de son intensité.

Une douce langueur lui monte aussitôt du ventre et gagne son corps. Ses paupières deviennent lourdes.

Tandis que défile un générique, la fatigue s'intensifie. Bientôt, ses yeux se ferment.

Le film est pourtant là, devant elle. Malgré ses yeux clos, elle le voit. Elle suit les scènes, s'immerge dans l'intrigue. Elle parle, vit, respire au même rythme que la bobine.

Elle est *dans* le film.

19

La lumière revient. Caroline fait corps avec son fauteuil. Autour d'elle, les gens sont dans le même état. On les tire d'une longue hibernation : ils se déplient sans un mot, reprennent forme humaine. Son voisin de Francfort finit par se lever et l'enjambe pour quitter la salle.

La journaliste n'a toujours pas bougé. Le moindre mouvement est un déchirement. Ce qui s'est passé là, sous ses yeux, ne doit pas s'arrêter. La sensation éprouvée à sa première visite au Belphégor, devant le film de Finzi Trabucco, s'est vue décuplée. Plus qu'une sensation, une plénitude ; le film l'a prise dans ses bras pour l'entraîner ailleurs. Où ça ? Elle ne sait ni ne veut savoir. Elle veut juste retenir un bien-être qu'elle sent s'effilocher à mesure que les derniers spectateurs disparaissent.

Lorsqu'elle se retrouve seule, Caroline vérifie de part et d'autre : rien. Rien qui puisse témoigner de la présence de ces gens. Rien qui puisse prouver qu'un film a été projeté.

Quel film, d'ailleurs ? Elle est incapable d'en citer le titre, les comédiens. Dès qu'un fil narratif lui monte à l'esprit, il s'échappe. Comme ces souvenirs d'enfance qui restent imprécis, car ils se mêlent à des sensations plus récentes, plus adultes. Caroline ne se rappelle pas le film, elle se souvient d'une étreinte.

– Que s'est-il passé ? murmure-t-elle une fois dans la rue.

L'air est glacial. Lentement, la réalité reprend ses droits. Ce moment fugace, au sortir de la nuit, où l'on espère figer un rêve qui se disperse comme une dame blanche.

Dans son dos, un bruit métallique achève de l'éveiller : le Belphégor vient de fermer ses portes.

J'étais la dernière, pense-t-elle, tandis que le froid attaque ses pommettes.

Alors que les questions montent en rafales, le clocher de Saint-Eustache sonne huit heures. *Huit heures du matin.*

Elle a passé la nuit au Belphégor !

Tout est pourtant réel : le cinéma est toujours là, les Halles aussi.

Ai-je été droguée ? songe-t-elle en traversant la rue, sans se soucier que le rouge du « Attendez » clignote dangereusement.

Elle est à ce point perdue dans ses pensées qu'elle n'entend pas le grondement des voitures sur les pavés. Et lorsqu'un taxi pile devant elle, Caroline y monte et dit d'une voix atone :

– Villa Godin, dans le XXe.

*

– Vous avez une drôle de façon d'arrêter les taxis, vous !

Caroline ne répond pas, la tête appuyée contre la vitre.

Ce Paris qui défile est si lointain. Elle ne traverse plus une ville, mais un décor. Ce qui se cache derrière ? Sans doute ce que masque l'écran du Belphégor.

Et c'est bien cela qu'elle veut savoir.

Elle veut retrouver le bonheur qui l'a embrassée toute une nuit. L'essence même du cinéma se niche ici. Le Belphégor ressuscite la sensation brute du premier cinématographe. Il ne s'agit pas de comprendre, mais d'éprouver, de ressentir. Les lanternes magiques ne s'adressaient pas à l'intellect mais à la peau. Son corps tout entier a vécu cette nuit au Belphégor. L'illusion l'a enveloppée, lui faisant perdre repères et équilibre. Le retour au monde n'en est que plus troublant ; la stupeur se double de nostalgie, comme si on lui avait permis, le temps d'un éclair, d'entrevoir la déesse. Tel est peut-être le secret du Belphégor : il soulève le voile d'Isis.

– Vous êtes arrivée, mademoiselle.

Le monde de Caroline reprend ses droits.

La rue de Bagnolet est la même. Devant elle, la façade délavée de la teinturerie n'a pas bougé. À côté, le marchand de tricots est en place. Elle aperçoit même Mme Poulle, qu'elle connaît depuis toujours, sortie en mule et gilets pour soulever son rideau de fer.

– Bonjour, Caroline ! Pas chaud, hein ?

– 'jour...

Oui, tout est là : le métal glacé de la grille de la villa Godin, la lumière du matin, qui se reflète sur un toit de zinc et l'éblouit, et ce parfum... Un mélange d'écorce, de pavé humide, de terre retournée et d'herbe boueuse, un fumet qu'elle connaît depuis toujours.

Comme la séance au Belphégor l'a assaillie de souvenirs, elle sent remonter mille sensations d'enfance, qui tournoient dans sa tête tels les moucherons au soleil.

Ses premiers pas sur les pavés de l'impasse. Le perron de sa maison, où elle a si souvent trébuché. L'ombre du grand chêne, de l'autre côté du muret. Les silhouettes des habitants. Et puis les murmures du cimetière, comme un autre monde : des pleurs lointains, des rires secrets, le bruit des corbillards, des pelles, la musique des requiem. Depuis un quart de siècle, la mort est sa plus fidèle voisine.

Caroline ouvre sa porte et pénètre dans le couloir.

L'abattement tombe alors sur ses épaules comme une pluie.

Tandis qu'elle pose un pied sur la première marche, elle perçoit un bruit dans son dos.

– Caroline ?

Sa mère affecte un ton inhabituel.

– Il y a quelqu'un pour toi…

Caroline ne comprend pas. Comment Sylvania a-t-elle trouvé son adresse ?

Blafarde, l'ouvreuse avance jusqu'au pied de l'escalier et lui demande d'un ton implorant pourquoi elle a fait ça.

20

Pauline Ménardier suit la scène sans comprendre. Une heure plus tôt, le jour à peine levé, une petite femme boulotte et sans âge a tambouriné à sa porte, exigeant de voir Caroline.

– Mais puisque je vous dis qu'elle n'est pas rentrée.

– Je vais l'attendre.

– Mais enfin, madame…

– Je ne ferai pas de bruit.

Et la petite femme s'est assise sur un tabouret du salon, serrant dans ses mains une feuille de papier roulée.

Embarrassée, Pauline a proposé du café, une langue de chat. La vieille femme s'est contentée de secouer la tête.

De guerre lasse, la mère de Caroline a résolu de vaquer à ses occupations. Elle a même fini par s'asseoir dans sa cuisine, n'osant trop bouger, jetant çà et là un œil sur le salon, où l'inconnue restait immobile, comme une sentinelle.

Maintenant qu'elle les voit face à face, Pauline semble tout aussi perplexe. Caroline escorte la vieille femme au salon, où elle s'assoit sur le canapé qui jouxte le poêle à gaz.

– Madame Sylvania, il faut m'expliquer…

Pauline tressaille.

– Sylvania ?

Caroline fait une grimace signifiant « je t'expliquerai ».

Après un long moment, Sylvania pousse un soupir puis lui tend le papier.

Lorsque Caroline parvient à le déchiffrer, elle se redresse.

– Une démolition ?

– Totale…

Dans le cadre du réaménagement du quartier des Halles, la rue Pirouette va être intégralement « rasée ».

– On ne peut pas détruire une rue juste comme ça.

– Un cinéma oublié, dans une ruelle branlante, au cœur d'un grand marché qui déménage dans trois ans, rien n'est plus périssable…

Caroline connaît la logique des urbanistes. Son *Atget 1965* a justement pour but d'immortaliser ce qui peut encore l'être. Mais que l'on touche au Belphégor lui semble tout à coup impensable.

L'étrangeté de la scène lui apparaît alors : pourquoi Sylvania est-elle ici ?

À cette question, la vieille femme retrouve son ton revanchard :

– Depuis des années, le Belphégor vivait en marge de la presse, des curiosités inutiles, il passait entre les gouttes. Dès que vous arrivez, tout se précipite.

– Mais je n'y suis pour rien !

– Les faits sont pourtant là…

– Mais enfin… pourquoi ?

Sylvania enfonce la tête entre ses épaules. Méfiante devant Pauline Ménardier, elle dit à mi-voix :

– Vous n'imaginez pas le nombre de gens influents qui veulent faire disparaître l'héritage de Max Toppard…

Tout cela devient absurde ! Ou bien Sylvania se moque d'elle, ou bien la projection n'est pas terminée.

Alors Caroline laisse libre cours à ses questions : que s'est-il passé cette nuit ? Qui étaient tous ces gens dans la salle ? Tant de célébrités sans que personne soit au courant ? Et puis ce film, de qui était-il ? Pourquoi s'en souvient-elle à peine ? Était-ce vraiment un film, ou bien *autre chose* ?

Devant cet interrogatoire, Sylvania recule. Quant à Pauline, elle observe maintenant sa fille avec inquiétude.

Dehors, le soleil de novembre éclaire timidement la villa Godin. On se croirait en province.

– Vous ne comprenez donc pas que le secret est ce qui tient tout en équilibre ? C'est le secret qui donne vie et sens au Belphégor. Ils m'ont fait confiance parce que je n'ai jamais cherché à en savoir plus. Comme tous ceux qui travaillent là-bas.

Sylvania approche ses mains glacées du petit poêle.

– En vous acceptant au Belphégor, on a fait entrer le loup dans la bergerie…

Pauline s'interpose :

– Ma fille ? Un loup ?

– Chère madame, Caroline est un loup sans le savoir.

La rupture

Que faire ? Débarquer chez Charles Pathé, ruiné par la guerre ? Frapper à la porte de Linder, qui vivait entre Paris et les États-Unis ? Regagner Hollywood, poursuivre ce que j'avais commencé ?

La fierté, l'absence d'argent et une crainte sourde m'interdisaient ces solutions.

Je n'allais pas emménager dans un taudis de la Zone. Encore moins hanter ces rues bourgeoises et vivre en marge des escaliers de service, guettant les rebuts alimentaires que les domestiques donnaient aux vagabonds. Combien d'anciens soldats avais-je vus errer, sans pouvoir dire s'ils avaient un toit ?

Je m'assis sur un banc du Champ-de-Mars et remarquai deux initiales sur un coin de mon sac : « J.T. ». Jules Taupard. Ce pauvre oncle Jules, qui m'avait accueilli avec tant de générosité et que j'avais abandonné, une nuit de l'hiver 1913. Ce sac, je l'avais chipé le soir de ma fuite, lorsque j'avais quitté Arras, décidé à n'y revenir jamais. Sept ans plus tard, je n'allais pas retourner chez eux, la queue entre les jambes, pour devenir clerc de notaire. Qui me disait d'ailleurs qu'ils étaient encore en vie ? La guerre avait ravagé la région et ils avaient peut-être péri sous un obus allemand.

Alors que je serrais le sac contre moi en me pelotonnant sous le parapluie, un bristol glissa sur le sol : « Madame Zoya, 12, rue Caumartin. »

Je me rappelais cette femme croisée sur le parvis de la gare du Nord, lors de mes premiers pas sur le trottoir parisien. Elle s'était étonnée de ma dégaine et de mon désir de me rendre à Montreuil. Puis, maternelle, elle m'avait donné sa carte.

– Après tout, je n'ai rien à perdre…

*

Contre toute attente, Mme Zoya se souvenait de moi.

– Ah mais oui, le joli petit jeune homme ! Tu arrivais d'Arras, n'est-ce pas ?

Je confirmai, sans pouvoir détacher mes yeux de l'extravagant décor : moulures, rideaux, pompons, poufs, tapis épais, chandeliers, lumières tamisées, et puis ces silhouettes qui passaient dans la pénombre en gloussant.

Avec le nom et l'adresse, j'aurais dû me douter du commerce qu'exerçait Mme Zoya, bien qu'elle eût plutôt un nom de voyante.

– Je me rappelle, ajouta-t-elle, radieuse, je venais d'ouvrir ma maison et je distribuais mes cartes à tour de bras. C'était en quelle année, dis-tu ?

– En 1913.

– Sept ans, déjà…

En sept ans, Mme Zoya avait pris de l'embonpoint, mais cette belle trentenaire conservait une allure de maîtresse femme, des formes enjôleuses et un iris de braise. Elle était devenue une redoutable femme d'affaires, si j'en jugeais par le luxe de sa maison, les tenues de ses pensionnaires et l'élégance des quelques messieurs aperçus dans les couloirs.

– Durant ces sept années, tu as fait fortune et tu viens te payer du bon temps chez Mme Zoya ?

– Pas vraiment…

Matoise, elle se renfonça dans son fauteuil. Sa poitrine magnifique semblait sur le point d'exploser son corsage.

– Alors, raconte-moi un peu, petit…

Jugeant inutile de décrire les méandres de ma vie, j'allai au plus efficace et brodai un brin : après plusieurs années dans les tranchées, je m'étais retrouvé à Paris sans famille, sans amis. J'avais pu vivoter un an, travaillant à droite et à gauche, profitant d'une minuscule pension d'ancien combattant, mais depuis quelques semaines, c'était la dégringolade. Je n'avais plus de quoi payer ma chambre, et voilà trois nuits que je dormais sous le pont de l'Archevêché.

– Au front, on rêve à la vie civile, mais pour certains d'entre nous, elle s'est montrée bien plus implacable.

Pendant tout mon récit, Mme Zoya n'avait pas prononcé un mot. J'avais en revanche entendu chuchoter derrière moi. Grâce à l'un des nombreux miroirs de la pièce, j'aperçus une demi-douzaine de visages qui épiaient notre entretien par la porte entrouverte. Il me sembla même entendre renifler : toutes ces jeunes femmes avaient perdu un père, un frère, un cousin, un fiancé…

– Rappelle-moi ton âge ?

– Vingt et un ans.

– Vingt et un ans…, répéta la tenancière, songeuse, en allumant une cigarette.

Derrière moi, je sentis les demoiselles frémir d'inquiétude. Mon propre cœur se mit à battre dans ma poitrine ; beaucoup de choses se jouaient à ce moment-là.

– Tu aimes l'amour ?

– Pardon ?

Nouveau gloussement dans mon dos, mais un gloussement rassuré.

– Tu n'es pas puceau, au moins ?

Tandis qu'une voix pépiait « Joli comme il est, ce serait un péché », je balbutiai que la vie dans les tranchées n'était pas un appel à la bagatelle, mais que j'avais déjà couché avec une femme.

– À la bonne heure ! s'écria Mme Zoya en tapant dans ses mains. Au lieu de jouer les espionnes, entrez !

Un puissant parfum de musc envahit le bureau, dans un froufrou de lingerie. Comme pour une photographie, dix jeunes femmes prirent la pause autour de la tenancière. À moitié nues, toutes me fixaient avec une gourmandise affectueuse. J'étais éberlué par la scène, ne m'attendant pas à être à ce point disséqué.

– Il est mignon, dit la plus grande à la tignasse rousse.

– Un peu maigre, mais il fera l'affaire, ajouta une autre, boulotte et joviale, en palpant ses seins.

– On trouvera bien de quoi manger, rit une troisième, noire d'ébène et au fort accent d'AOF.

Puis toutes se turent.

À quoi jouaient-elles ? Était-ce un test ? Ces onze femmes me regardaient avec une impudeur cannibale, guettant la moindre de mes réactions.

– Eh ben alors, finit par dire Mme Zoya, tu attends quoi, là ?

Je ne comprenais pas.

– Bah, fous-toi à poil ! couina l'une des pensionnaires dans un grand éclat de rire.

Je restai interdit.

Mme Zoya jubilait.

– Aidez-le, les filles.

Trois d'entre elles contournèrent le bureau et, avec des gestes précis, ôtèrent un à un mes vêtements.

– Faut tout lui faire…

– C'est l'assurance qu'il sera docile.

– Qu'est-ce t'en sais ? Parfois c'est les plus pervers.

– Ça, ça me dérange pas.

Doux sentiment d'être un mannequin de cire entre les mains d'une armée de couturières. Je m'abandonnai à leurs gestes. Leur chorégraphie était si subtile, leurs mouvements si délicats, qu'ils en devenaient hypnotisants. Ma timidité s'estompait, remplacée par un sentiment de confiance et de familiarité.

En revanche, lorsqu'elles reculèrent d'un pas, comme le peintre jauge sa première esquisse, ma pudeur refit surface.

– Mais… !

Par réflexe, je croisai les mains sur mon sexe et me recroquevillai.

– Bah non, tiens-toi droit !

– On l'a vu, ton rouge-gorge.

– Tu n'as pas de quoi avoir honte, c'est moi qui te le dis.

– J'en ferais bien mon quatre heures !

À chacune de ces remarques, Mme Zoya souriait davantage. Moi, je me sentais devenir écarlate.

– Le peuple a parlé, dit-elle en frappant à nouveau dans ses mains. On l'adopte ?

Les jeunes femmes acceptèrent avec enthousiaste, provoquant des coups sur les murs depuis les chambres voisines.

– Hé, oh, les copines ! On s'entend plus baiser, là !

Nouvel éclat de rire de Mme Zoya, qui retrouva son sérieux.

– Bon, ce petit gars semble idéal sur le papier. Mais il faut le tester, non ?

Toutes levèrent le doigt en glapissant « Moi ! moi ! », mais la tenancière désigna la plus jeune, dans un coin de la pièce.

– Denise, tu veux bien ?

Cette blonde jeune fille de dix-huit ans devint aussi rouge que moi, mais c'était du désir, non de la timidité.

Déjà sa main se glissait dans la mienne.

– Tu viens ?

Interdit, j'esquissai un geste maladroit vers mes vêtements.

– Pas la peine, fit Mme Zoya. La suivante te les apporte.

– La suivante ?

– Tu ne crois pas que Denise va avoir le monopole, quand même !

En maison

Je ne connaissais rien à la vie des bordels. Tout juste me rappelais-je cette maison discrète d'une rue d'Arras, où oncle Jules allait régulièrement. Je savais également que Charles Pathé et Max Linder étaient familiers du Chabanais, où il leur arrivait de pêcher des jeunes premières qui faisaient long feu. À Hollywood, si Griffith était puritain, Charles aimait la vie paillarde, mais plutôt que de se rendre dans un claque, il faisait venir à sa villa des essaims de très jeunes filles, précisant qu'il voulait cueillir le fruit avant qu'il ne tombe de l'arbre. Enfin, il arrivait que notre régiment allât se divertir dans un bordel de campagne qui suivait la ligne de front, mais je n'étais guère friand de ces étreintes en uniforme.

Je n'avais toutefois pas menti à Mme Zoya en confessant avoir déjà fait l'amour. Depuis mes ébats avortés avec la jeune femme éconduite par Max Linder, il m'était arrivé de coucher sans lendemain avec des figurantes de Griffith ou des assistantes de Chaplin. Pour le reste, j'avoue que les plaisirs du lit n'avaient jamais été ma priorité. J'éprouvais plus de volupté à taquiner la lumière ou à jouer avec les ombres. Jusqu'alors, le sexe était le parent pauvre de mes désirs.

Mes deux ans chez Mme Zoya m'apprirent à réviser ces certitudes.

– C'est que tu es douée ! grogna Denise en s'effondrant sur mon torse en nage, après des cris de musaraigne. Bien plus doué qu'oncle Gui…

– Oncle Gui ?

– Oui. C'est comme ça qu'on le surnommait. Avec son long nez et ses paupières de basset, il avait une tête de vieux tonton. Mais pour ce qui est de la pédalée, c'était un cador.

Alors Denise m'expliqua : cinq ans durant, « oncle Gui » avait été le testeur de Mme Zoya.

– Le testeur ?

– Comme le goûteur de Cléopâtre, tu vois ?

C'est avec lui que les pensionnaires expérimentaient leurs tours, leur souplesse. Après chaque étreinte, oncle Gui donnait son ressenti, disait ce qu'il avait aimé ou non, ce qui l'avait excité ou rebuté.

– Certaines filles n'ont pas de limites, tu verras…, m'avertit Denise avec une pointe d'effroi. Les clients ont toujours plus d'imagination que nous, mais c'est à nous de les devancer. « Nous inventons les désirs avant que vous n'y pensiez », dit Mme Zoya. C'est même sa devise. À toi de nous dire si c'est bon ou pas…

Et c'était bon. Délicieux, même ! Un pan de la vie s'ouvrait à moi, comme un gourmand qui s'ignore se verrait offrir les clefs d'une confiserie. Et puis il y avait la douceur de ces filles, leur affection rugueuse. Une camaraderie proche de l'esprit militaire, la sensualité en plus. Car elles étaient sensuelles, mes « petites sœurs », comme je les appelais. Malgré un quotidien difficile, une réalité pas toujours gaie, elles aimaient la vie. Elles aimaient surtout donner du plaisir. Beaucoup étaient arrivées à Paris avec des rêves de conquête et des fantasmes petits-bourgeois : se trouver une place de domestique, un mari travailleur, et rentrer dans leur province pour ouvrir un troquet ou une boutique de couture. Beaucoup avaient échoué sur le chemin d'un rabatteur ou d'un maquereau, qui les avait mises sur le trottoir ou en maison. Bien vite elles avaient été fichées par la police des mœurs et marquées au fer rouge de l'infamie jusqu'à la fin de leurs jours. Les choses étaient moins sombres chez Mme Zoya. La tenancière laissait toute liberté à ses pensionnaires. Elles pouvaient sortir quand bon leur semblait, et même lever le camp si elles ne se sentaient plus heureuses.

– Le bonheur de mes filles fait celui de mes clients. Je ne garde personne en cage. Les prisonnières n'ont jamais fait de bonnes pipes.

Et Dieu sait si elles étaient maîtresses en cet art ! Je puis le certifier, qui servais de brouillon à ces ébats tarifés.

– T'as la belle vie, Max, me disaient-elles parfois. T'as un lit, un toit, une chambre, le couvert et le plaisir.

– Et en plus je suis payé, ajoutais-je sans forfanterie, car Mme Zoya me gratifiait d'un pécule hebdomadaire assez chiche, mais je n'avais aucuns frais.

– Disons que c'est ton argent de poche, m'avait-elle dit la première fois qu'elle m'avait remis mon enveloppe.

Cet argent fut aussitôt réinvesti dans ce qui occupait désormais tout mon temps libre : le cinéma.

*

Pas une salle, pas un ancien théâtre, pas un cirque reconverti, où je ne fusse allé traîner mes guêtres. Si l'empire du cinéma français était moribond, ce qu'un critique italien venait de baptiser le 7e art subissait un boom prodigieux.

Ayant pour l'instant remisé mes rêves de création, je décidai de parfaire ma culture cinématographique. Je n'avais que vingt et un ans et j'avais encore le temps de ressortir de leurs tiroirs mes rêves d'enfant. Disons que le cinématographe ne cessait d'évoluer et que je devais me familiariser avec toutes les révolutions dont il était l'objet.

Les « séances d'essayage » – ainsi les appelait Mme Zoya – ayant lieu le matin, j'avais tout loisir d'occuper mes après-midi et mes soirées à hanter les cinémas parisiens.

Combien de films ai-je pu voir à l'époque ? Faire le compte me semble impossible, car j'avais à cœur de m'intéresser à *tous* les cinémas, du plus artistique au plus populaire.

La hiérarchie des genres – syndrome si français –

commençait à pointer, mais je refusais de sombrer dans ce travers. J'éprouvais un intérêt sincère devant les recherches formelles de Marcel L'Herbier, qui aboutiraient à *L'Inhumaine* ; devant celles, si poétiques, si fines, de Delluc dans *La Fête espagnole* ; devant le lyrisme épique de Gance dans *J'accuse !*

J'étais tout aussi curieux de butiner *Les Mystères de Paris*, les ultimes cinéromans de Feuillade, ou bien les délicieux *Trois Mousquetaires* de Diamant Berger, où le Planchet d'Armand Bernard me faisait pleurer de rire !

Il m'arrivait d'emmener certaines de mes petites sœurs, qui restaient plus friandes de *Judex* que de *Nanouk l'Esquimau*.

– Ton cinéma, c'est de la détente, Max. Mais quand on y va avec toi, c'est comme si t'étais plus là. On peut pas te parler, pas te pincer, pas te caresser. À croire que tu veux entrer dans l'écran.

– Et si c'était le cas ? répliquais-je à Lucie, Gilberte, Pauline et autres Gabrielle, qui étaient pourtant contentes que je les invite au Louxor, au Gambetta-Palace, au Danton-Cinéma, voir les actualités, les girls qui dansaient le french cancan, les pitreries lunaires de Lloyd, le jansénisme potache de Keaton, ou les acrobaties de Douglas Fairbanks dans *Le Signe de Zorro*.

– Fairbanks, en v'là un homme, un vrai ! Je sais ce que je ferais de sa moustache, moi, tu crois pas, Max ?

Voyant que je ne riais pas, mes compagnes déchantaient.

– Tu me rappelles ma grand-mère, quand elle me forçait à aller aux vêpres…

Elles disaient vrai : pour moi, le cinéma relevait du sacré. Je ne pouvais le réduire au simple divertissement. La moindre projection éveillait mes sens, me plongeait dans une transe qui n'avait rien de mystique, mais qui n'était que concentration, car je devais recevoir le film, l'accueillir en moi.

– Comme tu accueilles tes clients, expliquai-je à Lucie, qui ne comprit pas l'analogie.

– T'as de ces comparaisons, toi ! Un film n'a pas de bite.

L'analogie était en effet bancale, mais j'étais bel et bien possédé par l'image.

– Tu penses trop, Max.

– Mais le cinéma *est* une pensée, un langage, une grammaire, un être en pleine croissance.

Nouveau haussement d'épaules, que je ne cherchais plus à contrer. Si, pour le grand public, le cinéma restait un lieu de délassement, il était pour moi nimbé de trop de puissance, de trop de miracles à venir.

Je n'étais pas le seul à penser, car les exégètes commençaient à abonder, qui publiaient livres et revues. Je peinais d'ailleurs à masquer mon dépit devant certains théoriciens de l'image, qui eurent bientôt pignon sur rue.

Notre *Al-cinéma* était pilonné par Grasset, quand Jean Epstein parvenait à publier *Bonjour cinéma*, premier volume d'une abondante bibliographie verbeuse, fumeuse, et finalement très banale. Il y avait moins de vérité dans ses truismes esthétiques que dans cette simple phrase de Gance frappée au coin du bon sens : « Le cinéma, c'est la musique de la lumière. »

– Oh, tu nous gonfles avec ta lumière, bramait Mme Zoya, car j'y accordais une importance obsessionnelle, allant jusqu'à modifier l'éclairage de la maison.

La lumière était pourtant l'essence même du cinématographe. Une matière toujours poursuivie, si rarement atteinte. Lumières crépusculaires des spectres suédois, qui surgissent des ruelles ou des ondes dans *La Charrette fantôme* de Sjöström ; lumières infernales des sabbats dans *Häxan* de Christensen ; lumière diffractée, kaléidoscopique, du *Caligari* de Wiene, qui fut l'une de mes découvertes les plus frappantes de ces années de gloutonnerie cinématographique.

Caligari marque un tournant : je ne pensais pas qu'on pût à ce point reproduire la texture du cauchemar ; ses perspectives torves, ses visions obliques rappelaient les discussions sans fin que nous avions avec Benoît, pour qui l'architecture n'était qu'un premier pas vers une refonte complète de l'habitat, donc du regard.

J'eus d'ailleurs bien du mal à le découvrir, ce *Caligari* dont j'entendais parler de cinéma en cinéma sans mettre la main dessus.

– Vous savez bien que c'est interdit, monsieur Max..., me dit le caissier du Gaumont-Palace, à qui je demandais où je pouvais le voir.

– Il ne s'agit que d'un film, c'est idiot.

– Peut-être, mais c'est la loi...

Les règles édictées en 1919 avaient en effet banni tout film allemand du territoire français pendant au moins dix ans. Absurdité revancharde que les exploitants finirent par contourner.

Ainsi, après quelques confidences parfois monnayées, je pus découvrir *Caligari*, tout comme les premiers Murnau ou encore *Les Trois Lumières* de Fritz Lang, au Marcadet-Palace, où ils étaient proposés sous des titres d'emprunt et de faux visas danois ou norvégiens.

Cette astuce était simplifiée par le cinéma muet. Quand bien même, la police se donnait rarement la peine d'entrer dans les salles. Je compris que le repli du cinéma germanique sur un fantastique très hoffmannien, sa prédilection pour le cauchemar et la terreur, était un refus du réel. Vaincue et humiliée, l'Allemagne optait pour la fiction la plus folle, dans sa tradition folklorique, dans ce qui avait fait sa grandeur littéraire et picturale, plutôt que d'affronter le réel. La sombre lueur qui en naissait avait la beauté d'un requiem.

La guerre avait opéré le même changement sur le cinéma américain, mais en sens inverse. La victoire renvoyait aux orties les grandes fresques historiques. On voulait du plaisir, du clinquant. On acclamait les chassés-croisés amoureux de financiers urbains, dignes descendants des bourgeois du théâtre de boulevard, tels qu'on pouvait les voir dans les premiers films de DeMille, *Mâle et femelle* ou *Ne changez pas de mari*.

Si mon cher Griffith pouvait encore réaliser l'admirable *Lys brisé*, ou bien le sublime *À travers l'orage* – l'image de Lilian Gish emportée par un iceberg m'obséderait longtemps –, l'Amérique n'était plus une terre d'art mais d'argent. Le veau d'or enivrait les créateurs, dont on se plaisait désormais à narrer les frasques.

Comme on ausculte les travers des souverains, la vie privée des stars américaines devenait le pain quotidien des affamés de cinéma. Le divorce de Mary Pickford, les partouzes de Fatty Arbuckle, l'assassinat du cinéaste Taylor : Hollywood était l'antichambre des enfers. Cette vision d'une Amérique débridée effrayait jusqu'au gouvernement, lequel réagit par un sursaut de puritanisme et imposa le code Hays, pour marquer le retour de la vertu. Dans les films américains, le mariage devait être sanctifié, l'adultère condamné, le drapeau célébré, la nudité et les accouchements prohibés.

Et puis il y avait Chaplin…

Celui que la France avait baptisé Charlot – un surnom balourd, d'autant qu'en anglais il n'en avait pas – devint le symbole universel du cinéma. Que de chemin parcouru depuis nos journées harassantes dans les studios d'Essanay. C'était huit ans plus tôt, mais cela semblait un autre monde. En découvrant *Charlot soldat*, *Le Kid*, *Le Pèlerin*, je compris que Charles avait atteint une forme de plénitude. Combien de nuits avions-nous passées à palabrer, souvent avinés, sur le sens réel de l'image, sur le message à donner à chaque geste, chaque éclairage ? Tant de fois je l'avais exhorté à rendre son personnage moins clownesque, plus touchant. Je sentais en lui une empathie profonde, qu'il devait à son enfance misérable, mais qu'il cherchait toujours à museler.

« Je n'aime pas la sensiblerie, se défendait-il.

– Il ne s'agit pas de sensiblerie, Charles. Mais de sentiment, de vérité. C'est là que tu trouveras ta propre lumière. »

Devant la détresse de *L'Émigrant* ou les yeux rougis du *Kid*, je compris que l'homme qui m'avait dénoncé était devenu un génie.

*

Et moi alors ? me demandais-je, lorsque remontaient, avec un goût amer, mes souvenirs des années passées. Tous mes projets lumineux devaient-ils conduire à une impasse ? Si je parvenais à enfouir mes regrets dans une consommation frénétique de films et de femmes, ils revenaient comme la marée. J'avais alors le sentiment d'un désolant gâchis.

– T'as l'air triste ce matin, Max, me disaient mes petites sœurs.

– Et c'est pas bon pour le service, ajoutait Mme Zoya.

Les demoiselles devaient donc redoubler d'inventivité pour me tirer du spleen. Caressant mon front, elles me demandaient ce qui pouvait bien se passer sous ma caboche.

Comment leur répondre ? Qu'auraient-elles compris aux ambitions du Trébuchet, ces adorables créatures pour qui le cinéma s'arrêtait aux pitreries de Rigadin ?

– Parfois, je me dis que tu nous prends pour des cruches, me reprocha Alberte, un soir que j'étais descendu grignoter un morceau dans les cuisines de la maison.

Elle était assise à la grande table de bois, où Léone, la cuisinière, équeutait des haricots. Alberte dévorait une tranche de jambon de façon compulsive.

– M. Blum me laisse toujours un drôle de goût dans la bouche, alors faut que je le couvre…

Me voyant perdu dans mes pensées, elle voulut comprendre dans quel monde parallèle j'avais toujours un pied.

– Je n'y peux rien, mais je suis de l'autre côté de l'écran.

Ma réplique irrita Alberte, qui ne comprenait pas.

– On dirait que tu n'es pas dans la vie. Que tu attends autre chose. Il y a plus de lumière dans tes yeux quand le rideau se lève, au Gaumont-Palace, que lorsque tu jouis dans ma bouche.

Léone pouffa dans ses haricots.

Pour triviale qu'elle fût, cette remarque était vraie.

Voilà bientôt deux ans que je vivais chez Mme Zoya, et je ne parvenais pas à oublier ce qui m'avait animé. Chaque séance était pour moi une source de joie et de peine. J'étais à la fois fébrile et jaloux. Comme si l'on me volait mes rêves.

En était-il de même pour mes amis du Trébuchet ? Depuis notre rupture, je ne les avais jamais recroisés. À croire qu'ils avaient tourné le dos au cinéma, car aucune de mes innombrables séances, dans toutes les salles de Paris, ne les mit sur ma route.

Dans *Le Petit Parisien*, un grand reportage sur l'atelier de Le Corbusier me permit de retrouver Benoît Alvarez, parmi les assistants du controversé architecte. Sur la photographie, il regardait le maître avec fascination en lui soumettant le plan de ce qui semblait être un gratte-ciel.

C'est au music-hall que j'eus des nouvelles de William Hodwin. Lorsque Georgius arriva sur la scène de Bobino en annonçant « La Galgoudette » sur une musique de Bill Hodwin, je compris que mon ami avait abdiqué ses rêves d'opéra. Celui dont les dons si précoces avaient impressionné Ravel, Satie et Debussy avait choisi la voie de la chansonnette ? À moins qu'il n'y fît ses gammes ? Son talent y était toujours aussi manifeste, puisque Denise et Alberte, qui m'avaient accompagné, passèrent la semaine à en siffler la mélodie.

– Oh, je ne peux pas me sortir cette musique de la tête…

Restait Igor…

Celui dont j'avais été le plus proche, qui m'avait si généreusement accueilli avant de me congédier avec tant de froideur, poursuivait lui aussi sa route.

J'eus un pincement au cœur devant la vitrine de la librairie Delamain, au Palais-Royal, durant l'hiver 1922. On y voyait côte à côte les dernières nouveautés romanesques de la maison Grasset : jouxtant *Le Songe* de Montherlant et *Siegfried et le Limousin* de

Giraudoux, je découvris *Fiat lux* d'un certain René Graindorge. Ce nom me titilla aussitôt la mémoire. Alors je me souvins : un soir que Bill et Benoît étaient rentrés chez eux, Igor et moi finissions un verre de chartreuse dans le salon de l'avenue Charles-Floquet. Mon ami semblait aux prises avec de vraies angoisses artistiques, comme si sa vie avait été à un croisement.

– Le Trébuchet est une chose, Max. Mais je veux être romancier, tu le sais. Une fois que nos théories seront admises, tu vas te déployer par l'image ; moi, ce ne peut être que par les mots…

Je ne comprenais pas ce qui l'inquiétait. Il m'avoua alors qu'il avait trop d'idées, trop de rêves.

– J'ai cent romans dans la tête. Je ne sais par lequel commencer.

Je ris de cette inquiétude.

– Songe à tous ces écrivains qui meurent devant une page blanche, toi, c'est l'inverse.

– Ce n'est pas mieux ! Il y a un foisonnement étouffant sous mon crâne. Parfois, j'ai peur d'en devenir fou, comme si une armée entière creusait ma cervelle !

– Pourquoi ne pas les écrire tous, ces romans ?

– Un auteur doit être rare. Je ne veux pas être assimilé à ces romanciers pour tourniquets, qu'on achète dans les gares. Je ne suis pas un feuilletoniste.

Son mépris me surprit. Mais il fut aussitôt suivi d'un profond désarroi :

– Mais si je les garde en moi, toutes ces histoires risquent de me dévorer.

Je lui suggérai alors, telle une plaisanterie, de les rédiger une à une, comme autant d'exercices de style. Puis, si besoin était, de les publier en se trouvant un pseudonyme pour chaque « manière », chaque univers romanesque.

Pour titanesque qu'elle lui parût, Igor aima cette idée. Cela le soulagea.

– Voilà ! dit-il en claquant dans ses mains. Personne n'ira faire le lien entre ces textes, si jamais je parviens à les publier.

Et cette purge me permettra de faire le vide dans mon esprit, afin d'atteindre l'œuvre véritable…

Ce projet me semblait à la fois démesuré et puéril, comme si Igor connaissait la méthode pour écrire le livre parfait. Mais ce n'était guère le moment de le décourager. Remplissant une dernière fois nos verres de chartreuse, nous nous amusâmes à forger des pseudonymes de fantaisie.

– Mon propre nom est invendable, trop russe, trop juif. Je ne veux pas prendre le risque de rebuter le public.

Les noms défilèrent, parfois grotesques, souvent harmonieux : Gilles Chauvier, Jean-Claude Huairveux, André Lorieul, Jean Guilouaneau, Arthur Dehaine, etc.

Il me semble que ce fut moi qui prononçai le premier « René Graindorge ».

– Pas mal, approuva Igor. Un petit côté rustique, ce sera pour ma veine terroir.

Fiat lux est-il un roman campagnard ? me demandai-je, le cœur serré, en prenant le livre sur le présentoir de la Delamain.

Je le feuilletai, découvrant des phrases fleuves d'un lyrisme affirmé, parfois ronflant, plus proches de la prose poétique que de la narration romanesque. Le foisonnement slave des Tcherniak trouvait ici son prolongement littéraire, et je dois dire que certains passages étaient de la plus belle eau. Igor décrivait la vie simple dans un village du Poitou, mais tout était prétexte à une célébration emphatique de la nature.

– Ça vient de sortir, me précisa un vendeur. Je ne l'ai pas encore lu, mais Bernard Grasset mise beaucoup sur ce jeune romancier…

Nouveau pincement au cœur.

Ainsi la déroute du Trébuchet avait profité à Igor ! Loin de rompre avec Grasset, il avait su transformer l'essai. Fût-ce sous pseudonyme, il avait publié son premier roman.

*

Sans doute aurais-je dû rester indifférent, mais savoir que mes trois complices poursuivaient leur route, alors que j'étais au point mort, me causa un profond désarroi.

Le plus enflammé de notre clan n'était plus qu'un avaleur de films et un testeur de frivolités.

Mes derniers mois chez Mme Zoya furent empreints de ce dépit, qui me vit souvent reclus dans ma chambre. Je sortais à peine, je n'allais plus au cinéma, ne descendais qu'aux heures des repas pour manger en silence, au grand regret de mes petites sœurs.

– Ça ne va pas ? demandait Lucie, inquiète.

– Tu t'ennuies chez nous ? enchaînait Alberte.

À ces questions si affectueuses, je ne répondais pas, le nez plongé dans ma blanquette.

– Je t'aime beaucoup, Max, me dit un jour Mme Zoya, mais je n'ai pas vocation à la charité…

Elle était montée me voir dans ma chambre, qui lui sembla irrespirable.

– On étouffe ici ! fit-elle en ouvrant la fenêtre sur les toits.

Une bonne odeur de printemps envahit aussitôt les lieux.

Puis la tenancière s'assit à côté de moi sur le lit défait.

– Si tu ne peux plus assurer ton service, Max, il va falloir que tu partes…

Me voyant perdu, elle se rembrunit.

– N'essaye pas de m'attendrir. Toutes les filles m'ont fait la même bobine, lorsque je leur ai parlé de toi. Chacune a essayé de prendre ta défense. Elles t'adorent. Et moi aussi, d'ailleurs. Mais j'ai une maison à faire tourner. Si ton alouette est en berne, je ne peux pas te garder…

Je promis à Mme Zoya de faire des efforts. Et ce, dès le lendemain matin.

– Je te laisse une chance. Mais ne me déçois pas, hein ? Édouard Herriot doit venir demain soir, et tu n'es pas sans savoir qu'il a des goûts très précis. Son côté lyonnais… Gilberte lui a prévu un petit numéro un peu salace, mais j'aimerais bien que tu le testes demain matin. Vu ?

– Vu !

Hélas, la séance fut piteuse. Non que la scatologie me choquât, mais rien ne pouvait me tirer de l'apathie.

– Je suis inquiète pour toi, dit Gilberte en remballant ses effets.

C'était à craindre : Mme Zoya me convoqua dans son bureau. Mais, à ma grande surprise, l'entrevue était sans rapport avec mon fiasco du matin.

– Dis-moi, dit-elle en pianotant sur son bureau, je croyais que personne ne savait que tu vivais ici…

Étonné, j'objectai n'avoir jamais donné mon adresse. Je ne fréquentais presque personne hormis les pensionnaires de la maison.

– En ce cas, comment m'expliques-tu ça ?

C'était une enveloppe, calligraphiée de façon artistique.

« Max Toppard
Aux bons soins de Mme Zoya,
16, rue Caumartin,
Paris 8e »

– Il n'y a pas de timbre ?

– Non, c'est arrivé par porteur. Un chauffeur à gants blancs me l'a déposée voici dix minutes. Il a exigé que je te la remette en mains propres, mais je lui ai dit que les tiennes ne l'étaient pas, vu ce que tu faisais avec Gilberte.

Mme Zoya rit de sa plaisanterie, mais je ne l'écoutais plus. Mes doigts manipulaient la lettre, sans oser l'ouvrir.

Au dos, l'expéditeur m'intrigua :

– Rapid Film.

Finalement, j'ouvris, lus, et mes doigts se mirent à trembler.

– Ça ne va pas ? s'inquiéta Mme Zoya.

– Le Trébuchet, dis-je dans un souffle.

– Le quoi ?

Les mots sortaient de ma bouche dans un flot continu. Toute cette énergie sous cloche depuis des mois semblait près d'exploser.

Et me voilà qui me levais de mon siège, prêt à faire danser Mme Zoya !

– Mais tu deviens fou !

Fou de joie, oui ! Fou d'espoir ! Un producteur dont le nom m'était encore inconnu avait découvert par le plus grand des hasards *L'Al-cinéma* et voulait absolument rencontrer les membres du Trébuchet.

Comment avait-il su nos noms ? Comment nous avait-il retrouvés ? Je m'en moquais ! Seul importait pour moi ce rendez-vous, dans les bureaux de Rapid Film, rue Francœur, deux jours plus tard.

– Et il s'appelle comment, ton producteur ? demanda Mme Zoya, circonspecte.

– Bernard Natan.

– Ça ne me dit rien. Ce type n'est pas client chez nous.

21

Paris n'existe plus. Le béton règne en maître. L'église Saint-Eustache est perdue parmi les gratte-ciel. Les autoroutes déchirent la ville : voies express des quais, radiale de Bagnolet, boulevard périphérique… Dans la Seine se reflètent les tours, de Javel à Bercy. La gare d'Orsay, coquille vide depuis trop d'années, a été remplacée par un quadrilatère de cent mètres de hauteur qui domine le quartier. Où que l'on soit, on aperçoit des édifices défiant la pesanteur : le plus proche, à Montparnasse. Et puis d'autres, plus arrogants encore, vers la place d'Italie, des bâtiments aux noms précieux : Opale, Béryl, Zénith, Onyx, Jade, Agate. Enfin le plus haut, le plus fou, symbole de la ville du futur, qui écrase toute perspective : la tour Apogée. Et que dire de la tour Polak, fusée plantée dans le sol, en lisière de Paris ? Et de la Tour lumière cybernétique, avec ses 347 mètres, phare absolu qui inonde le ciel parisien de ses 5 226 projecteurs ?

– Effrayant ! conclut Caroline en refermant le magazine.

– Mais possible…, corrige Vincent. Les dessinateurs se sont fondés sur des projets bien réels.

Il range le *Paris Match* dans le dossier « Urbanisme fou ». Vincent Bellegarde est ici dans son jardin : la révolution urbanistique des années 60 est son cheval de bataille. Les destructions de la Seconde Guerre mondiale ont créé un appel d'air où se sont engouffrés les diables de la modernité. Sous couvert de changement, on a voulu tout détruire. Bien sûr qu'il faut loger une population croissante, mais à quel prix ? En quelques années, la superficie urbaine de la France a doublé. Partout fleurissent ces « grands ensembles » aux noms ironiques, qui défigurent nos campagnes mais se nomment *Grandes Terres, Sablons, Courtilières*...

Acide, Vincent se lance dans une de ses théories fétiches : Hitler et Le Corbusier sont les fossoyeurs du paysage français. Un Autrichien et un Suisse collabo (méfions-nous des alpages !). Le premier détruit, le second rebâtit. *Mein Kampf* et *La Charte d'Athènes* se donnent la main pour épurer la vie et la ville. Leur langue commune ? L'espace vital. Mais si Hitler a perdu la guerre, Corbu a gagné son combat. Les architectes sont plus malins que les militaires : ils agissent en douceur, drapés de générosité, d'espoir. Lorsque, en 1954, le rapport Lafay détermine les « îlots insalubres » de Paris – ces quartiers populaires composés d'immeubles de moins de quatre étages –, il pointe les « inutiles », les « parasites ». Il s'agit donc de supprimer ces corps malades, comme le bon docteur Carrel voulait piquer les anormaux.

– Tu connais le mantra de Corbu et de ses disciples, Caroline ? « L'homme nouveau doit s'adapter à la ville nouvelle. » Désormais, l'individu est la conséquence du décor, son accomplissement. Si bien que l'architecte est le démiurge, le guide, le führer, le dieu...

Vincent Bellegarde est devenu funèbre. Caroline ne l'a pas interrompu, bien qu'elle connaisse ce discours. Sans épouser cette radicalité provocatrice, elle sait qu'il dit vrai. Paris meurt sous les béliers du temps présent. Un sacrifice rituel. Et ce que vient de lui apprendre Sylvania est une nouvelle étape du désastre.

Voilà pourquoi, après avoir dormi deux heures tout habillée sur son lit, la journaliste est venue frapper à la porte de son mentor. Par chance, Vincent était chez lui.

Trois maisons plus bas, le pavillon des Bellegarde est identique à celui des Ménardier. Dans ces petites pièces emplies d'objets incongrus, de piles de livres, d'affiches de cinéma, de photographies de film, Caroline a passé une partie de son adolescence. C'est ici qu'a éclos leur passion commune pour Paris. Une passion égoïste, qu'ils n'ont jamais cherché à partager avec leurs amis, qui préfèrent jouir d'une époque qui leur offre *Dim Dam Dom*, les Solex et les vestes Renoma.

Voilà pourquoi Vincent et Caroline n'ont de cesse d'explorer Paris, en quête de ruelles ténébreuses et magiques. Voilà pourquoi elle est effrayée d'apprendre que la rue Pirouette sera rasée d'ici quelques semaines.

Caroline raconte tout à Vincent : Carné, Renoir, Simon, sa nuit au Belphégor, la visite de Sylvania…, mais avec une pointe de méfiance, comme si elle rechignait à partager son aventure.

Bellegarde l'écoute, circonspect, sans un mot. Cette neutralité finit par la troubler.

– Que crois-tu qu'il s'est passé, cette nuit au Belphégor ? finit-elle par demander.

– Je n'étais pas avec toi…

La réponse est dite sur un ton de réprobation. En veut-il à Caroline de vivre sans lui cette grande aventure ?

– Tu ne me crois pas ?

– Toi-même, tu n'es sûre de rien. Qui sait s'ils n'ont pas diffusé dans l'air une substance qui vous a entraînés… ailleurs…

– Ailleurs ?

– Si tant de gens célèbres se droguent ainsi, les autorités ont tout intérêt à étouffer l'affaire. Un bulldozer rase ça en quelques heures…

Si Caroline est venue chez Vincent, c'est bien pour connaître les détails du projet de reconversion des Halles, dont tous les commerçants seront expulsés dans moins de quatre ans. Savoir qui s'en occupe, qui le gère.

De sa bibliothèque, Bellegarde tire un dossier rouge.

– Tout est là, dit-il en étalant des feuilles et des plans.

– Mon Dieu…

Le chantier sera titanesque ! Il s'agit de repenser tout le cœur de la rive droite : une surface de 450 hectares, depuis la Seine jusqu'aux boulevards extérieurs, du Châtelet à Barbès. Le jeune homme retrouve sa flamme :

– Les boulevards de Strasbourg et de Sébastopol sont appelés à devenir les « Champs-Élysées Nord-Sud », explique Vincent en pointant une gigantesque tranchée qui barre la ville de part en part. Il s'agira d'un large espace vert modernisé, piétonnier, couvert d'arbres et d'aires de détente, mais qui surplombera un immense tunnel autoroutier. De part et d'autre de cette avenue centrale, on trouvera deux zones. À l'est, la zone B, dite du plateau Beaubourg, où l'on va presque tout raser pour bâtir 145 000 mètres carrés de locaux commerciaux, 300 logements, des hôtels et un parking de 5 000 places. À l'ouest, la zone A est nommée Carreau des Halles. À la place du « Ventre de Paris », dont seule Saint-Eustache survivra, on édifiera 700 logements, un monumental centre commercial et 1 000 places de parking. Pour les urbanistes, ce quartier va devenir le nouveau centre financier de Paris.

Caroline est atterrée. Elle ne pensait pas que les travaux seraient si radicaux. À côté de ça, le Belphégor…

– Qui est le maître d'œuvre du projet ?

Bellegarde prend un air dégoûté.

– Le pire de tous. Le fils spirituel de Le Corbusier, avec encore moins d'états d'âme, encore plus de béton. Le chantre de la technocratie architecturale. Le summum du narcissisme urbanistique. L'obsédé des radiales, des autoroutes. Un homme à l'origine de la plupart des projets qui nous font frémir : cette tour au sommet de la colline de Montparnasse, les gigantesques barres dans le XIIIe arrondissement, qu'on appellera « Olympiades », ce front de Seine, près du quai de Grenelle, et puis les Halles, bien sûr.

– Notre meilleur ami.

– Il est surtout le chouchou de l'État, précise Vincent Bellegarde en lui montrant la photo d'un fort bel homme, la soixantaine avantageuse, entouré de Malraux, Pompidou et de Gaulle.

– Son nom ?

– Benoît Alvarez.

22

Ils sont en larmes. C'est leur vie qui disparaît. Leur mémoire, leur passé. Beaucoup de souvenirs douloureux, aussi. Dieu qu'ils ont été à l'étroit ici ! Le père, surtout, lorsqu'ils vivaient à neuf dans ces trente mètres carrés. Un clapier sans eau courante, sans sanitaires, avec pour seul chauffage un poêle à charbon. Combien de nuits se sont-ils réveillés en suffoquant, obligés de se réfugier dans la rue, en plein hiver, pour ne pas mourir asphyxiés ? Quatre générations ont pourtant vécu dans cette masure de la rue Baudricourt. Y étaient-ils heureux ? La question ne se pose pas. C'était chez eux.

Les gravats qui roulent jusqu'à leurs pieds sont-ils la promesse d'un avenir meilleur ? C'est ce qu'on leur a assuré, sans leur laisser le choix.

– Il faut vivre avec votre temps, monsieur Rousselot. Pensez à vos enfants, ils méritent le confort, la lumière.

Ses enfants, Gilles Rousselot les contemple avec amour et inquiétude. Camille et Gabriel voient leur maison s'effondrer comme un château de cartes. Ils ne rient ni ne pleurent : ils observent, incrédules. Tout à coup, la fillette s'anime.

– Maman ! dit-elle en désignant une tache rose au milieu des gravats.

La mère pâlit. Elle voudrait s'approcher, mais un ouvrier la refoule. Ils sont déjà bien gentils de les avoir autorisés à assister à la démolition. En règle générale, ils demandent aux habitants de quitter le quartier pendant une journée, quitte à leur offrir des tickets pour la Foire du Trône. Mais Gilles Rousselot a tant insisté, et l'iris de Sabine Rousselot possède un piquant auquel le chef de chantier n'a pas su dire non. Une vraie famille parisienne, travailleuse. Et avec ça, cette fierté des petites gens. Le contraire de ce technocrate que déteste le chef de chantier. La race des architectes lui a toujours déplu. Il se méfie des gens qui veulent le bonheur des autres malgré eux.

– Maman…, insiste Camille d'un ton suppliant.

– Je suis désolée, ma chérie.

Elles voient maintenant le corps se disloquer.

– Poupette…, sanglote Camille.

– Je t'avais dit de vérifier ta valise, grommelle le père, s'en voulant déjà de cette remarque.

Le chef de chantier s'approche et pose une main amicale sur l'épaule de Gilles.

– C'est comme ça à chaque fois, monsieur Rousselot. On oublie toujours quelque chose. Mais…

– … mais on ne fait pas d'omelette sans casser d'œufs ? complète le père d'un ton aigre en voyant tomber le dernier mur de son enfance.

– Je n'utilise jamais cette expression, monsieur Rousselot…

Dans leur dos, derrière un cordon sanitaire, une centaine de curieux assistent au spectacle.

Un mois plus tôt, ils étaient bien plus nombreux. Il avait même fallu fermer la rue, détourner la circulation. Tout le monde voulait voir ça. Comme on admire un incendie. Mais cette maison est la cinquantième qu'on abat, le public s'est lassé.

Mêlés à la foule, Caroline et Vincent ont tout contemplé avec un effroi muet. Qu'elle était jolie, la maison des Rousselot. Cette façade peinte en bleu ciel. Ces deux niveaux de guingois aux fenêtres à volets. Cette inscription, encore visible sur le mur :

« Bonneterie Rousselot ». Voilà longtemps que le magasin n'en était plus un, mais ils en avaient conservé la façade. « C'est mon enfance, tu sais ? » disait le mari à son épouse. Et l'enfance de Gilles Rousselot, en ce 26 novembre 1965, n'est plus qu'un tas de poussière.

Sabine prend sa main et murmure :

– On va être heureux…

– Évidemment, répond-il d'une voix sombre.

Comme tous les habitants du quartier, cette famille va dominer Paris. On leur a promis un plateau de 150 mètres carrés, au trentième étage.

« Imaginez, monsieur Rousselot ! s'est enflammé Benoît Alvarez, lorsqu'il est venu faire son boniment. Vos enfants auront chacun leur chambre, vous aurez deux salles de bains, une cuisine moderne. Et puis cette vue, cher monsieur ! De là-haut, tout Paris sera à vos pieds. Savez-vous qu'on voit jusqu'au mont Valérien ? »

Le mont Valérien, Gilles Rousselot s'en fout. Il sait à peine où cela se trouve. Mais il n'a pas eu le choix. Comme ses voisins, on lui a fait comprendre que son passé, ses souvenirs, avaient fait leur temps. Il ne s'agit pas d'aller contre l'Histoire.

Tout à coup, des policiers repoussent les badauds.

– Écartez-vous, s'il vous plaît.

– Hé, oh, poussez pas !

Comme tout le monde, Caroline et Vincent reculent pour laisser passer une DS noire, qui se gare derrière la famille Rousselot. Le père a blêmi. Ce pauvre homme n'avait pas besoin de ça…

Un chauffeur à casquette et gants blancs sort de la Citroën et vient ouvrir la porte arrière.

Lorsque l'homme sort de la voiture, Vincent donne un coup de coude à Caroline. Cheveux noirs striés de blanc, profil de statue, regard hautain sous des cils de fille. Et puis des dents éclatantes. Benoît Alvarez est un homme heureux. Heureux de ce qu'il fait, heureux de ce qu'il accomplit. Ces décombres sont la preuve que l'avenir est en marche, et il sourit aux gravats.

– Monsieur Rousselot, fait-il d'un ton théâtral en posant ses mains sur les épaules du petit homme.

Gilles Rousselot n'a d'autre choix que de saluer cet architecte qui le dépasse de deux têtes.

Sabine n'est guère plus grande, aussi Alvarez doit-il se casser en deux pour lui faire un baisemain hors de propos. Mais avec lui cela passe, car son charme autorise tout.

– Faut dire qu'il est beau, ce type, chuchote une femme derrière Caroline et Vincent.

– Et puis chic, avec ça. Tu as vu ses chaussures ?

Les souliers couleur prune brillent comme si elles venaient d'être cirées. Benoît Alvarez est de ces hommes que rien n'atteint, même la poussière de ses chantiers.

– C'est le début d'une nouvelle vie, n'est-ce pas, les enfants ? dit-il en se penchant, paternel, vers Camille et Gabriel.

Les petits restent muets, mais lorsqu'il sort de sa poche deux roudoudous, ils sautent de joie et Camille pose un gros baiser sur sa joue rasée de frais.

– Mmm… tu sens bon !

Alvarez éclate de rire et prend la rue à témoin de son succès.

Sabine blêmit, happant la main de son mari.

– Papa dit qu'on aura la tête dans les nuages, rêve Gabriel en léchant son coquillage.

– Votre papa a raison, vous n'aurez jamais aussi bien vu le ciel.

– Mais il va falloir encore qu'on habite dans cette maison toute noire en attendant ? demande Camille, qui met le bonbon dans sa poche.

Alvarez pose sa paume sur la joue de la fillette.

– Ma chérie, un immeuble aussi beau ne se construit pas en un jour…

Il marche jusqu'au chef de chantier et l'entoure de son bras gauche.

– Compte sur M. Fabrès pour travailler vite et bien ! N'est-ce pas, monsieur Fabrès ?

Impassible, le chef de chantier dit d'une voix neutre que d'ici cinq ans ça devrait être fini…

– Cinq ans !!! glapit la fillette.

Les parents ne réagissent pas. Ils n'en sont plus là. Les promoteurs leur avaient promis qu'ils ne passeraient pas plus de dix-huit mois dans un logement provisoire, de l'autre côté de la porte d'Italie, au Kremlin-Bicêtre.

Alvarez éclate d'un rire factice.

– Ne soyez pas pessimiste, monsieur Fabrès ! J'ai confiance en vous.

Fabrès pourrait argumenter mais n'en a aucune envie. Il préfère aller retrouver ses ouvriers pour les aider à déplacer une bétonneuse.

– Allons allons ! s'écrie Alvarez en tapant dans ses mains comme s'il avait froid.

Son ton est faussement allègre, car il sent l'hostilité monter dans la foule.

– Paris est en train de changer, mes amis !

– Changer mon cul ! fait une voix.

– Escroc !

Alvarez affecte de n'avoir pas entendu et ouvre la portière de sa voiture.

Une silhouette s'avance alors jusqu'à lui.

– Mademoiselle ?

– Je suis étudiante en architecture et je voudrais vous poser quelques questions sur l'extraordinaire travail que vous faites dans Paris depuis dix ans.

Le joli visage de la jeune femme et son ton sincère achèvent de convaincre l'architecte. Après tout, qu'a-t-il à perdre ?

– Écoutez, dit-il en entrant dans la voiture, j'ai rendez-vous dans une demi-heure avenue de Flandre, près de La Villette. Ça ne vous ennuie pas de venir avec moi, et nous ferons l'interview dans la voiture ?

Hésitante, Caroline fait un signe à Vincent.

Puis elle entre dans la DS, où Alvarez lui sert un Perrier.

– Je vous écoute, mademoiselle…

23

C'est vrai qu'il est beau. Très beau, même. Le croisement de Cary Grant et de James Stewart, avec ce piquant des séducteurs français. Et puis une tenue impeccable, à la fois classique et raffinée, agrémentée de ces touches d'originalité que sont une pochette fuchsia et des lunettes à monture rouge, qui le rajeunissent.

Avant de se rendre dans le XIIIe, Caroline et Vincent ont vérifié : Benoît Alvarez a soixante-six ans. Ce Dorian Gray de l'urbanisme cache-t-il son vrai visage, aussi lacéré et hideux que les décombres sur lesquels il bâtit l'avenir ?

Tandis que la DS s'engage avenue des Gobelins, Caroline pose un carnet de notes sur ses genoux.

– Monsieur Alvarez, peut-on légitimement vous considérer comme le fils spirituel de Le Corbusier ?

Alvarez joue aussitôt les veufs :

– Ce cher Charles-Édouard était un génie. Sa mort, en août dernier, m'a plongé dans une profonde tristesse. Mais je l'ai toujours considéré comme un rêveur…

– Un rêveur ?

– S'il a profondément modifié, *révolutionné*, le regard architectural moderne, il a très peu réalisé. C'était un théoricien.

– Alors que vous êtes pour l'action.

– Je ne suis pas pour l'action, mademoiselle : j'agis. Vous

n'avez pas idée du nombre de chantiers sur lesquels je travaille en ce moment. Je ne sais plus où donner de la tête. Mais il y a tant à faire. Et nous sommes si peu à avoir ce…

– … ce talent ? complète Caroline, craignant de surjouer.

Le compliment fait rosir Alvarez qui, modeste, dit préférer le mot « volonté ». Pour ce qui est du talent, l'avenir jugera.

Puis il repart dans son plaidoyer. Comme Le Corbusier, il est pour la promotion de la propreté. Il s'agit de faire le propre chez soi pour faire le propre en soi. Cela annonce l'aube imminente de l'esprit moderne.

Après un instant d'hésitation, il ajoute d'un ton velouté, comme s'il voulait atténuer ses propos :

– C'est terrible à dire, mais il s'agit d'épurer les villes de leurs populations parasitaires et de leurs habitants stériles…

Écœurée, Caroline constate qu'ils longent la prison de la Santé. Il est des geôles qui se perdent…

– L'habitant lui-même reste important, tout de même ?

– Évidemment ! L'homme reste la mesure de toute création. Ce que j'ai démontré dans mon récent ouvrage, *La Ville future*. Mais l'homme nouveau doit d'adapter à la ville nouvelle. Et l'avenir est vers la hauteur, l'espace. Ceux qui me rétorquent que je défigure le paysage sont des fats. On a dit la même chose à tous les architectes, depuis qu'on a bâti la première maison. La contrainte esthétique relève à mon sens de la loufoquerie ! Au contraire, il faut inventer une nouvelle esthétique, un nouveau style. Ou alors on uniformise à jamais un pays et on le tue à petit feu. Rien n'est plus dangereux qu'une cité qui devient le conservatoire du passé. C'est le grand risque de Paris : être une ville musée. Aussi je suis pour tuer ce risque dans l'œuf, ce qui ne va pas sans quelques larmes…

– Comme ceux de cette famille, dans le XIIIe ?

– Ils ne sont pas encore conscients de leur chance. Ils sont juste attachés à leurs habitudes, leurs souvenirs. Vous auriez vu le taudis dans lequel ils vivaient depuis des générations. Un foyer à épidémies. Pas de lumière, pas de chauffage, deux lits pour quatre. Comment voulez-vous avancer vers l'an 2000 en vivant comme au Moyen Âge ? C'est là tout mon combat, même si je dois causer des regrets. Je suis prêt à l'assumer…

À son corps défendant, Caroline avoue que l'homme est sincère. Il ne lui sert pas un boniment, mais une profession de foi.

– Le projet qui m'intéresse le plus est celui des Halles, monsieur Alvarez.

L'architecte s'éclaire.

– Oh, c'est ma grande passion ! Je crois même que ce sera mon chef-d'œuvre, car c'est mon chantier le plus ambitieux, le plus difficile aussi…

– Pourquoi difficile ?

– Parce que, contrairement au XIIIe arrondissement, il ne s'agit pas de changer la physionomie d'un quartier, mais son âme.

– Son âme ?

– Les Halles ont toujours constitué le cœur secret de Paris, sa tête et son ventre. Il y a un équilibre alchimique dans cette partie de la ville : « Ce qui est en haut est comme ce qui est en bas. » Vous connaissez la formule de *La Table d'émeraude* ?

– Non…

– Peu importe. Disons que les Halles symbolisent tout ce que Paris contient d'histoire, mais aussi de souffrance.

– Quel rapport avec votre travail ?

Contemplant la Seine, qu'ils traversent au pont Saint-Michel, l'architecte explique que ce quartier est maudit et qu'il faut le désenvoûter.

– Ce n'est pas de la superstition ?

– Au contraire, ce sont des faits. Vous ne croyez pas à la mémoire des lieux, mademoiselle ? Vous ne pensez pas qu'une pierre, un mur, un toit, une borne puissent emmagasiner des souvenirs, absorber le temps, comme une éponge ?

– Je vous parle d'urbanisme et vous me parlez de maison hantée…

Alvarez balaye l'objection d'un geste, mais conserve son enthousiasme : dans le cas des Halles, c'est la même chose. Ce quartier est hanté, possédé par trop d'histoire. Voilà pourquoi il faut être encore plus… radical que pour les autres zones insalubres de Paris.

– C'est bien simple, je vais tout raser.

À nouveau, Caroline masque ses réactions. Ce n'est pas le moment de se dévoiler.

– Vous voulez dire les Halles de Baltard ?

– *Tout*, je vous dis.

– Pas Saint-Eustache, quand même ?

Alvarez éclate de rire. Si ça ne tenait qu'à lui, il la démolirait aussi ! Mais il ne veut pas avoir le Vatican dans les pattes. En revanche, l'église sera isolée, au centre d'un superbe réseau d'immeubles, avec lesquels elle dialoguera comme dans une conversation hors du temps.

– Vous comptez détruire toutes les rues qui l'entourent ?

– Pas une ne restera.

– Même la rue Pirouette ?

Pour la première fois, Alvarez perd de son assurance.

– Pourquoi me parlez-vous de cette rue ?

Contractant ses muscles, Caroline dit aimer la traverser, car elle la trouve pittoresque.

Rassuré, l'architecte s'amadoue et objecte que le pittoresque est un danger à éviter. C'est pourquoi toutes ces rues vont disparaître : la rue Pirouette comme les autres.

Caroline avise les tours de Notre-Dame, sur leur droite.

– Cela veut dire que vous allez démolir le Belphégor ?

Benoît Alvarez perd son éclat.

– Qui êtes-vous, mademoiselle ?

– Je vous l'ai dit, j'étudie l'architecture.

– Vous ne vous êtes pas présentée.

– Euh… Janique, improvise Caroline… Janique Marly…

Si Bibi savait qu'elle servait de prête-nom !

Mais c'est déjà trop tard.

Glacial, Benoît Alvarez pose sa main sur l'épaule du chauffeur.

– Monsieur ?

– Garez-vous à gauche, Robert. *Mlle Marly* nous abandonne ici.

24

– Et il t'a laissée comme ça, en plan, sur le trottoir ?

Hugues, Marc, André et Jean-Louis, les quatre journalistes des *Études*, ont écouté le récit de Caroline, sans un mot. Hugues avait une longueur d'avance, car les autres ne savaient encore rien de l'avancée de ses recherches.

Sitôt abandonnée sur un trottoir du boulevard de Sébastopol, Caroline est venue les voir. Un instant elle a hésité, comme si cette affaire devenait trop intime. Mais la jalousie sourde de Vincent est bien la preuve qu'elle ne doit pas prendre cet article trop à cœur. Il ne s'agit que d'une enquête, qu'elle doit partager avec d'autres pour ne pas s'y noyer.

Ils sont assis tous les cinq autour de la grande table.

– Mais ce Max Toppard, s'étonne Marc, que sait-on vraiment de lui ?

– Presque rien. Tout est flou.

André se lève et s'avance vers la grande bibliothèque où sont rangées les histoires du cinéma. Machinalement, il ouvre le Sadoul et le Bardèche à l'index. Les autres le regardent faire, en silence. Il finit par se retourner, bredouille.

– Je vous l'ai dit, insiste Caroline, c'est un fantôme.

– Y a-t-il un lien réel entre Toppard et le Belphégor ?

À nouveau, Caroline avoue son ignorance. Tous les gens qui ont parlé de Toppard ont également mentionné le Belphégor.

– Et puis il y a ce drôle de type, intervient Marc. Ton homme au chapeau melon. Il avait l'air content que tu aies fait le pont entre le Belphégor et Toppard, n'est-ce pas ?

– Oui.

– Et s'il était Toppard lui-même ? lance Jean-Louis.

– J'y ai pensé, mais il est trop jeune.

– Quel âge aurait Toppard ?

– Je ne sais pas...

– Alors, tu vois bien que...

Un brouhaha interrompt leurs palabres. Des bruits de pas et des éclats de voix proviennent du grand escalier, et Hugues perd toute autorité.

Des ongles grattent la paroi de bois.

– Choupi ?

Des gloussements répètent « Choupi » en écho, et Hugues souffle. Ses confrères sont navrés et il leur répond par une moue impuissante.

– Tu es là ?

– Oui, s'efforce-t-il de dire, les yeux au ciel. On est en réunion, là...

– Ils sont en pleine réunion, répète la voix de Jenny, suivie d'un concert enthousiaste :

– Une réunion ? Formidable ! On veut voir ça.

– On peut entrer ?

Hugues voit ses confrères rougir d'une colère muette. Marc désigne la porte et, de l'index, fait un grand non. Les deux autres croisent ostensiblement les bras. Et lorsque, de guerre lasse, Hugues lance un « Entrez » glacial, tous trois optent pour un rictus résigné.

Caroline est giflée par tant de couleurs et de rires.

Dix personnes s'engouffrent dans le bureau des *Études*, coupe en main, sans s'inquiéter de renverser du champagne sur la moquette.

– Comme c'est amusant ! lance une jolie femme trop maquillée en caressant les reliures des livres.

– Et tu as ça chez toi, dans ton grenier ? ricane un homme brun et tassé à la voix de ténor.

– Chacun son jardin secret, répond Jenny en ébouriffant les cheveux d'Hugues.

Celui-ci bouge à peine et la scène n'en devient que plus dérangeante.

– Peut-être qu'on les importune, non ? remarque un homme d'une grande maigreur, aux yeux verts et brûlants.

Il observe la pièce avec un embarras sincère, et semble bien le seul.

– Allons, René, ils devraient être flattés d'une si jolie société, glousse un quinquagénaire au crâne dégarni, qui dévore Caroline des yeux.

Le voilà qui s'approche de la journaliste et s'étonne à voix haute qu'il y ait une femme pour quatre hommes.

– Il s'en passe des choses, dans ce grenier…

Puis il s'incline devant la journaliste et se dit enchanté de faire sa connaissance.

La jeune femme s'apprête à répondre, mais une créature ridée, vêtue d'une robe à froufrous, grasseye :

– François, tu n'es pas en campagne, ce soir !

Sans quitter Caroline des yeux, le chauve rétorque qu'il est toujours en campagne.

La journaliste le reconnaît alors. Voilà des mois qu'elle le voit sur les murs de Paris.

– François Morland ? dit-elle.

– Tu as gagné une électrice, ricane Jenny en dégageant une grande affiche du *Juif Süss* roulée dans un coin de la pièce.

– Vous pensez donc voter pour moi, mademoiselle ?

Caroline reste interdite. Tout comme ses quatre confrères, elle se sent à mille lieues de cette cacophonie mondaine.

– Je… je ne sais pas encore…

– Ne me dites pas que vous voulez voir repasser cette baderne de De Gaulle ? La France a besoin de sang neuf.

– Et le sang neuf, c'est toi ? aboie la vieille femme colorée.

– Et pourquoi pas ? On ne peut pas laisser ce vieillard saboter la France plus longtemps.

– Je croyais que vous aimiez les vieillards, François ? objecte le grand homme maigre.

Devinant le croche-patte, Morland s'étonne tout de même de cette question.

– On sait que vous avez fait vos classes chez un autre vieillard, à Vichy.

Les traits de Morland se figent et Jenny vient aussitôt à sa rescousse :

– René ! Laissez François tranquille ! Et n'ironisez pas sur Pétain. Tout le monde sait ce que la France lui doit.

Les invités se raidissent, mais Jenny conclut, péremptoire, que sous son toit, on ne dit pas de mal du Maréchal.

– J'ai mes fidélités, que voulez-vous.

– C'est-à-dire vos nostalgies ? demande René.

– Nous n'avons pas vécu la même guerre, René. Je tournais, vous combattiez : chacun son destin, non ?

Sidéré par tant de légèreté, René précise qu'il a combattu avant d'être déporté.

– C'est bien ce que je dis, à chacun sa croix.

Devant ce raisonnement absurde, René ne trouve rien à répondre. Tous les convives sont gênés, mais Jenny s'en moque. Elle l'a dit, elle est ici chez elle, avec ses règles, ses opinions. Elle l'a souvent répété à Hugues : ses invités sont trop heureux de venir goûter à l'une des meilleures tables de Paris, boire les plus grands vins dans la plus belle vaisselle. Elle ne va pas pour autant renier ses convictions, non ? C'est en cela qu'elle est moins mondaine que beaucoup de ses consœurs salonnardes : Jenny se fait un malin plaisir à toujours gratter là où cela dérange. Rien ne lui plaît tant que la provocation. Son aisance pécuniaire lui autorise toutes les transgressions et elle en profite. C'est bien pour cela qu'elle a financé les *Études*, afin de lancer un pavé dans la mare et de voir malmener tous ces potentats du cinéma qui lui ont tourné le dos, après 1945. Des potentats qui se sont d'ailleurs vite ravisés, lorsque Jenny est devenue l'épouse de Maurice de la Solvette. Mais c'était trop tard, elle avait renoncé à sa carrière et elle s'est complu dans son rôle de nantie provocatrice, qui aime se permettre le pire.

– Jenny, on est en pleine réunion…

L'ancienne comédienne regarde son amant avec tendresse et passe derrière sa chaise, posant son menton sur la tête du jeune homme.

– Pardonne-moi. Je suis bête, parfois. Mais je suis si fière de vous, mes petits oiseaux.

Se reculant, elle considère l'ensemble de la table comme une œuvre d'art récemment acquise.

– Laissons-les, plaide René.

Alors, Caroline le reconnaît ! Décidément, Jenny reçoit chez elle la cour et la ville. Il s'agit de René Graindorge, cette grande figure du Nouveau Roman devenu le pape de ce mouvement, en 1953, lorsqu'il a publié *Le Flou*, aux Éditions de Minuit. Caroline avait essayé de le lire, mais n'était pas allée au-delà de trois chapitres. Cette description d'un homme prisonnier de sa cuisine, qui voit peu à peu son quotidien, son décor, sa vie, verser dans un brouillard asphyxiant, lui est tombée des mains. La neutralité revendiquée du ton, l'emploi de la deuxième personne du singulier et du futur antérieur rendaient sa lecture délicate, pour ne pas dire pénible. Caroline a flanché, sans états d'âme. Elle aime les livres qui emportent.

– Et le Belphégor, alors ? On en est où ?

Caroline tressaille. Entendre ce nom, prononcé comme une saillie mondaine, lui semble insultant. Ses confrères sont tout aussi embarrassés, mais ils savent que c'est déjà trop tard.

– Jenny, plaide une dernière fois Hugues. Peux-tu nous laisser ?

– Redescendons, ajoute René Graindorge, autoritaire, et il prend le bras de la maîtresse de maison.

Celle-ci se dégage d'un mouvement brusque et son collier tombe au sol. Le fil se brise, envoyant les perles aux quatre coins de la pièce.

– Regardez ce que vous me faites faire !

Caroline assiste alors à une scène presque grotesque : tous ces invités élégants se mettent à quatre pattes pour récolter les perles. Même Morland sacrifie à l'exercice, non sans passer sous la table, près de ses jambes. Seul Graindorge n'a pas bougé, affectant un dédain froid. C'est pourtant lui qui relance le débat :

– De quel Belphégor s'agit-il ? Le feuilleton ? Le roman ?

Après un silence résigné, le rédacteur en chef répond qu'ils parlaient du cinéma.

Le visage de l'écrivain se durcit.

– Cette salle aux Halles qui ressemble à un train fantôme ?

Tous opinent.

– Au point où en est, grommelle Jenny, accroupie au pied de la bibliothèque, racontez-nous. Le collier compte cent cinquante-deux perles, on a un peu de temps.

Un à un, à mesure que Caroline fait le récit de ses dernières semaines, les invités de Jenny se redressent. La maîtresse de maison oublie vite son collier, satisfaite de voir que cette excursion à l'étage est réussie. Et lorsque Caroline conclut par un « Il m'a jeté de sa voiture et je suis venue directement ici », la pièce est suspendue à ses lèvres.

Après un silence, chaque convive commence à donner son opinion, souvent tranchée.

Pour Morland, cette aventure n'est qu'un vaste canular fomenté par l'architecte.

– Je connais Alvarez depuis vingt ans. Il est le chantre officiel de l'esthétique gaullienne. Ce type est capable de tout.

La vieille femme colorée objecte que cela n'explique en rien les mystères de ce cinéma. Ainsi que la nuit au Belphégor.

– Quelqu'un a-t-il déjà été invité à l'un de ces Jeudis ?

Tous les convives font non de la tête.

– Parce que ça aussi, c'est une farce, voyons ! s'énerve Morland, qui se penche alors sur Caroline. On vous a monté un numéro de passe-passe. Tous ces gens étaient des sosies que la pénombre vous a fait prendre pour les vrais.

– Mais, objecte-t-elle, le film ?

– Quel film ? Vous n'en avez aucun souvenir. Vous avez dû être droguée…

– Dans quel but ?

À cette question, Morland avoue son ignorance. C'est donc précisément cela qu'elle doit comprendre.

– Elle est ici, votre enquête, savoir pourquoi vous, et vous seule, êtes le dindon de cette farce.

L'expression agace Caroline. Morland insiste : pourquoi elle, simple pigiste d'une revue confidentielle – grimace de Jenny et des quatre journalistes –, serait-elle l'objet d'une plaisanterie qui demande tant d'industrie ?

– François a raison, remarque Graindorge, jusqu'alors muet. La question n'est pas « pourquoi ? » mais « pourquoi vous ? ».

Caroline a de plus en plus l'impression de passer un examen. Elle est l'auteur de cette enquête, pas son objet.

– Ce qu'il faut savoir, fait la vieille femme colorée, c'est qui est ce Toppard.

– Encore une invention ! coupe Graindorge.

Morland approuve d'un mouvement de tête, ajoutant que si une telle personne avait eu un tel rôle, cela se saurait.

La femme est moins définitive. Elle sait combien les hommes sont doués pour garder des secrets.

– Ce n'est pas à un politicien que je vais rappeler cela…

Jenny prend alors la parole : Toppard est la seule piste possible. Caroline doit tout faire pour savoir où il est né, quelle fut sa vie, s'il est mort, comment, quand…

– Il faut aussi déterminer s'il reste des bobines des films auxquels il aurait pu participer…

– Mais comment ? demande Caroline, gênée par tous ces inconnus qui la fixent.

Morland suggère d'aller en parler à Langlois, à la Cinémathèque.

– Vous croyez qu'il me recevra ?

– Si je lui passe un coup de fil : le jour même.

– Tu ferais ça ? murmure Jenny, glissant sa main sur sa nuque.

Celui-ci dit d'un ton presque comique qu'il doit se faire pardonner le collier de perles, puis il ajoute, grand seigneur, qu'il l'appellera demain à la première heure.

– Les relations de Langlois avec Malraux et les gaullistes sont de plus en plus tendues. Il a tout intérêt à me rendre des services.

Une voix se fait alors entendre. Il s'agit d'André qui, comme les trois autres journalistes, n'a pas dit un mot.

– Est-ce qu'il ne faudrait pas aussi savoir qui est le propriétaire actuel du Belphégor ?

Graindorge ne semble pas aimer le tour que prend la conversation, mais l'ensemble de l'assistance approuve la suggestion.

– Et je trouve ça où ? demande Caroline.

– Au tribunal de commerce, non ? répondent plusieurs voix.

Caroline s'en veut de n'y avoir pas pensé elle-même.

III

ACTION

« Le cinéma, c'est l'écriture moderne
dont l'encre est la lumière. »

Jean Cocteau

Résurrection

Ils étaient là, tous les trois. J'étais arrivé en retard et Bernard Natan ironisa :

– Voilà donc le petit prodige !

Malgré le cadre de la pièce – une baie vitrée qui dominait le nord de Paris –, je ne voyais que mes amis. L'étions-nous toujours ? William, Bruno et Igor me regardaient avec un embarras sincère, derrière lequel je devinais beaucoup d'affection. Igor semblait repentant. À côté de lui restait un siège, que le producteur me désigna d'un geste désinvolte, sans se lever, depuis son bureau couvert de paperasse.

– Messieurs, nous allons pouvoir commencer, dit-il en allumant une cigarette jaunâtre, qui envahit la pièce d'une fumée âcre.

Tandis que je m'asseyais, Igor posa une main maladroite sur mon épaule, il semblait rassuré de me voir là.

– Tu vas bien ?

Je faillis répondre qu'il avait eu deux ans pour s'en inquiéter, mais je décidai d'enterrer la hache de guerre.

– Je te raconterai…

– Gardez les retrouvailles pour plus tard, fit Natan, irrité.

Ce disant, il tira de son fouillis un exemplaire de *L'Alcinéma*. Ses traits émaciés s'adoucirent.

– Voilà ce que j'ai lu de plus juste, de plus fort, de plus puissant…

Chaussant ses lunettes, il se mit à feuilleter le livre et nous vîmes qu'il était annoté et corné à chaque page.

– Je n'en ai pas dormi pendant des nuits. Vous pourrez le demander à ma femme : votre livre m'a donné des insomnies !

Benoît envoya un coup de coude à William et Igor me fit un clin d'œil.

– Évidemment, le style est pâteux et vous vous embarrassez de démonstrations très envahissantes, mais il ne s'agit pas de littérature, n'est-ce pas ?

Igor se renfrogna. Natan semblait peser chaque mot, comme un apothicaire. Il sortit un exemplaire de *Fiat lux* et fixa l'écrivain.

– Je préfère votre « veine Graindorge », monsieur Tcherniak.

Igor restait sur ses gardes.

– Vous êtes bien renseigné…

Le producteur resserra sa cravate et avoua qu'il avait eu un mal fou à remonter jusqu'à nous. Heureusement que Bernard Grasset aimait l'argent, parce que cette curiosité lui avait coûté une fortune.

Voilà donc la discrétion de notre éditeur…

– N'allez pas lui en vouloir. Au contraire, c'est votre jour de chance.

Il sortit quatre contrats.

Notre surprise l'enchanta. Sans nous les tendre, il les assembla en pile, devant lui, puis y posa les coudes, appuyant son menton sur ses mains jointes.

– L'échec de votre livre est ma chance, savez-vous ? Si je n'étais pas tombé dessus par hasard chez un bouquiniste du quai Malaquais, vous ne seriez pas ici ce matin…

– Mais que voulez-vous ? demanda Benoît Alvarez, de plus en plus nerveux.

– Tout, répondit Natan, comme une évidence.

Il reprit le livre en déclarant qu'il y avait tout, là-dedans : l'art, le rêve, la beauté, la folie, l'audace.

– Et la lumière, surtout. Vous donnez la clé de la lumière…

Cette déclaration ne pouvait que nous enjôler. La lumière, il la lisait maintenant sur nos visages : le chasseur avait ferré sa proie.

– Le cinéma est la passion de ma vie. Jusqu'à présent, je me suis surtout occupé de publicité, d'actualités filmées, car je ne me sentais pas prêt à sauter le pas.

Un long moment, il nous parla de tous les films qu'il avait vus ces dernières années. Il cita Griffith, Chaplin, Ince, Pastrone, Sjöström, même Méliès et Zecca. Mais à ses yeux, rien n'était assez pur, assez artistique. Surtout en France.

– Vous autres Français avez du « film d'art » une vision si étriquée. *L'Assassinat du duc de Guise* est un pensum pour vieux académiciens. Ce virus du théâtre, du mélodrame, pouah ! Quant à ceux qui se veulent aujourd'hui à l'avant-garde, je ne sais qu'en penser…

Il cita en exemple la démesure d'Abel Gance, qui l'épuisait.

– Ces soldats de Verdun qui quittent leur tombe pour aller voir ce que les vivants ont fait de leur héritage, l'idée est belle, mais la réalisation est d'un pompier ! Si c'est là l'avant-garde d'un art aussi neuf que le cinéma, alors je peux retourner planter des poivrons dans la Roumanie de mon enfance.

Natan éclata de rire tout seul et cogna du poing sur notre livre, faisant trembler son bureau.

– Mais avec ça, avec cette boîte aux trésors, nous allons, *ensemble*, forger le cinéma de l'avenir…

Ces paroles nous furent un miel : Bernard Natan avait compris jusqu'aux intentions les plus secrètes du Trébuchet. Mieux, il les traduisait en mots simples, les rendait compréhensibles.

– Trop de formalisme tuerait le cinéma, qui n'est pas la peinture, encore moins la musique. Quant à l'art engagé, il faut s'en méfier comme de la peste : la politique date une œuvre, la ride, la tue. À l'inverse, ce que vous proposez dans votre livre est d'une évidence lumineuse. C'est en quelque sorte la troisième voie, la seule qui parviendra à dépouiller le cinéma de ses oripeaux : la voie de la naturalité absolue, la voie du corps.

À ces mots, je sentis des doigts se glisser entre les miens. Sans quitter Natan des yeux, Igor avait pris ma main. Il était happé par le timbre du producteur, rendu chantant par son lointain accent roumain.

– Vous donnez ici la clé pour filmer l'infilmable, pour creuser l'intimité des êtres par le biais de leur enveloppe charnelle. Cela va forcément heurter une société pudibonde, mais si vous parvenez à représenter le corps pour ce qu'il est, jusqu'aux tréfonds de chaque individu, alors le cinéma entrera enfin dans l'âge d'homme…

Natan laissa passer un ange. Redevenant soucieux, il précisa que, bien entendu, ce ne serait pas sans risques. Filmer le corps, c'était filmer le sexe, filmer l'amour. Ce que notre livre appelait « le sensualisme ». Il allait donc falloir être d'une prudence extrême, travailler à couvert, ne rien montrer à personne, ne faire aucune confidence, se méfier de tout le monde. Et puis tourner, tourner, tourner…

– Comme l'écrivain reprend sa phrase, le peintre sa toile, le musicien sa partition…

Me fixant dans les yeux, Bernard Natan ajouta :

– Comme le cinéaste cherche à atteindre le film ultime, celui qui les contiendrait tous, celui qui serait à la fois l'origine du cinéma, sa matrice, mais peut-être aussi sa mort…

Le sang tapait contre mes tympans, mes mains tremblaient.

– Mais… comment comptez-vous faire ?

– Je vais vous donner les moyens de vos ambitions… de *nos* ambitions.

C'était donc vrai ! Un homme très riche, très puissant, nous déroulait le tapis rouge pour nous permettre de mettre en œuvre notre rêve ! L'image de mon père apparut et je le vis qui suivait la scène avec bienveillance.

Alors que nous allions le bombarder de questions, le producteur se leva et nous fit signe de le suivre. Il nous entraîna vers un escalier métallique.

– Montmartre est bâtie sur des carrières, nous rappela-t-il en ouvrant une petite porte, au bas des marches.

L'endroit nous laissa sans voix.

Ce gigantesque hall évoquait les cryptes de certaines cathédrales gothiques. Mais les cryptes sont basses de plafond, tandis qu'ici l'on apercevait à peine la paroi supérieure, qui devait atteindre les quinze mètres de hauteur.

Ce ne sont toutefois pas les dimensions de cette pièce qui nous éblouirent. Autour de nous s'étalaient des caméras, des projecteurs, des micros, des rails, des échelles, des tables, des sièges, des écritoires, plusieurs estrades. Un mur était couvert de bibliothèques emplies de pellicules Kodak. De l'autre côté, derrière une baie vitrée, se trouvait la salle de montage.

Nous étions sidérés !

Bruno et William avançaient en somnambules, incrédules, effleurant les objectifs, les trépieds, comme s'il leur fallait vérifier qu'ils fussent réels. Igor était resté sur le seuil du studio, rouge d'émotion. Quant à moi, avec un naturel qui me surprit, je m'assis sur la chaise pliante installée devant la caméra principale et saisis le porte-voix posé au pied du siège.

– Moteur ! cria Natan avec un bonheur corrosif.

*

Galvanisés par ce prodigieux studio, nous remontâmes dans son bureau et Natan précisa la contrepartie de ses bienfaits :

– Je ne suis pas une poule aux œufs d'or, messieurs. Pour pouvoir vous financer, il me faut rassembler des fonds.

Il nous expliqua que la discrétion absolue de nos travaux, leur objet – le corps, le sexe, la sensualité –, ainsi que la situation même du studio permettaient de réaliser des images qu'un public choisi était prêt à payer fort cher.

Me prenant à témoin, Natan me demanda si Mme Zoya avait une salle de projection dans sa maison. Ma réponse – négative – le surprit.

– Elle est bien la seule. Fabienne Jamet, au One-Two-Two, en a installé une. Il en est de même pour le Chabanais, le Sphinx et même les Belles Poules.

Nous n'étions pas sûrs de comprendre.

Natan ajouta que certains clients, par goût ou par hygiène, préféraient « consommer » ces films plutôt que de passer à l'acte. Il remarqua aussitôt notre malaise, mais conserva son affabilité.

– Messieurs, réfléchissez, vos travaux vont porter sur les mêmes… zones. Il suffira de retrancher quelques scènes, quelques plans, afin de me fournir chaque semaine une bobine de cent mètres. C'est-à-dire cinq petites minutes. Je ne vous demande rien de plus…

Pour être honnête, je me moquais de filmer des sexes. Ce qui nous offusquait, c'était que des chutes de nos travaux, isolées de leur contexte, dévoyées, pussent servir d'excitant à des bourgeois en mal d'onanisme.

– Hormis vous et moi, personne ne le saura. Ce genre de film n'est jamais signé.

– Ils sont surtout interdits…, corrigea Igor.

Natan fronça les sourcils.

– Parce que vous croyez que votre sensualisme va passer entre les mailles de la censure ?

– Pour l'instant, notre sensualisme se limite à des chapitres de livre.

– Je vous propose justement de les mettre en images…

– Peut-être le Trébuchet était-il destiné à ne rester qu'un beau rêve…

Cette mauvaise foi nous gifla.

– Comment peux-tu dire une chose pareille ? m'offusquai-je. Ce sont tes mots, tes phrases qui ont convaincu M. Natan.

– Issues de *tes* idées ! objecta Igor en me pointant du doigt.

Natan frappa dans ses mains.

– Messieurs, messieurs ! On dirait que vous vous accusez d'avoir du talent.

Après un silence, il enchaîna d'une voix doucereuse que c'était peut-être lui qui s'était trompé :

– Peut-être vous ai-je méjugés. M. Tcherniak a peur que le sensualisme ne vienne à rejaillir sur les livres de M. Graindorge. M. Hodwin préfère écrire pour Dranem et Milton. M. Alvarez veut construire des maisons pour charcutiers enrichis. Quant à M. Toppard, il va retourner jouer les olisbos chez Mme Zoya…

Long silence. Pouvions-nous laisser passer une telle occasion ?

« Les membres du Trébuchet remettront à M. Natan Bernard leur film "L'Illusion absolue" lorsqu'il sera prêt.

Le producteur ne pourra en aucun cas exercer de pressions sur MM. Tcherniak, Hodwin, Alvarez et Toppard.

Tout juste devront-ils lui fournir, comme ce contrat le stipule, une bobine hebdomadaire de "film artistique". »

Je pris bientôt le contrat sur le bureau et le signai. Après un instant d'hésitation, Bruno, puis William firent de même. Enfin, crispé et contraint, Igor parapha son propre document.

– Bien, messieurs, fit Natan. Et maintenant, en route vers le chef-d'œuvre !

Le sensualisme

Nous fûmes tout d'abord effrayés par la tâche. Filmer le corps sans fard, trouver la vérité des sens, l'instant fugace du plaisir, de la peur : ces beaux rêves devaient devenir réels.

Les premières semaines furent difficiles, car nous ne savions comment aborder la montagne. Durant si longtemps, nous étions restés dans la théorie, nous complaisant dans le flou dès qu'il s'agissait d'attaquer le versant pratique du Trébuchet. Il fallait également composer avec les desiderata de notre mécène, qui attendait une livraison métronomique.

C'est peu dire que nous tâtonnâmes. Il fallut trouver des personnes qui acceptent de travailler avec nous dans des conditions si impudiques. Natan nous avait demandé d'éviter le circuit professionnel et de ne pas racoler à la sortie des théâtres : « Il me faut des anonymes. Des gens à qui les spectateurs puissent s'identifier. Si les hommes ressemblent à Maurice Chevalier et les femmes à Cécile Sorel, c'est foutu… »

Benoît, Igor, William et moi nous mîmes donc à parcourir les rues de Paris et de la banlieue, les marchés et les avenues, des Halles à Aligre, en quête de nos futures « vedettes ».

Nous voulions constituer une équipe fixe. Les visages étant secondaires, peu importait qu'ils fussent les mêmes. L'essentiel était la lumière des peaux et l'illusion d'une présence charnelle, à la fois choquante et enjôleuse, qui devait mener le spectateur à ressentir le plaisir des comédiens.

Après plusieurs semaines, nous avions réuni une quinzaine de « mâles » recrutés parmi les forts de Halles, les employés des abattoirs, les chiffonniers de la Zone, les manœuvres de travaux publics et quelques étudiants sans le sou. Nous leur avions parlé d'expérience scientifique et artistique « fort bien rémunérée ». Mais tous savaient lire entre les lignes.

Recruter des comédiennes fut plus aisé.

– Tu veux que mes filles se foutent à poil devant tes engins ? s'étonna Mme Zoya. Mais elles ne sont pas comédiennes…

– Il ne s'agit pas de jouer, il faut juste qu'elles soient elles-mêmes.

Mme Zoya restait méfiante. Quel serait son intérêt là-dedans ? Je répondis que ces films feraient la tournée des maisons. Apprenant que de telles actrices officiaient dans une – et une seule ! – maison parisienne, certains spectateurs voudraient goûter à ces fruits que l'écran leur rendrait si désirables.

– Les clients vont affluer, vous pourrez augmenter vos tarifs, votre commerce ne s'en portera que mieux.

– Je vois…, fit Mme Zoya, calculatrice. Et toi ?

– Moi ? Si vous le permettez, je conserve ma chambrette. Je doute d'avoir le temps de pouvoir « essayer » mes petites sœurs, mais la réclame que vous feront ces films compensera aisément mes exploits.

Mme Zoya éclata de rire et me donna un soufflet symbolique, du revers de la main.

– Tu es un vrai coquin, toi.

Avec nostalgie, elle m'avoua que jamais elle n'avait voulu les goûter, mes « exploits ».

Gêné, je ne sus quoi répondre.

– Pour moi, tu restes le petit garçon de la gare du Nord.

*

Une fois les comédiens réunis, il fallut rassembler une équipe technique. N'était ma propre expérience, mes amis n'avaient jamais travaillé sur un tournage.

Natan fut catégorique, il ne voulait *que* nous :

– C'est le Trébuchet que j'ai engagé.

– Mais nous ne sommes pas des spécialistes…

– Justement ! À croire que je vous ai lus mieux que vous-mêmes ! C'est de votre inexpérience que naîtra la beauté. Vous incarnez les quatre versants d'un seul et même poète. N'ayez pas peur d'affronter la technique. Ayez confiance en vos intuitions.

Natan disait vrai : nous sûmes vite nous adapter. Il était même grisant de partager des tâches qui incombaient généralement à des techniciens distincts. La photographie, l'éclairage, les mouvements de caméra, tout était soumis à un regard collectif, comme si nous avions respiré d'un même souffle. J'avais évidemment craint, au début, que cela provoquât des querelles. Mais non, l'équilibre du Trébuchet était immuable. Toujours nous tombions d'accord. Et si d'aventure il y avait une hésitation, mes camarades me donnaient le dernier mot.

– Le cinéaste, c'est toi, disait Benoît.

C'était là le miracle du Trébuchet : chacun conservait son pré carré, sans l'imposer aux autres, car tout coulait de façon naturelle.

Restaient les intrigues. Nous avions eu peur, les premiers jours, que l'orgueil d'Igor Tcherniak s'accommodât mal de cette expérience collective, mais il n'en fut rien. Les histoires, toujours nouvelles, souvent singulières, étaient tricotées le soir, dans des cafés parisiens, ou à même le plancher de la rue Francœur, arrosées de saint-joseph ou de volnay.

Au vrai, dans les canons du sensualisme tel que le voulait le Trébuchet, les intrigues étaient secondaires. Nous avions vu combien le « récit » transformait le cinéma en avatar pataud du mélodrame ou de l'opéra. Les grandes fresques qui enjôlaient le public nous laissaient si froids ! Le lyrisme épique de mon cher Griffith avait de bien pâles enfants : les réjouissances circassiennes du *Ben-Hur* de Niblo ou des chromos de Cecil B. DeMille étaient loin de nos préoccupations.

Nul besoin d'ouvrir la mer Rouge, notre caméra explorait les corps pour en extraire le suc.

– Nous allons filmer l'âme, répétait Igor chaque matin, lorsque nous nous retrouvions au studio, à l'aube d'une journée de travail.

Nous arrivions les premiers, pour installer le plateau, régler les éclairages, vérifier des éléments de décor.

Une heure plus tard apparaissaient les comédiens.

On s'en doute, les premiers jours furent tendus, mais au bout de deux semaines, tout le monde s'appréciait.

– Vu ce qu'on fait pour vous, c'est normal qu'on se lie, me dit Lucien, qui travaillait de nuit aux abattoirs de Vaugirard. Parfois, je me demande ce que vous filmez. Ce n'est pas un peu toujours la même chose ?

À cette question, nous ne répondions jamais.

Si Igor, Benoît ou William officiaient derrière la caméra principale – un modèle flambant neuf acheté à grand prix par Bernard Natan –, je ne quittais pas un petit appareil plus maniable, plus léger, qui filmait la même scène, au même instant, sous un angle différent. Le grand appareil était celui de Rapid Film, le petit celui du Trébuchet. Le premier enregistrait la scène générale, dans toute sa crudité. Le second oubliait les corps, les traits, pour se concentrer sur les formes, la lumière. C'était un travail de funambule, car je devais rester hors du cadre principal tout en m'approchant au plus près des comédiens.

– Hé, Max, pourquoi aussi près ?

– Parce que je ne peux pas entrer au-dedans, hélas…

Et je ne cessais de filmer, usant des kilomètres de pellicules, pour n'en conserver que quelques secondes.

Chaque film pour Natan était vite achevé. Nous bricolions des montages à la diable, nous retenant de tout raffinement (« Surtout pas d'art ! avait prévenu le producteur. Ça fait débander ! »), et lui soumettions notre ouvrage hebdomadaire, à sa plus grande joie.

– Je savais que vous étiez des génies ! s'enthousiasmait-il, songeant aux bonnes affaires que nous lui faisions faire.

– Ne vous moquez pas, monsieur Natan, objectait William. Vous savez comme nous que ces films ne sont rien.

– Je sais bien, répliquait le producteur en pointant du doigt ma petite caméra. Quand pourrai-je voir ?

Ma réponse était immuable :

– Pas avant longtemps !

Natan ne s'en offusquait pas et c'était là son grand mérite.

– Je respecte ma part du contrat, messieurs. Tant que je suis de ce monde, le Trébuchet aura les coudées franches.

Puis, d'un ton rêveur, il ajoutait :

– Moi aussi, au début, j'ai cru avoir du talent. Et puis le réel vous crache à la gueule et vous réalisez que vous n'êtes qu'un financier, un marchand de soupe. Parfois, je regrette… Savoir comprendre l'image, la saisir, la capturer, voilà ce dont j'ai rêvé durant ma jeunesse. En un sens, vous me permettez de réaliser ce rêve.

*

Comme je l'avais deviné, ces films firent la fortune de Mme Zoya. Très vite, de nouveaux clients affluèrent. Ce qu'ils voulaient ? Voir « en vrai » les actrices de *Madame et sa bonne, L'Arrivée du général, Dernières cartouches, Monsieur a sonné, Le Trou de Bâle,* ou encore *Les Moines de Sainte-Bernardine*, autant de titres trouvés par un Igor hilare.

En moins d'un an, Mme Zoya installa le chauffage central et refit les salles de bains. Quant à Bernard Natan, il réinvestit les juteux bénéfices dans la production de films « honorables ».

– Lorsque j'utilise cette épithète, je plaisante, mes amis. Mais j'ai pris goût à cette activité. Je sais bien que la seule œuvre digne de ce nom est celle que vous réalisez en secret. Il faut toutefois que je patiente, donc je produis quelques films, et cela m'amuse beaucoup…

Était-ce s'amuser que produire une énième adaptation de la pièce *La Femme nue*, d'Henry Bataille, qui faisait les beaux soirs des théâtres parisiens depuis 1908 ?

– Je donne aux gens ce qu'ils désirent, se justifiait Natan, jamais dupe. Exactement comme ce que vous tournez ici. Vos films sont projetés dans des antichambres de maisons closes, pour que le client désire monter à l'étage. N'est-ce pas un résumé parfait de ce que peut être le cinéma ? N'est-ce pas précisément ce que le Trébuchet se propose de faire ? Traverser l'écran, montrer au spectateur ce qu'il y a au-delà de sa propre sensibilité ?

Bernard Natan jouait avec les paradoxes. Quoique ambiguë, sa démonstration était juste. Mais il aimait nous provoquer, craignant que notre vie troglodyte n'assoupît notre créativité.

Fort heureusement, il n'en était rien.

Lorsque, chaque soir, nous allions tous les quatre « feuilleter » mes rushs, nos doutes s'évaporaient.

– Il y a de très belles choses, aujourd'hui.

– Cet œil ressemble à un reptile.

– Et cette nuque, c'est une houle.

Je jubilais d'entendre mes amis décrire leurs sensations, car elles correspondaient à ce que ma caméra voulait capter. Nous étions des deux côtés du miroir, illustrant deux conceptions du cinéma. Et cela avec le même matériau. Les comédiens, leurs corps, leur vie, jusqu'à leurs mouvements, étaient abolis. Ils étaient de la matière visuelle, un outil sensuel.

Nous craignions parfois de prendre trop de temps, de trop raffiner. En France et à l'étranger, certaines avant-gardes effectuaient leurs propres recherches, quelquefois passionnantes. Nous n'étions pas les seuls artistes à vouloir faire du cinématographe une voie nouvelle de la représentation pure. *Le Ballet mécanique* de Fernand Léger m'avait impressionné, tout comme les *Jeux des reflets et de la vitesse* d'un certain Chomette. Le frère de ce dernier, sous le pseudonyme de René Clair, avait réalisé une délicieuse pochade admirablement tuilée, pour illustrer un ballet d'Erik Satie et Francis Picabia, qu'ils avaient baptisée *Entracte*. C'était une course-poursuite burlesque, à la croisée de Mack Sennett et du rêve éveillé : on y voyait un corbillard tiré par un dromadaire s'emballer et devenir aussi véloce qu'une montagne russe. Toute une faune d'artistes éruptifs avait participé à cette expérience, qui me laissa songeur. Tout comme je serais inquiet, quelque temps plus tard, devant *La Coquille et le Clergyman* d'Artaud et Dulac, les fascinantes tentatives russes de Dziga Vertov ou les enivrantes *Brumes d'automne* de Kirsanoff.

Et si nous faisions fausse route ? Et si nous n'étions pas assez audacieux ? Nos contemporains allaient au contact même de la réalité, ils ne s'enfermaient pas dans la tour d'ivoire d'un studio, comme des chirurgiens de l'image obsédés par le corps.

– Ne me dites pas que vous avez peur d'être doublés, tout de même ? s'étonna Natan.

– Le cinéma avance à la vitesse d'un cheval au galop, objectai-je. En trente ans, voyez les progrès que l'on a faits : de *La Sortie de l'usine Lumière* à *Nosferatu*, il y a un monde, non ?

– Et de *Nosferatu* à *L'Illusion absolue*, il y aura une galaxie !

Si cette sérénité nous rassérénait, il arrivait qu'elle nous inquiète.

– Et s'il se foutait de nous ? suggéra Benoît, un jour que Natan était venu prendre livraison d'un nouveau « film artistique ». Ce type nous tient sous sa coupe, nous lui confectionnons des produits très lucratifs à une cadence industrielle, et nos propres travaux sont une carotte qu'il agite devant nous, pour nous faire avancer.

Objection bien légitime, mais je peinais à mettre en doute

la sincérité de Natan. Il est des passions qui ne trompent pas : cet homme était fasciné par le pouvoir de l'image. Il savait que c'était l'art de l'avenir, le moyen par lequel tout devrait passer, le meilleur comme le pire. Et il comptait s'attaquer aux deux !

Le meilleur se nichait dans les rêves fous du Trébuchet. Mais le pire pouvait s'instiller dans nos travaux érotiques. C'est hélas ce qui se passa. Bernard Natan en fut le premier fautif. Mieux, le premier coupable.

25

Est-il un inconscient des pierres ? Caroline s'est souvent posé la question. Vincent Bellegarde est persuadé que les lieux sont des organismes vivants, plus forts et plus patients que nous. Il les compare aux grands arbres. Et n'est-ce pas Benoît Alvarez qui, hier encore, soutenait à Caroline qu'une rue est une éponge ?

En ce cas, songe la journaliste, devant l'épais gâteau haussmannien, les employés du tribunal de commerce entendent-ils des prières, des alexandrins ou des polkas ? Il y eut ici une église, puis un théâtre, puis un bal. Mais depuis 1866, le tribunal de commerce est l'un des plus mornes bâtiments de la triste île de la Cité.

Caroline n'y était jamais entrée. Une fourmilière muette, où se croisent dactylos et employés pressés.

Le sommeil lui pique encore les yeux. Elle a eu du mal à se lever. Depuis quelques jours, tout va trop vite. Et la scène d'hier, aux *Études*, lui laisse un goût déplaisant. Ce ton mondain, toute cette volière qui jouait aux devinettes comme on passe au fumoir.

Reste que ces beaux parleurs se sont montrés utiles : Caroline voit Langlois dans trois heures et fait présentement l'ouverture du tribunal de commerce.

– Mademoiselle, vous cherchez ?

– Je voudrais connaître le nom du propriétaire d'une salle de cinéma, dans le 1er arrondissement de Paris.

– Vous voulez la racheter ?

– Cela n'est pas impossible, ment Caroline, surprise par son aplomb.

La préposée reste plongée dans un magazine qu'elle feuillette en léchant son index.

– Escalier D. Troisième étage. Couloir de gauche. Zone E. Bureau 8.

Caroline étouffe un rire nerveux et se répète les indications en s'enfonçant dans le labyrinthe.

Elle a toujours été effrayée par la neutralité administrative. Moins par peur du gendarme que par la crainte d'un charme doucereux. Une vie délicieusement banale, où l'on ne se pose aucune question. Cette grisaille sécurisante lui fait parfois envie. À vingt-cinq ans, elle végète dans une presse confidentielle, vit aux crochets d'une mère qui rechigne à ce qu'elle quitte le nid, reçoit de son père une rente mensuelle qui lui permet de vivre chichement, mais sans besoins. Est-ce là un beau rêve ? Aime-t-elle seulement la lumière ? Est-elle faite pour autre chose que ces expédients, tout comme elle refuse toute histoire sentimentale ? La passion lui fait peur, elle aime trop contrôler sa vie, ses choix, pour sauter dans le vide.

Pourtant, depuis qu'elle s'est lancée dans cette enquête, elle a le sentiment qu'il se passe quelque chose. Un roc bouge. Elle éprouve l'excitation impalpable ressentie la veille des grands tournants. N'est-ce pas ce que lui disait Morland, hier : la question est de savoir pourquoi elle est témoin de cette étrange affaire.

Mais l'étrangeté s'opacifie lorsqu'un petit homme en complet gris lui apporte l'extrait du registre du commerce.

– Il s'agit d'un cinéma aux Halles, n'est-ce pas ? dit-il en ouvrant un livre qui couvre entièrement son bureau.

– Absolument, répond Caroline, assise sur une petite chaise malcommode, de l'autre côté de la table.

Comment peut-on travailler dans une pièce aussi sombre ? Les traits du petit homme sont aussi pâles que ceux d'un tuberculeux. Caroline songe aux Talpas de Gaston Leroux, qui vivent dans les carrières souterraines de Paris depuis l'aube de la ville et qui ont perdu l'usage de la vue.

– Apparemment, ce cinéma n'a quasiment jamais changé de main.

– C'est-à-dire ?

L'homme se penche sur les pattes de mouche et finit par s'aider d'une loupe.

– Il a été fondé en 1927 par un certain M. Natan, au nom de la compagnie Rapid Film. C'est bien ça ?

– Bernard Natan, oui.

– Mais M. Natan le revend au bout de deux ans.

– Ah oui ? s'étonne Caroline.

Il est maintenant presque étalé sur le registre, comme un serpent prend le soleil sur une pierre plate.

– Oui. Pour un franc symbolique. D'ailleurs, M. Natan ne le revend pas en tant que Rapid Film, mais en tant que Pathé-Natan. Ça vous dit toujours quelque chose ?

– Oui oui, s'impatiente Caroline.

– Eh bien, le propriétaire est le même depuis le mois de juin 1929.

Caroline se penche, mais peine à lire tant la lumière est diffuse.

– Et quel est son nom ?

Plissant les yeux, l'employé déchiffre :

– Ce n'est pas un nom, c'est une société.

– Une société ?

– Drôle de nom, d'ailleurs : « Trébuchet SA ».

Ce nom ne dit rien à Caroline. Mais quelque chose chiffonne le petit homme, qui approche sa lampe de bureau pour la poser au-dessus de sa loupe.

– C'est bizarre, il y a comme un symbole.

– Que voulez-vous dire ?

Il se redresse et tend sa loupe à Caroline.

– Voyez vous-même.

En trente-six ans, il s'est presque effacé, mais Caroline le reconnaît :

26

Incroyable ! Caroline ne trouve pas d'autre mot. L'homme possède pourtant une grâce féminine. Cette façon de plonger la cuiller dans le pot de confiture de rose, avant de la porter à ses lèvres sans quitter son interlocutrice des yeux. Ses yeux, justement : perçants et las, surplombant des cernes violacés.

Il ne s'est pas levé lorsqu'on l'a fait entrer dans le capharnaüm. Encastré dans un fauteuil, dont il déborde tel un flanc, il lui a désigné ce tabouret perdu parmi les piles de dossiers et de bobines. Dans un coin de cette pièce aux moulures bourgeoises, Caroline aperçoit un tas de celluloïd en vrac, comme des vêtements attendant la lavandière.

– Ne faites pas attention au désordre, dit-il en léchant sa cuiller.

Intimidée, Caroline est au centre d'un bazar fascinant ! Ici, une photo dédicacée de Charlie Chaplin. Là, une lettre manuscrite d'Hitchcock. Plus loin, des coupures de journaux le montrant avec Truffaut, Godard, Chabrol, Rivette, Léaud… toute la bande de la Nouvelle Vague.

Elle parvient à rassembler ses esprits et bredouille qu'elle est très honorée qu'il ait accepté de la recevoir.

Henri Langlois grogne comme un morse et allume une cigarette.

– Je n'ai pas eu le choix. Vous connaissez du monde.

Il ne lui facilite pas la tâche. Crachant une épaisse volute de fumée, il s'étire en arrière et fait couiner le parquet.

– François Morland m'a dit le plus grand bien de vous. Vous êtes sa dernière friandise ?

– Pardon ?

La surprise de Caroline met en joie le directeur de la Cinémathèque. Langlois se redresse et tire sur son pull-over qui lui remontait au-dessus du ventre, révélant un nombril velu.

Elle savait que Langlois n'était pas commode, mais pouvait-elle refuser la chance de le rencontrer ? Voici l'homme à qui le cinéma français doit à peu près tout. Il pose sa cigarette dans un cendrier, reprend une cuiller de confiture et, le doigt encore collant, lisse une mèche de cheveux qui lui tombe sur les yeux.

– Qu'est-ce qui me vaut votre visite ?

Lorsque Caroline avoue travailler aux *Études cinématographiques*, Langlois a une moue méprisante.

– Jenny Chaumette n'a jamais su comment dépenser son argent. Elle devrait faire des dons à la Cinémathèque, ça vaudrait mieux que de publier ce canard sans sel.

Caroline s'attendait à cette hostilité : Langlois est fidèle à sa réputation.

– Son gigolo a souvent demandé à m'interviewer, mais j'ai toujours refusé. Je les croise dans le quartier, bras dessus, bras dessous. La baronne vit à deux pas d'ici, sur le parc Monceau…

Reprenant sa cigarette dans le cendrier, il la porte à ses lèvres et constate qu'elle s'est éteinte. Un instant, il hésite à la rallumer, mais se contente de la mâchonner comme un brin d'herbe cueilli sur un talus.

– Je n'ai rien à dire à vos *Études*. Vous pouvez partir.

Le gros homme la teste.

– Ce n'est pas sur vous que je prépare un article, monsieur.

Ce ton sec plaît à Langlois. Il rallume son mégot.

– Ah oui, et sur quoi donc ?

Lorsqu'elle lâche le mot Belphégor, il se cabre.

– Une enquête ?

– Honnêtement, je ne sais plus…, avoue Caroline. Voilà plusieurs semaines que j'essaye de comprendre, et je suis perdue.

Langlois semble touché par cet aveu. Cet homme n'est pas un politique : il déteste les faux-fuyants. C'est lui qui demande, avec une pointe d'anxiété, si elle compte écrire un article sur les Jeudis.

– Ce serait une très mauvaise idée, je vous assure…, ajoute-t-il. Certaines choses doivent rester secrètes.

Caroline tressaille : elle n'a donc pas rêvé !

– Vous savez que ce cinéma va être détruit ?

Il objecte qu'on annonce la destruction de ce quartier depuis des années, mais que le Belphégor est toujours là.

– Trop de gens importants tiennent à ces séances, croyez-moi…

– Qui sont les invités ? Et qui établit la liste ?

Langlois retrouve sa mine circonspecte. Il fixe Caroline et susurre :

– Vous pensez que je ne vous ai pas reconnue ?

Elle est décontenancée.

– Tout le monde vous a vue, jeudi dernier.

– J'ai été invitée sans savoir par qui ni pourquoi, se défend-elle aussitôt.

– Parce que vous croyez que j'en sais plus que vous ?

La journaliste devient méfiante. À quoi joue Langlois ?

– Ne me regardez pas comme ça, mademoiselle. J'ai sur vous l'avantage d'être invité aux Jeudis depuis bientôt six ans. Mais je serais bien en peine de vous dire qui m'envoie le carton et qui fait la programmation.

– Et vous n'avez jamais cherché à savoir ?

– Bien sûr que si ! Mais dès qu'on fouine un peu, on ne reçoit plus de cartons. Comme si le silence était la seule garantie d'aller au Belphégor…

Le gros homme remonte à nouveau sa mèche et semble de plus en plus inquiet.

– Lorsque vous allez dans un bon restaurant, demandez-vous forcément à rencontrer le chef ?

Caroline ne peut le croire. Le plus grand collectionneur de bobines, la mémoire du cinéma, ne voudrait pas en savoir plus ?

– J'ai préféré renoncer. Le bonheur que me procurent ces séances est trop intense. Ce ne sont pas des projections, c'est autre chose. On n'y voit pas des films, on va… ailleurs. N'avez-vous pas été emportée ? N'avez-vous pas perdu la notion du temps, de l'espace ?

Caroline est si soulagée de partager enfin cette impression ! Oui, c'est exactement ça. Elle a voyagé. Elle a quitté cette salle, le temps d'un film, pour être projetée autre part. Mais où ?

– Ça…, fait Langlois, c'est le grand mystère. Ce qui se passe au Belphégor appartient au Belphégor. Ces projections agissent sur le public comme une drogue douce. On est saisi par une nostalgie organique. On a le sentiment que nos souvenirs les plus anciens prennent vie et se mêlent à notre réalité la plus immédiate, la plus intime.

– Vous venez de parler d'une drogue, est-ce que ce n'est pas le cas ?

– Gaz ou film, quelle importance ? Ce qui a lieu au Belphégor est unique. Le film de l'autre soir l'a encore prouvé.

– Mais était-ce bien un film ?

– Peu importe, mademoiselle. Le Belphégor, c'est le lâcher-prise du plaisir absolu. La sensation brute. L'intrigue, la technique, les cadrages, tout nous échappe. En revanche, avez-vous jamais été à ce point emplie par une œuvre d'art ?

Après une pause, comme s'il hésitait à finir sa phrase, il ajoute d'une voix respectueuse que c'était là tout le génie de Max Toppard.

Caroline bondit.

– Toppard ! C'était un de ses films ?

Langlois joue nerveusement avec ses cigarettes.

– Puisque vous enquêtez sur le Belphégor, vous avez dû comprendre que la vie de Max Toppard est aussi floue que vos souvenirs de la projection de jeudi ?

Caroline lui confirme qu'elle peine à trouver le moindre élément sur Toppard.

– Deux grands mystères serpentent parmi notre corporation, reprend Langlois. Max Toppard dans les années 30, et le Belphégor, aujourd'hui. Nul ne sait si les deux sont vraiment liés. Tout n'est que conjectures…

– Mais vous, monsieur Langlois, vous l'avez connu ?

Le gros homme semble traversé d'un regret. Il ne croit pas. Peut-être l'a-t-il croisé avant guerre, mais il s'en souviendrait. Du moins se rappellerait-il cette sensation si profonde qui a marqué ceux qui ont fréquenté Max Toppard.

– Tous me l'ont dit : face à Toppard, on était frappé par un mélange de lumière et d'effroi.

Les deux mots résonnent dans la tête de Caroline. N'est-ce pas précisément ce qu'elle a ressenti, jeudi dernier ?

Henri Langlois s'arrache de sa chaise et dodeline jusqu'à une pile de bobines. Il saisit une boîte métallique et la couche entre ses bras, comme on le ferait d'un enfant.

– On pense que Max Toppard aurait mis son grain de sel dans plusieurs chefs-d'œuvre français des années 30, comme *L'Atalante, La Grande Illusion, Pépé le Moko, La Kermesse héroïque* et quelques autres. En revanche, rien n'a jamais prouvé qu'il ait lui-même réalisé un seul film…

– Vous en êtes certain ?

Langlois repose la bobine sur la pile et considère son bazar avec lassitude :

– Si j'en étais certain, vous ne seriez pas là aujourd'hui, non ?

– De quoi parlez-vous ? demande Caroline, irritée par ce jeu de bonneteau.

L'homme s'approche de la journaliste, s'adossant au bureau. Elle sent sa lourde odeur d'homme : un parfum où se mêlent les fragrances sucrées de la rose.

– À la fin des années 40, j'ai eu entre les mains ce qui reste la seule bobine du seul film attribué à Max Toppard.

– D'où venait-elle ?

Langlois se rappelle l'arrivée de cette bobine, par la poste, sans nom d'expéditeur, un matin de 1948.

– Sur la boîte était collée une banale étiquette avec pour seule légende : « *L'Illusion absolue*, film de Max Toppard. »

– Vous l'avez tout de suite visionné ?

Nouveau regret de Langlois. Ouvrant la boîte, il a découvert une pellicule dans un état déplorable. Tout portait à croire qu'elle était passée par un incendie…

– … comme celui du Belphégor en 1942 ?

– Je ne sais pas. En tous les cas il fallait l'envoyer à un restaurateur avant même de le sortir de sa boîte…

– Ce que vous avez fait ?

Nouveau dépit de Langlois. En 1948, la Cinémathèque était fauchée. Il y avait d'autres priorités. Il l'a rangé dans le placard destiné aux films « à restaurer ».

– Combien de temps ?

Langlois baisse la tête.

– Des années… J'avais bien d'autres soucis en tête. Et puis la Nouvelle Vague est arrivée, le sang neuf : Godard, Truffaut, Chabrol… Personne ne parlait plus de Toppard. Pourtant, le Belphégor renaissait de ses cendres, après avoir été fermé pendant près de quinze ans.

– En 1959 ?

– Oui. Il y a d'abord eu l'effet de curiosité devant cette salle kitsch, qui ne programmait que des navets. Bientôt ont commencé les projections mystérieuses du jeudi, auxquelles n'ont au début été conviés que de très rares *happy few*. C'est là que le nom de Toppard a fait surface. Pour la première fois, certains ont commencé à se souvenir. Par bribes, par flashs. Une anecdote un peu floue, une image imprécise, comme des rêves qui remontent. Avant guerre, il y aurait eu ce type bizarre, Max Toppard, qui hantait les plateaux. Chacun avait un détail à raconter, mais lorsque je tentais d'assembler le puzzle, tout se contredisait, s'emboîtait mal. Le seul élément commun était le Belphégor. Sans pouvoir dire si Toppard avait fondé ce cinéma, s'il en avait assuré la programmation, tous ceux qui l'avaient connu m'ont soutenu qu'il existait un lien entre cet homme et ce lieu…

– C'est là que vous avez ressorti la bobine ?

– Pas tout de suite, hélas… Il a fallu attendre 1963, lorsque la Cinémathèque est devenue publique, grâce à Malraux. J'ai enfin eu les crédits pour attaquer une vraie politique de restauration de films. Avec d'autres bobines en très mauvais état, j'ai envoyé *L'Illusion absolue* chez le… chirurgien.

La métaphore surprend Caroline, mais Langlois perd son assurance.

– C'est là que le mystère s'épaissit. Deux mois plus tard, je reçois un appel frénétique du restaurateur : il venait de sauver la copie et voulait absolument me la montrer, avant même sa sortie de l'atelier. J'y vais trois jours plus tard, mais je suis accueilli par le directeur de l'atelier qui m'avoue, embarrassé, qu'il vient d'être cambriolé et que la moitié de ses bobines ont été dérobées…

– Dont celle de *L'Illusion absolue*…

Il cligne des yeux.

– Je demande à voir l'homme qui s'était occupé de la restauration, mais le directeur annonce qu'il a donné sa démission la veille…

– Vous avez pu le joindre ?

Le matou semble de plus en plus gêné.

– Oui, mais c'était trop tard.

– Comment ça ?

– On l'a retrouvé pendu dans une petite chambre d'hôtel à Issoire, dans le Puy-de-Dôme.

Caroline secoue la tête. Cette histoire devient insensée !

– Vous ne croyez quand même pas que cela a un rapport ?

– Je n'en sais rien. Sans doute pas. Mais depuis deux ans, dès que je vais au Belphégor, ce fantôme me hante…

Elle ne sait plus que penser.

– Quel fantôme, d'ailleurs ? Celui du restaurateur, celui du film ou celui de Toppard ?

Langlois a une moue évasive et retourne s'asseoir derrière son bureau, pour prendre une cuiller de confiture.

– Et si c'était une seule et même chose ?

Caroline part dans ses conjectures.

– Qui, parmi vos proches, pourrait me parler de Toppard ?

Le gros homme se redresse et jette le pot dans la corbeille.

– Vous avez déjà eu beaucoup de chance avec ceux que vous avez croisés, dit-il, ajoutant, circonspect, qu'il est singulier qu'elle ait rencontré ces gens si aisément, et de façon si rapprochée.

– C'est moi que vous soupçonnez, maintenant ?

Langlois retrouve sa face de hibou.

– Je dis juste que pour vous tout s'enchaîne facilement, comme si vous aviez la clé.

– La clé ?

– Peut-être allez-vous mettre la main sur *L'Illusion absolue* ? En ce cas, prenez garde à vous, mademoiselle !

Ces mots sont dits d'un ton si menaçant que Caroline retient un frisson.

Langlois éclate d'un rire sonore, puis repart dans ses pensées, à la recherche d'autres témoins.

– Je crois qu'Orson l'a croisé à plusieurs reprises.

– Orson Welles ?

– Oui, fait Langlois en décrochant son téléphone. Il est à Paris ces jours-ci, pour le montage d'un film qu'il vient de faire sur Falstaff.

Avant même que Caroline ne réplique, Langlois braille dans son téléphone :

– *Orson, it's Henri ! Could we…*

Mais Langlois repousse le combiné de son oreille avec un effroi comique. Il baragouine juste un « *Ok, see you in an hour* » avant de raccrocher.

– N'appelez jamais Orson en fin de matinée, c'est l'heure où il a faim. Je n'ai pas pu lui poser la moindre question…

Caroline est déçue, mais Langlois se lève, ramasse un vieil imperméable roulé en boule et sourit à la jeune femme.

– Ça vous dit de déjeuner avec Orson Welles ?

27

– La tête de veau ?

– *That's for me !*

– Attention, m'sieur Orson. L'assiette est brûlante.

– *Yummy !*

Depuis un quart d'heure qu'ils sont attablés au Cochon d'or, face aux abattoirs de La Villette, les deux hommes n'ont pas adressé la parole à Caroline. Dans cette atmosphère mâle et carnée, la journaliste aperçoit des bouchers au coude à coude, qui dévorent des onglets plus longs que des bras d'enfant ou engloutissent des cervelles comme on se saoule de guimauve.

À plusieurs reprises, elle a tenté de prendre la parole mais, d'un coup de pied sous la table, Langlois lui a fait signe d'attendre. Pour être en veine de confidences, Welles doit avoir le ventre plein, lui a-t-il susurré lorsqu'un serveur les a installés à cette table ronde, bientôt couverte de pâtés, terrines, rillons, grattons, boudins, andouilles, sur lesquels le cinéaste s'est jeté comme un ogre.

Oui, c'est vraiment un ogre, pense Caroline en voyant Welles dévorer sa tête de veau sans craindre de maculer sa chemise ou de persiller sa barbe de sauce ravigote.

– *It's so good !*

En vingt minutes, son teint a foncé du rose au rouge, comme on passe de l'escalope à l'entrecôte.

Deux bouteilles sont déjà vidées. D'abord un meursault et, à l'instant, un pommard, auxquels Caroline et Langlois ont à peine touché. Welles est un banquet à lui tout seul. Les bouchers lui jettent un coup d'œil de temps à autre, avec admiration et effroi. Ces Amerloques, quand même !

Henri Langlois désigne la petite caméra qui dépasse du sac du cinéaste.

– Tu fais un film sur les abattoirs ?

– Je fais toujours un film, Henri. La vie est un film, tu sais bien… Je suis sérieux, Henri. Il n'est pas un instant de la vie qui ne soit… cinématographique. Le tout est une question de cadrage. Tu peux filmer un homme qui pisse contre un mur et obtenir un chef-d'œuvre. C'est le regard qui change tout, tu sais ça comme moi.

– Certes…, grommelle Langlois.

– D'ailleurs, pourquoi n'as-tu jamais essayé ?

– De pisser contre un mur ?

Welles repousse la galéjade en crachant un bout de cartilage dans son assiette.

– *I'm serious, Henri.* Tu connais le cinéma mieux que personne. Tu n'as jamais voulu prendre une caméra ?

Caroline ne dit pas un mot. Langlois semble gêné, regrettant sans doute qu'elle assiste à cet échange. Mais il répond qu'il n'a jamais eu aucun don. Il n'est qu'un archiviste.

– Mon seul talent, c'est la lucidité, je ne suis ni ne serai jamais un artiste.

– *Come on, Henri !* brame Welles en vidant un verre de pommard.

Langlois reste impassible et objecte :

– Ce n'est pas à toi que je vais rappeler la maxime de Shaw : « *He who can, does. He who cannot, teaches* »…

Welles grogne, lève la bouteille en direction du serveur et braille :

– La petite sœur pour M. Orson ! Puis : Toi, c'est différent, Henri.

– Pas du tout. De toute notre bande, seul Franju a du talent. Mitry s'est planté et moi je n'ai pas pris ce risque. Le cinéma, c'est un appel, une vocation, bien plus qu'un exercice de style ou un défi que l'on se lance. J'ai trop de pain sur la planche pour perdre mon temps avec des regrets et des frustrations.

La nouvelle bouteille arrive et Welles se renfrogne, guère convaincu. Il semble alors découvrir Caroline.

– Et vous, mademoiselle, vous faites aussi du cinéma ?

Caroline ne sait par quelle face aborder le volcan.

Sans cérémonie, Langlois lui facilite la tâche :

– Caroline fait des recherches sur Max Toppard…

La journaliste constate à nouveau combien ce nom frappe ceux qui le connaissent. Welles se teinte d'une couleur ocre, comme s'il contemplait un coucher de soleil.

– *Oh, dear Max*, murmure-t-il. Je ne pensais pas que quelqu'un se souvienne encore de ce nom.

– Vous l'avez bien connu ?

Welles fait une moue évasive. Comme les autres, il répond que personne ne connaissait vraiment Max Toppard. Il l'a croisé une première fois à Paris, en 1930, alors qu'il avait lui-même fugué du domicile familial pour découvrir l'Europe.

– Où était-ce ?

– Dans son cinéma, rétorque Welles comme une évidence, au Belphégor.

– Il y travaillait ?

– Difficile à dire. C'est là qu'on le retrouvait. Mais il était impossible de savoir ce que Max Toppard faisait de ses journées ou de ses nuits. Il semblait à la fois partout et nulle part. Comme un… *how would you say that ? He was like a ghost…*

– Un fantôme ?

– Fantôme, répète Welles, jovial.

– Et qu'avez-vous fait avec lui ?

– En 1930 ? Je l'ai suivi, il m'a emmené sur des plateaux de tournage, il m'a présenté à des cinéastes, des comédiens. À l'époque, je voulais être torero, ou explorateur, ou alpiniste. Je prenais le cinéma pour un divertissement un peu terne.

Welles réfléchit un instant et ajoute que Toppard a certainement changé son regard sur le 7e art. C'est lui qui l'a converti à la pureté de l'image animée, à sa lumière. Sans Toppard, il aurait sans doute fait autre chose, ou peut-être rien… Mais, après son séjour à Paris, la graine était plantée, et elle allait mettre des années à pousser, inexorablement.

– Je n'excluais pas d'essayer de tenir une caméra, bien sûr, dit-il en ressortant l'engin de son cartable, mais Toppard m'a enseigné son pouvoir magique. Sans lui, sans ce qu'il m'a fait découvrir et comprendre, je n'aurais jamais osé ce que j'ai fait en 1940.

– *Citizen Kane* ?

– Puis les films suivants. Mais avec *Kane*, j'étais déjà allé trop loin. Les audaces visuelles que m'avait suggérées Toppard des années plus tôt sont restées en germe. Les producteurs ont ensuite saboté toutes mes tentatives…

Langlois intervient :

– Mais maintenant, tu fais ce que tu veux, Orson, non ?

Caroline voit Welles s'affaisser sur lui-même. Il disparaît dans ses vêtements et devient un enfant.

– Je suis trop vieux, Henri. Les conseils de Toppard sont si anciens. Je ne sais plus. Je peux me répéter, bien sûr. Mais jamais aller au-delà de mon propre pastiche. Si Toppard était encore en vie, il saurait me dire où aller, comment regarder.

– Max Toppard est mort ? demande Caroline, gênée de l'interrompre après ces propos si sincères.

Le cinéaste n'en prend pas ombrage et répond qu'il n'en sait rien, mais que personne ne l'a revu depuis des années.

– Pour moi, la dernière fois, c'est en 1937. Passant par New York, il est venu voir mon *Macbeth*, au théâtre, à Harlem. C'est même là qu'il m'a donné le plus de conseils, en une nuit au Cotton Club, dans une atmosphère enfumée, bruyante, où l'alcool coulait à flots. Quelques heures ont suffi pour qu'il m'enseigne les bases d'une technique que j'ai toujours tenté d'appliquer…

Caroline est fascinée.

– Mais… il n'a jamais vu aucun de vos films ?

– Comment savoir ? fait Welles. *Kane* est arrivé en Europe en 1945 ou 1946, et Toppard avait déjà disparu…

– Quel âge avait-il, la première fois que vous l'avez rencontré ?

Welles réfléchit. Il ne saurait dire. Max Toppard semblait sans âge, juvénile malgré quelque chose de très vieux dans le regard.

– Grand ? Petit ? Blond ? Brun ? Chauve ?

À ces questions, le cinéaste répond par une moue d'impuissance.

– C'était il y a trente ans, mademoiselle.

– Vous ne vous souvenez pas de son visage ?

Comme Carné, Simon et les autres, Welles avoue n'avoir conservé de Max Toppard qu'une image imprécise. Une image mentale, dont les contours et le relief restent flous.

– *I told you, he was a ghost…*

Après un moment de réflexion, il murmure :

– On dit aussi que Max aurait écrit un livre, quand il était jeune.

– Un livre ? s'étonne Caroline. Vous voulez dire un roman ?

Welles secoue la tête.

– Non, un essai. Une sorte de manifeste esthétique.

Langlois confirme avoir entendu parler de ce livre, mais il ne l'a jamais eu entre les mains.

– Encore une légende de Max Toppard, ajoute-t-il.

Welles dit alors, rêveur, que si Toppard avait vraiment écrit un bréviaire d'art visuel, celui-ci serait la bible de tous les cinéastes.

– *He who can, does. He who cannot, teaches,* répète Caroline, puis elle demande à Welles s'il n'a jamais vu des images tournées par Toppard.

Le cinéaste retrouve son air d'enfant.

– On parle depuis des années d'une bobine perdue, n'est-ce pas, Henri ?

Langlois acquiesce.

Après une nouvelle gorgée de pommard, Welles conclut :

– Si Max Toppard avait vraiment réalisé un film, ne serait-ce qu'un court-métrage, sans doute serait-il le plus grand cinéaste du monde.

– Pas le plus grand, corrige Langlois, le seul.

« L'accident »

Voilà quatre ans que nous travaillions pour Bernard Natan. Durant ces quatre années, le temps s'était dilaté. Les saisons, les aléas du monde, les grandes polémiques, les craintes du moment, tout glissait sur nous, comme si nous habitions un univers parallèle. Nos journées cloîtrés dans un studio niché au plus profond des carrières de Montmartre accentuaient ce sentiment d'hibernation sociale, qui ne nous gênait pas. Pour ne pas être asphyxiés, nous nous accordions toutefois des récréations.

Igor travaillait sur différents projets romanesques. William composait des rengaines pour Mistinguett et Damia. Quant à Benoît, il continuait de fréquenter des cercles d'architectes révolutionnaires, restant dans l'orbite de Le Corbusier tout en se rapprochant de Malet-Stevens. Mes complices avaient aussi quelques amis, de la famille, qu'ils voyaient de façon épisodique, pour éviter d'éveiller la curiosité sur leurs activités.

Ce « temps libre », je le passais seul, au cinéma, pour voir ce que faisaient « les autres ». On s'étonnera peut-être que je quitte une grotte pour rallier une chambre obscure, mais j'avais toujours eu des instincts de vampire. Mon teint s'en ressentait, à tel point que mes petites sœurs m'en faisaient le reproche :

– Max, t'as une sale gueule, tu sais ? Une tête de cadavre…

Certaines me proposaient de les accompagner en week-end au Touquet, à Deauville, même à Monaco, où de riches bienfaiteurs les conduisaient, en catimini de leurs légitimes.

– Je dirai que t'es mon petit cousin. Léon ne peut rien me refuser…

Je déclinais toujours ces invitations, moins par peur de l'escapade que par goût de la solitude. J'étais si habité par la passion de l'image qu'un simple film me valait un voyage. Devant *La Rue sans joie* de Pabst, je ressentais la poisse des venelles sordides. En découvrant *Variétés* de Dupont, j'avais un tournis bien réel, comme si j'étais moi-même trapéziste. Je sentais le fumet des petits pains de Chaplin dans *La Ruée vers l'or*, je percevais les cahots du landau dévalant l'escalier de *Potemkine*, les parfums capiteux des cocottes de *Folies de femmes* de Stroheim me montaient au nez, quant aux grondements urbains du *Métropolis* de Lang, ils faisaient vibrer tout mon corps.

À force de ne vivre que pour filmer, je devenais le cinéma : je l'incarnais jusque dans mes rêves, mes repas, ma démarche, ma respiration.

– Ça va finir par te rendre fou, Max, s'inquiétait Mme Zoya, qui me voyait plongé dans des abîmes de réflexion, alors que je venais de passer une journée à m'interroger sur un angle de vue, un éclairage.

– Je suis condamné à la perfection, madame Zoya. C'est ma malédiction. Je n'ai pas le choix…

– Je ne vais pas te faire un mauvais procès, tes films nous ont fait passer dans la classe supérieure. Mais je m'en voudrais si tu finissais écrasé dans la rue, parce que tu as la tête ailleurs. Le vrai monde est ici, tu sais ? Pas sur tes écrans…

– Je suis déjà de l'autre côté.

Comment lui faire comprendre que pour moi il n'était d'autre vie possible ? Comment lui faire admettre que nous œuvrions à transformer le regard moderne ?

Personne ne nous aurait crus. On nous aurait pris pour des fumistes, des fous. Quand bien même, nul n'était au fait de ce qui nous occupait réellement.

Avec un rythme tel que le nôtre, il était difficile d'entretenir une vie privée, des aventures sentimentales. Notre secret était plus important que notre intimité et nous nous étions – tacitement – interdit de nous lancer dans de véritables relations.

Aussi mes amis venaient-ils souvent chez Mme Zoya pour se vider les sens avec mes petites sœurs.

– Je comprends que vous ayez besoin d'une vidange, riait Gabrielle. Vous passez vos journées à nous voir baiser sans pouvoir mettre la main à la pâte.

Remarque triviale mais frappée au coin du bon sens.

*

Nous étions à l'automne 1926. Depuis plusieurs semaines, Bernard Natan insistait pour venir aux tournages. L'homme étant notre mécène, nous ne pouvions refuser.

Je compris bientôt que son assiduité n'avait rien d'artistique.

Huguette avait dix-sept ans. Elle était arrivée chez Mme Zoya au printemps 1926, directement depuis Albi. Un rabatteur de la bordelière l'avait pêchée sur le parvis de la gare d'Orsay, lui promettant douceur et sécurité. Quelques heures plus tard, elle arrivait « en maison ». Au début, la plupart regimbaient, tentaient de partir. Avec Huguette, rien de tout cela.

– Je savais bien que j'allais arriver dans un bordel, disait-elle avec son accent chantant, comme si cette fatalité n'était qu'allégresse.

Et cette joie, cette vigueur juvénile, elle les transmettait à ses clients, qui se pressèrent bientôt pour passer la soirée avec « Mlle Huguette ».

– Mlle Huguette est disponible, ce soir ?

– Ah non, monsieur Tardieu, elle est avec M. Vallat.

– Et demain ?

– Non plus, M. Mauriac l'a réservée depuis deux semaines.

– Mauriac ? Mais Huguette est une demoiselle.

– Que voulez-vous, il s'œcuménise…

Ces dialogues devinrent monnaie courante chez Mme Zoya, tant la « petite Huguette » était réclamée. Ses camarades de la maison auraient pu en concevoir de la jalousie, mais il n'en était rien. Huguette était si spontanément bonne fille qu'on n'aurait su lui en vouloir.

– C'est ce qu'on me disait, à Albi : « Huguette, tu es faite pour la turlutte. » J'aime faire plaisir aux gens...

– Alors tu es vraiment ici chez toi, se félicitait Mme Zoya en comptant ses billets.

Elle devinait cependant les desseins de sa nouvelle pensionnaire : trouver l'oiseau rare qui l'arracherait à cette cage et l'installerait dans une coquette bonbonnière de la plaine Monceau. Aussi, sentant que son départ pouvait arriver à tout moment, Mme Zoya exigeait-elle que la « nouvelle » fît du zèle. Et l'Albigeoise lui obéissait avec sa complaisance proverbiale, ne rechignant jamais devant un nouveau client.

– C'est mon côté cathare, disait-elle à ses consœurs, éberluées par son endurance.

Ces dernières ne comprenaient guère cette réflexion, et Huguette elle-même ne semblait pas en saisir le sens, puisqu'elle répétait la réponse que son propre père faisait à ceux que sa ténacité aux champs impressionnait.

C'est Mme Zoya qui eut l'idée de la faire tourner pour nous.

– Avec ton corps rebondi et tes yeux de chat, tu vas faire merveille. Les films vont faire le tour de Paris et ça me fera une nouvelle réclame.

Comme pour le reste, Huguette s'y conforma avec bonhomie. Elle fut même plus curieuse que ses consœurs, qui gagnaient le plateau comme on monte en chambre.

– Comment ça marche, ces engins ? Et la petite salle là-bas, c'est quoi ? Et pour développer les pellicules, ça prend longtemps ?

Mes amis et moi fûmes charmés par la candeur de la Tarnaise, qui semblait passionnée par nos réponses. Nous finîmes par lui proposer de tenir la caméra puis d'assister à une séance de montage et à une projection de rushs.

– Mais tu ne dis rien aux autres, Huguette, n'est-ce pas ?

– Elles s'en foutent, de tout ça…

Huguette disait vrai. On sentait d'ailleurs, caché sous sa mine joviale, un véritable sentiment d'élection. Jamais elle ne l'aurait avoué, car elle détestait faire de la peine, mais Huguette se savait au-dessus du lot.

– Je ne resterai pas longtemps chez Mme Zoya, Max. J'ai déjà M. Carter, un Américain, qui commence à me tourner autour. C'est un banquier qui joue au golf. Il y a aussi M. Kulp, très vieux, mais très gentil et très riche. D'ici quelques mois, ils seront nombreux et je n'aurai qu'à choisir.

« Et un producteur de cinéma, non ? » aurait pu demander Bernard Natan. Mais il se taisait. Huguette était pourtant la raison de sa présence ici. Nous le comprîmes bientôt, car dès qu'elle entrait « en scène », notre patron frémissait. Il ne quittait pas sa pénombre, mais nous sentions sa fébrilité. Il respirait plus fort, toussait nerveusement.

– Il devrait venir me voir chez Mme Zoya, commenta Huguette, qui avait bien saisi ce qui se passait. Je lui ferais un traitement de faveur.

Mais Bernard Natan, tout producteur de « films artistiques » qu'il était, n'allait pas en maison.

– J'ai demandé à toutes mes consœurs, on ne l'a jamais vu, m'avait dit Mme Zoya. C'est un curé, votre Natan !

Un curé qui avait trouvé sa vocation, pour ne pas dire sa dévotion.

À la fin d'une longue prise, Natan fut surpris de voir Huguette s'avancer vers lui.

– M'sieur Natan, vous vous faites du mal. Je vous vois tout cramoisi. Je rentre chez Mme Zoya, là. Vous ne voulez pas venir avec moi, et pis on verra bien ce qui se passe ?…

À notre grand étonnement, le producteur hocha la tête, tel

un petit enfant. Il prit même la main d'Huguette et nous les vîmes partir comme deux amoureux de chromo.

Ce qui se passa dans la chambre de la jeune Albigeoise ? Rien, hélas. Lorsque je rentrai chez Mme Zoya, le soir, les petites sœurs ne parlaient que de ça.

– Dis donc, Max, ton milliardaire, il a le dollar en berne !

– Taisez-vous ! tempêta aussitôt Huguette, avec moins de compassion pour Natan que pour son propre orgueil blessé. Puis, à mi-voix, elle me confia : Je n'y suis pas arrivée. Il était terrorisé. Et pourtant il était à poil, hein ? Et puis crois-moi, il a tout ce qu'il faut.

Le lendemain, Natan ne vint pas assister au tournage. Il fut même absent durant une semaine, ce qui nous arrangeait.

– Il devenait envahissant, fit Igor, que la présence du producteur avait toujours agacé.

Bien qu'elle n'en fît pas mention, Huguette était peinée pour notre mécène. Chaque jour, elle me demandait comment il allait, si nous l'avions revu.

Un matin de la semaine suivante, Natan réapparut. Nous ne l'entendîmes pas arriver, mais on remarqua bientôt une tache grise dans la pénombre.

Nous tournions une fantaisie anticléricale – les clients des maisons adoraient cela –, dans laquelle une nonne se livrait à toutes sortes de turpitudes. Igor l'avait baptisée *Sœur Vaseline*...

Ce même matin, le comédien masculin, Jules, un maçon de Clichy, ne se présenta pas.

– Ça fait une heure qu'on l'attend, grommela William.

Nous étions sur le plateau, tout était en place, et Huguette patientait sagement en tricotant un bonnet pour sa petite nièce.

– Eh bien, je crois qu'aujourd'hui tu vas rentrer tricoter chez toi, dit Igor, qui commença de décrocher les éclairages.

– Attendez !

Nous nous retournâmes.

Presque penaud, Natan s'avança, dans son inévitable costume noir. Malgré son embarras, il avait les yeux brûlants.

– Je suis là, moi…

Comment refuser ? Nous balbutiâmes des « Vous êtes sûr ? », « Vous n'avez pas peur qu'on vous reconnaisse ? », « Et votre femme, tout de même »…

Autant d'objections que Natan balaya d'un revers de la main.

– J'ai la tête de tout le monde, mes amis. Croyez-moi, dans ces films, on se moque bien des figures.

Ce disant, avec une décontraction qui nous sidéra, il se déshabilla.

Nous restâmes sans voix. La plus surprise fut Huguette, qui fixa Bernard avec un mélange d'inquiétude et d'excitation.

– En effet, c'est pas votre visage qu'on va retenir, monsieur Natan…

Certains individus ont besoin d'être épiés pour donner le meilleur. Les comédiens ne sont jamais aussi bons qu'une fois en scène, alors que les répétitions les montrent engoncés, maladroits. Il en fut de même pour Bernard Natan. La séance chez Mme Zoya avait été piteuse car c'était un tête-à-tête. Mais dès que nous commençâmes à tourner, il nous sembla impossible qu'il eût été impuissant.

Huguette elle-même en était transformée. Depuis un mois que nous travaillions avec elle, elle faisait preuve d'une abnégation toute paysanne. Elle singeait l'allégresse mais restait distante. Ce jour-là, elle se pâmait. Et lorsqu'elle poussa un hululement strident, avant de s'effondrer entre les bras de Bernard Natan, nous comprîmes que *Sœur Vaseline* surclasserait ses concurrents.

Le tournage dura quatre jours. Natan arrivait dès l'aube, en même temps que nous. Il nous fallut congédier Jules, le maçon, surpris qu'on l'eût si vite remplacé.

– Oh, bah moi qui me réjouissais de butiner Huguette.

– Chasse gardée, répondit Benoît en désignant Bernard Natan, qui ôtait ses vêtements et les pliait un à un sur une chaise, avec une application de vieux garçon.

Huguette elle-même était différente. Elle avait aux joues ce rose qui ne trompe pas. Malgré notre présence, elle parvenait à oublier le studio, les caméras. Ses gestes n'étaient plus ceux d'une actrice, encore moins d'une professionnelle. Elle vivait le film. Autant dire que cette nouvelle configuration était pour nous une aubaine : le « sensualisme » trouvait ici son vrai déploiement. Les images que je réussissais à arracher à leurs corps, à leurs reflets, avaient une puissance, un relief, que j'avais jusqu'alors rarement obtenus. Le couple était transfiguré par l'image, et les rushs que nous découvrions le soir nous montraient bien plus qu'une scène de lit.

Comment la joie vira-t-elle au drame ? Je suis en peine de le dire. Mais au matin du cinquième jour, le bonheur se déchira.

Dès leur arrivée, nos deux « acteurs » semblaient chafouins. Ils paraissaient embarrassés l'un de l'autre. La veille au soir, ils étaient partis en même temps, et c'était la première fois. William avait même entendu Natan proposer à Huguette de la ramener avec sa Torpedo et la petite avait accepté en gloussant de plaisir.

Douze heures plus tard, cette allégresse n'était qu'un souvenir.

Allongés sur le gazon factice, dans une position très suggestive, l'un et l'autre ne parvenaient pas à se concentrer.

Gênés, nous n'osions parler, car il fallait laisser les comédiens reprendre leurs esprits et leurs corps.

Au bout d'une demi-heure, Natan dut s'avouer incapable d'assurer son rôle.

– C'est pas grave, lapin, murmura Huguette en caressant la joue de son partenaire.

Autant lui cracher au visage !

Furieux, le producteur se raidit. Puis il envoya à Huguette une gifle sonnante qui la projeta en arrière. Nous étions si surpris qu'aucun n'eut le réflexe de la protéger. Et Dieu sait si nous aurions dû… Bientôt Natan se rua sur elle, la rouant de coups, tandis qu'elle se débattait en hurlant :

– Bernard ! Non ! Tu es fou !

William s'interposa, mais Natan le propulsa loin de lui avec une force saisissante. Puis il cria :

– Filmez, nom de Dieu ! Filmez !!

Pourquoi nous lui obéîmes ? Voilà une question à laquelle je n'ai jamais su répondre. Ou peut-être n'ai-je jamais osé affronter ce qui s'est passé entre nous, ce matin de décembre 1926. Nous sentions-nous à ce point débiteurs de Bernard Natan ? Possédait-il une volonté diabolique, une force de persuasion surhumaine ? Je crois juste que nous fûmes lâches. Lâches et craintifs. La violence physique emporte tout sur son passage, et nous avions eu peur. Peur de Natan, de ses poings, de la puissance corrosive de ce corps pourtant chétif, qui semblait tout à coup plus rude que du granit.

L'un après l'autre, malgré les hurlements d'Huguette, nous réglâmes les objectifs, allumâmes les projecteurs.

Sans réfléchir à ce que je disais, je lançai un « Moteur » instinctif, auquel Benoît répondit par un « Ça tourne » tout aussi machinal.

Inutile de dire « Action », celle-ci avait commencé…

La violence libère les pulsions. Elle dilate les corps, les muscles. Galvanisé par ses coups, Natan avait retrouvé sa puissance, et il jouait désormais le rôle que prévoyait notre script. Peut-on dire qu'Huguette remplissait sa part du contrat ? Disons que, malgré sa figure tuméfiée, ses membres couverts de bleus, elle se laissa rattraper par son personnage. Le plus pénible – odieux, peut-être ? –, c'est que nous vîmes là une passion encore plus grande. Comme si le plaisir effaçait tout ce qui venait de se passer. Comme si Natan avait ouvert les vannes d'une réalité seconde, qui ne pouvait s'aborder que par la douleur. Mais la douleur était justement passée, et Huguette ahanait sous nos objectifs. Nous avions le sentiment terrible d'être en face d'une fulgurance : ce qui se déroulait devant nous relevait du miracle. Il y avait ici une beauté atroce, peut-être celle de la vie elle-même. Une vie qui ne tient qu'à un fil, enflamme le regard avant de s'évaporer. Une vie qui s'échappa de la bouche d'Huguette, lorsque sa tête valsa en arrière et cogna le sol.

– Huguette !!! hurla Natan.

Trop tard.

L'après

« L'accident » fut vite étouffé.

Bernard Natan était un homme puissant. Nous le fréquentions dans le cadre secret de notre studio, mais il était une personnalité incontournable du Tout-Paris. Homme d'argent et non de chapelles, le producteur était en bonne entente avec des gens de multiples horizons.

Il fallut trois coups de téléphone et deux heures pour qu'une équipe eût nettoyé le plateau. Par pur souci de vraisemblance, on déclara qu'Huguette avait fait une mauvaise chute. Cette explication ne convainquit guère Mme Zoya, mais la prodigalité de Natan sut la faire changer d'avis. En revanche, ses « filles » en conçurent un effroi instinctif. Sans que rien n'eût filtré, elles avaient deviné. Était-ce mon expression, lorsque je rentrai le soir ?

– Max, qu'est-ce qui s'est passé avec Huguette ?

– C'était vraiment un accident ?

Je n'eus pas le cœur d'argumenter et m'enfermai dans ma chambre, la tête bourdonnante.

Dans les tranchées, j'avais connu la mort quotidienne. Ce qui s'était passé devant nous relevait du blasphème. Nous pensions avoir découvert la part noire de notre mécène, mais n'était-ce pas autre chose ? Sa frénésie, cette violence subite, n'étaient-elles pas l'aboutissement de nos travaux ? Hypnotisé, en transe, Natan s'était métamorphosé en golem, comme si ses mouvements étaient la conséquence de nos théories. Nous recherchions cette image absolue, qui va au-delà du corps et montre l'âme : ne venions-nous pas d'y parvenir ?

Car nous avions filmé : tout ! Et c'était là le plus troublant. Alors que Bernard Natan se transformait en démon, aucun n'avait posé sa caméra. Au contraire, nous étions aussi hypnotisés que lui. L'essence même de notre travail nous pilotait. Le film était aux commandes et nous étions ses marionnettes.

Les apprentis sorciers venaient de découvrir le feu.

Et les sept minutes de rushs suffirent à nous convaincre : nous n'avions jamais rien filmé d'aussi beau.

*

Tout aurait pu s'arrêter là. La mort d'Huguette aurait pu être le point de non-retour du Trébuchet, mais Bernard Natan ne comptait pas mettre fin à notre collaboration.

– Ce n'est pas un accroc qui va sonner le glas de nos travaux, mes amis, déclara-t-il avec une désinvolture glacée. Quand nos ancêtres bâtissaient des cathédrales, il arrivait que des ouvriers meurent sur le chantier. Cela n'a pas empêché Reims, ni Chartres, ni Notre-Dame…

La comparaison aurait pu nous choquer, mais nous la comprîmes. Ce que nous avions vu à l'écran dépassait le fait divers. Sans que nous osions nous l'avouer, Huguette était bien un « accident ». Tout juste fallait-il l'emmurer dans un commode non-dit.

Natan ne demanda pas à voir le film. Il exigea juste que nous lui donnions le négatif, afin de le détruire.

Je m'exécutai sans regimber… car j'en avais fait une copie, ce que Natan était à mille lieues d'imaginer ! Pour lui, cette bobine n'était que le témoignage embarrassant d'un mauvais souvenir.

– J'ai tout arrangé, mais n'allons pas tenter le diable en conservant des preuves, n'est-ce pas ? Ce ne sont pas quelques bobines de moins qui vont mettre en péril nos recherches…

À cette remarque, aucun de nous ne tiqua et nous acceptâmes, hypocritement.

– Cet endroit est une preuve de ce qui s'est passé, fit Natan en désignant le studio. Nos « films artistiques » tombent sous le coup de la loi et j'ai dû donner quelques gages de bonne volonté pour que la police n'aille pas fouiner par ici…

Autrement dit : si nous voulions continuer nos travaux, il fallait changer de studio et d'équipe.

Bernard Natan avait déjà tout prévu :

– Pour ce qui est des comédiennes, j'ai pris contact avec trois autres maisons, car Mme Zoya ne veut plus que ses filles travaillent pour nous.

J'objectai aussitôt qu'entre maisons les filles parlent. Natan ne craignait-il pas qu'une rumeur s'installe ?

– Quelle rumeur ? fit Natan. Huguette est déjà oubliée. Elle n'a jamais existé. Connaissiez-vous seulement son vrai nom ? Ces filles sont des meubles, cela se remplace.

Ce ton cassant nous choqua, mais Natan affecta aussitôt un air repentant :

– Pardonnez-moi d'être aussi dur, mais vu ce que me coûte la « discrétion » de Mme Zoya, je peux vous dire que nous n'avons rien à craindre.

Restait la question du lieu.

Le producteur était venu nous voir avec un grand carton à dessins, qu'il ouvrit sur la table de la salle de montage.

– Venez voir ça…

Aussitôt Benoît s'anima, car il s'agissait d'un plan.

Natan posa un doigt sur un immeuble, au centre d'une des venelles les plus étroites.

– Rue Pirouette, murmura Igor.

– Absolument ! Vous connaissez ?

– Je vais rarement aux Halles…

Natan éclata de rire.

– Vous êtes si snob, cher ami. Autant vous habituer tout de suite.

Il sortit une nouvelle planche, qui représentait une façade d'immeuble. Je songeai aux gravures de Gustave Doré avec son Moyen Âge de fantaisie.

– C'est un bâtiment abandonné depuis des années. Une ancienne auberge.

– L'Auberge de l'ange Gabriel, fit William, qui prit le plan et marcha jusqu'à la lampe. Pourquoi nous montrez-vous ça ?

Natan sourit sans répondre.

– Cette auberge sera notre nouveau studio ?

– Vous aurez là-bas les instruments les plus récents, les plus modernes. Un rêve pour le Trébuchet !

Je me penchai sur l'épaule de William : la façade de cet immeuble semblait hors du temps.

– Vous allez transformer tout le bâtiment en studio ?

– Grands dieux, non ! Vous serez en dessous, comme ici… En revanche, le reste du bâtiment…

Il laissa sa phrase en suspens et sortit un troisième plan : il s'agissait d'un projet de façade, dans un style délirant qui rappelait les décors d'un Luna Park. Un festival de créatures difformes, lutins, nornes, diablotins de toutes races.

Les Halles étant un des rares quartiers de Paris totalement dépourvu de salle de cinéma, Natan comptait en ouvrir une.

Igor restait dubitatif : les rues de cette zone sont souvent inaccessibles, certaines sont même dangereuses, mais le producteur semblait convaincu de son projet. Jusqu'à présent, son flair lui avait toujours donné raison. Et puis cette salle serait un peu sa danseuse.

– Le cinéma est en train de changer, mais je suis un

nostalgique, avoua-t-il. À mon arrivée en France, j'ai appris votre langue avec Gaston Leroux, avec Rouletabille, avec Ponson. Lorsque *Les Mystères de New York* ont été projetés à Paris, je n'en ai pas raté un épisode. Puis j'ai tout naturellement été friand des films de Feuillade, des *Fantômas*, des *Judex*, des *Vampires*... Ah, les collants d'Irma Vep !

Il nous semblait voir un petit garçon gourmand, qui se rappelait ses goûters de la prime enfance. Mais l'enfant était devenu un adulte, un adulte riche et puissant, qui avait des moyens à la hauteur de ses passions. Aussi avait-il racheté la fameuse société des cinéromans créée par Gaston Leroux.

– Mon cinéma ne projettera que ces films à épisodes qui passionnent le grand public. Nous sommes aux antipodes des salles de l'avant-garde. C'est pour cela que j'ai choisi un quartier populaire comme les Halles.

Il sortit de sa poche un gros manuscrit qu'il tendit à Igor.

– Tenez, l'écrivain, si vous voulez avoir du succès, vous feriez bien de faire comme lui.

Igor grimaça :

– Arthur Bernède ? Le feuilletoniste ?

– Ne soyez pas méprisant, Tcherniak. Bernède est désormais mon associé. Son prochain roman, que vous avez entre les mains, va sortir en feuilleton dans *Le Petit Parisien*, et son adaptation filmée, que je tourne en ce moment, sera projetée dans mon cinéma. D'ailleurs, je lui ai donné le nom du livre.

– *Belphégor*, fit Igor, songeur, en parcourant le manuscrit.

28

– Désolée, mademoiselle, nous n'avons aucun livre signé Max Toppard.

– Même au rayon cinéma ?

– Je sais ce que je dis, grogne la bibliothécaire. Comme vous me l'avez demandé, j'ai vérifié au rayon cinéma et au rayon esthétique, il n'y a rien…

Caroline pose les mains sur le comptoir.

– J'imagine que si un livre n'est pas à la BN…

– …il a peu de chances d'être ailleurs, coupe la bibliothécaire.

Welles a-t-il confondu ? Peut-être n'est-ce qu'une légende de plus ?

La bibliothécaire est de plus en plus raide :

– En même temps, vous ne connaissez ni l'année de publication, ni l'éditeur, et le nom d'auteur n'existe pas… Cela n'aide guère.

Derrière Caroline, un raclement de gorge. La journaliste découvre huit personnes qui attendent, avec un même air hostile.

– Pouvez-vous vérifier une dernière chose ?

Dans la queue, on frôle l'émeute :

– Ce n'est pas possible.

– Pour qui se prend-elle ?

Mais Caroline n'en démord pas et insiste :

– Cherchez au nom de Trébuchet. T-R-E-B-U-C-H-E-T.

La petite femme comprend, à l'intensité de Caroline, que cette recherche est essentielle.

– Bon, je retourne uniquement au rayon cinéma…, dit-elle en sautant de son tabouret pour trottiner jusqu'à de très hauts rayonnages, d'où elle sort une longue liste qu'elle pose sur une écritoire.

Dans le dos de Caroline, on chuchote à tout-va. Ils la maudissent mais elle s'en moque. Elle est encore sur un nuage. Son déjeuner avec Welles et Langlois était un moment extraordinaire. L'auteur de *Citizen Kane* a la réputation d'être un affabulateur, mais il avait dans la voix un ton de profonde vérité. S'il dit vrai, alors Max Toppard et le Belphégor sont au cœur d'un des plus grands secrets de l'art au XXe siècle. Un secret gardé, escamoté, comme une conspiration du silence pour nier celui qui aurait été le père fondateur de toute la pensée cinématographique depuis l'âge d'or du muet. Et si une telle pensée existe, elle ne saurait être que dans…

– J'ai peut-être quelque chose, dit la petite femme en revenant vers Caroline.

La journaliste est aux aguets.

– Sous le nom d'auteur « Le Trébuchet », j'ai trouvé la référence d'un livre sorti en 1921, sous le titre *L'Al-cinéma*, chez Grasset. Ça pourrait être ça ?

– Sûrement !!! crie Caroline.

Tous les chercheurs lèvent le nez. Mais la journaliste est si lumineuse que la bibliothécaire ne parvient pas à lui en tenir rigueur.

– Je vais vous chercher ça, mademoiselle.

Dans la queue, les gens ne se gênent plus pour parler fort. Ils se demandent s'il ne s'agit pas là d'un canular de *La Caméra invisible*. Certains cherchent la silhouette de Jacques Legras.

Mais lorsque la bibliothécaire revient, la mine penaude, Caroline sent fondre son espoir.

– Vous ne l'avez pas ?

– C'est incompréhensible, ce livre n'est pas censé quitter le bâtiment, mais il est marqué « manquant ».

– Depuis longtemps ?

– Quatre jours…

– J'ai peur que ce ne soit pas incompréhensible…

29

– Heureusement que j'ai des amis chez Grasset…, dit Vincent en vidant la casserole d'eau bouillante dans la théière.

Les livres d'A.G.B. étant publiés par cette maison d'édition, Caroline a demandé à Vincent d'aller fouiner.

– Nom curieux, Trébuchet…, reprend Bellegarde, tandis qu'il dispose des tasses roses sur un plateau marocain.

Ce thé est une bonne idée. Il fait de plus en plus froid et les maisons de la villa Godin n'ont jamais été bien isolées.

– Bon, tu me montres ce que tu as trouvé ?

Voilà deux jours que Caroline piaffe, car Vincent ne se rendait pas chez Grasset avant cet après-midi. À croire qu'il a fait exprès de laisser traîner. En veut-il à Caroline de se servir de lui au lieu de l'inviter à partager ses recherches ?

– Cette enquête te met dans un drôle d'état, remarque-t-il, soupçonneux. Que se passe-t-il ?

Vincent dit vrai : voilà deux nuits qu'elle ne dort pas. Pour s'occuper l'esprit, elle s'est imposé des travaux alimentaires – trois nécrologies pour les *Études* ainsi que des classements d'archives, qu'elle fait de temps à autre au Palais d'Avron –, mais dès qu'elle baisse la garde, le fantôme de Max Toppard revient.

– Qui te dit que ton Toppard a vraiment existé… ?

Caroline est agacée.

– Tu penses qu'un type comme Welles irait s'embêter à inventer *mon* Toppard ? Et Carné ? Et Renoir ? Et Simon ?

Vincent se renfrogne et ajoute, bel et bien jaloux :

– C'est vrai que tu les as tous rencontrés… Tous ces génies à qui il y aurait tant de choses à dire, mais tu ne leur as parlé que de ce fantôme…

– J'ai l'impression que tu m'en veux, Vincent. Si c'est le cas, dis-le, ce sera plus simple. Je peux tout entendre, tu sais ? Est-ce parce que j'ai laissé tomber notre *Atget*, le temps de boucler mon enquête ?

Bellegarde prend sur lui puis assène que cette histoire n'a ni queue ni tête. Au moins leur *Atget* est un vrai projet, *leur* projet. Alors que cette chimère lui fait perdre tout sens commun.

Caroline ne répond rien. Et si Vincent avait raison ? Ce jeu de piste est-il autre chose qu'un labyrinthe de fête foraine ? Ne devrait-elle pas tout envoyer bouler, avant que ce jeu ne la dévore ?

– Eh bien, finit-elle par murmurer, cette trouvaille ?

Vincent baisse les armes et ouvre son cartable.

Déjà le cœur de Caroline s'accélère. Mais son enthousiasme chute d'un coup : il ne s'agit que d'un dossier.

– Mais… et le livre ?

Vincent secoue la tête de gauche à droite.

– Indisponible…

– Même chez l'éditeur ?

– Épuisé depuis plus de quarante ans. Il a totalement disparu. C'est même un cas unique, m'a précisé la secrétaire des archives. Comme si ce livre avait été rayé des mémoires.

– Et ça, alors ? demande-t-elle en désignant le dossier que Vincent tient sur ses genoux.

Son ami recouvre un air complice.

– Tu as de la chance que je connaisse bien la maison. Je suis allé à la fabrication et j'ai retrouvé un tirage de la couverture et de la 4e. Avec un résumé du texte…

Caroline le lui arrache des mains. À nouveau, Vincent s'inquiète : pourquoi se met-elle dans un tel état ?

La journaliste reconnaît la couverture de la collection « Les Cahiers verts ». Mais ce qui la frappe, c'est ce sigle, au centre de la page :

Et que penser du résumé, si hermétique ?

« Depuis vingt-cinq ans, le cinématographe constitue la révolution artistique la plus moderne, la plus profonde, la plus prometteuse.

On ne saurait toutefois l'aborder sans quelques clés, que cet ouvrage se propose de vous offrir.

Il s'agit pour le spectateur de réformer son regard, il entre dans un ailleurs pour qu'opère en lui la nécessaire transmutation. L'Al-cinéma est au cinéma ce que l'alchimie fut à la chimie : nous pénétrons ici l'inconscient d'une technique, la part d'ombre d'un art qui, plus qu'un spectacle, touche au cœur même de notre identité, de notre être.

Alors seulement pourrons-nous atteindre l'illusion absolue. »

– « L'illusion absolue », répète Caroline en reposant le document. C'est le titre du seul film qu'aurait réalisé Max Toppard…

Bellegarde n'est guère convaincu.

– Tout cela reste nébuleux. À se demander si Grasset n'a pas pilonné tout son stock, car ils étaient embarrassés d'avoir publié une telle farce.

Caroline reprend le dossier et laisse courir ses doigts sur le symbole.

– C'est une balance, non ? demande Vincent.

– Oui, répond Caroline, qui était allée consulter un dictionnaire. Un trébuchet est une petite balance d'apothicaire. Mais aussi une catapulte…

Elle s'attendait à avoir le livre, or cette page ne fait qu'épaissir le mystère.

– Ah oui, mes amies du service de presse m'ont aussi trouvé ça…

Vincent lui tend un petit volume carré. Sur la couverture, elle identifie la plus célèbre gargouille de la cathédrale de Chartres, peinte en rose vif. Au-dessus, en caractères blancs, le titre de la revue : *Planète.*

Caroline connaît cette revue qui fait le miel des amateurs de mystère depuis cinq ans. Le succès du livre *Le Matin des magiciens*, qui entendait considérer d'un point de vue rationnel des faits aussi mystérieux que les soucoupes volantes, les sociétés secrètes nazies ou l'alchimie, a abouti à la création de la revue *Planète.* Jacques Bergier et Louis Pauwels, ses animateurs, sont devenus de vrais gourous. Ce qui provoque l'ire de toutes les associations rationalistes, qui les traitent de charlatans. D'autant que ces deux renards aiment à pratiquer un humour à froid, comme s'ils n'étaient jamais dupes de leurs propres théories, lesquelles fascinent pourtant la France entière.

Caroline n'a jamais mis le nez dans cette revue, qui passionne sa mère. Les pistes de Nazca, l'Atlantide, le continent perdu de Mu, autant d'énigmes qui enchantent Pauline Ménardier, alors que sa fille en bâille d'ennui.

Vincent a glissé un carton à la page 62, qui marque le début d'un bref article de Jacques Bergier sur « les livres maudits ».

– L'article date de 1962, précise-t-il. En quarante ans, c'est l'unique mention de *L'Al-cinéma*…

30

Les livres maudits

Il existe une sainte alliance contre le savoir, une synarchie organisée pour faire disparaître certains secrets. Cette destruction systématique existe à tel point qu'on peut se demander s'il n'y a pas une conspiration permanente qui vise à empêcher le savoir humain de se développer trop vite.

Quelques exemples précis de livres maudits. En 1885, l'écrivain Saint-Yves d'Alveydre reçoit l'ordre, sous peine de mort, de détruire son dernier ouvrage : *Mission de l'Inde en Europe, mission de l'Europe en Asie. La question du Mahatma et sa solution.*

Saint-Yves d'Alveydre obéit à cet ordre. Cependant, un exemplaire échappa à la destruction et, à partir de cet exemplaire unique, l'éditeur Dorbon-Aîné le réimprima, à tirage très limité, en 1909. Or, en 1940, dès leur arrivée en France et à Paris, les Allemands détruisirent tous les exemplaires de cette édition.

En 1897, les héritiers de l'écrivain Stanislas de Guaita reçurent l'ordre, sous peine de mort, de détruire quatre manuscrits inédits de l'auteur sur la magie noire, ainsi que ses archives. L'ordre fut exécuté.

En 1933, les nazis brûlèrent en Allemagne la totalité des exemplaires du livre sur les rose-croix, *Die Rosenkreuzer. Geschichte einer Reformation.*

L'un des cas les plus étranges reste celui de *L'Al-cinéma*, un traité signé par un collectif d'auteurs : le mystérieux groupe Trébuchet. Ce livre aurait été détruit par son propre éditeur, Bernard Grasset, dès sa publication, au début des années 20. Il établissait les bases d'une nouvelle vision de l'art cinématographique, qui opérait sur le spectateur une forme de transmutation sensorielle et physique, proche de l'alchimie.

J'en ai par deux fois tenu un exemplaire entre mes mains. La première fois, ce fut en 1937, à Paris, alors que j'étudiais l'alchimie auprès de mon maître Fulcanelli. Celui-ci ne manquait jamais de le consulter à l'orée de certaines expériences sur l'optique et la perception du réel (expériences que le devoir de secret m'interdit de dévoiler ici). La seconde fois est bien plus dramatique, puisque ce fut au camp de Mauthausen, où je fus déporté de 1944 à 1945. L'ouvrage était dans la bibliothèque privée du SS directeur du camp, qui en faisait lecture, dit-on, à certains de ses officiers. Il va de soi que l'exemplaire a disparu dès 1945. Je crois surtout que les nazis l'avaient détruit avant la libération du camp, terrifiés par ce qu'ils y avaient découvert.

Depuis, l'existence de *L'Al-Cinéma* a été contestée, ce qui montre à quel point ses ennemis sont puissants.

Qui sont les adversaires de ces livres maudits ? Supposons l'existence d'un groupe que j'appellerai les « hommes en noir ». L'idée de cette dénomination m'est venue en voyant à toutes les conférences *Planète*, ou anti-*Planète*, un groupe d'hommes en noir à l'aspect sinistre.

Leur rôle est d'empêcher une diffusion trop rapide et trop étendue du savoir, diffusion qui aurait conduit à leur destruction les civilisations qui nous ont précédés. Il en est allé ainsi tout au long de l'Histoire.

Jacques Bergier

31

– Notrrre civilisation, comme toute civilisation, est une conjurrration…

Quelle voix étonnante ! Ces *r* roulés, ce timbre atone et cette façon d'accentuer chaque voyelle. Le français de Jacques Bergier est parfait, mais l'homme exagère son accent slave, qui le fait parler en robot de science-fiction.

– La conjurrration s'emploie à nous faire méconnaîtrrre qu'il y a un autrrre monde dans celui que nous habitons, un autrre homme dans celui que nous sommes.

Assise au fond de la salle, Caroline peine à voir le conférencier. Sa petite tête chauve dissimulée derrière d'immenses lunettes bouge à peine. Tout juste balance-t-il le torse, comme en prière.

– Il y a des faits et un sous-sol des faits…

Le public est fasciné. Hommes, femmes et même quelques enfants écoutent en silence, respectueux.

Lorsqu'il déclare, avec cette même voix pontifiante, « il n'y a de nouveau que ce qui est oublié », une voisine de Caroline donne un coup de coude à son petit garçon, comme si c'était parole d'Évangile.

Caroline n'était jamais allée aux conférences de la revue *Planète*. Depuis quelques années, elles remportent un succès croissant ; le matérialisme froid de l'époque a besoin de se frotter aux phénomènes mystérieux, à l'histoire invisible, tout ce que Bergier appelle les « faits maudits ».

Une fois lu l'article de *Planète*, la journaliste s'est sentie méfiante et frustrée. Quel crédit accorder à cet homme qui semble mêler fiction et réalité ? Qui sont ces « hommes en noir » ? Et qu'est-ce que les nazis viennent faire ici ? Reste que Bergier est le seul à avoir parlé de *L'Al-cinéma*…

Caroline est aussitôt descendue fouiner dans les affaires de sa mère, abonnée à la revue *Planète*. Ainsi a-t-elle découvert ce bandeau publicitaire pour une conférence de Bergier, qui se tenait le soir même, à la Maison de la Mutualité.

La voilà bientôt qui fait la queue, au milieu d'une foule pressée mais respectueuse, entassée dans le hall du bâtiment avec des parapluies dégoulinants.

Sitôt les portes ouvertes, tous se massent devant la scène, où ne sont posées qu'une petite table et une chaise encore vide.

Caroline ne trouve à s'asseoir qu'au fond, mais cela lui convient. Elle n'a jamais aimé les mouvements de foule et la ferveur hystérique lui déplaît. Elle se rappelle les frémissements de Bibi le jour du concert des Beatles, à l'Olympia.

N'est-il pas un simple affabulateur ? se demande-t-elle, après une demi-heure de conférence.

– Nous ne proposons pas quelque religion. Nous ne croyons qu'en l'intelligence…, déclare-t-il entre des élucubrations sur une possible colonisation de la planète par les extraterrestres, bien avant la préhistoire.

– Tu parles ! finit par grommeler un homme en tenue de clergyman, trois rangs devant Caroline.

L'interjection est aussitôt suivie d'un concert de cris offusqués. Comme si cela attisait sa colère, l'homme toise l'assistance :

– Comment pouvez-vous gober de telles salades ? Ce type se fout de vous ! Comme tous les fumistes de *Planète*, il se moque de la France entière.

– Monsieur ! Taisez-vous !

L'homme bombe le torse et sort un exemplaire usé du *Matin des magiciens* en Livre de poche, raturé et couvert de notes.

– Ce n'est pas de la pensée, bande de gogos ! C'est du poujadisme intellectuel !

La voisine de cet homme lui arrache le petit volume orange, couvert d'un coucher de soleil en forme de soucoupe volante, et le gifle.

Le perturbateur est sidéré ! Il porte la main à sa joue et grogne de colère :

– Oh, la salope !

À ce mot, une autre femme lui donne un coup de parapluie. Éclats de rire dans toute la salle, qui applaudit.

Rubicond, l'homme se lève d'un mouvement brusque, faisant valser sa chaise qui part sur son voisin de derrière, lequel perd l'équilibre. Effarée, Caroline croit voir une cascade de dominos.

La scène tourne alors à la pagaille, car chacun commence à s'en mêler. Le perturbateur brame qu'il fait partie de l'Union rationaliste, et que les délires de Bergier et ses complices seront bientôt interdits ! Ils instillent un poison dans la société française. Leur mépris des sciences exactes est une honte au pays de Descartes et de Buffon ! Comment peut-on se foutre à ce point du monde et faire tant d'argent sur le dos de la crédulité générale ? Il est des imposteurs qui méritent le cachot !

Pour une partie de l'assistance, c'est la phrase de trop. La Mutualité devient un champ de bataille où l'on ne sait plus qui est qui. Plusieurs messieurs se jettent sur le perturbateur, comme les mâtins sur le vieux cerf, lequel se débat en poussant des glapissements et donne des coups de poing, de pied, de genou et de chaise autour de lui. Les hommes sont enhardis par la colère. Les femmes deviennent hystériques, hurlent, envoient leur sac aux inconnus qui profitent de la cohue pour laisser balader leurs mains.

Caroline doit vite quitter sa place pour échapper aux coups de deux messieurs au corps à corps, qui roulent au sol. La scène est d'autant plus imprévisible qu'il n'était ici qu'un seul élément discordant, mais c'est désormais la foule entière qui échange coups de pied, de sac, de parapluie, comme les convulsionnaires de Saint-Médard !

Mais le plus étonnant, c'est Bergier.

Imperturbable, il n'a pas bougé de son pupitre.

Derrière ses lunettes de myope, il poursuit sa conférence.

Son torse se balance et son timbre mécanique continue de débiter des paroles en saccades, aussitôt avalées par le vacarme.

– L'impossible, distingue Caroline malgré le brouhaha, c'est ce qui n'a pas encore été fait.

Des vigiles surgissent bientôt dans la salle pour séparer les belligérants et évacuer l'assistance.

Ne voulant pas être venue ici pour rien, Caroline se dissimule derrière une colonne.

Poussés par les vigiles, les derniers spectateurs se laissent renvoyer non sans regimber, et un étrange silence s'installe.

La scène est alors si singulière que Caroline croit la rêver. La journaliste a quitté sa cachette et s'avance, prudente, vers le centre de la salle. Pas une chaise qui soit encore debout. Au pied de l'estrade, c'est un décor de guerre. Des sacs à main, des parapluies déchirés, des chapeaux, des exemplaires de *Planète,* quelques chaussures et même un manteau rouge déchiqueté.

Alors qu'elle continue de s'approcher, la voix de Bergier ânonne :

– Chers amis, je vous remercie de m'avoir écouté. Je vous donne rendez-vous le mois prochain, pour une nouvelle conférence *Planète*, qui sera consacrée au livre d'Edward Bulwer-Lytton, *La Race à venir…*

Flegmatique, l'homme se lève de sa chaise tout en rassemblant les feuilles éparses devant lui. Il considère enfin la salle, mais ne réagit pas. Sans plus d'émotion, il enfile son pardessus en grognant de mécontentement.

Pour Caroline, c'est le moment.

– Monsieur Bergier ?

– Oui ?

Caroline est surprise par le charme de cet homme. Derrière ses lunettes, ses yeux luisent d'un éclat singulier, comme ceux d'un enfant terrifié de découvrir le monde. Il y a une vraie fragilité dans ses pupilles, comme une blessure intime.

– Je peux vous poser une question ?

Bergier désigne la salle derrière eux.

– J'ai fait fuir tout le monde, profitez-en.

Caroline ne sait si elle a le droit de rire. Elle préfère garder son sérieux et dit faire des recherches sur *L'Al-cinéma*.

À ce nom, Bergier perd son assurance et fixe Caroline avec acuité, comme s'il la découvrait.

– Vous aimez le danger, mademoiselle…

– Pourquoi dites-vous cela ?

– Vous avez lu mon article sur les livres maudits, j'imagine ? C'est ainsi que vous avez entendu parler du livre du Trébuchet ?

Caroline explique qu'elle travaille sur l'histoire du cinéma et connaissait l'existence de ce texte, mais qu'elle cherche à mettre la main sur un exemplaire.

– Je ne l'ai pas eu entre les mains depuis 1945, mademoiselle.

– Mais vous l'avez lu, n'est-ce pas ?

Embarrassé, le conférencier semble pris au jeu de ses contradictions.

– Pour mon article de *Planète*, j'ai simplifié les choses. J'ai dit que le livre était dans la bibliothèque du camp, en réalité c'est un prisonnier qui l'avait apporté dans ses bagages.

Caroline ne comprend pas. Un déporté serait parvenu à faire passer un livre ? à Mauthausen ? Bergier précise que ce volume lui a même servi de bouclier.

– Dès qu'ils l'ont trouvé sous son manteau, au moment où on lui arrachait ses vêtements pour les remplacer par l'uniforme rayé, les gardiens du camp ont prévenu le commandant. Celui-ci est arrivé et il a aussitôt fait monter le nouveau venu dans son bureau.

Bergier n'a jamais su ce qu'ils se sont dit, mais l'homme a eu un traitement de faveur. Il a été placé dans une chambre isolée, il prenait ses repas avec les soldats, mais il n'en conservait pas moins la tenue réglementaire des prisonniers du camp, ainsi que l'étoile jaune cousue sur la poitrine.

– Le matin, lorsque nous partions à pied pour faire les dix kilomètres qui nous menaient à la mine, il nous voyait disparaître avec effroi, avant d'être appelé par le commandant. Nul ne sait ce qu'ils faisaient, mais des bruits commençaient à courir dans tout le camp.

– Quels bruits ?

– On disait que ce fameux livre était un mode d'emploi. Qu'il permettait d'accéder à un autre seuil de réalité. Qu'il était une porte.

– Une porte ? répète Caroline, qui sent remonter la méfiance. Bergier repart dans ses théories de science-fiction ! Mais il reste tout à fait sérieux et semble revivre ces images du passé. Sa voix se fait plus grave. Il perd même son accent.

À ce qui se disait dans le camp, à mots couverts, le prisonnier avait apporté une technique scientifique très complexe, parfaitement inédite, qui permettait de capturer la lumière. Il pouvait ainsi en faire un fabuleux outil d'illusion, puisqu'il parvenait à générer des images ex nihilo, sans projecteur, sans écran, mais aussi réelles, aussi charnelles qu'une présence physique. Le commandant voyait là une arme extraordinaire. Il entendait même mettre en place toute une stratégie et la proposer à l'état-major du Führer, à l'heure où le Reich cherchait désespérément l'arme miracle qui lui redonnerait l'avantage. Voilà pourquoi il passait ses journées à faire des expériences, utilisant pour cela le prisonnier et son fameux livre…

Caroline ne peut admettre que ce texte ait eu un tel objectif. Serait-ce pour cela qu'il a été détruit ?

– *L'Al-cinéma* fait partie des livres qui rendent fou, mademoiselle. C'est d'ailleurs ce qui s'est passé.

– Que voulez-vous dire ?

– Au fur et à mesure des semaines et des expériences, le commandant a eu des comportements de plus en plus inexplicables. On dit qu'il ne jurait plus que par ce prisonnier qui exerçait sur lui un vrai pouvoir de fascination.

– Il s'appelait Max Toppard ?

Bergier hausse les sourcils. Nul n'a jamais connu son identité, même lorsqu'il a été renvoyé dans les baraquements avec les autres prisonniers.

– Il est tombé en disgrâce ?

La tête de Bergier joue les balanciers. C'est bien plus opaque : un matin, les soldats ont trouvé le commandant pendu dans son bureau. Sur la table, *L'Al-cinéma* était ouvert à une page couverte de petits caractères illisibles.

Caroline se demande maintenant si Bergier n'improvise…

– Je vois bien que vous ne me croyez pas, mademoiselle. Et je ne peux vous forcer. Mais si j'ai fait profession de tordre le cou au réel, il est un sujet sur lequel je ne mens jamais : mon séjour à Mauthausen. Tout ce que je vous raconte est rigoureusement exact…

Caroline est frappée par la sincérité de Bergier. Elle croit voir des larmes couler de ses yeux.

– Qu'est devenu le prisonnier ? et le livre ?

– Tout a disparu à la libération du camp. Nous étions si affamés, si épuisés, que nous ne pouvions nous préoccuper d'autre chose que de notre propre survie. J'ai moi-même mis du temps avant de me rappeler ces épisodes, qui se mêlaient dans ma mémoire à la vie quotidienne d'un enfer organisé.

La voix de Bergier se voile.

– Si je peux vous donner un conseil, c'est d'abandonner vos recherches. Lorsque je parle de livre qui rend fou, je ne plaisante pas.

Caroline tente de garder une distance amusée, mais le ton de Bergier est sans ironie. Le gourou espère que tous les exemplaires de *L'Al-cinéma* ont été détruits. Certains livres ne devraient jamais avoir été écrits. Et s'il en reste, il vaut mieux qu'ils disparaissent dans les flammes.

– Avec un peu de chance, les hommes en noir s'en sont chargés. Et pour une fois, je pense que c'est une bonne chose…

Le Belphégor

Le Belphégor était un palais des Mille et Une Nuits, et un monument de mauvais goût. Je ne sus jamais à qui Natan avait commandé ces personnages obscènes. Ce festival de diableries rappelait les fantasmes d'un Jérôme Bosch passé par la fête à Neu-Neu. Elles m'évoquaient parfois la fresque que papa et moi avions dessinée dans l'escalier du phare.

– On dirait le sabbat dans *Häxan*, dit Benoît Alvarez, lorsqu'il découvrit la façade de l'immeuble.

Nous avions tous apprécié le film de Christensen sur la sorcellerie à travers les âges. Sorcières nues et fripées, diablotins priapiques, nourrissons sacrifiés dans des marmites, toute l'imagerie médiévale était convoquée pour un prodigieux catalogue de perversions.

– Je ne l'ai pas vu, confessa Natan. Mais je vous rappelle que j'ai grandi dans les Carpates. Je viens du pays des vampires. D'ailleurs, n'est-ce pas moi qui vous enferme sous terre et vous suce le sang depuis quatre ans ?

Cette question, dite sur un ton glacial, nous laissa perplexes. Le Belphégor était-il un nouveau cercueil dans lequel Nosferatu-Natan nous enterrait ?

– Vous allez faire fuir les clients ! s'étaient offusqués certains commerçants des Halles.

Aussitôt les riverains s'étaient scindés en deux camps : pour ou contre le Belphégor. Les partisans de ce cinéma louaient son originalité en accord avec le fracas du quartier, les détracteurs brocardaient la violence de ses fresques. Pour notre part, nous nous moquions de la décoration du Belphégor. Ce qui se passait à la surface ne nous concernerait pas.

Natan n'avait pas menti : le studio aménagé dans les sous-sols de l'ancienne auberge aurait fait pâlir de jalousie des cinéastes chevronnés. On trouvait ici une enfilade de pièces, parfois très grandes, qui culminaient par un large et haut plateau réservé aux scènes d'extérieur.

– Vous serez bien mieux que rue Francœur, se félicita Natan. Pour tout vous dire, voilà plusieurs années que j'ai acheté ce bâtiment afin d'y faire construire ce studio, discrètement. L'accident d'Huguette a simplement accéléré les choses. En un sens, ce fut une avanie providentielle…

Ces remarques nous mettaient toujours mal à l'aise et nous prenions sur nous pour ne rien dire. Mais il était trop tard pour regimber. Notre lâcheté était figée dans le marbre, comme les bas-reliefs du Belphégor. Au moins le producteur assumait-il sa froideur morale. Nous, nous muselions nos remords, les drapant dans le prétexte commode de l'art pour l'art. Le Trébuchet avant tout ! pensions-nous, non sans culpabilité.

Bien sûr, cela n'avait pas été sans controverses. Les quelques semaines séparant la fermeture de la rue Francœur et l'ouverture du Belphégor furent même un moment de doutes et de débats. Pouvions-nous continuer ? Était-il moral de poursuivre nos recherches dans ces conditions ?

William était le plus réticent :

– Une femme est morte sous nos yeux. Cette mort, nous l'avons filmée !…

Le blâme fut suivi par un long silence, car les images de la scène nous revenaient en mémoire. Non point son souvenir réel, mais sa projection sur écran. Et nous sentîmes tous les quatre ce frisson esthétique, qui prend à l'évocation d'un tableau, d'un livre, d'un film…

– Nous progressons, intervint Igor. Arrêter maintenant serait indigne de nos idéaux. Ce serait même injuste pour Huguette, qui serait morte pour rien…

– Tu parles d'elle comme d'une victime sacrificielle, s'offusqua Benoît.

– Et si c'était le cas ? riposta Igor, avant de nous examiner un à un. Pouvez-vous me jurer qu'aucun de nous n'a jamais désiré qu'il se passe quelque chose de nouveau, pour nous faire aller plus avant ?

– Nous parlons d'une mort, Igor. Une mort réelle. Nous ne sommes plus au cinéma.

– Si ! Justement ! Et c'est précisément là qu'il faut aller.

À cette remarque, tout le monde se cabra. Aussitôt Igor s'expliqua : il n'entendait pas que nous devenions des assassins, mais il fallait chercher cet instant ultime où le corps s'abandonne, où l'acteur n'est plus qu'un être traqué par l'image, où il redevient aussi vulnérable que les premiers hommes acculés dans leur caverne, sans lumière, à l'heure où rôdent les bêtes.

– La peur originelle, voilà ce que nous guignons. Tout comme le plaisir premier, celui qui précéda la parole, la pensée. Une chose que la peinture, la photographie, la littérature ne sont jamais parvenues qu'à effleurer. Mais désormais l'image bouge, elle se déploie, elle est plus forte, elle va plus loin. À nous de lui donner son sens, sa profondeur, même si nous devons y perdre un peu de notre…

– … humanité ? proposai-je après une longue pause où Igor semblait hésiter devant le mot juste.

Depuis le début, j'étais resté silencieux. C'est pourtant sur moi que tout allait reposer. C'est moi qui avais capté ces images terribles et si belles.

– Max, tu dois oublier la morale. Notre mission transcende nos scrupules. Et puis Natan est notre bouclier : il aurait pu décider de tout arrêter ; au contraire, il nous permet d'aller plus loin dans notre cheminement artistique. Aucun cinéaste ne peut se targuer de bénéficier d'une telle confiance.

Igor disait vrai. Sans la générosité du producteur, nos théories seraient restées un fantôme de papier.

Nous allions désormais voguer au bout de nos folies en montant sur un navire au nom de roman-feuilleton : Belphégor.

*

Les tournages reprirent.

Natan ayant toujours besoin de nos « films artistiques », nous recommençâmes notre livraison hebdomadaire. Les conditions étaient bien plus confortables que celles de la rue Francœur. Et le matériel, de bien meilleure qualité.

N'ayant plus droit de cité chez Mme Zoya, je m'étais installé dans une petite chambre que Natan avait mise à ma disposition, dans les étages de l'immeuble. En restaurant l'intégralité du bâtiment, il avait créé une quinzaine de chambres. Il arrivait d'ailleurs que, certains soirs, Igor, Benoît ou William restassent dormir ici, après une journée trop fatigante.

Les comédiens nous étaient envoyés par Natan lui-même, qui était en bonne entente avec une demi-douzaine de maisons. Afin de ne pas attirer les soupçons – sans doute étions-nous suivis par la police des mœurs, qui avait forcément remarqué l'escamotage de la pauvre Huguette –, les acteurs passaient par une rue adjacente. Ils entraient dans la remise d'une triperie voisine, dont les caves communiquaient avec les nôtres. Ainsi les spectateurs du Belphégor ne croisaient-ils jamais nos comédiens.

Car les clients furent nombreux, surtout au début. Bernard Natan avait organisé une luxueuse fête de lancement, qui avait vu le Tout-Paris se précipiter aux Halles. Parmi les poireaux, les tripes et les carcasses, on vit des politiciens, des capitaines d'industrie, des grandes cocottes, mais aussi des acteurs heureux de se montrer, des jeunes cinéastes, des romanciers, des artistes… Les invités étaient interloqués par ce décor de cauchemar rigolard. On se prenait en photo devant les diablotins, les jeunes femmes en robe Poiret ou Schiaparelli affectaient des poses lascives sous les sorcières de stuc, Jacques Feyder en profitait pour faire la réclame de son *Thérèse Raquin*, Jean Renoir vantait avec de grands gestes sa future *Petite marchande d'allumettes*, tout le monde ne parlait que de la projection pachydermique du *Napoléon* d'Abel Gance, prévue en avril prochain…

– Il paraît qu'il veut faire cela à l'Opéra !

– Je sais ! Sur trois écrans simultanés. Honegger, qui en achève la partition, dit que c'est un affreux casse-tête.

– Ce sera toujours mieux que cette horreur de Belphégor.

– Je ne vous le fais pas dire. Ce Natan est un rastaquouère…

De groupe en groupe, les gens cancanaient, gloussaient, se moquaient, mais s'inclinaient devant Natan, lorsqu'ils s'approchaient de lui.

– Cher ami, quelle audace ! Quelle originalité !

Le vieux Charles Pathé lui-même était venu au Belphégor humer avec circonspection ce fumet de nouveauté, qui n'en était pas une.

– Le cinéroman est déjà mort, mon petit Natan. Vous ranimez un cadavre.

– J'aime les vampires, que voulez-vous…

– L'avenir, c'est le parlant ! Croyez-moi. Je suis trop vieux pour une nouvelle révolution, et ma fortune est faite. Mais vous m'avez l'air ambitieux. Le parlant, je vous dis…

Si je dresse ici la chronique mondaine de cette soirée, ce n'est que par ouï-dire. La presse parisienne était venue en rangs serrés découvrir le Belphégor, et les revues spécialisées en firent des recensions précises. Quelques jours après la fête, *Le Courrier cinématographique, Ciné-Miroir* et *Mon film* y étaient allés de leur reportage, avec un luxe de détails et de photographies. Ces articles avaient été autant de stylets plantés dans nos cœurs, car Natan nous avait formellement interdit d'assister au bal !

– Cette fête est de la poudre aux yeux, mes amis. Le cœur secret du Belphégor, c'est ici qu'il bat, dans votre studio. D'ailleurs, je compte sur vous pour accélérer la cadence. Vous avez désormais tous les outils pour que *L'Illusion absolue* avance à pas de géant. A-t-on jamais vu un producteur accorder à son équipe autant d'années de travail ?

Bernard Natan se montrait tout à coup bien injuste. Il savait combien ses « films artistiques » dévoraient notre temps. Il savait également que les images récoltées par mes soins n'arrivaient qu'au compte-gouttes.

– Je peux vous montrer ? proposai-je de temps à autre.

Mais toujours Natan refusait, arguant qu'il voulait découvrir l'œuvre en bloc, comme une entité cohérente, un être vivant.

Sans doute eût-il été bien déçu. Combien de mètres de pellicule possédais-je réellement ? Bien peu. Deux petites heures, en vrac, sans logique ; un regard, une bouche, un angle, un cri. Mais ces images étaient d'une force incontestable ; à chaque projection, elles nous happaient, abolissant la présence de l'écran. Et cette sensation nous redonnait toujours de l'énergie, lorsque nous sentions rôder le découragement.

Chaque semaine, à mesure que sortaient de nouveaux films, nous redoutions pourtant qu'un autre emprunte notre voie.

C'est le ventre noué que nous assistâmes à la fameuse première du *Napoléon* de Gance, le 7 avril 1927. Il avait d'ailleurs fallu supplier Bernard Natan pour qu'il nous obtienne des places à l'Opéra. Ce qu'il avait fait, de mauvaise grâce, nous louant une loge discrète, de côté.

– Vous êtes mon secret, messieurs. Soyez des fantômes…

– Il a bon dos, le fantôme ! avait grommelé William, découvrant ces places malcommodes, qui nous imposeraient une projection en biais, tandis que Bernard Natan, en habit, se pavanait au parterre.

Il était au bras d'une créature et bavardait avec le maréchal Pétain, tout auréolé de sa gloire, ainsi qu'avec un des membres de son état-major, un haut militaire amidonné à petite moustache, qui considérait la salle avec dédain.

Nous ne nous ennuyâmes absolument pas. Il fallut même rendre les armes devant la puissance épique de cette aventure, qui dépassait le lyrisme de Griffith. Il y avait chez Gance une audace visuelle, une nouveauté permanente, qui est celle des enfants prodiges. Il semblait constamment inventer son style, comme si le film nous arrivait ex nihilo, avec sa folie et son incontestable puissance. Dieu qu'on avait parlé de ce tournage cataclysmique, qui avait provoqué trois banqueroutes, nécessité des kilomètres de bobine, des milliers de figurants, et pas moins de dix-huit caméras, dont certaines étaient attachées à des acteurs ou même à des chevaux ! Mais le résultat était confondant.

Une fois la lumière revenue, nous nous avouâmes soulagés : Gance avançait, mais il poursuivait autre chose. Nous plongions au cœur des êtres, alors que lui lorgnait le cosmos.

– Ce type a du génie, conclut Igor, mais à force de vouloir monter vers le soleil, il va finir par prendre feu.

Abel Gance était-il un Icare ? Aucun de ses films suivants ne retrouva la grâce de son *Napoléon*. Mais le cinéaste avait également acquis une détestable réputation auprès des producteurs et plus personne ne voulait faire faillite sous prétexte d'épiphanie artistique.

En ce sens, Bernard Natan misait sur des chevaux plus sûrs. Nous lui avions permis l'un des trafics les plus lucratifs des années 20.

Si *Napoléon* nous rassura, la découverte, deux ans plus tard, en 1929, de *La Passion de Jeanne d'Arc* nous laissa un sentiment de malaise. Voilà des mois que Bernard Natan pestait contre

Dreyer, qui avait choisi un sujet similaire à celui qu'il développait avec Marco de Gastyne : *La Merveilleuse Vie de Jeanne d'Arc.*

– Il n'y a pas de place pour deux *Jeanne d'Arc* ! s'offusquait-il, outré que quelqu'un lui vole « son » sujet.

Il y avait pourtant peu de rapport entre cette fresque avec châteaux forts et la nudité abyssale de Dreyer.

Le cinéaste danois s'était concentré sur le dernier jour de la pucelle. Il entendait aller au plus près des êtres, des visages, et son film était une suite de gros plans, qui montrait Jeanne sans fard. Nous fûmes autant bouleversés par la pureté du jeu de Falconetti que par l'esprit même du film. Pour la première fois, nous entrevoyions une œuvre qui aurait pu s'apparenter à nos propres recherches. Ici, l'intrigue devenait secondaire : Dreyer filmait l'âme, il nous exposait la doublure des êtres. On était loin des batailles filmées par Gastyne. La Jeanne de Dreyer était à ce point humaine, présente, qu'elle nous tendait la main. Ses larmes étaient les nôtres, nous sentions les crachats sur nos joues et ses cheveux qu'on coupait tombaient sur nos épaules.

Le soir même, nous nous réunîmes au Belphégor, l'esprit en ébullition. Au découragement premier succédait une plus grande volonté de réussir.

– Nous avons plus de force que Dreyer ! dis-je, galvanisé par ce que je venais de voir. Nous sommes aussi virtuoses, mais plus purs encore. Ce qu'il a réussi à obtenir avec des comédiens, nous l'avons fait avec des inconnus. Nous avons sublimé l'anonymat et non la représentation théâtrale. Nous sommes bien plus près de l'essence même des êtres. Et puis, nous avons creusé la sensualité !

Voilà longtemps que mes amis ne m'avaient pas vu aussi frénétique. Généralement, je les laissais parler ; mais ce soir-là, je débordais de passion et d'angoisse. L'angoisse de nous voir voler la découverte ultime. La passion de l'artiste qui se sait meilleur que ses rivaux, mais qui ne les en estime pas moins.

– Je pense qu'il faut que le Trébuchet sorte du cadre, dis-je.

– C'est-à-dire ? demanda Benoît.

– Voilà bientôt sept ans que notre obsession du « sensualisme » nous ligote au corps. Il faut désormais appliquer nos explorations à tout le champ expérimental. Il faut creuser les arbres, la nature tout entière, les maisons. Il faut que le décor, le paysage atteignent cette même illusion de réalité.

– En un mot, dit Igor, tu veux que nous quittions ce studio ? que nous allions ailleurs ? que nous sortions ?

– Je ne vois pas d'autre choix. Dreyer n'a fait qu'effleurer cette réalité, à nous de l'embrasser.

Mes amis savaient que j'avais raison. Le Trébuchet devait dépasser ce sensualisme primitif, trop humain, trop charnel, pour entrer dans un sensualisme global : nous devions arriver à être encore plus vrais que la nature elle-même.

– Nous devons montrer la doublure du monde. Comme si l'on explorait l'inconscient de Dieu !

Mes amis furent moins surpris par la grandiloquence de mon propos que par l'éclat de rire qui le suivit.

Assis dans l'obscurité, nous ne voyions que ses chaussures. Mais bientôt Bernard Natan s'avança vers nous, aussi sombre qu'un croque-mort.

– Je commence à me demander si je n'ai pas perdu mon temps.

Nous étions tétanisés : jamais notre mécène ne nous avait tenu un tel discours.

– À vrai dire, peu importe. Je pense que vous et moi avons fait le tour de la question, ne croyez-vous pas ?

Cette phrase, énoncée avec tant de froideur, nous glaça.

– Que voulez-vous dire ? balbutia Igor.

Natan retrouva sa désinvolture habituelle.

– Je suis venu vous prévenir que je fermais la boutique.

– PARDON ?

Le producteur sembla surpris de notre réaction.

– Toutes les bonnes choses ont une fin, non ? J'ai fait mes comptes. Pour moi, l'aventure du Trébuchet est terminée.

La proposition

La nouvelle était un coup de tonnerre ! Nous ne pouvions y croire. Sous l'œil impassible de Bernard Natan, mes amis et moi restions hébétés. Éprouvait-il de la volupté à réduire ainsi nos rêves à néant ?

– Mais… pourquoi ? finit par demander Benoît d'une voix tremblante.

Le producteur conservait sa rigueur sèche et marcha d'un pas placide vers les caméras.

– Le monde change, messieurs. C'est précisément ce que vous disiez, d'autres cinéastes empruntent la même voie…

– Nous allons plus vite qu'eux ! objectai-je. Nous les avons déjà dépassés.

– Et tout cela grâce à vous ! ajouta William.

– N'essayez pas de me flatter, fit Natan.

Il se hissa sur le plateau et s'assit sur un grand canapé, comme un poussah. Il nous toisait, avec une glaciale absence de sentiment.

– N'allez pas chercher dans ma décision autre chose que des raisons économiques.

Nous ne comprenions pas.

– Vous voulez dire que nous vous coûtons trop cher ? s'étonna Igor. Mais enfin, les « films artistiques » que nous vous fournissons chaque semaine vous rapportent de l'argent !

Natan balaya l'objection.

– C'est fini, ça. D'autres se sont donné le mot et font à leur tour des films, encore plus vite… et souvent de meilleure qualité.

L'attaque nous gifla.

– Pardonnez-moi d'être direct, mais vos films ne plaisent plus…

Le producteur ajouta que si nos bluettes hebdomadaires étaient devenues inefficaces, c'est qu'elles avaient toujours été le prétexte à autre chose. Nouvelle gifle !

– Vous nous reprochez la raison même de notre présence ici ! dis-je, effaré par tant de mauvaise foi. C'est vous qui êtes venu vers nous, qui nous avez proposé cette vie clandestine, ces films prétextes, pour creuser plus avant nos recherches, nos théories, qui vous avaient fasciné.

Natan s'attendait à cette remarque légitime. À nouveau il l'escamota d'un tour de passe-passe :

– Que voulez-vous, je suis redevenu un homme d'argent. Les bordels ne veulent plus de vos films et j'ai besoin de rassembler tous mes capitaux pour passer à la vitesse supérieure.

Nous restions incrédules. Qu'entendait-il par « la vitesse supérieure » ?

– Le cinéma parlant va être un raz de marée, messieurs. Si je ne prends pas le train en marche, je risque d'être englouti. Aussi vais-je devancer le cyclone.

Natan redescendit de son canapé et s'approcha de nous, retrouvant un air amical et un ton de conspirateur :

– J'ai des projets assez… pharaoniques, messieurs. Ils sont la seule manière de survivre au séisme à venir.

Son projet était simple : Bernard Natan allait racheter ce qui restait de l'empire Pathé, mettre en place un circuit de salles sonorisées dans toute la France, puis l'Europe, et se lancer dans la production de films parlants, en bonne entente avec les maisons de production étrangères.

Il brillait de passion !

– Le défi est énorme, mes amis ! Alors que le cinéma muet permettait d'être compris de part et d'autre de la planète, il va falloir repenser notre méthode, essayer d'autres moyens. Désormais, un film sera tourné simultanément en français, en anglais et en allemand, avec les mêmes techniciens, mais des acteurs différents. On ne peut renoncer au progrès. Mais ce progrès va être redoutablement onéreux : un film parlant coûtera cinq fois le prix d'un film muet. Vous imaginez ? Je ne peux donc plus me permettre la moindre… fantaisie.

Encore un mot qui nous peina. D'autant que le producteur considérait maintenant notre studio avec une nostalgie sourde, comme un homme dit adieu à sa jeunesse.

Je restais interdit. Bernard Natan ne pouvait nous congédier comme des domestiques. Je lui saisis le bras avec une violence qui me surprit moi-même et l'entraînai vers la salle de projection.

– Bernard – jamais je ne l'avais appelé par son prénom –, voilà sept ans que vous nous faites confiance. Que vous ne réclamez aucun compte. Pourquoi n'avez-vous jamais demandé…

– …à voir votre travail ?

Natan me considéra avec une affection où je lus une ombre de pitié. Puis il retrouva sa neutralité. D'un geste sec, il ouvrit la porte de la salle de projection, où traînaient encore les débris de notre dîner. Comme si la chose était naturelle, il ramassa les papiers gras et les peaux de banane, avant de les jeter dans une corbeille.

– Vous pensez donc que tout vous est dû ?

Avec un ricanement, il nous montra le fond de la poubelle, où s'entassaient des immondices.

– Mais lorsqu'on fouine sous le paillasson des génies, on trouve les mêmes ordures.

– Ça suffit ! tonna Igor. Non content de nous renvoyer, vous nous insultez.

Moi, je commençais à comprendre…

– Vous me croyez assez bête pour vous avoir financés à fonds perdu ? Bien entendu que je les ai vues, vos *expériences*…

Mes amis étaient pétrifiés. Pour ma part, je m'en étais toujours douté.

– Dès le premier soir, dès la première bobine.

Un silence poisseux s'installa dans la pièce. Une seule question nous taraudait : qu'en avait-il pensé ?

La désinvolture de Bernard Natan n'en fut que plus terrible. J'aurais préféré qu'il crache sur mes images, m'accuse d'être un imposteur. Mais non, même pas. Comme s'il ne trouvait d'autres mots, il rétorqua, embarrassé :

– Écoutez, ce n'est pas si mal…

Nous ne sûmes que répondre. Sept ans de recherches fiévreuses pour s'entendre dire que ce n'était *pas si mal.*

Maladroitement, Natan essaya de s'expliquer, mais son dédain n'en sembla que plus vibrant :

– Il y a de fort belles images, c'est vrai. Des morceaux de bravoure, parfois. Vous avez un œil, je dois l'admettre. Et je pense qu'à un moment vous avez frôlé quelque chose. Mais…

Long silence. Nous étions suspendus à ses lèvres.

– Mais… ?

– Mais l'eau a coulé sous les ponts. Nous avons laissé passer trop de temps. Ce qui était nouveau en 1922 ne l'est plus en 1929. Vos recherches s'apparentent à une avant-garde qui n'a plus lieu d'être. Le Trébuchet était une voie que le cinématographe aurait pu emprunter. Mais tout change, désormais. Les cartes sont rebattues. Le parlant est la seule révolution possible. Et je ne peux pas me permettre de la laisser filer…

Que pouvions-nous rétorquer ? C'était le fait du prince. Et nous étions trop à terre pour nous débattre. Natan nous donnait le coup de grâce en avouant que notre travail n'avait pas plus de valeur qu'un témoignage poussiéreux.

Je tentai pourtant une ultime ruade : et s'il nous faisait confiance, une dernière fois ?

Natan grimaça, mais me demanda ce que j'avais en tête.

– Accordez-nous encore un an.

– Un an !

– Oui, un an. Mais un an où nous serons seuls, sans autre projet que cette *Illusion absolue* à laquelle vous avez cru, lorsque vous êtes venu nous voir. S'il y a si peu d'images aujourd'hui, c'est que nous avons passé le plus clair de notre temps à tourner autre chose, et vous le savez *très bien*.

J'insistai sur ces mots, qui renvoyaient Natan à ses fantômes. Il grimaça et je sentis que cette allusion était de trop. Mais j'achevai ma supplique :

– Donnez-nous une dernière année pour nous consacrer au Trébuchet, sans diversion. Et je vous promets que ce qui en ressortira...

– ...n'intéressera plus personne, même pas moi, conclut Natan, inflexible. Dans un an, le parlant sera partout. Comment voulez-vous que quiconque se passionne pour vos images bricolées en marge de films érotiques ? Votre « sensualisme » a fait son temps, messieurs...

Comme le cinéma muet, nous venions de vieillir d'un coup.

Bernard Natan retrouva pourtant un ton clément :

– Je ne veux pas pour autant détruire vos rêves, mes amis.

– Nous sommes vos amis, maintenant ? marmonna Igor, livide.

Le producteur lui donna une tape dans le dos, maladroitement.

– J'ai une... proposition à vous faire. Qui me semble très honnête.

– Une proposition ?

Se frottant les mains comme un boutiquier, Natan redevint matois et nuança :

– Mieux qu'une proposition, une bonne affaire.

Il désigna le grand studio autour de nous et nous rappela qu'il était propriétaire des murs ainsi que de son contenu. Voilà plusieurs semaines qu'il sondait quelques exploitants, certains propriétaires de salles pouvant être intéressés de lui racheter le Belphégor, ses studios et l'ensemble des bobines.

À cette idée, je me cabrai :

– Mais ces bobines…

– …sont mon entière propriété, Max.

– Vous voulez dire que vous allez nous renvoyer sans nos films ?

Avec sécheresse, Natan rappela qu'il devait trouver tous les moyens d'accroître son capital, seul importait pour lui le rachat de Pathé.

– Les bobines trouvent toujours une autre vie. Souvenez-vous de ce que Méliès a fait des siennes…

Cette référence nous épouvanta. Nous savions que Georges Méliès, ruiné, avait dû vendre ses archives à l'armée, en pleine guerre, afin qu'elles soient fondues et servent à la fabrication de talonnettes pour les soldats.

J'avais envie de pleurer ! Natan pouvait-il se montrer si cruel ? Son besoin d'argent était donc si grand qu'il pût détruire sept ans de recherches ?

Mais déjà il s'amadouait, poursuivant sa stratégie de la douche écossaise :

– Nous ne sommes pas forcés d'en arriver là, mes amis. Rien ne m'oblige à vendre le Belphégor à des béotiens, quand vous avez tout pour en devenir les propriétaires légitimes…

– Nous ! glapit Benoît.

Pour Natan, cela relevait de l'évidence : il était prêt à nous céder le Belphégor, ses infrastructures, ses studios et bien entendu ses archives, pour une somme raisonnable.

– Mon but n'est pas de vous ruiner, mes amis. Mais vous comprenez bien que je ne peux pas non plus perdre de l'argent.

Décidément, cette séance était éprouvante.

– Réfléchissez, rien ne vous oblige à projeter des cinéromans. Avec quelques modifications, vous pouvez transformer la salle en cinéma parlant, je peux même vous y aider, et les bénéfices de l'endroit vous permettront de poursuivre vos recherches tout en étant, enfin, vos propres seigneurs et maîtres. Qu'en dites-vous ?

Ce que nous en disions ? Que Natan rêvait !

– Combien ? demanda pourtant William.

Le prix que donna le producteur fut le dernier coup de poignard.

– Vous vous foutez de nous ? gronda Igor.

– Au contraire, je vous fais une fleur. Et c'est précisément vous, *monsieur Tcherniak*, qui pouvez prendre en charge cette transaction, non ? Demandez à vos parents de vendre une ou deux toiles de maître.

Igor était sidéré ! Ainsi Natan avait tout échafaudé.

– C'est du chantage ! s'offusqua Igor, comprenant qu'il était notre dernière chance.

Voilà exactement ce que cherchait Natan : semer le trouble entre nous. Il bichait d'avoir lancé la pomme de discorde.

– Mais vous savez bien que je ne peux pas ! se défendit Igor, lorsque William lui demanda si ce n'était pas une solution envisageable.

– Tes parents sont très riches, insista Benoît. Et très généreux.

– Ce n'est pas une raison ! Je ne veux pas les mêler à ça. Le Trébuchet est notre aventure.

– Une aventure qui prend fin aujourd'hui, dit William tristement en se laissant glisser au sol.

– Pas forcément…

À nouveau nous regardâmes Natan. À quoi jouait-il ?

– Vous jouissez de nous écraser du bout du talon, n'est-ce pas ?… fit Benoît.

Igor avait conservé son air de bête traquée. Quant à moi, je m'étais approché de l'armoire aux archives, prêt à carotter le plus de bobines possible avant de m'enfuir !

– Je vous avais dit que j'avais une proposition, messieurs…

– Vous venez de la faire, maugréa Igor, et vous savez qu'elle est impossible à accepter.

– Non, ça, c'était ma « bonne affaire ». En revanche, ma

proposition vous permettra de devenir, tous les quatre, les propriétaires du Belphégor et de ses archives, sans avoir à débourser un seul centime. Et ce… dès ce soir…

Ce disant, Méphisto tira de sa poche intérieure une liasse de pages ronéotypées.

Natan disait vrai : Igor, Benoît, William et moi devînmes les propriétaires du Belphégor. La salle, ses studios, ses chambres, ses archives, tout nous appartiendrait. Mais il y avait une contrepartie : pendant dix ans, nous allions être les esclaves de Bernard Natan.

32

Bibi garde les yeux fixés sur le téléphone.

– À quelle heure doit-il appeler ? demande Caroline.

Bibi consulte sa montre-bracelet.

– Il y a une demi-heure.

Nerveusement, elle glisse une cigarette entre ses lèvres et l'allume à l'aide d'une bougie posée sur la table de la cuisine. Puis elle range des objets qui traînent dans son appartement, plie une chemise jetée sur le lit, redresse une vue d'Alger dont le cadre penche à droite, relève une photo de son père tombée entre deux volumes de la bibliothèque.

Caroline l'a rarement vue si agitée. Bibi a pris une journée de congé à l'hôpital : malgré l'épidémie de grippe automnale, la jeune femme ne quittera pas son pigeonnier de la rue du Canivet.

Le téléphone sonne.

Bibi tressaille. Un instant, elle n'ose pas répondre.

– Caroline, j'ai peur…

Son amie lui prend la main et s'assied près d'elle, sur le canapé.

L'infirmière finit par décrocher.

– A… allô ?

Aussitôt elle rougit et prend un ton furieux :

– Je t'ai dit qu'il ne fallait pas m'appeler cet après-midi… la ligne doit rester libre…

Elle raccroche, sans dire au revoir.

– Tu ne peux pas parler comme ça aux gens.

Bibi se renfrogne et prend la main de son amie. C'est plus fort qu'elle. Voilà des mois qu'elle attend ce verdict. Alors que le reste de sa famille a baissé les bras, elle a lancé une pétition pour la libération de son père. En prison depuis trois ans et jusqu'en 1972, Roger Marly n'a pas eu la chance de certains compagnons d'armes de l'OAS, qui ont vu leur peine écourtée. En accord avec l'avocat de son père, l'infirmière a battu le rappel, récoltant de nombreuses signatures.

– Une chose me tracasse, finit par dire Caroline, consciente que son amie risque de mal le prendre.

– Dis-moi.

– De Gaulle a toujours été la cible privilégiée de ton père, et c'est à lui que tu demandes une grâce.

Bibi allume une cigarette au mégot de la précédente et marche jusqu'à la fenêtre. Malgré la pluie, elle l'ouvre et une bourrasque s'engouffre dans le salon mansardé. La masse de l'église Saint-Sulpice se distingue à peine dans le ciel gris, pesant sur l'immeuble comme un géant assoupi.

– Le premier tour est après-demain, Caroline. De Gaulle a besoin de toutes les voix, même celles de ses ennemis. La clémence est un bon calcul.

– S'il libère ton père, tu votes pour lui ?

Bibi reste impassible.

– Chaque chose en son temps…

Le silence s'installe.

Passer l'après-midi avec Bibi arrache Caroline à son enquête et cela lui fait du bien.

Nouveau coup de téléphone. Janique tressaille.

Une sonnerie. Deux. Trois. Quatre.

– Tu ne réponds pas ?

Panique de Bibi.

– J'ai peur…

Caroline se serre contre l'infirmière, qui la supplie de répondre.

– Moi ?

– C'est l'avocat, j'en suis sûre. Mais je n'ai pas le courage.

Impossible de refuser. Caroline espère juste que Janique ne va pas lui en vouloir de lui annoncer une mauvaise nouvelle.

Caroline décroche. Bibi est avide.

– Allô ?

Aussitôt, l'infirmière déchiffre le verdict sur le visage de son amie. Caroline n'a même pas eu à parler. L'avocat a été concis. À quoi bon faire des phrases ? Bibi a compris. Avant même que Caroline n'affecte une moue compatissante, Janique Marly se lève et marche vers la fenêtre, qu'elle ferme, les mains tremblantes. Puis elle appuie son front contre la vitre.

Caroline voit ses épaules trembler doucement.

Timidement, elle raccroche et va la rejoindre. Son amie est glacée, les larmes ont séché, remplacées par une haine froide.

Elle va prendre le manteau de Caroline dans la penderie et le lui tend.

– Merci d'être venue.

*

Caroline respire. Adossée à la fontaine des Quatre-Évêques, elle salue les tours de Saint-Sulpice, face à elle. La pluie, le vent, la nuit tombante, rien ne l'atteint vraiment.

Elle a laissé une Bibi anesthésiée par la déception, mais elle est soulagée d'avoir quitté la rue du Canivet.

Malgré le temps maussade, elle décide de rentrer à pied. Le chemin jusqu'au Père-Lachaise lui fait traverser la moitié de la capitale. Elle l'a si souvent parcouru avec Vincent, après des soirées chez Bibi à refaire le monde.

– Tout a bien changé, murmure Caroline en s'engageant sur le Pont-Neuf.

Où en sont-ils, tous les trois, désormais ? Bibi lutte contre la rancœur, Vincent est happé par la servitude littéraire, et Caroline s'enfonce dans un labyrinthe de faux-semblants.

– Bienvenue dans l'âge d'homme, dit-elle en contournant les Halles, pour ne pas rôder près du Belphégor.

Pourtant, ce lieu lui manque et sa présence la rassure. N'est-elle pas la plus folle dans cette histoire ?

Une partie de sa conscience lui souffle qu'elle est sur la bonne voie, l'autre la supplie de décamper.

Caroline sait ce qui lui ferait du bien en cet instant précis : appeler l'une de ses rencontres passagères, pour brûler deux heures.

Bibi lui en a si souvent fait le reproche :

« Si au moins tu y prenais du plaisir, je comprendrais. Mais on dirait que pour toi c'est une charge.

– Mon corps a besoin d'exercice.

– Et l'amour ? »

Ce mot a toujours laissé Caroline circonspecte. N'est-ce pas pourtant une forme d'amour, qu'elle ressent depuis quelques semaines ? Ces flots de sensations qui l'ont envahie, dès la première projection. Et la nostalgie vibrante du Jeudi. Comme le souvenir d'une passion fugace, où tout a semblé possible. C'est aussi pour cela qu'elle veut aller au bout de cette aventure. Elle sait qu'elle souffrira, mais cela lui paraît plus dense, plus riche que tout ce qu'elle a vécu jusqu'alors.

33

Vincent la guettait depuis sa fenêtre. Lorsqu'il la voit arriver dans la villa Godin, il la hèle.

– Caroline !

– Vincent ?

– Monte, j'ai encore travaillé pour toi, chez Grasset.

Caroline bondit aussitôt dans l'appartement de son ami.

– Tu as le livre !

Vincent tire une mince pile de feuilles jaunies et déjà Caroline se rembrunit.

– Non, mais ça peut nous y mener…

Après quelques salamalecs, le jeune homme est parvenu à convaincre une secrétaire des services administratifs de Grasset d'aller fouiller dans les archives. Et c'est sans grande difficulté qu'elle a trouvé le contrat…

– Le contrat d'édition ?

– Daté de 1920, répond Vincent en tendant des pages que le temps a rendues cartonneuses. Passe le bla-bla et va à la dernière page…

– Laquelle ?

– Celle des signatures…

Les pages défilent entre ses doigts, comme des cartes à jouer. Arrive la dernière. À gauche, la signature ouvragée de Bernard Grasset. À droite, c'est plus étonnant. Le mot « Trébuchet » et l'inévitable sigle semblent avoir fait l'objet d'un tampon, que l'on a couvert d'encre violette. Et puis il y a ce gribouillis, juste en dessous.

– Le Trébuchet avait besoin d'un représentant physique, explique Vincent.

Caroline plisse les yeux pour tenter de déchiffrer les pattes de mouche.

– I…gor… Tcher… Tchernak ?

– *Tcherniak*, corrige Vincent.

– Ça ne me dit rien.

Nouvel air rusé de Vincent.

– Certains auteurs étrangers, souvent les Russes, ont francisé leur nom lorsqu'ils se sont établis chez nous… Toi comme moi connaissons les œuvres d'Igor Tcherniak, sous le nom de Graindorge…

– Graindorge ? René Graindorge ?

– J'ai moi-même été le premier surpris. Il n'a jamais fait état de ce travail dans sa bibliographie.

Dans la tête de Caroline, tout se bouscule. Quel pourrait être le lien entre le pape du Nouveau Roman et le Trébuchet ? Comment associer l'auteur du *Flou* avec Max Toppard ? Surtout, cet homme dînait l'autre soir chez Jenny, et il a participé à ce petit rébus mondain qui l'a tant horripilée. Graindorge était d'ailleurs le plus réservé, le plus distant. La journaliste est perdue.

– Cela signifie-t-il que Graindorge espionne mes faits et gestes depuis le début ? Que Jenny est au courant ? Et Hugues ?

Vincent voit son amie perdre pied. Et déjà il se reproche d'alimenter ce moulin qui l'éloigne chaque jour un peu plus de son amie.

– Caroline, tu vas trop loin. Tout n'est pas forcément lié.

Après une pause, il ajoute qu'une chose est sûre : elle va devoir être encore plus discrète.

– Ne veux-tu pas que je t'accompagne ? Tu fais tout cela seule. Je pourrais t'aider, tu sais ?

– Mais tu m'aides, objecte Caroline, qui sent poindre à nouveau la jalousie de Vincent. Sans toi, je ne serais jamais arrivée jusqu'ici.

– Je t'aide de loin, comme si tu me tenais à distance…

– Et si c'était pour te protéger ?

– De quoi ?

Caroline est incapable de répondre. Doucement, elle se blottit contre lui. Mal à l'aise avec les mouvements d'affection, Vincent finit par poser une main sur la tête de son amie.

– Tu me promets que je ne deviens pas folle ? Que tout cela va finir par avoir un sens ?

– Forcément, chuchote-t-il en dessinant des petites arabesques sur son front.

Puis, toujours aussi calmement, il explique son plan de bataille. Demain, A.G.B. participe à un débat sur France Inter, dans une émission de Jacques Chancel. Un débat sur les différents courants de la littérature actuelle, dont A.G.B. représente la frange la plus populaire. Un débat où il sera précisément opposé à…

– … René Graindorge…, devine Caroline.

L'esclavage

Nous étions devenus les esclaves de Bernard Natan.

– Pas ce mot-là, messieurs, voyons ! rit-il.

Y en avait-il un autre ? Nous étions certes propriétaires du Belphégor, mais à quel prix ?

– Je vous emprunte dix ans de votre vie, c'est à la fois énorme et peu. Dix ans où vous serez richement payés, dix ans où vous pourrez poursuivre toutes vos recherches…

– Si vous nous en laissez le temps.

À cette remarque, Natan conclut :

– À vous de vous organiser, mes amis…

Ce que Natan voulait de nous ? Nos talents. À l'aube de conquérir un empire, il lui fallait des généraux fidèles. Chacun de nous avait un don que Natan entendait exploiter à ses propres fins. Il *possédait* désormais un homme d'image, une plume, un virtuose des décors et un compositeur polymorphe. Quatre talents qu'il avait acquis et dont il comptait pomper le suc pendant une décennie, car le pacte que nous avions signé nous enchaînait jusqu'en 1939 !

Étions-nous en mesure de refuser ? Ce changement arrivait au moment où le Trébuchet se cognait aux murs. Aussi ce nouvel élan pouvait-il nous conduire ailleurs.

Avec le recul, je comprends que c'était là un vœu pieux. Le producteur n'avait plus d'illusions sur nos recherches. Jamais il ne serait allé nous dire de renoncer au Trébuchet, mais il fit en sorte que nous n'ayons plus un seul instant pour notre rêve commun.

*

Bernard Natan avait les moyens de son ambition : en quelques mois, il devint bel et bien l'empereur du cinéma français.

La société Pathé-Natan était désormais toute puissante, car elle avait la mainmise sur chaque étape de l'industrie cinématographique : de la simple idée du film jusqu'à son exploitation en salles. En parallèle, Natan avait redonné de la sève aux fameuses actualités *Pathé-Journal*, faisant du producteur un interlocuteur incontournable du pouvoir.

– On peut piloter les goûts du public, et aussi ses opinions, nous confia-t-il, après avoir vérifié un nouveau bulletin d'actualités.

Car Natan regardait tout. Pas une réclame, pas un communiqué de presse, qu'il ne surveillât.

– Ce sont mes yeux qui m'ont sauvé la vie, rappelait-il en exhibant une croix de guerre gagnée dans les tranchées, quinze ans plus tôt. Et ce n'est pas à vous que je vais apprendre l'importance du *regard*.

C'est pourtant la voix qui importait, dorénavant.

– Voyez ce que les Américains savent faire : le *Don Juan* de Barrymore et *Le Chanteur de jazz* produit par les frères Warner battent tous les records outre-Atlantique. Pour l'instant, nos salles ne sont pas assez au point. Mais je veux que nous soyons les premiers à sortir en France un film parlant *français*.

Dont acte : comme un bolide, Natan lança le projet des *Trois Masques*. Oh, il n'a guère marqué les mémoires, ce mélodrame inspiré d'une mauvaise pièce, où il est question d'une vengeance corse et d'un carnaval. Bien que nos noms ne fussent nulle part mentionnés, ce fut la première expérience du Trébuchet « hors les murs ».

– Vous étiez des fantômes, vous le resterez, nous expliqua Natan, sans animosité. Vous serez mes envoyés sur la plupart des tournages de Pathé-Natan, mais je dois ménager les susceptibilités de mes autres artistes. Vous allez donc œuvrer dans l'ombre. Mais vous serez souvent plus aux commandes que bien des incapables dont les noms figureront au générique.

Au début, nous nous offusquâmes. Non content de nous asservir, Natan nous condamnait à l'anonymat ?

– Réfléchissez, mes amis. Cela préservera votre virginité cinématographique pour le jour où vous deviendrez les auteurs de *L'Illusion absolue*. Vous continuez à faire vos gammes, voilà tout. Et croyez-moi, vous ne voudrez pas être associés à certaines productions que, pour ma part, je vais être contraint de signer…

Chez Natan, le sens des affaires était plus grand que l'orgueil artistique.

– Les artistes, c'est vous. Restez dans l'ombre, c'est mon seul vrai conseil…

Aux *Trois Masques* de Hugon succédèrent *Le Roi des resquilleurs* de Colombier, *600 000 francs par mois* de Joannon, et une kyrielle de films allant de l'honorable au navet.

Le processus était toujours le même : dès qu'il recevait un scénario, un livre à adapter, une simple idée, Natan nous convoquait tous les quatre dans son bureau de la rue Francœur. Nous discutions alors à bâtons rompus des choses à changer et de celles à conserver. Natan était toujours à l'écoute. Nous comprîmes peu à peu son fonctionnement de pensée, qui était celui du succès avant tout.

– Nous ne sommes pas là pour faire de l'art, messieurs. Je veux gagner de l'argent, beaucoup. Et je vous rappelle que, par contrat, outre le salaire substantiel que je vous verse tous les mois, vous êtes intéressés aux recettes. Soyez donc attentifs à tout ce qui peut séduire le public.

Pour cynique qu'il pût sembler, ce raisonnement était implacable. Natan était cohérent avec lui-même, et avec nous : en signant les contrats, nous avions abdiqué la plupart de nos idéaux.

On s'en doute, le Trébuchet se retrouva très vite au point mort. Les premiers mois, nous nous efforçâmes de nous réunir au Belphégor, qui continuait de projeter des cinéromans de moins en moins populaires, et où j'occupais toujours un appartement.

Nous nous réunissions le jeudi soir, sur les coups de huit heures, et nous faisions le point sur nos propres travaux. Bien vite nous nous mîmes à parler des projets en cours pour Natan. Et puis chacun creusait désormais sa voie personnelle : malgré leur emploi chez Pathé, Igor Tcherniak poursuivait sa carrière littéraire sous le nom de René Graindorge et figurait souvent dans la sélection des prix littéraires (sans pour l'instant en obtenir aucun) ; William Hodwin tissait des liens dans le music-hall et préparait conjointement deux opérettes avec Albert Willemetz et Sacha Guitry, pour Arletty et Yvonne Printemps ; enfin Benoît, plus sérieux, restait dans l'orbite de son maître Le Corbusier.

J'étais le seul à m'accrocher à des rêves, dont Igor sonna bientôt le glas :

– Arrêtons de nous mentir, nous n'avons plus la foi.

– Comment peux-tu dire ça !

– Je ne dis pas que le Trébuchet est mort, mais qu'il est en… hibernation.

Le mot amusa William.

– Igor a raison, Max. Ne forçons pas notre musique. C'est comme si nous retournions à l'école. Nous avons dix ans pour essayer tout ce qui peut l'être, c'est une chance unique que Natan nous apporte sur un plateau d'argent.

Je restai circonspect.

– Parce que dans dix ans, tu crois vraiment que nous aurons « retrouvé la foi » ?

– La foi, c'est maintenant qu'il faut l'avoir, répliqua William. Mais la foi en nous-mêmes, en ce que chacun de nous doit assimiler. Et si le Trébuchet est assez mûr, s'il est vraiment prêt, alors il renaîtra naturellement de ses cendres.

– Ce qui signifie qu'il a brûlé.

William éclata de rire.

– C'est une mue, Max ! Il sera différent. Et sûrement plus profond. Peut-être cette pause est-elle nécessaire pour que nos rêves prennent leur essor. Laissons-leur, *laissons-nous* cette chance…

Que faire, sinon m'incliner ?

Le parlant

L'arrivée du parlant fut un cataclysme. Pour certains, il marqua la fin des poètes et l'avènement du commerce. Pendant trente ans, le cinéma avait été la porte sur un autre monde. Désormais encagé dans un idiome – comme l'était la caméra sonore, forclose dans un studio –, le cinéma perdait son mouvement, sa grâce, pour s'enliser dans le bavardage. C'était la revanche du théâtre sur la poésie et la danse. Les grands succès des boulevards furent la première source d'inspiration vers laquelle se tournèrent producteurs et cinéastes, devenus paresseux. Ce « théâtre de conserve » allait faire florès, à rebours de l'expressivité muette qui avait atteint des raffinements inouïs. Après le naufrage de sa ridicule *Fin du monde*, Abel Gance lui-même se sentit obligé de sonoriser son *Napoléon*, en lui greffant une bande-son bien pataude, pour sacrifier aux nouveaux dieux. Obsédé par la « perspective sonore », il transformait sa symphonie muette en cacophonie bavarde.

Et il y eut tous les malheureux que l'arrivée du parlant jeta à la rue : sous-titreurs, pianistes de salle, et surtout ces comédiens au jeu trop outré.

Certains étaient persuadés que leur notoriété les autorisait à poursuivre la voie du silence. Ainsi Chaplin, dont *Les Lumières de la ville* est un film muet sonore : quelques bruitages, une bande-son, une musique comme il en avait le secret, mais pas de dialogues. Le film fut aussitôt reconnu comme un des plus émouvants de son auteur – que de chemin depuis les pantalonnades de Mack Sennett ! –, mais on sentait que Charlie freinait des quatre fers, se barricadait dans sa statue du Commandeur.

« Le cinéma que nous avons aimé est aussi loin de nous, à présent, que l'avant-guerre », déclara René Clair, qui fut pourtant un des rares à s'adapter au parlant avec souplesse. Les chansons de *Sous les toits de Paris* répondaient au silence de *Paris qui dort*, de même que *Le Million* et *À nous la liberté* conservaient la fantaisie et l'audace d'*Entracte*.

Les audaces d'un René Clair, j'aurais bien voulu les appliquer aux travaux que nous faisions pour Bernard Natan, mais c'était exclu. Je pouvais me permettre un mouvement de caméra inattendu, un angle amusant, rien de plus. Les recherches du Trébuchet ne pouvaient trouver d'illustration dans ces tâches de besogneux, auxquelles je m'astreignais avec bonne volonté, comme si elles faisaient partie de ma « formation ».

« Il faut composer avec le réel pour mieux connaître l'ennemi », nous étions-nous dit avec mes camarades.

Des camarades que je voyais de moins en moins, tout pris que nous étions par nos travaux respectifs.

Le début des années 30 fut marqué pour moi par la rencontre de nouveaux amis. Ainsi fis-je la connaissance de Michel Simon, qui tournait dans un studio voisin *La Chienne* de Renoir. Sa personnalité hors normes me séduisit aussitôt, c'est lui qui me permit de sortir de l'orbite si réductrice des productions de Pathé-Natan.

– Venez travailler avec nous, Max ! me dit bientôt Renoir, qui me voyait souvent arriver avec Simon sur son plateau.

Nos quelques conversations avaient fait comprendre au cinéaste que j'avais « des images à dire », pour reprendre son expression. Il aimait ma façon de saisir l'angle d'une situation, de penser chaque scène comme un mouvement.

J'arguai que j'étais hélas ligoté à Bernard Natan. Le producteur avait été formel : « Messieurs, je vous paie grassement et vous "offre" le Belphégor. Aussi, pas d'entourloupe : je suis votre seul et unique employeur. »

Renoir me proposa pourtant de participer au tournage de *Boudu*, que Michel Simon allait en partie produire.

– C'est moi qui t'engage, Max ! me dit le comédien. Si Natan trouve quelque chose à y redire, qu'il vienne me voir. Je lui montrerai comment on se bat à Genève !

J'acceptai en demandant toutefois de n'être que simple « observateur » et de ne pas figurer au générique.

– Il est bizarre, votre ami, s'étonna Renoir. Il aime jouer les fantômes.

– Voilà plus de trente ans que je suis un spectre.

En un sens, il avait de la chance de m'avoir sous la main. Le tournage de *Boudu* ne fut pas de tout repos, d'autant qu'une partie des scènes se passaient à l'extérieur. Bien souvent, au lieu de s'adresser à Jacques Becker, son assistant, Renoir venait prendre conseil auprès de moi avec un air désinvolte, comme si cela ne prêtait pas à conséquence. Je lui répondais avec le même détachement, afin de ne pas alerter le reste de l'équipe. Et la plupart de mes suggestions étaient prises en compte ou – je l'avoue volontiers – magnifiées par le cinéaste. Ce n'était généralement que du bon sens, mais je possédais le recul nécessaire, comme un éditeur est à même de juger le texte dont un écrivain vient d'accoucher.

– Vous avez un œil de lynx, Max, me dit Renoir, alors que le tournage de *Boudu* venait de s'achever. Ne perdez plus de temps à verrouiller les films des autres. Demandez à Natan de vous laisser les mains libres sur un film de votre cru.

Renoir disait vrai, mais il ne faisait que remuer le couteau dans la plaie. Jamais Natan ne me donnerait carte blanche pour un film. Dès que j'avais une ou deux semaines libres, je jouais les fantômes sur les tournages des autres.

Ma collaboration la plus impliquée, la plus directe, fut avec ce jeune homme souffreteux et génial, que Michel me présenta un soir de 1933, dans un bouge de Montmartre.

– Max, voici Jean Vigo. Je crois que vous avez des choses à vous dire.

Simon disait vrai : entre Vigo et moi, l'entente fut immédiate. J'aurais pu être jaloux de lui lorsque je découvris, en projection privée, ce *Zéro de conduite* qu'il venait de réaliser et que la censure française avait interdit, comme si ce tableau de collégiens était un dangereux brûlot anarchiste. Mais j'ai toujours su reconnaître le talent des autres, et celui de Jean était un diamant brut, très différent du mien. C'est d'ailleurs pour cela que Michel Simon avait organisé notre rencontre.

– Jean a un très beau projet, dans lequel je jouerai, mais il est coincé.

– Coincé ?

– Je sais où je veux aller, mais je ne sais plus comment…, m'avoua le cinéaste, avant de partir dans une violente quinte de toux qui s'acheva par des crachats vermillon.

Michel m'avait prévenu : Vigo était tuberculeux depuis de nombreuses années.

– Il craint que son prochain film soit le dernier, alors il joue contre la mort. Et il doit mettre toutes les chances de son côté, tu comprends ?

– Et ma chance, c'est peut-être vous, monsieur Toppard…,

me dit-il avec déférence, même si je n'avais que six ans de plus que lui.

Séduit par l'homme et son projet, j'acceptai aussitôt et nous trinquâmes jusqu'au bout de la nuit à la réussite de ce film inédit.

Les semaines qui suivirent ne furent que nuits blanches et beuveries. Tout malade qu'il était, Jean Vigo ne savait travailler sans alcool. Quant à Michel Simon, son âme paillarde trouvait du charme à la moindre cocotte croisée dans la rue. Si bien que nous nous retrouvions tous les trois, dans des bars, des restaurants, et même dans mon appartement du Belphégor, à rédiger les grandes lignes d'une histoire d'amour onirique sur une péniche.

– C'est de la poésie visuelle, mes amis ! bramait Michel Simon, avant d'enfouir son ivresse entre les seins d'une donzelle de passage, qu'il finissait toujours par congédier avec un billet dans la culotte.

– Vous êtes bizarre, vous ! faisaient ces jeunes femmes, que Simon délaissait pour nous rejoindre.

Vigo et moi avions déjà vidé plusieurs bouteilles de bandol et griffonnions des petits dessins sur de grandes feuilles de papier blanc.

– Là, vous placez la caméra. Le cortège doit arriver par ici, en descendant le talus. Puis il gagne la péniche.

Bien qu'il fût le maître d'œuvre, Jean Vigo buvait mes paroles. Je formulais ce qu'il ne parvenait pas à mettre en mots.

– C'est extraordinaire ! s'enthousiasmait-il devant Michel Simon. Max devine ce que je ne sais pas encore…

Cette confidence nous bouleversait, car elle était dite par un homme malade, conscient que cette œuvre serait son testament esthétique.

Est-ce pour cela que je me livrais à ce point ? que je lui soufflais tant de trucs, d'astuces, jusqu'alors réservés à mes propres travaux ? Mon empathie allait au-delà de mon orgueil. Cette

Atalante sur laquelle nous travaillions – tel était le titre du film – était pour moi le brouillon de ce que je ferais un jour.

Mais au moment où Vigo allait crier « Moteur », Natan m'envoya à Berlin ravauder une version allemande de *600 000 francs par mois* de Joannon, dans les studios de la Tobis. Pour la première fois, alors que j'étais toujours d'une docilité absolue, j'essayai de retarder ce tournage.

– Vous plaisantez ? s'offusqua le producteur, qui me trouvait bizarre depuis quelques semaines. Je vois bien ce qui se passe, Max. Vous vous laissez séduire par d'autres sirènes. C'est précisément pour cela que je vous envoie un mois en Allemagne. Ça vous remettra les idées à l'endroit !

Ce disant, Natan avait grimacé, car toute l'Europe venait d'assister à l'avènement de l'ordre nouveau outre-Rhin. Le producteur considérait avec méfiance l'arrivée de ces nationaux proclamés socialistes, dont l'antisémitisme n'arrangeait pas les affaires.

– Je vois venir le moment où ils ne me jugeront plus comme un interlocuteur fréquentable. Aussi, filez à Berlin avant qu'on n'interdise à Pathé-Natan de passer la frontière.

Alors que Michel Simon endossait la défroque du père Jules, je partis donc pour la capitale du IIIe Reich, la mort dans l'âme.

Durant tout mon séjour berlinois, j'appelai Jean chaque soir. Malgré la distance et les communications hasardeuses, Vigo me racontait le tournage du jour, me posait des questions ; il s'inquiétait, je le rassurais.

– Je voudrais tellement que vous soyez là, Max. Je me sens si démuni, parfois. Et si faible…

– Vous n'avez besoin de personne, Jean. Et puis, vous avez nos dessins, non ? Le film est tout entier sur le papier…

– Bien sûr, mais j'ai l'impression que *L'Atalante* m'échappe. Ces quintes de toux m'épuisent. Il faut parfois interrompre le tournage pendant une heure, pour que j'aille m'allonger dans ma loge. Je suis épuisé, si épuisé…

J'en avais le cœur brisé. À Paris, j'aurais pu prendre le relais, le soulager. Mais j'étais coincé en Allemagne et ne pouvais que soumettre des idées, des images qui me venaient en tête pendant la journée.

– Pourquoi le père Jules ne conserverait-il pas des mains coupées dans du formol ?

Cette idée enchanta Vigo et Michel Simon. De même, je suggérai l'image très symbolique de l'amant qui enlaçait un énorme glaçon.

– Je ne sais pas si je pourrai le garder au montage, mais je vais essayer, répondit Jean, toujours avide de scènes frappantes.

Il n'était pas une journée où je n'eusse des fulgurances qui me venaient en tête abruptement : plans sous l'eau, mouvements de caméra anarchiques, répliques incongrues.

– Ce film doit aller à rebours de tout ce que l'on voit désormais, répétais-je à Jean, le soir. Bien qu'il soit parlant, il doit retrouver l'innocence des premiers films muets, vous comprenez ?

Bien sûr que Vigo comprenait. Il comprenait tout. Passionné de musique, il était d'ailleurs inquiet de celle qui accompagnerait son film.

– Avez-vous appelé mon ami Hodwin ?

– Oui, mais il est pris en ce moment. Il m'a recommandé un de ses confrères, un certain Jaubert. Le connaissez-vous ?

– Si William vous l'envoie, vous pouvez avoir confiance.

– Vous me rassurez, Max. Vous me rassurez toujours. Quand rentrez-vous ?

– Le plus vite possible, espérais-je, car le tournage allemand s'éternisait, le pouvoir en place semblait prendre un malin plaisir à tout compliquer.

Le matin même, un représentant de la Tobis était venu me dire qu'il devenait épineux de collaborer avec le « juif Natan » et il me conseillait de me trouver un autre employeur, si je voulais continuer à travailler en Allemagne.

Quand bien même, ce film serait mon dernier à Berlin, où l'atmosphère devenait suffocante. Je n'avais qu'une envie : rentrer à Paris et découvrir nos idées, mises en images par Vigo.

À mon retour, le dernier coup de manivelle venait d'être donné. Vigo était épuisé, amaigri, mais son regard étincelait.

– Ça va être magnifique, Max ! Vous verrez, les images sont superbes, me dit-il, alors que je le retrouvais, secrètement, dans la salle de projection de Gaumont.

Michel Simon était lui aussi venu. Ils semblaient anxieux de ce que j'allais penser.

– Tu étais loin, mais tu étais avec nous, tu sais ? me glissa Michel, alors que la première bobine était lancée.

Jean Vigo pouvait être fier de lui. La beauté des images, l'originalité des plans, et ce jeu presque désincarné des acteurs – hormis Michel Simon, princier et odieux – donnaient au film une innocence brûlante.

– C'est admirable, dis-je à Vigo, à l'issue de la projection.

Le cinéaste était rassuré par mon enthousiasme.

– Sans vous, rien n'aurait été possible.

– Ne dites pas de bêtises. Il faut maintenant tout mettre en ordre. On voit ici une continuité, mais le montage doit être au cordeau, sans jamais verser dans l'évidence narrative.

À ces mots, Jean perdit ses couleurs et saisit ma main entre ses doigts si faibles. Je crus tenir celle d'un enfant.

– Max, je ne sais pas si je vais y arriver…

Je lus une terreur intime. Il craignait moins la mort que l'inachèvement de ce film qui lui avait tant coûté.

– Je ne veux pas partir en laissant *L'Atalante* en plan, vous comprenez ?

– Ce ne sera pas le cas, lui promis-je.

Dès le lendemain soir, alors que j'avais passé la journée chez Natan à ravauder le scénario inepte des *Galeries Lévy et Cie*, où j'allais encore mâcher le travail d'André Hugon, je rejoignis Jean à la salle de montage.

– Au travail !

Jamais je ne vis un être aussi galvanisé. Je retrouvais la frénésie de mon père. Jean Vigo vivait le cinéma, il respirait l'image. Il ne trouvait de raison d'être que dans ces plans, ces scènes, que nous coupions, tranchions, élaguions, avec une science d'orfèvre. Malgré mes années de complicité avec mes camarades du Trébuchet, jamais je n'avais connu cette intimité artistique. Nous nous laissions aspirer par le film. Vigo et moi étions un même geste artistique. Je n'avais pas à suggérer : nous pensions à l'unisson.

– C'est prodigieux ! exultait mon malheureux ami, que chaque nuit en salle de montage épuisait.

Étant donné mon emploi chez Pathé, je ne pouvais hanter les studios de Gaumont qu'après neuf heures du soir. Cela imposait à Vigo des horaires harassants, que tout médecin eût interdits.

Ces deux mois de montage précipitèrent-ils la détérioration de sa santé ? Voilà des années que je me le demande, mais lui-même ne voulait pas en entendre parler.

– Le film, Max. Rien d'autre !

– Vous allez vous tuer. Prenez une pause, allez une semaine au bon air. Chaque soir, j'ai l'impression que vous respirez un peu plus mal.

– *L'Atalante* est mon poumon, rétorquait-il en désignant l'écran, où rayonnaient la grâce de Dita Parlo et la tristesse de Jean Dasté.

À la fin du montage, Jean Vigo était une ombre. Un visage illuminé sur un corps sans vie.

Le résultat nous combla en bien des points. Pour la première fois je voyais un film qui s'approchait de ce que j'avais toujours recherché. Il était paradoxal qu'il eût été réalisé par un autre, mais telle était ma vie. Et Jean ne cessait de le répéter : j'étais le père secret de *L'Atalante*. Nous n'avions juste pas le droit de le dire. Je n'en parlais même pas à mes amis de combat. D'ailleurs, avec la pause du Trébuchet, nos relations se distendaient. Il arrivait que nous passions une soirée au Belphégor, qui continuait à projeter des films d'épouvante, mais le ressort semblait cassé. Je voulais que *L'Atalante* fût pour eux à la fois une surprise, un cadeau et une vengeance. Vengeance de m'avoir délaissé, surprise de découvrir sur l'écran des idées que nous avions lancées à l'époque de nos passions juvéniles, cadeau d'un artiste à ses amis de toujours, qui allaient comprendre que leurs idées avaient porté leurs fruits.

Je ne les conviai pourtant pas à la première projection d'avril 1934. Pour Vigo, le film était achevé, mais son épuisement seul parlait. Il y manquait à mon sens des répliques, du rythme. Encore quelques séances de montage et je pourrai inviter Igor, William et Benoît. Il avait fallu sacrifier à la demande des producteurs, surpris que Vigo prît tant de temps. Ils ne savaient rien de nos séances nocturnes, seul Louis Chavance, le monteur officiel, était dans la confidence. Il s'était montré d'une grande compréhension, lorsque Jean lui avait demandé de faire acte de présence pendant la journée, sans pour autant toucher au film.

Le fameux jour arriva enfin. Aux premiers rangs, les grossiums de Gaumont mâchonnaient leurs cigares avec anxiété. Ils craignaient de s'être emballés trop vite pour ce damné Vigo, que sa mauvaise santé rendait si difficile à manœuvrer. J'étais venu en catimini, une fois les lumières éteintes.

La projection se fit dans un silence glacial. Jean et moi guettions le premier rang, où les cigares brillaient comme des lucioles.

Lorsqu'on ralluma les lumières, les trois messieurs étaient livides. Ils étaient frappés par une même incompréhension et incendièrent Vigo :

– Vous vous foutez de nous ?!

– On a dépensé tout cet argent pour… ça ?

– Des mois de travail en secret, où l'on vous a laissé le champ libre, et vous nous livrez cet étron ?

Pour Jean, c'était la scène de trop. Il se mit à trembler, la sueur inonda son front, et la toux le prit comme une bourrasque, le pliant en deux, alors qu'une rigole de salive sanguinolente lui coulait bientôt des lèvres.

– Appelez un médecin, hurlai-je aux trois producteurs médusés.

Transporté en urgence à l'hôpital, Jean Vigo ne devait plus en sortir.

– Max, me dit-il, désemparé, c'est la catastrophe. Ils ont demandé à Chavance de tout remonter. Notre film va être défiguré !

Je n'osais l'avouer, mais j'y avais songé toute la nuit. Combien de fois Natan m'avait-il demandé de trafiquer un film pour le rendre « plus lisible » ?

Le pauvre Chavance était venu lui-même l'annoncer à Vigo.

– Je ne lui en veux pas, dit Jean. Il a les mains liées. Et les corbeaux de Gaumont comptent camper dans la salle de montage.

Autant dire que je ne pouvais plus rien faire. Le naufrage de *L'Atalante* marquait l'agonie de mon cher Vigo.

L'été 1934 fut une saison funèbre. Natan ayant des relations de plus en plus tendues avec la Tobis berlinoise, il n'avait plus de projets en Allemagne. Je pus donc rester à Paris, tricotant un projet de film sur la pègre méridionale, que Natan voulait confier à Tourneur : *Justin de Marseille*.

Ces deux mois me permirent surtout de passer du temps auprès de Jean, à l'hôpital. Nous nous relayions avec Lydu, son épouse, qui venait avec leur fille de trois ans, et Michel Simon, fidèle, qui quittait le plateau d'*Amants et voleurs* de Raymond Bernard pour venir au chevet de son ami.

– Je suis si triste, me dit le comédien, lorsque nous sortîmes dans la cour de la Salpêtrière. Le cinéma va perdre un de ses vrais, un de ses purs…

Je ne pouvais qu'acquiescer.

Michel me prit par les épaules.

– Tu sais qu'une fois Jean parti, tu seras le seul, Max ?

Il brillait de sincérité.

– Le seul ?

– Jean et toi êtes de la même race. Des artistes comme ça, il n'y en a pas dix par siècle. Après Jean, tu n'as plus le choix, ce sera ton tour…

– De mourir ? dis-je, sans plaisanter.

– Ou de pondre un chef-d'œuvre, ce qui revient au même.

L'Atalante sortit à la mi-septembre, dans une version indigne, sous le titre *Le Chaland qui passe*, chanson très populaire cette année-là. Je ne voulus pas le voir, mais Vigo, agonisant, me supplia :

– Allez-y… j'ai besoin de savoir…

Je crus que j'allais vomir. Le film était défiguré. Cette version mutilée était incompréhensible.

Je n'eus pas le courage de l'avouer à Vigo.

– Écoutez, ce n'est pas si mal, mentis-je au cinéaste, me rappelant la terrible formule de Natan.

Jean sembla soulagé. Mais il me connaissait. Il avait compris et ne demanda aucun détail. Tout juste voulut-il savoir si le public avait bien réagi. Il me fallut à nouveau enjoliver. La moitié de la salle était sortie après vingt minutes, mais je déclarai que les gens avaient été touchés par la poésie du film.

– Il y a même eu des applaudissements à la fin.

Vigo me crut-il ? À peine murmura-t-il, songeur :

– Dire que je ne verrai plus jamais cela.

Jean Vigo mourut début octobre.

Nous fûmes peu nombreux à son enterrement. L'un des plus éplorés, des plus honteux, fut ce pauvre Louis Chavance, qui suivait le cortège en retrait, comme s'il était coupable de ce corbillard qui traversait les rues de Paris.

Je m'approchai de lui et posai une main amicale sur son épaule.

– J'ai fait ce que j'ai pu, gémit-il en désignant les trois producteurs, qui suivaient le corbillard avec une morgue de notaire.

Un quart d'heure plus tôt, à la sortie de la messe, j'avais entendu l'un dire aux autres :

– Exploitons cette tragédie. Et si nous ressortions *Le Chaland* avec pour sous-titre « Le film qui a tué son auteur » ?

Haussement d'épaules de ses confrères.

– Oublions plutôt cette péniche, répondirent-ils, elle nous a coûté trop cher. Il a même fallu qu'on paie ce foutu enterrement !

34

Comment faire plus dissemblables ? Les deux hommes sont immobiles, assis en chiens de faïence.

Deux duellistes, songe Jacques Chancel en rassemblant ses notes.

Du haut de son mètre quatre-vingt-dix, A.G.B. affecte une morgue sereine. Face à lui, René Graindorge est un être noueux, usé, aux yeux incendiaires. Le dédain du premier semble un mépris de classe, celui du second, une hauteur esthétique.

Jacques Chancel est de plus en plus nerveux. Il scrute les techniciens de l'autre côté de la vitre. Ses mains deviennent moites. Ses invités, en revanche, gardent un calme inquiétant.

L'ingénieur du son fait un signe. Une ampoule rouge s'allume dans le studio.

– Bonsoir à tous !

Une musique syncopée retentit, que l'animateur scande du menton, comme s'échauffe un sportif.

La mélodie s'atténue. Chancel déglutit puis attaque, énergique et duveteux :

– La littérature est affaire de goûts, de clans, de chapelles. La littérature est affaire de styles et de points de vue. Pour certains, il y a les petits et les grands livres, les auteurs capitaux et le tout-venant. Mais si la littérature, c'était avant tout des lecteurs, un public ?

Graindorge et A.G.B. écoutent l'animateur, impassibles.

Chancel semble guetter leur approbation, mais ils restent d'une neutralité intimidante.

– Les deux écrivains que je reçois ce soir sont, chacun dans son genre, des monuments. Monument de succès pour le premier, dont chaque titre caracole dès sa sortie en tête des ventes. Monument d'exigence pour le second, qui a su insuffler un vent neuf dans les lettres françaises, en posant les bases de ce qu'on appelle le Nouveau Roman.

Silence. Les deux hommes ne réagissent pas…

– René Graindorge, vous êtes né en Russie dans la grande bourgeoisie juive, mais votre famille émigre en France, dès 1905. Vous dites avoir grandi en lisant Barrès et Bourget. Vous avez connu Proust, avant de publier dans les années 20 des textes foisonnants, dont l'extravagance vous a fait comparer à un Jérôme Bosch des mots. Vous sortez alors au moins un livre par an, dans des genres romanesques fort différents : policier, western, fantastique…, mais en leur apportant toujours cette patte unique, faite de démesure, d'excès, de violence, de provocation, qui vous donne souvent maille à partir avec la censure. Puis… c'est la guerre. Résistant de la première heure, vous êtes déporté à Buchenwald, puis à Dora, dont vous revenez, miraculeusement. Votre vie comme votre art changent alors du tout au tout. L'expérience concentrationnaire vous fait reconsidérer en profondeur votre conception de la chose littéraire, de la création romanesque. L'imagination flamboyante de vos premiers textes est remplacée par la neutralité, la rareté, l'exigence. Seulement deux livres en vingt ans : *Le Flou*, en 1953, *Non*, en 1960, tous deux publiés aux Éditions de Minuit. Des éditions dont vous devenez l'âme, aux côtés de Jérôme Lindon, contribuant à la découverte de ceux qui sont vos disciples, même si vous récusez ce terme : Butor, Simon, Robbe-Grillet, Duras et quelques autres…

Graindorge a écouté sans mot dire, dévisageant Chancel.

L'animateur lui demande maintenant si ce portrait lui convient.

Sans se donner la peine d'articuler un mot, René Graindorge hoche la tête et Chancel se rappelle que l'écrivain est un taiseux et qu'il va falloir lui arracher les mots.

Il se tourne alors vers un A.G.B. mielleux, qui jubile de s'entendre à son tour présenté en une minute.

– Athanase Gautrand-Bernard, je n'ose dire que vous êtes tout le contraire…

– Ce n'est pourtant pas faux ! ricane A.G.B., qui pensait pouvoir prendre la parole, mais Chancel lui fait signe d'attendre.

– Vous êtes enfant de paysans, né dans l'Aude, près de Couiza. Vous grandissez à l'ombre de ces châteaux qu'on dit cathares. Vous auriez pu épouser ce destin agricole, sans la rencontre du curé de votre village qui – pour vous citer et en m'excusant auprès de nos auditeurs – vous fait « découvrir les joies de l'anus ».

A.G.B. rosit et tressaute sur son siège.

– Pas que l'anus…, corrige-t-il, tandis que Graindorge lève les yeux au ciel.

Chancel reste concentré.

– C'est ce même curé qui abandonne la soutane et vous enlève pour gagner Paris, alors que vous n'avez pas quinze ans. Nous sommes au crépuscule des années 30. Vous rencontrez Jean Cocteau, Marcel Carné, Jean Marais, Marco Dupin, tout un petit monde littéraire brillant et festoyant, où vous faites vos premières armes. Comme pour René Graindorge, la guerre change la donne.

Les deux écrivains semblent irrités d'avoir un point commun.

– Alors que la plupart de vos amis s'engagent dans une collaboration artistique, sinon courtoise, vous rejoignez vite la Résistance et finissez la guerre couvert de médailles, pour de nombreux actes héroïques… En 1945, vous n'avez que vingt-trois ans et faites partie d'une des toutes premières promotions de l'École nationale d'administration. Fort d'un solide réseau d'amitiés et de confiance tissé pendant la guerre, vous entrez dans la diplomatie. Nommé ambassadeur en Orient, en Amérique latine, la vie vous pèse. Vous fuyez ces obligations en vous plongeant dans l'écriture d'épaisses biographies de grandes figures de l'Antiquité, comme Alexandre le Grand ou l'empereur Julien. De votre propre aveu, ces livres ne remportent que des succès d'estime et vous voulez pouvoir vivre confortablement de votre plume. Vous décidez alors – « comme Dumas », dites-vous – de lancer un véritable atelier de conception littéraire. Vos connaissances des secrets d'État et des murmures d'ambassade vous poussent à inventer un personnage d'agent secret qui ne porte pas de nom, mais des initiales : les vôtres, AGB. Depuis 1962, vous publiez quatre livres par an aux éditions Grasset, avec un succès qui ne s'est, jusqu'alors, jamais démenti.

A.G.B. s'apprête à interrompre l'animateur, mais Chancel lui fait signe de le laisser finir.

– Si le grand public dévore ces intrigues rocambolesques, les milieux autorisés savent lire entre les lignes. Il semblerait que ces romans soient des textes cryptés, dans lesquels vous prenez un malin plaisir à dénoncer les mœurs de vos contemporains, dont vous déguisez les noms. À vous croire, tous sont des uranistes honteux qui cachent leurs goûts profonds sous des masques de respectabilité. Aussi est-ce à vous que je poserai la première question. Athanase Gautrand-Bernard, la littérature est-elle un règlement de comptes ?

A.G.B. bombe le torse puis se penche vers le micro, comme s'il voulait l'avaler.

– Il faut d'abord s'entendre sur le mot « littérature », monsieur Chancel.

– Je vous écoute…

– Soit nous parlons de ces livres qui emportent, qui hypnotisent, qui enchantent et rendent heureux, alors nous nous comprenons. Soit vous parlez de ces textes saumâtres, glaireux, ascétiques, nihilistes, qui ont autant de charme qu'un lavement avec du talc. En ce cas, nous nous approchons des lettres telles que les conçoivent M. Graindorge, ses affidés et les quelques lecteurs qui ont mordu à leurs attrape-nigauds.

Et c'est parti ! songe Chancel, rassuré, en voyant que Graindorge rougit.

Ce dernier se penche vers son micro, sans quitter A.G.B. des yeux.

– Vous l'avez dit, monsieur Chancel, Athanase Gautrand-Bernard a découvert très tôt les joies du fondement. Hélas, malgré de beaux états de service et des médailles fort méritées, il ne s'est jamais élevé plus haut. Sous couvert d'intrigues éculées, aux personnages sommaires, sa littérature relève de la pissotière.

– Tout du moins ai-je des personnages, monsieur Graindorge ! Vous n'en avez pas. Vos romans décrivent des fantômes qui se croisent dans le brouillard, qui ne se parlent jamais, qui habitent un monde gris, terne et interchangeable.

– Je décris le monde tel qu'il est. Je parle du réel.

– Mais qui veut de votre réel, Graindorge ? Il y a pour cela les journaux, la radio, la télévision. Le roman est un appel à la fantaisie, à l'imaginaire. Vous qui avez connu l'horreur absolue des camps, comment pouvez-vous écrire des livres aussi noirs, aussi désespérés ?

– Parce que la vie n'est pas autre chose ! Parce qu'il n'y a rien au-delà. Parce que nous vivons dans une illusion, couverts d'un voile que seuls les mots, des mots *objectifs*, sont à même de déchirer.

– Mais ce voile ne masque que de la douleur et du chagrin !

– C'est précisément ce que je veux montrer. Tenter de dire la douleur, traduire en mots l'indicible, l'informulable. Et tant mieux si je ne m'adresse qu'à une poignée de lecteurs.

– Les éditeurs et libraires apprécieront ce mépris, ricane A.G.B. en se frottant les joues.

Ainsi se déroule tout le débat : ces deux hommes combattent et Chancel compte les points.

Il n'est pas un sujet où ils ne soient en désaccord. Tout les oppose, et l'animateur doit régulièrement intervenir pour apaiser le ton, car celui de Graindorge devient caverneux, alors qu'A.G.B. part dans des aigus de diva.

Tous deux semblent animés d'une haine féroce, qui ne se remarquait pas à leur entrée dans le studio. Graindorge est arrivé le premier, en pardessus, cartable en main, comme un petit fonctionnaire. A.G.B. est apparu plus tard, escorté de son chauffeur à qui il a confié manteau et chapeau. Ils ne se sont pas salués, comme deux candidats politiques rivaux, la veille d'une élection.

Deux mondes, deux esthétiques, deux univers, songe Chancel, enchanté d'avoir réuni sur son plateau ces deux écrivains qui ferraillent depuis bientôt une heure, à coups d'épithètes injurieuses mais toujours brillantes.

Tous deux parlent d'abord de l'art aujourd'hui. Graindorge se félicite que Malraux ait commandé à Chagall le nouveau plafond de l'Opéra de Paris, salue le courage de Sartre qui a refusé le Nobel, s'enthousiasme pour le récent *Pouce* de César, au Salon de mai, et pour le Renaudot attribué aux *Choses* de Perec.

Devant ce catalogue de snobismes, A.G.B. moque ces prétentieux, ces gommeux, qui se congratulent entre eux de leur vacuité, qui oublient le vrai public, celui qui a besoin d'évasion, de beauté, de lumière.

– Voyez le dernier livre de Giono, *Deux cavaliers de l'orage*, lance A.G.B. Voilà de la littérature robuste, couillue, nécessaire.

– C'est-à-dire tout ce qui vous échappe, monsieur l'esclavagiste, objecte aussitôt Graindorge. Vous n'êtes pas capable d'écrire une phrase. Vous ne relisez même pas vos propres livres !

C'était prévisible : Graindorge finit par attaquer A.G.B. sur sa méthode. Il lui dit qu'il est une honte pour la création littéraire, un négrier des mots. Gautrand s'abrite derrière Dumas, rétorque que Raphaël et Michel-Ange avaient des ateliers. Graindorge ricane, lui assène qu'il est navrant de comparer *Monte-Cristo* ou la Sixtine à ses textes fécaux, sans esprit, sans auteur, sans rien.

– Messieurs, intervient alors Chancel, je vois que l'heure tourne et qu'il va falloir songer à conclure…

A.G.B. semble frappé en vol, les mains en l'air. Il se recroqueville sur lui-même, mais susurre, pervers :

– C'est à vos auditeurs de trancher, monsieur Chancel. Tout comme les Français iront demain aux urnes, pour le premier tour de l'élection présidentielle, les lecteurs iront chez leur libraire pour choisir entre le plaisir ou la souffrance, la fantaisie ou l'ennui.

Alors que commence, en sourdine, le générique de fin de l'émission, Chancel fait signe à Graindorge d'être bref.

– Rassurez-vous, monsieur Chancel, mes mots sont aussi rares que justes. À la veille de faire un choix électoral, vos auditeurs auront compris ce soir que la politique n'a pas le monopole de l'imposture. Les lettres aussi ont leurs charognards. M. Gautrand-Bernard est la preuve que les mots sont parfois trop résistants. En certains cas, ils devraient se dissoudre dans leur propre médiocrité.

Écarlate, A.G.B. voudrait ajouter un mot, mais Chancel lui fait un grand geste. Un carillon retentit, suivi d'une voix onctueuse :

– Merci, Jacques Chancel. Il est dix-huit heures sur France Inter. Les actualités…

L'animateur retire son casque et le pose sur la table. Il sent aussitôt monter la gêne, car les deux écrivains sont à nouveau plus immobiles que des statues. Sur leurs visages passe une rage intime, et tous deux grimacent comme s'ils cherchaient à la ravaler.

Puis, comme s'il sortait de scène, Graindorge lance à l'animateur :

– Alors, ça vous a plu ?

Chancel en bégaye de surprise.

– P…pardon ?

A.G.B. éclate de rire et se lève pour s'avancer vers Graindorge et lui serrer chaleureusement la main.

– René, ta tirade sur Michel-Ange et Raphaël était parfaite !

– Je n'ai pas été chercher bien loin. On te la ressort à chaque débat, j'imagine ?

– Souvent, admet A.G.B. en enfilant son manteau, que le chauffeur vient de lui apporter dans le studio. Mais lorsque c'est dit par toi, cela prend une autorité que les autres n'auront jamais.

– Flatteur !

A.G.B. passe une main amicale autour des épaules de son rival.

– Je ne plaisante pas. Si une bonne partie de votre Nouveau Roman me tombe des mains, il y a dans tes livres une puissance et une rigueur qui m'impressionnent.

– Tu es gentil…

– En revanche, ta petite Duras, quelle punaise !

Graindorge explose de rire et corrige :

– Je dirais plutôt une grenouille. Un affreux petit crapaud. Mais les gens l'adorent, que veux-tu ? Resnais lui a donné le goût du cinéma et elle veut maintenant faire des films, tu imagines ?

A.G.B. fait mine de cracher sur le sol.

– Seigneur, préservez-moi de cette rainette ! Tu as reçu mon petit dernier ?

– *Tornade à Acapulco* ? Je l'ai dévoré cette nuit, en deux heures. C'est un des plus réjouissants.

Sincèrement touché, A.G.B. rosit devant la surprise de Chancel.

– Vous voyez qu'il est ouvert, votre stylite…

– Sans rire, ajoute Graindorge en prenant la main de l'animateur, la scène de sodomie dans la cage aux requins est grandiose. J'ai à la fois ri et frémi. Tu es fort, Athanase.

– Ce sont mes petits oiseaux qu'il faut féliciter. Ils ont beaucoup travaillé. Surtout le jeune Bellegarde, le plus doué d'entre eux. Il faut que je te l'envoie un de ces jours. Il a de l'avenir.

– Envoie-le-moi quand tu veux.

Chancel est sidéré. Il est à ce point surpris qu'il ne parvient plus à articuler un mot. Les écrivains sont enchantés de cette réaction.

– Vous avez encore beaucoup à apprendre, monsieur Chancel, fait A.G.B.

Les auteurs partent d'un immense éclat de rire et quittent le studio sous les yeux ahuris de toute l'équipe.

*

Devant la Maison de la radio, le quai est battu par le vent.

A.G.B. relève le col de son manteau et maintient son chapeau sur sa tête.

– Je vais chercher la voiture, Monsieur, dit le chauffeur en s'éclipsant.

– Merci, Adrien. On vous attend là.

Graindorge sort un petit parapluie de sa serviette, l'ouvre, mais il est aussitôt retourné par une bourrasque et emporté vers le pont Mirabeau.

– Tu sèmes à tout vent, ironise A.G.B.

– Un vrai temps d'élection, répond Graindorge, qui voit son parapluie passer par-dessus la margelle du quai et disparaître dans la Seine.

La Cadillac d'A.G.B. arrive devant eux, au pas. Le romancier ouvre la porte arrière et s'y engouffre, évitant de poser le bout de ses souliers dans une flaque.

– Tu ne veux pas que je te dépose ?

– Je vais rentrer à pied, ça me fera du bien.

Une nouvelle bourrasque relève le bas de son imperméable.

– Allez, Marylin, viens te mettre au sec. Comme ça, on causera un peu, on se voit si rarement.

Après un dernier regard vers la Maison de la radio, Graindorge concède que ça l'embêterait d'être malade. Il a beaucoup de travail, cette semaine.

– Tu aimes juste te faire prier. C'est ton côté homme de gauche.

– De gauche ? rit Graindorge. Doux Jésus ! Tu sais bien que je suis gaulliste.

Puis il monte à ses côtés, dans la longue voiture noire.

Ici, tout est cuir et bois. Il règne dans l'habitacle une atmosphère de club anglais, renforcée par le whisky qu'A.G.B. sert à son ami.

– Il est vrai que les best-sellers ont leur avantage, concède Graindorge.

A.G.B. esquisse une moue agacée.

– Je vis de ce que je gagne, René. Je suis un fils de paysans. Je n'ai pas hérité de mes parents.

Fausse modestie de Graindorge :

– Quelques tableaux, tout au plus…

– Renoir, Picasso, Monet, Gauguin, Braque, Corot… Tu en vends un tous les cinq ans et tu peux tricoter tes « nouveaux romans » sans crainte des fins de mois…

– J'oubliais que tu es bien informé, Athanase…, admet Graindorge, désarmé.

– C'est la seule qualité de mes romans : sous couvert d'intrigues parfois absurdes, ils disent vrai. N'est-ce pas, mademoiselle ?

Graindorge se cabre.

– Pourquoi m'appelles-tu mademoiselle ?

A.G.B. affecte un ton désinvolte :

– Qui te dit que je te parlais ?

Il se penche vers le fauteuil à la droite du chauffeur.

– Caroline, c'est à vous.

Graindorge est interdit. Et lorsqu'il reconnaît la journaliste rencontrée chez Jenny Chaumette, il pâlit.

– Bonsoir, monsieur Tcherniak…

35

A.G.B. est enchanté de son petit effet. Le désarroi de Graindorge est un baume.

Caroline n'a pas bougé. À sa propre surprise, elle prend goût au canular. Seul le chauffeur reste impassible, il tourne son volant avec flegme vers la tour Eiffel.

– Tu aimes toujours autant les farces, dit Graindorge, avant de finir son whisky.

A.G.B. semble effectivement s'amuser.

– Cette jeune femme avait besoin de te parler, plaide-t-il. Je lui ai facilité les choses. Tu m'en veux ?

Graindorge n'a pas le cœur à plaisanter.

– Sais-tu seulement ce que tu manipules ?

– Une bouteille de Macallan. Je te ressers ?

Moins irrité que las, Graindorge repose son verre sur la tablette d'acajou.

A.G.B. le remplit, tandis que son comparse soutient le regard de Caroline.

– Vous allez me fixer comme ça longtemps ?

– À vous de me dire.

Graindorge se déride.

– Vos traits ne trompent pas, mademoiselle : vous avez vu. Disons que vous avez commencé à voir. Et maintenant, vous voulez comprendre… Mais certaines choses ne s'expliquent pas, vous savez ?

– Des mots, encore des mots…

– Dans cette histoire, tout est affaire de mots. Les mots peuvent être corrosifs, incendiaires. Les images elles-mêmes sont des mots, à moins que ce ne soit l'inverse. Vous pénétrez dans un univers où les données du réel sont différentes, pas inversées, mais désaxées.

Caroline secoue la tête.

– Vous essayez encore de m'embrouiller.

– Vous savez bien que non. Et vous comprenez parfaitement ce que je vous dis.

A.G.B. suit ce dialogue avec une incompréhension croissante. Vincent lui a juste demandé de les réunir.

– Votre dialogue est bien spécieux, mes amis.

– Et il va le rester…, tranche le pape du Nouveau Roman.

Il se penche vers le chauffeur et désigne un grand porche sur le trottoir de gauche.

– Laissez-nous là, s'il vous plaît.

– Bien, monsieur.

La voiture se gare et Graindorge en sort, sans saluer A.G.B.

– Vous venez ? fait-il à Caroline.

Elle ne comprend pas. Où ça ?

L'écrivain pointe du doigt le dernier étage d'un immeuble bourgeois.

– Il est temps que nous ayons un tête-à-tête.

36

L'appartement est un musée !

Caroline est moins calée en peinture qu'en cinéma, mais il est des artistes qu'on reconnaît tout de suite. Sur la gauche, un

Picasso de la période bleue ; à côté, un Picasso plus tardif, figurant un homme au nez massif. Face à elle, une vue d'Ermenonville par Corot. En dessous, une guinguette immortalisée par Renoir. Plus loin, un ensemble de tableaux cubistes, où l'on ne saurait distinguer Picasso de Braque. Mais ces œuvres sont entourées d'autres tableaux plus prosaïques, où l'on retrouve pêle-mêle des portraits évanescents de Levy-Dhurmer, des nymphes antiques d'Osbert, et une superbe fresque de gladiateur, belle comme un péplum, signée Jean-Léon Gérôme.

– Mes parents étaient très éclectiques, murmure Graindorge, satisfait de la curiosité de Caroline.

– Ils ont acheté tout ça ?

– Acheté, échangé, trafiqué… Ils étaient russes et juifs : ils avaient le sens du beau et le goût du bazar. Et une appétence pour le fourre-tout.

Caroline est frappée par le contraste entre l'opulence des murs et la neutralité du mobilier. N'étaient les tableaux, l'appartement est nu. Dans l'entrée, une simple console est couverte d'un vide-poche dans lequel est posée une clé. La moquette grise et les éclairages crus ajoutent à cette atmosphère d'entre deux mondes.

Mais le plus étonnant reste la bibliothèque.

Lorsque Graindorge ouvre une porte à double battant, Caroline découvre une vaste pièce trouée de baies vitrées donnant sur la tour Eiffel. Ne se trouvent ici qu'un grand canapé en cuir blanc en forme de U, ainsi qu'une table basse vide de tout objet. En revanche, les murs sont couverts de rayonnages du sol au plafond, encadrant jusqu'aux tringles des rideaux gris.

La bibliothèque de René Graindorge, songe Caroline.

Elle voudrait s'en approcher, mais son hôte se poste devant elle.

– Cet immeuble fut bâti sur les terrains laissés en friche après l'Exposition de 1900. Mes parents l'ont fait construire en 1905. À leur mort, je me suis réservé le dernier étage…

L'écrivain ouvre la fenêtre et s'avance sur le balconnet. Caroline frissonne mais le suit. Il s'allume une cigarette.

– Là-bas, c'était l'hôtel des Guitry. Les béotiens qui l'ont racheté voici deux ans l'ont fait raser… Pauvre Sacha…

Caroline se rappelle que c'est là un des sujets de colère de Vincent.

– De l'autre côté, on aperçoit l'immeuble de Paul Morand. Enfin, celui de sa femme. Il y a de la lumière, d'ailleurs. Ils sont arrivés de Suisse.

Graindorge s'adosse à la balustrade. Sa silhouette se découpe sur la tour Eiffel. La nuit est profonde. Seul point de lumière, le bout doré de sa cigarette.

– Vous m'attendiez, n'est-ce pas ? fait Caroline.

Graindorge a un geste évasif.

– Il semblait naturel que vous remontiez jusqu'à moi.

Avec une voix presque comique, il ajoute qu'elle est une bien meilleure journaliste qu'il ne l'aurait cru.

Caroline demande alors ce qui lui brûle les lèvres : sa présence chez Jenny Chaumette était-elle un hasard ?

– À votre avis ?

– Ne jouez pas…

– Vous croyez que c'est un jeu ? réplique l'écrivain en regagnant le salon.

Il se laisse tomber dans un angle du canapé. L'invitation de Jenny tombait à pic : c'est Graindorge qui a suggéré cette excursion dans les combles, car il savait que Caroline y serait.

– Depuis combien de temps m'observez-vous ?

– Depuis le début. Cela fait si longtemps que nous craignions que quelqu'un remonte la trace de Max…

Caroline doit garder la tête froide.

– Qui est « nous » ?

Graindorge balaye la question d'un geste agacé.

– Tout ce qui a trait à Max Toppard porte malheur. Vous n'avez pas compris ?

Caroline s'assied de l'autre côté du canapé. Elle a la bouche sèche. Mais Graindorge ne semble guère disposé à lui proposer un verre d'eau. D'une voix lointaine, il murmure qu'à sa façon, Max Toppard était le diable. Tout ce qui a trait à lui, de près ou de loin, doit être éradiqué…

– Vous avez donc connu Max Toppard ?

Graindorge cligne des yeux.

– Pendant près de vingt ans. Je sais donc quel danger il représente…

Caroline voudrait poser des questions plus logiques, mais elle a compris que Graindorge ne lui dira que ce qu'il entend lui dévoiler… Elle objecte que tous ceux qui ont connu Max Toppard ne semblent pas traumatisés pour autant. Carné ou Welles gardent même un souvenir lumineux de lui.

– Mais à quel prix ? rétorque Graindorge. Carné a commencé de façon flamboyante, puis il a tout raté. Pareil pour Welles, il a appliqué les axiomes de Toppard pour son premier film ; depuis, Hollywood l'a sabré, empêché de faire les œuvres que son génie devait créer. Et pourquoi croyez-vous que Vigo soit mort si vite, après *L'Atalante* ?

Caroline peine à accorder du crédit à ces élucubrations.

Graindorge s'approche d'elle et lui prend la main.

– Je vois bien que vous ne me croyez pas, Caroline. C'est pourtant ça, Max Toppard : comme les sirènes de l'*Odyssée*, il enchante pour mieux détruire.

Caroline sent les doigts brûlants contre sa peau. Graindorge ne lui ment pas. Elle lit la marque d'une crainte enfantine.

– Vous parlez de lui au présent. Il n'est donc pas mort ?

– Disons qu'il s'est occulté. Mais c'est comme si son fantôme rôdait.

La journaliste est de plus en plus mal à l'aise.

– Vous jouez avec moi, monsieur Graindorge. Vous-même m'avez dit que vous m'observiez.

Graindorge la considère avec compassion.

– Ne vous trompez pas d'ennemi, Caroline. Laissez-nous vous protéger…

– Mais contre qui ?

– Contre tout ce qui vous fait perdre le sens des réalités. Max est dangereux, vous comprenez ? Il est sans doute l'homme le plus perverti, le plus profondément mauvais que j'aie jamais rencontré.

– Pourquoi lui en voulez-vous autant ?

Graindorge botte en touche, réplique que c'est si loin maintenant. Il ne lui reste qu'un mélange d'amertume et de peur.

– Quand vous êtes-vous connus ?

– À la fin de l'autre guerre. Et nous sommes tombés sous son charme. Tous. Personne ne pouvait lui résister…

Désignant la bibliothèque autour d'eux, Caroline demande ce qu'il en est de ce fameux livre, *L'Al-cinéma*.

Graindorge pâlit.

– Oubliez ce texte…

– Pourquoi votre nom est-il sur le contrat ?

De mauvaise grâce, Graindorge avoue qu'il en est l'auteur. Puis il se ravise aussitôt : non, Max le lui a dicté. Il le leur a dicté à tous.

– Vous parlez encore au pluriel…

– Je parle du Trébuchet, notre… groupe.

Caroline veut savoir de qui était composé ce clan, ce que signifie ce nom. Mais Graindorge s'est levé et tire un escabeau, grâce auquel il atteint le plus haut rayonnage de la bibliothèque. Avec un équilibre hasardeux, il attrape une reliure de cuir rouge, qu'il tend à Caroline.

Elle ne comprend pas. *L'Imitation de Jésus Christ* ?

– Ouvrez…

Elle obéit et blêmit.

– Vous l'avez ? dit-elle en saisissant le petit volume vert délavé, caché dans ce livre creux, où d'autres auraient dissimulé des liqueurs.

Sur la couverture, Caroline remarque le sceau de la Bibliothèque nationale…

– J'ai prévu de détruire cette copie, comme je l'ai fait avec tous les exemplaires qui me restaient, à l'époque…

Caroline ouvre *L'Al-cinéma*, comme on manipule un incunable.

Graindorge lui arrache le volume des mains.

– Hé !

– Vous n'y comprendriez rien.

Comme deux fillettes se disputent une poupée, la journaliste reprend le livre des mains de l'écrivain.

– Vous me prenez pour une idiote ?

– Au contraire, rétorque l'écrivain, tandis que Caroline l'ouvre au hasard. Seuls les fous ou les sots s'y retrouveraient, et vous n'êtes ni l'un ni l'autre…

Caroline tente de lire quelques phrases, qui en effet lui échappent. La syntaxe n'est pas malmenée, mais le propos est parfaitement nébuleux.

– Vous voyez, c'est un salmigondis.

Elle choisit une autre page, vers la fin du texte, et se trouve face à des formules mathématiques, des schémas, des dessins mystérieux, comme tirés d'un grimoire.

– N'essayez pas de comprendre, je vous dis. J'ai moi-même renoncé. Depuis longtemps.

– À l'époque, vous compreniez ?

– Expliqué par Max, cela coulait de source. Sans lui, c'est hermétique.

Caroline objecte qu'il est tout de même l'auteur de ce livre.

– J'ai été un scribe de l'absurde et je n'en tire aucune gloire, croyez-moi…

Elle tente à nouveau de déchiffrer, mais ne pige décidément rien.

– Il faut une clé pour ce livre. Cette clé a disparu avec Max.

Caroline ne comprend pas l'attitude de Graindorge. Il attise sa curiosité tout en lui interdisant d'aller plus loin. Il l'entraîne et la décourage. Que cherche-t-il, cet écrivain qui semble traumatisé par Max Toppard ? Qu'a donc fait ce mystérieux cinéaste pour laisser tant d'âmes en berne, de questions sans réponse ?

– Qui sont les autres membres du Trébuchet ?

Graindorge refuse de répondre. Voilà vingt ans que Max Toppard est sorti de leur vie, et cela doit rester ainsi. Comme un diable à jamais enfermé dans une bouteille.

– C'est pour ça que nous vous avons surveillée, Caroline. Pour voir jusqu'où vous alliez remonter et mieux tuer votre enquête dans l'œuf. Car si vous allez plus avant, vous risquez d'ouvrir la bouteille et de libérer le démon.

Est-ce bien le père du Nouveau Roman qui lui tient ces propos absurdes ? De quoi a-t-il donc peur ?

– C'est vous qui devriez avoir peur. Vous n'avez aucune idée de ce dans quoi vous vous enlisez. Ne passez pas à côté de votre vie en poursuivant des chimères…

– Vu le ton de votre voix, ces chimères semblent très réelles…

Graindorge saisit à nouveau le bras de la journaliste : justement, qu'elle passe à autre chose ! Qu'elle se concentre sur le vrai, sur sa mère qui vieillit. Qu'elle se réconcilie avec son père, à qui elle manque cruellement. Qu'elle approfondisse sa passion pour le cinéma. Qu'elle achève ce film qu'elle a entrepris avec Vincent Bellegarde…

Caroline sent ses muscles se contracter.

– Mais… vous savez tout de moi ?

Graindorge concède qu'il a pris ses renseignements.

– Vous jouez avec moi, comme les autres.

Caroline s'est levée et marche à reculons vers l'entrée. Elle saisit son imperméable.

– Vous et moi savons que vous mentez. Cette soirée n'était qu'un épisode de votre jeu. Un chapitre du livre que vous continuez d'écrire avec Max Toppard.

À ces mots, Graindorge insiste avec peine :

– Je me répète, Caroline, ne vous trompez pas d'ennemi…

La banqueroute

La mort de Jean Vigo reste une blessure. À douze ans, je perdais mon père ; à trente-cinq ans, c'est à un frère que je disais adieu. Nous ne nous étions guère connus plus d'une année, mais jamais je n'avais ressenti une telle communauté d'esprit. Je ne lui avais pas raconté l'aventure du Trébuchet, je n'en avais pas éprouvé le besoin ; entre nous, tout était implicite.

J'aurais pu chavirer dans la neurasthénie, mais tel n'est pas mon caractère. Les mots de Michel Simon ne pouvaient que m'encourager. Depuis les années que je naviguais dans le monde du cinéma, il était temps de prendre ma passion à bras-le-corps. J'étais prêt à devenir cinéaste, sous mon nom, sans fard !

Me voilà frappant à la porte de Bernard Natan pour lui faire part des mille projets qui se bousculaient dans ma tête. Hélas…

– Mon pauvre Max, vous arrivez trop tard.

– Comment ça ?

Natan avait les traits défaits. Il fumait cigarette sur cigarette et semblait noyé sous la paperasserie.

– Vous ne lisez donc pas les journaux ?

Sa phrase était dite avec une fatalité lasse. Les journaux ? Pourquoi donc ?

– Vous êtes un innocent, Max. C'est là votre chance. C'est ce qui fait de vous un pur artiste, vous passez entre les gouttes. Moi, je ne suis qu'un boutiquier…

Il poussa devant moi une pile de journaux, dont je découvris avec effroi les premières pages. Il y avait la *Paris-presse, L'Intransigeant, Le Figaro, Le Temps, L'Action française, Je suis partout, L'Humanité* et quelques autres. Tous titraient sur le dernier scandale du moment : la faillite de Bernard Natan.

– En faillite ! m'écriai-je, incrédule, car les films de Natan étaient parfois des succès colossaux, les salles Pathé ne cessaient d'ouvrir en France, il menait grand train et régnait sur la vie parisienne.

J'avais pourtant devant moi un petit être hagard et amaigri. Quant aux titres des journaux, ils donnaient la nausée. La presse modérée écrivait : « Banqueroute colossale du producteur Bernard Natan », mais les journaux moins nuancés bramaient : « Bernard Natan, le crépuscule d'un nabab » ou « Le juif Natan étouffé par sa crapulerie ».

Je ne pouvais y croire !

– Mais... depuis combien de temps ?

– On me guettait depuis tant d'années, vous savez. Même mes propres amis. La réussite rend les autres fous. On ne m'a pas pardonné d'avoir ressuscité Pathé, surtout le vieux Charles, qui m'a vendu sa coquille vide à bas prix, croyant que j'allais me noyer. Et puis tous ces succès, que d'autres auraient voulu avoir. Enfin, vous savez comment sont les gens, Max...

Non, je ne le savais pas. Du moins pas à ce point. Je vivais depuis toujours dans un cocon de rêveries artistiques qui m'avait protégé de certaines bassesses. En revanche, toute la méchanceté et la veulerie que je découvrais dans cette presse me révulsaient.

– C'est vrai que les temps sont durs, concéda Bernard. La crise américaine nous arrive par écho, et j'ai dû ravauder çà et là pour maintenir le navire à flot.

– Ravauder ?

– Modifier des chiffres, « trafiquer » quelques comptes, comme dit la presse. Ce que tout le monde fait, d'ailleurs, mais à moi, on ne le pardonne pas.

– Mais pourquoi vous ?

Le producteur sortit un numéro de *Je suis partout*. En une, un article de Lucien Rebatet vomissait la vie et l'œuvre de Bernard Natan, et réclamait qu'il fût déchu de sa nationalité française et renvoyé « vers l'un de ces villages où la sagesse séculaire nous avait jusqu'alors préservés des actions de ces tribus crasseuses et malfaisantes ».

L'article était illustré d'une caricature hideuse signée d'un certain Ralph Soupault : Bernard y était représenté en rapace, des poils jaillissant de ses oreilles, un nez énorme, les griffes de ses serres déchirant des bobines de film.

Natan froissa le journal et le jeta dans la corbeille, au pied d'une grande affiche des *Misérables* de Raymond Bernard. Il rappela avec ironie le proverbe allemand : « Heureux comme Dieu en France », puis se renfonça dans son fauteuil et alluma une nouvelle cigarette d'une main tremblante.

– Un esprit de mort contamine l'Europe. Pour l'instant, il s'attaque à des victimes précises, bien ciblées. Viendra le temps où personne ne sera épargné. Si j'étais vous, je décamperais...

– Moi ? Mais pour aller où ?

Bernard avança vers un large planisphère affiché de l'autre côté du bureau.

– Le monde est grand.

Ses mains caressèrent les continents avec nostalgie, et je fus pris d'une subite empathie pour cet homme. Bernard Natan nous avait certes pris en otage, réduits en esclavage artistique, mais il m'avait donné ma chance. Et il faisait vivre le cinéma français depuis bientôt dix ans, ce que peu d'autres pouvaient dire.

– Qu'allez-vous faire ?

Natan retrouva une expression résignée mais sereine :

– Ce que j'ai toujours fait : me battre. Je me suis battu pour quitter le shtetl de ma « tribu », comme dit Rebatet. Je me suis battu pour m'établir à Paris, pour apprendre votre langue. Je me suis battu pour votre pays, dans les tranchées, pendant quatre ans. Je me suis battu pour défendre mon idée de cet art si nouveau, si prometteur, qu'on appelle le cinéma. Et maintenant je vais me battre pour mon honneur, et sans doute ma vie…

Ce ton macabre m'inquiéta davantage.

– Que peuvent-ils vraiment contre vous ?

– La haine peut tout, Max. Et ces gens me haïssent. Depuis le début ils cherchent un moyen de déboulonner ma statue… et ils ont enfin trouvé.

J'allais répliquer, mais Natan partit dans un grand soliloque, comme s'il décrivait la vie d'un autre, comme s'il voulait se dissocier du sort qui planait sur lui :

– La curée ne fait que commencer. Ils vont d'abord saisir mes biens, bloquer mes actifs, immobiliser mes mouvements. Puis les attaques vont commencer, les procès vont s'enchaîner. Ils trouveront ensuite un moyen de m'incarcérer, de laisser traîner la procédure, de me faire perdre tout espoir. Serai-je condamné ? Je n'en suis même pas sûr. Mais le temps aura passé, mon image sera salie, j'aurai perdu toute crédibilité, et sans doute tout espoir. Alors oui, je redeviendrai ce petit juif errant décrit par cette presse pleine de haine. Mais jamais je ne retournerai d'où je viens, car je ne viens de nulle part. Je mourrai chez moi, c'est-à-dire ici ou là. Si quelqu'un est « partout », ce n'est pas ce journal ignoble, qui vomit de rage, c'est moi, c'est nous, tous les rejetés, les pourchassés. Ce qui se passe en Europe a tellement plus d'importance que mes petites avanies financières, Max. Je suis l'arbre qui cache la forêt. Les loups sont aux portes des villes. Pour l'instant, on les croit circonscrits aux remparts d'une Allemagne de carnaval, où ils paradent comme des boy-scouts, mais nous avons les mêmes ici, cravatés, avec haut-de-forme et faux col, qui n'attendent qu'un signe pour se dévoiler et plonger à leur tour dans la mangeoire.

Bernard était livide.

– Je ne sais pas si nous nous reverrons, Max. Pour l'instant, vous n'avez rien à craindre. Le Belphégor est votre entière propriété, à vous et à vos amis, et vous ne serez bientôt plus mes employés, car ma société va être démantelée. Je ne m'inquiète pas pour vous, vous n'avez plus besoin de ma protection. Vous savez vous débrouiller tout seul… *et fort bien.*

Je compris alors qu'il savait tout.

– Je n'ai pas levé le petit doigt pendant que vous étiez occupé auprès de ce malheureux Vigo, au lieu de tricoter l'un de mes navets, et vous avez bien fait de me désobéir.

Il se pencha sur son bureau et me prit les mains.

– Pour parler comme ces fanatiques, vous êtes d'une race supérieure. Soyez-en toujours conscient : le cinéma n'est pas pour vous un métier, mais une mission. Aussi, profitez de cet argent que vous avez amassé depuis que vous êtes mon employé. Vous possédez un toit, des relations, des idées… et du génie. Et si je dois bientôt croupir dans un cachot, j'aimerais y lire un jour, dans la presse, qu'un dénommé Max Toppard est en train de révolutionner le cinéma et que, contre toute attente, il a pu éclore grâce au « juif Natan ». Ce sera là ma vengeance. Et mon honneur.

*

Bernard Natan disait vrai : ce fut un carnage. En quelques semaines, il fut dépecé par l'opinion publique, traîné dans la boue. Les journaux les moins agressifs frémissaient de haine sourde, dès qu'il était question des origines du producteur, dont on rappelait toujours le vrai nom, mais jamais la croix de guerre.

Le Canard enchaîné se fit même un plaisir de préciser qu'en marge de ses réalisations « honorables », Bernard Natan avait produit des films licencieux à destination des maisons closes. On susurrait qu'il ne rechignait pas à y participer, au grand effroi des comédiennes, lesquelles redoutaient sa violence.

Découvrant cela, je fus évidemment très inquiet. Les journalistes pouvaient-ils remonter jusqu'à nous ? déterrer le cadavre d'Huguette ? Mais cette partie de l'affaire fit long feu, vite recouverte par d'autres malversations financières du « juif Tannenzaft ».

Le Trébuchet se réunit en urgence dans notre studio du Belphégor. Voilà des années que l'endroit était laissé à l'abandon, et il fallut souffler sur la poussière des fauteuils.

– Il faut prendre nos distances par rapport à Natan, déclara aussitôt Benoît Alvarez, qui attendait depuis longtemps le moyen de se libérer de l'emprise du producteur.

J'objectai que Natan n'irait jamais nous entraîner dans sa déroute, qu'il me l'avait promis.

– Comment peux-tu encore avoir confiance en lui ? Tu as lu la presse ? Tu as vu ce dont il est capable ?

J'étais sidéré par l'attitude de Benoît. Ne voyait-il pas que les journaux se livraient à un lynchage ? que Natan était le bouc émissaire d'un état d'esprit général ?

– Raison de plus pour s'en méfier. On ne doit surtout pas être associé à sa dégringolade. Sinon, il nous entraînera dans sa chute.

Ce manque d'empathie me blessait, mais Igor lui-même le partageait :

– Benoît a raison, et ça me fend le cœur de l'admettre. L'antisémitisme qui entoure Natan ne doit pas nous atteindre. Je vous rappelle que mes parents sont arrivés de Russie, comme il est arrivé de Roumanie. Nous sommes intégrés, respectés, ce n'est pas le moment qu'on vienne nous rappeler d'où nous venons, qui nous étions. Mes parents en mourraient. Je suis donc d'avis de rompre tout lien avec Bernard Natan…

Le pragmatisme d'Igor était cruel, mais objectif.

Je ne pus m'empêcher de leur faire remarquer qu'ils défendaient surtout leur pré carré : Benoît se faisait un nom parmi la jeune garde des architectes français ; quant à Igor, sous le nom moins connoté de René Graindorge, il devenait une figure montante de la littérature contemporaine. Les éclaboussures de « l'affaire Natan » ne serviraient pas leur carrière.

Tous deux admirent volontiers ces objections.

– Pareil pour toi, Max, remarqua Alvarez. C'est encore plus délicat. Tu veux faire carrière dans l'univers même que Bernard Natan a vérolé. Tu seras forcément associé à ses méfaits. Il faut vite te blanchir, trouver une parade pour renier tout ce qui peut te relier, de près ou de loin, à ce faisan.

À nouveau, je fus frappé par tant de dureté.

– Mais jamais je ne pourrai faire cela !

Igor éclata de rire.

– Max, tu es incroyable ! Natan t'a réduit en esclavage, il t'a forcé à aller contre ta nature, contre tes rêves, pendant des années. Il a tué une femme sous nos yeux ! Et maintenant qu'on nous rend notre liberté, tu te sens en dette envers cet homme ?

– Il ne s'agit plus d'art, Igor. Natan va aller en prison, il risque sa tête !

– Sa tête ? Allons bon ! Ce n'est qu'un scandale financier. On ne va pas pour autant le guillotiner.

– Je ne suis pas aussi optimiste que toi…

– Et toi ? demanda Benoît à William.

Jusqu'à présent, le musicien était resté muet.

Hodwin nous avoua qu'il était perdu. Natan lui avait permis de composer beaucoup de musiques de films et ne l'avait jamais entravé dans ses propres travaux.

– Et puis, nous sommes propriétaires du Belphégor, non ? ajouta-t-il. Est-ce que ce ne serait pas le moment, maintenant que nous sommes libres, de reprendre nos recherches ?

William m'ôtait les mots de la bouche et je lui souris avec gratitude. Il disait vrai : nos six années d'esclavage pour Pathé-Natan avaient été une formation violente mais nécessaire. Nous avions désormais l'indépendance financière et nous maîtrisions mieux nos métiers respectifs.

– Et si nous nous attelions enfin à la réalisation de *L'Illusion absolue* ?

Igor s'assombrit et Benoît tourna la tête, embarrassé. Un long silence pesa sur nous, durant lequel je fixai mes deux amis, devinant ce qu'ils allaient me répondre. Mais je ne voulais pas leur faciliter la tâche, je voulais l'entendre de leur propre voix.

– Le temps a passé, Max, dit enfin Igor. Le Trébuchet était un beau rêve, celui de notre jeunesse, celui de tous les possibles, mais nous avons… grandi.

Benoît enchaîna, avec autant d'embarras :

– Natan nous aura permis d'essayer, mais il nous aura montré aussi les limites de nos rêves. Dorénavant, chacun trace sa route. Nous sommes passés à autre chose…

Il allait poursuivre, mais je l'interrompis :

– Ça va, j'ai compris…

Puis je dis à William que nous n'étions plus que deux, désormais. Je lus dans le regard du musicien un désarroi profond, comme si tout reposait sur sa décision. Il balbutia que les membres du Trébuchet étaient comme les mousquetaires. On ne pouvait les séparer. Comme les organes d'un même corps.

– Et si nous nous donnions encore quelque temps avant de nous décider ? suggéra-t-il, soulagé de cette échappatoire.

– Du temps pour quoi ? répliquai-je, piqué. Nous en avons eu pendant des années, et maintenant nous sommes libres.

– Justement ! Nous ne sommes plus attachés à Natan. Jouissons de cette liberté pour continuer à affermir notre art, et retrouvons-nous plus tard, après avoir véritablement profité de notre indépendance. Jusqu'à présent, nous étions en laisse. Une laisse qui devait durer dix ans. Eh bien, vivons pleinement notre liberté et donnons-nous rendez-vous ici dans quatre ans.

De mauvaise grâce, Benoît et Igor acceptèrent. Je ne sus s'ils étaient sincères, mais ils préféraient reculer plutôt que sauter.

Je n'eus d'autre choix que d'accepter aussi : mes amis me condamnaient à la liberté.

37

– C'est absurde ! Il est temps que tu laisses tomber…

Caroline a rarement vu Vincent si inquiet. À mesure qu'elle lui raconte sa soirée chez Graindorge, tandis qu'ils se dirigent vers l'école communale de la rue des Pyrénées où sont installés les bureaux de vote, elle le voit perdre ses couleurs. Il s'en veut d'avoir facilité ses recherches.

Vincent s'immobilise sur le mâchefer. Autour d'eux, une foule de gens pressés fouillent dans leur sac, leurs poches de manteau, pour sortir leur carte d'identité. La France entière est aux urnes.

– Tu n'es nulle part. Ni dans le vrai, ni dans le faux, tu es juste perdue dans ton imaginaire…

La journaliste est blessée par tant d'hostilité. La prend-il pour une folle ?

– Ce sont ces gens qui te rendent folle. Ils te font douter de la réalité. S'il y a une illusion dans tout cela, la fameuse « illusion absolue » de ton Max Toppard, elle est ici. Tu t'enlises dans une zone grise…

En cela, Vincent dit vrai. Ses repères volent en éclats.

– Enquête ou pas enquête, zone grise ou zone claire, je *dois* savoir…

– Tu es incorrigible !

– Et toi, je me répète, tu es jaloux.

– Ne sois pas ridicule, Caroline !

Elle s'apprête à répondre, mais un typhon de parfums et de couleurs arrive devant eux.

Attifée comme pour aller au bal, Bibi semble surprise.

– Vous n'avez pas encore voté ? Moi j'ai traversé Paris pour venir ici, je suis toujours inscrite dans le quartier.

Caroline est soulagée de voir que son amie a retrouvé sa joie de vivre. Mais elle n'ose l'interroger sur la réaction de son père, après l'échec de sa grâce.

– Bon, je compte sur vous, ajoute Janique. Tixier, n'est-ce pas ?

Pris de court, Vincent rougit et bégaye qu'il ne sait pas encore…

– Tu te fous de moi ?

Toute la belle énergie de Janique Marly s'envole. Elle toise Vincent avec mépris. Évidemment, il s'en moque ; il a sa petite vie bien pépère, alors le sort du monde, des proscrits, des exclus, des condamnés de la France ingrate, ça ne le concerne pas…

Vincent voudrait changer de sujet, mais c'est impossible.

– Et toi, Caroline ? Ne me dis pas que…

Elle ne parvient même pas à finir sa phrase. Devant l'embarras de son amie, elle grommelle qu'après tout elle s'en fout, elle aussi. En un sens, c'est eux qui ont raison : rempilons pour sept ans avec le grand con. On est si bien, dans une France qui sent le pipi et l'hospice.

Elle s'énerve toute seule. Elle ne cherche même plus à les convaincre : elle peste pour elle-même et finit par tourner les talons et entrer dans le bureau de vote.

– Parce que Bibi est dans la réalité, elle ? ironise Caroline.

Vincent reste sombre, vexé malgré tout.

– Allez, grommelle-t-il, allons voter…

Tandis qu'ils signent les registres, Bibi les ignore sciemment. Caroline arrive devant les bulletins posés sur la table. Un instant, elle hésite et s'avance vers Vincent, qui se montre tout aussi fuyant.

Tant pis pour lui, songe la journaliste en se penchant sur les bulletins : le général de Gaulle, Jean-Louis Tixier-Vignancour, Jean Lecanuet, Pierre Marcilhacy, Marcel Barbu… Voyant ceux de François Morland, elle se rappelle l'étrange soirée chez Jenny. Que sait-il de toutes ces affaires, ce séducteur incisif qui lui a obtenu le rendez-vous avec Langlois ? Est-il de la partie, comme Graindorge ? Qui ne l'est pas d'ailleurs ?

Fébrilement, elle prend les bulletins et murmure :

– Et s'il était encore en vie ?

– Pardon ? fait Vincent.

– Toppard. Rien n'indique qu'il est mort.

Vincent est exaspéré.

– Caroline, tu vas trop loin…

Elle désigne le bulletin de Morland et objecte que des gens très puissants semblent craindre ce fantôme. Ils sont trop nombreux à vouloir étouffer cette affaire. Quelque chose les menace. Comme si Toppard était venu se venger…

Mais Vincent ne veut plus rien entendre.

– Si tu me parles encore une fois de ça…, dit-il, avant d'entrer dans l'isoloir.

Caroline se faufile derrière le rideau voisin et étale les bulletins, comme pour une réussite. Ces noms sont plus interchangeables qu'une liste dans l'annuaire. Machinalement, elle prend celui de De Gaulle et le glisse dans l'enveloppe. Puis, toujours aussi mécaniquement, elle le retire car la colère de Bibi remonte à sa mémoire. Va pour Tixier…

Vincent l'attend devant l'isoloir et ils se mettent dans la queue.

– Le nœud de cette affaire reste l'endroit où tout a commencé.

Vincent ne parvient même plus à se mettre en colère. Le pire, c'est que Caroline ne semble pas s'en rendre compte.

Perdue dans ses conjectures, elle tend l'enveloppe au-dessus de la grande boîte en marmonnant pour elle-même qu'elle doit retourner explorer cet endroit.

– Caroline Ménardier…, clabaude la préposée.

La journaliste laisse tomber son bulletin et ne remarque même pas que Vincent est parti.

– A voté !

38

– Et pour madame Foresta, ce sera ?

– Je vais vous prendre quatre belles andouillettes, deux rognons de veau, six petites cervelles d'agneau, autant de ris. Et puis une livre de langues, s'il vous plaît.

– Des langues d'agneau ?

– Bien entendu !

La commerçante s'active avec la dextérité de Mandrake. Caroline admire le ballet. Il y a beaucoup de monde dans cette triperie de la rue de la Grande-Truanderie.

Elle aperçoit un commis qui sort d'une porte, dans un angle sombre de la pièce.

– Léon, il reste des langues, dans la remise ?

Reposant une lampe torche près de la caisse, il répond d'une voix servile qu'il en reste quelques-unes, oui…

La remise, se répète Caroline en gagnant discrètement le fond du magasin.

Aux premiers jours de ses recherches sur le Belphégor, elle a consulté chez Vincent des vieux plans de Paris. Sa collection comporte une carte des sous-sols des Halles. Les caves de la triperie Glouda, 37, rue de la Grande-Truanderie, semblaient connectées à celles du cinéma, situé dans le même pâté de maisons.

Caroline avance vers la petite porte, comme un crabe. Au même instant, un hurlement dans le magasin :

– Pre-mier tour des élections ! Pre-mières estimations ! Achetez *France-Soir* !

Tout le monde se rue vers le crieur de journaux.
Pour Caroline, c'est le signe qu'elle guettait.

*

Quelle obscurité ! Tout juste une lueur provient-elle du bas de l'escalier. Lorsque, à tâtons, elle trouve une rampe, celle-ci lui colle aux doigts. Elle retire la main et la porte à son nez : s'en dégage un fumet de viande rance.

Ne pas penser ! se dit-elle en bombant le torse.

Arrivée au bas des marches, elle découvre une croisée de chemins. Deux couloirs voûtés partent dans des directions opposées. Son instinct lui conseille de prendre à droite et, dans une pénombre de plus en plus dense, elle bute sur des boîtes de métal ou des matières organiques.

Elle comprend tout à coup l'absurdité de la situation. Se perdre, de nuit, dans les caves des Halles ! Comment a-t-elle pu se fourrer dans une aventure pareille ? C'est Vincent qui a raison ! Il ne tente pas de la freiner par jalousie, mais parce qu'il a peur pour elle. Elle n'a même pas cherché à le rattraper, après avoir voté. En quinze ans d'amitié, c'est la première fois qu'il est aussi péremptoire et que ça la laisse froide. Mais ce n'est plus le moment de se lamenter…

La voici devant une porte. Une petite porte de bois, assez épaisse, sans serrure mais avec une grosse poignée. Au-dessus, une ampoule diffuse une faible lumière. De l'autre côté de la paroi, elle perçoit des sons étouffés, comme des rires, mêlés à des bruits métalliques.

Elle pose sa main sur la poignée, qui paraît encore plus glaireuse que la rampe. Mais la porte résiste.

N'ayant d'autre choix que de rebrousser chemin, elle retrouve le bas de l'escalier menant à la triperie. Bien sûr, elle pourrait remonter, mais elle n'est pas allée si loin pour abandonner. Elle prend donc la voie de gauche.

À son grand soulagement, la journaliste atteint bientôt un boyau mieux éclairé. Elle marche longtemps, songeant qu'elle a sans doute dépassé le pâté de maisons. Sous terre, tout est différent : les distances, les sons.

À nouveau, le couloir aboutit devant une porte unique… Celle-ci est en métal.

Caroline tourne la poignée, qui semble résister. Il lui faut contracter ses muscles pour parvenir à la tirer… et elle finit par s'ouvrir.

Aussitôt, sa respiration s'apaise : c'est une remise. Tout autour d'elle, elle voit de vieilles étagères où sont entassées des boîtes métalliques circulaires.

– Des bobines de film, murmure Caroline, soulagée.

Elle n'imaginait pas que le sous-sol du Belphégor était si profond. Quittant cette remise, elle gravit un escalier interminable. Des vieilles marches de pierre, parfois tremblantes, une rampe hasardeuse, et puis cette poussière !

Elle avance à tâtons, s'interdisant de penser. Tout juste sent-elle la sueur imprégner ses vêtements.

Elle finit par déboucher sur une vaste pièce plongée dans la pénombre.

– Le hall du cinéma…, comprend-elle, soulagée mais fébrile.

Alors elle entend les voix. C'est un murmure étouffé, lancinant, entrecoupé de grondements flous. Les sons proviennent de la salle.

Une projection, à cette heure-ci ? Nous ne sommes pas jeudi…

Tous ses muscles se tendent, mais elle avance.

Les sons se rapprochent. Ce sont maintenant des voix, des chants. Puis des rires, des bravos. Un film comique au Belphégor ?

Posant sa main sur la porte, elle sent remonter le doute, mais son corps la devance : ses doigts agrippent la poignée et la font lentement tourner.

39

Caroline est si surprise qu'elle laisse la porte claquer dans son dos. Aucun spectateur n'y prête pourtant attention : tous sont happés par le film. Il ne s'agit pas d'une projection en relief, mais d'une incarnation. Ces acteurs bougent, se déplacent, comme s'ils avaient quitté l'écran.

La chose est d'autant plus frappante qu'il s'agit d'un film d'horreur. Un corps nu est allongé sur une table de dissection, devant laquelle se trouvent un médecin en blouse blanche et deux disciples.

– Messieurs, dit le docteur d'une voix théâtrale, il est temps pour nous de comprendre ce qui a causé le trépas du marquis de Causans.

– Êtes-vous bien certain, maître ?

– Est-il vraiment mort ?

– C'est ce que nous allons savoir, répond le médecin d'un ton sardonique en enfonçant un scalpel dans le ventre du corps.

Hurlement du cadavre, qui se dresse d'un bloc.

La salle pousse aussitôt un cri de terreur, tandis que les trois hommes se reculent, effarés. Des flots de sang jaillissent de la plaie, comme un geyser. Il semble à Caroline qu'il arrose les premiers rangs, où les spectateurs glapissent de rire et d'effroi. La vision est extravagante : le mort-vivant se contorsionne tant qu'il s'effondre sur le sol, faisant vibrer tout le Belphégor.

– Maître, s'écrie l'un des disciples, il est vivant !

Ce qui se passe alors sidère Caroline : avec une profonde épouvante, le disciple marche à reculons, quitte l'écran, descend dans la salle et s'enfuit en hurlant : « Malédiction !!! » Pour gagner la porte de sortie, il frôle même la journaliste qui sent une lourde odeur de produit chimique.

Puis, tout s'arrête.

Noir dans la salle, suivi d'un tonnerre d'applaudissements. Lorsque la lumière revient, le comédien est à nouveau sur scène ; les trois médecins saluent, ravis. La pièce est suffisamment éclairée pour que Caroline distingue le public. Certains spectateurs sont debout ! Et quand le cadavre éventré se redresse pour saluer à son tour, l'assistance est prise d'un grand éclat de rire.

– Bravo, Léon !

– Tu restes le meilleur.

Sincèrement ému, il se mord les lèvres et s'incline.

Au lieu de regagner la coulisse, les acteurs descendent dans la salle par un petit escalier latéral et rejoignent les spectateurs, qui leur serrent la main, les embrassent.

– Ça fait un bien de voir ça !

– Ça vous a plu ?

– Et comment ! On se serait cru rue Chaptal…

– C'était même mieux !

– Merci. Merci encore…

Tous semblent se connaître et s'apprécier. Une profonde nostalgie anime ces vieillards. Quel âge peuvent-ils avoir ? Soixante-dix, quatre-vingts ans ? Ces traits ridés, ces démarches hésitantes. Malgré cela, tous sont pris de frénésie juvénile, comme lors d'un goûter d'enfants.

La journaliste sent alors un pincement sur son bras gauche.

– Vous ne lâchez pas l'affaire…

Sylvania la fixe avec une résignation agressive.

40

– Que s'est-il passé ? Qui sont ces gens ?

– Vous vous introduisez de nuit et c'est vous qui posez les questions ?

Ce reproche est dit sans conviction, car Sylvania ne prête guère attention à Caroline.

La caissière du Belphégor sourit à chaque spectateur, lesquels ne manquent pas de la saluer avant de quitter la salle, comme on dit au revoir à la maîtresse de maison.

– C'était formidable ce soir. Merci encore, Sylvania.

– Je t'en prie, Marcel.

– Sylvette, ces séances me font un bien fou…

– C'est le but, Robert…

Elle les connaît tous.

Lorsqu'il ne reste plus que les quatre comédiens, ceux-ci s'avancent en se démaquillant avec des mouchoirs.

– Mes petits chats, dit la vieille ouvreuse, je crois que vous avez fait des heureux. La séance de ce soir était une des plus réussies…

– C'est surtout une bonne pièce, tempère le médecin en ôtant sa blouse pour la glisser dans un sac de toile.

– Ils ont besoin de ça, tu sais ? dit Sylvania.

– Nous en avons *tous* besoin, corrige le disciple qui avait frôlé Caroline. (Il tient sous le bras la table de dissection qu'il vient de plier.) Je range ça là-haut ?

Sylvania pointe le plafond.

– Dans la remise du troisième.

– Comme d'habitude…

Puis tous quittent la salle, laissant les deux femmes en tête à tête.

Le silence est long à briser. Sylvania fixe un point du sol.

– Vous n'êtes jamais allée au Grand-Guignol ?

– Le théâtre ?

– Celui de la rue Chaptal, qui a fermé voici deux ans.

– Jamais, non.

Sylvania semble étonnée.

– Certains d'entre nous y ont fait leurs classes, d'autres y ont échoué, à la fin de leur carrière. C'était une bonne manière de survivre, quand on ne voulait plus de nous sur les plateaux de cinéma ou dans les théâtres sérieux…

Ses yeux se gonflent de nostalgie.

– Le Belphégor est une famille, vous l'avez compris ?

– Que voulez-vous dire ?

– Depuis la faillite du Grand-Guignol, nous organisons ces soirées entre nous, comme des cérémonies du souvenir. Elles permettent aux pensionnaires de se rappeler l'âge d'or.

– Vos pensionnaires ?

Un instant, Sylvania hésite. Puis elle fait signe à Caroline de la suivre.

Tandis qu'elles s'engagent toutes deux dans un petit escalier en colimaçon dissimulé derrière une tenture du hall, Sylvania explique que le Belphégor n'est pas seulement un cinéma, mais aussi une maison.

– Vous n'imaginez pas combien notre corporation est cruelle, dit l'ouvreuse, alors qu'elles atteignent un couloir.

Malgré l'obscurité – les rares ampoules ont été peintes de couleur brune –, Caroline voit, de part et d'autre du corridor, des portes marquées d'une plaque de laiton.

– L'univers du cinéma regorge de laissés-pour-compte, d'oubliés…

Sylvania s'engage dans le couloir et désigne la première porte, sur la gauche. Caroline y lit un nom : « A. Mihalesco ».

Cela ne lui dit rien.

– Vous ne connaissez pas Alexandre ? Il a pourtant été le meilleur métèque du cinéma français. Chinois dans *L'Oncle de Pékin,* Nègre dans *Le Simoun*, sidi dans *Les Secrets de la mer Rouge*, il jouait même les juifs dans les films d'Hugon. Mais tout ça ne doit pas vous rappeler grand-chose…

Caroline est perdue. Elle voit Sylvania poser son oreille contre la porte.

– Je pense qu'il doit dormir. N'allons pas le réveiller…

Elles passent devant d'autres portes, toutes marquées d'une

plaque de laiton : « R. Bergeron », « L. Corne », « A. Balpêtré ». Lorsqu'elle lit « J. Tissier », Caroline réagit :

– Jean Tissier ?

– Enfin, vous en connaissez un…, dit Sylvania en frappant.

Aussitôt, la porte s'entrouvre et un haut vieillard au nez imposant chantonne d'une voix traînante :

– Entrez dans la maison du Bon Dieu !

Apercevant Caroline, il prend un air carnassier.

– Quelle est cette naïade ?

– Notre salut… ou notre perte, répond Sylvania.

Jean Tissier observe la journaliste d'un air pincé. Caroline est incrédule devant ce vieux comédien poudré comme un marquis, qu'elle avait adoré dans *Battement de cœur*, *Premier rendez-vous* ou, bien sûr, *L'assassin habite au 21*, de Clouzot. Il y jouait un fakir torve et charmeur. Bien loin de ce fantôme poussiéreux qui entreprend aussitôt Sylvania sur des problèmes de plomberie :

– Ma douche est encore bouchée. Je pense que c'est le siphon.

– C'est la troisième fois en un mois, grogne l'ouvreuse. Tu crois que je n'ai que ça à faire ?

– Bien sûr que oui, glousse-t-il avec une œillade pour Caroline.

– Tu ne restes ici que grâce à la générosité du Belphégor. Ne tire pas trop sur la corde.

Tissier fait mine de tirer une sonnette imaginaire et lance « Drelin, drelin ! » avant d'éclater d'un rire aigu.

Au même instant, la porte d'en face s'entrouvre.

– C'est malin, grogne Sylvania, tu as réveillé Mireille.

Échevelée et à moitié nue, une femme d'un âge incertain passe la tête en bâillant. Tissier affecte un ton repentant :

– Pardonne-moi, ma chérie, je causais tuyaux.

– Tu es obligé de le faire si fort ? marmonne la créature.

Caroline est frappée par ses mules de pilou turquoise, d'où

jaillissent des chevilles décharnées et maculées de taches sombres.

– Tu n'as pas bonne mine, ma Mimi, reprend Tissier, sans perdre son allégresse.

Mimi a une moue résignée.

– Je n'en ai plus pour longtemps…

– Tu nous dis ça depuis des années.

– Ça fait des années que je suis morte.

– Tu sais bien qu'on partagera la même tombe !

À cette remarque, Mimi affecte un air songeur puis, sans un mot, referme sa porte. Caroline peut alors lire le nom sur la plaque de métal :

– Mireille Balin !

– Eh oui, fait Sylvania tristement.

– Depuis *Pépé le Moko*, elle a pris du plomb dans l'aile, notre Mimi, fait Tissier, avec moins de cynisme que de tendresse.

– Mais… que s'est-il passé ? demande Caroline, qui se rappelle les images du film de Duvivier, avec Gabin fuyant dans les rues de la casbah.

– Elle a voulu tout, et trop vite…

– Trop d'amants, surtout, précise Sylvania.

– En même temps, quelle idée de faire des pompiers à Tino Rossi ?

– Ce n'est pas ça qui lui a joué des tours…

Tissier explique à Caroline que Mireille est comme Arletty : pendant la guerre, elle a trouvé du charme à l'occupant.

Caroline sait que Mireille Balin, grande star des années 30, a eu une passion pour un officier allemand.

– Elle n'a pas eu le traitement d'Arletty, hélas, ajoute Sylvania. En septembre 44, le couple est attrapé par des FFI, à Nice. La pauvre Mireille est battue, violée, avant de croupir des mois en prison, sans savoir ce qui va lui arriver…

– Elle a fini par être libérée, sans procès, mais c'était terminé…

– Sans le Belphégor, elle serait morte depuis longtemps…

Caroline fixe la petite plaque de laiton sur la porte.
– Depuis combien de temps vit-elle ici ?
– Depuis 1959, répond Tissier, surpris par cette question. Quand le cinéma a été rouvert.
Sylvania semble moins à l'aise. D'un mouvement brusque, elle repousse Tissier dans sa chambre en lui précisant qu'elle appellera le plombier demain matin, puis elle fait signe à Caroline de la suivre.
La journaliste n'ose plus poser de questions. Alors qu'elles avancent dans le couloir, elle lit d'autres noms sur les portes : « N. Roquevert », « A. Bernard », « A. Pasquali », « J. Marken », « Saint Clair », « E. N. Cabrissade », « Marny »…
Lorsqu'elles parviennent au fond du corridor, Sylvania désigne la porte de droite.
– I. Amar ? Qui est-ce ?
– Frappez. Il vous attend…

41

– Caroline Ménardier, enfin…
Caroline aperçoit un chapeau melon accroché à une patère, sur le mur de cette cellule aveugle. Un lit, une table de formica, une chaise de paille, une valise tenant lieu d'armoire, ouverte à même le parquet, et puis une photographie jaunie, punaisée au-dessus du traversin.
– J'aime le dépouillement, s'excuse-t-il en tirant la chaise.
Il prend la main de son invitée et s'incline en demandant pardon de ne s'être jamais présenté : Isaac Amar.
Ce nom ne dit rien à Caroline, qui continue de regarder autour d'elle, sans comprendre.
– Vous aussi, vous vivez ici ?
– Vous avez bien compris que je n'étais jamais loin…

Caroline sent remonter sa méfiance.

– Depuis notre première rencontre, vous n'avez cessé de rôder. Qui êtes-vous vraiment ?

Apaisant, Amar vient s'asseoir en face de Caroline sur un coin du lit de camp, faisant grincer le sommier de métal. Puis il la fixe, sans un mot.

Impossible de lui donner un âge. Aussi bien quarante que soixante ans. Quoique blanc, il possède le faciès intemporel de certains Asiatiques. Sa voix elle-même semble échapper au temps. On y perçoit les échos d'un accent, dont l'intonation reste indéfinissable.

– Je suis votre allié, reprend-il d'un timbre doux. Votre ami, même.

À ce mot, Caroline objecte qu'elle n'a pas besoin de cette amitié.

Amar garde son calme.

– Vous avez vu Graindorge, n'est-ce pas ?

– On ne peut rien vous cacher.

– Vous lui avez parlé de Toppard ?

– À votre avis ?

Amar perd de sa superbe, comme s'il craignait la réponse.

– Et… que vous a-t-il dit ?

– Il a botté en touche et m'a conseillé de cesser toute recherche…

Isaac éclate d'un rire sec et prend un air agressif. Évidemment que Graindorge n'a rien dit ! Depuis que Max Toppard a disparu, Graindorge et ses complices du Trébuchet ont tout noyauté. Ils font en sorte que Max n'ait jamais existé. L'omerta est générale : il y a tant de gens qui aimeraient faire oublier les services que Toppard leur a rendus.

– Mais vous êtes arrivée, Caroline. Et cela change tout !

– Pourquoi moi ?

– Parce que vous êtes jeune. Parce que vous avez le regard pur.

Isaac se penche vers elle et lui effleure la joue. La jeune femme est surprise par la douceur de sa peau. Celle d'un enfant, songe-t-elle, étonnée de se laisser faire, comme si Amar l'hypnotisait.

Sa voix devient plus charnelle :

– C'est un regard comme le vôtre que cherchait Max…

Prenant les joues de Caroline entre ses paumes tièdes, il la fixe avec intensité et ajoute que Max Toppard l'aurait trouvée *parfaite*.

Caroline sent monter une langueur, comme si les choses devenaient logiques.

– Vous êtes Max Toppard, n'est-ce pas ?

Amar se voile de tristesse.

– Si seulement, gémit-il. Mais non… je ne suis que son fils.

Caroline sursaute. Son fils !

Avec regret, Amar corrige qu'il fut, pour lui, ce qui s'approchait le plus d'un fils spirituel.

– Il a été votre maître ?

– Il fut le maître de tant de gens, Caroline. Vous n'imaginez pas le nombre de grands artistes qui sont en dette envers Max Toppard.

– Mais vous ?

Isaac retrouve sa dureté. Lui, c'est différent. Il a pris la place de ces félons, ces hypocrites, qui ont bu les paroles de Toppard pendant tant d'années, lui obéissant jusqu'à l'aveuglement. Isaac aussi a obéi, et il en est fier ! Max Toppard est l'être le plus extraordinaire qui lui ait été donné de rencontrer. Le seul que l'on pourrait apparenter à un dieu.

Le souffle court, il s'interrompt. Caroline le voit hésiter. Amar glisse alors la main sous son lit, grognant comme un vieil ours.

– Pour que vous compreniez vraiment qui était Max, il faut que vous connaissiez leur histoire.

– L'histoire de qui ?

– Celle du Trébuchet, répond Isaac, et il tire un épais carnet caché entre le sommier et le matelas.

Caroline reconnaît aussitôt, calligraphié avec raffinement, le fameux symbole. Isaac lui tend le volume en précisant qu'à ses yeux, l'histoire du Trébuchet est celle du cinéma lui-même. Un instant, Caroline n'ose le prendre. Serait-ce encore une supercherie ? Mais la curiosité est la plus forte.

Lorsqu'elle entrouvre ce carnet usé à la couverture maculée de taches d'encre et de café, elle frémit.

« Je m'appelle Maurice Taupard et suis né à Arras, voilà bientôt quarante ans, le 9 septembre 1899. »

Caroline sent le souffle d'Isaac.

– À un moment de sa vie, Max a eu besoin de tout coucher sur le papier. Craignant que son travail retourne au néant, il a rédigé ces notes. Sans même se relire, je pense… Mais lisez, vous comprendrez…

– Maintenant ?

– Vous avez mieux à faire ?

Le visiteur du soir

J'avais un toit et de l'argent, mais que faire ?

– Pourquoi ne pas enfin tourner un film sous ton nom, Max ? insistait Michel Simon qui, comme tout le milieu du cinéma, ne connaissait rien de l'aventure du Trébuchet.

Il me semblait pourtant impensable que ma première œuvre fût autre que *L'Illusion absolue.*

– Je ne me sens pas encore prêt. Je dois continuer à travailler, à affiner ma sensibilité.

– Un jour, le train te passera sous le nez et tu auras loupé le coche…, grognait le comédien, surpris par ce qu'il croyait de la frilosité. Peut-être n'as-tu pas le courage d'affronter la caméra ? Peut-être n'en as-tu pas les moyens ?

L'acteur me provoquait, mais ses attaques glissaient sur moi.

Malgré son agacement à me voir reculer devant le grand saut, Michel restait l'un de mes anges gardiens. C'est lui qui me présentait à ses amis cinéastes, acteurs, producteurs, lesquels se montraient souvent désireux d'acheter mes idées, d'autant que je refusais toujours d'apparaître au générique des films.

Je dînais avec Renoir et Stroheim chez Lipp, en pleine préparation de *La Grande Illusion.* J'avais connu Erich sur les tournages de Griffith, et nous évoquions nos batailles comme deux grognards.

– *David was a drunk !* bramait Stroheim en vidant lui-même ses verres de schnaps d'un coup de nuque.

Renoir et Spaak s'arrachaient les cheveux sur le scénario et la distribution. Après l'avoir vu dans *Margot* d'Édouard Bourdet, à Marigny, c'est moi qui suggérai à Renoir de prendre Pierre Fresnay dans le rôle de Boieldieu, alors qu'il l'avait écrit pour Jouvet.

– Fresnay ? Mais il est trop précieux. Jouvet a plus d'ampleur.

– Justement, Fresnay est élégant. Faites-lui passer des essais.

C'est également moi qui fis lire à Jacques Prévert ce curieux roman anglais intitulé *His First Offense*, qu'il adapta sous le titre *Drôle de drame* et qui fut mis en images par Marcel Carné.

Le tournage fut assez rocambolesque, avec une atmosphère surréaliste et des costumes cocasses. Je venais souvent sur le plateau, le soir, et j'avais de longues conversations avec le jeune Jean-Louis Barrault, qui semblait très intrigué par ma présence. Il me donna même le surnom de « visiteur du soir ».

– C'est vous qui vivez dans ce cinéma, près des Halles ? me demanda-t-il.

– Le Belphégor, oui.

– Cette salle est merveilleuse, avec son style Grand-Guignol. Mais pourquoi donc vous complaisez-vous dans les films d'épouvante ?

– C'est vrai, ajouta Michel Simon, tu pourrais nous montrer parfois tes trésors.

Il se rappelait le jour où je lui avais fait visiter les sous-sols du bâtiment, dans lesquels étaient entassées d'innombrables bobines de film que j'avais glanées çà et là, au gré de mes travaux pour Bernard Natan. Je m'étais amusé à récupérer toutes les étrangetés que je pouvais trouver, « pour mes vieux jours », aimais-je à répéter.

– Fais-nous-en profiter, Max.

L'idée me séduisit et je décidai de projeter une curiosité hebdomadaire, le jeudi soir. Le public pourrait y venir, mais ne saurait jamais ce qu'il y découvrirait. C'était pour moi très amusant de jouer à cache-cache avec les spectateurs, d'autant que les Jeudis du Belphégor devinrent un sésame pour public averti.

*

Mais c'était encore là une diversion. À mesure que le temps passait, les fantômes de mes rêves les plus intimes me donnaient des insomnies. Dès que je m'allongeais sur mon lit du Belphégor, les images de *L'Illusion absolue* dansaient dans l'obscurité.

Et si Michel disait vrai ? Et s'il était temps pour moi de passer à l'acte ?

Mes amis du Trébuchet m'avaient donné rendez-vous quatre ans plus tard, mais je ne pouvais rester à piaffer seul, comme un pur-sang cloîtré dans son box.

J'ai pourtant tenu…

Puis est arrivée la fameuse nuit du 4 février dernier, il y a six mois.

Depuis 1929, j'avais tout remisé dans une armoire et m'étais interdit de la rouvrir. Je n'obéissais pas là à quelque injonction du Trébuchet, mais il me semblait que ces bobines, ces plans, ces chutes rassemblées au cours de nos sept années de « sensualisme » appartenaient à un passé qui n'avait plus lieu d'être.

Il a suffi d'une bobine pour que tout apparût avec une logique aveuglante. Oui, nous étions sur la voie. Oui, le sensualisme était une étape nécessaire.

Ce que je découvris là, en pleine nuit, seul, sur l'écran du Belphégor, me laissa dans un état de profonde sidération. Malgré ces chutes éparses, ces bribes visuelles, il y avait là plus de cinéma que dans tout ce que j'avais pu voir depuis trente ans.

– Le Trébuchet, dis-je, hagard, au terme d'une nuit blanche à visionner bobine après bobine, avec frénésie.

Tout devenait évident. La logique se déployait. Ce rêve né au cœur des tranchées n'était pas une tocade pour fuir le réel. La matière que je venais d'exhumer était plus puissante qu'au premier jour. Elle s'était même affinée, affranchie des conditions où elle avait éclos. Ces corps, ces courbes, ces peaux semblaient quitter l'écran, comme si je pouvais les toucher, les dévorer.

Alors, tout me parut évident : mes amis du Trébuchet m'avaient donné ce rendez-vous symbolique, et il me restait six mois pour extraire l'essence de ces images. De ces dizaines d'heures, il fallait n'en conserver qu'une : intouchable et aveuglante. Une heure qui serait le socle de cette statue que le Trébuchet rêvait d'édifier depuis bientôt vingt ans.

– Six mois seront-ils suffisants ? me suis-je demandé à voix haute, passionné et terrifié par la tâche.

Six mois d'autarcie. Six mois qui ont pris fin la semaine dernière, lorsque j'ai collé la dernière bobine, au terme d'une ultime nuit de montage.

C'est alors que j'ai eu peur.

Peur d'être déçu. Peur de m'être laissé emporter par ma passion. Et si cette *Illusion absolue* n'était qu'un mirage ? Et si je m'étais enivré de mes errements, au point d'y perdre la vue ?

La logique de mon cheminement m'a tout à coup semblé si hasardeuse.

Voilà pourquoi j'ai ressenti le besoin de tout ordonner.

Après l'épure de mes bobines, pourquoi ne pas faire le tri de mes souvenirs ? Mettre en images et mettre en mots procèdent d'une même quête de sens.

Durant une semaine, j'ai donc rédigé ces mémoires qui n'en sont pas vraiment. Il y manque des détails, parfois cruciaux ; des pans entiers que, sans le savoir, j'ai omis de raconter. J'ai pourtant essayé d'être honnête. Et si telle n'est pas *la* vérité, c'est ici *ma* vérité, tout comme *L'Illusion absolue* sera *mon* film.

Mes amis du Trébuchet doivent venir dans quelques jours. Leur montrerai-je ce texte ? Je ne le sais pas encore. Ce n'est pas pour eux que je l'ai rédigé, mais pour remettre en perspective cette vie chaotique qui trouve sa logique dans cette bobine qui attend désormais sur le projecteur du Belphégor.

Comment vont-ils réagir ? Vont-ils accepter ce que je vais leur montrer ?

Je ne le sais pas non plus.

Mais si mes quarante ans de vie m'ont appris une chose, c'est que le cinéma et moi sommes de la même race.

Paris, le 28 août 1939, 2 heures du matin,

Max Toppard.

IV

COUPEZ

« I just met a wonderful new man.
He's fictional but you can't have everything. »

Woody Allen, *The Purple Rose of Cairo.*

42

Frémissante, Caroline referme le manuscrit et le pose sur le coin du matelas. Autour d'elle, le décor est le même. Le chapeau d'Isaac est sur la patère, la lampe de chevet projette sa lumière tamisée, le parfum de bois ciré flotte dans cette chambre aveugle. Sa réalité n'a pas changé et son cœur bat d'un rythme régulier. La journaliste ferme les yeux et respire profondément.

Dans sa tête, deux forces combattent : la lucidité et le fantasme.

A-t-elle lu les mémoires d'un affabulateur ou la clé du labyrinthe ? Après avoir découvert l'existence de Max Toppard, remonté sa trace, poursuivi son fantôme, voilà que la vie de ce cinéaste se dévoile tout à trac, comme les pièces manquantes d'un immense puzzle. Il lui semble surtout qu'on la guettait pour déterminer l'instant précis de lui confier ce texte.

Pourquoi Isaac ne me l'a-t-il pas donné plus tôt ? se demande-t-elle, en se dressant sur ses jambes pour aussitôt vaciller. Son corps lui paraît plus lourd qu'une enclume. Chaque muscle la tire, comme les courbatures après un marathon.

Tant de mystères s'expliquent à la lecture de ce document : les énigmes de Toppard lui-même, ses liens avec le cinéma, les membres du Trébuchet. À l'inverse, rien ne justifie qu'un Graindorge, un Alvarez, cherchent à faire disparaître jusqu'au nom de Toppard. Que leur a-t-il fait ? Que s'est-il passé, après que Max a posé sa plume ? Et Hodwin, quatrième larron du Trébuchet, qu'est-il devenu ? A-t-il changé de nom, lui aussi ?

Caroline est soudain prise de nausée.

– De l'air, il me faut de l'air…

À tâtons, elle ouvre la porte et se précipite dans le couloir.

Personne.

Toutes les portes sont closes, seule une ampoule luit de l'autre côté. Elle titube vers l'escalier. Le sang bat dans sa tête. Le bruit de ses pas sur les marches la force à rester consciente. Saisir la rampe, ne pas trébucher.

Max descendait-il cet escalier avec la même hésitation, les soirs de doute ? Caroline sent la présence de Toppard doubler ses mouvements, comme si elle se glissait dans son corps.

– Ou comme s'il se glissait dans le mien…

La voilà heureusement dans le hall du cinéma, qu'elle atteint comme si elle avait toujours connu ce chemin.

Mordant l'intérieur de ses joues, elle se précipite dans la rue. Un soleil glacial lui brûle les yeux. Il fait grand jour. Déjà elle se sent mieux. En une seule nuit, elle a vécu quarante ans. Autour d'elle, Paris n'a pas changé.

Alors qu'elle s'adosse au mur du cinéma, un jeune homme se rue sur elle.

– Mademoiselle ! Lisez *France-Soir* ! De Gaulle est en ballotage !

Caroline se sent si loin de ces nouvelles. Un instant, elle songe à la colère de Bibi, dont le candidat n'est plus en lice, mais tout se noie dans le brouhaha de la rue et la fatigue de sa nuit blanche.

– Monsieur, fait le petit crieur, qui se précipite sur un boucher au tablier maculé de sang. De Gaulle en ballotage !

La nausée est passée, mais Caroline est écrasée d'épuisement.

– Et maintenant ? murmure-t-elle.

– Maintenant ? Vous me suivez.

Un homme émacié la dévisage. Il est vêtu d'une robe de chambre de satin mauve et chaussé de babouches.

La journaliste est si surprise qu'elle ne trouve rien d'autre à dire que :

– Vous n'avez pas froid ?

– Si, c'est pour ça qu'on va rentrer, répond l'homme qui passe un bras sous le sien et l'entraîne dans le hall du Belphégor.

Caroline se laisse faire. Elle a bien compris que tout contrôle lui échappait. Le comédien la conduit dans une cabine d'ascenseur dont elle n'avait jamais remarqué la porte, dissimulée par les toilettes du cinéma.

– Je suis monté vous chercher dans la chambre d'Isaac, mais vous n'étiez plus là.

– Qui vous a envoyé ?

La cabine s'immobilise dans un fracas de métal et l'homme, sans répondre, tire une grille.

Les voilà à l'orée d'un profond couloir, dont le mur de droite est tapissé de patères. Sont accrochés là vêtements, costumes, chapeaux et bon nombre de cette même robe de chambre mauve.

Avec un naturel désarmant, l'homme ôte la sienne. Caroline reste sans voix.

– Eh bien quoi ? Ne me dites pas que je suis le premier ?

Elle ne peut détacher les yeux de ce corps maigre, noueux, couvert de cicatrices et de tatouages. Un long sexe glabre, comme celui d'un grand bébé, se balance entre ses jambes étiques, tel un fruit près de quitter l'arbre.

– Vous venez ?

Au même instant, une porte s'ouvre de l'autre côté du couloir. Une clarté aveuglante les frappe et Caroline se protège les yeux.

– Entrez, mais ne parlez plus, chuchote l'homme nu en la poussant dans la lumière.

43

Quel âge ont-elles ? Quinze ans ? Seize ? Leurs corps ondulent, suaves, les uns contre les autres. Ces jeunes femmes sont à la fois fières et inquiètes. Fières d'être ici, affranchies des règles ; inquiètes d'être allées déjà trop loin.

La pyramide sensuelle est posée sur un grand matelas aux tons grenat.

– Décale-toi un peu sur la droite, dit le chef opérateur en désignant un petit projecteur qui surplombe le lit. L'ingénieur lumière s'exécute.

– Comme ça ?

– Ouais, c'est mieux.

Caroline reconnaît le studio décrit par Max Toppard dans ses mémoires. Le dernier studio du Trébuchet, offert par Bernard Natan après leur fuite de la rue Francœur. Ainsi donc il existe toujours !

Le comédien nu s'avance maintenant sur le plateau, avec la même nonchalance.

– Me voilà, Marcel.

– Ah, La Vigue, tu es là ? se réjouit une ombre qui gagne à son tour l'estrade et les bords du lit.

Caroline aperçoit un petit vieillard velu au corps couvert de soies grises. Ses cheveux gominés coiffés en arrière et ses yeux ourlés de khôl ne rendent sa nudité que plus dérangeante. Entre ses jambes, un membre énorme et déséquilibré lui bat les cuisses. En revanche, ledit Marcel est jovial et s'approche de son confrère en lui demandant la raison de son retard. Sans un mot, celui-ci désigne Caroline. Puis tous deux se tournent de l'autre côté du studio encore plongé dans l'obscurité.

– On est prêts, dit la Vigue avec un sérieux monacal.

– Presque prêt, corrige Marcel en se caressant énergiquement. Mais ne traînons pas, je ne tiens plus comme à vingt ans.

Depuis l'obscurité, Caroline entend alors un claquement de mains.

– Tout le monde en place ! On va tourner. Les filles, vous êtes en position ?

Concert de oui intimidés et fébriles, dont Caroline se moque, car elle a reconnu la voix. Lorsqu'Isaac monte sur le plateau pour murmurer des indications aux vieux priapes, la journaliste n'est guère surprise. Cet homme la manipule depuis leur première rencontre, quand il s'est assis à côté d'elle, à la projection du Belphégor.

La scène devient surréelle. Isaac a approché un fauteuil pliant du plateau et s'y assied, sans quitter les comédiens des yeux.

– Moteur !

Aussitôt, les acteurs deviennent en cire et leurs yeux perdent tout éclat.

– Ça tourne…

– *Les Rivages de l'amour*, scène 19, première ! glapit un assistant, avant de fermer le clap devant la caméra.

Isaac Amar fixe le plateau.

– Action…, fait-il d'une voix imperceptible, comme s'il craignait d'effrayer ses comédiens.

Mais ils n'ont plus peur. Tout semble possible, comme s'ils étaient autres. Les adolescentes sidèrent Caroline par leur naturel, leur impudeur. Nul ne sait plus qui touche, qui mord, qui lape, qui dévore. Une tête de méduse où fourmillent les reptiles.

Les deux cabots sont gagnés par la même frénésie. Ils flamboient de joie et leur virilité devient intimidante. Il faut voir l'effroi caché des jeunes femmes, alors que les satyres grimpent sur le talus de chair, à l'assaut du moindre interstice.

En toute autre circonstance, Caroline eût quitté la pièce. Mais là, elle reste pétrifiée, bridant bientôt le désir qui la pousserait presque à effleurer ces corps. Une irrésistible envie de goûter la bacchanale, qui lui semble naturelle. Son esprit s'embrume et seul persiste l'apaisement de cette vision.

Caroline se sent bien. Heureuse, même. À nouveau, elle est ici chez elle. Les mots qu'échangent les comédiens – des répliques en alexandrins, déclamées avec emphase – perdent toute substance. Ils sont la musique des sens. L'accompagnement naturel des mouvements, comme s'ils en étaient la conséquence.

Le studio n'existe plus. Comme aux projections du Belphégor, les barrières sont abolies et elle ne sait plus où est le film. D'ailleurs elle ne cherche pas à savoir. Le plaisir la muselle et la fébrilité s'étend maintenant à tous ses muscles. Caroline est atrocement bien. Si elle était consciente, elle comprendrait qu'elle n'a jamais approché une telle volupté. Aucun homme n'est parvenu à la mener aussi près du plaisir, cette grande ivresse animale qu'on appelle l'instinct. Il n'est ici que des corps et des appétits. La seule nécessité du monde est de se repaître : ce que font ces femmes et ces vieillards ; ce que fait Caroline, dont le corps commence à trembler.

Le plaisir est là. Sur le plateau, les mouvements s'accélèrent. Les torses des jeunes femmes s'entrechoquent. Leurs seins s'écrasent les uns sur les autres dans des bruits d'écume. Certaines crient, d'autres rient, pleurent, gémissent. Les comédiens sont deux chiens ardents à la curée. Ils ne savent plus où engloutir leur fringale, aussi se démultiplient-ils. Ce ne sont plus deux, mais dix vieillards qui vrombissent sur ces corps lumineux. L'éclairage a changé, passant au vert d'eau, comme si l'orgie virait au marécage.

Caroline voudrait s'asseoir, glisser sa main entre ses jambes, mais la vision seule suffit. Par les yeux, elle vit la scène. Elle sent la sueur, les liqueurs emplir son nez, couler sur sa langue. Chaque mouvement est une caresse sur sa peau, une exploration. Ce sont vingt corps qui fouillent maintenant le sien, en quête d'un plaisir qui zèbre la nuit, comme l'éclair.

Puis le tonnerre monte, sourd. Les iris se perdent sous les paupières. Les corps se cambrent.

Caroline croit qu'on lèche la moelle de ses os, rien ne lui est plus doux. Le bonheur est frémissant, comme le vent dans les fougères. Sa peau, sa chair sont une source de plaisir brut.

Marcel est le premier à crier. Un rugissement engorgé, comme s'il devait en mourir. Ce n'est pas un mot, ni même un son, juste un râle, auquel répond son compagnon de bacchanale en s'effondrant sur les jeunes femmes. Celles-ci sont une à une traversée par la même extase. L'ensemble du studio est pris d'un tremblement et les hurlements deviennent stridents, si heureux, si harmonieux. Un chœur aigu, comme si les douze adolescentes jouissaient à l'unisson.

Caroline croit que ses tympans vont exploser. Jamais elle n'avait entendu un cri aussi profond : une déchirure.

Lorsqu'elle reconnaît sa propre voix, elle n'en hurle que davantage, comme si plus rien ne pouvait l'arrêter. Et quand elle sent le plaisir couler sur ses cuisses, elle offre aux acteurs un sourire lumineux, auquel ils répondent avec la même douceur.

– Coupez !

Puis, sans plus se soucier des autres, Isaac traverse le plateau et s'approche de Caroline.

– Vous venez ?

44

Caroline peine à marcher droit. Sa tête bourdonne, tandis qu'elle suit Isaac. Ils arpentent plusieurs couloirs, traversent des pièces vides et descendent au moins trois escaliers.

– Je ne pensais pas que vous liriez aussi vite. Mais c'est sûrement mieux ainsi…

Elle s'apprête à exiger une explication, mais Isaac s'arrête devant une porte noire.

– Vous êtes consciente qu'à partir de maintenant, vous ne pouvez plus rien dire à personne, n'est-ce pas ?

Sans lui laisser le temps de répliquer, il entre dans la pièce. Une odeur de suie leur monte au nez, où se mêlent des relents de salpêtre et de moisi.

Personne n'est entré ici depuis des années, songe Caroline en voyant la trace de ses propres chaussures dans la poussière, comme on s'enfonce dans la neige. Tout en longueur, la pièce est emplie d'étagères vides, où subsistent çà et là des objets calcinés. Les murs sont couverts de traînées noires.

– Vous avez eu un incendie ?

– Rien ne brûle comme le celluloïd.

Isaac repère deux tabourets qu'il tire vers eux et place face à face sous l'unique ampoule. Caroline se rappelle ces films d'espionnage, où les conspirateurs se retrouvent dans des entrepôts.

– Je me doute que vous avez mille questions, Caroline. Mais chaque réponse est une conséquence de la précédente et nous devons faire les choses dans l'ordre, vous comprenez ?

Non, Caroline ne comprend pas, mais elle sait qu'elle doit se laisser faire. Comme elle s'est abandonnée au spectacle du tournage. Lâcher prise et accepter de se soumettre à ce qui la dépasse. Et lorsqu'elle pose sa main sur sa cuisse encore trempée, elle sent remonter un éclair suave. Ce soir, elle vient d'entrer ailleurs.

Isaac se penche vers elle.

– Au risque de me répéter, tout ce que je vais vous dire doit rester entre vous et moi, c'est entendu ?

Caroline fait un oui timide.

Isaac la détaille, comme le peintre révise un portrait, cherche l'imperfection.

– Ni Vincent, ni Janique, ni même votre mère, n'est-ce pas ?

Caroline ne s'étonne plus qu'il dresse cette liste avec tant de naturel.

– Du moins, précise-t-il, pas avant le 28 décembre. Ensuite, vous ferez comme bon vous semblera…

– Le 28 décembre ?

Isaac réplique qu'à dater de ce jour, il n'y aura plus rien à craindre, puisque l'épiphanie aura eu lieu.

– De quelle épiphanie parlez-vous ?

– Vous désirez que je vous raconte la suite, n'est-ce pas ? Vous voulez savoir ce qui s'est passé une fois que Max Toppard a posé sa plume ?

– Oui…

– Eh bien, pour tout vous dire… il ne s'est rien passé.

Caroline reprend ses esprits.

– C'est votre dernier tour de passe-passe ?

L'homme pose les coudes sur ses genoux et appuie son menton sur ses doigts croisés en prière.

– Je ne cherche pas à vous égarer, Caroline. Mais rappelez-vous la date où Toppard achève son manuscrit.

– C'est l'été 1939, non ?

– La toute fin du mois d'août, en effet.

La journaliste comprend aussitôt :

– La guerre ?

– Ou presque. Avec la grande pagaille de septembre 1939, les retrouvailles de Trébuchet n'ont tout bêtement pas eu lieu.

– Vous voulez dire qu'ils ne sont jamais venus ?

– Vous n'imaginez pas la panique qui a saisi le pays, pendant ces quelques jours. Les préoccupations étaient ailleurs. Si Max vivait par et pour son art, ses amis n'étaient pas coupés du monde, tant s'en faut !

La journaliste reste incrédule.

– Et c'est l'un des paradoxes de cette aventure, Caroline : ces quatre hommes qui sont une conséquence de leur temps ont su s'en abstraire, car seul leur art importait… Les deux guerres mondiales sont pourtant les parents du Trébuchet. La première lui a donné le jour, la seconde, le coup de grâce. 1918 les réunit, 1939 les sépare à jamais. Désormais, Max Toppard est seul. Seul face à ses théories, ses intuitions, ses doutes, sa passion.

– Mais… et vous, dans tout ça ?

– C'est précisément à ce moment-là que j'entre en scène…

45

Ma rencontre avec Max Toppard est un de ces alignements de planètes où le hasard se fait destin, mais rien ne me prédisposait à faire carrière dans le cinéma.

Je m'appelle Isaac Amar et suis né à Tunis, le 3 février 1920. Ma famille vivait en Afrique du Nord depuis un temps immémorial, mais je ne garde aucun souvenir de cette enfance maugrabine, car mes parents se sont installés à Paris dès 1922.

Le commerce de fruits et légumes qu'ils avaient ouvert rue de Picpus, près de la Nation, a vite été florissant. Une partie de la marchandise – des oranges délicieuses, des citrons merveilleusement parfumés – arrivait directement « du pays », comme disait mon père. Pour le reste, il s'approvisionnait aux Halles centrales, comme la plupart des maraîchers parisiens.

Très jeune, j'ai accompagné papa lorsqu'il allait chercher ses fruits et légumes au pied de Saint-Eustache. C'était à chaque fois une expédition, car nous possédions une petite carriole conduite par un vieil âne que mon père avait acheté à Verrières-le-Buisson. Pinocchio était un animal nerveux, poussif, qui pilait parfois au beau milieu d'un carrefour et refusait d'avancer. Mon père se voyait gourmandé par les gendarmes et récoltait des amendes. Quand ce n'étaient pas les voleurs à la tire qui profitaient du chaos pour chiper sa marchandise. Allez comprendre : lorsque j'étais là, l'âne filait doux. Je ne sais si ma présence apaisait le baudet, si ma petite voix chantante le poussait à marcher droit, à ne plus braire devant les omnibus, mais c'était un fait.

« Tu apaises Pinocchio, Isaac », constatait papa à chaque fois que nous rentrions d'une virée aux Halles.

Il avait donc été décidé que, chaque jeudi et durant toutes les vacances scolaires, j'accompagnerai mon père.

Comme nous partions vers les quatre heures du matin, papa m'installait un véritable petit lit dans la carriole, avec matelas, édredon et traversin, afin que je puisse y finir ma nuit. En hiver, il me couvrait d'une bâche et glissait entre mes pieds une brique qui avait passé des heures dans les braises. Si je ne me rendormais pas, j'écoutais les bruits de la ville et je me sentais comme un enfant dans le ventre de sa mère, bercé par le son des sabots sur les pavés et les sifflements de papa, qui fredonnait de vieilles mélodies berbères.

« Mais c'est le petit Isaac ! » se réjouissaient les poissonnières, les tripières, les charcutières, les marchandes de tissu…

Le fils de Moïse Amar était devenu une vraie mascotte dans le quartier des Halles.

« C'est notre petit Jésus à nous », gloussaient les matrones en désignant Saint-Eustache.

À cette remarque mon père éclatait de rire, rappelant que lui comme moi attendions encore le Messie. Les maraîchères ne comprenaient pas ces subtilités, mais riaient de bon cœur, et la matinée se passait dans cette ambiance joviale, qui fut celle de mon enfance.

Vous vous en douterez, chère Caroline, c'est ainsi que j'ai découvert le Belphégor. Cette façade effrayante me fascinait. J'insistais toujours pour que papa fasse un détour par la rue Pirouette. « Isaac ce n'est pas le chemin ! »

Comme s'il me sentait contrarié, Pinocchio appuyait ma supplique par un « hi-han » redoutable et mon père finissait toujours par accepter. Il arrivait alors que je reste vingt minutes devant l'entrée du cinéma, clignant à peine les yeux.

Bien vite l'ouvreuse – qui n'était pas encore Sylvania – a remarqué ma présence et s'est approchée de nous.

« Il est étonnant, votre bonhomme. Quel âge a-t-il ?

– Huit ans », a répondu mon père, avec un mélange de fierté et d'inquiétude, car ma sidération devant le Belphégor n'était pas sans le troubler. Mais il était désormais nécessaire de faire cette halte, qui nous poussait à partir bien plus tôt, mon père ouvrant son magasin de Picpus à midi pile.

« Un jour, tu seras assez grand pour venir voir nos films, disait l'ouvreuse.

– C'est vrai ? » ai-je demandé à papa, émerveillé.

Mon père répondait dans un grognement méfiant que le cinéma était une distraction pour paresseux, surtout ces *serials* si vulgaires, comme *Fantômas* ou *Les Vampires*.

Tout maraîcher qu'il était, mon père avait du savoir et de la parole écrite un respect profond : nous ne comptions dans la famille pas moins de onze rabbins et le propre frère de papa, oncle Jacob, était un talmudiste réputé à Djerba.

Il va de soi que l'interdiction avait attisé ma curiosité. Moins sévère que mon père, maman m'avait parfois emmené au cinématographe près de chez nous, voir *Ben-Hur* ou *Les Dix Commandements*. Mais le Belphégor restait une zone interdite, comme si papa se faisait un malin plaisir à prohiber l'endroit même qui me fascinait depuis tant d'années. Comme s'il cherchait à me pousser à la faute…

Cette faute, je l'ai commise l'année de mes quatorze ans.

Désormais, lorsque j'accompagnais papa aux Halles, il n'exigeait plus que je reste à côté de lui tandis qu'il achetait ses provisions. Il fallait en revanche que je l'aide à charger et décharger, car le petit garçon était désormais un adolescent. Pinocchio était mort, remplacé par Cadichon, âne autrement docile. De mascotte, j'étais devenu commis.

J'avais toujours deux heures de liberté, où papa me laissait flâner dans l'extraordinaire chaos des Halles. Ce n'était toutefois pas les piles de tripailles et de choux-fleurs qui aimantaient ma curiosité, car papa me voyait filer en direction de la rue Pirouette. Se doutait-il que j'outrepassais ses règles ? Bien entendu, c'était une manière d'éprouver sa propre sévérité. Son fils unique s'émancipait, mais de façon contrôlée, ce qui était toujours mieux qu'une fugue ou des rapines. Aussi ne me posait-il jamais de questions lorsque je le rejoignais, deux heures plus tard, émerveillé.

J'étais encore plein des images dont je m'étais saoulé. Le Belphégor était un cinéma permanent qui, destiné à la faune sans horaires des Halles, ouvrait dès huit heures du matin. Il était rare que j'arrive au début d'un film, mais l'ouvreuse me laissait entrer, sans jamais me faire payer. Tout comme chez les légumiers, j'étais devenu une mascotte du Belphégor : un elfe qui s'introduisait dans la salle, chaque jeudi matin, et qui se postait au premier rang, juste sous l'écran. Le projectionniste préparait même un petit encas qu'il glissait sous le siège, mais j'étais souvent trop happé par le film pour penser à grignoter.

C'est ainsi que j'ai fait mon entrée dans l'univers de l'image *animée*.

Les films vus à l'époque ? Je ne m'en souviens plus vraiment. Tous les Feuillade, bien entendu, mais également un nombre incalculable de westerns, films de gangsters, d'épouvante, aussi bien muets que parlants, car le Belphégor persistait à programmer des films antérieurs à 1929. Je serais bien en peine de vous citer un titre, chaque séance étant comme la réplique d'un même dialogue, interrompu dès que je quittais le cinéma. Comme si la vie réelle se déroulait à l'intérieur du Belphégor.

Il y a un mois, ces propos vous auraient semblé absurdes, Caroline. Mais je vois votre regard. Je sais combien vous avez été marquée par vos séances chez nous, combien la nuit du jeudi a infusé dans votre esprit comme une nouvelle lucidité. Je ne crains donc pas de vous affirmer que le Belphégor a changé ma conception du réel. Ce n'était pas le seul cinématographe qui tirait mes sens du lourd sommeil du quotidien. C'est l'atmosphère unique de ce lieu, son essence presque tellurique, dont s'imprégnait ma sensibilité adolescente. Il y a ici bien plus qu'une salle de cinéma. Le bâtiment, la rue, le quartier obéissent à une exigence intime, une urgence, dont il me semblait être à la fois le sujet et l'objet.

Il m'était encore, bien entendu, impossible de mettre des mots sur ces sensations. J'étais trop jeune, je ne possédais pas les outils. Le retour des Halles n'en était que plus douloureux, car mes parents me voyaient revenir dans une hébétude qui mettait parfois une journée à se dissiper.

Un temps, ils ont songé même à me remplacer. Mais j'en ai conçu une telle colère qu'ils se sont ravisés.

« Que se passe-t-il, Isaac ? »

Incapable de leur décrire les méandres de mon esprit, j'ai fini par leur avouer mes heures au Belphégor.

Mon père ne s'est même pas donné la peine de se mettre en colère. Il avait bien compris où je passais mes moments de liberté. En revanche, ils ont voulu voir…

« La semaine prochaine, nous venons avec toi, a déclaré papa.

– En famille », a ajouté maman, une boule dans la gorge.

Pendant sept jours, je me suis senti à la fois exalté et inquiet. Je n'osais pas en parler à mes parents, pour ne pas dévoiler ce qu'ils devaient découvrir sans a priori. Je voulais qu'ils viennent au Belphégor avec la même innocence que moi, la première fois.

Quand l'ouvreuse nous a vus avancer, elle s'est retenue de toute remarque. Tout juste a-t-elle dit un « Bonjour, Isaac » très neutre, comme si nous étions des clients ordinaires.

Ma mère a été surprise que je veuille m'asseoir au premier rang, mais moi je me suis étonné de ne pas trouver mon encas sous le siège.

La projection a commencé…

Devais-je être furieux ou soulagé ? Comme par un fait exprès, le film programmé était si banal que mes parents sont sortis de la projection avec une mine circonspecte.

« C'est pour cela que tu te mets dans des états pareils, Isaac ? » a fait maman, déçue.

Comment lui dire que le film devait avoir été changé à dessein ? L'esprit du Belphégor s'était camouflé, pour ne pas éveiller le doute chez mes parents. Comme si le cinéma lui-même avait voulu me protéger.

Bien qu'agacés, mes parents en ont conçu un vrai soulagement. Mes exaltations étaient une passade adolescente et il n'y avait rien à craindre de cette salle.

« C'est bon, a concédé papa, clément, alors que nous rentrions vers la Nation. Tu n'as plus besoin de te cacher.

– Tu deviens grand, Isaac, a ajouté maman. Nous ne pouvons plus te traiter comme un enfant. Sens-toi libre d'aller au cinéma quand bon te semble. »

Si cette permission m'ouvrait de nouveaux horizons – je me suis jeté au cou de mes parents pour les remercier de leur bienveillance –, j'en ai gardé un goût ambigu : cette projection ne venait-elle pas de briser la magie du Belphégor ?

La semaine suivante m'a prouvé que non. La sensation m'a même semblé décuplée, comme si j'avais atteint un stade supérieur de lucidité, de compréhension des images.

À la sortie du cinéma, alors que j'allais retrouver mon père rue du Jour, une main s'est posée sur mon épaule.

« Je peux te parler ? »

Son expression m'a fait le même effet que le film que je venais de voir. Comme si la projection reprenait, sans bobine, sans écran.

« Monsieur ?

– Je m'appelle Max Toppard. »

*

Je ne suis pas le premier à vous le dire, Caroline : il est impossible de décrire Max Toppard. Il n'existe de lui aucun portrait, aucune photographie ; tous ceux qui tentent de se souvenir de lui sont pris d'aboulie. Ses traits, sa démarche échappent à la mémoire.

Cette première rencontre n'a rien eu d'inoubliable. Max ne travaillait plus pour Natan, mais il était encore très occupé par les tournages des autres et ne passait que peu de temps au Belphégor. Il en restait toutefois le « gérant » et devait s'occuper du personnel. Il se trouve qu'en 1936 le projectionniste devait partir à la retraite et qu'il fallait le remplacer.

« Mais je n'ai jamais fait ça, monsieur Toppard. »

Max m'a rassuré : avant de partir, Albert m'expliquerait tout.

Nouvelle objection : le Belphégor était un cinéma permanent et je ne pouvais passer mes journées ici. J'étais encore au lycée (même si je séchais souvent les cours) et je devais aider mon père.

« Je me doute bien que tu ne peux pas te dévouer corps et âme au Belphégor, Isaac. Tu ne seras pas le seul à travailler ici. Mais j'ai besoin d'une petite équipe qui puisse effectuer un roulement, comme ça je n'aurai plus à m'en soucier. Pour ma part, je suis très fréquemment absent… »

Vous vous en doutez, Caroline : j'ai accepté.

Au départ, je n'ai rien dit à mes parents, trop inquiet de leur réaction. Mais ils ont vite remarqué mes horaires bizarres, mes absences, entrant dans ma chambre pour découvrir un lit fait.

« Isaac, cesse de nous mentir », m'a bientôt demandé papa, qui entendait les gens causer aux Halles.

Tout le monde savait que le petit Amar travaillait au Belphégor, et cela ne surprenait personne. « Votre fils est passionné par le cinéma, Moïse, il faut le laisser suivre sa voie… »

Le cinématographe était-il mon destin ? Projeter des *Frankenstein*, des *Dracula*, des *Momies*, des *Loup-Garou*, était-ce la vie rêvée pour moi par mes parents ? Si tel n'était pas le cas, ils ne m'en ont jamais fait le reproche. Au contraire, avec une bienveillance qui m'a toujours ému, ils ont accepté que j'interrompe mes études (suivies avec si peu d'assiduité). Papa a même consenti que je cesse de l'accompagner aux Halles.

La seule condition était que je sois indépendant.

« Tu as choisi de tracer ta route, mon fils, aussi faut-il que tu sois cohérent avec toi-même. Tu es désormais ton propre maître, ce qui implique un salaire, une vie, des horaires, un toit… »

En un mot, mes parents me demandaient de ne plus vivre chez eux. Il ne s'agissait pas de me mettre à la porte du foyer familial, mais de construire ma vie.

« Nous serons toujours là, Isaac, mais par respect pour nous et pour toi-même, il faut que tu suives ton chemin, comme un adulte. »

« Je me suis moi-même retrouvé orphelin à douze ans, m'a confié Max Toppard, lorsque je lui ai exposé ma situation, quelques jours plus tard. Si tu veux, il y a des chambres au Belphégor. Je peux en mettre une à ta disposition dès ce soir. En revanche, tu quittes une famille pour entrer dans une autre. Si tu viens ici, je n'ai plus besoin de faire la danse des projectionnistes. Tu seras désormais le seul à ce poste, ce qui implique des sacrifices, comprends-tu ? Le Belphégor ne ferme presque jamais… »

Autant me proposer la Lune !

*

Mes débuts au Belphégor ont été un délicieux tunnel où j'ai perdu les notions du temps, des saisons, du jour et de la nuit. Ce cinéma est devenu mon univers. Non content de projeter les films, j'étais chargé de la gestion des bobines, de leur commande, de leur archivage, et rapidement de leur choix. Je pouvais même décider quel film serait projeté aux fameuses séances du jeudi soir.

« Je te fais confiance, Isaac », me disait Max, qui passait de plus en plus de temps à Paris.

J'ai bientôt compris qu'il vivait lui aussi au Belphégor, mais à un étage différent. Les premières fois que je l'ai croisé, c'était au beau milieu de la nuit et j'ai cru voir un fantôme. Ce n'était pourtant que Max qui rentrait chez lui, après être allé rôder sur un tournage ami, ou bien qui arpentait les couloirs de « son » cinéma, pris d'insomnie ou de fringale créatrice. Je ne lui faisais aucune remarque et retournais me coucher. Je me montrais d'ailleurs fort discret envers mon patron. Cet homme secret, presque toujours seul, ne recevait jamais personne.

D'une manière générale, Max Toppard était avec moi d'une courtoisie froide, sauf lorsqu'il venait mettre son nez dans la programmation, évoquant alors avec passion certains films qu'il me demandait de projeter au Belphégor.

« Mais personne ne viendra, monsieur Toppard !

– Peu importe, rétorquait-il, puisque toi et moi pourrons les voir… »

À cette objection, je ne savais quoi répondre. Max était le patron et il arrivait que la journée se déroule sans un spectateur. Toutefois, alors que j'éteignais ma machine après la dernière projection, je voyais une ombre s'étirer dans la salle : Max Toppard, qui avait passé la journée ici, seul, et qui regagnait ses appartements.

*

Le crépuscule des années 30 a changé nos rapports. Jusqu'alors, Max vivait en marge du monde. J'avais moi-même été contaminé par cette autarcie, ne respirant plus qu'au rythme de ces bobines projetées sans discontinuer.

« Il faut que tu sortes un peu, Isaac, s'inquiétait ma mère.

– Tu commences à ressembler à l'une de ces goules dont tu diffuses les films », ajoutait papa, tout aussi soucieux.

Mes parents venaient déjeuner avec moi tous les samedis, seule entorse à mon emploi du temps. Je me faisais alors remplacer par un neveu de l'ouvreuse.

N'ayant pas le temps d'aller jusqu'à la Nation, je leur donnais rendez-vous dans un des bistrots des Halles, où papa se goinfrait de charcutailles.

« Ce n'est pas bien casher », riais-je, aimant taquiner mon père sur le fossé entre ses convictions et son appétit.

Si mon père descendait d'une vieille lignée hébraïque, il m'avait donné une éducation laïque et ne suivait aucun précepte religieux. Ma mère était pour sa part issue d'une famille judéo-italienne, les Finzi, tout aussi affranchie de religiosité.

« On va bientôt nous renvoyer nos origines au visage, Isaac », grommelait mon père, inquiet de ce qui se tramait hors de nos frontières.

Le sort des juifs dans la nouvelle Allemagne était l'objet de bien des fantasmes, mais certains faits semblaient avérés.

« On leur interdit tout : la fonction publique, la médecine, les arts… On veut les renvoyer dans les *shtetls* d'où ils sont venus. Parfois, je me demande si nous ne devrions pas rentrer en Tunisie… Imagine qu'on m'interdise de vendre nos légumes…

– Moïse, nous ne sommes pas en Allemagne, tempérait ma mère.

– Parce que tu crois que les Français sont mieux ? Ils sont comme mes fruits : en train de mûrir. Rappelle-toi les caricatures de Blum, dans la presse. Ou bien la façon dont on a traité l'affaire Stavisky ; ou la banqueroute de Bernard Natan…

– C'étaient des escrocs, Moïse. Tous les journaux le disent…

– À voir… ce sont surtout des escrocs *juifs*. Bientôt, seule l'épithète comptera… Le temps approche où les Français seront mûrs pour accueillir à bras ouverts leurs cousins d'outre-Rhin. Quant à nous… »

Papa ne finissait ni sa phrase ni son assiette, l'appétit coupé.

Quelques mois plus tard, mes parents m'ont annoncé leur décision de retourner à Tunis.

« Nous ne pouvons pas te forcer à nous suivre, Isaac, mais je pense que tu devrais venir avec nous. »

Quitter mon métier, ma nouvelle vie, mes films, le Belphégor ? Mes parents ne pouvaient me demander pareil sacrifice !

« Une fois là-bas, sans nouvelles de toi, nous allons vivre dans la peur, a imploré ma mère.

– En ce cas, restez ici, ai-je objecté, inconscient de ma cruauté. Vous aurez tout aussi peur, mais je ne serai pas loin. »

Blessé par cette remarque, mon père a conclu, fataliste, que j'étais un adulte. Désormais, ma vie m'appartenait.

« Mais n'oublie jamais qui tu es et d'où tu viens, cela te sera bientôt reproché… »

Ce n'était à mes yeux que terreur passagère. Mon père se droguait à la presse et il était victime de ses angoisses. Mes parents allaient baisser leur rideau de fer, partir six mois en Tunisie, puis ils reviendraient apaisés d'avoir revu ce pays qui leur manquait plus qu'ils ne voulaient l'admettre.

« Ne sois pas aveuglé par la confiance, Isaac. L'Europe est au bord du précipice. Et s'il doit y avoir des victimes expiatoires, ce ne seront pas les bons bourgeois. »

Ce disant, papa a désigné les Parisiens qui bâfraient autour de nous. Il faisait si chaud, ce bel été 1939 : les messieurs tombaient le veston, les dames avaient des chapeaux maculés de sauce, les enfants se poursuivaient de table en table avec des cris d'Indiens.

Mes parents sont partis le 14 août, sans tenter de me convaincre davantage.

« Tu aurais pu les accompagner, Isaac », s'est étonné Max Toppard, à qui j'avais tout raconté.

Voilà plusieurs jours qu'il me croisait, pensif, et s'inquiétait de mon désarroi. Le départ de mes parents m'affectait bien plus que je ne l'avais imaginé et je me sentais orphelin.

« Je t'ai toujours dit que le Belphégor était ta famille. Plus que jamais, tu es ici chez toi… »

À cet instant, j'ai découvert en Max Toppard une lumière que je n'avais jamais perçue. Il y avait chez lui de l'affection, de la tendresse et une forme de nostalgie lointaine, comme s'il bouclait une boucle, revivant une scène où il aurait tenu mon rôle.

L'automne 1939 a resserré nos liens. L'entrée de la France en guerre ne faisait que confirmer les craintes de mon père, lequel m'écrivait chaque semaine des lettres inquiètes. En quelques jours, le quartier des Halles s'est vu castré. Tous les mâles en âge d'être incorporés ont été appelés sous les drapeaux, laissant un gynécée braillard qui se lamentait de la pénurie masculine.

« Qui va porter les demi-bœufs, si les forts partent pour l'abattoir ?

– Tout cela pour aller s'enterrer derrière la ligne Maginot et regarder les Boches en chiens de faïence. Tu parles d'une guerre ! »

La « drôle de guerre » se mettait en effet en place, absurde et navrante.

« Et toi, Isaac, tu n'es pas sous les drapeaux ? » s'étonnait-on.

À cette question je bottais en touche, répondant que j'étais tunisien. S'en suivaient des mines circonspectes : « La Tunisie, c'est la France pourtant, non ? », « les juifs n'ont pas de patrie, pourquoi veux-tu qu'il verse son sang pour nous ? » Autant de piques auxquelles je ne réagissais pas.

La vérité était ailleurs.

Un avis d'incorporation avait été envoyé à l'adresse de mes parents, rue de Picpus, où il est resté lettre morte. Surtout, Max Toppard m'a défendu de partir sous les drapeaux :

« J'ai connu la guerre, Isaac. La vraie. J'ai connu l'enfer des tranchées, la boue quotidienne, la peur, la merde, l'horreur, la bêtise. Personne ne mérite cela… »

C'est ainsi que je suis entré en clandestinité.

Max m'a ordonné de ne plus sortir du cinéma, sinon la nuit, très discrètement. Il ne fallait plus attirer l'attention et l'ouvreuse, notre seule complice, avait pour mission de déclarer que j'avais finalement été enrôlé.

Il n'en était évidemment rien.

Forclos dans le Belphégor, je passais de ma chambre à la cabine de projection, prenant désormais mes repas au sein même du bâtiment. Papa redoutait que je devienne un vampire et ses craintes se confirmaient : Isaac Amar était le nouveau Nosferatu des Halles.

Cette poignée d'années restent pourtant les plus riches de mon existence. Des années terribles, qui allaient finir de si dramatique façon, mais où ma vie a pris sens.

Entre Max et moi, l'amitié ne cessait de grandir. En quelques semaines, je suis devenu son disciple. Jusqu'alors, Toppard s'était montré pudique, distant. De sa vie je ne savais rien. D'ailleurs, personne ne pouvait savoir qui il était exactement. Il était cinéaste, mais nul ne voyait ses films. On disait qu'il connaissait tout le cinéma français, mais il n'apparaissait sur aucune photographie dans la presse spécialisée et n'assistait à aucune première. Notre claustration forcée – lui-même était encore en âge d'être incorporé – a resserré nos liens.

« Nous sommes deux naufragés sur une île déserte, Isaac, gloussait-il parfois, pris de bouffées d'allégresse. Tu ne peux pas comprendre le bonheur de l'insularité, mais c'est le luxe suprême… »

Il a commencé d'évoquer, par bribes, des souvenirs de son

enfance dans un phare où il aurait vécu avec son père. Il ne fallait toutefois jamais rebondir sur ses confidences ; car dès que j'essayais d'en savoir davantage, il se refermait. Avec Max, je marchais sur des œufs. Son caractère était si changeant ! Aux éclairs de joie pouvait succéder un profond abattement.

« Tout cela ne sert à rien, Isaac. Tu ferais sans doute mieux de partir, de me laisser m'emmurer dans mes rêves. Ma vie est un échec et le cinéma une impasse. Si j'avais le courage, je m'immolerais au milieu de mes bobines, comme tout cinéaste digne de ce nom devrait le faire. L'art n'est qu'un prélude au feu. »

Paroles hermétiques, que je peinais à interpréter, mais dès le lendemain Max retrouvait une jovialité affectueuse, évoquant avec passion les premiers pas de Charlie Chaplin, les carrières de Stroheim, Griffith, Méliès…

« C'est à croire que vous les avez tous connus… »

Souvent je répétais cela, sans provoquer de réaction. Puis, un matin du mois d'avril 1940, il est arrivé dans la salle de projection avec un gros cahier.

« Je pense que deux naufragés doivent tout se dire. Lis et tu comprendras. »

Ce cahier, vous le connaissez, Caroline.

Comme vous, j'ai passé une nuit à dévorer ces extravagants mémoires. J'ai d'abord cru à une imposture. Personne ne pouvait avoir eu un tel destin sans que cela soit connu.

« J'ai toujours voulu rester dans l'ombre, Isaac. Au cinéma, la lumière est sur l'écran, et je me trouve de l'autre côté. Ma vie est un immense contre-jour. »

J'ai objecté que les buts de ce fascinant groupe Trébuchet étaient extraordinaires ; la dispersion de ses membres dans la pagaille de l'automne dernier ne devait pas le décourager sur le chemin du chef-d'œuvre sur lequel il travaillait depuis tant d'années.

« Tout a commencé en vous, monsieur Toppard. Vous n'avez plus besoin des autres. Cette guerre est peut-être la chance que vous attendiez pour ne plus vous consacrer qu'à votre art. Vous êtes enfin libéré, affranchi. Il est temps !

– C'est sans doute vrai, Isaac. À la différence près que tu es là. En un sens, je crois que je t'ai toujours attendu. »

*

Ainsi a commencé mon initiation. Alors que la France était vaincue en quelques semaines, alors que nous vivions dans une claustration forcée, Max Toppard m'a enseigné la liberté. C'est étonnant comme la lumière naît de l'obscurité. Ligoté et muselé, Paris vivait sous la botte ennemie, mais je garde de cette période un souvenir étincelant.

Les autorités avaient fait fermer le Belphégor. Si l'on allait plus que jamais au cinéma, nul ne se lamentait de la disparition d'une salle depuis longtemps tombée en désuétude.

« Nous devenons un mirage, Isaac. »

Je pense que Max Toppard a éprouvé pour la première fois de sa vie un sentiment de paternité. Le Trébuchet était une fratrie intellectuelle et artistique ; en moi, il trouvait un héritier.

« J'ai accumulé tant de connaissances pendant vingt-cinq ans. J'ai vu et entendu tant de choses. Dans ces mémoires, rédigés à une période de doute, j'ai pu en donner un aperçu, mais ce texte est incomplet et constitue un dialogue avec moi-même. Maintenant tu es là, Isaac. William, Benoît et Igor ont choisi de tracer leur route et je n'ai plus besoin d'eux. Avec le recul, je pense qu'aucun des trois n'était à la hauteur de nos rêves. Alors que toi, tu possèdes la lumière nécessaire… »

Imaginez, Caroline, l'effet d'un tel discours sur un jeune homme ! C'était à la fois exaltant et effrayant.

« Je lis en toi, Isaac. Les années et l'expérience m'ont appris à déceler ce qui se cache derrière l'apparence des choses : je sais voir au-delà de l'écran. »

Max restait conscient de l'épée de Damoclès qu'il faisait peser sur moi :

« Je sais que je te demande beaucoup, mais nous vivons des temps troublés, où seul l'Art peut nous ramener à la raison ».

Alors, Max Toppard m'a montré. *Tout*. Les films les plus inconnus des trente dernières années, dont il possédait les bobines, les photographies perdues d'innombrables tournages, les secrets de productions célèbres, dont il connaissait les chausse-trapes. Surtout, il a décidé de me projeter ses propres images.

« Ce n'est qu'un montage primitif, Isaac, m'a-t-il averti. Une copie de travail. Il manque un bon tiers des plans, qui restent à trouver. Mais cela te donnera une idée de ces recherches visuelles entamées voici plus de vingt ans. J'y travaille jour après jour. Et personne n'a encore vu ce que je vais te montrer, pas même mes anciens amis du Trébuchet. Tu es le premier, Isaac. Le premier à découvrir *L'Illusion absolue*. »

Comment vous décrire cela, Caroline ? Certaines choses vont au-delà des mots et s'expliquent par des sensations brutes. Il faudrait pouvoir s'exprimer avec de la musique, des couleurs, des cris que les humains ne possèdent pas encore, ou bien qu'ils ont perdus. Ce qui s'est passé sur l'écran du Belphégor, cette nuit de l'automne 1940, reste le moment le plus fort et le plus *incarné* de ma vie. Je suis sorti de mon corps. J'ai eu la sensation réelle de quitter mon enveloppe charnelle pour me fondre dans tout ce qui m'entourait. L'air, le son, les images, jusqu'à l'odeur des sièges du cinéma : je faisais partie d'un tout. Combien de temps a duré le film ? Ce que j'ai vu sur l'écran ? Ce qui s'est passé durant la projection ? Une fois de plus, je suis incapable de vous répondre, car je ne possède pas les outils rhétoriques, ni même le vocabulaire. En un mot : je ne sais pas. Ce qu'en revanche je sais, c'est qu'en assistant aux projections du Belphégor vous avez éprouvé ce sentiment. Un abandon de soi, un ravissement. Mais dites-vous bien que ce ne sont là que les secousses préliminaires d'un séisme aussi terrible que prodigieux, qui change à jamais votre vision du monde. *L'illusion absolue* est une porte, Caroline.

Lorsque Max a rallumé la lumière au terme de la projection, il est venu s'asseoir à côté de moi. Inutile de me poser des questions, il voyait mes yeux luisants, ma fébrilité.

« Je pense que l'art peut rendre fou, Isaac. Pour qui n'en détient pas la clé, certaines œuvres créent un doute si violent, si profond, que seule la folie peut l'apaiser. »

J'étais la preuve même de cette réussite. Ce film est au cinéma ce que l'alchimie est à la chimie : une métaphysique de l'illusion. La science de l'antilumière. Une lumière que Toppard possédait, jusqu'au plus profond de son être, et dont je venais d'être le premier véritable révélateur.

« C'était... beau... », ai-je fini par murmurer d'une voix tremblante, comme si je ne trouvais pas d'autre mot pour définir la houle qui me submergeait.

Ce mot – si simple, si banal – l'a enchanté.

« C'est exactement cela, Isaac. Ce que tu viens de voir est *beau*. La beauté sans fard. La beauté nue. La beauté telle que Rilke l'entendait, pour qui le beau n'est que le commencement du terrible. »

Est-il plus parfaite définition de ce que je venais de voir ? Cet équilibre miraculeux entre la perfection et l'horreur, la lumière et l'effroi ?

Mais maintenant que Max m'avait montré son œuvre, maintenant qu'il avait dévoilé le cœur secret de ce qui l'animait, depuis ses premières nuits avec son père, qu'attendait-il de moi ?

À cette question, il s'est rembruni.

« Ces images, Isaac...

– Eh bien ?

– Ne trouves-tu pas qu'il y manque quelque chose ? Qu'elles sont incomplètes ? »

Que répondre à cela ? Je ne me sentais aucune légitimité, comme si Léonard me demandait un avis sur une *Joconde* encore au chevalet.

Prenant mon courage à deux mains, j'ai suggéré qu'il y faudrait peut-être çà et là plus de fluidité, de douceur. La violence de l'effet produit ne risquait-elle pas d'atténuer ce sentiment de plénitude que visait le cinéaste ?

Ma remarque lui a plu. C'était d'autant plus délicat que j'étais incapable de citer un exemple précis.

Vous l'avez compris, Caroline, les films vus au Belphégor ne se limitent pas à des images, à une narration. On en ressort nimbé d'une sensation globale, comme si l'on avait été plongé dans un liquide.

« Tu as raison, Isaac, a dit Max, cela manque de souplesse. Je suis à ce point emmuré dans ma logique formelle que j'empêche mon œuvre de respirer. Mais la providence t'a mis sur mon chemin, car tu vas être le miroir nécessaire pour que je puisse regarder mon film avec un œil extérieur, neuf, sain, actif et productif. Grâce à toi, par toi, *L'Illusion absolue* va enfin quitter l'atelier. »

*

Notre autarcie n'en est devenue que plus radicale. Alors que la haine déchirait le monde, Max et moi vivions au rythme de notre travail. Le reste n'existait plus.

Il ne s'agissait pas de tourner de nouvelles images, mais de piocher dans l'extraordinaire vivier accumulé par Max durant ses années de sensualisme. Il y avait là un puits de fulgurances visuelles, auxquelles il fallait donner un ordre, une logique, moins mue par un besoin de cohérence que par un désir de beauté.

Le récit, l'intrigue sont le reflet de ce que le spectateur éprouve en absorbant les images. Il existe autant de films que de regards. *L'Illusion absolue* est une caméra pointée sur le spectateur, un film inversé. Deux miroirs face à face, qui proposent une infinité de possibilités narratives… C'était fascinant !

Lorsque nous éprouvions le besoin d'apaiser notre exaltation, nous faisions de grandes marches dans le Paris nocturne. Le couvre-feu rendait chaque lueur démesurée. La présence subite de colonnes allemandes au détour d'une rue, les coups de feu et les explosions qui déchiraient le silence, les ombres interlopes qui s'enfonçaient sous les porches, dans les ruelles, alors que nous-mêmes nous fondions dans les ténèbres de la nuit, tout contribuait à faire de cette ville martyre un décor abstrait, le temps d'une échappée dans ce monde qu'on disait réel.

« C'est nous qui sommes dans le vrai, Isaac. En marchant, pendant trois heures, n'as-tu pas eu le sentiment de camper à la surface des choses ? Alors qu'ici, nous manipulons une réalité organique, comme une lave en fusion. »

Max Toppard faisait preuve d'un enthousiasme excessif, mais il approchait du but. Quarante années de recherches, de tâtonnements, d'essais, d'expériences, trouvaient enfin leur aboutissement.

Dix-huit mois eurent bientôt passé et nous touchions au terme de notre travail. Max gardait pour objectif la date symbolique du 28 décembre prochain :

« C'est un 28 décembre que les frères Lumière ont organisé la première projection publique du cinématographe, à Paris. C'est un 28 décembre que nous dévoilerons *L'Illusion absolue.* Le 28 décembre 1942. »

Cette idée me passionnait autant qu'elle m'angoissait.

« Mais qui voulez-vous convier à cette soirée ? Nous vivons dans une ville occupée, Max. Les Allemands ne toléreront jamais une telle projection ! Et qui pourra même supporter un tel spectacle ? »

Max l'avait dit : ce film pouvait rendre fou. N'était-il pas nécessaire de préparer le public ?

« Nous verrons bien, a objecté Toppard, surpris par mon inquiétude. Si les spectateurs ne sont pas à la hauteur de mon travail, tant pis pour eux. Mon film est comme ce poisson japonais dont la saveur est sœur du danger : parfois il tue. Je n'ai pas consacré quarante ans de ma vie à une œuvre qui demande des garde-fous. *L'Illusion absolue* se mérite. »

Égoïsme saisissant, mais n'est-ce pas le lot des créateurs ? Ils boxent sur le ring des dieux : ils inventent des mondes, forgent des univers. Leur mesure se compte en galaxies. À quoi bon s'inquiéter des têtards ?

« Ce monde qu'on dit réel va devoir se modeler sur ma propre réalité. Je lui propose un air nouveau. Sans moi, il étoufferait. »

Hélas, ce « monde qu'on dit réel » préparait sa riposte.

Nous ne voyions plus personne depuis des mois. Max n'avait gardé aucune de ses amitiés d'avant-guerre et le cinéma avait fermé en juin 1940. Mais voilà qu'un matin de mars 1942, alors que nous étions en plein travail, une main a tambouriné à la porte du studio.

« Qui a pu descendre jusqu'ici ? a frémi Max. Tous les accès sur la rue sont condamnés.

– Il me restait une clé », a fait une voix étouffée, de l'autre côté de la paroi.

Max a blêmi. Comme s'il luttait contre lui-même, il a marché jusqu'à la porte. Puis il l'a ouverte... Jamais je n'avais contemplé tant de désespoir. Les traits étaient creusés, la bouche haletante : la représentation vivante de la peur.

La démarche hésitante, la silhouette s'est avancée dans la pièce. Mais ses jambes lui faisaient si mal qu'elle s'est écroulée sur un fauteuil.

Toppard restait sur ses gardes, mais je voyais la compassion poindre dans ses yeux.

« Vous auriez un verre d'eau ?

– Bien sûr », a répondu Max.

Tandis que l'inconnu se désaltérait, lentement, comme un naufragé, Toppard a dit d'une voix émue :

« Isaac, je te présente Bernard Natan. »

46

Bernard Natan… Le producteur flamboyant qui avait donné sa chance au Trébuchet pour mieux le réduire en esclavage ; l'homme le plus puissant du cinéma avant guerre était cet être rachitique, aux vêtements rapiécés.

« La roue a bien tourné, Max… », a-t-il dit avec dépit.

Pauvre Natan ! Il était le jouet d'une terreur à laquelle se mêlait une lassitude encore plus grande. Mais le sentiment qui a bientôt dominé était une profonde surprise :

« Comment… vous ne saviez pas ? »

Alors qu'il purgeait sa peine de prison à Fresnes, on était venu exhumer Bernard Natan de sa cellule. Sans comprendre pourquoi, il s'était trouvé sous le coup d'une nouvelle série d'accusations. Toute la presse vichyste et collaborationniste s'était fait un malin plaisir de recenser l'affaire, qui avait pris des allures de chasse aux sorcières.

« Moi qui ai acquis ma citoyenneté *française* dans les tranchées ; moi qui ai fait rayonner le cinéma *français* dans le monde entier, qui ai donné sa chance à d'innombrables artistes *français* ; moi qui suis désormais *français* de cœur et d'âme, je me suis retrouvé coupable du pire des crimes : être juif. Comme si j'étais responsable de tous les malheurs de la nation. La défaite de 1940, l'Occupation, les privations, le rationnement, l'humiliation quotidienne, tout était de ma faute. »

Après un temps de réflexion, il a enfoncé la main au fond

de sa poche de pantalon pour en sortir un papier qu'il a tendu à Max.

En le dépliant, Toppard a eu un frisson de dégoût. C'était une réclame pour l'exposition la plus courue à Paris.

« *Le Juif et la France* », a murmuré Max, écœuré, reconnaissant certaines personnes, odieusement déformées : Lazareff, Bernstein, Tristan Bernard, etc.

Au centre, parangon de la « crapulerie cinématographique » : la tête de Bernard Natan.

J'ai senti monter en moi une inquiétude corrosive : cette peur de mon père, lors de notre dernier déjeuner, peu de temps avant qu'il ne retourne en Tunisie. Aux yeux du nouvel ordre, en quoi étais-je moins coupable que Bernard Natan ? Ne risquais-je pas d'être mis au pilori, pour être le descendant des Amar et des Finzi ? Je ne devais ma survie qu'à notre vie de franc-tireur.

Max tentait de rassembler ses esprits :

« Comment êtes-vous arrivé ici ? Vous vous êtes évadé ?

– C'est bien plus subtil que cela, rétorqua Natan, navré. J'ai été libéré, figurez-vous…

– Libéré ? »

Natan a acquiescé, au bord des larmes.

« Ce n'est pas Bernard Natan qu'ils ont remis en liberté, mais Natan Tannenzaft, citoyen roumain, né à Iasi. »

Nous ne comprenions pas.

La chose était tragiquement simple : la nationalité française était un bouclier contre l'arrestation par les Allemands de nombreux juifs étrangers réfugiés en France depuis 1933. Dépourvu de cette protection, Natan était en sursis. Il n'avait donc plus d'autre choix que la fuite.

« Mais où comptez-vous aller ? » a demandé Max, de plus en plus mal à l'aise.

Natan l'a considéré avec un mélange d'espoir et d'autorité.

« Cela dépend de vous… »

*

Max Toppard aurait pu refuser. En l'absence des autres membres du Trébuchet, il restait le propriétaire légitime du Belphégor et Natan ne pouvait rien exiger de lui. Je connaissais le rôle si ambigu que le producteur avait joué dans la vie de mon mentor : une torture par l'espérance. Sans Bernard Natan, peut-être Max serait-il devenu, depuis longtemps, le génie qu'il méritait d'être...

Mais ces querelles étaient d'un autre temps. L'irruption du fugitif au cœur même de notre osmose artistique nous rappelait que nous n'étions pas seuls au monde. Max voyait là un signe. Comme si le destin lui demandait un sacrifice.

« Si nous n'aidons pas Natan, m'a-t-il confié, le soir même, alors que nous venions de l'installer dans une des chambres du Belphégor, je m'en voudrai toute ma vie. Il me semble surtout que cela me sera reproché...

– Mais par qui ?

– Peu importe. Ma conscience, sans doute. Prenons cela comme une parabole. Un prêté pour un rendu. J'ai l'intuition que si nous ne secourons pas cet homme à qui tous tournent le dos, c'est à nous qu'il arrivera malheur... »

J'étais embarrassé par les motifs qui poussaient Max à aider Bernard Natan. Il n'était pas question de générosité, mais d'équilibre. Je n'ai toutefois pas osé lui en faire reproche ; l'essentiel était de sauver cet homme et Max a commencé d'envisager des stratégies pour que Bernard Natan puisse fuir Paris, puis quitter la France. Le producteur était si démuni :

« Je n'ai plus d'amis, vous vous en doutez. Je ne peux aller frapper chez mes proches, à qui j'ai interdit de tenter de me joindre. Ma femme et mes filles vivent sous une identité d'emprunt, en zone libre. Je leur ai même demandé de ne pas me dire où, au cas où je serais capturé et torturé. Il ne me reste que vous, Max… Dans cette période de sang et de mort, vous êtes pour moi ce qui s'approche le plus d'un ami, ou d'un fils… »

Tout pourchassé qu'il était, Bernard Natan restait au fait de ce qui se passait dans la nouvelle France. À Fresnes, la complicité d'un geôlier lui avait permis de lire quotidiennement les journaux, fût-ce l'odieuse presse collaborationniste. Il avait également entendu de nombreuses rumeurs, de cellule en cellule, et certains noms lui avaient mis la puce à l'oreille.

« Vos anciens amis du Trébuchet semblent s'être fort bien accommodés des nouveaux temps, vous savez ? »

Aussitôt, Max s'est cabré.

« Vous ne pouvez pas me demander cela, Bernard ! »

Natan s'attendait à cette réaction et a redoublé de persuasion :

« Ces hommes sont mon salut, Max. Vous seul êtes en mesure de les approcher. Vous ne pouvez pas refuser cela à un fuyard en sursis. C'est ma vie qui est en jeu. Pas vos rêveries esthétiques. »

Max s'est crispé. J'ai lu dans ses yeux la marque d'une profonde rancune, sans savoir si elle s'adressait à Bernard Natan ou aux membres du Trébuchet.

« Je n'ai plus de contacts avec Igor, Benoît et William. Nous ne nous sommes pas vus depuis des années.

– Oubliez Hodwin, a dit Natan avec un geste las. Notre ami compositeur est détenu en Silésie depuis juin 40. Il a été fait prisonnier à la bataille de Dunkerque… Au moins a-t-il vraiment combattu, lui. Les deux autres n'ont pas pris part aux combats, mais ils sont là, et bien là ! »

Max ne semblait rien savoir de ce qui était arrivé à ses frères ennemis. Et il balançait entre le rejet et la curiosité.

Moi, j'étais aux aguets. Jamais je n'avais osé demander à Max s'il parlait encore à ses compagnons du Trébuchet. C'était là un sujet tabou, que nous n'évoquions plus.

« Qu'entendez-vous par "bien là" ? »

Un éclair d'espoir a traversé le fugitif, comme s'il sentait que nous pouvions fléchir.

« Disons que depuis la honte de 40, nos deux amis ont su, chacun à sa façon, fort bien tracer leur route…

– Expliquez-vous…

– Vous le savez, Benoît Alvarez est considéré comme le fils spirituel de Le Corbusier. Ce que vous savez peut-être moins, c'est que Le Corbusier a vu dans l'effondrement de l'Europe la chance unique de pouvoir nettoyer le continent de ses scories, de ses parasites, pour célébrer l'avènement d'un monde nouveau, d'une humanité sans tache. Depuis l'armistice et l'instauration du régime de Vichy, Alvarez épaule son maître qui souffle plein de bonnes idées au gouvernement du Maréchal.

– Il travaille à Vichy ?

– Entre Vichy et Paris. Je ne pense pas qu'Alvarez ait un goût particulier pour le nazisme, ni même pour le fascisme. C'est juste un opportuniste qui voit dans cette époque une occasion unique pour mettre à plat beaucoup de choses et devenir l'un des architectes les plus en vue… »

Max était atterré.

« Et Igor ?

– Oubliez ce prénom. Ainsi que le nom de Tcherniak. Notre ami écrivain a définitivement adopté l'identité de René Graindorge. Il est même devenu une figure respectée du milieu littéraire parisien, malgré des origines qu'il ne semble pas cacher.

– Mais il est juif ! Il risque autant que vous !

– Certains sont plus habiles que d'autres. Ses parents sont partis pour New York en 1939, mais Graindorge est resté. Il est, semble-t-il, très ami avec des hauts gradés allemands, à qui il cède régulièrement des tableaux de sa collection familiale… en échange de sa liberté de mouvement et d'esprit.

– Il a toujours été un homme de réseau, a dit Toppard avec une moue dont on ne savait si elle était du mépris ou de l'admiration.

– Vous ne croyez pas si bien dire ! Et c'est en cela qu'il est très fort. Certaines de ses amitiés communistes d'avant-guerre seraient restées intactes, et beaucoup disent qu'il est la cheville ouvrière d'un réseau de la Résistance piloté depuis Londres par les autorités de ce qu'on appelle la France libre. Un collaborateur et un résistant, conclut Natan, voilà mon salut. »

Comment Max est-il parvenu à les contacter ? Comment les a-t-il convaincus de venir ici, en plein jour, sans attirer l'attention ? Il a refusé de s'expliquer. Toppard a pourtant été d'une efficacité redoutable car, deux jours plus tard, il nous annonçait qu'Igor et Benoît arriveraient sur les coups de midi…

47

Oh, les étranges retrouvailles ! Graindorge et Alvarez sont arrivés presque en même temps. S'étaient-ils concertés ? Avaient-ils fait route ensemble ? Leurs chemins se croisaient-ils encore, dans le Paris occupé ? Je ne saurais le dire, mais tout le monde semblait se méfier, comme si le moindre geste pouvait être fatal.

Le studio du Belphégor avait des allures de tribunal. Un long moment, ils sont restés silencieux, assis sur quatre fauteuils, comme s'ils faisaient cercle autour d'un feu. Graindorge et Alvarez posaient de temps à autre des yeux étonnés sur les murs, les caméras, les projecteurs. Je cherchais dans leur regard de la nostalgie, mais ne décelais que de la circonspection.

Alvarez a fini par me désigner du menton, brisant le silence :
« Et lui ?

– C'est Isaac », a répondu Max à contrecœur, comme s'il rechignait à me mêler à leurs palabres.

J'avais eu le droit d'être présent, en retrait, sans un mot.

« Messieurs, a fait Natan, blafard, en domptant sa peur, nous ne sommes pas ici pour régler nos comptes. Je sais que vous ne vous êtes pas vus depuis des années, je sais que vous avez tous emprunté des trajectoires différentes, je sais que votre ami William Hodwin est prisonnier de guerre en Allemagne, je sais que j'ai occupé une place ambiguë dans vos vies. Mais je vous demande de mettre vos griefs de côté pour venir en aide à un homme au bord du précipice. »

Alvarez et Graindorge restaient silencieux. Ils ne savaient qu'une partie de l'affaire : Max leur avait dit qu'il cachait Bernard au Belphégor et que le producteur devait leur parler. Mais lorsqu'ils ont compris ce que désirait Natan, ils se sont cabrés.

« Vous plaisantez ? s'est offusqué Alvarez. Ma simple présence ici, ce soir, avec vous, est un risque que j'ai pris en hommage à la confiance que vous nous avez accordée, voici près de vingt ans. Mais la nostalgie a ses limites ! Vous savez pertinemment quel poste j'occupe désormais. Fréquenter un juif est dangereux. L'aider à s'enfuir constitue un délit… »

Bernard Natan est resté de marbre, comme s'il s'attendait à cette réaction.

« Le juif Tcherniak va-t-il me faire la même réponse ? »

Igor avait blêmi.

« Moi aussi j'ai pris un risque en venant ici. Mes sympathies communistes ne sont un secret pour personne…

– On vous soupçonne également d'être aux ordres de Londres, non ? » a ajouté Natan.

Aussitôt, Graindorge a croisé le regard d'Alvarez.

« Je suis architecte, Igor. Pas flic. Tu es en bien meilleure entente avec certains officiers allemands que je ne le suis avec l'entourage du Maréchal. Aussi, ce soir, nous sommes en terre neutre… »

L'écrivain restait méfiant, mais l'architecte semblait sincère, malgré une jubilation manifeste. Ce n'était pourtant pas un jeu. Il s'agissait de la vie d'un homme ; en un seul coup de téléphone, Igor ou Benoît pouvait le sauver.

« Ce n'est pas aussi simple, a objecté Alvarez. Vous n'êtes pas quelque tailleur polonais caché rue des Écouffes. Tout Paris a vu l'exposition *Le Juif et La France*.

– Nous ne connaissons pas les mêmes Parisiens..., a fait remarquer Natan.

– Si, justement ! a dit Graindorge. Et c'est là le drame. Tous ceux qui vous respectaient ou vous craignaient avant la guerre savent que vous êtes une cible.

– Et pour vous, messieurs, que suis-je ? »

À cette question, Igor et Benoît ont perdu leur assurance.

« Un fantôme du passé ? un mauvais rêve ? un vestige ? Ou bien le dernier rempart pour ne pas sombrer dans la barbarie ? une forme de salut ? »

Les deux hommes restaient muets, de moins en moins à l'aise.

« En m'aidant, ce n'est pas un producteur que vous sauvez. Ce sont dix, cent, mille personnes. Plus qu'un geste, c'est un symbole. Le symbole du désintéressement, de la générosité. Rien ne vous oblige à le faire, mais tout devrait vous y pousser. Ne serait-ce que pour rappeler qu'avant d'être des grades, des fonctions, vous êtes des hommes. Comme moi... »

Alvarez a dit d'une voix étouffée :

« Vous nous prenez en otage, Bernard...

– Vous plaisantez ! Qui est otage, ici ? Qui est prisonnier ?

– Comment voudriez-vous que nous fassions ? a demandé Graindorge, manifestement troublé par les propos du producteur.

– Benoît, vous travaillez à découvert pour le nouvel État ; Igor, vous œuvrez en secret pour les forces de Résistance. Ne me dites pas qu'à vous deux...

– Pour l'État, vous êtes un indésirable.

– Pour le PC, vous restez un suppôt du capitalisme

– Et pour vous ? a insisté Bernard Natan, comme s'il voulait les acculer. Dites-moi quelles sont, *objectivement*, les raisons qui vous pousseraient à ne pas m'aider ? »

Curieusement, les deux hommes n'ont rien trouvé à répondre. Était-ce de la peur devant leurs propres fantômes ? du respect pour leur premier mécène ? Ou bien leur conscience qui refaisait surface ?

S'en est suivi un long silence, durant lequel Benoît et Igor se sont dévisagés, sans un mot. La scène était d'autant plus intense que les deux hommes semblaient ferrailler, discuter, objecter, remonter au front, alors que pas une syllabe n'était échangée.

Plusieurs fois, Max s'est tourné vers moi, avec espoir. Seul Natan restait immobile, conscient que sa vie se jouait en cet instant précis.

« Nous allons voir ce que nous pouvons faire, a fini par murmurer Igor.

– Vrai ? s'est écrié Bernard, comme un enfant.

– Nous vous ferons savoir très vite ce qu'il en est, a complété Alvarez. Mais d'ici là, ne bougez sous aucun prétexte. »

Malgré l'espoir, j'ai frémi. Cette remarque sonnait comme une menace. Mais tout, en ces temps de ténèbres, semblait avoir un double sens.

Alors que Max reconduisait ses deux compagnons à la porte, il n'a pu s'empêcher d'avouer qu'il avait continué ses recherches visuelles.

« Tu es incorrigible, a dit Alvarez avec dédain. Dans trente ans, tu seras encore à tricoter tes pellicules. »

Max n'en a pas pris ombrage. Au contraire, il a saisi la main de l'architecte et lui a désigné la salle de projection.

« Pas trente ans, à peine six mois.

– Six mois ?

– Le 28 décembre prochain, vous pourrez enfin la voir.

– Mais quoi ?

– *L'Illusion absolue.* Isaac et moi y avons consacré ces deux dernières années. Et le résultat sera à la mesure de nos rêves, croyez-moi. Qui sait si le Trébuchet ne va pas renaître de ses cendres. Alors, toutes vos politiques, vos rivalités idéologiques sembleront secondaires… »

Je découvrais soudain un autre Toppard : enthousiaste, extatique, qui regardait ses anciens compagnons comme s'ils étaient encore ses frères. Il ne semblait pas remarquer l'effroi dégoûté des deux autres.

« Et nous pourrions… voir ça ? » a fini par demander Igor.

À ma grande surprise, Max était enchanté.

« Tu veux ? »

Ce que Toppard prenait pour un intérêt sincère n'était que curiosité malsaine. Mais je n'ai rien osé dire. Natan suivait la scène avec un effroi muet, comme si Max s'apprêtait à commettre l'irréparable.

La projection s'est déroulée dans un silence complet. Quand Max a rallumé la lumière, les trois hommes étaient plus raides que des gisants. Ils avaient pris *L'Illusion absolue* en plein visage.

Max bouillait de savoir ce qu'ils en pensaient, mais c'est moi qui l'ai calmé :

« N'allez pas les voir tout de suite. Laissez-leur le temps de digérer un peu. »

Malgré ses réticences, Toppard a admis que j'avais raison. Il est descendu les attendre devant la porte de la salle de projection.

Natan a été le premier à sortir. Il était hagard. Sa bouche tentait en vain d'articuler des mots. Il est même retourné s'asseoir dans l'un des quatre fauteuils, chaviré.

La réaction de Graindorge et Alvarez m'a paru encore plus singulière. Ils manquaient eux aussi de mots pour exprimer ce qu'ils avaient ressenti, mais il m'a semblé qu'ils se noyaient, sans que Toppard s'en rende compte.

« Alors, c'est d'accord ? a demandé Max, comme s'il fallait changer de sujet. Vous me faites vite savoir comment nous organisons la fuite de Bernard ? »

Les deux hommes ont retrouvé leur neutralité.

« C'est d'accord, a murmuré Alvarez, en enfilant son imperméable.

– Vous aurez de nos nouvelles au plus tard demain soir », a ajouté Graindorge.

Puis tous deux ont disparu.

« Tu crois qu'ils ont aimé ? » m'a demandé aussitôt Toppard, inquiet comme un enfant qui vient d'offrir un dessin à ses parents.

Sans doute aurais-je dû lui dire ce que je pensais vraiment. Mais la joie de Max était si sincère, son bonheur si complet, si riche d'espoir, que je n'en ai pas eu le courage. Pouvais-je savoir que cette lâcheté allait causer tant de souffrances ?

« Je pense qu'ils ont adoré », ai-je menti. Je n'avais pourtant senti chez eux qu'une jalousie assassine.

48

Les deux hommes ont tenu parole : le lendemain, vers midi, le téléphone a sonné. Un appel anonyme nous ordonnait de nous tenir prêts, on viendrait prendre « livraison du colis » le soir même, à minuit précis.

Surpris par une telle rapidité, Bernard Natan semblait circonspect.

« Nous ne pouvons plus nous permettre le luxe d'être méfiants, Bernard, a objecté Max. C'est ce soir ou jamais…

– *Ou jamais,* » a répété Natan d'un ton funèbre.

Cet air macabre, il l'avait depuis la veille, au sortir de la projection. Toute la journée il avait tenté de comprendre comment Max et moi étions parvenus à produire de telles images, un effet aussi radical.

« Ce que j'ai visionné, au gré de vos années chez moi, n'est rien en comparaison de ce que vous nous avez montré hier soir… »

Pour Max, ces compliments étaient un miel. Une douce revanche sur ses années de galère où Natan avait gâché son temps et son talent.

« Cela s'appelle le cinématographe, Bernard. La science de l'illusion. De mon film, vous n'aviez jusqu'alors goûté que des ingrédients épars, bruts. Hier, vous avez dégusté les amuse-bouche d'un festin complet, que je prépare pour le 28 décembre prochain… »

Est passée sur le producteur une lueur d'espoir et de terreur mêlés.

« Le 28 décembre, j'espère être loin d'ici… »

Dès onze heures du soir, tout était prêt.

Max avait rassemblé quelques vivres et vêtements dans un baluchon, qu'il avait confié au fuyard.

« Ils ont bien dit minuit ? répétait Natan, fébrile.

– Minuit précis. »

Et c'était vrai… aux douze coups on a entendu un grattement, à la porte.

« Je vais ouvrir. »

La suite reste terriblement confuse. Sans doute étais-je trop naïf pour imaginer le tour que prendrait cette soirée. En un sens, Max était le premier fautif : il m'avait tenu dans une telle méconnaissance de la réalité depuis trois ans. À force de vivre avec des ombres, on les croit réelles. *L'Illusion absolue* était devenue ma respiration. Mais ce soir-là, tandis qu'ils entraient un à un dans le grand studio, j'étais perdu. Ce qui se passait devant moi était impossible. Nous n'avions pas sorti la bonne bobine. Nous nous étions trompés de film.

Le nombre, d'abord : ils étaient une bonne dizaine. Les regards, ensuite : mauvais, effrayants. Les tenues, enfin, si semblables : des imperméables au col relevé, des bottes qui leur montaient jusqu'au genou, et puis des chapeaux mous, qui laissaient entrevoir des têtes de fouines.

« Vous êtes les envoyés de M. Alvarez ? » a demandé Max, inquiet.

Moi, je restais interdit. Fallait-il être courtois ? ou bien partir en courant ? Quand bien même nous l'aurions tenté, un colosse avait fermé la porte et s'y était adossé, montant la garde.

« Comment se passe le… »

Max n'a pu finir sa phrase. Un poing s'est écrasé sur sa figure.

Le producteur était ahuri. Il voyait son ancien protégé, recroquevillé sur lui-même, les mains plaquées sur son visage ensanglanté. Et il comprenait ce qui allait se passer. En de telles circonstances, résister est une promesse de souffrance. Il faut s'offrir à la violence. Et puis il me regardait, moi, comme s'il fallait que je puisse échapper au massacre.

Dans ma tête, les idées s'entrechoquaient. Tout se fondait en une terreur nauséeuse, qui paralysait mes mouvements.

Bernard s'est levé et s'est avancé vers les hommes.

« Tannenzaft, c'est toi ?

– Je suis Bernard Natan, oui. »

Le premier coup l'a touché au ventre et il s'est plié en deux. Le talon d'une botte est venu lui fermer la bouche.

L'un des hommes du groupe, le seul à être en costume, a alors tapé dans ses mains.

« C'est bon, les gars, on y va. Vous savez ce qui vous reste à faire ? »

Trois hommes ont aussitôt ceinturé Natan, tandis que deux autres relevaient Max en lui donnant des bourrades aux côtes et des coups de matraque derrière les genoux.

« Gardez-moi le juif en vie, a ordonné l'homme en costume. C'est lui qui vaut cher. L'autre, on s'en occupe maintenant… »

Alors que Bernard était entraîné vers la porte, Max s'est vu repoussé dans la remise où il stockait ses bobines.

« Attachez-le à ses étagères, a dit le costume, les mains en porte-voix. Il ne faut pas qu'il se débatte. »

Le pire était de ne rien voir ! Tout se passait de l'autre côté de la porte. Hors champ.

Depuis le début de la scène, j'étais figé dans mon fauteuil, ne parvenant pas à analyser ce qui se déroulait devant moi. J'ai alors compris, avec effroi, que j'étais l'objet du même ravissement que devant les images de Max. Les membres et l'esprit engourdis, le corps enrobé d'une gaze. Ce qui se passait était pourtant réel. Je restais spectateur, prisonnier de ma propre inertie, comme si ces images obéissaient à une logique secrète, comme si je n'avais pas le droit de les remonter.

C'est avec la même hébétude que j'ai vu les bidons. Une puissante odeur d'essence est arrivée jusqu'à nous, vite couverte par celle du celluloïd fondu.

Le hurlement de Max a été bref, mais atroce. Jusqu'à ma mort je me rappellerai ce cri de gamin perdu, qui revivait la scène la plus terrible de son enfance.

Max Toppard appelait son père.

« Venez, on se tire, ont crié les deux hommes en fermant la porte de la salle des bobines. Le feu va tout dévorer, ne restons pas là. »

Déjà les hommes s'amassaient de l'autre côté de la pièce, faisant rempart contre Natan, dont les traits n'exprimaient plus rien d'humain.

L'un d'eux s'est arrêté.

« Et le petit, on en fait quoi ? »

J'ai frémi, comme si on me réintégrait de force à la scène. J'ai ressenti tout à coup la chaleur qui se dégageait du mur.

« Ton nom ? a aboyé le costume.

– Isaac. »

Que n'ai-je répondu Jacques, Paul, Jean ?

Natan et moi avons été escortés jusqu'à la rue. Le froid de la ville nous a fouettés. Il faisait si chaud dans le studio.

Pas un son dans la grande nuit des Halles. Devant le Belphégor, la masse sombre d'un camion se découpait dans l'obscurité.

« Monte », m'a dit une ombre en me donnant un coup de crosse dans le dos, avant de nous pousser à l'arrière du camion.

Bientôt, la bâche a été rabattue et nous nous sommes retrouvés dans le noir. Mais nous avons reconnu la voix de l'homme au costume, qui a pris un ton servile pour dire que tout était bon.

« Et en bas ? a demandé la voix de Benoît Alvarez.

– Ça va brûler pendant une partie de la nuit, je pense.

– Parfait. Vous pouvez y aller.

– On vous dépose ?

– Pas la peine, a répondu Graindorge. Marcher nous fera du bien. Merci encore.

– À votre service, messieurs. »

Puis le camion s'est ébranlé, couvrant les sanglots de Bernard Natan.

*

Pourquoi cette trahison ? Que s'était-il passé dans l'esprit de Tcherniak et Alvarez pour qu'ils agissent ainsi ? Bernard Natan et moi envoyés à Drancy, Max Toppard brûlé avec son œuvre : pourquoi ?

Nous n'étions pas leurs ennemis. Ils n'avaient rien à perdre à nous aider. Mais non, comme s'il fallait à jamais effacer toute marque du Trébuchet, de leurs rêves de jeunesse, de leur enthousiasme, ils avaient préféré tout immoler.

C'est un miracle que les pompiers soient parvenus à circonscrire le feu au sous-sol du Belphégor, car le brasier était terrible. Dans les monceaux de celluloïd calciné, impossible de déterminer s'il y avait des débris de corps humain. Une affaire aussitôt enterrée. Un simple fait divers. À peine si la presse en a parlé. Au cœur de l'Occupation, un feu de cave ne méritait qu'un entrefilet.

La suite, vous la connaissez en partie, Caroline.

William Hodwin n'est jamais revenu de captivité. Il a trouvé la mort au printemps 43 en tentant de s'échapper de son camp de Silésie. Il reste l'un des génies foudroyés de la musique de film, au même titre que Maurice Jaubert. Certaines de ses pièces sont parfois jouées en concert, et nul doute qu'il serait devenu l'un des grands compositeurs de l'après-guerre.

Graindorge et Alvarez ont en revanche poursuivi leur ascension vers la lumière. Benoît s'est tardivement tourné vers la Résistance, début 44, mais est passé entre les gouttes. Igor a quant à lui été déporté pour ses activités dans l'armée secrète, et dans des conditions abominables, mais il est revenu des camps. Son parcours et ses états de service lui ont permis d'occuper une place prépondérante dès la Libération. Il a siégé dans de nombreux comités d'épuration avant de participer activement à l'organisation de la reconstruction. C'est ainsi qu'il a aidé Alvarez à blanchir son parcours. Puis, après quelques années en politique, il a retrouvé les mots.

Tournant le dos au foisonnement de ses premières armes romanesques, René Graindorge a forgé une littérature désincarnée. En un sens, il cherche à provoquer l'effet inverse de ce que professait le Trébuchet. Il n'y a plus de fusion entre le film et son spectateur, ni entre le livre et son lecteur, mais une distance permanente, placée sous le signe du doute.

L'esthétique que développe Benoît Alvarez obéit à cette même recherche du dépouillement, à l'opposé de toute beauté formelle. Il est en cela fidèle aux théories de son maître Le

Corbusier, et sa carrière a pu profiter des formidables chantiers laissés en France par les destructions de la guerre. Mais il est intéressant de voir combien Alvarez, dans ses interviews, ses déclarations, insiste sur son refus de la sensualité, son besoin de formater l'homme, tout comme Graindorge entend formater le langage. Une obsession commune de la structure, du contrôle, où toute idée de liberté, de dérèglement, de lâcher-prise, de ravissement, est un premier pas vers l'enfer.

Les grands chantiers de Sarcelles, Mantes-la-Jolie, Aubervilliers ont propulsé l'architecte au premier rang de sa profession : une personnalité dont on guette l'approbation et le parrainage. Il en est de même pour René Graindorge, qui impose une subtile dictature dans la fiction contemporaine.

Comment imaginer que ces deux potentats ont commencé par bricoler des films muets érotiques, dans le sous-sol d'un cinéma des Halles ? Eux-mêmes ont sans doute fini par l'oublier, ayant effacé toute trace de ce passé qui les embarrassait tant.

C'est pour cela qu'ils ont dû être fort surpris lorsque le Belphégor a rouvert ses portes, à la veille des années 60.

Je n'ai jamais su comment ils s'étaient désunis du Trébuchet, au point de ne plus apparaître comme les propriétaires légitimes de cette salle. Sans doute sont-ils parvenus à modifier les actes notariés, afin d'y biffer leurs deux noms, pour ne surtout pas être associés, de près ou de loin, à l'incendie et à l'arrestation de Bernard Natan. Durant la guerre, ces tripotages étaient monnaie courante.

À la longue, ils ont dû penser que l'immeuble s'effondrerait de lui-même. D'autant que Benoît Alvarez préparait inlassablement des plans pour une refonte globale du quartier des Halles, rasant au passage la rue Pirouette. Mais un projet de cette ampleur demande du temps, des autorisations.

Si bien qu'en 1959, le Belphégor était toujours là…

49

Isaac se tait. La bouche sèche, il vide un grand verre d'eau, d'une traite. Il a parlé longtemps, sans s'interrompre, devant une Caroline avide et circonspecte.

La journaliste pose alors la question qui lui brûle les lèvres :

– Mais… et vous ?

Elle voit Isaac sous un autre jour. Après cette longue confession, elle découvre un être fragile et complexe, qui tombe enfin le masque.

L'a-t-il vraiment tombé, d'ailleurs ? Rien ne prouve que ce récit étonnant – tout comme les *mémoires* de Toppard – ne soit pas une nouvelle chausse-trape du labyrinthe…

La jeune femme devine pourtant chez cet homme comme une lumière blessée. Lui aussi a tutoyé les enfers, songe-t-elle, voyant qu'il peine à raconter sa propre trajectoire.

– Vous avez lu les témoignages des rescapés de 1945, Caroline. Vous avez vu le film de Resnais, les archives, les photographies. Aussi vous ferai-je grâce de certains souvenirs… Sachez seulement qu'aucun mot, aucune langue, ne peut décrire ce qui se passait là-bas. L'enfermer dans une syntaxe, c'est minimiser, et finalement rendre acceptable l'intolérable. Alors que ce que j'ai vécu, pendant trois ans, dépasse toute idée d'humanité, de civilisation. Ma seule chance est d'avoir été plus jeune que ce malheureux Natan, qui a été éliminé dès sa descente du train…

« Je sais que vous avez parlé à ce merveilleux mythomane de Jacques Bergier. Voilà des années qu'il invente des Martiens et des garous pour déréaliser ce qu'il a vécu en même temps que moi. Chacun son illusion, Caroline. Celle de Bergier est une relecture du réel, pour ne pas affronter sa propre lucidité. Et le succès du *Matin des magiciens*, de *Planète*, montre combien les hommes ont la nostalgie des fées. Mais il est vrai que nous nous sommes connus là-bas. Et il est vrai que j'avais sur moi – dans la doublure de mon manteau, comme un talisman – un exemplaire de *L'Al-cinéma*. Ce qu'a ensuite pu vous raconter Bergier n'est que fantasmagorie. Mais j'avais réussi à conserver le livre jusqu'à ma paillasse de misère et Jacques l'a dévoré des nuits entières, comme si cette lecture était la seule étincelle de liberté dans notre vie de cauchemar.

« À dater de mon arrivée là-bas, tout se noie dans une grisaille dépourvue de temporalité. L'heure, le jour, la saison, je ne saurais avoir le moindre repère. Ils parvenaient à vous faire douter de votre propre existence, seule importait la survie. Ma mémoire était anesthésiée et l'est restée jusqu'à la Libération.

« Mes années d'immédiate après-guerre ont été difficiles, car c'était le temps de la convalescence, du retour à la normalité. J'ai vite compris que je n'avais plus de famille – mes pauvres parents avaient fait partie des rares convois de déportés tunisiens – et je ne voulais pas retourner à Paris, où mes derniers souvenirs étaient trop douloureux. J'ai donc, un peu par hasard, épaulé une troupe de soldats américains. Je les ai d'abord aidés dans la gestion du transfert de tous ces malheureux à qui, comme moi, on rendait la liberté. Puis je les ai suivis dans leur pays.

« Sitôt arrivé aux États-Unis, j'ai fait mille petits boulots, mais je m'étais fixé pour objectif de rallier la côte Ouest. Les mois passant, l'ombre de Max refaisait surface et ma vraie vie reprenait ses droits. Je voyais comme un signe ma présence dans ce pays où lui-même avait débarqué, presque sur un malentendu, quarante ans plus tôt. Max mort, le Trébuchet trahi, qui d'autre pouvait prendre la relève ? Moi seul avais suivi son enseignement, pendant ces trois années enivrantes dans les sous-sols du Belphégor. Il m'a semblé peu à peu évident que je devais reprendre ce flambeau, de quelque façon que ce fût…

« Une fois de plus, je vous fais grâce des innombrables

emplois de figurant, accessoiriste, porteur de café et autre chauffeur de stars, que j'ai occupés pendant mes premières années à Hollywood. Mais bientôt, à force d'industrie, de conviction, je suis parvenu à me procurer du matériel, des techniciens, pour tenter de reproduire les expériences de Max Toppard… Je n'étais hélas que l'ombre de mon maître. Mes souvenirs étaient de plus en plus flous et il était redoutablement difficile de réaliser des projets en marge des grands studios, qui décapitaient tout ce qui ne sortait pas de chez eux. Il m'aurait fallu des moyens, des archives, du temps et surtout de l'argent.

« C'est alors que j'ai reçu une lettre. Voilà bientôt dix ans que je végétais à Hollywood, changeant d'adresse au gré de mes revers de fortune. J'étais d'ailleurs très surpris qu'un courrier puisse m'arriver dans cet immeuble où j'habitais en une semi-clandestinité. Mais lorsque j'ai ouvert ma porte, un matin, l'enveloppe était là : sur mon paillasson. Sans timbre, sans cachet de la poste. Juste mon nom : Isaac Amar. Au dos, comme un sceau, ce symbole qui vous intrigue depuis des semaines.

« J'ai d'abord cru à un canular, une mauvaise blague. J'ai même hésité à ouvrir le courrier, craignant de voir remontrer trop d'images douloureuses. À quoi bon ressusciter le passé ? Mais la curiosité était heureusement la plus forte. À quoi m'attendais-je ? À un mot de Max post mortem ? À une lettre d'excuse de Graindorge et Alvarez ?

« Ce n'était pas une lettre manuscrite, mais un courrier tapé à la machine. On me demandait de rentrer en France, où je serais hébergé et où me serait confié de quoi « mener à bien mes projets artistiques». Tels étaient les termes employés. Pas d'autre précision, mais juste une heure de rendez-vous et une adresse : 3, rue Pirouette…

« Imaginez mon désarroi, Caroline ! Comment quelqu'un pouvait-il connaître tant de choses à mon sujet, alors que jamais je n'évoquais mon passé ni Max Toppard ? Il y avait aussi dans l'enveloppe plusieurs billets d'avion pour me permettre de me trouver à Paris une semaine plus tard.

« La suite, vous pouvez aussi la deviner. À ce rendez-vous, je n'étais pas seul. La plupart de ceux que vous avez croisés au Belphégor étaient eux aussi convoqués : Sylvania, La Vigue, Marcel, Tissier, Balin…, autant d'oubliés pour qui ce cinéma allait devenir un refuge.

« L'endroit avait retrouvé son lustre : le bâtiment venait d'être rénové, la salle retapée. Dans l'ancienne pièce des archives où tout avait brûlé, j'ai découvert une quantité impressionnante de bobines soigneusement rassemblées. Quant au studio, il disposait du matériel le plus récent, des techniques les plus sophistiquées. Mais le plus étrange de tout cela, c'est que nous étions seuls ! Personne pour nous accueillir, nous faire visiter les lieux, nous montrer nos chambres.

« S'en est suivi une discussion des plus singulières, où certains n'ont pas masqué leurs craintes : qui donc était le mécène caché derrière ce rendez-vous ? Comment faire confiance à un fantôme ? Que dissimulait cette prodigalité ? Et si c'était un piège ? Mais on nous apportait sur un plateau d'argent tout ce que nous désirions : une famille et un toit ; pour beaucoup c'était l'assurance d'une vieillesse sereine. C'est pourquoi nous avons décidé, tous, de « jouer le jeu ». La seule condition – stipulée dans chacun des courriers – était un secret absolu. La moindre fuite aurait réduit à néant cette manne, renvoyant chacun à sa misère.

« Voilà comment le *Belphégor* a ressuscité.

Le cinéma a rouvert ses portes ; les Jeudis ont recommencé – la veille, le cinéma reçoit une bobine mystérieuse avec pour ordre de ne la projeter que le lendemain soir. Quant à moi, j'ai pu approfondir des recherches visuelles commencées aux États-Unis…

À nouveau Isaac se tait. Caroline devine la suite.

– Finzi Trabucco ?

– Un pseudonyme transparent, Finzi était le nom de jeune fille de ma mère. Trabucco est la traduction italienne de Trébuchet.

La journaliste ne peut masquer sa déception. Les déballages érotiques de Finzi Trabucco seraient le seul héritage de Max Toppard ? Certes, ses films produisent sur le spectateur un ravissement indéniable, en parfaite opposition avec l'inanité des images, mais toute cette expérience, cette vie, cet enseignement, pour arriver à… *ça* ?

Caroline n'a rien dit, mais Isaac lit en elle.

– Le génie, c'était Toppard, Caroline… À chaque vision de mes rushs, le soir, j'en suis conscient. Mais je suis le dernier à avoir vu les films de Max. Et si je n'essaye pas, moi, de poursuivre son travail, alors ma vie est inutile…

Après un silence, il ajoute qu'il est allé au plus profond des enfers. Il a fixé le diable dans les yeux. Mais il est revenu, ça ne saurait être pour rien.

– Nous sommes si peu à avoir survécu, il faut bien que cela ait un sens, n'est-ce pas ? Je suis un miraculé, un ressuscité, tout comme ce cinéma, ces comédiens, ces films que nous projetons chaque jeudi. Serait-ce de façon maladroite, avec des moyens si vulgaires, j'entends donc mener ma mission jusqu'au bout. Je le dois à Max et à tous ceux qui ont – *comme lui* – brûlé sous mes yeux… Vous comprenez ?

Que répondre à cela ? Isaac est tellement convaincu. Caroline voudrait lui demander pourquoi il a choisi la voie du cinéma érotique, mais ces films charnels sont les héritiers du « sensualisme » de Toppard.

– Qui est derrière tout cela ?

– C'est le grand mystère, répond Isaac, l'air désolé. Un mécène me finance, *nous* finance, depuis cinq ans, sans rien demander en contrepartie. Je ne sais même pas s'il voit mes films. J'ai juste carte blanche…

Le rêve de tous les cinéastes, pense Caroline, un pincement au cœur, en songeant à Welles, Stroheim, Vigo, à tous ces génies qui ont vu leur œuvre amputée ou avortée par les producteurs. Et c'est l'insignifiant Finzi Trabucco qui jouit d'une telle manne ?

– Vous n'avez jamais tenté de le rencontrer ? de savoir au moins son nom ?

– Ce mystère est aussi notre salut. Et puis, si une personne dépense tant d'argent dans ce projet, cela veut dire que je ne suis pas le seul à vouloir poursuivre l'héritage de Max Toppard…

Caroline demande alors pourquoi cela arrive aujourd'hui, au beau milieu des années 60.

Pour Isaac, rien de tout cela n'est un hasard. Il est persuadé que l'approche du 28 décembre joue un rôle dans cette affaire.

– Le 28 décembre ?

– Ce seront les soixante-dix ans du cinématographe. L'anniversaire de la première projection de frères Lumière, au Grand Café. Ce 28 décembre que Max voulait célébrer, dès 1942, en dévoilant *L'Illusion absolue*. Je vous rappelle d'ailleurs que cette année, le 28 décembre tombe un jeudi…

Isaac sombre dans l'absurde : on fait tout dire aux chiffres, aux dates.

– Et que va-t-il se passer, ici, dans trois semaines ?

Amar n'en sait rien, mais se prend à rêver :

– Peut-être allons-nous redécouvrir ce film perdu ? Je reste persuadé qu'il a brûlé en même temps que Max, en 1942, mais Langlois soutient avoir vu passer une bobine qu'il n'a jamais pu visionner… À moins que ce ne soit le retour de Max, comme un ange, un messie… ?

À ces mots, Isaac sourit avec tristesse, pas dupe de ses rêves.

– Voyez comme les éléments s'emballent depuis deux mois. Les ennemis du Belphégor sont prêts à tout pour raser la salle. Car ressusciter Toppard c'est ressusciter l'assassinat de Bernard Natan, c'est exhumer tout ce qui s'est passé, cette nuit de 1942. Alvarez et Graindorge pensaient que le dernier témoin était mort, mais non. Je suis vivant et difficile à neutraliser, car il y a une entité au-dessus de moi. Une personne qui possède le Belphégor, qui finance mes films, me surveille, me protège et me cache. Une entité sur laquelle Graindorge et Alvarez n'ont pas de prise, car ils ne savent ni comment la trouver, ni même qui elle est.

Ce que Caroline peine à comprendre, c'est pourquoi Isaac n'a jamais dénoncé Graindorge et Alvarez. Son simple témoignage conduirait à un procès retentissant.

Le cinéaste semble surpris de cette question.

– Comment voulez-vous prouver quoi que ce soit ? C'est ma parole contre la leur. Tout le monde est mort ou a disparu. Et puis ce n'est pas la vengeance que je cherche, mais la revanche…

– La revanche ?

– Celle de Max. Un procès, un jugement, réduirait tout à un fait divers. Max n'aurait pas voulu cela. Son rêve était de faire éclater son génie artistique. C'est pour cela qu'ils l'ont supprimé. Leurs querelles, leurs rivalités, ont toujours été d'ordre esthétique. Et vous voudriez que cela sombre dans la rubrique des chiens écrasés ? Alors que la révélation de *L'Illusion absolue* sera pour les vétérans du Trébuchet la pire des humiliations. Voilà pourquoi j'attends, avec autant d'espoir que de crainte, la soirée du 28 décembre…

Isaac n'est-il pas le plus fou de cette histoire ?

Caroline pose alors la question qu'elle ravale depuis trop longtemps :

– Êtes-vous certain que Max Toppard est mort dans l'incendie ?

Isaac secoue vivement la tête.

– Personne ne survit à de telles brûlures…

– Mais comment communiquez-vous avec votre « mécène » ?

– Jamais directement. Ce sont parfois des objets que je retrouve dans ma chambre. Des coups de téléphone. Je vous dis : personne ne l'a jamais vu.

– C'est lui qui vous a confié le manuscrit de Toppard ?

Amar hésite, puis acquiesce. Et lorsque la journaliste demande s'il avait ordre de le lui remettre, il confirme à nouveau.

– Votre présence ici n'a rien d'un hasard, Caroline. Cette enquête, ce jeu du chat et de la souris avec Graindorge et Alvarez, tout obéit à un plan établi.

– Mais établi par qui ?

Isaac fixe la jeune femme, qu'il sent perdre pied et lui prend les mains.

– Faites-nous confiance, Caroline. Je ne peux pas vous en dire plus, car je n'en sais pas plus. Mais si je puis vous donner un conseil, c'est de ne plus bouger.

– Bouger d'où ?

– De Paris, de chez vous. Faites-vous oublier et attendez d'être convoquée.

– Convoquée ? Moi ?

– Pour vous, pour moi, pour le Belphégor, pour la mémoire de Max Toppard, je vous supplie de ne rien faire avant le 28 décembre…

50

Qui ? Pourquoi ? Deux mots qui gardent éveillé, étouffent le jour, grignotent la nuit. Deux mots qui ne prendront sens que le 28 décembre.

Comment tuer le temps, d'ici là ? Caroline se rappelle cette amie de sa mère, qui avait dû faire une batterie de tests médicaux à Lariboisière.

« Vous aurez les résultats dans trois semaines, madame Souchon… »

Chaque soir, elle était venue boire une Suze, villa Godin, incapable de fixer son attention. Pauline avait beau l'apaiser, l'attente virait à l'obsession. Sybille Souchon vivait en couple avec son angoisse. Et lorsque le diagnostic s'était révélé bénin, la déception avait été plus forte que le soulagement. Comme un lendemain de cuite, c'est son orgueil qui était en berne. Elle s'en voulait trop pour affronter les témoins de cette terreur sans objet et n'avait plus reparu villa Godin, comme si Pauline était responsable de ces trois semaines d'inertie.

Certains amis sont les parents pauvres des heures sombres. Lorsque revient la lumière, on préfère les laisser dans le brouillard, comme une douce amnésie. Place au sang neuf.

Empêtré dans sa jalousie, Vincent n'a plus donné signe de vie. Bibi a sans doute appelé à plusieurs reprises, mais Caroline ne décroche pas souvent son téléphone. La seule personne à qui elle parle est sa mère, qu'elle voit presque chaque jour. Pauline Ménardier fait d'ailleurs preuve d'une délicate neutralité, comme si elle devinait que l'interroger sur ce qui la mine pouvait mener à la rupture. Aussi ne parlent-elles de rien, se limitant à des constats d'évidence : le froid qui s'accentue, de Gaulle en ballotage qui yoyote devant Michel Droit à la télévision, le prix du pain… Même le soir de Noël, elles dînent comme deux automates. Elles mangent une dinde en se remémorant quelques souvenirs d'enfance, vont à la messe de minuit à Saint-Germain-de-Charonne, échangent un tricot et une gravure, rien de plus. Mais c'est précisément ce dont Caroline a besoin : une anesthésie mentale, qui lui fait supporter cette attente interminable.

Il y a toujours eu chez elle une pudeur instinctive à lécher ses plaies en secret. Elle n'est pourtant ni blessée ni malade. Elle ne *sait pas*, et c'est ce qui la ronge. Max Toppard est-il vivant ? Qui est vraiment Isaac ? Qui veut faire tomber Graindorge et Alvarez ? Caroline est-elle marteau ou enclume ?

La seule source d'apaisement reste ses souvenirs au Belphegor. Le tournage du film de Trabucco a fait exploser ses repères, en lui donnant un plaisir inédit. Comme si le film n'était qu'une projection d'elle-même. Comme si elle s'était caressée devant un miroir.

Mais à qui raconter une chose pareille ? Sûrement pas à sa mère.

Caroline préfère se soumettre à l'injonction d'Isaac et camper dans cette attente, qui mue chaque seconde en heure, chaque heure en semaine.

Le jeudi 28 décembre 1965 semble aussi inaccessible que l'horizon : à mesure qu'on l'approche, il ne cesse de reculer.

*

Pour occuper son esprit, Caroline se force à sortir. Elle va même voir tous les films manqués depuis un mois.

Hugues lui avait dit grand bien de *Compartiment tueurs*, le premier film d'un jeune cinéaste grec vivant en France. Mais, malgré Montand, Signoret, Trintignant et Piccoli, elle ne parvient pas à s'intéresser à cette histoire de gangsters. Elle ressent le même ennui devant *Les Tribulations d'un Chinois en Chine,* en dépit d'un Belmondo flamboyant. La qualité des films n'est pour rien dans cette sensation globale ; navets et chefs-d'œuvre lui semblent fades. Voyant coup sur coup *Juliette des esprits* et *Fantômas se déchaîne*, elle éprouve le même sentiment d'agueusie. Fellini-Hunnebelle même combat ? Disons que chaque fois qu'elle va se laisser prendre par le film, Caroline sent monter les images du Belphégor, qui affadissent tout. Comme une bluette amoureuse rendrait toute aventure sentimentale anodine ou indigne.

Indigne, c'est bien cela, pense Caroline en sortant de *Pierrot le Fou*.

Est-elle empoisonnée ? Son goût est-il perverti ? Ou bien a-t-elle vraiment entrevu un ailleurs ? Retrouver le banal déroulé d'une bobine lui donne le sentiment d'être renvoyée à Lascaux alors qu'on l'a conduite aux portes de Versailles. La comparaison est extrême, c'est pourtant cela : comme s'il y avait une préhistoire du cinéma, et un âge d'or. Mais un âge d'or bâillonné parce qu'il ferait honte à tous ceux qui, depuis près d'un siècle, s'échinent à donner ses lettres de noblesse au 7e art. Un seul y est parvenu, et les autres se sentent si médiocres qu'ils préfèrent le nier.

– Un cadavre sans sépulture. Un fantôme sans cercueil…

Ces mots, Caroline les murmure, tandis que ses pieds foulent les allées du Père-Lachaise.

Voilà des années qu'elle ne faisait plus cette promenade. Mais depuis le début de son isolement, elle s'y rend presque chaque nuit.

Adolescente, c'était son escapade favorite. Souvent Vincent et elle se retrouvaient, le soir venu, à l'insu de leurs parents. Ils ralliaient le fond de la villa Godin, dont l'impasse s'achève contre le mur du cimetière. Il existe là une petite porte qui ouvre sur l'autre côté de la muraille. La paroi de bois est masquée par des broussailles, que les deux amis se sont toujours gardés de nettoyer. Alors, c'était l'enchantement. Durant les longues soirées de printemps, ils s'y glissaient comme des chauves-souris à l'heure du loup. Ils montaient au point le plus haut du cimetière, n'hésitant pas à gravir des tombes, des croix de granit, pour contempler le soleil couchant. Tandis que leurs yeux s'habituaient à la nuit, ils filaient saluer Wilde, Proust, Kardek, Colette, Chopin, ou les ombres de La Fontaine et Molière…

« Ils sont vivants et nous sommes morts », jubilait Vincent, tandis qu'ils jouaient à cache-cache parmi les noms illustres, deux enfants dans un jardin enchanté. Il y avait une telle poésie à se retrouver en tête à tête avec ces spectres.

Si les nuits d'été avaient du charme, Caroline et Vincent préféraient l'hiver. L'obscurité dès six heures, la lune qui rend chaque tombe aussi pâle qu'un iceberg. Ils s'attendaient à croiser un ours polaire, un renard blanc, un morse. Lorsqu'il neigeait, les deux naufragés chipaient les pelles des fossoyeurs et s'en servaient comme de luges pour dévaler les pentes dans un bruit de papier froissé.

À ce souvenir, Caroline est prise d'une bouffée de nostalgie et s'appuie contre une pierre tombale, dont le marbre glacé la réveille. Ce mois de décembre 1965 est l'un des plus froids depuis longtemps. Elle ressent plus d'intensité dans ces balades funèbres que dans tous les films avalés pour meubler son attente. Le cimetière apaise ses inquiétudes. Comme si elle regagnait, l'espace d'un moment, une temporalité abstraite, un temps aux contours flous, dont la mémoire s'amollit, engourdie par le froid. Lorsqu'elle flâne au Père-Lachaise, elle parvient à dompter son impatience et ses angoisses. Que craint-elle, en somme ? Personne n'a menacé sa vie. Une part de sa conscience se demande si elle n'a pas créé cela de toute pièce, pour donner du relief à son quotidien. Fantasme ou réalité ?

Elle en aura le cœur net le 28 décembre…

Prise d'un nouveau frisson, Caroline s'ébroue. Quelle heure peut-il bien être ? Elle a oublié sa montre sur sa table de nuit. Mais bientôt le carillon d'une église indique deux heures du matin.

– Déjà ?

Elle n'a pourtant pas sommeil. En pensant à sa chambre, elle éprouve un sentiment d'étouffement.

Elle repart donc au hasard du cimetière.

Alors une ombre l'arrête. Des yeux de bronze, une expression narquoise ; des moustaches de séducteur. Et une barbe de faune. Cet homme a aimé le plaisir. Et il en a donné à tant de gens !

« Créateur du spectacle cinématographique » : est-il plus belle humilité ?

Souvent Caroline et Vincent venaient saluer le vieux Méliès, dont la tombe est ornée de ce buste jovial.

« Il nous filme, c'est évident, chuchotait Vincent, persuadé que cette statue était l'ultime tour de l'illusionniste. Il est caché dans sa tombe et ses yeux font périscope ! »

Cette idée enchantait Caroline, qui se livrait parfois à des petites danses devant la statue, pour distraire le vieil homme. Ou bien tous deux lui parlaient, lui racontaient leur journée. Au fil des années, il était devenu leur dieu lare.

– Je ne sais pas si je devrais vous raconter tout ça, monsieur Méliès, commence Caroline en s'asseyant sur sa tombe, mais je crois que vous en auriez fait un beau film.

D'une voix étouffée, adossée à la tombe, elle remonte le fil de son aventure, comme on improvise un conte pour endormir un enfant. À mesure qu'elle déroule son histoire, elle laisse ses mains courir sur la paroi de marbre. Machinalement, elle saisit une de ces petites plaques funéraires, que les amis, les proches, la famille, les disciples posent sur les tombes. C'est une plaque toute simple, d'un beige clair marbré de rouge, avec ces quelques mots « À notre premier maître », sans autre signature que :

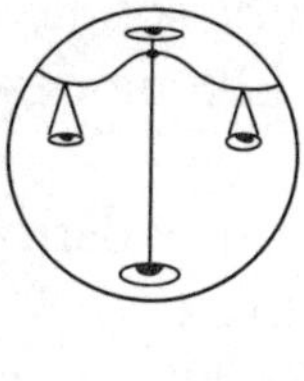

51

Lorsque le jour se lève sur Paris, le jeudi 28 décembre 1965, Caroline est assise sur son lit. Debout depuis plusieurs heures, elle rappelle ces enfants qui dorment tout habillés, craignant d'être en retard à l'école. Le dos raide, les mains jointes aux genoux, elle regarde par la fenêtre. Le noir orangé de la nuit a fait place à une couleur fuchsia. Puis le soleil a inondé le ciel de taches ocre, avec des petits nuages en écharpes roses. Un temps magnifique ! Caroline avait oublié combien la vue était belle depuis sa chambre. Voilà tant d'années qu'elle n'a pas pris le temps de contempler la lumière. N'est-il pas là, l'enseignement de Max Toppard ? Apprivoiser la lumière, la guetter, la convoiter, l'amadouer, puis la subtiliser : ce qu'on appelle, au sens premier du terme, un *ravissement*.

*

D'abord elle remarque l'odeur. Ce parfum âcre de café brûlé. Puis les cris agacés, « Merde, merde, merde ! », suivis d'un bruit de pas.

Caroline se redresse. Machinalement, elle vérifie sa coiffure dans le miroir qui surplombe son lit. Elle se donne un coup de peigne, comme toujours. Elle ne descend jamais chez sa mère sans se recoiffer.

Quand la jeune femme entre dans l'appartement de Pauline, celle-ci lance d'un ton désolé :

– Ma chérie, j'ai laissé brûler le café. Je ne sais pas ce qui m'a pris, je crois que c'est la première fois.

Elle resserre la ceinture de sa robe de chambre et trottine jusqu'à sa fille pour l'embrasser en avouant qu'elle est un peu nerveuse, aujourd'hui. Mais c'est normal, bien entendu.

– Tu as dormi quand même ? reprend Pauline.

– Pas très bien.

– Ça aussi c'est normal.

Caroline n'a rien confié à sa mère, mais Pauline *sait*, c'est évident. Sans doute sait-elle depuis des jours, des semaines. Et elle n'a pas dit un mot, toujours si taiseuse, trop respectueuse du secret de sa fille. Et puis le 28 décembre est arrivé, il n'y a donc rien à ajouter.

Résignée, Caroline s'assied sur le canapé et prend l'exemplaire de *France-Soir* daté de la veille. Pierre Lazareff y décrypte le premier gouvernement de Gaulle.

Achevant d'empiler des pots de confiture sur un plateau pour les apporter sur la table du salon, Pauline demande à sa fille ce qu'elle compte mettre ce soir.

Caroline n'est même plus surprise. Au contraire, le regard complice de sa mère la rassure. Ce que Pauline a vraiment deviné ? Peu importe. Sa fille se sent déjà moins seule.

Pauline Ménardier désigne une jolie robe du soir, très démodée, pendue à un cintre, à la crémone de la fenêtre.

– Moi, je pensais porter ça. Ce n'est pas trop vieux jeu ?

Caroline secoue la tête de gauche à droite, timide. Instinctivement, elle songe à sa propre garde-robe. Voilà bien une question qu'elle ne s'était pas posée. Pourquoi ne pas y aller nue, comme pour un culte antique ? L'idée est si incongrue qu'elle la fait rire.

– J'aime bien quand tu souris à tes rêves, s'attendrit Pauline, tendant à sa fille une grande tartine de confiture de sureau. Mange, il faut prendre des forces.

Caroline y plante les dents et ce goût la renvoie à mille souvenirs de son enfance.

Pauline avise la pendule au-dessus de la gazinière.

– J'ai pris ma journée au Palais d'Avron. On a le temps.

Elle s'assied à côté de sa fille sur le canapé et appuie sa tête contre son épaule. Sa voix devient plus dense, moins quotidienne :

– Tant de sentiments me traversent la tête depuis ce matin, ma chérie. De l'excitation, du soulagement, de la fierté. Et aussi de l'inquiétude, évidemment.

– De quoi as-tu peur, maman ?

Pauline ne sait pas. La perdre, peut-être ? À dater de ce soir, tout sera un peu différent. Elle sera toujours sa fille, mais un peu moins son bébé.

Caroline pose un baiser sur les cheveux de sa mère.

– Tu as ses yeux, tu sais ? lance Pauline.

– Ses yeux ?

– C'est le regard qui donne sens à la lumière, qui la fait exister.

Caroline se redresse sur le canapé. Un sentiment d'étrange familiarité l'étreint.

– De quoi parles-tu, maman ?

– De ses yeux.

Caroline frissonne à nouveau, mais la mère se lève, prend la main de sa fille et l'entraîne devant le miroir posé sur la cheminée.

– On a toujours dit que tu étais mon portrait craché, alors que tu lui ressembles tellement.

L'inquiétude de Caroline s'intensifie. Sa mère n'affecte jamais cette expression habitée. Elle semble pourtant sereine, comme si elle se libérait enfin d'un poids.

– Pourquoi parles-tu de papa ?

Sourire lointain de Pauline, qui passe derrière sa fille et, sans cesser de scruter le miroir, appuie son menton sur son épaule.

– Pauvre Ménardier… J'ai été bien injuste avec lui. Mais il était encore si amoureux. Il pensait que je pouvais n'aimer que lui. Quand il a appris que j'étais enceinte, il était fou de joie. Ce jour-là, il a même fait peur aux clients du Belphégor.

Caroline sursaute. Dans le miroir, elle fixe le regard de sa mère. Pauline sourit à sa fille avec apaisement.

– Je n'ai pas toujours travaillé au Palais d'Avron, tu sais ?

L'essentiel était de vivre loin de ma famille de cloportes. Mes parents ne comprenaient pas que je veuille quitter le nid, que je refuse une vie rangée, sinistre, à la Muette ou à Passy. Alors je suis partie. « Une déclassée, une dévoyée », m'a craché mon père, la dernière fois que je l'ai vu. C'était il y a si longtemps…

Caroline tente de remettre de l'ordre dans ses esprits. Ses tempes deviennent moites.

– Mais maman, le Belphégor… ?

– Je n'y suis pas entrée tout de suite. J'ai d'abord travaillé au Gaumont-Palace, au Rex, au Colisée, au Madeleine. J'étais comme toi, Caroline : dès que j'approchais d'une salle de cinéma, je m'animais. J'y trouvais plus de vie, de lumière, que dans la grisaille du quotidien. Mes parents me l'avaient toujours reproché et c'est aussi pour cela que je me suis enfuie. Travailler dans ces palais des mirages, permettre aux gens d'accéder à un monde parallèle, le temps d'une séance, d'un simple film, fût-il mauvais, cela a toujours suffi à me rendre heureuse, à me sentir moins inutile. Lorsque je suis entrée au Belphégor, l'hiver 38, ce sentiment est devenu une réalité.

Caroline sent le décor vaciller. Son reflet dans le miroir est plus solide que le monde qui l'entoure. Jamais sa mère ne parle avec tant de flamme.

– N'aie pas peur, ma chérie. Tout se déroule avec une merveilleuse logique. Et c'est là le génie de Max : son regard va au-delà du temps.

Caroline n'ose plus parler. Elle dévisage sa mère dans la glace, comme si elle contemplait une autre réalité.

Pauline esquisse un sourire.

– Tu as toujours voulu savoir à quoi Toppard ressemblait. Regarde-toi donc dans le miroir.

52

Les jambes de Caroline sont en coton. Sa mère resserre son étreinte. Son ton se fait encore plus intense.

– Je travaillais depuis vingt mois au Belphégor, mais « monsieur Max » vivait la nuit et ne parlait à personne. Il n'y avait qu'Isaac, le projectionniste, à qui il adressait la parole. Puis, un matin, il m'a vue. C'était le jour même où la France déclarait la guerre à l'Allemagne. Il m'a demandé si je travaillais là depuis longtemps et j'ai répondu bientôt deux ans. « Comme c'est étrange », a-t-il dit, puis il est reparti dans son bureau.

Rarement je m'étais sentie si intimidée.

Jean Ménardier est venu me chercher le soir, comme tous les jours, mais j'avais la tête ailleurs. Il était blessé par mon mutisme ; d'autant qu'il m'annonçait devoir partir sous les drapeaux, comme tous les hommes de son âge. Comment lui avouer que j'étais bel et bien ailleurs ?

Le lendemain, tandis que Jean allait prendre ses quartiers sur la ligne Maginot, Max m'attendait à la caisse du Belphégor. C'est ainsi que tout a commencé.

– Mais tout quoi, maman ? insiste Caroline, qui se refuse à comprendre. Sa mère ne la regarde plus.

– Était-ce de l'amour ou bien autre chose ? Max s'était jusqu'alors empêché de s'abandonner à ses sentiments, comme si son art le lui interdisait. Il n'avait de la sensualité, du corps, qu'une vision cérébrale. « Comment ai-je pu vouloir filmer le grain d'une peau avant de connaître la tienne, Pauline ? »

Caroline sent monter la gêne. Sa mère a toujours été avec elle d'une pudeur maladive, se refusant à la moindre confidence intime. Son visage est maintenant ourlé d'une teinte sensuelle.

– Lors de nos tête-à-tête, Max attrapait si souvent sa petite caméra, pour voler des plans, des fulgurances visuelles. En moi, il trouvait l'élément qui lui manquait depuis des années. Toppard était jusqu'alors dans la pure réflexion, prisonnier de la mécanique des corps. « Mais tu m'as ouvert le cœur, Pauline. Tu m'as fait voir la doublure de l'âme. »

Pauline se tait, comme si elle regrettait d'en avoir trop dit.

– Et ensuite ?

– Quand il a compris que j'étais enceinte, Max est devenu frénétique. Il s'agenouillait devant moi pour presser sa joue contre mon ventre. « La lumière naît de l'obscurité comme l'enfant s'éveille à la clarté. Mon film ne saurait avoir de sens sans cet être qui bientôt verra le jour. Ils sont jumeaux. La voilà cette illusion absolue que je cherche depuis toujours. »

– L'illusion absolue..., répète Caroline, qui voit sa mère rajeunir. Elle ne peut pourtant s'empêcher de convoquer ses propres souvenirs.

– Mais papa dans tout ça ?

– Pauvre Ménardier, dit à nouveau Pauline, glaciale. Il est venu en permission en janvier 40. J'aurais pu tout lui avouer mais j'ai choisi de mentir, comme une prescience. Tu n'imagines pas combien il était heureux... Trois jours plus tard, il est reparti pour la frontière allemande avec une liste de prénoms et le sourire des hommes dont la vie se mure de certitudes.

– Mais je suis née quand ? et où ?

Pauline est attendrie par la réaction de sa fille. Elle s'y prépare depuis tant d'années.

– Au Belphégor.

– *Dans* le cinéma ?!

Le regard de Pauline se voile à nouveau.

– Bien sûr que j'avais peur. Peur que notre autarcie, au cœur même d'une ville occupée, ne tourne mal. Max, Isaac et moi vivions dans un monde parallèle. Mais ta naissance s'est passée comme un beau rêve. Tout semblait relever de l'évidence, jusqu'à la présence des caméras.

À ce détail Caroline se cabre, mais sa mère ne lui laisse pas le temps de l'interrompre.

– Max m'a permis de choisir ton prénom, même s'il aimait t'appeler « mon illusion ». Tu étais plus que sa fille : son œuvre ultime. Chaque jour il te prenait dans ses bras – tu n'avais que quelques semaines – et t'emmenait dans la salle de projection, pour te montrer des images. « Max, pense aux yeux de Caroline. » Toppard riait comme un enfant. « Eh quoi ? Tu refuses que notre fille se regarde dans un miroir ? » Mon amour pour Max Toppard avait-il raison de ma lucidité ? À cette époque, je me serais immolée pour lui. Mais c'était sans compter avec la réalité de l'histoire, qui a frappé un matin à notre porte. Une réalité qui s'appelait Bernard Natan…

– Natan ? Tu étais là quand il est revenu ?

– *Nous* étions là, Caroline. Toi et moi. Enfin presque… J'étais partie me promener avec toi dans les Halles. Tu marchais depuis quelques mois et ta petite main se blottissait dans la mienne. Lorsque je suis revenue, Max m'a ordonné d'aller directement dans ma chambre. Il ne voulait pas que je croise Natan. Il ne voulait surtout pas que le fugitif apprenne ton existence. « J'ai un mauvais pressentiment, m'a-t-il dit, inquiet. Je ne peux abandonner ce malheureux à son sort, mais je vous demande à toutes les deux de rester cachées. Ce sera l'affaire de quelques jours, le temps qu'il quitte le Belphégor. »

Pauline s'interrompt. Son visage est traversé de regrets.

– C'est bien la seule fois que Max Toppard s'est trompé ; et c'est pourtant cette erreur qui t'a sauvée, Caroline.

– Sauvée de quoi ?

– Le lendemain, ne sachant pas que nous étions dans le *Belphégor*, les soldats ont embarqué Natan et Isaac mais n'ont pas fouillé le reste du cinéma.

Caroline se repasse le film, tel qu'Isaac le lui a raconté, quelques jours plus tôt. Elle cherche surtout à y mêler ce qui pourrait être ses propres souvenirs.

– Donc toi et moi étions là ? Nous avons tout entendu ?

– Évidemment, fait Pauline, blême. Et c'était terrible ! D'abord, les cris, venus d'en bas. Ensuite, les bruits de coups, de meubles renversés. Cette affreuse odeur d'essence, qui s'est bientôt chargée de fumée. Enfin, cette chaleur, suffocante.

Caroline frissonne.

– Quand j'ai compris ce qui se passait, il n'y avait plus une seconde à perdre. Sans réfléchir, je t'ai collée à ma poitrine. Tu étais si surprise que tu ne criais pas. Tes grands yeux avalaient la scène, comme si tu devais la retenir, à jamais.

Caroline sent remonter des images, des odeurs, qui ne proviennent plus du récit de sa mère.

– Je me suis élancée dans la fournaise, poursuit Pauline. Je ne sentais même pas les dalles brûlantes sous mes pieds nus. L'essentiel était de te protéger, t'empêcher de respirer cet air qui n'en était plus. Il fallait nous projeter hors du feu. Chaque couloir, chaque escalier, était de plus en plus bouillant. Et lorsque nous avons atteint la dernière porte, un cri m'a arrêté.

Maintenant Caroline voit. Sa mère ne fait que valider ses souvenirs.

– Max était là, devant nous. Une ombre qui tenait miraculeusement debout, au milieu du couloir. Malgré la douleur, il est parvenu à plonger sa main dans sa veste calcinée et m'a tendu un petit objet de métal. La clé de la porte. Lorsque je l'ai saisie, c'est comme s'il avait disparu. Son corps s'est disloqué et je n'ai plus vu qu'un amas grésillant, à mes pieds. La vision était atroce et je suis restée un instant prostrée. C'est le moment que tu as choisi pour hurler…

– « papa ! »

Le mot est sorti tout seul. Pauline Ménardier sourit à sa fille.

– Il y avait dans ta voix la même force tragique que ton père voyant mourir le sien. Mais ce cri m'a tirée de la torpeur et je me suis ruée vers la porte. Tournant la clé dans la serrure brûlante, je nous ai propulsées hors du brasier.

Pauline cesse de parler. Les souvenirs semblent sortir avec plus de difficultés. Dans l'esprit de Caroline, tout devient de plus en plus clair.

– Sans toi, finit par dire la mère, je ne me serais jamais relevée d'un tel drame. Tu étais la preuve vivante que rien n'avait été une illusion. Sinon, peut-être serais-je entrée dans le feu.

À cette idée, Caroline grimace.

– Et après ?

– Le cinéma détruit, Max et Isaac disparus, il a fallu reprendre contact avec le réel, se réinventer une vie. C'est sans doute ici que tes souvenirs commencent.

Pauline dit vrai, tout remonte et s'enchaîne avec logique. Leur installation villa Godin ; le retour de Jean Ménardier, à qui Pauline n'a pas avoué la réalité de cette naissance, mais qui lui-même revenait d'Allemagne avec une nouvelle vie dans ses bagages ; le Palais d'Avron, l'enfance de Caroline, ses amitiés… Une vie sans heurts, qu'elle a toujours trouvée trop grise, car elle ne pouvait savoir ce qui l'avait précédée.

– Voilà vingt-cinq ans que tu es ma lumière, Caroline. C'est pour cela que je me suis accrochée à notre quotidien, à cette existence modeste, car je la savais provisoire… Pendant un quart de siècle, l'important était d'attendre. Certaines œuvres ne peuvent voir le jour sans maturation et je savais que ta présence obéissait à une logique.

– Tu attendais quoi, maman ?

– Que les signes apparaissent, l'un après l'autre…

– Quels signes ?

– Le retour d'Isaac, la réouverture du Belphégor, la reprise des jeudis… L'esprit de Max Toppard allait renaître de ses cendres. Je n'ai pas eu à te pousser, Caroline. L'instinct reprenait ses droits : le cinéma est devenu ta seconde nature. Tes virées de jeunesse avec Vincent, ce projet documentaire sur Paris, ton arrivée aux *Études cinématographiques* et cette enquête sont autant de séquences d'un même scénario. Je n'ai rien dit, je t'ai laissée faire, trouver ta voie, ton chemin dans ce labyrinthe. J'ai juste parfois dû me museler, me retenir de t'aider, car tout devait venir de toi, mais tout est venu…

En Caroline, tout s'insurge. Elle se sent prise dans un étau. Sa conscience refuse ce que ses intuitions confirment avec violence.

– Ne me dis pas que tout cela était prévu…

– Comme il l'écrit en prélude de ses mémoires, Max a toujours vu plus loin. Il possède une conscience qui abolit le temps. Passé, présent et futur sont une seule image projetée sur un même écran. Ils s'annulent dans une illusion qui ne saurait être qu'absolue. Et cette illusion, Caroline, c'est toi.

53

Ce sont d'abord des visages bienveillants, des hochements de tête. Puis, à mesure qu'elles descendent à pied vers le centre de Paris, l'expression gagne en intensité. L'arrivée aux Halles n'en est que plus lunaire. Caroline n'avait jamais vu ce quartier si vide. Les étals sont pleins, les légumes entassés, les carcasses pendues aux crochets, mais pas âme qui vive. Énorme et silencieuse, l'ombre de Saint-Eustache veille sur le grand marché comme un sphinx.

Caroline sent monter un bien-être doux. Cette fébrilité ressentie aux premières heures du printemps, la certitude d'un cycle immuable.

La rue Pirouette est tout aussi déserte. Le Belphégor lui-même est fermé. Ses néons ne sont pas allumés, sa façade n'est pas éclairée, aucune affiche n'est accrochée à la caisse, et le rideau de fer est à moitié descendu.

Caroline s'apprête à faire une remarque, mais sa mère murmure :

– Regarde !

Elle n'avait jamais remarqué que les immeubles de la rue Pirouette avaient tant de fenêtres. Sans doute les volets sont-ils toujours clos. Mais ce soir, tout est ouvert. Jusqu'au moindre œil-de-bœuf. Ses yeux se font à l'obscurité et Caroline distingue maintenant l'ovale des figures, les cheveux qui dansent sous les bourrasques, un enfant qui la montre du doigt.

À mesure qu'elle s'approche du cinéma, tous suivent ses mouvements, comme ces Vénitiens qui admirent le carnaval, depuis leurs balcons, derrière des masques blancs.

Puis elles entrent dans le Belphégor.

– Bonsoir, Caroline.

Isaac lui sourit avec tendresse et embrasse Pauline.

– Elle est prête ?

La mère acquiesce et serre sa fille contre elle.

Le petit homme considère les deux femmes avec sérénité.

– J'avais oublié à quel point vous vous ressembliez…

Un instant il ne bouge plus, abîmé dans sa contemplation. Puis il secoue la tête.

– Allons-y, on n'attend plus qu'elle.

Caroline sent monter une angoisse au creux de son ventre.

– Ils sont tous venus ? s'inquiète Pauline.

Isaac reste muet mais il irradie. Il trottine jusqu'à la porte de la salle, qu'il ouvre en grand, éblouissant les deux femmes.

Pas un ne manque.

Henri Langlois s'arrache à la gangue de son fauteuil et se lève pour saluer Caroline. À l'autre bout du rang, Renoir et Simon lui font un signe amical. Orson Welles n'a pas la force de s'extraire de son siège, mais il offre à la jeune femme son beau sourire d'enfant prodige.

À mesure qu'elle descend vers l'écran, les spectateurs lui sont de plus en plus familiers : tous les habitants du Belphégor,

Sylvania en tête. Athanase Gautrand-Bernard, entouré de ses souffre-douleur. L'équipe des *Études cinématographiques*, qui occupe un rang entier. Hugues et Jenny, qui la saluent d'un mouvement de tête. René Graindorge, William Hodwin et Benoît Alvarez, qui enjambent leurs voisins pour venir prendre ses mains dans les leurs, sans un mot.

– Vous l'étouffez, grommelle Pauline. Retournez à vos places.

Ce qu'ils font aussitôt, non sans de grands gestes apaisants à l'ensemble de la salle, pour demander le silence.

Caroline aperçoit alors un très vieil homme, encadré par deux infirmières.

Brisant le silence, Isaac s'approche du vieillard et met ses paumes en porte-voix.

– Bernard, Caroline est arrivée…

Le vieux Natan tend à Caroline une main tremblante et attire les doigts de la jeune femme pour y poser un baiser ému.

Elle voudrait répondre, dire quelque chose, mais déjà Isaac et sa mère reprennent leur route.

La place de Caroline est là, au premier rang.

Vincent et Janique l'y attendent, en retrait. Son ami d'enfance pose ses mains sur ses épaules.

– Quand je pense que tu m'avais caché ça, dit-il d'un ton complice.

Bibi la serre dans ses bras, tremblante d'émotion.

– Ma chérie, je suis si heureuse pour toi.

Un peu plus loin, Caroline aperçoit Jean Ménardier entouré de sa femme et de leurs filles, qui lui font un signe d'encouragement.

– Asseyez-vous tous, je vous prie, dit Isaac en tapant dans ses mains. La projection va commencer !

Caroline s'étonne que le siège à sa droite reste vide. C'est même la dernière place libre. Elle fait signe à sa mère de s'y installer mais Pauline refuse.

– Il faut lui garder un fauteuil, voyons.

Aussitôt la lumière s'éteint et le rideau se lève. Une lueur blanche jaillit du projecteur et les haut-parleurs diffusent une mélodie allègre.

Alors que la musique gagne en tension, Caroline aperçoit une silhouette qui se faufile jusqu'à eux.

L'homme s'assied à sa droite et avec lui un puissant parfum de figue. Une main tiède se glisse dans la sienne.

– La rue du Louvre était bloquée par une livraison, chuchote-t-il à l'oreille de Caroline. J'ai dû finir à pied.

Elle voudrait tourner la tête, connaître enfin son visage, plonger son regard dans le sien.

Trop tard. Dans l'obscurité de la salle, le film commence.

Bernard Natan présente

L'illusion absolue

Un film écrit et réalisé par

Max Toppard

Max Toppard est un génie. Son talent est à la hauteur du silence qui entoure son œuvre. Dans certaines religions, le saint des saints n'est visible qu'aux initiés. D'autres cultes interdisent de représenter le Créateur, de prononcer son nom. Regarder Toppard dans les yeux, c'est fixer la méduse.

Pourtant, Caroline l'a fait.

Elle est entrée dans le film. Elle a entendu, senti, touché, parlé. Les mots du dialogue étaient les siens, ces silhouettes sur l'écran étaient celles de sa vie : ses proches, ses amis, mais aussi l'immense armée des inconnus de son quotidien, qui occupent son champ de vision comme des figurants traversent l'écran, pour *faire vrai*. Caroline n'avait plus à préparer ses phrases, à se rappeler les répliques : chacune sortait de sa bouche et ses partenaires lui répondaient avec cette évidence qu'on ne trouve qu'au cinéma. Et maintenant, alors que défile le générique de fin, avec leurs noms, ils sont tous là, autour d'elle.

Caroline cherche la main de sa mère, en vain. Surprise, elle tente de se lever, mais constate qu'elle est déjà debout. La jeune femme étouffe un cri : elle n'est plus assise sur son siège, mais face aux spectateurs, sur la scène du Belphégor.

Son trouble s'accentue lorsqu'elle avise la place qu'elle occupait au premier rang.

Plongé dans la pénombre, Max Toppard est penché vers

Pauline et chuchote à son oreille. Ils sont assis côte à côte. Entre eux deux, le siège de Caroline n'existe plus.

Les applaudissements redoublent lorsque Toppard se lève et se retourne vers la salle. Caroline ne parvient toujours pas à voir ses traits, car un projecteur a jailli, illuminant le cinéaste.

Il recule vers les marches qui conduisent à la scène.

Lorsqu'il monte devant l'écran, ce sont maintenant des bravos, des hourras, des cris d'admiration, de passion.

Max Toppard s'incline, d'un mouvement lent, comme un danseur.

L'un après l'autre, les spectateurs se lèvent pour une ovation. Henri Langlois, puis Renoir, Simon, Welles… Bientôt toute la salle est debout, tapant des pieds, lançant parfois des fleurs, qui atterrissent au pied de l'écran.

Caroline ne sait pas quel rôle est le sien, désormais. Faut-il s'avancer près de Toppard et saluer à ses côtés ? ou bien rester en retrait ?

Elle aperçoit sa mère. Les yeux de Pauline sont fixés sur Max Toppard, qui se dandine sur scène, ému et intimidé. Sa silhouette aux épaules larges se découpe en ombre chinoise. En revanche, le regard de Pauline glisse sur sa fille sans s'y arrêter. Par un réflexe enfantin, la jeune femme hèle sa mère, sans provoquer de réaction.

Caroline voudrait crier « Maman ! » Aucun son ne sort.

À nouveau elle tente de hurler, mais rien. Même ses mouvements au sol, ses pieds sur l'estrade, ne produisent aucun bruit.

Alors Caroline décide d'avancer vers Toppard : une fois dans la lumière, tous la verront.

Sa figure s'écrase contre la paroi et elle n'en éprouve aucune douleur. Son nez se plaque, ses lèvres se dilatent, mais elle ne ressent pas le contact avec l'écran du Belphégor. Il est juste là, immuable, la séparant de la salle, de Max Toppard.

Elle presse ses mains sur l'écran, sans pourtant le palper. Son toucher est anesthésié, tout comme elle ne sent aucune odeur, n'entend aucun son.

Seule sa vue reste opérante : Caroline voit Toppard quitter la scène et serrer Pauline dans ses bras pour qu'elle partage son triomphe. Elle voit les spectateurs qui se lèvent les uns après les autres, groggy et enchantés. Le spectacle est fini et ils rentrent chez eux. Chacun enfile son manteau, met son chapeau, ramasse son sac à main, son parapluie. Puis tous se dirigent vers la sortie.

Certains s'avancent vers Toppard pour lui serrer la main, demander des autographes. Ce qu'il fait bien volontiers. Lorsque Michel Simon lui tombe dans les bras, les deux amis s'étreignent longtemps, mais le cinéaste est, encore, toujours, de dos, offrant à Caroline cette nuque aux cheveux gris, ces épaules carrées, ce costume sombre.

Ils ne sont rapidement plus qu'une poignée. Aidés de deux infirmières, Benoît Alvarez et René Graindorge installent Bernard Natan dans un fauteuil roulant. Puis ils le poussent jusqu'à la porte, que Max Toppard tient ouverte avec déférence. Bientôt, tous sont dehors et seul le cinéaste garde un pied dans la salle. Alors qu'il s'apprête à sortir, il s'immobilise. Et il se retourne, lentement.

Caroline est pétrifiée. Elle oublie tout : ses peurs, ses doutes, l'incompréhension, la folie de ce moment. Plus rien ne compte, car elle va le voir. *Car il va la regarder.*

Mais la lumière s'éteint. Caroline en crèverait de rage ! Elle ne distingue plus que la silhouette de Toppard, découpée dans la lueur du hall.

Le cinéaste fait des gestes vers la cabine de projection, d'où sort un petit homme, un objet dans les mains : la bobine de *L'Illusion absolue.*

– Vous la remportez ce soir, m'sieur Toppard ? lit-elle sur ses lèvres.

– C'est plus simple, oui.

Lorsque les mains de Max saisissent la bobine, Caroline est prise d'une douleur abyssale. Tous ses sens se réveillent. Elle sent le sol sous ses pieds, ses mains touchent l'écran, elle hume les fragrances de la salle et s'entend crier :

– MAX !!!

Le temps d'un éclair, elle entrevoit enfin son visage : un mélange de joie, de soulagement, de nostalgie et de lumière. Penché sur son film, Toppard sourit à la bobine, comme on dit adieu à un rêve.

Puis, avec précaution, il referme le couvercle.

Fondu au noir
Coupez.

Orientations bibliographiques

Les ouvrages consacrés au cinématographe sont une forêt touffue où il est aisé de se perdre. Je me suis donc limité à quelques lectures de référence, qui m'ont aidé à mieux cerner la trajectoire et la personnalité de Max Toppard.

Par son analyse à chaud de l'âge d'or du muet (et ses partis-pris d'époque), l'*Histoire du cinéma* de Bardèche et Brasillach (Le Livre de poche) m'a été d'un grand support.

Les dictionnaires de Jean Tulard et Jacques Lourcelles, dans la collection « Bouquins » (Robert Laffont), m'accompagnent depuis mes premiers pas dans les salles obscures. Je m'y suis souvent référé.

Sur l'état d'esprit à l'époque de la tragédie de Bernard Natan, *Les Tribus du cinéma et du théâtre* de Lucien Rebatet (Denoël) ainsi que son journal inédit sont édifiants.

L'excellente étude de Christine Leteux, *Continental Films. Cinéma français sous contrôle allemand* (La tour verte) est l'ouvrage le plus complet consacré à la mainmise allemande sur le cinéma pendant l'Occupation.

Sur les acteurs de second plan, les sommes de Raymond Chirat et Olivier Barrot restent des lectures passionnées et passionnantes : *Les Excentriques du cinéma français* (Henri Veyrier) et *Ciné-club* (Flammarion). J'ajoute à cela les mémoires de Marcel Dalio, *Mes années folles* (Ramsay) et la biographie qu'Hervé Le Boterf a consacrée à Robert le Vigan, *Le mal aimé du cinéma* (France-Empire).

Sur la vie du cinéma en France au milieu du XXe siècle, *Les Passagers du souvenir* de Maurice Bessy (Albin Michel) croustillent d'anecdotes.

Les Oubliés du cinéma français de Claude Beylie et Philippe d'Hugues (Cerf) exhument quelques figures méconnues de notre 7e art. On regrettera évidemment l'absence de Max Toppard.

De nombreux détails des années 60 m'ont été soufflés par le *Dictionnaire amoureux des sixties* de mon vénéré Gérard de Cortanze (Plon).

Je tire un coup de chapeau aux films *Laissez-passer* et à l'admirable *Voyage à travers le cinéma français*, de Bertrand Tavernier.

Forgotten Silver de Peter Jackson, *Flicker* de Theodor Roszak, *Hugo Cabret* de Martin Scorsese exploitent avec génie les faux-semblants du cinéma.

L'article de Jacques Bergier s'inspire de ses *Livres maudits* (J'ai lu).

Enfin, outre la consultation des *Crapouillot* des années Galtier-Boissière, je ne payerai jamais assez ma dette à *Inamediapro.com*. Ce site est une mine inépuisable de documents, films, émissions, reportages, fictions, comme un monde parallèle à portée de souris.

Il n'existe à ma connaissance aucune étude sur Max Toppard.

Remerciements

Ce livre n'aurait pu voir le jour sans quelques anges gardiens :
Francis Esménard, qui dévore les romans avec une passion de gourmet.
Gérard de Cortanze, qui est vénérable et vénéré.
Élisabeth Lesne, qui ne laisse heureusement rien passer.
Louise Danou, qui m'accorde son temps si précieux.
Maureen Dor, qui dit toujours ce qu'elle pense.
Sophie de Ségur, qui m'a permis d'écrire cette histoire au coin du feu.
Ma mère, qui m'a montré *Astérix le Gaulois*, à Munich, en 1976, me plongeant à jamais dans la cuve aux images. Et qui me relit, encore et toujours.
Huairveux, qui m'a emmené voir *La Soupe aux Choux*, en 1981.
Mon père, qui m'a fait voir *Orange mécanique* et *Délivrance* à onze ans.
Nicolas, avec qui j'ai compris que le cinéma c'est beaucoup plus que le cinéma.
Valentin et Victor, qui finiront bien par voir *Les Dents de la mer.*
Camille, qui aime les FFQ.

DU MÊME AUTEUR

Romans

OTHON OU L'AURORE IMMOBILE, Les Belles Lettres, 2002 ; J'ai Lu, 2017

LES ORPHELINS DU MAL, XO, 2007 ; Pocket, 2009

LES DERNIERS JOURS DE PARIS, XO, 2009 ; Pocket, 2011

L'ENFANT DU PREMIER MATIN, XO, 2011 ; Pocket, 2013

LES FIDÉLITÉS SUCCESSIVES, Albin Michel, 2012 ; Le Livre de poche, 2014

LA DÉVORATION, Albin Michel, 2014 ; Le Livre de poche, 2016

LA GLOIRE DES MAUDITS, Albin Michel, 2017 ; Le Livre de poche, 2019

Nouvelles

LA SAINTE FAMILLE, Mille et une nuits, 2005

PARIS N'EST QU'UN SONGE, Steinkis, 2016 ; J'ai lu, 2018

NARCISSE ET MOI, Le Castor astral, 2018

Essais

JE PARS À L'ENTRACTE, Nil, 2010

DICTIONNAIRE AMOUREUX DE PARIS, Plon, 2015

LA MONNAIE DE PARIS, Albin Michel, 2015

PETITS PLAISIRS QUE SEUL PARIS PROCURE, J'ai lu, 2017

PETITE ENCYCLOPÉDIE DU MAUVAIS GOÛT, Michel Lafon, 2019

PETITE ÉLOGE DE LA GOURMANDISE, François Bourin, 2021

Biographies

JACQUES OFFENBACH, Actes Sud, 2010

MARTHE RICHARD, Calmann-Lévy, 2018 ; Points/Seuil, 2020

Composition : IGS-CP
Impression : CPI Bussière en juin 2021
Éditions Albin Michel
22, rue Huyghens, 75014 Paris
www.albin-michel.fr
ISBN : 978-2-226-43713-6
N° d'édition : 23145/01 – N° d'impression : 2049686
Dépôt légal : août 2021
Imprimé en France